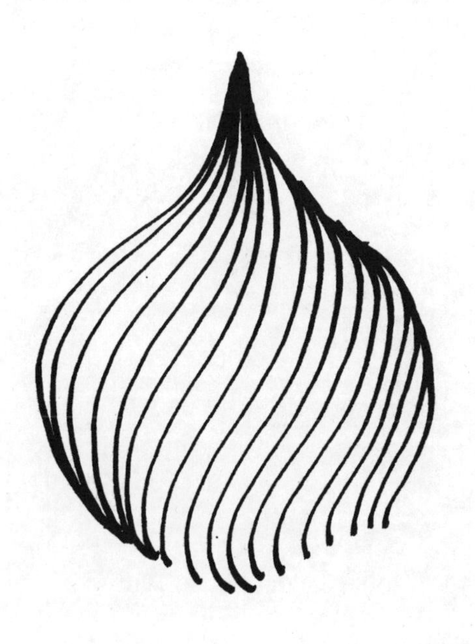

# LIEV TOLSTÓI
# CONTOS COMPLETOS

TRADUÇÃO REVISTA, APRESENTAÇÃO E POSFÁCIO
*Rubens Figueiredo*

*1ª reimpressão*

COMPANHIA DAS LETRAS

*Grafia atualizada segundo o Acordo Ortográfico da Língua Portuguesa de 1990, que entrou em vigor no Brasil em 2009.*

*Capa e projeto gráfico*
Kiko Farkas e Ana Lobo/ Máquina Estúdio

*Ilustração de capa*
Kiko Farkas/ Máquina Estúdio

*Crédito da guarda*
Manuscritos de Liev Tolstói dos contos: "Sebastopol em agosto", "Albert", "O diabo", "Aliocha Gorchok", "O que vi num sonho" e "Sem querer". Tomos 4, 5, 27, 36 e 38 das *Obras Completas* em 90 volumes. Moscou: Editora estatal de literatura artística, 1935-6.

*Revisão*
Jane Pessoa
Carmen T. S. Costa

Dados Internacionais de Catalogação na Publicação (CIP)
(Câmara Brasileira do Livro, SP, Brasil)

Tolstói, Liev, 1828-1910.
Contos completos / Liev Tolstói; tradução revista, apresentação e posfácio Rubens Figueiredo. – 1ª ed. – São Paulo : Companhia das Letras, 2018.

ISBN 978-85-359-3169-3

1. Contos russos I. Figueiredo, Rubens II. Título.

18-19873 CDD-891.73

Índice para catálogo sistemático:
1. Contos : Literatura russa 891.73
Maria Alice Ferreira – Bibliotecária – CRB – 8/7964

[2021]

EDITORA SCHWARCZ S.A.
Rua Bandeira Paulista, 702, cj. 32
04532-002 – São Paulo – SP
Telefone: (11) 3707-3500
www.companhiadasletras.com.br
www.blogdacompanhia.com.br
facebook.com/companhiadasletras
instagram.com/companhiadasletras
twitter.com/cialetras

# CONTOS COMPLETOS VOLUME UM

Volume 1

Apresentação – Rubens Figueiredo 14

PRIMEIROS CONTOS

A incursão 20
Memórias de um marcador de pontos de bilhar 44
A derrubada da floresta 60
Sebastopol no mês de dezembro 93
Sebastopol em maio 106
Sebastopol em agosto de 1855 146
A nevasca 202
Dois hussardos 228
Das memórias do Cáucaso 280
Manhã de um senhor de terras 303
Das memórias do príncipe D. Nekhliúdov 349
Albert 370
Três mortes 394
Polikuchka 406

CONTOS POPULARES (DÉCADA DE 1880)

Do que vivem os homens? 458
Os dois irmãos e o ouro 477
Iliás 479
Onde está o amor, está Deus 483
Fogo aceso não se apaga 492
O Diabo insiste, mas Deus resiste 504
Meninas são mais inteligentes do que velhos 506
Um grão do tamanho de um ovo de galinha 508

De quanta terra precisa um homem 510
O pecador arrependido 522
Dois velhos 524
Os três eremitas 541
A velinha 547
Conto sobre Ivan Bobo e seus dois irmãos: Semion Guerreiro e Tarás Barrigudo, e sobre a irmã muda Malánia, o Diabo Velho e os três capetinhas 554
Como um capetinha resgatou um pedaço de pão 577
O afilhado 579
O trabalhador Emelian e o tambor vazio 594

Volume 2

CONTOS DA NOVA CARTILHA

Os três ursos 16
Como o tio Semion contou o que aconteceu com ele na floresta 17
A vaca 19
Filipok 20

PRIMEIRO LIVRO RUSSO DE LEITURA

A formiga e o pombo 24
O cego e o surdo 24
A tartaruga e a águia 25
A criança abandonada 25
A cabeça e o rabo da cobra 26
A pedra 26
Os esquimós 27
O furão 28
Como a titia contou de que modo aprendeu a costurar 28
Linhas finas 29
Da velocidade vem a força 29
O leão e o camundongo 30
Cachorros bombeiros 30
O macaco 31
Como um menino contou que não o levaram para a cidade 31

O mentiroso 32
Como consertaram uma casa na cidade de Paris 33
O burro e o cavalo 33
Como um menino contou que uma tempestade o apanhou de surpresa na floresta 34
A gralha e os pombos 34
O mujique e os pepinos 35
A mulher e a galinha 35
O velho avô e o netinho 36
A divisão da herança 36
Para onde vai a água do mar? 37
O leão, o urso e a raposa 37
Como um menino contou que achou abelhas-rainhas para seu avô 38
O cachorro, o galo e a raposa 39
O mar 39
O cavalo e o cavalariço 40
O incêndio 40
A rã e o leão 41
O elefante 42
O macaco e a ervilha 42
Como um menino contou que parou de ter medo de mendigos cegos 43
A vaca leiteira 43
A imperatriz chinesa Si-Lin-Tchi 44
A libélula e as formigas 44
A menina-camundongo 45
A galinha dos ovos de ouro 46
Lipúniuchka 46
O lobo e a velha 48
O gatinho 48
O filho sábio 49
Como os habitantes de Bucara aprenderam a cuidar dos bichos-da-seda 50
O mujique e o cavalo 51
Como a titia contou para a vovó que o bandido Emelka Pugatchóv lhe deu uma moeda de dez rublos 51
O vizir Abdul 54
Como um ladrão denunciou a si mesmo 54
O fardo 55
O caroço 56

Os dois mercadores 56
O cachorro de São Gotardo 57
Conto em que um mujique explica por que gosta do irmão mais velho 58
Como matei uma lebre pela primeira vez 59
O pequeno polegar 61

## SEGUNDO LIVRO RUSSO DE LEITURA

A menina e os cogumelos 66
O burro em pele de leão 67
O que é o orvalho na grama 67
A galinha e a andorinha 68
O indiano e o inglês 68
O cervo e o filhote 69
O colete 69
A raposa e as uvas 70
A sorte 70
As trabalhadoras e o galo 71
O moto-contínuo 71
O pescador e o peixinho 72
O tato e a visão 73
A raposa e o bode 73
Como um mujique removeu uma pedra 74
O cachorro e sua sombra 74
Chat e Don 75
A garça e a cegonha 75
Sudoma 76
O jardineiro e seus filhos 77
O lobo e a garça 77
A coruja e a lebre 78
A águia 78
O pato e a lua 79
O urso na carroça 80
O lobo empoeirado 80
O salgueiro 81
O rato embaixo do celeiro 82
Como os lobos ensinam seus filhos 83
As lebres e as rãs 83
Como a titia contou que tinha um pardal ensinado, o Espoleta 84
Três broas e um biscoito 85

Mil moedas de ouro 86
Pedro I e o mujique 87
O cachorro louco 88
Dois cavalos 89
O leão e o cachorro 90
A herança igual 91
Os três ladrões 92
O pai e os filhos 93
Por que existe o vento? 93
Para que existe o vento? 94
As melhores peras do mundo 95
Volga e Vazuza 96
O bezerro sobre o gelo 97
A princesa de cabelos dourados 97
O falcão e o galo 99
O calor 99
Os chacais e o elefante 101
O magneto 102
A garça, os peixes e o caranguejo 103
Como o titio contou de que jeito ele andava a cavalo 104
O ouriço e a lebre 106
Os dois irmãos 107
O espírito da água e a pérola 109
A cobra 109
O pardal e a andorinha 111
Cambises e Psamético 112
O tubarão 113
Por que existe o orvalho e as janelas ficam suadas? 115
O bispo e o bandido 116
Ermak 118

TERCEIRO LIVRO RUSSO DE LEITURA

O rei e o falcão 126
A raposa 126
Um castigo severo 127
O burro selvagem e o burro domesticado 127
A lebre e o cão de caça 128
O cervo 128
As lebres 129
O cachorro e o lobo 130

Os irmãos do rei 130
O cego e o leite 131
A lebre 131
O lobo e o arco 133
Como o mujique dividiu o ganso 133
O mosquito e o leão 134
As macieiras 135
O cavalo e o dono 136
Os percevejos 137
O velho e a morte 137
Como os gansos salvaram Roma 138
Por que as árvores estalam no frio? 139
A umidade 139
A união diferente das partículas 141
O leão e a raposa 141
O juiz justo 142
O cervo e o vinhedo 144
O filho do rei e seus camaradas 145
A gralhazinha 147
Como aprendi a andar a cavalo 148
O machado e o serrote 150
Vida de mulher de soldado 151
O gato e os ratos 157
O gelo, a água e o vapor 157
A codorna e seus filhotes 159
Bulka 160
Bulka e o javali 161
Os faisões 162
Milton e Bulka 164
A tartaruga 165
Bulka e o lobo 166
O que aconteceu com Bulka em Piatigorsk 167
O fim de Bulka e Milton 169
Os pássaros e as redes 170
O olfato 171
Os cachorros e o cozinheiro 172
A fundação de Roma 173
Deus vê a verdade, mas custa a revelar 175
Os cristais 181
O lobo e a cabra 183
Polícrates de Samos 183

QUARTO LIVRO RUSSO DE LEITURA

O rei e a camisa 188
O caniço e a oliveira 188
O lobo e o mujique 189
Dois camaradas 191
O pulo 191
O carvalho e a avelaneira 193
O ar venenoso 194
Ar venenoso 195
O lobo e o cordeiro 196
O peso específico 197
O leão, o lobo e a raposa 198
A roupa nova do rei 199
O rabo da raposa 199
O bicho-da-seda 200
O rei e os elefantes 203
A caça é pior que a escravidão 204
A galinha choca e os pintinhos 211
Gases 211
Gases 213
O leão, o burro e a raposa 214
O velho choupo 214
O azereiro 215
Como as árvores caminham 216
O codornizão e sua fêmea 217
Como se fazem balões de ar 218
Conto de um aeronauta 219
A vaca e o bode 221
O corvo e os filhotes de corvo 221
Sol é calor 222
Por que existe o mal no mundo 224
Galvanismo 226
O mujique e o espírito da água 228
O corvo e a raposa 229
O prisioneiro do Cáucaso 229

ÚLTIMOS CONTOS

Kholstomier 254
Os três filhos 287
A cafeteria de Surat 290

O diabo 296
Variante do fim do conto "O diabo" 336
Françoise 338
Custa caro 345
O karma 349
Três parábolas 358
O patrão e o trabalhador 366
A destruição do inferno e sua reconstrução 408
Depois do baile 424
O rei assírio Assarhaddon 433
O cupom falsificado 437
Aliocha Gorchok 493
Kornei Vassíliev 498
Morangos 513
Memórias póstumas do *stárets* Fiódor Kuzmitch 523
Padre Vassíli 541
Para quê? 548
O divino e o humano 570
O que vi num sonho 602
Gente pobre 613
A força da infância 616
O lobo 619
Conversa com um passante 620
Kriôkchino 622
Iásnaia Poliana 626
Khodinka 643
Sem querer 650

Quem deve aprender com quem a escrever: as crianças camponesas conosco ou nós com as crianças camponesas? – Liev Tolstói 654
Quem traduz o quê, no título de um conto de Tolstói? – Rubens Figueiredo 676
Sobre o autor 678
Sugestões de leitura 681
Índice de contos 684

## APRESENTAÇÃO
Rubens Figueiredo

Entre a década de 1850 e os primeiros anos do século XX, período em que Tolstói escreveu sua obra, a Rússia passou por profundas transformações. A urbanização, a industrialização e a introdução das relações capitalistas, promovidas pelo regime tsarista, acumularam marcas traumáticas na sociedade e na cultura. As formas antigas de vida, de origens agrárias e, em muitos aspectos, alheias à experiência histórica da Europa – modelo de todas aquelas mudanças –, estavam profundamente enraizadas nos costumes e nos valores locais.

A par disso, a Rússia também tentava seguir os passos expansionistas dos países europeus, que na época formavam ou ampliavam seus impérios coloniais na África e na Ásia. Um dos alvos principais do regime tsarista foi a região do Cáucaso, fronteiriça ao território russo. Lá, Tolstói serviu como militar entre 1851 e 1855 (aos 26 e 27 anos), primeiro na campanha do Cáucaso, contra os chamados montanheses do Daguestão, da Inguchétia e da Tchetchénia, e depois na Guerra da Crimeia, contra a aliança formada por Turquia, França e Inglaterra, empenhadas em impedir que a Rússia tivesse acesso ao mar Mediterrâneo.

A literatura fazia parte dessa espécie de pacote modernizador implantado à força na Rússia. A exemplo das formas sociais, as formas literárias já chegaram prontas, acabadas, como uma mercadoria que desembarca no porto, com a chancela de origem nobre e superior. No entanto, pelo menos uma delas – o conto – preservava um vínculo mais forte com formações históricas anteriores à ordem burguesa em implantação. A rigor, o conto remetia diretamente às antigas narrativas orais e à tradição de populações que, por vezes, sequer conheciam a escrita. Por esse ângulo, podemos entender melhor o interesse contínuo de Tolstói por essa forma. Pois, desde suas primeiras iniciativas de escritor até os últimos anos, Tolstói sempre produziu contos. Pode-se dizer que era esse o instrumento narrativo que ele tinha pronto e à mão para atender à sua premência de intervir e questionar. O conto foi também a dimensão em que realizou as mais numerosas experimentações literárias.

Cabe ter em mente que Tolstói viveu na época em que uma fervorosa e rica polêmica acerca do destino da Rússia dominou a intelectualidade do país por décadas a fio. A literatura era, a um só tempo, veículo e objeto dessa polêmica. E, ao mesmo tempo que escrevia sua obra vasta, Tolstói fez incidir sobre a literatura um questionamento sem tréguas e dos mais impressionantes de que se tem notícia. O fundo de tal questionamento era, no geral, a pretensa superioridade da cultura europeia e, em particular, da literatura europeia em relação às formas narrativas ligadas à tradição agrária, tidas como arcaicas e atrasadas. O conto se apresentou como um meio propício para exercer essa crítica, justamente por causa de suas raízes remotas e pré-capitalistas. Ao questionar e pôr à prova, na prática, a forma da narrativa moderna europeia, Tolstói apenas dava sequência às objeções que erguia contra as mudanças em curso na sociedade. Aliás, seu célebre interesse pelo pensamento religioso também pode ser entendido com mais proveito a partir desse ponto de vista.

Por toda a vida, Tolstói dedicou uma atenção incomum a populações, classes e grupos sociais em situação subalterna, oprimida, marginal, que se encontravam em diferentes formas de conflito com a ordem dominante. Já aos 22 anos (1850), chegou a projetar um livro intitulado *Contos de costumes ciganos*, povo de presença marcante na Europa Oriental e na Rússia e que, embora perseguido e acossado, fazia questão de não se integrar à sociedade, mantendo seus padrões peculiares de vida comunitária. O próprio título do projeto já denota o componente etnográfico presente na maneira como Tolstói focaliza seus temas e personagens. O pressuposto é que não existe fundamento objetivo para avaliar como inferiores as formas de vida daquelas populações. Ao longo de décadas, os contos de Tolstói irão repetir o mesmo questionamento, de vários ângulos e com as mais diversas técnicas, com a consciência de que seus leitores, na maioria, por formação e por efeito da necessidade de defender sua posição de classe, tendiam justamente a se ver como superiores.

Assim, nos contos de Tolstói figuram com destaque ciganos, cossacos, vários povos do Cáucaso, sectários religiosos, camponeses (os mujiques), servos, criados, soldados, criminosos, presos, mulheres, velhos, crianças. No entanto, além de estarem presentes como personagens, eles constituem a fonte de formatos narrativos estudados e explorados por Tolstói, a fim de levar mais fundo seu questionamento. A preocupação contínua do escritor com as narrativas orais, de origens antigas, disseminadas entre populações ágrafas ou analfabetas, foi um componente decisivo em seu esforço para elaborar formas diferentes de narrar. As fábulas, as vidas dos santos, as aventuras de heróis populares, as lendas, as parábolas, em lugar de serem vistas como formas elementares, atrasadas, superadas pelos padrões literários modernos, representam pontos de vista alternativos, de onde os vitoriosos se revelam menos consistentes em suas pretensões.

Como se sabe, Tolstói se dedicou pessoalmente, e por muito tempo, à educação de crianças camponesas. Um dos resultados desse empenho foi o contato com as técnicas narrativas peculiares das crianças. Junto com seus alunos, Tolstói produziu dezenas de contos, que constituíram o que chamou de *Livros russos de leitura* e *Nova cartilha*. Nessas técnicas, exploradas e desenvolvidas de forma consciente pelo escritor, ele também procurava a experiência de uma perspectiva em que estivessem ausentes os pressupostos de superioridade, inerentes à literatura europeia. Coerente com a mesma linha de investigação, Tolstói se aventurou a personificar animais, como no conto "Kholstomier", e até plantas, como em "Três mortes".

Para atestar o grau de consciência com que Tolstói empreendia suas experimentações com a linguagem e controlava sua escrita, basta comparar a prosa do conto "O prisioneiro do Cáucaso" com a do romance *Anna Kariênina*, textos produzidos na mesma época. Em lugar das frases longas, inversões, paralelismos retóricos e fluxos de consciência tão marcantes em *Anna Kariênina*, o conto "O prisioneiro do Cáucaso" é escrito sistematicamente com base em verbos de ação, substantivos concretos, frases curtas e ordem direta.

É verdade, porém, que a geração literária anterior a Tolstói – Púchkin, por exemplo – havia se interessado bastante por temas como ciganos e populações do Cáucaso. A diferença reside no enfoque romântico adotado anteriormente, que tomava aqueles grupos sociais como motivos exóticos, sentimentais e idealizados, um tratamento cujo efeito redundava antes em enaltecer o observador do que valorizar o observado. Tolstói tinha severas críticas a essa visão e não à toa, em seu diário, ainda jovem, escreveu: "Nunca vi uma jovem com lábios de coral; vejo, sim, da cor de tijolo". De fato, Tolstói afirmou várias vezes, e desde cedo, que a linguagem popular apresentava qualidades expressivas superiores às da linguagem literária padrão, e um de seus artigos mais memoráveis, ainda em 1859, se intitula: "Quem deve aprender a escrever com quem, as crianças camponesas conosco, ou nós com as crianças camponesas?".

Outra face do envolvimento de Tolstói com os contos populares foi seu trabalho na produção e difusão de literatura para o povo. Para tanto, junto com Vladímir Tchertkov e Pável Biriukov, criou uma editora especializada na publicação de livros voltados para as massas populares. A despeito dos ataques do regime tsarista, que levaram Biriukov à prisão e ao degredo e Tchertkov ao exílio na Inglaterra, a editora, chamada de O Mediador (Posriédnik), chegou a pôr em circulação 3,5 milhões de exemplares por ano, na década de 1890.

No entanto nada disso deve nos fazer esquecer a familiaridade de Tolstói com as inovações narrativas em curso na Europa. Ele não só conhecia e discutia os romances e os contos modernos como chegou a reescrever em russo relatos de Guy de Maupassant – caso de "Françoise" e "Custa caro", aqui traduzidos. Num procedimento talvez não muito diferente do que cumpria ao personificar as crianças camponesas na redação de seus *Livros russos de leitura*, Tolstói, naqueles relatos, personifica o escritor francês, sobre o qual, é bom lembrar, escreveu um ensaio importante. Da mesma forma, *Os contos de Sebastopol*, obra ainda de juventude, escritos durante seu serviço militar na Crimeia, mostram como a insatisfação de Tolstói com os modelos estéticos em vigor o levava a combinar com desembaraço procedimentos de gêneros textuais modernos alheios à ficção. Assim, técnicas de reportagem, de relatos de viagem, de memórias e de descrições etnográficas – além de uma das raras experiências literárias de narrativa em segunda pessoa – são incorporadas ou entremeadas ao relato ficcional bruto. Em outros casos, elementos do arcabouço do conto popular são aproveitados em contos nos quais o influxo moderno, no entanto, predomina.

Tolstói era herdeiro de uma antiga família de senhores de terra. Órfão ainda bem pequeno, foi criado e educado segundo os padrões da elite russa. A desigualdade social era tão patente que mesmo setores da elite não se conformavam com a pobreza das massas camponesas e dos trabalhadores urbanos, então em expansão. A vida do povo russo e as relações sociais e históricas que o constituíam são o tema dos contos de Tolstói, mas também determinam sua forma. No conjunto, seus contos soam como uma voz que se encontra sob uma pressão terrível, mas que resiste e exprime, em numerosas variantes, um mesmo núcleo de questionamentos e chamados à consciência.

A proposta desta edição é reunir todos os contos de Tolstói. Ficaram de fora, no entanto, os textos francamente inacabados e outros para os quais a classificação de conto seria muito problemática. Além disso, não foram incluídos os relatos mais longos, como *A morte de Ivan Ilitch*, mais propriamente conceituados como novelas.

Para a tradução, foram utilizadas duas edições russas:

1. Tolstói, L. N. *Pólnoie Sobránie Sotchiniénii v 90 tómakh* [Obra completa em noventa volumes]. Moscou: Gossudárstvenoie Izdátielstvo Khudójestvennoi Litieraturi, 1935-58.

2. Tolstói, L. N. *Sobránie Sotchiniénii v 22 tómakh* [Obras reunidas em 22 volumes]. Moscou: Khudójestvennoi Litieraturi, 1978-85.

# PRIMEIROS CONTOS

# A INCURSÃO
## (CONTO DE UM VOLUNTÁRIO)

I

No dia 12 de julho, o capitão Khlópov, de dragonas e sabre – desde minha chegada ao Cáucaso, eu nunca o tinha visto em tal indumentária –, entrou em meu abrigo escavado na terra.

– Acabei de falar com o coronel – disse ele, em resposta ao olhar interrogativo com que o recebi. – Amanhã nosso batalhão vai partir.

– Para onde? – perguntei.

– Para NN... É lá que devem se concentrar as tropas.

– E com certeza a partir de lá começará algum deslocamento.

– Deve ser.

– Mas para onde? O que acha?

– O que vou achar? Já disse o que sei. Ontem à noite chegou um tártaro[1] da parte do general, trouxe a ordem para o batalhão partir e levar mantimentos para dois dias. Mas para onde, para quê, por quanto tempo? Isso, meu caro, não disseram: ordenaram marchar, e só.

– No entanto, se só vamos levar mantimentos para dois dias, quer dizer que as tropas não vão se demorar mais do que isso.

– Bem, isso não quer dizer nada...

– Como não? – perguntei com surpresa.

– Ora! Quando fomos para Dargo,[2] levamos mantimentos para uma semana, mas ficamos lá quase um mês!

– E eu posso ir com vocês? – perguntei, depois de pensar um pouco.

– Poder, pode, mas meu conselho é que é melhor não ir. Para que se arriscar?

– Mesmo assim, permita que eu não siga seu conselho; estou aqui há um mês inteiro, só esperando uma ocasião de presenciar um combate, e você agora quer que eu deixe passar a oportunidade.

– Então vá; mas, sinceramente, será que não é melhor permanecer aqui?

---

1 Os russos chamavam de tártaros os montanheses do norte do Cáucaso, de religião muçulmana. [Todas as notas são do tradutor, exceto quando indicado de outro modo.]

2 Povoado na Tchetchénia, onde residia Chamil, o líder da luta dos muçulmanos do norte do Cáucaso contra o Império Russo, e onde, na década de 1840, ele construiu um depósito de mantimentos e de munição.

Ficaria caçando, à nossa espera; e nós iríamos com a ajuda de Deus. E estaria tudo ótimo! – disse num tom de voz tão persuasivo que, no primeiro instante, de fato me pareceu que seria mesmo ótimo; no entanto falei, resoluto, que não ia ficar de jeito nenhum. – E o que o senhor vai ver lá? – continuou o capitão, tentando me convencer. – Quer saber o que acontece numa batalha? Então leia *Descrição da guerra*, de Mikhailóvski-Danilévski. É um livro excelente: nele, tudo é descrito em detalhes. Onde se posiciona cada tropa e como transcorrem as batalhas.

– Ao contrário, é exatamente isso que não me interessa – expliquei.

– Mas então o que quer? Por acaso deseja simplesmente ver como as pessoas matam?... Olhe, em 1832 esteve aqui um voluntário, um espanhol, parece. Fez duas campanhas conosco, usava uma capa azul... mas logo mataram o rapaz. Aqui, meu caro, ninguém se espanta com nada.

Por mais que me envergonhasse o mau entendimento que o capitão tinha de minha intenção, não tentei dissuadi-lo.

– E ele era corajoso? – perguntei.

– Deus é testemunha: ia sempre na frente; onde houvesse luta, lá estava ele.

– Então parece que era corajoso mesmo – disse eu.

– Não, meter-se onde não é chamado não quer dizer que seja corajoso...

– E o que o senhor entende por corajoso?

– Corajoso? Corajoso? – repetiu o capitão, com o ar de uma pessoa que, pela primeira vez, se faz tal pergunta. – Corajoso é aquele que se comporta como deve – respondeu, depois de pensar um pouco.

Lembrei que Platão define coragem como o conhecimento do que é preciso e não é preciso temer, e apesar da generalidade e da vagueza da definição do capitão, achei que a ideia fundamental de ambos não era tão diferente como podia parecer e que a definição do capitão era até mais correta do que a do filósofo grego, porque, se ele pudesse se expressar como Platão, certamente diria que o corajoso é aquele que teme apenas aquilo que é preciso temer, e não o que não é preciso temer.

Senti vontade de explicar minha ideia ao capitão.

– Sim – disse eu. – Parece-me que em toda situação de perigo há uma escolha, e a escolha feita sob a influência, por exemplo, do sentimento de dever é coragem, e a escolha feita sob a influência de um sentimento baixo é covardia; por isso um homem que, por vaidade, ou por curiosidade, ou por cobiça, arrisca a própria vida não pode ser chamado de corajoso e, ao contrário, um homem que, sob a influência de um puro sentimento familiar de responsabilidade ou simplesmente de crença, renuncia a um perigo não pode ser chamado de covarde.

O capitão fitou-me com uma expressão estranha, enquanto eu falava.

– Isso eu não sei dizer – respondeu, enchendo o cachimbo. – Mas temos aqui um *junker*[3] que gosta de filosofar assim. Vá conversar com ele. Também escreve poemas.

Só conheci o capitão no Cáucaso, mas já tinha ouvido falar dele na Rússia. Sua mãe, Mária Ivánovna Khlópova, esposa de um senhor de terras da pequena nobreza, mora a duas verstas[4] da minha propriedade. Antes de minha partida para o Cáucaso, estive em sua casa: a velhinha ficou muito contente porque eu ia ver o seu Páchenka (como ela chamava o velho e grisalho capitão) e porque – uma carta viva – eu poderia falar com ele acerca do cotidiano da mãe e lhe entregar uma encomenda. Depois de me alimentar com uma excelente torta de frutas e fatias de peixe seco, Mária Ivánovna foi para o quarto e voltou de lá com um escapulário preto e bem grande, preso a uma fitinha de seda também preta.

– Tome esta Nossa Senhora Protetora feita de madeira de sarça ardente – disse ela, depois de beijar um crucifixo e a imagem da Mãe de Deus e colocar na minha mão. – Faça a bondade de entregar-lhe isto. Veja: quando ele foi para o Cáucaso, mandei rezar uma missa e fiz a promessa de que, se ele ficasse vivo e a salvo, ia mandar fazer este santinho da Mãe de Deus. Já faz dezoito anos que a Protetora e os santos têm piedade dele: não foi ferido nem uma vez e parece que esteve em batalhas que nem lhe conto!... Quando Mikhailo, que esteve com ele, me contou, fiquei de cabelo em pé! Pois o que sei sobre ele é só por intermédio dos outros: ele, o meu queridinho, não me escreve nada sobre suas campanhas... tem medo de me assustar.

(Já no Cáucaso fiquei sabendo, mas não pelo próprio capitão, que ele fora ferido com gravidade quatro vezes e, é óbvio, assim como nada escrevera à mãe sobre as campanhas, tampouco havia contado sobre os ferimentos.)

– Portanto agora ele deve levar sempre consigo essa imagem santa – prosseguiu ela. – Dou a ele minha bênção. A Santíssima Protetora irá protegê-lo! Ele tem de levá-la sempre consigo, sobretudo nas batalhas. Diga para ele, meu caro, que isso é uma ordem de sua mãe.

Prometi cumprir a missão ao pé da letra.

– Sei que o senhor vai gostar do meu Páchenka – continuou a velha. – É tão simpático! Acredite, não se passa um ano sem que me mande dinheiro, e Ánnuchka, minha filha, ela também ajuda muito; e tudo isso só com seu salário! É verdade, vou dar graças a Deus durante cem anos – concluiu com lágrimas nos olhos – por ter me concedido tais filhos.

– Ele escreve para a senhora com frequência? – perguntei.

---

3 Oficial cadete, oriundo de família nobre, formado na academia militar.

4 Versta: medida russa, equivalente a 1,06 km.

– Raramente, meu caro: mais ou menos uma vez por ano, só quando manda dinheiro escreve umas palavrinhas. Diz assim: "Mãezinha, se lhe escrevo, quer dizer que estou bem de saúde, pois se algo acontecer, que Deus não permita, os outros vão lhe escrever".

Quando entreguei ao capitão a encomenda da mãe (isso aconteceu em meu alojamento), ele pediu papel de embrulho, envolveu o santinho com firmeza e escondeu. Contei a ele muitos detalhes da vida de sua mãe; o capitão escutou calado. Quando terminei, recuou para um canto e ficou muito tempo fumando o cachimbo.

– Sim, é uma velha excelente – disse ele com a voz um pouco abafada. – Deus permita que ainda nos vejamos.

Naquelas palavras simples se exprimia muito mais do que amor e pena.

– Para que o senhor está servindo aqui? – perguntei.

– É preciso trabalhar – respondeu com convicção. – E um salário dobrado para nosso irmão, homem pobre, significa muito.

O capitão vivia de modo frugal: não jogava cartas, raramente ia para alguma farra e fumava tabaco puro, que ele, por razão desconhecida, não chamava de fumo, mas de "tabaco feito em casa". Antes mesmo disso, eu já havia simpatizado com o capitão: tinha uma dessas fisionomias russas tranquilas e leves, agradáveis de olhar direto nos olhos; mas depois dessa conversa passei a sentir por ele um respeito sincero.

## II

Às quatro horas da madrugada do dia seguinte, o capitão veio ao meu encontro. Estava com uma sobrecasaca velha, surrada, sem dragonas, calça larga e lezguiana,[5] gorro alto e branco, uma pele de carneiro amarelada e gasta e um sabre asiático a tiracolo. O *machtak*[6] branquinho no qual vinha montado tinha a cabeça arriada, passinho curto e a todo instante sacudia a cauda ralinha. Apesar de o aspecto do bondoso capitão ser não só pouco marcial como também bonito, exprimia tanta indiferença por tudo à sua volta que não podia deixar de inspirar respeito.

Não o fiz esperar nem um minuto, montei prontamente em meu cavalo e partimos juntos pelo portão da fortaleza.

---

5 Os lezguianos são um grupo étnico do Cáucaso.

6 Na língua do Cáucaso, cavalo pequeno. (N.A.)

O batalhão já estava a duzentas *sájeni*[7] à nossa frente e parecia uma contínua massa preta e ondulante. Dava para adivinhar que era a infantaria, só porque, como densos espinhos compridos, sobressaíam as baionetas e, de vez em quando, chegavam aos ouvidos sons das canções dos soldados, do tambor e uma bela voz de tenor, a segunda voz da sexta companhia, que mais de uma vez me havia deleitado na fortaleza. A estrada passava no meio de um desfiladeiro profundo e largo, na beira de um riacho que, naquela ocasião, como dizem, jogava, quer dizer, havia transbordado. Um bando de pombos selvagens circulava em torno dele: ora pousavam nas pedras da margem, ora, rodando no ar e fazendo círculos ligeiros, voavam e sumiam de vista. O sol ainda não estava visível, mas o ponto mais alto do lado direito do desfiladeiro começava a se iluminar. Pedras cinzentas e esbranquiçadas, musgo verde-amarelado, arbustos orvalhados de espinheiras, cornisos e olmos se destacavam com relevo e nitidez extraordinários na luz dourada e transparente do ar; em compensação o outro lado e o vale, cobertos por uma densa neblina, que ondulava em camadas fumacentas e irregulares, estavam cinzentos, sombrios e exibiam uma ambígua mescla de cores: lilás-claro, quase preto, dourado-escuro e branco. Bem à nossa frente, no escuro azul-celeste do horizonte, com uma nitidez espantosa, viam-se as massas brancas e opacas das montanhas nevadas, com suas sombras e contornos fantásticos, mas distintos nos mínimos detalhes. Cigarras, libélulas e milhares de outros insetos haviam despertado no capim alto e enchiam o ar com seus sons claros e ininterruptos: parecia que uma incalculável quantidade de diminutas campainhas ressoava junto aos ouvidos. O ar tinha cheiro de água, capim, nevoeiro – em suma, tinha o cheiro de uma linda manhã de verão. O capitão fez fogo e começou a fumar o cachimbo; o cheiro do tabaco feito em casa e de mecha inflamável pareceu-me extraordinariamente agradável.

Seguíamos a cavalo por um atalho, a fim de alcançar a infantaria mais depressa. O capitão se mostrava mais pensativo do que o habitual, não tirava da boca o cachimbinho do Daguestão e, a cada passo, batia com os calcanhares no flanco de seu cavalinho, que, oscilando de um lado para o outro, abria um rastro verde--escuro quase imperceptível no capim alto e molhado. Bem embaixo das patas do cavalo, com o grito e o barulho de asas que obrigam o caçador a parar com um sobressalto, um faisão voou e, lentamente, subiu no ar. O capitão não lhe deu a menor atenção.

Havíamos quase alcançado o batalhão, quando atrás de nós ouviu-se o tropel de um cavalo e, no mesmo instante, passou a galope um jovem bonito numa so-

---

7 *Sájen*: antiga medida russa, equivalente a 2,13 m (aproximadamente uma braça).

brecasaca de oficial e com um gorro alto de pelo branco. Ao nos alcançar, sorriu, fez uma saudação com a cabeça para o capitão e brandiu o chicote. Tive tempo de perceber apenas que se sentava sobre a sela e segurava as rédeas de forma especialmente graciosa e que tinha belos olhos negros, narizinho fino e um bigodinho que mal despontava. Agradou-me nele, em especial, o fato de que não pôde deixar de sorrir ao notar que o admirávamos. Só por aquele sorriso era possível concluir que era muito jovem.

– Para onde será que está indo? – resmungou o capitão com ar descontente, sem tirar o cachimbo da boca.

– Quem é esse? – perguntei.

– O alferes Alánin, oficial subalterno da minha companhia... Chegou da Academia no mês passado.

– Então é a primeira vez que vai para um combate? – perguntei.

– Por isso está tão contente! – respondeu o capitão, balançando a cabeça com ar pensativo. – A juventude!

– Mas também, como não se alegrar? Entendo que, para um jovem oficial, isso deve ser mesmo muito interessante.

O capitão ficou calado por um ou dois minutos.

– É o que eu digo: a juventude! – prosseguiu com voz de baixo. – Fica alegre porque ainda não viu nada! Depois que a gente participa de muitas campanhas, não fica mais alegre. Veja, vamos supor, hoje somos vinte oficiais: algum será morto ou ferido, isso é seguro. Hoje sou eu, amanhã será ele, depois de amanhã, outro: então para que se alegrar?

III

Mal o sol radiante surgiu de trás da montanha e passou a iluminar o vale por onde seguíamos, as nuvens ondulantes de neblina se dispersaram e começou a fazer calor. Os soldados, com fuzil e mochila nos ombros, andavam devagar pela estrada poeirenta; nas fileiras, ouviam-se de vez em quando expressões de dialetos da Pequena Rússia[8] e risos. Alguns soldados mais velhos, de jaqueta branca – na maioria, sargentos –, andavam com cachimbo pela margem da estrada e conversavam em tom sério. Carroções puxados por três cavalos e carregados até em cima avançavam a passo lento e levantavam uma poeira densa e imóvel. Oficiais a cavalo iam

---

8 Ucrânia.

na frente; outros, como dizem no Cáucaso, *djiguítovali*,[9] ou seja, batendo com o chicote no cavalo, obrigavam-no a dar quatro pulos e freavam bruscamente, virando a cabeça para trás; outros ocupavam-se com os cantores, que, apesar do calor e do abafamento, entoavam incansavelmente uma música depois da outra.

Umas cem *sájeni* à frente da infantaria, num cavalo grande e branco, com a cavalaria dos tártaros, ia um bravo conhecido no regimento por seu destemor, e esse homem, que mostrava verdade diante dos olhos de quem quer que fosse, era um oficial alto e bonito, em trajes asiáticos. Vestia casaco preto com galões dourados e trançados, perneiras no mesmo estilo, botinas novas, enfeitadas com galões, que abrigavam os pés, uma túnica amarela e um gorro de pelo alto, inclinado para trás. No peito e nas costas, havia galões prateados, nos quais estavam pendurados, nas costas, uma pistola e um porta-pólvora; outra pistola e uma adaga, numa bainha de prata, iam penduradas à cintura. Além de tudo isso, havia um sabre cingido numa bainha de couro marroquino vermelho, com galões, e um fuzil a tiracolo, dentro de uma bainha preta. Pela roupa, pela postura, pela maneira de se conduzir e por todos os movimentos em geral, via-se que ele se esforçava para parecer um tártaro. Até falava algo, numa língua que eu desconhecia, para uns tártaros que iam a cavalo com ele; porém, pelos olhares intrigados e zombeteiros que os tártaros lançavam uns para os outros, pareceu-me que não o compreendiam. Era um de nossos jovens oficiais, bravos e destemidos, formados à imagem dos personagens de Marlínski e Liérmontov.[10] Essas pessoas olham o Cáucaso apenas através do prisma dos heróis do nosso tempo, de Mulla-Nur[11] etc., e em todos os seus atos se orientam não por suas inclinações próprias, mas pelo exemplo daqueles modelos.

O tenente, por exemplo, talvez gostasse da companhia de mulheres respeitáveis e de pessoas importantes – generais, coronéis, ajudantes de ordem –, e estou mesmo convencido de que gostava bastante desse tipo de sociedade, porque era vaidoso no mais alto grau; mas julgava ser seu dever inapelável mostrar seu lado grosseiro a todas as pessoas importantes, embora fosse grosseiro de forma totalmente comedida, e quando aparecia uma dama na fortaleza julgava ser seu dever andar embaixo da janela da mulher com seus *kúnaki*,[12] só de camisa vermelha, de botinas nos pés descalços, e berrar e xingar o mais alto que

---

9 *Djíguit*, na língua kumit [do Daguestão], significa corajoso; adaptado à língua russa, *djiguítovat* corresponde a "exibir coragem". (N. A.)

10 Escritores russos da primeira metade do século XIX.

11 Herói de um conto de Marlínski. Liérmontov escreveu um romance intitulado *O herói do nosso tempo*.

12 Camaradas, na língua do Cáucaso. (N. A.)

podia – tudo isso não tanto pelo desejo de ofendê-la, mas sim para mostrar como tinha lindas pernas brancas e que ela poderia se enamorar dele à vontade, se ele mesmo o quisesse. Ou então muitas vezes, à noite, com dois ou três tártaros pacíficos, ficava na beira das estradas nas montanhas para tocaiar e matar tártaros belicosos que passassem, e embora o coração mais de uma vez lhe dissesse que naquilo nada havia de audaz, ele se julgava obrigado a fazer sofrer as pessoas com quem estava desapontado por algum motivo e a quem, pelo visto, desprezava e odiava. Nunca deixava de levar consigo duas coisas: uma enorme imagem religiosa no pescoço e uma adaga por cima da camisa, com a qual até dormia. Acreditava sinceramente ter inimigos. Persuadir-se de que devia se vingar de alguém e lavar uma ofensa com sangue era, para ele, o maior dos prazeres. Estava convencido de que os sentimentos de ódio, vingança e desprezo da espécie humana constituíam os sentimentos poéticos mais elevados. Mas sua amante – uma circassiana, é claro –, que mais tarde calhou de eu conhecer, disse que ele era o homem mais bondoso e dócil do mundo, toda noite escrevia suas anotações sombrias, mas também fazia as contas num papel quadriculado e rezava de joelhos. Sofria muito só para assumir para si mesmo a aparência daquilo que queria ser, porque seus companheiros e soldados não conseguiam entendê-lo da maneira como ele desejava. Certa vez, numa de suas expedições noturnas à estrada, com seus *kúnaki*, aconteceu de acertar uma bala na perna de um tchetcheno e tomá-lo como prisioneiro. O tchetcheno, depois disso, morou sete semanas na casa do tenente, que cuidou de seu ferimento, tratou-o como um amigo íntimo e, quando ficou de todo curado, lhe deu presentes e deixou-o ir embora. Depois disso, durante uma expedição, quando o tenente recuava numa fileira, atirando no inimigo, ouviu entre os oponentes alguém chamar seu nome, e o amigo que tempos antes ele havia ferido se adiantou a cavalo, convidando o tenente, por meio de sinais, a fazer o mesmo. O tenente foi na direção do amigo e apertou-lhe a mão. Os montanheses mantiveram-se à distância e não atiraram; mas assim que o tenente virou o cavalo para trás, alguns homens atiraram contra ele, e uma bala passou bem perto da parte baixa de suas costas. De outra vez, eu mesmo vi que à noite, na fortaleza, havia um incêndio e duas companhias de soldados tentavam apagar o fogo. No meio da multidão, iluminado pelas labaredas vermelhas do incêndio, surgiu de repente o vulto alto de um homem num cavalo preto. O vulto a cavalo abriu caminho na multidão e avançou direto para o fogo. Na beira do incêndio, o tenente desmontou do cavalo e correu para dentro da casa, que ardia numa das extremidades. Cinco minutos depois, saiu com os cabelos chamuscados e os cotovelos queimados, trazendo junto ao peito dois pombinhos que salvou das chamas.

Seu sobrenome de família era Rozenkrants; mas falava muitas vezes sobre suas origens, atribuía a si algo dos varegues[13] e provava de maneira clara que seus ancestrais eram russos puros.

## IV

O sol havia percorrido a metade de seu caminho e, através do ar ardente, lançava raios quentes sobre a terra seca. O céu azul-escuro estava completamente limpo; apenas o sopé das montanhas nevadas começava a vestir-se de nuvens brancas e lilás. Parecia que o ar imóvel estava cheio de uma poeira transparente: começara a fazer um calor insuportável. Ao chegar a um riachinho que corria na metade da estrada, a tropa fez uma parada. Os soldados baixaram os fuzis e se jogaram no riacho; o comandante do batalhão sentou-se na sombra, sobre o tambor, e, ostentando no rosto rechonchudo seu posto na hierarquia militar, sentou-se para comer um pouco, ao lado de alguns oficiais; o capitão deitou-se na grama embaixo de uma carroça da companhia; o bravo tenente Rozenkrants e mais alguns jovens oficiais, acomodando-se sobre capotes estendidos no chão, preparavam-se para uma farra, como se podia perceber pelos frascos e garrafas espalhados à sua volta e sobretudo pela animação dos cantores, que, formando um semicírculo à frente deles, tocavam com assovios uma dançante canção caucasiana, com a letra em lezguiano:

*Chamil inventou de se rebelar*
*Faz alguns anos...*
*Trai-trai, ra-ta-tai...*
*Faz alguns anos.*

Entre os oficiais estava também o jovem alferes que passara por nós de manhã. Estava muito alegre: os olhos brilhavam, a língua se enrolava um pouco; ele tinha vontade de beijar todo mundo e expressar seu amor a todos... Pobre menino! Ainda ignorava que em tal condição se pode ficar ridículo, que a franqueza e a ternura que dirigia a todos predispunham os outros não ao amor, que ele tanto queria, mas à galhofa – ignorava também que, quando ele, inflamado, se estendeu por fim sobre um capote, apoiado no cotovelo, e jogou para trás o cabelo preto e comprido, estava extraordinariamente encantador. Dois oficiais sentaram-se junto ao carroção e começaram a jogar baralho.

---

13 Povo viking que, no século II, se deslocou da Escandinávia para o leste e para o sul.

Escutei com curiosidade a conversa dos soldados e dos oficiais e observei com atenção as expressões na fisionomia deles; mas, decididamente, não consegui perceber nem sombra da inquietação que eu mesmo experimentava: as brincadeiras, os risos, as histórias exprimiam uma despreocupação e uma indiferença geral pelo perigo iminente. Como se fosse impossível sequer supor que alguns deles estivessem fadados a não regressar pela mesma estrada!

## V

Pouco antes das sete horas da noite, cansados e cobertos de pó, entramos pelos largos portões fortificados da fortaleza de NN. O sol se punha e lançava raios enviesados e cor-de-rosa nas pitorescas baterias e nos bosques de altos choupos que rodeavam a fortaleza, nos campos semeados e amarelos e nas nuvens brancas, que, aglomeradas em torno das montanhas nevadas, parecendo imitá-las, formavam uma cadeia não menos fantástica e bonita. Via-se no horizonte a lua crescente, como uma nuvem translúcida. Na aldeia situada junto aos portões da fortaleza, um tártaro em cima de um telhado chamava os fiéis para as orações; os cantores puseram-se a gorjear com novo ímpeto e energia.

Depois de descansar e me refazer um pouco, dirigi-me a um ajudante de ordens que eu conhecia a fim de pedir que explicasse ao general minha intenção. Ao sair da fortaleza de NN, parei na estrada nos arredores e vi algo que não esperava, de maneira nenhuma. Passou por mim uma bela carruagem de dois lugares, na qual vi um chapéu no rigor da moda e ouvi falarem em francês. Pela janela aberta da casa do comandante, vinham os sons da música "Lizanka" ou da "Polca de Kátienka", tocada num piano ruim e desafinado. Numa tabernazinha pela qual passei, alguns escrivães estavam sentados diante de copos de vinho, com cigarro nas mãos, e ouvi um dizer para o outro: "Como queira... mas no que diz respeito à política, Mária Grigórievna é nossa primeira-dama". Um judeu recurvado de aspecto doentio, num casaco surrado, arrastava um realejo quebrado e estridente e espalhava em toda a aldeia as notas do final da ópera *Lucia de Lammermoor*. Duas mulheres em vestido farfalhante, envoltas em xale de seda e com sombrinha de cores claras nas mãos, passaram ligeiras por mim, pela calçada de tábuas. Duas meninas, uma de vestido rosa, a outra de azul, ambas de cabeça descoberta, estavam sentadas num banquinho de terra e madeira junto de uma casinha baixa e davam uns risos agudos e forçados com o óbvio desejo de chamar para si a atenção dos oficiais que passavam. Os oficiais, em sobrecasaca nova, luvas brancas e galões reluzentes, se exibiam pelas ruas e bulevares.

Encontrei meu conhecido no térreo da casa do general. Assim que consegui explicar meu desejo e ele me respondeu que tal desejo poderia ser perfeitamente atendido, a pequena carruagem elegante que eu já havia notado passou com estrépito perto da janela junto à qual estávamos sentados e parou diante da varanda. Da carruagem desceu um homem de uniforme da infantaria, com dragonas de major, e entrou na casa do general.

– Ah, me perdoe, por favor – disse-me o ajudante de ordens, erguendo-se. – Tenho de avisar imediatamente o general.

– Quem foi que chegou? – perguntei.

– A condessa – respondeu e, abotoando o uniforme, subiu depressa ao primeiro andar.

Após alguns minutos, saiu para a varanda um homem baixo, mas extremamente bonito, de sobrecasaca sem dragonas, com uma cruz branca na lapela. Atrás dele, saíram o major, o ajudante de ordens e mais dois oficiais. No passo, na voz, em todos os movimentos do general, exprimia-se um homem que tinha perfeita consciência de seu elevado valor.

– *Bonsoir, madame la comtesse*[14] – disse ele, estendendo a mão pela janela da carruagem.

Uma pequenina mão em luva de pele de cordeiro apertou a mão do general, e um rostinho bonito, sorridente, num chapéu amarelo, surgiu na janela da carruagem.

De toda a conversa, que se prolongou por alguns minutos, só ouvi de passagem que o general disse, sorrindo:

– *Vous savez que j'ai fait voeu de combattre les infidèles; prenez donc garde de le devenir.*[15]

Riram na carruagem.

– *Adieu donc, cher général.*[16]

– *Non, au revoir* – disse o general, pondo o pé no degrau da escadinha da varanda. – *N'oubliez pas que je m'invite pour la soirée de demain.*[17]

A carruagem partiu com ruído.

"Aí está um homem", pensei, ao voltar para casa, "que tem tudo o que os russos procuram alcançar: um posto elevado, riqueza, reputação... e esse homem que

---

14 "Boa tarde, senhora condessa".

15 "A senhora sabe que jurei combater os infiéis; portanto, tome cuidado para não se tornar uma infiel".

16 "Então, adeus, caro general".

17 "Não, até logo" / "Não esqueça que estou convidado para o sarau de amanhã".

está à beira de uma batalha que só Deus sabe como vai terminar troca gracejos com uma mocinha bonita e promete que irá tomar chá com ela no dia seguinte, como se a tivesse encontrado num baile!"

Na casa do mesmo ajudante de ordens, encontrei um homem que me surpreendeu ainda mais: era um jovem tenente do regimento de K., que se distinguia por sua beleza e timidez quase feminina e que tinha ido à casa do ajudante de ordens para exprimir seu desgosto e sua indignação com pessoas que, pelo visto, faziam intrigas contra ele para que não fosse indicado para lutar na batalha iminente. Disse que era sórdido comportar-se daquela forma, que não era uma conduta digna de camaradas, que ele não ia se esquecer daquilo etc. Por mais que observasse a expressão em seu rosto, por mais que escutasse com atenção o som de sua voz, não pude me deixar convencer de que ele não estava fingindo de maneira nenhuma, de que estava profundamente revoltado e aflito porque não permitiram que fosse atirar contra os circassianos e colocar-se sob a mira de seus tiros; estava agoniado como um menino que acabaram de açoitar injustamente... Eu não entendia absolutamente nada.

## VI

Às dez horas da noite, as tropas deviam se pôr em marcha. Às oito e meia, montei meu cavalo e fui à casa do general; porém, supondo que ele e o ajudante de ordens estivessem ocupados, parei na rua, amarrei o cavalo na cerca e sentei no banco, para falar com o general assim que ele saísse.

O calor e o brilho do sol já haviam se transformado em noite fria, e a luz mortiça da lua crescente, que começava a baixar, formava em redor de si um pálido semicírculo luminoso no azul do céu estrelado; nas janelas das casas e nas frestas das persianas dos abrigos escavados na terra, luzes rebrilhavam. Os choupos esguios dos bosques, que se avistavam no horizonte por trás dos abrigos escavados na terra e com telhados de bambu esbranquiçados e iluminados pelo luar, pareciam ainda mais altos e escuros.

As sombras compridas das casas, das árvores, das cercas estendiam-se bonitas pela estrada clara e poeirenta... No rio, as rãs coaxavam sem parar,[18] nas ruas ouviam-se ora passos afobados e conversas, ora uma certa "Aurora-Walzer".[19]

---

18 No Cáucaso, as rãs produzem sons que nada têm em comum com o som das rãs russas. (N.A.)
19 "Valsa da aurora".

Não vou contar no que eu estava pensando: em primeiro lugar porque me envergonha admitir os pensamentos sombrios que, numa sequência obsessiva, me perseguiam pela rua, enquanto eu só enxergava à minha volta alegria e satisfação, e em segundo lugar porque isso não tem cabimento no meu conto. Eu estava tão pensativo que nem percebi que os sinos bateram onze horas e que o general passou por mim acompanhado por uma comitiva.

Montei às pressas em meu cavalo e parti no encalço do destacamento.

A retaguarda ainda estava nos portões da fortaleza. Com dificuldade, abri caminho pela ponte atulhada de canhões, caixotes de munição, carroções dos regimentos e oficiais que davam ordens aos gritos. Depois de cruzar os portões, ultrapassei a trote as tropas que se estendiam por quase uma versta, movendo-se em silêncio no escuro, e alcancei o general. Ao passar pelos canhões da artilharia que se estendiam numa fila e pelos oficiais que iam a cavalo entre os canhões, chocou-me como uma dissonância ofensiva, no meio da harmonia festiva e serena, o som de uma voz que gritou em alemão: "Artilheiro, me dê um morrão!", e a voz de um soldado gritou apressada: "Chevchenko! O tenente quer fogo!".

A maior parte do céu estava encoberta por nuvens compridas, cinzentas e escuras; só aqui e ali, entre elas, brilhavam estrelas baças. A lua já havia se escondido no horizonte próximo, atrás das montanhas negras que se avistavam à direita, e lançava no topo e nos picos uma penumbra fraca e trêmula, em contraste com a sombra impenetrável que toldava o sopé das montanhas. O ar estava morno e tão escuro que nenhum capim, nenhuma nuvenzinha parecia se mexer. Estava tão escuro que mesmo a uma distância bem próxima era impossível distinguir os objetos; nas margens da estrada, eu parecia ver ora penhascos, ora animais, ora pessoas estranhas – e só reconhecia que eram arbustos depois que os ouvia farfalhar e sentia o frescor do orvalho, do qual estavam cobertos.

À minha frente, eu via uma parede preta, contínua e flutuante, atrás da qual se formava um punhado de manchas movediças: era a vanguarda da cavalaria e o general com sua comitiva. Atrás de nós, movia-se outra massa igualmente escura; mas estava mais próxima do que a primeira: era a infantaria.

Em toda a tropa reinava tamanho silêncio que se ouviam com nitidez todos os ruídos da noite, que se fundiam, repletos de uma beleza misteriosa: o queixoso e distante uivo dos chacais, semelhante ora a um pranto desesperado, ora a uma risada; o ressoante e monótono som do grilo, da rã, da codorna, um zumbido que se aproximava e cuja origem eu não conseguia explicar, e todos os movimentos noturnos da natureza, que mal se ouvem, que são impossíveis de compreender ou definir e fundem-se em um som belo e completo que chamamos de silêncio da noite. Esse silêncio era rompido, ou melhor, se fundia com o surdo tropel de cascos e o farfalhar de capim alto, produzido pelo destacamento, que se movia lentamente.

Só de quando em quando se ouviam nas fileiras o retinir de um canhão pesado, o som de baionetas se entrechocando, uma conversa discreta e o resfolegar de um cavalo.

A natureza respirava beleza conciliadora e força.

Como podem as pessoas viver como se não tivessem espaço neste mundo bonito, sob este céu estrelado e imensurável? Como é possível, em meio a essa natureza fascinante, persistir na alma do homem o sentimento de rancor, de vingança ou a paixão de aniquilar seus semelhantes? Parece que tudo de ruim no coração do homem deveria desaparecer em contato com a natureza – essa expressão imediata da beleza e do bem.

## VII

Avançamos por mais de duas horas. Calafrios me percorriam, e o sono começou a inclinar minha cabeça. No escuro, surgiam confusamente os mesmos objetos vagos: a certa distância, a parede negra, as mesmas manchas movediças; bem perto de mim, a garupa de um cavalo branco, que, abanando a cauda, abria bastante as pernas traseiras; as costas de uma túnica circassiana branca, na qual pendia uma espingarda dentro de uma bainha preta e em que se via a coronha branca de uma pistola metida num coldre bordado; a brasa de um cigarro que iluminava o bigode castanho-claro, uma gola de pele de castor e uma mão numa luva de camurça. Eu estava curvado na direção do pescoço do cavalo, os olhos começaram a fechar, e perdi a consciência por alguns minutos; depois, de repente, um tropel e um farfalhar conhecidos me surpreenderam: olhei em redor e me pareceu que eu estava parado, que a parede negra que se encontrava à minha frente se movia em minha direção, ou que a parede havia parado e agora eu avançava em sua direção. Num desses minutos, impressionou-me com mais força ainda o zumbido ininterrupto que se aproximava, com cuja causa eu não conseguia atinar. Era o rumor da água. Havíamos entrado num profundo desfiladeiro e nos aproximávamos de um rio das montanhas que na ocasião estava em plena cheia.[20] O zumbido ficou mais forte, o capim cinzento se tornou mais espesso e mais alto, os arbustos se interpunham no caminho cada vez mais frequentes e o horizonte se estreitava pouco a pouco. De vez em quando, contra o fundo escuro das montanhas, luzes claras chamejavam em vários pontos e logo depois desapareciam.

---

20 A cheia dos rios do Cáucaso acontece no mês de julho. (N. A.)

– Por favor, me diga o que são aquelas luzes – perguntei num sussurro para o tártaro que ia a cavalo a meu lado.

– Você não sabe? – disse ele.

– Não.

– São os montanheses que amarram palha numa vara, tacam fogo e sacodem.

– Mas para que fazem isso?

– Para todo mundo saber que os russos estão aí. Agora, nos *aul*[21] – acrescentou e riu –, está a maior correria, todo mundo pega seus pertences e vai se esconder num barranco.

– Quer dizer que nas montanhas já sabem que o destacamento está chegando? – perguntei.

– Ora! Como é que não iam saber? Sempre sabem: nosso povo é assim!

– Então Chamil agora está se preparando para o combate? – perguntei.

– *Iok*![22] – respondeu, balançando a cabeça em sinal de negação. – Chamil não vai entrar em combate; Chamil vai mandar os *naíb*[23] e ele mesmo vai ficar só olhando, lá de cima, numa luneta.

– E ele mora longe?

– Longe não é, não. Olhe, lá do lado esquerdo, umas dez verstas.

– Como é que você sabe? – perguntei. – Já esteve lá?

– Estive: todos nós já estivemos na montanha.

– E viu Chamil?

– Que nada! A gente nem vê o Chamil. Tem uns cem, trezentos, mil guarda-costas em volta dele. Chamil fica bem no meio! – acrescentou com uma expressão de respeito servil.

Ao olhar para cima, podia-se notar que o céu já havia clareado, começava a se iluminar no oriente, e a constelação das Plêiades baixava no horizonte; porém, no desfiladeiro por onde passávamos, estava escuro e molhado.

De repente, um pouco à nossa frente, no escuro, acenderam-se algumas luzezinhas; no mesmo instante, com um ganido, balas assoviaram e, no meio do silêncio em redor, irromperam ao longe tiros e gritos estridentes e altos. Era um destacamento avançado do inimigo. Os tártaros que o formavam berraram, atiraram a esmo e se dispersaram.

Tudo ficou em silêncio. O general mandou chamar o intérprete. Um tártaro de túnica branca se aproximou e lhe falou demoradamente, em sussurros e com gestos.

---

21 Aldeia do Cáucaso.

22 "Não", na língua dos tártaros. (N. A.)

23 Chamavam-se *naíb* aqueles a quem Chamil conferia parte de seu governo. (N. A.)

– Coronel Khassánov. Dê ordem para abrir as fileiras – disse o general em voz baixa, arrastada, mas clara.

O destacamento aproximou-se do rio. Os desfiladeiros das montanhas negras ficaram para trás; o dia começava a nascer. O céu do horizonte, onde mal se distinguiam estrelas brancas e mortiças, parecia mais alto; um fulgor começou a brilhar no horizonte; uma brisa fresca e penetrante batia de oeste e uma neblina clara como vapor se erguia sobre o rio rumorejante.

## VIII

O guia mostrou o vau no rio, e a vanguarda da cavalaria, logo seguida pelo general e sua comitiva, começou a fazer a travessia. A água batia no peito dos cavalos, rompia com força extraordinária entre pedras brancas, que aqui e ali afloravam na superfície, e formava ruidosas correntes espumantes em torno das pernas dos cavalos. O barulho da água deixava os cavalos assustados, os animais erguiam a cabeça, esticavam as orelhas, mas avançavam com cuidado e a passos medidos contra a corrente, sobre o fundo desnivelado. Os cavaleiros encolhiam as pernas e levantavam as armas. Os soldados da infantaria, só de camisa, erguiam acima da água seus fuzis, nos quais levavam as roupas amarradas com nós, e de mãos dadas em grupos de vinte lutavam contra a correnteza, com visível esforço, a julgar pelo rosto contraído. Com gritos altos, os cocheiros da artilharia atiçavam os cavalos a entrar na água a trote. Os canhões e as caixas verdes de munição, entre as quais de vez em quando a água espirrava, retiniam sobre as pedras do fundo do rio; mas os bons cavalos do mar Negro puxavam os tirantes e os arreios, faziam a água espumar e, com a cauda e a crina molhadas, saíam na outra margem.

Assim que a travessia terminou, o general de repente exprimiu em seu rosto algo de sério e pensativo, virou o cavalo e seguiu a trote, com a cavalaria, pela vasta campina que se abria à nossa frente, rodeada pelo bosque. As fileiras de cavaleiros cossacos se dispersaram ao longo das margens do bosque.

Surgiu no bosque um homem a pé, de túnica circassiana e gorro alto de pelo, mais um, e outro... Um dos oficiais disse: "São os tártaros". Surgiu uma nuvenzinha de fumaça atrás de uma árvore... um tiro, outro... Nossos tiros constantes começaram a abafar os disparos dos inimigos. Só de vez em quando passava um projétil, com um som vagaroso, semelhante a uma abelha voando, e mostrava que nem todos os tiros eram dos nossos. A infantaria se moveu a passos fugazes, canhões passaram a trote, em fila; ouviram-se disparos sibilantes dos canhões, o som metálico das cargas de metralha, o silvo dos obuses, o matraquear dos fuzis. A cavalaria, a infantaria e a artilharia se faziam visíveis por todos os lados na vasta campina. As nuvenzinhas dos canhões, dos obuses e dos fuzis se fundiam com a vegetação coberta pelo orvalho e com a neblina. O coronel Khassánov se aproximou do general a galope e deteve o cavalo bruscamente em plena marcha.

– Vossa Excelência! – diz ele, levando a mão ao gorro de pelo. – Ordene o ataque da cavalaria: surgiram sinais – e aponta com o chicote para os cavaleiros tártaros, do meio dos quais vêm dois homens em cavalos brancos, com trapos azuis e vermelhos presos em varas.

– Que Deus nos ajude, Mikhail Mikháilovitch! – diz o general.

O coronel, no mesmo lugar, vira o cavalo, ergue o sabre e grita:

– Hurra!

– Hurra! Hurra! Hurra! – ressoa nas fileiras, e a cavalaria parte atrás do coronel.

Todos olham com curiosidade: surge um sinal, outro, um terceiro, um quarto...

O inimigo, sem esperar os ataques, esconde-se na mata e, de lá, abre fogo com os fuzis. As balas voam com mais frequência.

– *Quel charmant coup d'oeil!*[24] – diz o general, dando saltinhos à inglesa em seu cavalo murzelo de pernas finas.

– *Charrmant!* – responde o major, pronunciando o r com força, e, batendo no cavalo com o chicote, se aproxima do general: – *C'est un vrrai plaisirr que la guerre dans un aussi beau pays*[25] – diz ele.

– *Et sourtout en bonne compagnie*[26] – acrescenta o general, com um sorriso simpático.

O major inclina a cabeça numa reverência.

Nesse momento, com um assovio veloz e desagradável, uma bala de canhão do inimigo passa voando e se choca em alguma coisa; mais atrás, ouvem-se os gemidos de um ferido. O gemido me atinge de forma tão estranha que, no mesmo instante, o cenário de guerra perde para mim todo o seu encanto; mas ninguém parece notar, a não ser eu: o major ri com grande curiosidade, ao que parece; outro oficial, absolutamente calmo, repete as palavras iniciais de uma frase interrompida; o general olha para o lado oposto e, com um sorriso sereno, fala algo em francês.

– O senhor vai ordenar responder a esses disparos? – pergunta um coronel da artilharia que veio a galope.

---

24 "Que paisagem encantadora!".

25 "É um grande prazer fazer a guerra num país tão belo".

26 "Ainda mais em boa companhia".

– Sim, dê um susto neles – responde o general com displicência, fumando um charuto.

A bateria se põe em linha e começa o canhoneio. A terra geme com os tiros, clarões chamejam sem cessar e os olhos são toldados pela fumaça, na qual mal se consegue distinguir os soldados da artilharia que operam os canhões.

A aldeia foi bombardeada. De novo se aproxima o coronel Khassánov e, por ordem do general, vai depressa à aldeia. Ressoa de novo o grito de guerra e a cavalaria desaparece na nuvem de poeira que ela mesma levantou.

O espetáculo era de fato grandioso. Para mim, como alguém que não tomava parte na batalha e não estava habituado àquilo, só uma coisa estragava a impressão geral: pareciam-me supérfluos aqueles movimentos, os entusiasmos e os gritos. Sem querer, comparava aquilo a um homem que, brandindo um machado, cortasse pedaços do ar.

IX

A aldeia já estava ocupada pelas nossas tropas e nela não restava nenhum inimigo quando o general se aproximou com sua comitiva, na qual eu me havia infiltrado.

*Sáklias*[27] compridas e limpas, com telhados planos de barro e chaminés bonitas, situavam-se em outeiros pedregosos e acidentados, entre os quais corria um pequeno rio. De um lado, iluminados pela clara luz do sol, viam-se pomares verdes com enormes pereiras e ameixeiras; do outro lado, sobressaíam sombras estranhas, altas pedras tumulares do cemitério, na perpendicular, e compridas hastes de madeira com esferas e bandeiras coloridas fixadas na ponta. (Eram os túmulos dos *djíguit*.)[28]

As tropas se perfilaram nos portões.

Um minuto depois, com evidente alegria, os dragões da cavalaria, os cossacos e os infantes se dispersaram pelas ruazinhas tortuosas, e a aldeia deserta num instante ganhou vida. Num local, tomba um telhado, um machado bate numa árvore robusta e uma porta de tábuas é arrombada; mais além, é incendiado um monte de feno, uma cerca viva, uma *sáklia*, e uma espessa coluna de fumaça se ergue no ar claro. Um cossaco arrasta um saco de farinha e um tapete; um soldado com o rosto alegre retira de uma *sáklia* uma bacia de estanho e um trapo qualquer; outro soldado, com os braços abertos, tenta apanhar duas galinhas que, com cacarejos,

---

27 Casas dos montanheses do Cáucaso.

28 Referência aos cavaleiros caucasianos.

tentam fugir por uma cerca; outro acha um enorme *kumgan*[29] com leite, bebe um pouco e, com uma grande risada, o arremessa de encontro à terra.

O batalhão com o qual eu havia saído da fortaleza de NN também estava no *aul*. O capitão sentou-se no telhado de uma *sáklia* e soltava do cachimbinho curto jatos de fumaça do tabaco feito em casa, com um ar de tamanha indiferença que, quando o avistei, esqueci que estava num *aul* hostil e pareceu-me estar perfeitamente em casa.

– Ah! O senhor está aqui? – disse, ao me ver. A figura alta do tenente Rozenkrants surgia de relance no *aul*, ora num lugar, ora noutro; dava ordens sem cessar e tinha o aspecto de um homem preocupado ao extremo. Vi como saiu de uma *sáklia* com ar triunfante; atrás dele, dois soldados traziam um velho tártaro amarrado. O velho, cuja única roupa se resumia a um casaco colorido em farrapos e uma calça remendada, estava tão debilitado que os braços ossudos, amarrados com força por trás das costas curvadas, pareciam à beira de soltar-se dos ombros, e os pés descalços e tortos moviam-se com esforço. O rosto e até uma parte da cabeça raspada estavam sulcados por rugas profundas; a boca desdentada e torcida era rodeada por bigodes grisalhos e cortados e pela barba que não parava de se mexer, como se estivesse mastigando alguma coisa; mas os olhos vermelhos e sem pestanas, em que uma chama ainda cintilava, exprimiam com clareza a indiferença da velhice pela vida.

Rozenkrants, por meio do intérprete, perguntou-lhe por que não havia fugido com os outros.

– E para onde eu iria? – respondeu, olhando sereno para o lado.

– Para o mesmo lugar aonde os outros foram – disse alguém.

– Os *djíguit* foram lutar contra os russos, mas eu estou velho.

– E você não tem medo dos russos?

– O que os russos vão fazer comigo? Estou velho – disse de novo, olhando o tempo todo para o círculo de pessoas que se formara em seu redor.

Ao voltar, vi que o velho, sem chapéu, com os braços amarrados, balançando na sela de um cossaco e com a mesma expressão apática, olhava em redor. Ele era necessário para a troca de prisioneiros.

Subi no telhado e me acomodei ao lado do capitão.

– Parece que os inimigos eram poucos – falei, desejando saber sua opinião sobre o combate.

– Inimigos? – repetiu com surpresa. – Mas não havia inimigo nenhum. Por acaso se pode chamar isso de inimigo? Olhe, preste atenção de noite, quando começarmos a nos retirar: vai ver quando começarem a nos seguir. Eles vão aparecer

---

29 Vaso de barro. (N.A.)

lá! – acrescentou, apontando com o cachimbo para a mata junto à qual havíamos passado pela manhã.

– O que é aquilo? – perguntei, inquieto, interrompendo o capitão e apontando para alguns cossacos do Don que se reuniam perto de nós em torno de alguma coisa.

Entre eles, ouviu-se algo parecido com o choro de uma criança e as palavras:

– Ei, não corte... espere... olhem... Tem uma faca, Evstigniéitch?... Me dê a faca...

– Estão repartindo alguma coisa, os canalhas – disse o capitão com toda a calma.

Mas no mesmo instante, com o rosto assustado, vermelho, o alferes bonito veio correndo da esquina e, abanando os braços, atirou-se na direção dos cossacos.

– Não toquem, não batam nele! – gritou com voz infantil.

Ao verem o oficial, os cossacos recuaram e soltaram um cabrito branco. O jovem alferes, completamente perplexo, balbuciou alguma coisa e, com uma fisionomia confusa, ficou parado na frente do animal. Ao nos ver, a mim e o capitão, sobre o telhado, ruborizou-se mais ainda e, aos pulos, correu em nossa direção.

– Pensei que iam matar uma criança – disse ele, sorrindo com timidez.

## X

O general e a cavalaria marchavam na frente. O batalhão com o qual eu havia saído da fortaleza de NN ficou na retaguarda. As companhias do capitão Khlópov e do tenente Rozenkrants se retiravam juntas.

A previsão do capitão se cumpriu inteiramente: assim que entramos na estreita passagem entre os bosques da qual ele havia falado, montanheses a cavalo e a pé começaram a surgir de relance, de ambos os lados, e tão perto que eu via muito bem como alguns, curvados, com espingarda nas mãos, passavam correndo de uma árvore para outra.

O capitão tirou o chapéu e fez o sinal da cruz, com ar devoto; alguns soldados mais velhos fizeram o mesmo. No bosque, ouviam-se assovios e as palavras: "Iai, infiel! Russo, iai!". Tiros secos e curtos de espingarda disparavam um atrás do outro, e as balas zuniam de ambos os lados. Os nossos respondiam, em silêncio, com um fogo apressado; nas fileiras, apenas raramente se ouviam comentários do tipo: "Ele[30] está atirando de onde? Atrás da mata ele está numa boa posição, a gente precisava de canhões..." etc.

---

30 Ele é a denominação genérica que os soldados caucasianos empregam para designar os inimigos em geral. (N. A.)

Os canhões foram postos em linha e, depois de alguns disparos de metralha, o inimigo pareceu se enfraquecer, mas depois de um minuto, e um pouco mais a cada novo passo das tropas, os tiros, os gritos e os assovios logo retomaram força.

Assim que nos afastamos umas trezentas *sájeni* do *aul*, as balas de canhão dos inimigos começaram a voar sobre nós com assovios. Vi uma bala de canhão matar um soldado... Mas para que contar em detalhes a cena terrível, quando eu mesmo faria qualquer coisa para esquecê-la?

O próprio tenente Rozenkrants disparava sua espingarda sem parar nem um minuto, gritava para os soldados com voz rouca e, com afinco, galopava de um lado para o outro. Estava um pouco pálido, o que combinava muito bem com seu rosto marcial.

O alferes bonito estava em êxtase; os belos olhos negros brilhavam de coragem, a boca sorria de leve; a todo instante corria para o capitão e pedia permissão de lançar um ataque geral aos gritos de hurra!

– Vamos derrotá-los – dizia com convicção. – Não há dúvida, vamos derrotá-los.

– Não é preciso – respondia o capitão, sucinto. – É necessário recuar.

A companhia do capitão ocupava a margem do bosque e se defendia atirando contra o inimigo. O capitão, com sua sobrecasaca surrada e sua touca desfiada, havia soltado as rédeas de seu cavalo branco, tinha encolhido as pernas nos estribos curtos e se mantinha em silêncio e sem se mexer. (Os soldados sabiam tão bem o que deviam fazer que nem era preciso lhes dar nenhuma ordem.) Apenas raramente o capitão erguia a voz para repreender os que levantavam a cabeça.

A figura do capitão era muito pouco marcial; em compensação, havia nele tanta verdade e simplicidade que me impressionou de maneira extraordinária. "Eis um corajoso de verdade", não pude deixar de dizer a mim mesmo.

O capitão estava exatamente igual a como eu sempre o via: os mesmos movimentos tranquilos, a mesma voz constante, a mesma expressão sem astúcia no rosto feio, mas simples; apenas no olhar, mais aceso do que o habitual, se podia perceber a atenção de um homem tranquilamente concentrado em seu trabalho. É fácil dizer: igual a sempre. Mas quantos matizes diferentes eu notava nos outros: um queria parecer mais calmo, outro, mais rigoroso, um terceiro, mais alegre do que o habitual; no rosto do capitão se percebia que ele nem sequer compreendia para que parecer outra coisa.

Um francês que disse sobre Waterloo: "*La garde meurt, mais ne se rend pas*"[31] e outros, em especial heróis franceses, que disseram frases memoráveis eram corajosos e de fato disseram frases memoráveis; mas entre a coragem deles e a cora-

---

31 "A guarda morre, mas não se rende".

gem do capitão existe a seguinte diferença: se alguma palavra grandiosa, qualquer que fosse ela, chegasse apenas a palpitar na alma do meu herói, estou convencido de que ele não a pronunciaria: em primeiro lugar porque teria medo de, ao pronunciar a palavra grandiosa, estragar um ato grandioso; em segundo lugar porque, quando um homem sente em si a força de praticar um ato grandioso, nenhuma palavra é necessária, qualquer que seja ela. Na minha opinião, esse é o elevado traço característico da coragem russa; e como, depois disso, não há de doer o coração de um russo quando ouve, entre nossos jovens soldados, frases vulgares em francês que têm a pretensão de imitar o obsoleto cavalheirismo francês?

De repente, do outro lado, onde estava o alferes bonito com seu pelotão, ouviu-se um "hurra" hostil e baixo. Ao me voltar na direção do grito, vi uns trinta soldados que, com fuzil nas mãos e mochila nos ombros, corriam a toda a pressa por um campo lavrado. Avançavam aos tropeções, mas de todo jeito iam adiante e gritavam. À frente deles, abanando o sabre no ar, galopava o jovem alferes.

Todos desapareceram no bosque...

Depois de alguns minutos de assovios e gritaria dentro da mata, saiu de lá um cavalo assustado e, na orla do bosque, surgiram soldados que carregavam os mortos e os feridos; entre estes, estava o jovem alferes. Dois soldados o amparavam pelas axilas. Estava branco como um lenço, e a bela cabeça, na qual se notava apenas uma sombra do entusiasmo belicoso que a inspirava um minuto antes, havia afundado entre os ombros de um jeito terrível e pendia inclinada sobre o peito. Na camisa branca por baixo da sobrecasaca desabotoada, via-se uma pequena mancha sangrenta.

– Ah, que pena! – não pude deixar de exclamar, virando o rosto para não ver a cena triste.

– É uma pena mesmo – disse um velho soldado que, com aspecto triste, de pé a meu lado, se apoiava com os cotovelos no fuzil. – Não tem medo de nada: como é que pode? – acrescentou, olhando com tristeza para o ferido. – Ainda é um tolo, está pagando por isso.

– Mas e você, tem medo? – perguntei.

– Como é que não vou ter medo?

## XI

Quatro soldados trouxeram o alferes numa maca; atrás deles, um soldado enfermeiro puxava um cavalo magro, abatido, carregado com duas caixas verdes que continham utensílios médicos. Esperaram o médico. Os oficiais se aproximaram da maca e tentavam animar e consolar o ferido.

– Pois é, irmão Alánin, vai ficar um tempinho sem poder dançar com as colherezinhas[32] – disse com um sorriso o tenente Rozenkrants.

Na certa achou que essas palavras dariam coragem ao alferes bonito; porém, pelo que se podia notar na expressão fria e tristonha de seu olhar, as palavras não produziram o efeito desejado.

O capitão também se aproximou. Olhou com tristeza para o ferido e, no rosto sempre indiferente e frio, exprimiu-se um pesar sincero.

– E agora, meu caro Anatóli Ivánitch? – disse com a voz em que vibrava um sentimento de ternura que eu não esperava dele. – Olhe, é a vontade de Deus.

O ferido ergueu os olhos; seu rosto pálido animou-se com um sorriso triste.

– Pois é, não obedeci ao senhor.

– É melhor dizer: é a vontade de Deus – repetiu o capitão.

O médico chegou, tomou do enfermeiro as ataduras, a sonda e outros apetrechos e, arregaçando as mangas, aproximou-se do ferido com um sorriso animador.

– Ora, pelo visto abriram no senhor uns buraquinhos num lugar que estava fechado – disse ele em tom jocoso. – Mostre onde é.

O alferes obedeceu; mas na expressão com que olhou para o médico alegre havia surpresa e repreensão, as quais o doutor não percebeu. Começou a sondar a ferida e observá-la por todos os lados; o ferido, porém, esgotada a paciência, afastou sua mão com um gemido...

– Deixe-me em paz – disse com voz quase inaudível. – Vou morrer mesmo, de um jeito ou de outro.

Com tais palavras, tombou de costas e, cinco minutos depois, quando me aproximei do grupo em torno dele, perguntei a um soldado: "Como está o alferes?". Responderam: "Vai ficar bom".

## XII

Já era tarde quando o destacamento, numa larga coluna e cantando, se aproximou da fortaleza.

O sol se escondera atrás de uma serra nevada e lançava os últimos raios rosados na nuvem comprida e fina que restara no horizonte claro e transparente. As montanhas nevadas começavam a se esconder na neblina lilás; só sua linha superior aparecia com uma clareza extraordinária na luz escarlate do pôr do sol. Fazia

---

32 Dança popular tradicional na Rússia e em países da Ásia Central.

tempo que a lua transparente havia subido e começava a branquejar contra o fundo azul-escuro. O verde do capim e das árvores negrejava e se cobria de orvalho. As massas escuras das tropas rumorejavam ritmadamente e moviam-se pelo prado viçoso; ouviam-se de vários lados tambores, pandeiros e canções alegres. O cantor que fazia a segunda voz na sexta companhia cantava a plenos pulmões e, cheios de sentimento e de força, os sons de sua voz de tenor, limpa e peitoral, difundiam-se pelo ar transparente da noite.

*Publicado em 1853 na revista* Sovriemiénik (*O Contemporâneo*). *Baseia-se num fato real, ocorrido no verão de 1851, do qual Tolstói tomou parte.*

# MEMÓRIAS DE UM MARCADOR DE PONTOS DE BILHAR

Pois foi às três horas que aconteceu. Jogavam uns senhores: o convidado grande (assim o chamávamos), o príncipe (anda sempre junto com ele), e também um senhor bigodudo e um pequeno hussardo, Oliver, que andava com os atores, e também um Pan.[1] Pessoas decentes.

O convidado grande jogava com o príncipe. Eu passava para lá e para cá em torno da mesa de bilhar com o quadro de contar pontos e contava: nove e quarenta e oito, doze e quarenta e oito. Todo mundo conhece nosso trabalho de marcador de pontos: a gente não tem chance de comer nada e só vai dormir lá pelas duas da madrugada, e ainda vivem chamando a gente para trazer as bolas. Conto os pontos e aí vejo: um senhor novo entrou pela porta, deu uma olhada em volta e sentou num sofazinho. Muito bem.

"Quem será esse daí? De onde será que veio?", penso.

Está com roupa limpa, a roupa toda novinha em folha: calça de tricô xadrez, casaco da moda, colete curto de veludo, uma correntinha de ouro da qual pende uma porção de penduricalhos.

Está com roupa limpa, mas há nele algo ainda mais limpo: o cabelo fino e alto, enrolado para a frente, bem na moda, e o rosto branco e rosado... bem, numa palavra, um rapaz bem-apessoado.

Sabe-se que nosso trabalho nos põe em contato com todo tipo de gente: tem uns que não são importantes e muitos que são lixo, e assim, mesmo sendo só um marcador de pontos, a gente aprende a se adaptar às pessoas, quer dizer, acaba entendendo um pouco de política.

Observo o jovem senhor – vejo que ele fica calado, não conhece ninguém e sua roupa é bem novinha; penso comigo: ou é um estrangeiro, um inglês, quem sabe, ou é um desses condes que acabaram de chegar. E, apesar de jovem, tem um ar importante. Oliver sentou perto e ele até se afastou um pouco.

A partida terminou. O homem grande perdeu, grita para mim:

– Você aí – diz –, você só faz mentir: não conta direito, fica olhando para os lados.

Pragueja, joga o taco de qualquer jeito e sai. Agora, veja só que coisa! Noites seguidas, ele e o príncipe jogam partidas a cinquenta rublos e agora ele perdeu só uma garrafa de vinho de Macon e ficou enfurecido. Que figura! Numa outra vez, jogou com o príncipe até as duas da madrugada, não puseram nenhum dinheiro

---

1 Senhor da nobreza, na Polônia.

no caixa e então logo vi que nem um nem outro tinham dinheiro e era tudo só da boca para fora.

– Vamos apostar vinte e cinco rublos? – diz ele.

– Vamos!

Dando um bocejo e sem sequer arrumar as bolas – afinal, ele não é de ferro! –, passou direto para pegar uma caneca.

– Não estamos jogando por palitos, mas a dinheiro – diz. E ele me espanta mais do que todos os outros.

Pois muito bem. Foi só o homem grande sair para o príncipe ir direto falar com o senhor novato:

– Gostaria de jogar comigo? – pergunta.

– Com prazer – responde.

Senta, fica olhando com a maior cara de bobo, vejam só! Podia estar só se fazendo de valente; mas, assim que levantou, foi para a mesa de bilhar e não pareceu acanhado. Mas, acanhado ou não, dá para ver que não está lá muito à vontade. Ou as roupas novas o deixam sem graça, ou tem medo porque todo mundo está olhando para ele; de todo jeito, não está com aquela força toda. Anda meio de lado, enfia a mão na caçapa, põe-se a passar giz no taco – solta o giz. Toda vez que acerta uma bola, olha para todos em redor e fica vermelho. Bem diferente do príncipe: ele já está acostumado – passa o giz um tempão na ponta do taco, arregaça as mangas e, apesar de ser um homem pequeno, senta assim que encaçapa uma bola.

Jogaram duas ou três partidas, já não lembro, aí o príncipe baixa o taco e diz:

– Gostaria de saber qual é seu nome.

– Nekhliúdov – responde.

– Seu pai foi comandante do corpo de cadetes?

– Foi.

Então ficaram um bom tempo falando em francês, coisas que não entendi. Na certa, lembravam assuntos de família.

– *Au revoir*[2] – diz o príncipe. – Gostei muito de conhecê-lo.

Lavou as mãos e saiu para comer; o outro ficou com o taco na mão, junto à mesa de bilhar, dando tacadas nas bolas.

Naturalmente, quando tem alguém novo, nosso papel é ser rude, é melhor assim: então peguei as bolas e juntei. Ele ficou vermelho e disse:

– Não quer jogar?

– Claro, senhor – respondo.

---

2 "Até logo".

Arrumei as bolas.

– Vai me dar uma vantagem?

– Como assim, dar uma vantagem? – pergunta ele.

– É assim, o senhor me dá meio rublo e eu me agacho embaixo da mesa.

Está claro que nunca tinha visto aquilo, achou uma coisa incrível e deu uma risada.

– Está bem – respondeu.

Muito bem. Eu digo:

– Quanto o senhor vai me dar de vantagem?

– Ora – diz ele –, e por acaso você joga pior do que eu?

– Como não? – respondo. – Aqui, poucos jogam como o senhor.

Começamos a jogar. Ele já estava convencido de que era um mestre: jogava que era uma desgraça; mas o Pan estava ali pertinho e toda hora dizia:

– Mas que bola! Mas que tacada!

E que jogador!... Até que dava umas tacadas boas, só que não sabia contar os pontos. Pois bem, como de costume, perdi a primeira partida: rastejei para baixo da mesa e dei uns grasnidos. Então Oliver e o Pan se levantaram de um pulo de onde estavam e bateram com os tacos no chão para aplaudir.

– Excelente! Mais! – disseram. – Mais!

"Mais", pois sim! Sobretudo aquele Pan, por meio rublo ele não se contentaria de ir para baixo da mesa de bilhar, iria para baixo da Ponte Azul. E é ele quem grita:

– Excelente. Mas ainda não tirou toda a poeira.

Petruchka, o marcador de pontos, ou seja, eu, era bem conhecido de todo mundo. Tiurin é meu sobrenome, mas sou Petruchka, o marcador de pontos.

Só que eu ainda não ia mostrar meu jogo; perdi mais uma.

– Excelência – digo –, eu não tenho condições de jogar contra o senhor.

Ele ri. Depois, quando perdi a terceira partida – ele tinha quarenta e nove e eu, nada –, coloquei o taco sobre a mesa e disse:

– Senhor, vamos jogar tudo ou nada?

– Como assim, tudo ou nada? – pergunta.

– O senhor aposta três rublos ou nada – respondo.

– Como? – diz ele. – Por acaso estou jogando a dinheiro com você? Imbecil!

Chegou a ficar vermelho.

Muito bem. Ele perdeu uma partida.

– Chega – diz ele.

Pegou a carteira, novinha em folha, comprada numa loja inglesa, abriu, vi logo que queria se mostrar. Estava estufada de dinheiro, só tinha notas de cem rublos.

– Não – diz ele. – Não tenho trocado aqui.

Pegou três rublos de uma bolsinha.

– Tome – diz ele. – Dois pela partida e o resto é para você tomar uma vodca.

Agradeço, é claro, com humildade. Vejo que o nobre senhor é uma pessoa excelente! Por alguém assim a gente até rasteja embaixo da mesa. Só uma coisa dá pena: não quer jogar por dinheiro; senão, penso, já fico até planejando: podia tomar dele uns vinte rublos, quem sabe esticava até chegar a quarenta?

Assim que o Pan viu que o jovem senhor tinha dinheiro, falou:

– O senhor não gostaria de jogar uma partidazinha comigo? O senhor joga tão magnificamente.

E se aproximou que nem uma raposa.

– Não, me desculpe – responde. – Não tenho tempo. – E saiu.

Só o diabo sabe quem era aquele sujeito, o tal Pan. Alguém o chamou de Pan, e o nome pegou. Todo dia ficava no bilhar, de olho em tudo. Já haviam brigado com ele, xingado, e agora não o deixavam mais jogar, ficava sentado sozinho, pegava o cachimbo e fumava. Mas jogava que era uma beleza... o sem-vergonha!

Muito bem. Nekhliúdov veio outra vez, mais uma, passou a vir com frequência. De manhã e de tarde. Jogava três bolas, *à la guerre*, pirâmide – sabia jogar tudo. Ficou corajoso, travou conhecimento com todo mundo e começou a jogar direito. Naturalmente, como era um homem jovem, de família importante, com dinheiro, todo mundo gostava dele. Só com o convidado grande ele discutiu uma vez.

E tudo por uma bobagem.

O príncipe, o convidado grande, Nekhliúdov, Oliver e mais alguém estavam jogando *à la guerre*. Nekhliúdov estava perto da estufa, conversava com alguém, e veio a vez de o grande jogar – nessa altura, ele já estava bastante embriagado. Só que sua bola estava do lado da estufa: tinha pouco espaço para se mexer e ele gostava de abrir bem os braços quando jogava.

Pois bem, ou ele não viu Nekhliúdov, ou fez de propósito, mas quando foi dar a tacada, abriu bem os braços e a parte de trás do taco bateu em cheio no peito dele! Nekhliúdov chegou a dar um gemido de verdade. E depois? Ele nem pensou em pedir desculpas – que sujeito grosseiro! Continuou jogando, nem olhou para o outro; e ainda resmungou:

– Quem foi que esbarrou em mim? Me fez perder a tacada. Será que não tem outro lugar para ficar?

Nekhliúdov chegou perto, todo branco, mas controlado, e falou com cortesia:

– O senhor é que deve se desculpar primeiro: me acertou com o taco – disse.

– Pedir desculpas coisa nenhuma: era para eu ganhar, e agora – diz ele – já levaram minha bola.

O outro lhe diz de novo:

– O senhor deve se desculpar.

– Sai da minha frente – responde. – Acertei no senhor, e daí?

E olhou para a sua bola.

Nekhliúdov chegou ainda mais perto dele e segurou seu braço.

– O senhor é um insolente – disse. – Prezado cavalheiro!

Apesar de magrinho, o jovem, vermelho feito uma donzela, tinha um ar de provocação: os olhos pegavam fogo, parecia capaz de comer o outro vivo. O convidado grande era um homem saudável, alto – nem se comparava a Nekhliúdov.

– O quê? – exclamou. – Eu, insolente?

E assim que gritou, ergueu a mão para golpeá-lo. Então acudiram às pressas, todo mundo, seguraram os dois pelos braços, apartaram.

Depois de muito bate-boca, Nekhliúdov diz:

– Ele tem de me dar satisfações, ele me ofendeu, quero um duelo com ele. Senhores, é uma coisa sabida, é a regra... é impossível!... Numa palavra, senhores!

– Não quero saber de dar satisfação nenhuma! – diz o outro. – Ele não passa de um menino. Eu devia era lhe dar um bom puxão de orelha.

– Se o senhor não quer duelar – responde Nekhliúdov –, então não é um cavalheiro.

E por pouco não começou a chorar.

– E você não passa de um menino. Nada que venha de você me ofende.

Pois bem, levamos os dois para cômodos separados, como convém. Nekhliúdov e o príncipe eram amigos.

– Vá lá – diz Nekhliúdov –, pelo amor de Deus, convença-o a aceitar um duelo. Ele estava bêbado na hora; talvez ele volte à razão. Isso não pode terminar assim.

O príncipe foi lá. O convidado grande respondeu:

– Eu não vou duelar, já lutei na guerra. Não vou me bater contra um menino. Não quero e acabou.

Então ficaram nesse falatório para lá e para cá e no final se calaram; só que o convidado grande parou de vir ao bilhar.

Por causa disso, quer dizer, dessa confusão, Nekhliúdov passou a ser visto como um galo de briga, um nervosinho... mas, no que dizia respeito a outras coisas, ele não entendia nada. Lembro-me de uma ocasião.

– Com quem você anda saindo? – perguntou o príncipe para Nekhliúdov.

– Ninguém – respondeu.

– Como ninguém?

– Por quê?

– Como por quê?

– Eu tenho vivido assim até agora, por que não posso?

– Tem vivido assim? Não pode ser!

E deu uma gargalhada, e o senhor bigodudo também gargalhou. A risada foi geral.

– Mas então, nunca? – perguntaram.

– Nunca.

Eles morreram de rir. Claro, eu logo entendi do que estavam rindo. Fico olhando: o que será que vão fazer com ele?

– Vamos lá – diz o príncipe. – Agora.

– Não, de maneira nenhuma! – responde Nekhliúdov.

– Chega! Isso é ridículo – diz. – Beba para tomar coragem e vamos lá.

Eu trouxe para eles uma garrafa de champanhe. Beberam até o fim e levaram o rapazinho.

Voltaram à uma hora. Sentaram-se para jantar, e em torno deles se reuniram várias pessoas, alguns de nossos melhores senhores: Atánov, o príncipe Razin, o conde Chustakh, Mirtsov. E todos deram os parabéns a Nekhliúdov, riram. Vieram me chamar. Vejo que estão bem alegres.

– Dê os parabéns ao senhor – me dizem.

– Por quê? – pergunto.

Como foi que chamaram? Pela iniciação, pela incitação, já nem lembro qual foi a palavra.

– Tenho a honra de lhe dar meus parabéns – falei.

Ele ficou vermelho, parado, mal sorria. Mas que sorriso!

Muito bem. Depois foram para as mesas de bilhar, todos alegres, e Nekhliúdov já era outra pessoa; tem olhos de peixe morto, os lábios tremem, soluça o tempo todo e não consegue falar palavra nenhuma direito. Claro, os outros não percebem nada, ele está chocado. Chega perto da mesa de bilhar, se apoia nos cotovelos e diz:

– Vocês acham engraçado, mas para mim é triste. Por que fiz isso? E você, príncipe, eu nunca vou perdoar você, na vida toda.

E na mesma hora desatou a chorar. Claro, tinha bebido: não sabia o que ele mesmo estava dizendo. O príncipe chegou perto, sorrindo.

– Vamos, chega – diz ele. – Isso é bobagem! Vamos para casa, Anatóli.

– Não vou para lugar nenhum – responde. – Por que fiz isso?

E se embriagou. Não saiu do bilhar, e pronto, acabou-se o assunto.

É o que dá ser um homem jovem e inexperiente.

Era assim que ele vinha muitas vezes ao bilhar. Vinha às vezes com o príncipe e com um senhor bigodudo, que sempre andava com o príncipe. Os senhores funcionários e os aposentados, Deus sabe por quê, só o chamavam de Fedotka. Tinha as maçãs do rosto salientes, era bem simplório, mas se vestia bem e andava de carruagem. Por que os senhores gostavam tanto dele, só Deus sabe, Fedotka, Fedotka, e lhe davam de comer, de beber, pagavam tudo para ele. Mas era um tremendo patife! Quando perdia não pagava, mas quando vencia, ai se não lhe pagassem! E rogavam pragas contra ele, que gostava de jogar na minha cara que não tinha medo do convidado grande, que um dia já tinha desafiado alguém para duelar... e andava o tempo todo com o príncipe.

– Você estaria perdido sem mim. Eu sou Fiedot – diz ele –, mas não desse tipo.[3]

E como fazia piadas! Muito bem. Chegaram e disseram:

– Vamos jogar *à la guerre* a três.

– Vamos – respondeu.

Começaram a jogar apostando três rublos. Nekhliúdov e o príncipe não paravam de tagarelar.

– Você viu só que pezinho ela tem? – diz ele. – Puxa, que pezinho! E a trança é bonita.

Claro, nem estão olhando para o jogo; só pensam no que estão conversando. E Fedotka não é nada bobo: sabe jogar muito bem, não deixa escapar nenhuma bola. E pega seis rublos de cada um. Só Deus sabe quanto já tinha ganhado do príncipe, nunca davam dinheiro um para o outro, e Nekhliúdov pegou duas notas verdes e lhe deu.

– Não – diz ele. – Não quero tomar seu dinheiro. Vamos só jogar *quitte ou double*.[4]

Arrumei as bolas. Fedotka começou a jogar e já saiu ganhando. Nekhliúdov parecia dar tacadas só para matar o tempo; quando ficava na frente, parecia dizer: não, não quero, está fácil demais; mas Fedotka não esquecia o que estava fazendo ali, sabia se controlar. Claro, escondia seu jogo e ganhava como se fosse por acidente.

– Vamos – disse. – Mais uma vez, tudo ou nada.

– Vamos.

Ganhou de novo.

– Comecei com uma ninharia – disse ele. – Não quero tomar muito de você. Vamos de novo tudo ou nada?

– Vamos.

Seja lá como for, cinquenta rublos é um bocado, e dá pena. Agora foi Nekhliúdov quem pediu: "Tudo ou nada". Jogaram, jogaram, e foi aumentando cada vez mais, ele já tinha perdido duzentos e oitenta rublos. Fedotka sabia muito bem o que estava fazendo: perdia uma partida simples, mas ganhava as de valor alto. E o príncipe ficava só olhando, vendo como a coisa ia piorando.

– *Assez*[5] – diz. – *Assez*.

---

3 Trocadilho: "*Fiedot*" / "*da nie tot*" [sim, não, aquele].

4 Apostar o dobro ou abandonar o jogo.

5 "Basta".

Que nada! Continuaram aumentado a aposta.

Por fim, a conta chegou a quinhentos e tantos rublos contra Nekhliúdov. Fedotka baixou o taco e disse:

– Acho que chega, não é? Estou cansado.

Ele estava pronto para jogar até o raiar do dia, se houvesse algum dinheiro... Isso é política, é claro. E o outro queria mais: vamos jogar, vamos.

– Não – respondeu. – Deus é testemunha de como estou cansado, vamos ao primeiro andar; lá você pode ter sua revanche.

No primeiro andar, os senhores jogavam cartas. No início jogavam paciência, depois, querendo ou não, passavam para outros jogos.

A partir desse exato dia, Fedotka o capturou de tal modo em sua rede que passou a vir todos os dias. Jogam uma ou duas partidas de bilhar e depois vão para o primeiro andar, para o primeiro andar, todo dia.

O que se passava com eles lá em cima, só Deus sabe; o certo é que Nekhliúdov virou uma pessoa muito diferente, ficou unha e carne com Fedotka. Antes, se vestia na moda, bem limpinho, penteado, e agora só de manhã tinha bom aspecto; mas, depois que ia para o primeiro andar, ficava todo descabelado, a sobrecasaca imunda, manchada de giz, as mãos sujas.

Certa vez, desse jeito, ele desce de lá com o príncipe, branco, lábios trêmulos, discute alguma coisa.

– Ora, não vou permitir que ele venha me dizer (como foi que ele falou?)... que eu não sou *velikaten*,[6] sei lá, e que ele não vai mais jogar cartas comigo. Já paguei para ele dez mil rublos, portanto ele podia ter mais cuidado na frente dos outros.

– Ora, deixe para lá – diz o príncipe. – Vale a pena se zangar com o Fedotka?

– Não – responde. – Não vou deixar isso assim.

– Esqueça – diz. – Como pode se rebaixar a ponto de criar um caso com Fedotka?

– Mas havia pessoas estranhas ali.

– E o que tem isso? Que pessoas estranhas? Escute, se quiser, vou lá agora e o obrigo a pedir desculpas para você, está bem?

– Não – responde.

E aí balbuciam algo em francês, que não entendo. E então? Na mesma noite, jantaram juntos com Fedotka e ficaram amigos de novo.

Muito bem. Num outro dia, veio sozinho.

– E então? – pergunta. – Não estou jogando bem?

Nossa função é bem sabida: temos de agradar a todo mundo; a gente diz: joga

---

6 Em lugar de *delikaten* (delicado, em alemão).

bem, joga bem demais! Bate o taco de qualquer jeito e não sabe nem contar os pontos. E a partir desse dia, grudou em Fedotka e só joga a dinheiro. Antes, não gostava disso, não apostava nem um champanhe, nem um jantar. Acontecia de o príncipe dizer:

– Vamos apostar uma garrafa de champanhe.

– Não – respondia. – É melhor eu pedir uma garrafa por minha conta... Ei! Uma garrafa.

Mas então passou a jogar sempre por dinheiro. Ficava o dia inteirinho aqui, ou jogava bilhar ou ia para o primeiro andar. Fico pensando: todo mundo se aproveita dele, por que eu também não posso?

– Senhor – digo. – Faz muito tempo que não joga comigo, não é? – E começamos a jogar.

Depois que ganhei dele cinco moedas de meio rublo, digo:

– Quer jogar o dobro ou nada?

Fica calado. Não me chamou de imbecil, como da outra vez. E aí começamos a jogar o dobro ou nada. Ganhei dele oitenta rublos. E o que foi que aconteceu? Passou a jogar comigo todos os dias. Esperava até não ter mais ninguém, porque, é claro, tinha vergonha de os outros verem que ele jogava com o marcador de pontos. Uma vez, por algum motivo, ficou muito irritado, já me devia sessenta rublos.

– Quer apostar tudo o que ganhou? – pergunta.

– Vamos lá – respondo.

Ganhei.

– Cento e vinte a cento e vinte?

– Vamos lá – respondo. Ganhei de novo.

– Duzentos e quarenta a duzentos e quarenta?

– Será que não é muito? – digo. Ele fica calado. Começamos a jogar: de novo, a partida é minha.

– Quatrocentos e oitenta a quatrocentos e oitenta?

Digo:

– Ora, senhor, eu vou prejudicar o senhor. Tenha a bondade de me dar cem rublos e vamos encerrar o assunto.

Aí vocês tinham de ver como começou a berrar! E olhe que era um sujeito calmo.

– Vou dar uma surra em você – diz ele. – Jogue ou não jogue.

Vejo que não há nada a fazer.

– Trezentos e oitenta, então – digo –, se agrada ao senhor.

Naturalmente, perdi de propósito.

Dei para ele quarenta de vantagem. Ele tinha cinquenta e dois, eu tinha trinta e seis. Ele começou a tentar a bola amarela e perdeu dezoito pontos, e eu fiquei atento.

Dei uma tacada de tal jeito que fiz a bola pular para fora da mesa. Não adiantou, ele se suicidou e perdeu. De novo, a partida foi minha.

– Escute – diz ele –, Piotr (não me chamava de Petruchka), não posso lhe dar tudo agora, mas daqui a dois ou três meses vou poder pagar.

E ele estava todo vermelho, a voz tremia de um jeito terrível.

– Muito bem, senhor – respondo.

Então largou o taco. Andou para lá e para cá, o suor corria no rosto.

– Piotr – diz –, vamos jogar tudo ou nada.

Estava à beira de chorar.

Respondo:

– O quê, senhor? Quer jogar mais?

– Sim, vamos, por favor.

E ele mesmo me deu o taco. Peguei o taco e joguei as bolas na mesa de tal jeito que caíram no chão: é claro, não pude deixar de me mostrar um pouco. Digo:

– Vamos lá, senhor!

Mas ele estava com tanta pressa que pegou ele mesmo as bolas. Penso: "Não vou mesmo receber nunca os setecentos rublos; tanto faz jogar ou não". Começo a jogar errando de propósito. E aí?

– Por que você está jogando mal de propósito? – pergunta.

Mas as mãos dele estão tremendo; e quando a bola parte na direção da caçapa, os dedos se mexem, a boca se torce, como se pudesse empurrar a bola com a cabeça e as mãos. Eu digo:

– Isso não adianta, senhor.

Muito bem. Como ele ganhou essa partida, falei:

– Cento e oitenta rublos é o que o senhor me deve; agora tenho de ir embora jantar.

Deixei de lado o taco e saí.

Fico sentado a uma mesinha de frente para a porta e observo: o que será que ele vai fazer? Caminha para um lado e para o outro – na certa pensa que ninguém está olhando – e puxa os cabelos, anda de novo, resmunga alguma coisa, de novo puxa os cabelos.

Depois disso, não apareceu durante oito dias. Veio ao refeitório, muito triste, mas não entrou no salão de bilhar.

O príncipe o viu.

– Vamos jogar – diz ele.

– Não – responde. – Não vou jogar mais.

– Deixe disso! Vamos lá.

– Não – responde. – Não vou. Para você, não tem importância que eu jogue, mas para mim é ruim e não vou jogar.

Assim ficou sem vir mais uns dez dias, e depois veio num feriado, de fraque, era evidente que tinha ido a algum lugar, e ficou aqui o dia inteiro: jogava; no dia seguinte veio, no outro... E voltou a ser como antes. Tive vontade de jogar de novo com ele, mas respondeu que não: não vou jogar com você. E os cento e oitenta rublos que lhe devo, me procure daqui a um mês: vai receber.

Muito bem. Fui falar com ele um mês depois.

– Meu Deus – exclama. – Não posso. Venha na quinta-feira.

Fui na quinta-feira. Sua residência era magnífica.

– Está em casa? – pergunto.

– Está dormindo – respondem.

Muito bem, vou esperar.

Tinha um de seus servos como camareiro – um velhote grisalho, simplório, não sabia nada de política. Eu e ele começamos a conversar.

– Pois é – diz –, para que eu vivo aqui com o patrão? Está completamente exaurido, e para ele não adianta nada ficar nesta Petersburgo, não existe honra nem benefício nenhum. Veio do campo e pensou assim: vai ser como era com o falecido patrão, que descanse em paz no Reino dos Céus. Vou andar com príncipes, condes, generais; e pensou: vou arranjar uma condessa bonita, com um dote, e vamos viver com fartura; mas na prática foi outra coisa, ficamos correndo de uma taberna para outra, uma coisa horrível! A princesa Rtícheva é tia dele e o príncipe Vorotíptsev é seu padrinho. Já pensou? E ele só foi ver seus familiares uma vez, no Natal, e não deu mais as caras. Até os criados dele zombam disso comigo: pois é, dizem, seu patrão não puxou nada ao pai. Cheguei a lhe falar um dia: "Mas e então, senhor, não vai fazer uma visita à sua tia? Vão se zangar se ficarem muito tempo sem ver o senhor". E ele diz: "Lá é muito maçante, Demiánitch!".

– Imagine! Só encontra alegria na taberna. Quem dera entrasse para o serviço público. Mas nada disso. Enrolou-se com as cartas e outras coisas e, por esse caminho, não vem nada de bom... Ah! Estamos perdidos, não vai sobrar nem uma moedinha!... Nossa falecida patroa, que Deus a guarde no Reino dos Céus, deixou uma propriedade riquíssima; mil almas e mil e trezentos rublos em florestas para extrair madeira. Agora está tudo comprometido, vendeu as matas, arruinou os mujiques, e mesmo assim não tem nada. Na ausência do patrão, é claro, o administrador é mais do que o patrão... arranca o couro dos mujiques, e pronto. O que importa para ele? Só quer saber de encher os bolsos. E dane-se se todos morrerem de fome. Ainda outro dia vieram dois mujiques, trouxeram reclamações de toda a propriedade. "Ele levou os mujiques à ruína completa", dizem. E então? O patrão leu as reclamações, deu uns dez rublos aos mujiques. "Irei lá em breve", diz ele. "Vou receber um dinheiro e então vou pagar." Mas como vai pagar tudo se nossas dívidas só aumentam? Afinal, com muito ou com pouco, o inverno que moramos aqui nos custou oitocentos rublos; e agora em casa não tem um rublo de prata sequer! E tudo por causa da honestidade dele. Que patrão mais simples, nem dá para falar. É por isso mesmo que vai se arruinar, e vai se arruinar à toa.

E quase começou a chorar, o velhote. Que velhote ridículo.

Dormiu até as onze horas e mandou me chamar.

– Não trouxeram o dinheiro – diz ele. – Não tenho culpa. Feche a porta.

Fechei.

– Olhe – diz ele. – Pegue o relógio ou o alfinete com um brilhante e leve com você. Valem mais do que cento e oitenta rublos e, quando eu receber o dinheiro, compro de volta.

– Deixe, senhor – respondo. – Se o senhor não tem dinheiro, não adianta: tenha a bondade de me dar o relógio. Seria uma honra para mim.

Eu mesmo vejo logo que o relógio vale trezentos rublos.

Muito bem. Penhorei o relógio por cem rublos e recebi dele um papel assinado.

– Faltam oitenta rublos – digo –, que o senhor vai me pagar; e vai ter a bondade de resgatar o relógio.

E assim Nekhliúdov continuava me devendo oitenta rublos em dinheiro.

Ele passou a vir de novo ao bilhar todos os dias, como antes. Já não sei como andavam as contas entre ele e o príncipe, só sei que estavam sempre juntos. Ou então ia jogar com Fedotka no primeiro andar. E que contas mais gozadas os três faziam entre si: um dava dinheiro para o outro, este para o terceiro, e nunca se sabia quem devia a quem.

Ele se comportou assim, entre nós, durante dois anos, quase todos os dias, só que sua aparência se deteriorou: ficou arrogante e chegou até a me pedir dinheiro emprestado para pagar um coche de praça; mas ainda jogava com o príncipe partidas de cem rublos.

Ficou enjoado, magro, amarelado. Às vezes chegava, logo mandava trazer um cálice de absinto, um canapé para beliscar, um vinho do Porto para beber; e então parecia ficar mais alegre.

Um dia apareceu antes do almoço, era Carnaval, e começou a jogar com um hussardo.

– Quer apostar? – pergunta.

– Pode ser. O quê?

– Uma garrafa de Claude Vougeaux, quer?

– Vamos.

Pois bem. O hussardo ganhou e eles foram jantar. Sentaram a uma mesa; Nekhliúdov disse:

– Simon! Uma garrafa de Claude Vougeaux; mas cuide para que esteja quentinha.

Simon saiu, trouxe a comida, não a garrafa.

– Mas onde está o vinho?

Simon correu e voltou. Trouxe a carne assada.

– Traga o vinho – diz Nekhliúdov.

Simon não diz nada.

– O que foi? Ficou maluco? Já estamos terminando de comer e o vinho não vem? Onde já se viu tomar o vinho com a sobremesa?

Simon foi correndo e voltou.

– O patrão quer falar com o senhor – diz ele.

Todo vermelho, ele se levantou da mesa com um pulo.

– O que ele quer?

O proprietário estava na porta.

– Não posso mais confiar no senhor – diz ele –, a menos que me pague a conta.

– Mas eu já lhe disse que vou pagar no dia 1º.

– Está muito bem – responde –, o senhor diz que vai pagar; só que eu não posso aumentar a dívida o tempo todo sem receber pagamento nenhum. Já são dez mil em dívidas que tenho a receber.

– Ora, chega, *mon cher*[7] – diz ele. – Pode confiar em mim. Mande trazer a garrafa e pagarei ao senhor o mais depressa possível.

E voltou para a mesa.

– Para que o chamaram? – pergunta o hussardo.

– Por nada. Pediram uma coisa.

– Agora seria formidável beber uma taça de vinho quentinho.

– Simon, e então?

O meu Simon foi e voltou. De novo não trouxe o vinho nem nada. A coisa ficou ruim. Ele saiu da mesa, veio falar comigo.

– Pelo amor de Deus, Petruchka, me dê seis rublos.

Estava branco.

– Não posso – respondo. – Deus é testemunha, o senhor já me deve muito.

– Daqui a uma semana, juro que pago a você quarenta rublos além desses seis.

– Quem dera eu tivesse – respondo. – Não seria capaz de negar. Mas agora não tenho nada.

E aí? Deu um pulo, arreganhou os dentes, cerrou os punhos, saiu correndo pelo corredor feito um alucinado e dava tapas na própria testa.

– Ah, meu Deus! – exclamava.

---

7 "Meu caro".

O que ia fazer? Nem voltou para a sala de jantar, pulou para dentro de uma carruagem e foi embora.

Demos umas boas risadas. O hussardo perguntou:

– Onde está aquele senhor que estava jantando comigo?

– Foi embora – responderam.

– Como foi embora? Que recado ele deixou?

– Nenhum – responderam. – Não deixou recado: entrou na carruagem e foi embora.

– Puxa, mas que doido!

Pois bem, eu penso comigo mesmo: agora vai passar muito tempo sem aparecer, depois desse vexame. Que nada. No dia seguinte, ele vem à tarde. Chegou ao bilhar e trazia consigo uma caixa. Tirou o sobretudo.

– Vamos jogar – diz ele.

Olha com ar mal-humorado, meio zangado.

Jogamos uma partidazinha só.

– Chega – diz ele. – Traga papel e uma pena: tenho de escrever uma carta.

Não pensei nada, não desconfiei de nada, trouxe o papel, coloquei na mesa na saleta.

– Pronto, senhor – falei.

Muito bem. Sentou-se à mesa. Escreveu, escreveu por muito tempo, resmungava sem parar, depois se levantou com um pulo, de cara franzida.

– Vá ver se minha carruagem já chegou – diz ele.

Isso aconteceu numa sexta-feira de Carnaval, portanto não tinha ninguém: todos estavam nos bailes.

Fui saber da carruagem e, assim que cruzei a porta:

– Petruchka! Petruchka! – gritou Nekhliúdov, como se estivesse assustado.

Voltei. Olho e ele está branco feito um lençol, de pé, encarando-me.

– O senhor chamou, patrão? – pergunto.

Não fala nada.

– O que o senhor deseja? – pergunto.

Não fala nada.

– Ah, sim! Vamos jogar um pouco – responde.

Muito bem. Ele ganhou a partida.

– E então, eu não aprendi a jogar bem? – pergunta.

– Aprendeu, sim – respondo.

– Agora vá ver se minha carruagem chegou.

E começa a andar pela sala.

Sem pensar em nada, saí para o alpendre: vi que não tinha carruagem nenhuma e voltei.

Na hora em que estou voltando, escuto um barulho como se alguém tivesse batido com um taco. Entro na sala de bilhar: sinto um cheiro fora do comum.

Olho: ele está estirado no chão, todo ensanguentado, uma pistola caída ao lado. Fiquei tão assustado que não consegui falar nenhuma palavra.

E ele se sacudiu, a perna sacudiu e aí ele se esticou, depois deu um ronco e se esparramou daquele jeito.

Por que cometeu tamanho pecado, por que desperdiçou a alma assim, isso só Deus sabe; ele deixou apenas um papel escrito, mas não entendo isso de jeito nenhum.

Os patrões fazem cada coisa!... A gente sabe, os patrões... numa palavra, são os patrões.

Deus me deu tudo o que um homem pode desejar: riqueza, um bom nome, inteligência, objetivos nobres. Eu queria aproveitar a vida e pisoteei na lama tudo o que me era caro.

Não fiz nada desonroso, não fui infeliz, não fiz nada criminoso; mas fiz algo pior: matei meus sentimentos, minha inteligência, minha juventude.

Fui capturado numa rede infame da qual não consigo me soltar e com a qual não consigo me acostumar. Caio e caio o tempo todo; sinto minha queda... e não consigo detê-la.

Para mim teria sido mais fácil ser desonrado, infeliz ou criminoso: nesse caso haveria uma grandeza triste e consoladora em meu desespero. Se eu fosse desonrado, poderia elevar-me acima da ideia de honra da nossa sociedade e desprezá-la. Se eu fosse infeliz, poderia me lamuriar. Se eu tivesse cometido um crime, poderia expiá-lo por meio do castigo ou da dor; mas simplesmente sou vil, desprezível, sei disso – e não consigo me levantar.

E o que foi que me destruiu? Haveria em mim uma paixão forte que me desculpasse? Não.

Sete, ás, champanhe, bola amarela no meio, giz, notas promissórias, cigarros, mulheres vendidas – eis minhas lembranças!

Um terrível instante de relaxamento, de baixeza, que nunca esqueço, obrigou-me a voltar à razão. Fiquei apavorado quando vi o abismo imensurável que me separava daquilo que eu queria e podia ser. Em minha mente, surgiam esperanças, sonhos e pensamentos de minha juventude.

Onde estavam as ideias radiosas sobre a vida, a eternidade, Deus, que com tamanha clareza e força enchiam minha alma? Onde estava a gratuita força do amor, que aquecia meu coração com um calor agradável? Onde estava a esperança no desenvolvimento, a empatia com tudo o que é belo, o amor às pessoas, aos próximos, ao trabalho, à glória? Onde estava a ideia de dever?

Ofenderam-me – desafiei o ofensor para um duelo e pensei que assim satisfazia plenamente as exigências da nobreza. Minha necessidade era dinheiro para a satisfação de minhas carências e vaidades – arruinei milhares de famílias que acreditaram em mim como em um Deus, e fiz isso sem vergonha –, eu, que compreendia tão bem essas coisas sagradas. Um homem sem honra me disse que não tenho consciência, que eu quero roubar – e fiquei seu amigo, porque ele é um homem sem honra e me disse que não queria me ofender. Disseram-me que era ridículo viver de maneira sóbria – e eu entreguei, sem pesar, a flor de minha alma – a inocência – a uma mulher vendida. Sim, nenhuma parte aniquilada de minha alma me causa maior pena do que o amor, do qual eu era tão capaz. Meu Deus! Será que algum homem jamais pôde amar tanto quanto eu amava quando ainda não conhecia mulheres?

E como eu seria bom e feliz, se tivesse trilhado o caminho que, no início da vida, minha razão pura e meu sentimento infantil e verdadeiro me haviam descortinado! Muitas vezes tentei me desprender dos sulcos lamacentos em que minha vida corria e tomar aquele caminho radiante. Eu dizia para mim mesmo: vou empregar toda a minha vontade – mas não conseguia. Quando ficava sozinho, sentia-me confuso, estranho a mim mesmo. Quando estava com outras pessoas, esquecia sem querer minha crença, não ouvia mais a voz interior e caía de novo.

Por fim cheguei à terrível convicção de que não posso me erguer, parei de pensar no assunto e quis esquecer; mas uma angústia desesperada me perturbava mais ainda. Então, pela primeira vez, me veio a ideia do suicídio, terrível para outros, mas agradável para mim.

Porém, mesmo com relação a isso, fui baixo e mesquinho. Só a tola história de ontem com o hussardo me trouxe a determinação suficiente para pôr em prática minha intenção. Não me restou nada de nobre – só vaidade, e da vaidade faço a única boa ação de minha vida.

Antes achava que a proximidade da morte elevaria minha alma. Enganei-me. Daqui a quinze minutos, não existirei mais, porém meu modo de ver não mudou em nada. Vejo, ouço e penso da mesma forma; as mesmas estranhas inconsequências, embriaguez e leviandade nos pensamentos, tão contrárias à integridade e à lucidez que só Deus sabe por que foram dadas ao homem sonhar. Os pensamentos sobre o que virá no além-túmulo e sobre o que irão falar amanhã de minha morte na casa da tia Rtícheva se apresentam ambos com a mesma força em minha mente.

Que criação incompreensível é o homem!

*Publicado em 1855, na revista* Sovriemiénik

# A DERRUBADA DA FLORESTA

## (CONTO DE UM *JUNKER*)

I

Em meados do inverno de 185..., uma divisão de nossa bateria fazia parte de um destacamento na Grande Tchetchénia. Na tarde de 14 de fevereiro, ao saber que o pelotão que eu comandava, na falta do oficial, tinha sido designado para a coluna que no dia seguinte ia cortar árvores na floresta, e tendo recebido e transmitido na mesma tarde as ordens necessárias, dirigi-me à minha barraca mais cedo do que de costume e, como não tinha o mau hábito de aquecer a barraca com carvões em brasa e também não tirava a roupa para deitar em minha cama armada sobre varas, puxei um gorro por cima dos olhos, enrolei-me no casaco de pele e adormeci com o sono forte e pesado com que dormimos nos momentos de apuro e inquietação em face de um perigo. A expectativa da missão do dia seguinte deixou-me nesse estado.

Às três horas da madrugada, quando ainda estava totalmente escuro, arrancaram o aquecido casaco de pele de carneiro que me cobria, e a chama avermelhada de uma vela bateu de forma desagradável em meus olhos sonolentos.

– Tenha a bondade de levantar – disse uma voz.

Fechei os olhos, de modo inconsciente puxei de novo o casaco de pele sobre mim e adormeci.

– Tenha a bondade de levantar – repetiu Dmítri, sacudindo-me brutalmente pelo ombro. – A infantaria vai partir.

De repente me lembrei da realidade e me pus de pé com um sobressalto. Depois de beber às pressas um copo de chá e lavar-me com água quase congelada, saí da barraca e fui ao parque (o lugar onde ficavam os canhões). Estava escuro, frio e havia neblina. As fogueiras da noite, que ardiam aqui e ali no acampamento iluminando os vultos dos soldados adormecidos e acomodados em torno delas, aumentavam a escuridão com sua luz vermelha mortiça. Em redor, ouvia-se um ronco sereno e uniforme, ao longe havia movimento, conversas e o retinir dos fuzis da infantaria, que se preparava para entrar em ação; o ar cheirava a fumaça, estrume, espoleta e neblina; nas costas, corria o calafrio matinal e os dentes batiam uns contra os outros sem querer.

Só pelo olfato e pelo ruído ocasional das patas dos cavalos se podia deduzir, naquela escuridão impenetrável, onde estavam as carroças e as cargas de munição e, pelos pontos brilhantes das mechas dos pavios, onde estavam os canhões. Ao som das palavras "Com Deus", retiniu o primeiro canhão, atrás dele rangeu a carga de munição e o pelotão se pôs em movimento. Todos tiramos o chapéu e fizemos o sinal da cruz. Ao chegar ao local onde estava a infantaria, o pelotão se deteve e, por quinze minutos, esperou que a coluna se reunisse e que o comando chegasse.

– Está faltando um soldado, Nikolai Petróvitch! – disse, aproximando-se de mim, uma figura morena que só pela voz reconheci como o sargento de artilharia Maksímov.

– Quem?

– Velentchuk. Quando a gente estava arreando os cavalos, ele estava aqui mesmo, eu o vi, mas agora não está mais.

Então, como era impossível acreditar que a coluna fosse partir imediatamente, resolvemos mandar o cabo Antónov procurar Velentchuk. Pouco depois, no escuro, passaram trotando por nós alguns homens a cavalo: era o comandante e sua comitiva; em seguida, a cabeça da coluna agitou-se e pôs-se em movimento e, por fim, nós também, mas Antónov e Velentchuk não estavam ali. No entanto, mal tivemos tempo de dar cem passos quando os dois soldados nos alcançaram.

– Onde ele estava? – perguntei para Antónov.

– Foi dormir no parque.

– Como assim? Está embriagado?

– Nada disso.

– Então por que estava dormindo?

– Não tenho como saber.

Durante três horas, movemo-nos lentamente por campos sem neve e sem lavouras, com arbustos baixos que estalavam sob o peso das carroças dos canhões, no mesmo silêncio e na mesma escuridão. Por fim, ao atravessarmos um córrego raso, mas bastante veloz, paramos e ouvimos na vanguarda disparos esparsos de fuzil. Como sempre, aqueles sons produziram um efeito especialmente perturbador em todos. O destacamento pareceu despertar: nas fileiras ouviram-se vozes, movimentos e risos.

Alguns soldados brigavam com seus camaradas, outros saltitavam de um pé para o outro, outros mastigavam bolachas ou, para encher o tempo, se exercitavam com os movimentos de apresentar armas e ficar em posição de sentido. Nessa altura, a névoa começava a empalidecer no leste, a umidade se tornava mais palpável e os objetos em redor pouco a pouco sobressaíam na escuridão. Eu já distinguia as carretas verdes e as caixas de munição, o cobre dos canhões coberto pela umidade da neblina, os vultos conhecidos de meus soldados, que, sem pensar, eu havia examinado nos mínimos detalhes, bem como os cavalos de pelo castanho e as fileiras da infantaria, com suas baionetas cintilantes, mochilas, varetas de recarregar fuzis e marmitas presas nas costas.

Dali a pouco, recebemos ordens para ir em frente e, depois de avançar algumas centenas de passos em campo aberto, nos mostraram o lugar onde íamos ficar. À direita, viam-se a margem íngreme de um córrego sinuoso e as altas estacas de madeira de um cemitério tártaro; à esquerda e no centro, através da neblina, avistava-se uma faixa negra. O pelotão desceu dos carroções. A oitava companhia, que nos dava cobertura, ensarilhou os fuzis, e um batalhão de soldados, com fuzis e machados, entrou na floresta.

Não se passaram cinco minutos e, de todos os lados, fogueiras começaram a crepitar e fumegar, soldados se espalharam, acendendo as chamas com as mãos e com os pés, arrastando ramos e pedaços de lenha e, na floresta, ressoavam sem cessar os golpes dos machados e o baque das árvores que caíam.

Os artilheiros, com certo ânimo competitivo em relação aos infantes, acenderam sua própria fogueira e, embora o fogo já estivesse tão alto que era impossível ficar a dois passos e uma densa fumaça preta subisse através dos galhos enregelados, que os soldados empurravam sobre as chamas e dos quais gotinhas chiavam em contato com o fogo, e mesmo que por baixo já se houvessem formado brasas e o capim branco e lívido em torno da fogueira derretesse, para os soldados tudo isso ainda parecia pouco: arrastavam galhos inteiros, acrescentavam capim alto e atiçavam o fogo cada vez mais.

Quando me aproximei da fogueira a fim de fumar um cigarro, Velentchuk, sempre prestativo, mas que agora, como antes havia faltado ao dever, se empenhava mais que todos em torno da fogueira, num fervor de zelo, apanhou uma brasa bem no meio da mão nua, jogou-a de uma mão para a outra duas vezes e largou-a na terra.

"Acenda um tição e me dê", disse um. "Um morrão, meus irmãos, me deem um morrão", disse outro. Quando, afinal, acendi o cigarro, sem a ajuda de Velentchuk, que de novo quis apanhar uma brasa com a mão, ele esfregou os dedos chamuscados na aba de trás do seu casaco de pele de carneiro e, provavelmente, para fazer alguma coisa, levantou um grande toco de plátano e, com um forte impulso, jogou-o na fogueira. Quando enfim lhe pareceu que já podia descansar, aproximou-se do ponto mais quente, desabotoou a parte de trás do capote, que usava como capa, separou as pernas, estendeu à sua frente as mãos grandes e pretas e, cobrindo um pouco a boca, semicerrou os olhos.

– Que pena! Esqueci o cachimbo. Isso é que é fogo, meus irmãos! – disse ele, depois de um instante em silêncio, sem se dirigir a ninguém em especial.

## II

Na Rússia, existem três tipos predominantes de soldado, nos quais se distribuem os soldados de todas as tropas; do Cáucaso, de recrutas, da guarda, da infantaria, da cavalaria, da artilharia etc.

Os tipos principais, com muitas subdivisões e ramificações, são os seguintes:

1) os submissos;

2) os comandantes;

3) os temerários.

Os submissos se dividem em: a) submissos de sangue-frio e b) submissos agitados.

Os comandantes se dividem em: a) comandantes intransigentes e b) comandantes políticos.

Os temerários se dividem em: a) temerários gozadores e b) temerários depravados.

O tipo que se encontra com mais frequência é o mais gentil, simpático e, em geral, dotado das melhores virtudes cristãs: tolerância, piedade, paciência e fidelidade à vontade de Deus – ou seja, o tipo submisso, em geral. O traço distintivo do submisso de sangue-frio é a calma que nada perturba e o desprezo por todas as vicissitudes do destino que podem atingi-lo. O traço distintivo do submisso beberrão é uma leve tendência poética e o sentimentalismo; o traço distintivo do submisso agitado é a limitação das capacidades mentais, somada ao zelo e à laboriosidade sem nenhum propósito.

Já o tipo dos comandantes em geral é encontrado principalmente na esfera mais elevada dos soldados: cabos, sargentos, alferes etc., e na primeira subdivisão, a dos comandantes intransigentes, há um tipo muito nobre, enérgico, predominantemente militar, não isento de elevados arroubos poéticos (a esse tipo pertencia o cabo Antónov, que desejo apresentar ao leitor). A segunda subdivisão compreende os comandantes políticos, que de algum tempo para cá começaram a se espalhar bastante. O comandante político é sempre eloquente, letrado, anda de camisa cor-de-rosa, não come no rancho comum, às vezes fuma tabaco de Mussátov, considera-se muito acima do soldado comum e raramente é um soldado tão bom quanto um comandante da primeira categoria.

O tipo temerário, a exemplo do tipo comandante, é bom na primeira subdivisão – a dos temerários gozadores, cujos traços distintivos são a alegria inabalável, enorme capacidade para tudo, a natureza pródiga e a audácia – e também é tremendamente ruim na segunda subdivisão – a dos temerários depravados, que, no entanto, é preciso dizer em honra às tropas russas, raramente são encontrados, e quando aparecem são afastados pelos próprios soldados do convívio dos camaradas. A descrença e uma certa ousadia para o vício são os traços principais dessa categoria.

Velentchuk pertencia à categoria dos submissos agitados. Era do tipo ucraniano, já estava no serviço militar havia quinze anos e, embora fosse um soldado modesto e bastante habilidoso, era ingênuo, bondoso e extremamente diligente, se bem que na maioria das vezes em momentos inoportunos, e também honesto ao extremo. Digo honesto ao extremo porque, no ano passado, houve um caso em que ele demonstrou de modo flagrante essa característica. É preciso observar que quase todos os soldados possuem alguma habilidade. As mais difundidas são as do ofício de alfaiate e de sapateiro. Velentchuk aprendeu o ofício de alfaiate e, a julgar pelo que Mikhail Dorofeitch, o sargento, lhe dava para costurar, alcançou certo grau de aprimoramento. No ano passado, no acampamento, Velentchuk se incumbiu de costurar um capote fino para Mikhail Dorofeitch; porém, na mesma noite em que ele, depois de cortar o pano e pôr o forro, o guardou na barraca, embaixo do travesseiro, aconteceu-lhe uma infelicidade: o pano, que havia custado sete rublos, sumiu durante a noite! Com lágrimas nos olhos, lábios trêmulos e pálidos e soluços contidos, Velentchuk explicou ao sargento o que havia ocorrido. Mikhail Dorofeitch se enfureceu. No primeiro instante de desgosto, ameaçou o alfaiate, mas depois, como homem de posses e bondoso, deixou aquilo de lado e não exigiu de Velentchuk a devolução do preço do capote. Por mais que se esforçasse o tão esforçado Velentchuk, por mais que chorasse ao contar seu infortúnio, o ladrão não foi encontrado. Embora houvesse fortes suspeitas contra um soldado temerário depravado, Tchernov, que dormia com ele na mesma barraca, não havia provas concretas. O comandante político Mikhail Dorofeitch, como era homem de posses, fazia pequenos negócios com o quarteleiro e com o chefe da cooperativa de artesãos, os aristocratas da bateria, e logo se esqueceu completamente do sumiço daquele capote; Velentchuk, ao contrário, não esquecia seu infortúnio. Os soldados diziam temer que daquela vez ele se suicidasse ou fugisse para as montanhas, tão forte tinha sido o efeito de tal infortúnio. Não bebia, não comia, trabalhava até não poder mais e não parava de chorar. Três dias depois, ele apareceu diante de Mikhail Dorofeitch e, todo branco, a mão trêmula, tirou de debaixo da manga uma moeda de ouro e lhe deu.

– Por Deus, é a última, Mikhail Dorofeitch, e mesmo essa peguei emprestada com Jdánov – disse ele, soluçando de novo. – E os outros dois rublos, vou pagar quando receber por meu trabalho. Ele – de quem estava falando, nem Velentchuk sabia – fez de mim um vigarista diante dos olhos do senhor. Ele, com sua alma maligna e abominável, tomou de seu irmão soldado tudo o que tinha; e eu sirvo no Exército há quinze anos...

Em honra a Mikhail Dorofeitch, é preciso dizer que ele não tomou de Velentchuk os dois rublos restantes, embora Velentchuk, dois meses depois, tenha levado a ele o dinheiro.

III

Além de Velentchuk, outros cinco soldados de meu pelotão se aqueciam em torno da fogueira.

No melhor lugar, protegido do vento, o chefe do pelotão, sargento Maksímov, estava sentado num barrilete e fumava cachimbo. Na atitude, no olhar e em todos os movimentos do homem, notava-se o hábito de exercer a autoridade e a consciência da própria dignidade, sem falar do barrilete sobre o qual estava sentado, que era o emblema do poder no acampamento na hora do descanso, bem como do casaco de pele revestido de algodão de Nanquim.

Quando me aproximei, ele virou a cabeça na minha direção; mas os olhos continuaram fixos no fogo e só muito depois seu olhar, acompanhando a cabeça, voltou-se para mim. Maksímov era descendente de lavradores prósperos, possuía dinheiro, havia estudado na brigada educacional e acumulara conhecimentos. Era tremendamente rico e tremendamente culto, como diziam os soldados. Lembro que certa vez, na prática de tiro de canhão com emprego do quadrante, ele explicou aos soldados reunidos à sua volta que o nível de bolha[1] não é nada mais do que o efeito que decorre do movimento do mercúrio atmosférico. De fato, Maksímov estava longe de ser tolo e conhecia muito bem seu trabalho; mas tinha a excentricidade infeliz de às vezes falar de propósito de um modo que era absolutamente impossível de compreender e, tenho certeza, nem ele mesmo entendia as próprias palavras. Gostava em especial das palavras "decorre" e "prosseguir" e, quando acontecia de dizer "decorre" ou "prosseguindo", eu já sabia de antemão que não ia entender nada do que viria a seguir. Os soldados, ao contrário, até onde eu podia perceber, gostavam de ouvi-lo dizer "decorre" e suspeitavam haver nisso um sentido profundo, embora, como eu, não entendessem nada. Mas atribuíam essa incompreensão apenas à própria estupidez e respeitavam ainda mais Fiódor Maksímitch. Numa palavra, Maksímov era do tipo comandante político.

O segundo soldado, que calçava os pés vermelhos e vigorosos perto do fogo, era Antónov – o mesmo artilheiro Antónov que, no ano de 1837, tinha ficado com mais dois soldados junto a um canhão sem nenhuma cobertura, respondera aos tiros do inimigo poderoso e, ainda que com duas balas no quadril, continuara a se mover em torno do canhão e municiá-lo. "Teria sido promovido a sargento de artilharia há muito tempo, não fosse seu caráter", diziam os soldados a seu respeito. E, de fato, tinha um caráter estranho: sóbrio, não havia homem mais tranquilo,

1 Instrumento para verificar, por meio de uma bolha na água, se uma superfície está na horizontal.

gentil e consciencioso; quando se embriagava, transformava-se em outra pessoa: não reconhecia a autoridade, brigava, provocava desordens e fazia o que em parte nenhuma convém a um soldado. Apenas uma semana antes, tinha bebido no Carnaval e, apesar das ameaças, das censuras e de ter sido amarrado a um canhão, embriagou-se e provocou desordens até a segunda-feira do início da Quaresma. Mesmo durante toda a Quaresma, apesar da ordem que liberava todo o destacamento para comer carne, ele só comeu bolachas e na primeira semana nem tomou sua cota de vodca. Além disso, era preciso ver aquela figura baixa, rija como ferro, com pernas curtas e tortas e rosto lustroso de bigode, quando, ligeiramente embriagado, apanhava a balalaica nas mãos musculosas e, olhando displicente para os lados, tocava "Senhora", ou quando passava na rua com o capote sobre os ombros, do qual pendiam medalhas, com as mãos enfiadas nos bolsos da calça azul de algodão – era preciso ver a expressão do orgulho de soldado e o desprezo por todos os que não eram soldados que, nessas horas, se manifestavam em sua fisionomia para compreender como era para ele totalmente impossível, em tais momentos, não brigar com um ordenança que se mostrasse rude ou que apenas cruzasse seu caminho, fosse cossaco, infante ou imigrante, em suma, contanto que não pertencesse à artilharia. Brigava e provocava desordens menos por satisfação própria do que para manter o moral de toda a soldadesca, da qual se sentia representante.

O terceiro soldado, de brinco na orelha, bigodinho mal raspado, rosto de pássaro e cachimbinho de porcelana nos lábios, de cócoras perto da fogueira, era o cocheiro Tchíkin. Homem gentil, Tchíkin, como o chamavam os soldados, era gozador. Na friagem cortante, com lama nos joelhos, sem comer por dois dias, na marcha, na inspeção, o homem gentil sempre e em toda parte fazia caretas, dava piruetas e inventava tais gracejos que o pelotão inteiro morria de rir. Nas paradas e nos acampamentos, uma roda de soldados jovens sempre se reunia em torno de Tchíkin, que com eles jogava *filka*,[2] ou lhes contava anedotas sobre um soldado astuto e um milorde inglês, ou imitava um tártaro, um alemão, ou apenas fazia comentários dos quais todos se torciam de tanto rir. É verdade que sua reputação de gozador estava tão estabelecida na bateria que bastava abrir a boca e piscar um olho para produzir uma gargalhada geral; mas, de fato, havia nele muito de cômico e de inesperado. Sabia enxergar em cada coisa algo diferente, que nem passava pela cabeça de outras pessoas, e, o mais importante, essa capacidade de enxergar o ridículo em tudo não se rendia diante de nenhuma contrariedade.

O quarto soldado era um rapazinho inexperiente, recruta do ano anterior, pela

---

2 Jogo de cartas dos soldados. (N. A.)

primeira vez numa expedição de guerra. Estava bem no caminho da fumaça e tão perto do fogo que parecia que seu casaco surrado ia pegar fogo a qualquer momento; mas, apesar disso, pelas abas abertas do casaco, pela atitude serena e convencida, pelas pernas arqueadas, via-se que experimentava uma grande satisfação.

E, por fim, o quinto soldado, sentado um pouco mais longe da fogueira, entalhando um pedacinho de pau, era titio Jdánov. Era o mais antigo entre os soldados na bateria, conhecera a todos quando ainda eram recrutas e todos, por um velho costume, o chamavam de titio. Pelo que diziam, nunca bebia, nem fumava, nem jogava cartas (nem *vnoski*),[3] nem falava palavrões. Ocupava todo o tempo livre com seu ofício de sapateiro, nos feriados ia às igrejas onde fosse possível ou acendia uma vela de um copeque diante de uma imagem e abria o Livro dos Salmos, o único livro que sabia ler. Pouco se relacionava com os soldados – com os de patente mais alta, embora mais jovens, mostrava-se frio e respeitoso; com seus iguais, como não bebia, tinha poucas ocasiões de se reunir; mas gostava especialmente dos recrutas e dos soldados jovens: sempre os protegia, lia para eles as instruções e muitas vezes os ajudava. Na bateria, todos o consideravam um capitalista, porque possuía vinte e cinco rublos que de bom grado emprestava a um soldado que de fato precisasse. O próprio Maksímov, que agora era sargento, contou-me que, dez anos atrás, quando era recruta, os veteranos gastaram todo o seu dinheiro com bebidas, e Jdánov, ao ver seu apuro, chamou-o para conversar, censurou com severidade seu comportamento, chegou a bater nele, passou-lhe um sermão, ensinou-lhe como um soldado precisa viver e liberou-o, depois de lhe dar uma camisa, pois Maksímov já não tinha nenhuma, e uma moeda de cinquenta copeques. "Ele fez de mim um homem", dizia Maksímov sobre Jdánov, sempre com respeito e gratidão. Ele também ajudara Velentchuk, a quem em geral protegia desde os tempos de recruta, na ocasião desafortunada em que perdeu o capote, e muitos e muitos outros, durante seus vinte e cinco anos de serviço.

Era impossível desejar um soldado que conhecesse melhor seu ofício, que fosse mais valente e mais dedicado; porém era demasiado submisso e discreto para ser promovido a sargento, embora já tivesse quinze anos de artilharia. A alegria e até a paixão de Jdánov eram as canções; amava algumas em especial e sempre formava uma rodinha de cantores entre os soldados jovens e, mesmo sem saber cantar, ficava com eles, enfiava as mãos nos bolsos do casaco curto de pele de carneiro e, com o rosto franzido, movimentos de cabeça e dos maxilares, exprimia sua empatia. Não sei por que, naquele movimento ritmado dos maxilares, abaixo das orelhas, que eu só percebia nele e em mais ninguém, por algum motivo eu en-

---

3 Jogo de cartas em que batiam com o baralho no nariz do perdedor.

contrava muita expressividade. A cabeça branca como as penas de um gavião, o bigode pintado de preto, o rosto bronzeado e cheio de rugas lhe davam, à primeira vista, uma expressão severa e dura; mas, ao olhar melhor para seus olhos grandes, sobretudo quando sorriam (ele nunca sorria com os lábios), algo extraordinariamente dócil, quase infantil, nos surpreendia.

## IV

– Essa não! Esqueci o cachimbo. Que desgraça, meus irmãos! – repetiu Velentchuk.

– Era melhor fumar *cigarrilhos*, bom homem! – retrucou Tchíkin, torcendo a boca e piscando os olhos. – Em casa eu só fumava *cigarrilhos*: são uma doçura!

Claro, todos deram uma risada.

– Ah, quer dizer que esqueceu o cachimbo? – interveio Maksímov, sem dar atenção à gargalhada geral, batendo com o cachimbo na palma da mão esquerda, com orgulho e autoridade. – Onde foi que você se meteu, hein, Velentchuk?

Velentchuk virou-se um pouco para ele, fez menção de levantar a mão até o chapéu, mas depois baixou-a.

– Parece que não dormiu desde ontem, pois está dormindo de pé. Essas coisas têm um preço.

– Que me façam em pedaços se pus uma gota sequer na boca, Fiódor Maksímitch; eu mesmo não sei o que houve comigo – respondeu Velentchuk. – Quem me dera eu tivesse bebido! – exclamou.

– Pois é. A gente tem de responder pelo nosso irmão perante o chefe, mas o senhor continua a fazer essas coisas feias – concluiu o eloquente Maksímov, já num tom mais calmo.

– Foi um milagre, meus irmãos – prosseguiu Velentchuk depois de um minuto calado, coçando a nuca e sem se dirigir a ninguém em especial. – Um verdadeiro milagre, meus irmãos! Estou no serviço há dezesseis anos e nunca vi nada igual. Quando mandaram entrar em forma, me preparei como se deve fazer, não houve nada de mais, até que de repente, no parque, ela se apoderou de mim... agarrou, agarrou, me puxou para debaixo da terra, e pronto... Nem eu mesmo sei como foi que dormi, meus irmãos! Talvez ela mesma seja o sono – concluiu.

– Sei que tive de fazer muita força para acordar você – disse Antónov, puxando a bota. – Empurrava, empurrava... e você parecia um tronco de árvore.

– Que pena – comentou Velentchuk. – Quem dera eu estivesse bêbado...

– Pois lá na minha terra teve uma mulher – começou Tchíkin – que ficou deitada do lado da estufa durante dois anos. Um dia foram acordar a mulher, acharam que estava dormindo, mas já estava morta... O sono também tomou conta dela toda. Veja como são as coisas, meu bom homem!

– Conte lá, Tchíkin, como você contava vantagem para todo mundo quando estava de licença – disse Maksímov, sorrindo e olhando de lado para mim, como se dissesse: "Quer ouvir como fala um sujeito tolo?".

– Que contar vantagem que nada, Maksímitch! – retrucou Tchíkin, lançando um olhar de esguelha na minha direção. – Só contei como é a vida no Cáucaso.

– Sei, está certo, muito bem! Não se faça de rogado... conte como você se fez de importante.

– Não tem nenhum mistério. Perguntavam como a gente vive – começou Tchíkin, falando depressa, com o jeito de alguém que já contou várias vezes a mesma coisa. – Eu digo: Vivemos bem, bom homem. Recebemos abundantes provisões, de manhã e de tarde dão uma xícara de *chacolate* para os soldados e no jantar uma sopa de cevadinha igual à dos patrões, e em lugar de vodca, vinho *modeira*. Um *modeira* que, sem contar a garrafa, vale uns quarenta e dois rublos!

– Que *modeira* formidável! – emendou Velentchuk, rindo mais alto do que os outros. – Isso é que é *modeira*.

– Muito bem, mas como você descreveu os asiáticos? – continuou perguntando Maksímov, quando a gargalhada geral esmoreceu um pouco.

Tchíkin inclinou-se na direção do fogo, apanhou uma varinha em brasa, colocou-a no cachimbo e, calado, como se não percebesse a curiosidade silenciosa e agitada entre os ouvintes, demorou-se fumando suas raízes. Quando, por fim, já havia produzido bastante fumaça, jogou fora a varinha em brasa, empurrou mais para trás ainda seu gorro e, encolhendo-se e sorrindo de leve, prosseguiu:

– Também perguntavam como eram os pequenos circassianos e se os turcos iam nos derrotar no Cáucaso. Eu respondia: Os circassianos, bom homem, não são iguais, tem de vários tipos. Tem os chamados *tavlíntsi*, que vivem nas montanhas pedregosas e comem pedras em vez de pão. São grandes feito troncos de árvore, têm um olho no meio da testa, usam gorros vermelhos que parecem estar pegando fogo, iguaizinhos ao seu, bom homem! – acrescentou, dirigindo-se a um jovem recruta que, de fato, estava com um gorro de um vermelho berrante.

O recrutazinho, ao ouvir o comentário inesperado, sentou-se de repente no chão, bateu nos joelhos, soltou uma gargalhada e teve um ataque de tosse tão forte que mal conseguiu pronunciar, com a voz sufocada: "Assim é que são os *tavlíntsi*!".

– Eu disse que também tinha os *múmri* – prosseguiu Tchíkin, fazendo o gorro tombar sobre a testa com um movimento da cabeça. – Esses são duas vezes menores, assim, olhe. Andam sempre aos pares, de mãos dadas, e correm tanto que nem a cavalo dá para alcançar. "Como é que pode, puxa, será que esses *múmri* nasceram assim de mãos dadas, será?" – disse ele com voz de baixo, imitando um mujique. – E aí eu respondo: "Sim, bom homem, são assim por natureza. Se a gente separar as mãos deles, sai sangue, e a mesma coisa acontece com os chineses: se a gente tirar o gorro, sai sangue". "E como é que eles são na guerra?" Respondo: "Se pegarem você, abrem sua barriga, arrancam as tripas, levantam nas mãos e ficam sacudindo, sacudindo. Eles sacodem e aí riem, ficam rindo até perder o fôlego...".

– Mas, diga lá, eles acreditavam em você, Tchíkin? – perguntou Maksímov, sorrindo de leve, enquanto os outros morriam de rir.

– Pois veja só, era uma gente tão fora do comum, Fiódor Maksímitch, que todo mundo acreditava, palavra de honra, acreditavam mesmo. Mas quando comecei a lhes contar sobre a montanha Kizbek e disse que nela a neve não derrete durante o verão inteiro, todos caíram na gargalhada, bom homem! "O que você está dizendo, rapaz, onde já se viu? Como é que pode, uma montanha enorme e a neve não derreter? Aqui na nossa terra, rapaz, no degelo, em qualquer morro, a neve derrete antes do que a neve no fundo dos barrancos." Vejam só! – concluiu Tchíkin, piscando o olho.

## V

O círculo luminoso do sol, que transparecia por trás da névoa leitosa, já se erguera bastante; o horizonte cinzento e lilás aos poucos se alargava e, embora muito mais distante agora, continuava nitidamente delineado pela enganosa parede branca da neblina.

À nossa frente, atrás da floresta derrubada, surgiu uma clareira bem grande. Na clareira, de todos os lados, subia a fumaça das fogueiras, aqui preta, ali branca e leitosa, mais adiante violeta, e as camadas brancas de neblina formavam figuras estranhas. Ao longe e à frente, de vez em quando apareciam grupos de tártaros a cavalo e ouviam-se tiros esparsos de nossas carabinas, dos fuzis e dos canhões deles.

– Isto ainda não é a guerra, é só uma brincadeira – dizia o bom capitão Khlópov.

O comandante da nona companhia de caçadores, encarregada de nos dar cobertura, aproximou-se de meus canhões e, apontando para três tártaros a cavalo que, naquele momento, cavalgavam junto à floresta, a uma distância de mais de seiscentas *sájeni* de nós, pediu, com a afeição aos disparos da artilharia tão própria aos oficiais da infantaria em geral, que eu disparasse na direção deles uma bala de canhão ou uma granada.

– Veja – disse-me com um sorriso persuasivo e simpático, enquanto estendia o braço sobre meu ombro –, ali onde tem duas árvores grandes, logo na frente tem um que está num cavalo branco e de *tcherkeska*[4] preta, e mais adiante vão outros dois. Veja. Será que não era possível, por favor...

– E mais adiante tem mais três, bem do lado da floresta – acrescentou Antónov, que se distinguia por enxergar muito bem, aproximando-se de nós e escondendo atrás das costas o cachimbo que estava fumando naquele momento. – E lá, olhem, o que vai na frente tirou a carabina da bainha. Dá para ver, olhem lá!

– Olhem, atirou, meus irmãos! Olhem lá a fumacinha branca – disse Velentchuk num grupo de soldados que estava um pouco atrás de nós.

– Deve estar apontando para nossas fileiras, o safado! – comentou outro.

– Olhem quanta gente saiu de trás da floresta, na certa estão examinando o terreno, querem colocar os canhões ali – acrescentou um terceiro. – Se a gente jogasse uma granada naquele grupinho lá, num instante saíam correndo...

– E acha que ela ia chegar até lá, bom homem? – perguntou Tchíkin.

– Quinhentas ou quinhentas e vinte *sájeni*, não pode ser mais do que isso – disse Maksímov com sangue-frio, como se falasse consigo mesmo, embora fosse visível que ele, tanto quanto os demais, desejava ardentemente disparar. – Se atirássemos com o unicórnio de quarenta e cinco linhas,[5] dava para acertar em cheio, isso é seguro.

– Então, se apontar naquele grupinho, não tem dúvida de que em alguém vai cair. Olhe só agora como eles se juntaram, por favor, depressa, mande atirar logo – continuava a me implorar o comandante da companhia.

– O senhor ordena que prepare o canhão? – perguntou-me Antónov de repente, com sua brusca voz de baixo e um ar de maldade soturna.

Confesso que eu mesmo queria muito disparar e ordenei que preparassem o segundo canhão.

Mal tive tempo de falar e a granada já estava carregada, e Antónov, encostado no suporte do canhão e com dois dedos grossos colocados na alça de mira, já comandava o movimento do canhão para a direita e para a esquerda.

– Um pouquinho à esquerda... uma coisinha de nada à direita... mais um nadinha, mais... assim está ótimo – disse e se afastou do canhão com ar orgulhoso.

O oficial de infantaria, eu, Maksímov, um após o outro, olhamos na alça de mira e cada um deu uma opinião diferente.

– Palavra, vai errar – comentou Velentchuk, estalando a língua, apesar de só ter olhado por trás do ombro de Antónov e portanto não ter nenhum fundamento para afirmar aquilo. – Palavra de honra, vai errar, vai cair direto naquela árvore lá, meus irmãos!

---

4 Túnica militar circassiana, que chega até os joelhos.

5 Unicórnio: canhão lançador de granadas; linha: antiga medida russa, equivalente a 2,5 mm.

– Segundo canhão! – ordenei.

Os soldados se afastaram do canhão. Antónov foi para o lado a fim de ver o voo do obus. O cachimbo fumegava e o bronze retinia com o calor. No mesmo instante, uma fumaça de pólvora nos envolveu e, do incrível estrondo do disparo, destacou-se o som metálico e sibilante do voo da bala, que se afastou ligeiro como um raio, e depois morreu ao longe no silêncio geral.

Um pouco atrás do grupo a cavalo surgiu uma fumacinha branca, os tártaros galoparam em várias direções e chegou até nós o som da explosão.

– Olhem, muito bem! Saíram correndo! Aí está, seus demônios, estão contentes? – ouviram-se saudações e risos nas fileiras de artilheiros e infantes.

– Um nadinha só mais baixo e teria acertado em cheio – comentou Velentchuk. – Eu bem que disse que ia acertar na árvore. E foi isso mesmo... caiu um pouco para a direita.

## VI

Depois que deixei os soldados discutindo sobre como os tártaros fugiram quando viram a granada, para que tinham ido ali e se ainda havia muitos deles na floresta, afastei-me alguns passos com o comandante da companhia e sentei ao pé de uma árvore, esperando os bolinhos de carne que ele me oferecera. Bolkhov, o comandante da companhia, era um dos oficiais chamados no regimento de Os Bonjour. Era um homem de posses, já servira na guarda e sabia falar francês. Apesar disso os camaradas gostavam dele. Era bem inteligente e tinha tato o bastante para vestir uma sobrecasaca à moda de Petersburgo, comer boas refeições e falar francês sem ofender demais a comunidade dos oficiais. Depois de conversar sobre o tempo, sobre as operações militares, sobre oficiais que eram nossos conhecidos comuns, e depois de nos convencermos, pelas perguntas e respostas e pelo ponto de vista sobre as coisas, de que eram satisfatórias as ideias de ambos, sem perceber desviamos a conversa para assuntos mais ligeiros. De resto, no Cáucaso, quando pessoas do mesmo círculo se encontram, sempre surge a pergunta óbvia, mesmo que não seja pronunciada: por que veio para cá? E pareceu-me que meu interlocutor queria responder a essa minha pergunta silenciosa.

– Quando vai acabar a missão desta unidade? – perguntou-me com preguiça. – É maçante!

– Não acho maçante – respondi. – No quartel-general é mais maçante.

– Ah, no quartel-general é dez mil vezes pior – disse ele com irritação. – Não! Quando tudo isso vai terminar?

– Mas o que você quer que termine? – perguntei.

– Tudo, tudo mesmo! E então, os bolinhos de carne não estão prontos, Nikoláiev? – perguntou.

– Por que veio servir no Cáucaso – perguntei –, se gosta tão pouco daqui?

– Sabe por quê? – respondeu com franqueza resoluta. – Por causa da tradição. Na Rússia, existe uma tradição estranhíssima em torno do Cáucaso: parece que é uma espécie de terra prometida para todo tipo de pessoa desafortunada.

– Sim, isso é quase verdade – respondi. – A maior parte de nós...

– Mas o melhor de tudo – interrompeu ele – é que todos que viemos para o Cáucaso por causa da tradição nos enganamos tremendamente em nossos cálculos e, para falar a verdade, não vejo por que, em razão de algum amor infeliz ou de uma desordem nas finanças, seja melhor servir no Cáucaso do que em Kazan ou em Kaluga. Veja, na Rússia imaginam o Cáucaso como algo grandioso, os gelos eternos e intocados, as torrentes impetuosas, as adagas, as capas de feltro, as túnicas militares circassianas... imaginam que tudo isso é uma coisa tremenda, mas no fundo não tem nada de divertido. Se eles ao menos soubessem que nunca chegamos perto dos gelos intocados e, mesmo se fôssemos até lá, não haveria nada de divertido, e que o Cáucaso se divide em províncias: Stávropol, Tíflis etc...

– Sim – respondi, rindo –, na Rússia, sempre encaramos o Cáucaso de um jeito diferente do que acontece quando estamos aqui. O senhor já experimentou isso alguma vez? É como ler versos numa língua que não conhecemos direito: imaginamos versos muito melhores do que são na verdade...

– Não sei o motivo, francamente, mas acho o Cáucaso horrível – interrompeu-me.

– Pois eu continuo gostando do Cáucaso mesmo agora, só que de um modo diferente...

– Pode ser até bom – prosseguiu com uma ponta de irritação –, só sei que não me sinto bem no Cáucaso.

– E por quê? – perguntei, para dizer alguma coisa.

– Porque, em primeiro lugar, ele me enganou. Tudo aquilo de que, segundo a tradição, vim ao Cáucaso para me curar, tudo veio também comigo para cá, mas com uma diferença: antes, tudo isso era em grande escala e agora, em escala pequena, rasteira, a cada degrau encontro um milhão de pequenos aborrecimentos, indignidades, afrontas; em segundo lugar, sinto que a cada dia decaio mais moralmente, sem parar, e acima de tudo me sinto incapaz de cumprir o serviço militar aqui: não consigo suportar o perigo... numa palavra, não sou corajoso... – Parou e fitou-me. – Sem brincadeira.

Embora a confissão espontânea tivesse me surpreendido bastante, eu não o contradisse, como obviamente desejava meu interlocutor, apenas esperei dele mesmo a contestação das próprias palavras, como sempre acontece em casos semelhantes.

– Sabe, esta é a primeira vez que tomo parte em uma batalha – prosseguiu –, e o senhor não pode imaginar o que aconteceu comigo ontem. Quando o sargento trouxe a ordem que designava minha companhia para formar a coluna, fiquei branco feito um lençol e nem conseguia falar de tanta perturbação. Se o senhor soubesse como passei a noite! Se fosse verdade que os cabelos ficam grisalhos de medo, eu hoje estaria com os cabelos todos brancos, porque, falando sério, nem mesmo um condenado à morte já sofreu numa noite aquilo que passei; mesmo agora, apesar de eu estar um pouco mais tranquilo do que à noite, nem lhe conto o que se passa aqui – acrescentou, batendo o punho cerrado no peito. – E o ridículo – continuou – é que aqui se desenrola um drama terrível, enquanto a pessoa come bolinhos de carne com cebola e garante que é tudo muito divertido. Não tem vinho, não, Nikoláiev? – acrescentou, bocejando.

– É ele, pessoal! – ouviu-se então a voz alterada de um soldado. E todos os olhos se voltaram para a orla da floresta distante.

Ao longe, empurrada pelo vento, uma nuvem de fumaça azul aumentava e subia. Quando entendi que era um tiro do inimigo contra nós, tudo o que tinha diante dos olhos naquele instante de repente ganhou um caráter novo e magnífico. Os sarilhos dos fuzis, a fumaça das fogueiras, a nuvem azul, as carretas verdes dos canhões, o rosto bigodudo e bronzeado de Nikoláiev – tudo isso parecia me dizer que a bala que já partira do cano do canhão e voava naquele instante pelo espaço estava apontada direto para o meu peito.

– Onde o senhor arranjou o vinho? – perguntei em tom displicente para Bolkhov, enquanto no fundo da alma só duas frases ressoavam nitidamente. Uma era: "Senhor, receba minha alma em paz"; a outra era: "Espero que eu consiga não me abaixar e sorrir na hora em que a bala de canhão passar". E no mesmo instante sibilou por cima da minha cabeça algo terrível e desagradável e, a dois passos de nós, o projétil caiu com estrondo.

– Pois é, se eu fosse Napoleão ou Frederico – disse Bolkhov naquele instante, virando-se para mim com total sangue-frio –, sem dúvida nenhuma diria alguma coisa espirituosa.

– Foi o que o senhor acabou de dizer – respondi, escondendo com dificuldade a perturbação que me causara a proximidade do perigo.

– De que adianta se ninguém está anotando o que digo?

– Eu vou anotar.

– Mas, mesmo que anote, será numa crítica, como diz Míchenkov – acrescentou, sorrindo.

– Desgraçado, bandido! – exclamou Antónov atrás de nós, cuspindo com raiva para o lado. – Por muito pouco não acertou meu pé.

Eu me esforçava para mostrar sangue-frio, e depois daquela exclamação ingênua todas as nossas palavras engenhosas me pareceram, de súbito, insuportavelmente tolas.

## VII

Na verdade, o inimigo havia instalado dois canhões no lugar para onde os tártaros antes se dirigiram. E a cada vinte ou trinta minutos atiravam em nossos lenhadores. Mandaram meu pelotão avançar na clareira e responder ao inimigo. Na orla da floresta aparecia uma fumacinha, ouvia-se um tiro, um assobio, e a bala de canhão caía ou à frente ou atrás de nós. Os obuses do inimigo felizmente não nos acertavam e não houve nenhuma baixa.

Os artilheiros, como sempre, se comportaram de maneira excelente, municiavam depressa os canhões, faziam pontaria no meio da fumaça que surgia e gracejavam tranquilamente entre si. Os infantes, abrigados na silenciosa inatividade, jaziam à nossa volta, aguardando sua vez. Os lenhadores da floresta faziam sua parte: os machados ressoavam na mata cada vez mais rápidos e mais frequentes; apenas se escutava o assovio de um obus, e de repente todos ficavam quietos, no meio do silêncio mortal irrompia uma voz que pouco tinha de calma: "Cuidado, pessoal!". E todos os olhos fixavam-se no obus, que ricocheteava nas fogueiras ou nos troncos derrubados.

A neblina já se erguera de todo e, tomando a forma de nuvens, desaparecia aos poucos no azul-escuro do céu; o sol aberto brilhava radiante e provocava reflexos alegres no aço das baionetas, no bronze dos canhões, na terra que degelava e nas lentejoulas do orvalho congelado. No ar, sentia-se o frescor da geada matinal junto com o calor do sol da primavera; milhares de sombras e cores distintas misturavam-se nas folhas secas da floresta e, na estrada reluzente e muito batida, viam-se nitidamente os sulcos das rodas e as marcas das ferraduras dos cavalos.

Nas tropas, a agitação tornava-se cada vez mais forte e mais sensível. De todos os lados, com frequência cada vez maior, surgiam as fumacinhas azuis dos disparos. Os dragões, com flâmulas ondulantes nas lanças, partiram na frente; nas companhias de infantaria, ouviam-se canções, e o comboio com a lenha começou a se organizar na retaguarda. O general veio até nosso pelotão e ordenou que nos preparássemos para a retirada. O inimigo se instalou nos arbustos diante do nosso flanco esquerdo e, com tiros de fuzil, passou a nos incomodar demais. Do lado esquerdo da floresta, assoviou uma bala de canhão e caiu numa carreta de armas, depois mais uma, e outra... A infantaria, escondida e agachada perto de nós, se pôs de pé com alvoroço, empunhou os fuzis e formou fileiras. Os disparos de fuzil ficaram mais fortes e as balas começaram a cair a intervalos cada vez menores. Teve início a retirada e, em consequência, como sempre ocorre no Cáucaso, começou a batalha de verdade. Tudo indicava que os artilheiros não gostavam nem um pouco das balas de fuzil, assim como antes os soldados da infantaria demonstraram seu desgosto com os obuses. Antónov franzia o rosto, Tchíkin imitava o assovio das balas; mas era evidente que não estava gostando daquilo. De uma bala, disse: "Que afobada"; a outra, chamou de "abelhinha"; a uma terceira, que passou voando por cima de nós com um assovio lento e queixoso, chamou de "órfã", o que provocou uma gargalhada geral.

Um recruta, como não estava habituado, virava a cabeça para o lado e esticava o pescoço a cada bala, o que também fazia os soldados rirem. "É conhecida sua? Por que a cumprimenta?", lhe diziam. Até Velentchuk, sempre bastante indiferente em face do perigo, agora se encontrava num estado terrível: pelo visto, irritava-se porque não respondíamos disparando fogo de metralha na direção de onde vinham as balas. Várias vezes repetia, com voz descontente:

– Como é que podem ficar atirando na gente desse jeito? Era só virar um canhão com metralha para lá que iam logo sumir do mapa, de uma soprada só.

De fato, já estava na hora de fazer isso: dei ordem de disparar a última granada e carregar o canhão com metralha.

– Metralha! – gritou Antónov com atrevimento, aproximando-se do canhão no meio da fumaça, com uma vassourinha na mão, para limpar o cano das armas, e logo em seguida a primeira carga foi detonada.

Naquele momento, um pouco atrás de mim, ouvi de repente o som rápido e sibilante de uma bala, interrompido por um baque seco. Meu coração se contraiu. "Parece que um dos nossos foi atingido", pensei, mas ao mesmo tempo com receio de olhar para trás, sob a influência de um pressentimento penoso. De fato, logo após aquele som, ouviu-se um corpo cair pesadamente e um "a-a-a-ai" – o gemido pungente de uma pessoa ferida.

– Fui ferido, irmãos! – falou com esforço uma voz que reconheci. Era Velentchuk. Ele jazia de costas no chão, entre o canhão e a carreta. A mochila que levava tinha caído para o lado. Sua testa estava toda ensanguentada e, do olho direito e do nariz, escorria um grosso fluxo vermelho. Tinha um ferimento na barriga, mas dali quase não saía sangue; a testa quebrara ao bater num toco, na hora da queda.

Tudo isso, só compreendi muito depois; no primeiro minuto, tudo o que eu via era uma massa obscura e o que me pareceu uma quantidade horrivelmente grande de sangue.

Nenhum dos soldados que municiavam o canhão disse nenhuma palavra – só o recruta balbuciou algo como: "Viu só quanto sangue?". E Antónov, de sobrancelhas franzidas, deu um grunhido irritado; mas em tudo se percebia que a ideia da morte penetrara na alma de cada um deles. Com grande empenho, todos cumpriam seu dever. O canhão foi municiado num instante e o chefe da equipe do canhão, ao trazer a carga de metralha, desviou-se uns dois passos do lugar onde o ferido jazia e continuava a gemer.

## VIII

Todos que já estiveram numa batalha experimentaram o sentimento estranho e poderoso, mas não lógico, de aversão ao local onde alguém foi morto ou ferido. No primeiro momento, meus soldados foram dominados, de forma visível, por esse sentimento, na hora em que foi necessário erguer Velentchuk e carregá-lo para um carroção que passava. Irritado, Jdánov aproximou-se do ferido e, a despeito de seus gritos, que aumentaram, segurou-o pelas axilas e ergueu-o. "Por que estão aí parados? Segurem!", gritou ele, e na mesma hora dez ajudantes cercaram o ferido, o que era um exagero. Porém, assim que o movimentaram, Velentchuk começou a se contorcer e a gritar de maneira horrível.

– Por que está berrando? Parece uma lebre! – disse Antónov em tom bruto, segurando-o pela perna. – Olhe que a gente larga você.

E o ferido de fato se acalmou, só de vez em quando deixava escapar:

– Ah, é a morte! Ai, ai, meus irmãos!

Quando o colocaram na carroça, até parou de grunhir, e ouvi que dizia algo para os camaradas – na certa pedia desculpas – em voz baixa, mas clara.

Numa batalha, ninguém gosta de olhar para alguém ferido, e eu, de modo instintivo, com pressa de me afastar daquele espetáculo, dei ordem para que o levassem rapidamente ao posto de socorro e fui para perto dos canhões; no entanto, alguns minutos depois, me disseram que Velentchuk me chamava e fui vê-lo.

O ferido jazia no fundo da carroça, segurava a beirada com as duas mãos. O rosto saudável e largo em poucos segundos se transformara por completo: parecia ter emagrecido e envelhecido alguns anos, os lábios estavam finos, pálidos e comprimidos, com uma tensão evidente; a expressão afobada e tonta de seu olhar tinha ganhado uma espécie de brilho radioso e calmo e, na testa ensanguentada e no nariz, já se viam os traços da morte.

Apesar de o menor movimento lhe causar um sofrimento insuportável, Velentchuk pediu que eu tirasse de sua perna esquerda o *tcheres*[6] com seu dinheiro.

---

6 Bolsinha com aspecto de atadura que os soldados levam em geral abaixo do joelho. (N. A.)

A visão de sua perna branca e sadia quando tiraram a bota e soltaram o *tcheres* provocou em mim um sentimento terrível e penoso.

– Aqui tem três rublos e meio – disse-me no momento em que segurei o *tcheres* na mão. – Guarde para mim.

A carroça começou a andar, mas ele a deteve.

– Eu estou fazendo um capote para o tenente. Ele me deu dois rublos. Com um rublo e meio, comprei os botões, e meio rublo está na minha mochila, junto com os botões. O senhor, por favor, devolva para ele.

– Está certo, está certo – respondi. – Fique bom logo, irmão!

Não me respondeu, a carroça se pôs em movimento e, de novo, Velentchuk começou a gemer e se lamentar da maneira mais horrível, com uma voz de cortar a alma. Era como se, depois de acertar os assuntos mundanos, ele não visse mais motivo para se conter e achasse que agora lhe era permitido aquele alívio.

## IX

– Ei, você, aonde vai? Para onde está indo? – gritei para o recruta que, depois de pôr debaixo do braço a vareta com o morrão sobressalente,[7] e com um pedaço de pau na mão, andava com toda a serenidade atrás da carroça que levava o ferido.

Mas o recruta se limitou a virar a cabeça com preguiça para mim, balbuciou alguma coisa e foi em frente, por isso tive de mandar um soldado trazê-lo. O recruta tirou o gorro vermelho e, sorrindo com ar de tolo, olhou para mim.

– Aonde ia? – perguntei.

– Ao acampamento.

– Para quê?

– Ora, feriram Velentchuk – respondeu, sorrindo de novo.

– E o que isso tem a ver com você? Tem de ficar aqui.

Com surpresa, fitou-me e depois, tranquilamente, deu meia-volta, pôs o gorro na cabeça e foi para o seu posto.

A batalha, no conjunto, foi bem-sucedida: disseram que os cossacos tinham feito um ataque formidável e tomaram três corpos de tártaros; a infantaria se abasteceu de lenha e teve apenas seis feridos; na artilharia, Velentchuk e dois cavalos foram retirados das linhas. Em troca, umas três verstas de floresta foram derrubadas e o local ficou tão desmatado que se tornou irreconhecível: onde antes se via a orla contínua

---

7 Usada para acender o pavio dos canhões.

da mata, abriu-se uma enorme clareira, coberta por fogueiras fumegantes e também pela cavalaria e pela infantaria, que se deslocavam rumo ao acampamento. Apesar de o inimigo não parar de nos acossar com fogo de artilharia e de fuzis até o córrego e até o cemitério que havíamos cruzado de manhã, a retirada estava correndo bem. Eu já começava a sonhar com a sopa de repolho e com o pernil de carneiro com *kacha*[8] que me esperavam no acampamento, quando chegou a notícia de que o general ordenara construir uma fortificação no córrego e estacionar ali o terceiro batalhão do regimento de K. e um pelotão da quarta bateria, até o dia seguinte. As carroças com lenha e com os feridos, os cossacos, a artilharia, a infantaria com os fuzis e com a lenha nos ombros – todos passaram por nós, fazendo barulho e cantando. Em todos os rostos, viam-se a animação e o contentamento, inspirados por estar deixando o perigo para trás e pela esperança de repouso. Só nós e o terceiro batalhão teríamos de aguardar até o dia seguinte para gozar aqueles sentimentos prazerosos.

## X

Enquanto nós, artilheiros, trabalhávamos com afinco em torno dos canhões, arrumávamos as carretas e as caixas de munição e cravávamos as estacas para amarrar os cavalos, a infantaria ensarilhava os fuzis, acendia fogueiras, construía barracas com galhos e palha de milho e cozinhava a *kacha*. A noite começou a cair. Nuvens azuis esbranquiçadas se arrastavam pelo céu. A neblina, que se transformara numa névoa rala e cinzenta, molhava a terra e os capotes dos soldados; o horizonte se estreitava e tudo em redor era tomado por sombras escuras. A umidade que eu sentia por dentro das botas e atrás do pescoço, o movimento incessante, as conversas, de que eu não tomava parte, a lama pegajosa em que meus pés derrapavam e o estômago vazio deixaram-me no estado de ânimo mais penoso e hostil possível, depois de um dia de cansaço físico e moral. Velentchuk não me saía da cabeça. Toda a história simples de sua vida de soldado se apresentava com insistência em minha imaginação.

Seus últimos minutos foram tão tranquilos e claros como toda a sua vida. Vivera de um modo honesto e simples demais para que sua fé ingênua na futura vida celestial pudesse vacilar no instante decisivo.

– Vossa Excelência – disse-me Nikoláiev, aproximando-se. – O capitão o convida para tomar um chá.

---

8 Mingau de cereais.

Abrindo caminho com grande dificuldade entre as fogueiras e os sarilhos, segui Nikoláiev até onde estava Bolkhov, pensando com prazer num copo de chá bem quente e numa conversa agradável, que dissiparia meus pensamentos sombrios.

– E então, encontrou-o? – ouviu-se a voz de Bolkhov por trás da barraca feita de palha de milho, onde ardia uma luz miúda.

– Encontrei, Vossa Excelência! – respondeu Nikoláiev, com voz de baixo.

Dentro da barraca, Bolkhov estava sentado sobre uma manta de feltro seca, com o casaco desabotoado e sem o gorro de pele. A seu lado, o samovar fervia e sobre um tambor havia petiscos. Em cima do punho de uma baioneta cravada na terra, havia uma vela acesa.

– Que tal? – disse ele, com orgulho, lançando um olhar para suas confortáveis acomodações. De fato, dentro da barraca era tão agradável que, ao tomar o chá, esqueci de todo a umidade, a escuridão e o ferimento de Velentchuk. Conversamos descontraidamente sobre Moscou, sobre assuntos que não tinham nenhuma relação com a guerra no Cáucaso.

Depois de um desses minutos de silêncio que às vezes entremeiam até as conversas mais animadas, Bolkhov fitou-me com um sorriso.

– Tenho a impressão de que o senhor achou muito estranha nossa conversa nesta manhã, não foi? – disse ele.

– Não. Por quê? Pareceu-me apenas que o senhor é franco demais e que existem coisas que todos sabemos, mas de que nunca é preciso falar.

– Como assim? Não! Se houvesse alguma possibilidade de trocar esta vida mesmo que fosse pela vida mais vulgar e miserável que existe, mas sem o perigo e sem o serviço militar, eu não hesitaria nem um minuto.

– Por que o senhor não se transfere para a Rússia? – perguntei.

– Por quê? – repetiu. – Ah! Já faz muito tempo que penso nisso. Não posso voltar para a Rússia agora, enquanto não ganhar as medalhas da Ordem de Santa Ana e de São Vladímir; Ana no pescoço[9] e a promoção para major, que eu almejava quando vim para cá.

– Mas por quê, se o senhor, como diz, se sente incapaz para o serviço militar aqui?

– É que me sinto ainda mais incapaz de voltar para a Rússia do que quando vim para cá. Outra tradição que existe na Rússia, confirmada por Pássek, Sléptsov e outros, é que basta vir ao Cáucaso para acumular condecorações. E todos esperam e exigem isso de nós; estou há dois anos aqui, estive em duas expedições de

---

9 A Ordem de Santa Ana tinha quatro classes. A de segunda classe era presa ao pescoço.

combate e não ganhei nada. Apesar disso, tenho tamanho amor-próprio que não irei embora do Cáucaso, por nada neste mundo, antes de ter me tornado major e ganhar a Ordem de Vladímir e a de Ana no pescoço. Já me afundei nisso a tal ponto que fico totalmente perturbado quando Gnilokíchkin recebe uma condecoração mas eu não. E depois, na Rússia, como vou me apresentar aos olhos de meu estaroste, do comerciante Koguélnikov, a quem vendo trigo, aos olhos de minha tia moscovita e de todos aqueles senhores, sem nenhuma condecoração depois de anos no Cáucaso? É verdade que não quero ter relação com esses senhores e que, é bem possível, eles também estejam muito pouco interessados em mim; mas o ser humano é feito de tal modo que eu não quero ter relação com eles, mas mesmo assim, por causa deles, destruo meus melhores anos, toda a felicidade de minha vida e vou arruinar todo o meu futuro.

## XI

Naquele instante ouviu-se lá fora a voz do comandante do batalhão. "Com quem o senhor está aí, Nikolai Fiódoritch?"

Bolkhov disse meu nome e, em seguida, três oficiais entraram na barraca: o major Kirsánov, o ajudante de ordens de seu batalhão e Tróssenko, o comandante do regimento.

Kirsánov era baixo, gorducho, de bigode preto, bochechas rosadas, olhinhos melosos. Os olhos eram o traço mais notável em sua fisionomia. Quando ria, dos olhos só restavam duas estrelinhas úmidas que, junto com os lábios distendidos e o pescoço esticado, às vezes ganhavam uma estranhíssima expressão de estupidez. Kirsánov se portava melhor do que qualquer outro no regimento: os subordinados não o xingavam, os chefes o respeitavam, embora a opinião geral sobre ele fosse a de ser um homem muito limitado. Kirsánov conhecia bem seu ofício, era organizado e zeloso, estava sempre com dinheiro, possuía uma carruagem e um cozinheiro e sabia fingir-se orgulhoso com absoluta naturalidade.

– Sobre o que está conversando, Nikolai Fiódoritch? – perguntou ele, ao entrar.

– Sobre como é agradável a vida aqui no Cáucaso.

Mas nisso Kirsánov percebeu minha presença, um *junker*, e assim, para me demonstrar sua importância, fez que não ouviu a resposta de Bolkhov e, olhando para o tambor, perguntou:

– O que há? Está cansado, Nikolai Fiódoritch?

– Não, é que nós... – começou Bolkhov. Mas de novo, pelo visto, a dignidade do comandante do batalhão exigia que o interrompesse e fizesse outra pergunta.

– A batalha de hoje foi formidável, não foi?

O ajudante de ordens do batalhão era um jovem alferes, recém-saído da escola de cadetes, rapaz humilde e discreto, de rosto tímido, bondoso e simpático. Eu já o vira antes na barraca de Bolkhov. O jovem ia vê-lo com frequência, fazia uma reverência, sentava num canto e ficava calado durante algumas horas, enrolava cigarros, fumava, depois levantava, fazia uma reverência e ia embora. Era o típico filho da nobreza russa empobrecida, que abraçara a carreira militar como a única possibilidade de adquirir instrução e encarava seu posto de oficial como a coisa mais elevada do mundo – um tipo inocente e simpático, apesar dos ridículos acessórios inseparáveis: bolsa de tabaco, túnica, violão e uma escovinha para o bigode, com os quais nos acostumamos a imaginá-lo. No regimento, comentavam que ele se vangloriava de ser justo, mas rigoroso, com seu ordenança, e que dizia: "Eu raramente castigo, mas quando sou levado a isso, é uma desgraça". E que certa vez, quando o ordenança, embriagado, roubou tudo o que ele tinha e até o xingou, parece que o levou para a prisão dos soldados e deu ordem para providenciarem o castigo, porém, ao ver os preparativos em andamento, ficou tão confuso que só conseguia dizer: "Ora, vejam só... pois eu bem que podia...". E perdeu totalmente a coragem, correu para casa e, a partir de então, tinha medo de fitar os olhos de seu Tchérnov. Os camaradas não lhe davam sossego, caçoavam dele por isso, e algumas vezes ouvi como o rapaz ingênuo inventava explicações para se defender e, vermelho até o pescoço, garantia que aquilo não era verdade e que era exatamente o contrário.

O terceiro personagem, o capitão Tróssenko, era um velho caucasiano, no pleno sentido da palavra, ou seja, um homem para o qual o regimento que comandava se tornara uma família, uma fortaleza, onde ficavam seu quartel-general, sua terra natal e os cantores – o único prazer da vida –, um homem para quem tudo que não fosse o Cáucaso era digno de desprezo e quase indigno de credibilidade; no entanto, para ele, o Cáucaso se dividia em duas partes: a nossa e a que não era nossa; a primeira, ele amava; a segunda, odiava com todas as forças da alma. E acima de tudo era um homem firme, de coragem serena, de uma rara brandura com seus camaradas e subordinados, e de uma inflexível retidão, e até insolência, com os ajudantes de ordens e os Bonjour, que, por qualquer que fosse o motivo, Tróssenko detestava. Ao entrar na barraca, por pouco não bateu com a cabeça no teto; depois se abaixou de repente e sentou-se no chão.

– E então? – disse e, de súbito, ao perceber minha pessoa, desconhecida para ele, deteve-se e fixou em mim o olhar turvo e atento.

– Sobre o que estavam conversando? – indagou o major, pegando o relógio e vendo as horas, muito embora, eu estava firmemente convencido, não tivesse a menor necessidade de fazer aquilo.

– Ele me perguntou para que estou servindo no Exército aqui.

– É óbvio, Nikolai Fiódoritch quer se destacar aqui e depois... de volta para casa.

– Pois bem, mas e o senhor, Abram Ilitch, me diga por que está servindo no Cáucaso.

– Ora, sabe, em primeiro lugar, somos obrigados, é nosso dever servir no Exército. O que foi? – acrescentou, embora todos estivessem calados. – Ontem recebi uma carta da Rússia, Nikolai Fiódoritch – prosseguiu, desejando visivelmente mudar o assunto da conversa. – Escreveram que... fizeram perguntas muito estranhas.

– Que perguntas? – indagou Bolkhov. E riu.

– Sério, umas perguntas estranhas... Disseram-me que pode existir ciúme sem amor... Que tal? – perguntou, lançando um olhar para nós todos.

– Era o que faltava! – exclamou Bolkhov, sorrindo.

– Pois é, sabem, é muito bom na Rússia – prosseguiu, como se suas frases se concatenassem de maneira absolutamente natural. – Quando estive em Tambóv, em 1852, em toda parte me tratavam como se fosse o ajudante de ordens do imperador. Acreditem, fui a um baile na casa do governador e, quando entrei, vejam só... ele me recebeu muito bem. A própria esposa do governador ficou conversando comigo e fez perguntas sobre o Cáucaso e todos... eu nem sei... Olhavam meu sabre dourado como se fosse uma raridade. Perguntavam por que eu havia ganhado o sabre, por que a medalha de Ana, e a de Vladímir, e eu explicava tudo. Está vendo? É por isso que o Cáucaso é bom, Nikolai Fiódoritch! – prosseguiu, sem esperar a resposta. – Lá, admiram muito nossos irmãos do Cáucaso. Sabem, um jovem oficial do Estado-Maior, com as medalhas de Ana e de Vladímir, puxa, isso tem grande importância lá na Rússia. Não sabia?

– E o senhor se vangloriou bastante, imagino, não é, Abram Ilitch? – disse Bolkhov.

– He, he! – começou ele a rir, com seu riso tolo. – Sabe, isso é necessário. Além do mais, durante dois meses, comi que foi uma beleza!

– Quer dizer que passou bem lá na Rússia? – disse Tróssenko, falando da Rússia como se falasse da China ou do Japão.

– Sim, senhor, lá fiquei dois meses tomando champanhe, um horror!

– Ora essa! Na certa, bebeu foi limonada. Se fosse eu, ia arrebentar com tudo, para que soubessem como bebem os caucasianos. Não é à toa que nossa fama se espalhou. Eu ia mostrar como é que se bebe... Ah, Bolkhov – acrescentou.

– Pois é, titio, você já está há dez anos no Cáucaso – disse Bolkhov. – Lembra o que disse Ermólov?[10] Mas Abram Ilitch está só há seis anos.

---

10 A. P. Ermólov (1777-1861), general russo, comandante no Cáucaso.

– Que dez o quê! Vou completar dezesseis.

– Bolkhov, mande servir uma bebida. Que umidade, brrr!... Hein? – acrescentou, sorrindo. – Vamos beber, major!

Mas o major estava descontente desde a primeira vez que o velho capitão lhe falara e agora, pelo visto, se retraía e procurava abrigo na própria grandeza. Começou a cantarolar algo e novamente olhou as horas.

– Pois eu nunca irei lá – prosseguiu Tróssenko, sem dar atenção ao major de cenho franzido. – Até perdi o hábito de falar russo e de andar como um russo. Vão dizer: quem é esse sujeito esquisito que chegou? Dizem que veio da Ásia. Não é assim, Nikolai Fiódoritch?... Além do mais, o que tenho a ver com a Rússia? Afinal, tanto faz mesmo, porque aqui, mais dia, menos dia, vou acabar levando um tiro. Aí vão perguntar: cadê o Tróssenko? Levou um tiro. E aí o que é que o senhor vai fazer com a oitava companhia... hein? – acrescentou, sempre se dirigindo ao major.

– Mande o oficial de serviço para o batalhão! – gritou Kirsánov, sem responder ao capitão, embora, eu estava novamente convencido, não tivesse necessidade de dar ordem nenhuma. – Imagino que o senhor agora esteja contente, jovem rapaz, por receber um soldo dobrado, não é? – disse o major para o ajudante de ordens do batalhão, depois de alguns instantes de silêncio.

– Como não, senhor? Muito contente.

– Acho que nosso salário agora está muito alto, Nikolai Fiódoritch – prosseguiu. – Um jovem pode viver muito bem e até se permitir um pequeno luxo.

– Não acho, Abram Ilitch, com toda a franqueza – respondeu o ajudante de ordens, timidamente. – Embora o soldo seja dobrado, acontece que... bem, é preciso ter um cavalo...

– O que está me dizendo, jovem rapaz? Eu já fui alferes e sei como é. Creia, com organização, é possível viver muito bem. O senhor veja bem, vamos fazer as contas – acrescentou, dobrando o dedo mindinho da mão esquerda.

– Todos pedimos o pagamento adiantado, aí estão suas contas – disse Tróssenko, sorvendo de um gole o cálice de vodca.

– Muito bem, mas com isso o que o senhor quer...?

Nesse momento, num buraco da barraca, surgiu uma cabeça branca de nariz achatado, e uma voz aguda com sotaque alemão disse:

– O senhor está aqui, Abram Ilitch? O oficial de serviço quer falar com o senhor.

– Entre, Kraft! – disse Bolkhov.

O vulto comprido, de sobrecasaca do Estado-Maior, penetrou pela porta e, com um ardor especial, tratou de apertar a mão de todos os presentes.

– Ah, caro capitão! O senhor também está aqui? – disse, dirigindo-se a Tróssenko.

O novo conviva, apesar da penumbra, avançou até ele e, com uma surpresa que me pareceu exagerada, e para o desprazer do capitão, beijou-o nos lábios.

"É um alemão que quer ser um bom camarada", pensei.

XII

Minha hipótese logo se comprovou verdadeira. O capitão Kraft pediu vodca, que ele chamou de aguardente, e ao beber inclinou a cabeça para trás e grunhiu de um modo terrível.

– Pois é, senhores, temos comido o pão que o diabo amassou nas campinas da Tchetchénia... – começou, mas, ao ver o oficial de serviço, calou-se no mesmo instante, permitindo que o major desse suas ordens.

– O senhor percorreu as fileiras?

– Sim, senhor.

– Deu as senhas?

– Sim, senhor.

– Então o senhor transmita aos comandantes de companhia a ordem de que tomem o máximo de cuidado.

– Sim, senhor.

O major estreitou os olhos e refletiu profundamente.

– E diga que os soldados agora podem ferver a *kacha*.

– Já fizeram isso.

– Muito bem. O senhor pode ir.

– Pois bem, nós estávamos calculando de quanto precisa um oficial – prosseguiu o major, dirigindo-se a nós com um sorriso indulgente. – Vamos fazer as contas. – O senhor precisa de um uniforme e de calças... não é?

– Certo.

– Isso dá, digamos, cinquenta rublos para dois anos, portanto vinte e cinco rublos por ano com o vestuário; depois, para comer, são duas *abaz*[11] por dia... não é?

– Certo; e isso já é muito.

– Certo, mas é que estou fazendo as contas por alto. Agora, com o cavalo, a sela e sua manutenção, temos uns trinta rublos... e pronto, é tudo. No total, dá vinte e cinco, mais cento e vinte, mais trinta... cento e setenta e cinco. Os vinte rublos que sobram são só para o luxo, o chá, o açúcar, o tabaco. Está vendo?... Não é verdade, Nikolai Fiódoritch?

---

11 Moeda de prata oriental que valia cerca de vinte copeques (ou centavos de rublo).

– Não, senhor. Com sua licença, Abram Ilitch! – disse o ajudante de ordens, timidamente. – Não sobra nada para o chá e o açúcar. O senhor calcula uma calça para dois anos, mas aqui, em campanha, uma calça não dura; e as botas? Destruo um par quase todos os meses. Além disso, senhor, tem a roupa de cama, as camisas, a toalha, as perneiras... afinal, é preciso comprar tudo isso. E quando a gente faz as contas, não sobra nada. Disso não há dúvida, Abram Ilitch!

– Sim, é bonito andar com perneiras – disse Kraft de repente, após um minuto de silêncio, pronunciando com uma afetação especial a palavra "perneiras", só para mostrar que sabia falar russo.

– Pois eu digo aos senhores – observou Tróssenko – que, por mais que façam e refaçam as contas, é preciso pôr alguma coisa para mastigar na boca de nossos irmãos do regimento e, na realidade, acontece que todos nós vivemos, bebemos chá, fumamos tabaco, tomamos vodca. Quando tiver servido tanto tempo quanto eu – prosseguiu, dirigindo-se ao alferes –, também vai aprender como viver. Pois os senhores por acaso sabem como se tratam os ordenanças?

E Tróssenko, morrendo de rir, contou para nós toda a história do alferes e de seu ordenança, embora já tivéssemos ouvido aquilo mil vezes.

– Ora, por que está assim tão vermelho? – continuou, dirigindo-se ao alferes, que, ruborizado, suava e sorria de tal modo que dava até pena. – Está tudo bem, irmão, já fui que nem você, mas agora, olhe só, fiquei forte. Vejam só o que acontece quando vem para cá um desses rapazinhos da Rússia, e nós já vimos vários, logo ele começa a ter espasmos e reumatismo; já eu fiquei aqui, este lugar é a minha casa, minha cama e tudo. Vejam...

Nisso tomou de um só gole mais um cálice de vodca.

– Ah? – acrescentou, fitando fixamente os olhos de Kraft. – Esse aí eu respeito! Aí está um verdadeiro velho caucasiano! Dê cá sua mão.

E Kraft abriu caminho entre nós todos, alcançou Tróssenko e, segurando sua mão, sacudiu-a com forte emoção.

– Sim, podemos dizer que aqui experimentamos de tudo – prosseguiu – no ano de 1845... Pois o senhor também estava lá, não foi, capitão? Lembra da noite do dia 12 para o dia 13, que passamos atolados na lama até os joelhos, e do dia seguinte, quando fomos para as trincheiras? Na ocasião, eu estava com o comandante supremo e tomamos quinze trincheiras num só dia. Lembra, capitão?

Tróssenko fez que sim com a cabeça e, espichando para a frente o lábio inferior, estreitou os olhos.

– Veja bem... – começou Kraft extraordinariamente animado, fazendo com as mãos gestos impertinentes e dirigindo-se ao major.

Mas o major, que pelo visto já ouvira aquele relato muitas vezes, de repente, enquanto fitava seu interlocutor, mostrou olhos tão turvos e embotados que Kraft lhe deu as costas e voltou-se para mim e para Bolkhov, olhando ora para ele, ora para mim. Já não olhou mais para Tróssenko, nem uma vez, durante todo o tempo em que contou sua história.

– Pois vejam só os senhores, quando saímos de manhã, o comandante me disse: "Kraft! Vá tomar aquelas trincheiras". Os senhores sabem, em nosso serviço não tem discussão, é só bater continência. "Entendido, Vossa Excelência!" E lá fui eu. Mas quando nos aproximamos da primeira trincheira, virei-me e disse para os soldados: "Rapazes! Não tenham medo! Fiquem de olho bem aberto! Quem recuar, eu mato com minha própria mão". Sabe, com o soldado russo, é preciso ser direto. Só que de repente veio uma granada... olhei, um soldado, outro soldado, um terceiro soldado, depois as balas... zum! zum! zum!... Eu disse: "Avante, rapazes, sigam-me!". Quando chegamos, sabem, olhamos e aí eu vi, como é que... como é que se chama mesmo? – e o contador da história abanou as mãos, procurando a palavra.

– Um barranco – acudiu Bolkhov.

– Não... Ah, como é mesmo? Meu Deus! Como é que é?... Um barranco – disse ele, em seguida. – E fomos em frente com os fuzis em riste... Hurra! Ta-ra-ta-ta-ta! Não havia nem sinal do inimigo. Todos ficaram surpresos, entendem? Muito bem: fomos em frente, rumo à segunda trincheira. Aí a história foi muito diferente. Nós já estávamos fervendo de entusiasmo, entendem? Quando chegamos, olhamos e aí eu vi que não podia ir até a segunda trincheira. Ali havia... como é mesmo que se chama aquilo... Ah! Como é que se chama?...

– Outro barranco – sugeri eu mesmo.

– Não, nada disso – continuou ele, contrariado. – Não era um barranco, mas... vamos, como é que se chama aquilo? – E fez com a mão um gesto absurdo. – Ah, meu Deus! Como é...

Parecia estar sofrendo tanto que nos sentimos obrigados a ajudá-lo.

– Um rio, talvez – disse Bolkhov.

– Não, era apenas um barranco. Só que quando chegamos lá, acreditem, era um fogaréu tremendo, um inferno...

Naquele instante, alguém do batalhão veio me chamar. Era Maksímov. E depois de ter ouvido a história da tomada de duas trincheiras e restar-me ainda as outras treze, fiquei contente de poder me agarrar àquele pretexto para ir ao meu pelotão. Tróssenko saiu junto comigo. "Tudo mentira", disse-me quando nos afastamos alguns passos da barraca. "Ele nem esteve nas trincheiras." E Tróssenko deu uma gargalhada com tanto bom humor que eu também ri.

## XIII

Já era noite escura e só as fogueiras iluminavam o acampamento com um brilho mortiço, quando, terminada a inspeção, me aproximei de meus soldados. Um toco grande, ardendo em fogo brando, jazia sobre os carvões. Em volta, sentados, só havia três pessoas: Antónov, que fazia rodar sobre o fogo uma caçarola na qual fervia um *riabko*,[12] Jdánov, que raspava pensativo as cinzas com um graveto, e Tchíkin, com seu cachimbinho eternamente apagado. Os demais já haviam se recolhido para descansar – uns debaixo das carroças de munição, outros no feno, outros em volta das fogueiras. Sob a luz fraca das brasas, eu distinguia costas, pernas e cabeças conhecidas; entre esses, estava o recruta que, bem pertinho do fogo, parecia já estar dormindo. Antónov abriu espaço para mim. Sentei a seu lado e comecei a fumar um cigarro. O cheiro da neblina e da fumaça de lenha molhada, que se espalhava por todo o ar, feria os olhos, e uma névoa úmida descia do céu escuro.

Perto de nós, ouviam-se roncos ritmados, estalidos da lenha no fogo, vozes suaves e, de vez em quando, o retinir dos fuzis da infantaria. Em toda parte, as fogueiras ardiam, iluminando as sombras negras dos soldados num círculo pequeno a seu redor. Em torno das fogueiras mais próximas, nos lugares iluminados, eu distinguia as figuras de soldados nus, que sacudiam suas camisas acima das chamas. Muita gente ainda não havia dormido, moviam-se e falavam na área de quinze *sájeni* quadradas; mas a noite escura, turva, conferia seu tom misterioso e peculiar a todo aquele movimento, como se cada pessoa percebesse o silêncio escuro e temesse perturbar sua harmonia serena. Quando comecei a falar, senti que minha voz soou diferente; no rosto de todos os soldados sentados em volta do fogo, eu via esse mesmo estado de ânimo. Achei que, até minha chegada, estavam falando sobre seu camarada ferido; mas não era nada disso: Tchíkin falava sobre a recepção de mercadorias em Tíflis e dos estudantes de lá.

Sempre e em toda parte, sobretudo em Kazan, notei o tato especial de nossos soldados, em momentos de perigo, no que diz respeito a manter silêncio e evitar coisas que podem ter um efeito ruim sobre a coragem dos camaradas. A coragem do soldado russo não tem o mesmo fundamento da bravura dos povos do sul, que se inflama de entusiasmo e logo depois esfria: no russo, é tão difícil inflamar a coragem quanto obrigá-lo a desistir. Para ele, não é necessário usar palavras de efeito, discursos, gritos marciais, canções e tambores: para ele, ao contrário, é preciso calma, organização e ausência de tudo o que é forçado. No russo, no soldado russo verdadeiro, nunca se vê a petulância, a temeridade, o desejo de fechar os olhos, de inflamar-se na hora do pe-

---

12 Prato dos soldados: cozido de pão com toucinho. (N. A.)

rigo: ao contrário, a modéstia, a humildade e a capacidade de enxergar no perigo algo de todo diferente do perigo constituem os traços característicos de seu caráter. Vi um soldado ferido na perna que, no primeiro instante, apenas lamentou que seu casaco novo de pele de carneiro tivesse rasgado, e vi um soldado sair de debaixo do cavalo no qual montava pouco antes, e que acabara de ser alvejado e morto, para desafivelar a cilha e retirar a sela. Quem não se lembra do caso do cerco de Guerguebil,[13] quando a espoleta de uma bomba carregada se acendeu no laboratório e o sargento de artilharia ordenou a dois soldados que levassem a bomba correndo e jogassem no barranco e, como a barraca do coronel ficava ao pé do barranco, os soldados não levaram a bomba para o local mais próximo e sim para outro mais distante, a fim de não acordar os senhores que dormiam na barraca, e com isso os dois acabaram feitos em pedaços? Lembro-me também de que, no ano de 1852, um dos soldados mais jovens do destacamento disse, durante a batalha, que na certa o pelotão não ia conseguir sair vivo de lá, e então o pelotão em peso voltou-se contra ele com raiva, por ter dito aquelas palavras ruins, que eles nem queriam repetir. E agora mesmo, quando no espírito de todos devia estar o pensamento sobre Velentchuk e quando, a cada minuto, poderíamos ser atingidos pelos disparos dos tártaros à espreita, todos escutavam o relato alegre de Tchíkin e ninguém se lembrava nem da batalha daquele dia, nem do perigo vindouro, nem do soldado ferido, como se tudo fossem coisas ocorridas só Deus sabe quando, ou até coisas que nunca tivessem acontecido. Mas para mim parecia apenas que o rosto deles estava um pouco mais sombrio do que de costume: não escutavam com tanta atenção o relato de Tchíkin, e o próprio Tchíkin sentia que não o escutavam, mas ainda assim falava como que para si.

Maksímov aproximou-se da fogueira e sentou-se a meu lado. Tchíkin abriu espaço para ele, calou-se e passou de novo a sugar seu cachimbo.

– Os infantes mandaram buscar vodca no acampamento – disse Maksímov, depois de um silêncio bastante demorado. – Logo vão voltar. – Deu uma cusparada no fogo. – O sargento falou que viu o nosso ferido.

– E então, ainda está vivo? – perguntou Antónov, enquanto mexia na caçarola.

– Não, morreu.

O recruta, perto do fogo, de repente levantou sua pequena cabeça de touca vermelha, por um momento fitou fixamente a mim e Maksímov, depois baixou a cabeça depressa e se enrolou no capote.

– Está vendo? Não foi à toa que a morte foi buscar por ele de manhã, quando eu o acordei no parque – disse Antónov.

---

13 Povoado no Daguestão. O cerco ocorreu em junho de 1848.

– Bobagem! – disse Jdánov, virando um toco em brasa. E todos ficaram calados.

Em meio ao silêncio geral, atrás de nós, soou um disparo no acampamento. Os nossos tamboreiros responderam com o toque de recolher. Quando o último toque de tambor silenciou, Jdánov levantou-se primeiro e tirou o chapéu. Todos nós seguimos seu exemplo.

No meio do profundo silêncio da noite, irrompeu um coro afinado de vozes masculinas:

– Pai nosso, que estais nos céus! Santificado seja o Vosso nome; venha a nós o Vosso reino; seja feita a Vossa vontade, assim na terra como no céu; o pão nosso de cada dia nos dai hoje; e perdoai nossas dívidas assim como perdoamos nossos devedores; não nos deixeis cair em tentação, mas livrai-nos do mal.

– Em quarenta e cinco, um de nossos soldadinhos foi ferido naquele mesmo lugar – disse Antónov, quando pusemos o chapéu e sentamos de novo ao redor do fogo. – Assim, nós o carregamos por dois dias na carroça de munição... Lembra, Chevtchénko, Jdánov?... Depois o deixamos ao pé de uma árvore.

Nesse momento, um soldado da infantaria, com bigodes e costeletas enormes, de fuzil e mochila, aproximou-se de nossa fogueira.

– Conterrâneos, deixem que eu acenda o cachimbo e fume um pouquinho – disse.

– Claro, pode acender: tem fogo de sobra – respondeu Tchíkin.

– Na certa vocês estavam falando de Dargo, não é, conterrâneos? – perguntou o infante para Antónov.

– Do ano de quarenta e cinco, de Dargo – respondeu Antónov.

O infante balançou a cabeça, semicerrou os olhos e se pôs de cócoras perto de nós.

– Sim, aquilo não foi moleza – comentou.

– Por que o abandonaram? – perguntei para Antónov.

– Tinha uma dor muito forte na barriga. Quando parávamos, ficava tudo bem, mas quando andávamos, ele gritava muito. Pedia em nome de Deus que o deixássemos, mas todos tinham pena. Então o inimigo começou a nos atacar com força, os canhões mataram três soldados, um oficial morreu, e até deixamos nossa bateria para trás. Uma desgraça! Não havia jeito de continuar levando os canhões. Tinha lama demais.

– O pior de tudo é que estava enlameado ao pé da montanha Indiéiski[14] – comentou um soldado.

– Pois é, e foi lá que ele ficou ainda pior. Eu e Anóchenko, um artilheiro veterano, achamos que, de fato, não ia sobreviver, e ele pedia em nome de Deus que o dei-

---

14 Corruptela do nome da serra Andíski, que faz parte da cordilheira Grande Cáucaso.

xássemos ali. Então acabamos decidindo. Tinha uma árvore daquelas bem grandes. Deixamos com ele uma porção de pão torrado e molhado, que Jdánov tinha, o encostamos naquela árvore, vestimos nele uma camisa limpa, nos despedimos como convém e o deixamos assim.

– E era um soldado de valor?

– Era um bom soldado – respondeu Jdánov.

– E o que foi feito dele, só Deus sabe – continuou Antónov. – Muitos irmãos nossos ficaram lá.

– Em Dargo? – disse o infante, erguendo-se e sacudindo o cachimbo, e de novo semicerrou os olhos e balançou a cabeça. – Lá não foi moleza.

E se afastou de nós.

– Aqui na nossa bateria ainda há muitos soldados que estiveram em Dargo? – perguntei.

– Como não? O Jdánov, eu, Patsan, que agora está de licença, e mais uns seis soldados. Não mais do que isso.

– Será que o Patsan resolveu esticar a licença? – disse Tchíkin, baixando as pernas e apoiando a cabeça sobre um toco. – Faça só as contas, vai fazer um ano que não aparece.

– E você, não pediu sua licença anual? – perguntei para Jdánov.

– Não, eu não tirei licença – respondeu de má vontade.

– Pois é bom tirar – disse Antónov. – Quando a gente é de uma família rica e quando a gente tem forças para trabalhar, então é gostoso tirar licença e a família fica contente.

– Mas para que tirar licença quando são só dois irmãos – prosseguiu Jdánov – e só um tem o que comer e não pode alimentar o irmão soldado? Quando a gente serviu no Exército vinte e cinco anos, já não tem mais jeito. E ninguém nem sabe mais se você está vivo.

– Mas você não mandou cartas? – perguntei.

– Como não? Mandei duas cartas e nenhuma das duas teve resposta. Vai ver morreram, ou não receberam as cartas. Quem sabe? Eles também vivem na miséria: não é fácil!

– Faz muito tempo que escreveu?

– Quando voltei de Dargo, escrevi a última carta.

– Por que não canta "Beriozochka"?[15] – perguntou Jdánov para Antónov, que, apoiado nos joelhos, cantarolava alguma coisa.

---

15 Diminutivo de *berioz*, bétula.

Antónov começou a cantar "Beriózuchka".[16]

– Essa é de longe a canção predileta do tio Jdánov – disse-me Tchíkin num sussurro, puxando meu capote. – Toda vez que Filipp Antónitch começa a tocar a música, ele desanda a chorar que é um horror.

Jdánov, de início, ficou absolutamente imóvel, com os olhos voltados para as brasas brilhantes, e seu rosto, iluminado pela luz vermelha, parecia extraordinariamente sombrio; depois as maçãs do rosto, abaixo das orelhas, começaram a se mexer cada vez mais depressa e, por fim, ele se levantou, estendeu o capote e deitou-se numa sombra atrás da fogueira. Em seguida, ou se virou e começou a roncar, ao cair no sono, ou a morte de Velentchuk e o clima triste me influenciaram e por isso tive de fato a impressão de que ele estava chorando.

A parte de baixo do toco tinha se transformado em carvão, de vez em quando incandescia e iluminava o vulto de Antónov, seus bigodes grisalhos, sua fisionomia vermelha e as medalhas no capote, jogado sobre os ombros, e também as botas, a cabeça e as costas de algum outro soldado. Do alto, caía uma neblina tristonha, o ar tinha o mesmo cheiro de umidade e de fumaça, ao redor viam-se os mesmos pontos luminosos das fogueiras apagadas e, no silêncio geral, ouviam-se as notas da canção triste de Antónov; mas, quando ela silenciava por um momento, os barulhos da escassa movimentação no acampamento – roncos, o retinir dos fuzis das sentinelas e vozes baixas – lhe faziam eco.

– Segundo turno! Makátiuk e Jdánov! – gritou Maksímov.

Antónov parou de cantar. Jdánov levantou-se, suspirou, passou por cima do toco de lenha e seguiu rumo aos canhões.

*15 de junho de 1855. Publicado em 1855 na revista* Sovriemiénik

---

16 Corruptela do nome da canção citada antes.

# SEBASTOPOL NO MÊS DE DEZEMBRO

A aurora mal começa a tingir o horizonte acima do monte Sapun; a superfície azul--escura do mar já se desvencilhou da escuridão da noite e espera o primeiro raio de sol para erguer seu brilho alegre; o ar frio e nevoento sopra da enseada; não há neve – tudo está negro, mas a friagem cortante da manhã agarra no rosto, estala debaixo dos pés e só o longínquo e incessante rumor do mar, de quando em quando interrompido pelos tiros de canhão retumbantes em Sebastopol, perturba o silêncio da manhã. Nas embarcações, a ampulheta marca oito horas.

Em Siévernaia,[1] a atividade diurna começa aos poucos a substituir a tranquilidade da noite: num lugar, há uma troca de sentinelas e ouve-se o retinir de fuzis; noutro, um médico já se dirige afobado ao hospital; mais adiante, um soldado rasteja para fora de seu abrigo sob a terra, lava o rosto queimado de sol na água enregelada e, voltando-se para o oriente avermelhado, faz um rápido sinal da cruz e reza para Deus; em outro canto, uma pesada *madjara*,[2] puxada por camelos, cheia de cadáveres até em cima, se arrasta com um rangido rumo ao cemitério para enterrar os corpos ensanguentados... Você se aproxima do porto – sente bater um cheiro peculiar de carvão mineral, estrume, umidade e carne bovina; milhares de mercadorias variadas – lenha, carne, cabras-do-cáucaso, farinha, ferro etc. –, empilhadas, em volta do cais; soldados de diversos regimentos, com mochilas e fuzis, sem mochilas e sem fuzis, se aglomeram ali, fumam, xingam-se, carregam coisas pesadas para um navio a vapor que fumega, parado junto ao ancoradouro; barcos a remo, repletos de todo tipo de gente – soldados, marinheiros, comerciantes, mulheres – atracam e desatracam do cais.

– Para Gráfskaia,[3] Vossa Nobreza? Por favor. – Dois ou três marinheiros reformados oferecem seus serviços, levantando-se nos barcos a remo.

Você escolhe o que está mais perto, passa por cima da carcaça semiputrefata de um cavalo baio, que jaz na lama, perto dos botes, e segue na direção do leme. Você desatracou e se afastou da margem. À sua volta, o mar já brilha mais forte sob o sol da manhã; à sua frente, estão um velho marinheiro com um casaco de pele de camelo e um menino de cabelos claros, que em silêncio e com afinco manobram os remos. Você olha também para a massa listrada de navios, perto e

---

1 Lado norte (*siéverni*) da baía de Sebastopol, onde havia um quartel.

2 Carroça típica da Crimeia.

3 Porto situado do outro lado da baía.

longe, espalhados pela baía, olha para os pequenos pontos pretos das chalupas que se movimentam no azul cintilante, para as bonitas e claras construções da cidade, desenhadas pelos raios rosados do sol da manhã, que se avistam do lado de cá, olha para a linha branca e espumante formada por navios naufragados, dos quais se avistam, aqui e ali, com aspecto soturno, a ponta negra dos mastros, e olha para a frota inimiga ao longe, que sobressai no horizonte cristalino do mar, olha para as ondulações espumantes em que saltam bolhas miúdas e salgadas levantadas pelos remos; você escuta os sons ritmados dos golpes dos remos, os sons das vozes que a água traz até você, e os sons majestosos do canhoneio, que, assim lhe parece, se torna mais forte em Sebastopol.

Diante da ideia de que você está em Sebastopol, é impossível que em sua alma não penetrem sentimentos de uma certa bravura, de orgulho, e que o sangue não comece a circular mais depressa em suas veias...

– Vossa Nobreza! Direto para o *Kistentina*,[4] segure firme – diz o marinheiro velho virando-se para trás para conferir a direção que você deu ao barco. – Leme à direita.

– Ele ainda está com todos os canhões – comenta o menino de cabelo claro, quando passa pelo navio e o observa.

– E não é de admirar. É novo, Kornílov[5] esteve nele – responde o velho, que também observa o navio.

– Viu só onde foi estourar? – diz o menino depois de um demorado silêncio, olhando para a nuvenzinha branca de fumaça que se dissipa e que apareceu de repente, no alto, acima da baía do sul, seguida pelo som cortante da detonação de uma bomba.

– É ele que hoje dá tiros com uma bateria nova – acrescenta o velho, cuspindo na mão com indiferença. – Muito bem, vamos lá, Michka, força, vamos ultrapassar a barcaça. – E o seu barco a remo avança mais ligeiro na larga ondulação da maré da baía, ultrapassa de fato a barcaça pesada, na qual estão amontoados sacos e onde alguns soldados remam sem ritmo e sem jeito, e alcança o porto Gráfskaia, no meio de uma grande quantidade de barcos, com amarras de todos os tipos.

No cais, agitam-se ruidosos bandos de soldados de roupa cinzenta, marinheiros de preto e mulheres em trajes coloridos. Camponesas vendem pãezinhos, mujiques russos com samovares gritam: "*Sbíten*[6] quentinho", e ali mesmo, nos primeiros degraus, estão largadas balas de canhão cobertas de ferrugem, bom-

---

4 Corruptela de *Konstantin*, nome de um navio. (N.A.)

5 V. A. Kornílov (1806-54). Vice-almirante russo, comandante na Guerra da Crimeia em defesa de Sebastopol.

6 Antiga bebida russa feita com água, mel e ervas.

bas, cargas de metralha e canhões de ferro fundido de vários calibres. Um pouco adiante, há uma praça grande onde se espalham vigas enormes, peças de canhão e soldados adormecidos; há cavalos, carroças, caixas verdes de munição, sarilhos da infantaria; movimentam-se soldados, marinheiros, oficiais, mulheres, crianças, comerciantes; trafegam telegas com feno, sacos e barris; aqui e ali, passam um cossaco e um oficial a cavalo, um general numa carruagem aberta. À direita, há uma rua bloqueada por uma barricada, em cujas aberturas estão instalados pequenos canhões, junto aos quais um marinheiro, sentado, fuma seu cachimbo. À esquerda, há uma casa bonita com algarismos romanos no frontão, sob o qual se encontram soldados e macas ensanguentadas – em toda parte do acampamento, você vê desagradáveis vestígios da guerra. Sua primeira impressão é necessariamente a mais desagradável possível: a estranha mistura da vida do acampamento e a da cidade, da bela cidade e do acampamento imundo, que não só nada tem de bonito como aparenta uma desordem abominável; você tem até a impressão de que estão todos assustados, confusos, sem saber o que fazer. Mas observe melhor o rosto dessas pessoas que se movimentam à sua volta e vai perceber uma coisa bem diferente. Olhe bem para esse soldadinho do destacamento das carroças de carga que conduz uma troica de cavalos baios para beber água, cantarolando baixinho e tranquilo para si mesmo, e logo fica claro que ele não vai se perder na barafunda dessa multidão, a qual, aliás, para ele nem existe, e que ele vai cumprir sua tarefa, seja qual for – dar água aos cavalos ou rebocar canhões –, com a mesma tranquilidade, segurança e indiferença, como se tudo aquilo estivesse acontecendo em outro lugar, em Tula ou em Saransk. E você também verá essa mesma expressão no rosto do oficial que passa de luvas impecavelmente brancas, e no rosto do marinheiro que grita ao sentar na barricada, bem como no rosto dos soldados trabalhadores que esperam com as macas no alpendre da antiga Assembleia, e no rosto da mulher que, com medo de molhar seu vestido rosa, atravessa a rua saltitando de uma pedra para outra.

Sim! É certo que você terá uma decepção, quando chegar pela primeira vez a Sebastopol. Em vão vai procurar, em qualquer rosto que seja, traços de agitação, de perplexidade e até de entusiasmo, de disposição de morrer, de determinação – não há nada disso: você verá pessoas rotineiras, tranquilamente ocupadas com tarefas rotineiras, e assim talvez você se repreenda pela euforia exagerada, ponha um pouco em dúvida a justeza da imagem dos heroicos defensores de Sebastopol, imagem formada em você a partir dos relatos, das descrições, do aspecto e dos sons que chegam até Siévernaia. Mas antes de pôr isso em dúvida, vá aos bastiões, veja os defensores de Sebastopol no próprio local da defesa, ou, melhor ainda, siga reto para a casa que está na sua frente, a antiga Assembleia de Sebastopol, em cujo alpendre estão os soldados com as macas – ali você verá os defensores de Sebastopol, verá imagens horríveis e tristes, grandiosas e cômicas, mas admiráveis e que elevam a alma.

Você entra no salão da Assembleia. Assim que abre a porta, é apanhado de surpresa pela imagem e pelo cheiro de quarenta ou cinquenta pacientes amputados e com os mais graves ferimentos, alguns sobre macas, a maioria no chão. Não acredite no sentimento que o detém na soleira da porta – esse sentimento ruim –, vá em frente, não se envergonhe de dar a impressão de que veio ver sofredores, não se envergonhe de se aproximar e falar com eles: os infelizes adoram ver um rosto humano solidário, adoram contar seus sofrimentos e ouvir palavras de amor e solidariedade. Você passa entre os leitos e procura um rosto menos severo e sofrido, do qual resolve se aproximar para conversar.

– Onde se feriu? – você pergunta com timidez e hesitação a um velho soldado esquálido que, sentado na maca, o acompanha com um olhar amável e parece convidá-lo a se aproximar. Digo "pergunta com timidez" porque os sofrimentos, além de uma profunda compaixão, por algum motivo inspiram também o medo de ofender e um elevado respeito por aquele que os suporta.

– Na perna – responde o soldado, mas nesse mesmo instante você repara, pelas dobras do cobertor, que da coxa para baixo ele não tem perna. – Agora, com a graça de Deus, quero pedir minha dispensa – acrescenta.

– E faz muito tempo que se feriu?

– Completou agora a sexta semana, Vossa Nobreza!

– E está doendo?

– Não, agora não dói nada; só sinto umas pontadas na panturrilha quando o tempo fica ruim, mas é uma coisa à toa.

– Como você foi ferido?

– No quinto bastião, Vossa Nobreza, foi o primeiro *bambardeio*: apontei o canhão, comecei a me afastar desse jeito assim, para a outra canhoneira, e foi aí que acertaram na minha perna e parece que caí num buraco. Olhei e não tinha mais perna.

– Mas não sentiu dor naquele primeiro momento?

– Uma coisa à toa. Era como se tivessem derramado um troço bem quente na minha perna.

– E depois?

– E depois, nada; só parecia que começavam a esticar minha pele, dava uma espécie de ardência. A primeira coisa, Vossa Nobreza, é não pensar muito: quando a gente não pensa, para a gente não é mais nada. Tudo vem mais daquilo que a pessoa pensa.

Nesse instante, se aproxima de você uma mulher de vestido cinza listrado, com um lenço preto na cabeça; intromete-se na sua conversa com o marinheiro e começa a falar sobre ele, de seus sofrimentos, da situação desesperadora em que esteve durante quatro semanas, como ele, ferido, deteve os homens que levavam sua maca a fim de ver o disparo da nossa bateria de canhões, como príncipes importantes conversaram com ele e lhe concederam vinte e cinco rublos, e como ele lhes disse que queria ir de novo ao bastião para ensinar os jovens, se não pudesse mais fazer seu trabalho. Enquanto fala tudo isso de um só fôlego, a mulher olha ora para você, ora para o marinheiro, que, virado para o outro lado e como se não a ouvisse, belisca o algodão do seu travesseiro, e os olhos dela brilham com um entusiasmo incomum.

– Ela é minha patroa, Vossa Nobreza! – explica o marinheiro com a expressão de quem diz: "O senhor a desculpe. Sabe como são as mulheres... falam umas besteiras".

Você começa a compreender os defensores de Sebastopol; por algum motivo, você tem vergonha de si mesmo, diante desse homem. Tem vontade de lhe dizer muito mais para expressar sua solidariedade e admiração; mas você não encontra palavras ou não fica satisfeito com as que lhe vêm à cabeça – e você se curva em silêncio diante dessa grandeza silenciosa, espontânea, e dessa firmeza de ânimo, desse pudor diante da própria dignidade.

– Bem, que Deus permita que você se recupere depressa – você diz e se detém diante de outro ferido, deitado no chão e, ao que parece, à espera da morte, entre padecimentos insuportáveis.

É um homem louro, de rosto pálido e gorducho. Está deitado de costas, o braço esquerdo dobrado para trás, numa posição que exprime um sofrimento cruel. A boca seca e aberta ressoa um rosnado ofegante; olhos azuis, cor de estanho, virados para cima e, saindo por baixo da coberta embolada, se vê o que sobrou da mão direita, enrolada em ataduras. O cheiro pesado de um corpo morto atinge você com mais força ainda, e a devastadora febre interior que penetra todos os membros da vítima parece penetrar também você.

– O que foi? Ele está inconsciente? – você pergunta à mulher que vai a seu lado e que olha para você com carinho, como se olha para um parente.

– Não, ainda está consciente, mas seu estado é muito ruim – acrescenta num sussurro. – Eu hoje lhe dei chá... Afinal, mesmo de uma pessoa estranha devemos ter piedade... Mas ele quase não bebeu.

– Como está se sentindo? – você pergunta. O ferido revira as pupilas ao ouvir sua voz, mas não vê nem entende você.

– É de cortar o coração.

Um pouco mais além, você verá um velho soldado que troca a roupa de cama. O rosto e o corpo têm uma espécie de cor marrom e são magros como um esqueleto. Um braço, ele não tem: foi extirpado no ombro. Está bem-disposto, recuperou-se;

mas pelo olhar morto, turvo, pela terrível magreza e pelas rugas do rosto, você vê que essa criatura já consumiu em sofrimentos a melhor parte da vida.

Do outro lado, você verá, sobre a maca, o rosto sofrido, pálido e meigo de uma mulher, em cujas faces arde um rubor delirante de febre.

– É a esposa de um marinheiro e sua perna foi atingida por uma bomba no dia 5 – explica sua guia. – Ela foi levar o almoço para o marido no bastião.

– O que houve? Cortaram?

– Cortaram acima do joelho.

Agora, se os seus nervos são fortes, atravesse a porta da esquerda: nessa sala, fazem os curativos e as operações. Você verá os médicos com braços ensanguentados até os cotovelos, com a fisionomia pálida e sombria, atarefados em redor da maca na qual, com olhos arregalados e, como num delírio, falando palavras absurdas, às vezes simples e comoventes, jaz um homem ferido e sob o efeito de clorofórmio. Os médicos estão ocupados com a tarefa repulsiva, mas benéfica, da amputação. Você verá a faca afiada e curva entrar no corpo branco e saudável; verá o grito terrível e dilacerante e as imprecações de um ferido que volta de repente à consciência; verá como o enfermeiro joga para o lado um braço cortado; verá como, na mesma sala, outro ferido jaz sobre a maca e, olhando a operação de seu camarada, se contorce e geme não só por causa da dor física, mas também devido aos sofrimentos morais da expectativa – verá cenas horríveis que vão abalar sua alma; verá a guerra não pelo aspecto correto, bonito e radioso, com música e tambores, com bandeiras esvoaçantes e generais garbosos, mas verá a guerra em sua expressão real – no sangue, nos sofrimentos, na morte...

Ao sair dessa casa de sofrimento, você vai experimentar forçosamente um sentimento agradável, vai respirar mais fundo o ar fresco, vai sentir a satisfação da consciência da própria saúde, mas ao mesmo tempo, com a contemplação daqueles sofrimentos, vai se imbuir da consciência da própria insignificância e, serenamente, sem hesitar, seguirá para os bastiões...

"O que significam a morte e os sofrimentos de um verme insignificante como eu, em comparação com tantas mortes e tantos sofrimentos?" Mas a imagem do céu limpo, do sol radiante, da cidade bonita, da igreja aberta e de soldados que se movimentam em várias direções leva seu espírito de volta ao estado normal de leviandade, de preocupações ligeiras e de interesses apenas por coisas imediatas.

Talvez você encontre em seu caminho, saindo de uma igreja, o cortejo do enterro de algum oficial, com um caixão rosa, música e estandartes esvoaçantes; talvez cheguem a seus ouvidos sons de disparos de canhão que vêm dos bastiões, mas isso não traz você de volta aos pensamentos anteriores; o cortejo fúnebre do oficial lhe parece um espetáculo militar muito bonito, os sons também lhe parecem sons militares muito bonitos e você não associa a esse espetáculo nem a esses sons os pensamentos claros sobre a morte e os sofrimentos que lhe vieram na sala de curativos.

Depois de passar pela igreja e pela barricada, você entra na parte mais animada e mais central da cidade. Em ambos os lados, há tabuletas de lojas e de tabernas. Comerciantes, mulheres de chapéu e xale, oficiais bem-vestidos – todos lhe falam da firmeza de ânimo, da confiança e da segurança dos habitantes.

Entre na taberna à direita, se quiser escutar as conversas dos marinheiros e oficiais: ali sem dúvida se ouvem relatos sobre a noite anterior, sobre Fenka, sobre o combate do dia 24, sobre como as almôndegas são caras e malfeitas e sobre como morreu este ou aquele camarada.

– Diabo, como a coisa anda mal para nós agora! – diz com voz de baixo um louro oficialzinho da Marinha, ainda imberbe, de cachecol verde tricotado.

– Nós quem? De onde? – pergunta outro.

– Do quarto bastião – responde o jovem oficial, e você se vê obrigado a observar com grande atenção e até com certo respeito o oficial louro, ao pronunciar as palavras "no quarto bastião". Seu desembaraço exagerado, a gesticulação dos braços, o riso e a voz rouca lhe parecem uma insolência, mostram para você o estado de ânimo peculiar de um duelista, que certas pessoas muito jovens adquirem depois de enfrentar o perigo; mas apesar disso você pensa que em seguida ele vai passar a dizer como eram as bombas e as balas que tornavam ruim a situação no quarto bastião: nada disso! A situação estava ruim por causa da lama.

– Era impossível chegar à bateria – diz ele, apontando para as botas cobertas de lama até acima da panturrilha.

– E hoje mataram o melhor chefe de artilharia, um tiro em cheio na testa – conta outro.

– Quem era? Mitiúkhin?

– Não... E aí, será que não vai me trazer essa vitela nunca? Que canalhas! – acrescenta para o criado da taberna. – Não foi o Mitiúkhin, mas sim o Abrossímov. Como era corajoso, participou de seis incursões...

No outro canto da mesa, atrás dos pratos de almôndegas com ervilha e de uma garrafa de vinho azedo da Crimeia chamado bordeaux, estão sentados dois oficiais da infantaria: um jovem, de gola vermelha e com duas medalhas no capote, conta para o outro, velho, com gola preta e sem medalhas, como foi o combate em Alma. O primeiro já bebeu um pouco e, pelas pausas em sua narração, pelo olhar hesitante, que exprime dúvidas de estarem acreditando no que diz e, acima de tudo, pelo papel de destaque que desempenhou em tudo aquilo e pelo fato de que tudo foi horrível, percebe-se logo que ele se desvia bastante do relato rigoroso da verdade. Mas você não liga para essas histórias, que por muito tempo ainda vai ouvir em todos os cantos da Rússia: você quer ir, o mais depressa possível, para os bastiões, mais exatamente para o quarto bastião, sobre o qual lhe falaram tanto e de maneira tão diferente. Quando alguém diz que esteve no quarto bastião, diz com uma satisfação e um orgulho especial; quando alguém diz: "Vou ao quarto bastião", é impossível não perceber uma pequena emoção ou uma indiferença exagerada; quando querem caçoar de alguém, dizem: "Deviam mandar você para o quarto bastião"; quando encontram soldados com uma maca e perguntam: "De onde vêm?", na maioria das vezes respondem: "Do quarto bastião". No geral, existem duas opiniões completamente distintas a respeito desse terrível bastião: há aqueles que nunca estiveram lá e que estão convencidos de que o quarto bastião é o túmulo certo dos que vão para lá, e há aqueles que vivem lá, como o louro aspirante a oficial, e que ao falar sobre o quarto bastião dizem para você que lá é seco ou enlameado, que é quente ou frio nos abrigos sob a terra etc.

Na meia hora que você passou na taberna, o tempo acabou mudando: a neblina que se alastrava pelo mar se condensou em nuvens cinzentas, monótonas e úmidas que encobriram o sol; uma espécie de garoa tristonha escorre do alto e molha os telhados, as calçadas e o capote dos soldados...

Depois de passar por outra barricada, você sai por um portão à direita e sobe por uma rua larga. Atrás dessa barricada, há casas desabitadas de ambos os lados da rua, não há tabuletas, há portas fechadas com tábuas, janelas arrombadas, aqui um canto de parede caído, ali um telhado perfurado. As construções parecem velhos veteranos que experimentaram todas as desgraças e privações e olham para você com orgulho e certo desprezo. No caminho, você tropeça em balas de canhão que rolam e em covas cheias de água, abertas pelas bombas que caíram no calçamento de pedras. Pela rua, você encontra e deixa para trás destacamentos de soldados, cossacos da infantaria, oficiais; de vez em quando se encontra uma mulher ou uma criança, mas a mulher já não está de chapéu, é a esposa de um marinheiro, veste um velho casaco de pele e calça botas de soldado. Seguindo adiante pela rua e descendo uma pequena ladeira, você nota que à sua volta não há mais casas, apenas estranhos amontoados de entulho e pedras, tábuas, barro e troncos; à sua frente, num morro escarpado, você vê um terreno negro e lamacento sulcado por valas, e isso na sua frente é o quarto bastião... Aqui, há ainda menos gente, não se vê mulher nenhuma, os soldados andam depressa, pelo caminho você pisa em respingos de sangue e certamente vai encontrar quatro soldados com uma padiola e, na padiola, um rosto pálido e amarelado e um capote ensanguentado. Se você pergunta: "Onde se feriu?", os padioleiros, irritados, sem se voltarem para você, dizem: na perna, ou no braço, se o ferimento for leve; ou apenas se calam, carrancudos, se da padiola não se ergue uma cabeça e se o soldado está morto ou gravemente ferido.

Não muito longe, o assovio de balas de canhão ou de bombas o surpreende de modo desagradável, na mesma hora em que você começa a subir o morro. De repente você entende, e de maneira em tudo distinta da anterior, o significado dos sons de tiros que ouvia na cidade. Uma recordação calma e agradável lampeja de súbito em sua mente; sua própria personalidade passa a interessá-lo mais do que as observações exteriores; você presta menos atenção em tudo que o cerca e um sentimento desagradável de hesitação o domina de repente. Apesar dessa voz infame que, em face do perigo, começa a falar em seu interior, você – sobretudo depois de ver o soldado que, abanando os braços e patinando pelo morro na lama líquida, passa ligeiro, a trote, com uma risada – você é obrigado a calar aquela voz, sem querer apruma o peito, levanta mais a cabeça e escala a custo o morro escorregadio e barrento. Mal você galgou um pouco o morro, balas de carabina começam a zunir à direita e à esquerda, você se detém para pensar se não é melhor ir pela trincheira que avança paralela ao caminho, mas a trincheira está cheia até acima do joelho com uma lama tão líquida, amarela e fedorenta que você é obrigado a optar pelo caminho no morro, tanto mais porque você vê que todos seguem por esse caminho. Depois de avançar uns duzentos passos, você entra num vasto terreno enlameado e cortado por sulcos, cercado de todos os lados por gabiões, aterros, paióis, plataformas e abrigos sob a terra, onde se encontram grandes armas de ferro e balas de canhão em montes bem-arrumados. Tudo isso lhe parece apenas um amontoado de coisas sem nenhum propósito, coerência ou ordem. Ali, numa bateria, há um bando de marinheiros sentados; mais adiante, no meio de uma área plana, há um canhão quebrado e enterrado na lama até a metade, noutro canto um soldadinho da infantaria, com o fuzil em punho, atravessa as baterias e, com dificuldade, desprende os pés da lama pegajosa. Porém, em toda parte, de todos os lados e de todos os lugares, você vê cacos, bombas não detonadas, balas de canhão, vestígios de um acampamento, e tudo isso submerso na lama líquida e pegajosa. Você tem a impressão de ouvir, não longe de onde está, o baque de uma bala de canhão, de todos os lados parece ouvir diversos sons de balas – zunem como abelhas, sibilam ou guincham como uma corda que vibra –, ouve o medonho estrondo de um tiro de canhão, que a todos abala e que lhe parece algo aterrador.

"Então aqui está ele, o quarto bastião, aqui está o lugar terrível, de fato horroroso", você pensa, experimentando um pequenino orgulho e um grande sentimento de temor reprimido. Mas você fica desapontado: ainda não é o quarto bastião. É o reduto de Iazónov – um lugar, em comparação, muito menos perigoso e sem nada de terrível. Para ir ao quarto bastião, tome à direita, por essa trincheira estreita onde um soldadinho da infantaria caminha a custo e curvado. Nessa trincheira talvez você encontre de novo padioleiros, marinheiros, soldados com pás, verá equipamentos para instalar minas, abrigos subterrâneos no meio da lama onde só cabem duas pessoas abaixadas e verá cossacos da infantaria dos batalhões do mar Negro que aí trocam os sapatos, comem, fumam cachimbo, vivem, e verá de novo por toda parte a mesma lama fedorenta, vestígios de acampamento e sucata de ferro de todos os aspectos possíveis. Depois de avançar mais uns trezentos passos, você sairá de novo na bateria – na área plana, cortada por fossos e rodeada por gabiões cheios de terra, por canhões sobre plataformas e por aterros. Aqui, você talvez verá uns cinco marinheiros jogando baralho ao pé de um muro fortificado e um oficial da Marinha que, ao perceber que você é uma pessoa nova ali e curiosa, com prazer irá lhe mostrar seu abrigo e tudo o que puder ser de interesse para você. Esse oficial enrola um cigarro de papel amarelo com tanta calma, sentado num canhão, passa com tanta calma de uma canhoneira para outra, fala com você sem a menor afetação e com tanta calma que, apesar das balas que zunem acima de sua cabeça com mais insistência do que antes, você mesmo adquire sangue-frio, faz perguntas e escuta com atenção as histórias do oficial. Esse oficial vai lhe contar – mas só se você pedir – como foi o bombardeio do dia 5, vai contar que na sua bateria só um canhão estava em condições de disparar e que, de todo o contingente inicial, restaram oito homens e que mesmo assim, na manhã seguinte, dia 6, ele disparou com todos os canhões; vai lhe contar que no dia 5 caiu uma bomba no abrigo subterrâneo dos marinheiros e abateu onze homens; vai lhe mostrar, através de uma canhoneira, as baterias e as trincheiras do inimigo, que se encontram a não mais de trinta ou quarenta *sájeni* de distância. Só receio que, sob a influência do zunido das balas, espiando pela canhoneira para avistar o inimigo, você não veja nada, e, se vir, verá que esse amontoado branco de pedras, tão perto de você, onde cintilam fumacinhas brancas, esse mesmo amontoado branco é o próprio inimigo – ele, como dizem os soldados e os marinheiros.

É muito possível até que o oficial da Marinha, por vaidade ou simplesmente para proporcionar um prazer a você, queira dar uns tiros em sua presença. “Chamem para o canhão o chefe da bateria e os soldados de serviço”, e uns catorze marinheiros animados, alegres, um enfiando o cachimbo no bolso, outro terminando de mastigar um pedaço de pão seco, se aproximam do canhão, batendo na plataforma com as botas de sola ferrada, e o carregam. Observe o rosto, o comportamento e os movimentos dessas pessoas: em cada ruga desse rosto bronzeado e de zigomas salientes, em cada músculo, na largura desses ombros, na espessura desses pés metidos em botas enormes, em cada movimento, calmo, firme, ponderado, percebem-se os traços principais que constituem a força de um russo – a simplicidade e a perseverança; mas aqui lhe parece que o perigo, a maldade e os sofrimentos da guerra inscreveram em cada rosto, além daqueles traços principais, as marcas da consciência da própria dignidade e de uma grandeza de pensamento e de sentimento.

De repente um estrondo tremendo, que abala não só os órgãos auditivos, mas todo o seu ser, o espanta de tal modo que você estremece no corpo inteiro. Em seguida você ouve o zunido de um obus que se afasta, e uma densa fumaça de pólvora obscurece você, a plataforma e os vultos negros dos marinheiros que se movimentam ali. Por causa desse nosso disparo, você ouvirá diversos comentários dos marinheiros e verá a animação deles e a demonstração de um sentimento que talvez você não esperasse encontrar – o sentimento de ódio, de vingança contra o inimigo, que se oculta na alma de todos. "Caiu em cheio na *cunhuneira*; parece que matou dois... já vão tarde", você ouvirá entre exclamações de alegria. "Agora é que ele vai ficar com raiva: vai disparar para cá", diz alguém; e de fato, logo depois disso, bem na sua frente, você verá um relâmpago, uma fumaça; a sentinela que está no muro fortificado grita: "Canhã-ã-ão!". E logo depois uma bala de canhão passa zunindo por você, desaba na terra e, abrindo uma cratera, espirra à sua volta respingos de lama e pedras. O comandante da bateria se irrita por causa dessa bala, ordena que carreguem mais dois canhões, o inimigo também começa a responder ao nosso fogo e você experimenta sentimentos interessantes, ouve e vê coisas interessantes. A sentinela grita outra vez: "Canhão!", e você ouve o mesmo som e o baque, os mesmos respingos; ou ele grita: "*Markela!*",[7] e você escuta o assovio regular e bastante agradável da bomba, que é difícil associar a uma ideia de horror, escuta esse assovio que se aproxima de você, e que acelera, depois vê uma bola negra, um baque na terra, a palpável e ressoante explosão da bomba. Depois, estilhaços espirram com um zunido e um uivo, pedras se chocam no ar e lama respinga em você. Ao ouvir esses sons, você experimenta um estranho sentimento de prazer e medo ao mesmo tempo. Nesse instante é como se você soubesse que a bala de canhão viria na sua direção e então lhe vem a ideia de que a bala vai matar você; mas o sentimento de amor-próprio o contém e ninguém nota a faca que corta seu coração. Por outro lado, quando a bala de canhão passa voando sem atingi-lo, você se anima e um sentimento extraordinariamente agradável e benfazejo o domina, mas só por um momento, pois você encontra um prazer especial no perigo, nesse jogo de vida e de morte; vem o desejo de que as balas de canhão e as bombas caiam à sua volta e cada vez mais perto. Porém outra sentinela gritou com sua voz alta e grossa: "*Markela!*", e também um assovio, um baque e o estrondo de uma bomba; mas, junto com esse som, você é surpreendido pelo gemido de um homem. Ao mesmo tempo que os padioleiros, você se aproxima do ferido, que, no sangue e na lama, tem um estranho aspecto inumano. Uma parte do peito do marinheiro foi

---

7 Corruptela de "morteiro". (N. A.)

arrancada. Nos primeiros instantes, em seu rosto respingado de lama, percebem-se um espanto e uma fingida e antecipada expressão de sofrimento, própria do homem em tal situação; mas na hora em que o colocam na maca e ele mesmo se deita sobre o lado sadio, você nota que essa expressão deu lugar a uma expressão de certo entusiasmo e de um pensamento elevado e indizível: os olhos ardem com mais força, os dentes se comprimem, a cabeça, com esforço, se ergue mais um pouco; e na hora em que o levantam, ele detém os padioleiros e, com dificuldade e voz trêmula, diz para seus camaradas: "Adeus, irmãos!", e ainda quer falar mais alguma coisa e é visível que quer dizer algo comovente, mas apenas repete mais uma vez: "Adeus, irmãos!". Nesse momento, um marinheiro se aproxima dele, coloca o quepe na cabeça que o ferido estica em sua direção e, com calma, indiferença, abanando os braços, retorna ao seu canhão.

– É assim todo dia, com sete ou oito homens – diz o oficial da Marinha, em resposta à expressão de horror que vê em seu rosto, enquanto boceja e enrola um cigarro de papel amarelo.

Desse modo, você viu os defensores de Sebastopol no próprio lugar da defesa e volta atrás, sem mostrar, por algum motivo, a menor atenção aos obuses e às balas que continuam a assoviar por todo o seu caminho até o teatro das ruínas – você anda com o espírito calmo, elevado. Acima de tudo, traz uma convicção consoladora – a convicção da impossibilidade de que tomem Sebastopol, e não só de que tomem Sebastopol, mas também de que abalem a força do povo russo, onde quer que seja –, e você viu essa impossibilidade não na profusão de vigas, barreiras, trincheiras ardilosas, minas e canhões, uns sobre os outros, dos quais você nada compreendeu, mas viu-a, sim, nos olhos, nas palavras, nos procedimentos, naquilo que é chamado de espírito dos defensores de Sebastopol. Aquilo que eles fazem, o fazem com tanta simplicidade, com tão pouco esforço e tensão que você se convence de que podem fazer ainda cem vezes mais do que isso... podem fazer tudo. Você compreende que o sentimento que os obriga a trabalhar não é o sentimento de insignificância, de vaidade, de entorpecimento que você mesmo experimentou, mas outra espécie de sentimento, mais poderoso, que faz deles pessoas capazes de viver sob as balas de canhão, em face de cem possibilidades de morrer, em lugar de uma só, à qual estão sujeitas as outras pessoas, e que de fato vivem nessas condições em meio ao trabalho ininterrupto, à vigília e à lama. Medalhas, títulos de nobreza e ameaças não conseguiriam levá-los a enfrentar essas condições horríveis: deve haver outra causa, elevada e estimulante. E essa causa é um sentimento que se manifesta raramente, vergonhoso para um russo, mas que repousa no fundo da alma de todos – o amor à pátria. Só agora os relatos sobre os primeiros momentos do sítio de Sebastopol, quando lá não havia fortificações, não havia tropas, não havia possibilidade física de manter o domínio da cidade e, mesmo assim, não havia a mínima dúvida de que ela não se renderia ao inimigo – sobre o tempo em que aquele herói, digno da Grécia antiga, Kornílov, ao passar as tropas em revista, disse: "Morreremos, rapazes, mas não entregaremos Sebastopol", e nossos russos, pouco chegados a palavrórios, responderam: "Morreremos! Hurra!" –, só agora os relatos sobre aquele tempo deixaram de ser, para você, uma bonita lenda histórica e tornaram-se um fato fidedigno. Você entende com clareza, visualiza em sua mente aquelas pessoas, as quais agora está vendo, os heróis que, em tempos difíceis, não tombaram, engrandeceram-se com a coragem e prepararam-se com prazer para a morte, não pela cidade, mas pela pátria. Viverão na Rússia por muito tempo os traços dessa epopeia de Sebastopol, cujo herói foi o povo russo...

Já anoitece. O sol, antes de se pôr, apareceu por trás das nuvens cinzentas que encobrem o céu e, de repente, ilumina com uma luz púrpura as nuvens lilás, o mar esverdeado, os navios cobertos e os botes que oscilam na ondulação larga e ritmada da maré, as construções brancas da cidade e o povo que se move pelas ruas. Espalham-se pela água as notas de uma antiga valsa que uma banda militar toca no bulevar e os sons de tiros que vêm dos bastiões e que lhe fazem um estranho eco.

Sebastopol, 25 de abril de 1855

# SEBASTOPOL EM MAIO

I

Já fazia seis meses que a primeira bala de canhão disparada dos bastiões de Sebastopol tinha assoviado e rasgado a terra das fortificações do inimigo e, desde então, milhares de bombas, obuses e balas não pararam de voar dos bastiões para as trincheiras e das trincheiras para os bastiões, e o anjo da morte continuava a pairar sobre eles.

Milhares de pessoas foram ofendidas em seu amor-próprio, milhares conseguiram uma satisfação, encheram-se de orgulho, e milhares foram descansar nos braços da morte. Quantas estrelinhas foram espetadas no peito, quantas homenagens, quantas Annas, quantos Vladímirs, quantos caixões rosados e quantos véus de linho! E sempre os mesmos sons não param de ressoar dos bastiões e sempre os mesmos franceses, com um tremor involuntário e um temor supersticioso, observam de seu acampamento, na noite clara, a terra amarelada e esburacada dos bastiões de Sebastopol, os vultos negros de nossos marinheiros que se movimentam por eles e avaliam as canhoneiras das quais os canhões de ferro apontam ferozes; sempre o mesmo sargento da Marinha observa pela luneta, do alto da torre do telégrafo, as figuras coloridas dos franceses, suas baterias, barracas, colunas, que se movem pelo monte Verde, e as fumacinhas que espirram nas trincheiras; e sempre com o mesmo ardor multidões heterogêneas acorrem de várias partes do mundo para esse lugar fatal, com aspirações ainda mais heterogêneas.

E a questão que os diplomatas não resolveram o sangue e a pólvora resolvem menos ainda.

Muitas vezes me veio um pensamento estranho: e se um dos lados em guerra propusesse ao outro enviar apenas um soldado de ambos os exércitos? O desejo podia parecer estranho, mas por que não satisfazê-lo? Depois enviariam outro de cada lado, depois um terceiro, um quarto etc., até que restasse, afinal, só um soldado de cada exército (supondo que os exércitos tivessem forças equivalentes e que a qualidade fosse substituída pela quantidade). E então, se de fato complexas questões políticas entre representantes racionais de criaturas racionais devem ser resolvidas por meio de uma luta, que lutem esses dois soldados – um para tomar a cidade, o outro para defendê-la.

Esse raciocínio apenas parece paradoxal, mas é justo. Na verdade, qual seria a diferença entre um russo que luta contra um representante dos aliados e oitenta mil soldados que lutam contra outros oitenta mil? Por que não cento e trinta e cinco mil contra cento e trinta e cinco mil? Por que não vinte mil contra vinte mil? Por que não vinte contra vinte? Por que não um contra um? Nenhuma das opções é mais lógica do que a outra. Ou melhor, a última é imensamente mais lógica, pois é mais humana. Das duas, uma: ou a guerra é uma loucura, ou, se as pessoas praticam tal loucura, não são absolutamente criaturas racionais, como nos habituamos a pensar, sabe-se lá por quê.

## II

A banda militar tocava no bulevar, em torno do pavilhão, na sitiada cidade de Sebastopol, e uma multidão de militares e mulheres andava pelas ruazinhas com ar festivo. O sol radiante da primavera se erguera desde manhãzinha sobre as fortificações dos ingleses, alcançou os bastiões e, depois, a cidade – alcançou a caserna Nikolai e, brilhando com alegria para todos igualmente, agora baixava na direção do distante mar azul, que, ondulando ritmado, refletia um brilho cor de prata.

Um oficial de infantaria, alto e um pouco recurvado, com uma luva limpa mas não muito branca na mão, saiu pelo portão de um dos pequenos casebres dos marinheiros, construídos no lado esquerdo da rua Morskaia, e, olhando pensativo para os pés, dirigiu-se para o morro e para o bulevar. A expressão do rosto feio e de testa estreita desse oficial denunciava uma capacidade intelectual obtusa, mas também sensatez, honra e uma propensão à honestidade. Era mal composto – pernas compridas, desajeitado e, nos movimentos, parecia tímido. Usava um quepe ainda em bom estado, um capote fino, um pouco estranho, de cor lilás, em cuja beirada se via a correntinha de ouro de um relógio; calças com presilhas e botas de pele de bezerro, limpas, reluzentes, embora com os saltos um pouco gastos em vários lados – mas não tanto por essas coisas, que não é costume encontrar num oficial de infantaria, e sim pela expressão geral de sua pessoa, um olhar militar experiente seria capaz de distinguir nele, na mesma hora, não um oficial de infantaria absolutamente comum, mas um oficial um pouco mais elevado. Poderia ser um alemão, caso as feições do rosto não denunciassem sua origem puramente russa, ou um ajudante de ordens, ou o chefe da intendência do regimento (mas nesse caso usaria esporas), ou um oficial transferido da cavalaria, ou até da guarda, em tempo de campanha. De fato, ele tinha sido transferido da cavalaria e, naquele momento, enquanto subia pelo bulevar, pensava na carta que acabara de receber de um antigo camarada, agora na reserva, senhor de terras na província de T., e da esposa dele, a pálida Natacha, de olhos azuis, sua grande amiga. Lembrava-se de uma passagem da carta em que seu camarada escrevia:

> Na mesma hora em que nos entregam *O Inválido*,[1] *Pupka* (assim o ulano da reserva chama sua esposa) se lança esbaforida na direção da porta, agarra o jornal e corre com ele para o banco em S, de dois lugares, no *caramanchão*, na *salinha de visitas* (onde você lembra que passávamos esplendidamente as noites de inverno em sua companhia, quando o regimento esteve em nossa cidade), e lê as *suas* façanhas heroicas com um ardor tão grande que você nem é capaz de imaginar. Muitas vezes fala de você: "Esse é o Mikháilov", diz ela. "Que *homem querido*, sou capaz de cobri-lo de beijos, quando o vir... ele está combatendo *nos bastiões* e não há dúvida de que vai ganhar a Cruz de São Jorge, os jornais escrevem sobre ele" etc. etc., e a tal ponto que eu, francamente, começo a ter ciúmes de você.

Em outro trecho, escreve:

> Recebemos os jornais com um atraso terrível e, embora cheguem muitas notícias de boca em boca, não se pode acreditar em tudo. Por exemplo, as *senhoras da música*, que você conhece, contaram ontem que Napoleão foi capturado pelos nossos cossacos e enviado para Petersburgo, mas você compreende até que ponto acredito nisso. Um homem que chegou há pouco de Petersburgo (ele trabalha com um ministro, tem um cargo especial, um homem prendado, e agora, como não há ninguém na cidade, você nem pode imaginar que *ressource*[2] ele representa para nós) contou-nos, e diz saber de fonte segura, que nossas tropas tomaram Eupatória, de modo que *os franceses não têm mais comunicação com Balaklava*, e que nessa luta morreram duzentos soldados nossos, ao passo que os franceses perderam quinze mil. Minha esposa ficou numa tal agitação com isso que *festejou* a noite inteira e diz que você, com toda a certeza, segundo o pressentimento dela, tomou parte nessa luta e se destacou.

Apesar das palavras e das expressões que sublinhei de propósito, e do tom da carta toda, que certamente levarão o leitor presunçoso a conceber uma imagem francamente desfavorável a respeito da probidade do próprio capitão ajudante Mikháilov, com suas botas surradas, bem como a respeito de seu camarada, que escreve *ressource* e tem uma noção tão estranha de geografia, e também a respeito da pálida amiga no banco em S (talvez até, e não sem certa razão, tenha imaginado essa Natacha com unhas sujas), e no geral a respeito de todo esse círculo provinciano, festivo e meio

---

1 Jornal oficial do Exército.

2 Fonte.

sujo, desprezível para esse leitor, apesar de tudo isso, o capitão ajudante Mikháilov, com um inexprimível prazer melancólico, lembrava-se de sua pálida amiga provinciana e de como ficavam juntos à noite no caramanchão e falavam do sentimento, lembrava-se de seu bom camarada, o ulano, que se zangava se perdia quando jogavam baralho no seu escritório apostando um copeque, e de como a esposa ria dele – lembrava-se da amizade que aquelas pessoas tinham por ele (talvez, era sua impressão, houvesse uma amizade maior por parte da amiga pálida): todas aquelas pessoas, com suas circunstâncias, passaram num lampejo pela sua mente, com uma cor surpreendentemente doce, rósea e alegre, e ele, sorrindo com suas lembranças, enfiava a mão no bolso e tocava naquela carta, preciosa para ele. Tais lembranças tinham, para o capitão ajudante Mikháilov, um encanto ainda maior porque o círculo em que lhe cabia viver agora, no regimento de infantaria, era muito inferior àquele em que antes circulava, na condição de cavalariano e de cavalheiro para as damas, um homem muito bem recebido em toda parte da cidade de T.

Seu círculo anterior era a tal ponto superior ao de agora que, quando, nos momentos de franqueza, lhe acontecia de contar aos camaradas de infantaria como eram numerosas as carruagens que possuía, como ele dançava em bailes na residência do governador e jogava cartas com um general do Estado-Maior, ouviam-no com incredulidade e indiferença, como se apenas não quisessem contradizê-lo e parecer antipáticos – "Deixe para lá, que fale à vontade" –, e se ele não demonstrava um aberto desprezo pelas farras dos camaradas – pela vodca, pelo jogo a um quarto de copeque com cartas velhas, e pela grosseria em geral nas relações entre eles –, isso se devia atribuir à especial docilidade, cortesia e sensatez de seu caráter.

Das lembranças, o capitão ajudante passou, automaticamente, para sonhos e esperanças. "Que surpresa e alegria terá Natacha", pensou ele, enquanto andava por uma ruazinha estreita, com suas botas gastas, "quando ler de repente no *Inválido* a descrição de como fui o primeiro a tomar um canhão e que assim ganhei a Cruz de São Jorge. Devo receber o posto de capitão por força de uma recomendação antiga. Depois posso ganhar com muita facilidade, nesse mesmo ano, o posto de major na frente de combate, porque muitos já foram mortos e com certeza muitos de nossos irmãos serão mortos nesta campanha. E depois haverá outra batalha e eu, como um homem famoso, ganharei o posto de coronel... tenente-coronel... Anna no pescoço... coronel..." E logo ele já era general, digno de fazer visitas a Natacha, viúva de seu camarada, que em seus sonhos, naquela altura, já teria morrido, quando os sons da banda de música no bulevar chegaram aos seus ouvidos com mais nitidez, uma multidão surgiu diante de seus olhos e ele se viu de repente no bulevar, como o mesmo capitão ajudante de infantaria de antes, desajeitado, tímido e nem um pouco famoso.

III

Primeiro, ele se aproximou do pavilhão junto ao qual estavam os músicos, para os quais outros soldados do mesmo regimento serviam de estantes, segurando as partituras abertas, e em redor dos quais, antes olhando do que ouvindo, reunia-se uma rodinha de escreventes, *junkers*, babás com crianças e oficiais em capotes velhos. Em redor do pavilhão, havia pessoas de pé, sentadas, andando, na maior parte marinheiros, ajudantes de ordens e oficiais de luvas brancas e capotes novos. Na grande alameda do bulevar, caminhavam todos os tipos de oficiais e todos os tipos de mulheres, às vezes de chapéu, na maior parte de xale sobre a cabeça (havia algumas sem chapéu e sem xale), mas nenhuma era velha e chamava mesmo a atenção o fato de serem todas jovens. Abaixo, pelas alamedas sombreadas e perfumadas por acácias brancas, havia grupos separados, uns caminhando, outros sentados.

Ninguém se mostrou especialmente alegre por encontrar o capitão ajudante Mikháilov no bulevar, exceto, talvez, Óbjogov e Súslikov, capitães de seu regimento, que apertaram sua mão com veemência, mas o primeiro estava de calças de pele de camelo, sem luvas, com um capote puído e o rosto muito vermelho e suado, e o segundo gritava tão alto e com tamanha insolência que dava vergonha andar ao lado deles, sobretudo na frente de oficiais de luvas brancas, a um dos quais – um ajudante de ordens – o capitão ajudante Mikháilov saudou com uma inclinação respeitosa, e a um outro – um oficial do Estado-Maior – ele pôde saudar da mesma forma, pois já o havia encontrado duas vezes em casa de um amigo comum. De resto, que alegria ele poderia encontrar em passear com aqueles dois senhores, Óbjogov e Súslikov, já que os encontrava, de todo jeito, seis vezes por dia e sempre apertavam as mãos? Não era para isso que ele ia *à música*.

Sua intenção era aproximar-se do ajudante de ordens a quem saudara com uma reverência e travar conversa com aqueles senhores, não tanto para que os capitães Óbjogov e Súslikov, o tenente Pachtiétski e outros vissem que conversava com eles, mas simplesmente porque eram pessoas agradáveis, que além do mais sabiam de todas as novidades e contariam...

Mas então por que o capitão ajudante Mikháilov tem medo e não se decide a se aproximar deles? "E se de repente não me cumprimentam?", pensa. "Ou me cumprimentam e depois continuam a conversar entre si, como se eu nem existisse, ou até se afastam de mim, e eu acabo ficando sozinho no meio de *aristocratas*?" A palavra "*aristocratas*" (no sentido de um círculo elevado e seleto, a despeito da classe social) ganhou de um tempo para cá uma grande popularidade entre nós, na Rússia, onde a rigor não deveria existir de maneira nenhuma, e penetrou em todos os setores e camadas da sociedade em que a vaidade penetrou por pouco que seja (mas em que tempo e em que circunstância não penetra essa paixão nefasta?) – entre comerciantes, funcionários públicos, escreventes, oficiais, em Sarátov, Mamadich, Vínnitsi, em toda parte onde existam pessoas. E como há muita gente na cidade sitiada de Sebastopol, a vaidade também é muita, ou seja, também há muitos *aristocratas*, embora a cada instante a morte paire sobre a cabeça de todo *aristocrata* e de todo *não aristocrata*.

Para o capitão Óbjogov, o capitão ajudante Mikháilov é um *aristocrata* porque usa um capote limpo e luvas, e isso ele não consegue suportar, embora respeite um pouco. Para o capitão ajudante Mikháilov, o ajudante de ordens Kalúguin é um *aristocrata* porque é ajudante de ordens e trata por "você" os outros ajudantes de ordens e por isso não o encara com simpatia, embora tenha medo dele. Para o ajudante de ordens Kalúguin, o conde Nordóv é um *aristocrata*, e sempre pragueja contra o conde Nordóv e o despreza no fundo da alma, porque é ajudante de ordens da guarda do imperador. Que palavra terrível é "*aristocrata*". Por que o subtenente Zóbov, apesar de não haver nada de engraçado, ri de maneira tão forçada quando passa por um camarada seu que está sentado com um oficial do Estado-Maior? É para mostrar que, embora não seja *aristocrata*, não é nem um pouco inferior a eles. Por que o oficial do Estado-Maior fala com uma voz tão fraca, indolente e tristonha, que não é a dele? Para mostrar a seu interlocutor que ele é um *aristocrata*, e muito generoso, por dignar-se a conversar com um subtenente. Por que o *junker* balança tanto os braços e fica piscando enquanto caminha atrás de uma senhora que vê pela primeira vez e da qual não se decide a chegar perto? Para mostrar a todos os oficiais que, apesar de tirar o chapéu para eles, ainda assim é um *aristocrata* e se sente muito feliz. Por que um capitão de artilharia trata o simpático ordenança de modo tão grosseiro? Para mostrar a todos que ele nunca bajula ninguém e que não precisa dos *aristocratas* etc. etc. etc.

Vaidade, vaidade e vaidade em toda parte – até na beira do caixão e entre pessoas que se preparam para morrer em nome de uma convicção elevada. Vaidade! É de supor que seja um traço característico e uma enfermidade peculiar do nosso século. Por que não se ouvia falar desse horror entre os antigos, como se falava da varíola e da cólera? Por que será que em nosso século só existem três tipos de pessoas: as que de saída tomam a vaidade como um fato inevitável da existência e, portanto, como algo justo, e a ela se submetem espontaneamente; as que tomam a vaidade como uma condição infeliz, mas inexorável; e por último as que agem sob sua influência, de modo inconsciente e servil? Por que Homero e Shakespeare falavam de amor, de glória e de sofrimentos, mas a literatura de nosso século é apenas um interminável relato de "Esnobismos" e "Vaidades"?[3]

---

3 Referência aos livros *A feira das vaidades* e *O livro dos esnobes*, do escritor inglês Thackeray (1811-63), que Tolstói leu em 1855.

O capitão ajudante Mikháilov, indeciso, passou duas vezes pelo círculo dos *seus aristocratas* e, na terceira vez, fez um esforço enorme e aproximou-se deles. O círculo era formado por quatro oficiais: o ajudante de ordens Kalúguin, conhecido de Mikháilov; o ajudante de ordens e príncipe Gáltsin, que o próprio Kalúguin considerava um pouco aristocrata; o tenente-coronel Nefiórdov, um dos chamados *cento e vinte e dois*, grupo de homens da alta sociedade que reingressaram no serviço militar, depois de terem ido para a reserva, movidos em parte por patriotismo, em parte por ambição e sobretudo porque *todos* estavam fazendo aquilo; e um velho membro do clube dos solteirões de Moscou, que aqui se uniu ao grupo dos insatisfeitos, que nada faziam, nada entendiam e condenavam todas as ordens do comando, o capitão de cavalaria Praskúkhin, também um dos cento e vinte e dois heróis. Para sorte de Mikháilov, Kalúguin se achava num excelente estado de ânimo (o general tinha acabado de conversar com ele em tom de muita confiança, e o príncipe Gáltsin, de volta de Petersburgo, tinha ido visitá-lo) e não considerou humilhante estender a mão para o capitão ajudante Mikháilov, o que Praskúkhin, no entanto, não se decidiu a fazer, apesar de encontrar-se com Mikháilov a todo instante nos bastiões, beber muitas vezes sua vodca e seu vinho e até estar lhe devendo doze rublos e meio, perdidos numa partida de *préférence*.[4] Como não conhecia muito bem o príncipe Gáltsin, não quis revelar diante dele sua amizade com um simples capitão ajudante de infantaria; saudou-o com uma discreta inclinação de cabeça.

– E então, capitão – disse Kalúguin –, quando iremos de novo aos bastiões? Lembra como eu e o senhor nos encontramos no reduto Schwartz? Estava quente, lá, hein?

– Sim, estava quente – respondeu Mikháilov, com uma lembrança amarga de como fizera triste figura naquela noite, quando andava todo curvado dentro de uma trincheira no bastião e encontrou Kalúguin, que caminhava impávido, ereto, fazendo tilintar o sabre no ar, cheio de entusiasmo. – Na verdade eu deveria voltar amanhã, mas como um oficial está doente – continuou Mikháilov –, um oficial, e então... – Queria contar que não era seu turno, mas que, como o comandante do oitavo regimento estava passando mal e no regimento só restava um sargento, ele julgou ser sua obrigação se oferecer para ficar no lugar do tenente Nepchítchetski e por isso iria para o bastião naquele mesmo dia.

Kalúguin não ouviu sua explicação até o fim.

– Pois eu estou com a sensação de que alguma coisa vai acontecer daqui a alguns dias – disse para o príncipe Gáltsin.

---

4 Jogo de cartas.

– Mas será que não vai acontecer alguma coisa hoje mesmo? – perguntou Mikháilov timidamente, olhando ora para Kalúguin, ora para Gáltsin.

Ninguém respondeu. O príncipe Gáltsin apenas franziu um pouco o rosto, apontou o olhar por cima do quepe de Mikhailov e, depois de ficar calado por um momento, disse:

– Linda mocinha, aquela de xale vermelho. O senhor a conhece, capitão?

– Mora perto do meu alojamento, é filha de um marinheiro – respondeu o capitão ajudante.

– Vamos observá-la mais de perto.

E o príncipe Gáltsin puxou ambos pelo braço, Kalúguin de um lado e o capitão ajudante do outro, convencido de que este não poderia deixar de lhe proporcionar aquele grande prazer, o que de fato era correto.

O capitão ajudante era supersticioso e considerava um grande pecado ter contato com mulheres antes de uma batalha, mas nesse caso fingiu ser um rematado libertino, algo em que Kalúguin e o príncipe Gáltsin obviamente não acreditaram e que ainda por cima deixou extremamente surpresa a mocinha de xale vermelho, que várias vezes notara como o capitão ajudante se ruborizava ao passar pela sua janelinha. Praskúkhin ia atrás deles, sempre puxando o príncipe Gáltsin pelo braço, enquanto fazia diversas advertências em francês; mas como era impossível caminharem os quatro, lado a lado, pela ruazinha, ele foi obrigado a andar sozinho e só na segunda curva tomou pelo braço o oficial da Marinha Serviáguin, famoso pela valentia, que se aproximou dele e começou a conversar, também desejoso de unir-se a um círculo de *aristocratas*. E o famoso valente passou com alegria o braço musculoso e honrado por trás do cotovelo de Praskúkhin, pessoa muito conhecida de todos, assim como do próprio Serviáguin. Mas quando Praskúkhin, ao explicar ao príncipe Gáltsin seu conhecimento com *aquele* marinheiro, sussurrou que se tratava de um famoso valente, o príncipe Gáltsin, que no dia anterior estivera no quarto bastião e vira uma bomba estourar a vinte passos de si, considerava-se não menos valente do que aquele senhor e, supondo que muitas reputações eram adquiridas por coisas à toa, não deu a menor atenção a Serviáguin.

O capitão ajudante Mikháilov tinha tanto prazer de passear naquela companhia que até esqueceu a carta *encantadora* de T., esqueceu os pensamentos sombrios que o importunaram por causa de sua iminente partida para o bastião e, acima de tudo, esqueceu que tinha de estar em casa às sete horas. Continuou com os outros até que começaram a conversar exclusivamente entre si, esquivando-se dos olhares dele, dando a entender que já podia ir embora e, afinal, acabaram se afastando por completo. Mas mesmo assim o capitão ajudante ficou satisfeito e, ao passar pelo barão Piest, um *junker*, que estava especialmente orgulhoso e cheio de si por haver, na noite anterior, ficado pela primeira vez no abrigo blindado do quinto bastião e, por causa disso, considerar-se um herói, Mikháilov não se ofendeu nem um pouco diante da expressão presunçosa e desconfiada com que o *junker* se empertigou diante dele e tirou seu quepe.

## IV

Porém, assim que o capitão ajudante atravessou a soleira de seu alojamento, pensamentos muito diferentes lhe vieram à cabeça. Olhou para seu quartinho miúdo, de chão de terra desnivelado e janelas tortas e cobertas com papel, olhou para sua cama velha, com um tapete puído em cima e com a imagem de uma amazona pregada na parede acima da cabeceira, da qual pendiam duas pistolas de Tula, olhou para a cama suja do *junker* que morava com ele, coberta por uma colcha estampada; olhou para o seu Nikita, de cabelos embaraçados e gordurosos, que, se coçando, se levantou do chão; olhou para seu capote velho, para suas botas civis e para seu saco de mantimentos, do qual despontavam a quina de um queijo e o gargalo de uma garrafa de cerveja Porter cheia de vodca, já preparado para sua partida para o bastião, e, com um sentimento parecido com o horror, lembrou de repente que iria passar a noite inteira nas casamatas, junto com sua companhia.

"Com certeza, serei morto hoje", pensou o capitão ajudante. "Estou sentindo. E o mais importante é que eu nem precisava ir, eu mesmo me ofereci. E são sempre os que pedem para ir que acabam morrendo. Afinal, que doença foi essa que deu no Nepchítchetski? É bem possível que nem esteja doente, e por causa dele vão matar um homem, vão matar, com toda a certeza. No entanto, se não matarem, com toda a certeza serei promovido. Eu vi como o comandante do regimento ficou satisfeito quando pedi sua permissão para ir, caso o tenente Nepchítchetski estivesse doente. Se eu não for promovido a major, é certo que ganharei um Vladímir. Pois já é a décima terceira vez que vou aos bastiões. Ah, treze! Que número nefasto. Vão me matar, não há dúvida, estou sentindo que vão me matar; mas afinal alguém tem de ir, é impossível que a companhia vá só com um sargento, e se alguma coisa acontecer, bem, a honra do regimento e a honra do Exército dependem disso. Meu dever é ir... sim, o dever. Mas tenho um pressentimento." O capitão ajudante esquecia que esse pressentimento, num grau maior ou menor, lhe vinha toda vez que tinha de partir para um bastião, e não sabia que todos os que partiam para o combate experimentavam, em maior ou menor grau, o mesmo pressentimento. Depois de acalmar-se um pouco graças a essa noção de dever, que era especialmente forte e enraizada no capitão ajudante, assim como em todas as pessoas de visão limitada, ele sentou-se à mesa e começou a escrever uma carta de despedida para o pai, com o qual ultimamente não mantinha relações nada boas, devido a problemas financeiros. Dez minutos depois, tendo terminado a carta, levantou-se com os olhos molhados de lágrimas, recitou em pensamento todas as preces que sabia (porque tinha vergonha de rezar em voz alta) e começou a se vestir. Sentiu ainda muita vontade de beijar a pequena imagem de São Mitrofan, uma bênção deixada pela falecida mãe e na qual ele tinha uma fé especial, mas como sentia vergonha de fazer isso diante de Nikita, passou a imagem para fora da sobrecasaca, de modo que pudesse segurá-la na rua, sem ter de desabotoar-se. O criado, bêbado e rude, entregou-lhe com preguiça a sobrecasaca nova (a velha, que o capitão ajudante costumava usar quando ia aos bastiões, não estava consertada).

– Por que a sobrecasaca não foi consertada? Você só sabe dormir, que horror! – disse Mikháilov, irritado.

– Dormir, quem dera! – resmungou Nikita. – Fico o dia todo correndo que nem um cachorro: a gente morre de cansaço. E ainda assim não tem como dormir.

– Está embriagado outra vez, estou vendo.

– Não bebi com o seu dinheiro, por que está me acusando?

– Cale-se, sua besta! – gritou o capitão ajudante, já pronto para bater no homem, e se antes já estava nervoso, agora perdeu de todo a paciência, irritado com a grosseria de Nikítin, que ele amava, e até mimava, e com quem morava já havia doze anos.

– Besta! Besta! – repetiu o criado. – Por que me xinga de besta, patrão? Ainda mais num momento como este? Não é bom xingar.

Mikháilov lembrou-se do lugar para onde ia e sentiu vergonha.

– Está vendo como você faz a gente perder a paciência, Nikítin? – disse com voz mansa. – Esta carta é para o papai, vou colocar na mesa e você não toque nela – acrescentou, ruborizando-se.

– Sim, senhor – disse Nikita, sensibilizando-se sob o efeito da bebida que havia tomado, como disse, "com o próprio dinheiro", e também piscando os olhos, com a visível vontade de começar a chorar.

Quando, já no alpendre, o capitão ajudante disse: "Adeus, Nikita!", o criado de repente começou a soluçar a contragosto e lançou-se à frente para beijar a mão de seu patrão.

– Adeus, patrão! – disse entre soluços.

A velha esposa de um marinheiro, que se achava no alpendre, não podia, como mulher, deixar de unir-se também àquela cena sentimental, começou a esfregar os olhos na manga suja e a falar algo sobre senhores que já haviam passado por tais tormentos, e que ela, uma pessoa pobre, tinha ficado viúva e contou sua desgraça pela centésima vez ao embriagado Nikita: como seu marido havia morrido logo no primeiro "*bambardeio*" e como seu casebre fora todo destruído (a casa onde morava agora não pertencia a ela) etc. etc. Depois da partida do patrão, Nikita começou a fumar o cachimbo, pediu à filha da senhoria que lhe trouxesse vodca e logo parou de chorar, ao contrário, zangou-se com a velha por causa de um balde que ela havia amassado.

"Quem sabe eu seja apenas ferido?", ponderava o capitão ajudante, já no crepúsculo, enquanto se aproximava do bastião, junto com a companhia. "Mas onde? Como? Aqui ou aqui?", pensava, enquanto apontava em pensamento para a barriga e para o peito. "Acontece que se for aqui", e pensou na parte superior da perna, "ainda se dá um jeito. Mas se for aqui e com um estilhaço... é o fim!"

O capitão ajudante, no entanto, todo curvado, conseguiu passar pelas trincheiras e chegou às casamatas e, com a ajuda de um oficial sapador, quando já era noite escura, distribuiu os soldados em seus postos e sentou-se num fosso ao pé de um parapeito de proteção. Os tiros eram poucos; só de vez em quando chamejava um relâmpago, ora do nosso lado, ora no lado do capitão, e o estopim incandescente da bomba riscava um arco de fogo no escuro céu estrelado. Porém todas as bombas caíam longe, muito atrás e à direita da casamata onde o capitão ajudante estava sentado num fosso e por isso ele se acalmou em parte, tomou vodca, comeu o queijo magro, começou a fumar um cigarro e, depois de rezar, quis dormir um pouco.

## V

O príncipe Gáltsin, o tenente-coronel Nefiórdov, o *junker* barão Piest, que os encontrou no bulevar, e Praskúkhin, que ninguém convidara e com quem ninguém conversava, mas que não desgrudava deles, foram todos do bulevar para a casa de Kalúguin, a fim de beber.

– Pois é, mas você não terminou de contar o que aconteceu com Vaska Mendel – disse Kalúguin, que tirou o capote e sentou-se perto da janela, numa poltrona macia e confortável, desabotoando o colarinho da camisa holandesa, engomada e limpa. – Quer dizer que ele casou?

– É de chorar de rir, meu irmão! *Je vous dis, il y avait un temps où on ne parlait que de ça à Pétersbourg*[5] – disse, rindo, o príncipe Gáltsin, erguendo-se de um pulo do banquinho do piano em que estava sentado e encostando-se na janela ao lado de Kalúguin. – É simplesmente de chorar de rir. Conheço a história toda em detalhes.

---

5 "Garanto a você, houve uma ocasião em que não se falava de outra coisa em Petersburgo".

– E, com alegria, inteligência e agilidade, pôs-se a contar uma história curiosa, que vamos deixar de lado porque não tem interesse para nós.

Mas o notável é que não só o príncipe Gáltsin como todos aqueles senhores ali presentes, um na janela, outro com as pernas esticadas, outro ao piano, pareciam pessoas em tudo diferentes das que antes caminhavam pelo bulevar: não havia a arrogância e a empáfia ridícula que ostentavam para os oficiais da infantaria; ali, sozinhos, mostravam-se naturais, e sobretudo Kalúguin e o príncipe Gáltsin estavam muito afáveis, alegres e bondosos. A conversa passou a tratar de colegas e conhecidos de Petersburgo.

– E o Máslovski?

– Qual? O ulano da guarda imperial ou o da guarda de cavalaria?

– Conheço os dois. O da guarda de cavalaria era menino quando conheci, tinha acabado de sair da escola. O mais velho é capitão?

– Ah! Já faz muito tempo.

– Mas continua de caso com a sua cigana?

– Não, largou – e assim por diante, em conversas desse tipo.

Depois o príncipe Gáltsin sentou-se ao piano e cantou uma canção cigana. Praskúkhin, embora ninguém lhe pedisse, pôs-se a cantar a segunda voz e cantou tão bem que lhe pediram que repetisse, o que fez com muito gosto.

Um criado trouxe o chá com creme e bolinhos numa bandeja de prata.

– Sirva o príncipe – disse Kalúguin.

– É estranho pensar – disse Gáltsin, pegando a xícara e se afastando da janela – que estamos numa cidade sitiada: *pinhano de cauda*, música, chá com creme, numa casa que, francamente, eu gostaria de ter para mim em Petersburgo.

– Sim, mas se não fosse isso – disse o velho tenente-coronel, a quem nada agradava – seria simplesmente insuportável esta situação de espera constante... ver como todos os dias lutam e lutam... e isso nunca tem fim, e ainda por cima vivendo na imundície e sem conforto nenhum.

– E como é que os nossos oficiais de infantaria – disse Kalúguin –, que vivem nos bastiões com os soldados, nos abrigos blindados, e comem a mesma sopa de beterraba dos soldados, como é que eles aguentam?

– Pois é, isso é que eu não entendo, e admito que nem consigo acreditar – disse Gáltsin – que pessoas com roupa de baixo suja, com piolhos e que não lavam as mãos possam ser corajosas. Veja, desse jeito, não pode existir *cette belle bravoure de gentilhomme*.[6]

---

6 "Aquela bela bravura de cavalheiro".

– Eles não compreendem essa bravura – disse Praskúkhin.

– Ora, você está falando bobagem – cortou Kalúguin, irritado. – Eu já os vi aqui mais do que você e digo sempre e em toda parte que nossos oficiais de infantaria, embora de fato estejam com piolhos e fiquem dez dias sem trocar a roupa de baixo, são heróis e pessoas admiráveis.

Nesse momento, entrou um oficial de infantaria.

– Eu... me enviaram... onde posso encontrar o general... Sua Excelência, para dar uma mensagem da parte do general N. N.? – perguntou, tímido, fazendo uma reverência.

Sem responder à saudação do oficial, Kalúguin levantou-se e, com uma cortesia ultrajante e um sorriso forçado e formal, perguntou-lhe se não poderia fazer a gentileza de esperar e, sem pedir que sentasse e sem dirigir-lhe a menor atenção, voltou-se para Gáltsin e passou a falar em francês, de modo que o pobre oficial, parado no meio da sala, não sabia em absoluto o que fazer de sua pessoa e de suas mãos sem luvas, que pendiam à sua frente.

– É um assunto de extrema urgência, senhores – disse o oficial após um minuto.

– Ah! Então por favor – disse Kalúguin com o mesmo sorriso ultrajante, vestindo o capote e conduzindo-o para a porta. – *Eh, bien, messieurs, je crois que cela chauffera cette nuit*[7] – disse Kalúguin ao voltar do encontro com o general.

– Ahn? Como? O que foi? Um ataque? – todos se puseram a perguntar.

– Eu não sei, vocês mesmos verão – respondeu Kalúguin com um sorriso misterioso.

– Conte você mesmo – disse o barão Piest. – Se vai acontecer alguma coisa, tenho de ir com o regimento de T. para o primeiro ataque.

– Então vá com Deus.

– E na certa o meu chefe está no bastião e eu também tenho de ir – disse Praskúkhin, pondo o sabre na cintura, mas ninguém lhe respondeu: ele mesmo devia resolver se ia ou não.

– Não vai acontecer nada, estou pressentindo – disse o barão Piest, pensando com o coração abatido na batalha iminente, mas pôs o quepe na cabeça, daquele jeito inclinado já famoso, e saiu da sala a passos firmes, ressoantes, junto com Praskúkhin e Nefiórdov, que se apressaram a deixar seus lugares também com um penoso sentimento de medo. – Adeus, senhores.

– Até logo, senhores! Ainda esta noite nos veremos – gritou Kalúguin através da janelinha, quando Praskúkhin e Piest, inclinados sobre o arção das selas cossacas, na certa imaginando-se também cossacos, passaram a trote pelo caminho.

---

7 "Pois é, senhores, acho que esta noite a coisa vai esquentar".

– Sim, um pouco! – gritou o *junker*, que não entendeu o que lhe diziam, e o tropel dos cavalinhos cossacos logo silenciou na rua escura.

– *Non, dites moi, est-ce qu'il y aura véritablement quelque chose cette nuit?*[8] – disse Gáltsin, na janela com Kalúguin, olhando as bombas lançadas sobre os bastiões.

– Para você, posso contar. Veja, você esteve nos bastiões, não é? – (Gáltsin deu a entender que concordava, embora só tivesse estado uma vez no quarto bastião.) – Olhe, bem na frente da barreira fortificada de nosso bastião – e Kalúguin, sem ser um especialista, embora considerasse seus conhecimentos militares absolutamente corretos, começou a explicar, de forma um pouco confusa e embaralhando os termos das fortificações militares, a posição de nossas tropas, as ações dos inimigos e o plano da suposta batalha.

– Agora começam os estouros perto das casamatas. Puxa! Somos nós ou é ele? Essa explodiu longe – diziam eles, debruçados na janela, olhando para as linhas de fogo das bombas que cruzavam no ar, para os clarões dos disparos que iluminavam por um instante o céu escuro, para a fumaça branca da pólvora, e ouvindo os sons dos tiros, cada vez mais fortes e mais altos.

– *Quel charmant coup d'oeil!*[9] – disse Kalúguin, chamando a atenção de seu convidado para aquele espetáculo de fato bonito. – Olhe só, às vezes não dá para distinguir as estrelas das bombas.

– Sim, eu estava agora mesmo pensando que aquilo era uma estrela, mas ela desceu e explodiu, olhe lá, e aquela estrela grande, como é que se chama mesmo? É igual a uma bomba.

– Sabe, me acostumei a tal ponto com essas bombas que estou convencido de que, quando voltar para a Rússia, numa noite estrelada, vai me parecer que todas as estrelas são bombas. O que é o costume.

– Pois é, será que não devo ir a esse ataque? – disse o príncipe Gáltsin após um instante de silêncio, estremecendo só de pensar em estar lá na hora de um canhoneio tão terrível como aquele e pensando com satisfação que já não podiam de forma nenhuma enviá-lo para lá naquela noite.

– Chega, irmão! Nem pense nisso, eu não o deixaria ir – respondeu Kalúguin, sabendo muito bem, no entanto, que Gáltsin não iria mesmo, por nada neste mundo. – Haverá outras chances, irmão!

– Sério? Acha mesmo que não preciso ir? Hein?

Naquele momento, na direção em que os dois senhores olhavam, após um

---

8 "Não, me diga, será que vai acontecer mesmo alguma coisa esta noite?".

9 "Que visão encantadora!".

estrondo da artilharia, ressoou o temível fragor dos tiros de fuzis e, irrompendo sem cessar, milhares de pequeninas chamas reluziram ao longo de toda a linha.

– Agora é para valer! – disse Kalúguin. – Não consigo manter o sangue-frio quando ouço esse som de fuzilaria, sabe, parece que estão arrancando minha alma. Olhe, "hurra" – acrescentou, escutando na vastidão remota o estrondo de centenas de vozes, "a-a-a-a-a-a", que o alcançara vindo do bastião.

– De quem é esse "hurra"? Nosso ou dele?

– Não sei, mas já começou a luta corpo a corpo, porque os tiros cessaram.

Naquele momento, um ordenança aproximou-se da varanda, perto da janela, acompanhado por um cossaco, e desceu do cavalo.

– De onde está vindo?

– Do bastião. Preciso falar com o general.

– Vamos. O que houve?

– Atacaram as casamatas... tomaram... os franceses mandaram tropas de reserva enormes... atacaram os nossos... só havia dois batalhões... – disse o oficial, ofegante, o mesmo que viera ao anoitecer, recuperando o fôlego com dificuldade, mas andando na direção da porta com total desembaraço.

– Então nos rendemos? – perguntou Gáltsin.

– Não – respondeu o oficial, irritado. – Deu tempo de outro batalhão acudir, rechaçamos o ataque, mas o comandante do regimento foi morto e muitos oficiais, mandaram pedir reforços...

E, com essas palavras, ele e Kalúguin foram falar com o general, mas não iremos acompanhá-los.

Cinco minutos depois, Kalúguin montou num cavalo cossaco (de novo daquele jeito quase cossaco de cavalgar que, notei, todos os ajudantes de ordens por algum motivo encaravam como algo especialmente prazeroso) e seguiu a trote para o bastião, a fim de transmitir algumas ordens e esperar notícias sobre o desfecho do combate; já o príncipe Gáltsin, sob a influência da violenta emoção que os sinais próximos de uma batalha produzem em geral nos espectadores que dela não participam, foi para a rua e, sem nenhum propósito, pôs-se a caminhar para um lado e para outro.

## VI

Bandos de soldados carregavam feridos em padiolas ou os conduziam apoiados nos braços. A rua estava completamente escura; só muito esporadicamente reluziam janelas no hospital ou nas casas onde se alojavam os oficiais. Dos bastiões, vinha o mesmo fragor dos canhões e das trocas de tiros de fuzil e os mesmos clarões inflamavam o céu negro. De quando em quando se ouvia o tropel do cavalo de um ordenança que passava a galope, o gemido de um ferido, passos e vozes dos padioleiros ou conversas de mulheres e de habitantes assustados, que saíam à varanda para olhar o canhoneio.

Entre esses, estavam o nosso conhecido Nikita, a velha mulher de um marinheiro, com a qual ele já havia feito as pazes, e sua filha de dez anos.

– Meu Deus, Virgem Mãe Santíssima! – disse a velha suspirando, enquanto olhava para as bombas que, como bolas de fogo, voavam sem parar de um lado para outro. – Que horror, que desgraça! Ai-ai-ai. Nem o primeiro *bambardeio* foi assim. Olhe onde estourou a desgraçada, bem em cima da nossa casa, lá no subúrbio.

– Não, caiu depois, no pomar da tia Arinka, todas caem lá – disse a menina.

– E agora, onde está meu patrão, cadê ele? – disse Nikita, com a voz arrastada, ainda um pouco embriagado. – Puxa, como eu gosto *deche* meu patrão, nem sei por quê. Ele me bate e mesmo assim eu gosto tremendamente dele. E gosto tanto que se, Deus me livre disso, mas se matarem meu patrão, se cometerem esse pecado, acredite, minha tia, eu nem sei o que vai ser de mim depois disso. Meu Deus! Aquilo é que é patrão, palavra de honra! Nem se compara com *eches* outros que saem por aí jogando cartas; xô para eles! Falando sério! – concluiu Nikita, apontando para a janela iluminada do quarto do patrão, onde, na ausência do capitão ajudante, o *junker* Zvádski, a fim de comemorar uma condecoração, reunira alguns convidados para uma farra: o subtenente Ugróvitch e o tenente Nepchítchetski, o mesmo que devia ter ido ao bastião e disse estar doente, com um abscesso dentário.

– As estrelinhas, as estrelinhas, olhe, parece que estão caindo – a menina, olhando para o céu, interrompeu o silêncio que seguira às palavras de Nikita. – Olhe lá, continuam caindo! Por quê, hein, mamãe?

– Vão destruir nossa casinha toda – disse a velha, suspirando, sem responder à pergunta da menina.

– Mas quando a gente foi lá com o titio, mãe – prosseguiu a menina falante, com voz cantada –, tinha uma bala de canhão bem grande dentro do quarto, perto do armário; parece que arrebentou o teto e entrou voando no quarto. É tão grande que ninguém consegue levantar.

– Quem tinha dinheiro e marido já foi embora – disse a velha –, mas aqui, ah, que desgraça, que desgraça, destruíram até o último casebre. Olhe, olhe só como os bandidos incendeiam tudo! Meu Deus!

– É só a gente sair de casa que uma bomba vem voaaando, explooode, espirra terra na gente e foi por muito pouco que um estilhaço não acertou em mim e no titio.

– Ela tem de ganhar uma medalha por isso – disse o *junker*, que naquele instante saiu para varanda junto com os oficiais para ver o combate.

– Velha, vá falar com o general – disse o tenente Nepchítchetski, sacudindo-a pelo ombro. – Sério! *Pójdę na uliçe zobaczyć co tam nowego*[10] – acrescentou ele descendo a escada.

– *A my tym czasem napijmy się wódki, bo coś dusza w piętu ucieka*[11] – disse rindo o alegre *junker* Zvádski.

## VII

O príncipe Gáltsin deparava com cada vez mais feridos, em padiolas e a pé, apoiando-se uns nos outros e conversando entre si em voz alta.

– Como eles pulavam, meus irmãos – disse com voz grave um soldado alto que levava dois fuzis nos ombros. – Como pulavam e como gritavam: "Alá, Alá!".[12] E vinham uns depois dos outros, sem parar. A gente matava uns e logo vinham outros no lugar, não dava para fazer nada, era gente que não acabava mais...

Porém, nesse ponto da narração, Gáltsin o interrompeu.

– Você está vindo do bastião?

– Isso mesmo, Vossa Nobreza.

– E o que aconteceu lá? Conte.

– O que aconteceu? A força deles atacou, Vossa Nobreza, entrou na fortificação e aí acabou. Tomaram tudo, Vossa Nobreza!

– Tomaram como? Vocês não rechaçaram?

– Que rechaçar o quê. Se foi a força toda deles que veio para cima da gente: abateu todos os nossos, e não mandam reforços. – (O soldado estava enganado, porque a trincheira continuava conosco, mas há uma coisa estranha que qualquer um pode perceber: o soldado ferido em combate sempre conta que a batalha foi vencida pelo inimigo e que foi sanguinolenta.)

– Então como é que me disseram que rechaçamos o inimigo? – disse Gáltsin com irritação.

Nesse momento o tenente Nepchítchetski, tendo reconhecido o príncipe Gáltsin no escuro pelo quepe branco e desejando tirar vantagem da situação para falar com um homem tão importante, aproximou-se dele.

---

10 "Vamos à rua saber das novidades". (N. A.)

11 "Enquanto isso vamos tomar uma vodca, que ninguém é de ferro". (N. A.)

12 Lutando contra os turcos, nossos soldados estavam tão habituados a esses gritos do inimigo que agora sempre diziam que os franceses também gritavam "Alá!". (N. A.)

– O senhor gostaria de saber o que aconteceu lá? – perguntou com cortesia, levando a mão até a pala do quepe para bater continência.

– Estou perguntando isso mesmo ao soldado – respondeu o príncipe Gáltsin e voltou-se de novo para o soldado que levava dois fuzis. – Quem sabe rechaçaram o inimigo depois que você saiu? Veio de lá faz tempo?

– Agorinha mesmo, Vossa Nobreza! – respondeu o soldado. – É difícil acreditar, a trincheira estava com eles, toda tomada.

– Mas vocês não se envergonham de entregar a trincheira? É horrível! – disse Gáltsin, inflamando-se com aquela indiferença. – Como não se envergonha? – repetiu e deu as costas para o soldado.

– Ah! Essa gente é um horror! O senhor não os conhece – apanhou a deixa o tenente Nepchítchetski. – Garanto ao senhor, é melhor nem falar com essa gente sobre orgulho, patriotismo e sentimentos. Veja o senhor mesmo essa multidão que está passando, olhe como há uma dezena de pessoas que não estão feridas, são todos *espectadores*, só pensam em fugir do combate. Povo canalha! É uma vergonha se comportar assim, rapazes, uma vergonha! Entregar a *nossa* trincheira! – acrescentou, voltando-se para os soldados.

– O que fazer, se veio a *força*! – retrucou um soldado.

– Ah! Vossa Nobreza – começou a falar naquele momento um soldado numa padiola que passou por eles. – Como não entregar, se acabaram com todos? Se a força fosse nossa, a gente não ia entregar por nada neste mundo. Mas o que se pode fazer? Meti a faca num, mas ele me atacou... Ai, ai, mais devagar, irmãos, não balança, mais devagar... ai, ai, ai! – gemia o ferido.

– Apesar de tudo, acho que há gente demais voltando – disse Gáltsin, e deteve mais uma vez o mesmo soldado alto com dois fuzis. – Por que você está voltando? Ei, você, pare!

O soldado parou e tirou o chapéu com a mão esquerda.

– Para onde está indo e por quê? – começou a gritar o príncipe com severidade. – Você...

Mas nesse momento, ao se aproximar do soldado, percebeu que seu braço direito estava coberto pela manga e ensanguentado acima do cotovelo.

– Fui ferido, Vossa Nobreza!

– Ferido com o quê?

– Aqui deve ser uma bala – respondeu o soldado, apontando para o braço. – Já aqui, não posso saber o que foi – e, curvando a cabeça, mostrou os cabelos ensanguentados e grudados na nuca.

– E esse outro fuzil é de quem?

– Uma carabina francesa, Vossa Nobreza, eu tomei; e não teria ido embora se não tivesse de acompanhar aquele soldado ali, senão ele ia ficar caindo – acrescentou, apontando para um soldado que caminhava um pouco à frente, apoiando-se no fuzil, enquanto arrastava a perna esquerda com dificuldade.

– Mas e você, onde[13] vai, seu patife? – gritou o tenente Nepchítchetski para outro soldado que surgiu na sua frente, no intuito de, com seu fervor, ser agradável ao importante príncipe. O soldado também estava ferido.

O príncipe Gáltsin, de repente, sentiu uma vergonha horrível do tenente Nepchítchetski, e mais ainda de si mesmo. Sentiu que seu rosto corou – algo que raramente acontecia –, deu as costas para o tenente e, sem fazer mais perguntas para os feridos e sem observá-los, seguiu para o hospital de campanha.

Depois de abrir caminho com dificuldade na varanda, entre os feridos que vinham a pé e os padioleiros, que entravam com feridos e saíam com mortos, Gáltsin entrou no primeiro quarto, olhou e, na mesma hora, sem querer, voltou atrás e correu para a rua. Era horrível demais!

## VIII

A sala grande, alta, escura – iluminada apenas por quatro ou cinco velas, com as quais os médicos se aproximavam para examinar os feridos – estava completamente lotada. Os padioleiros traziam feridos sem parar, descarregavam uns ao lado dos outros sobre o chão, que já estava tão cheio que os infelizes esbarravam e se molhavam no sangue uns dos outros, e depois saíam para trazer outros. As poças de sangue que se viam nos espaços vagos, a respiração quente de centenas de pessoas e a transpiração dos trabalhadores que levavam as padiolas produziam um cheiro diferente, pesado, denso e fétido na sala, em cujas extremidades ardiam quatro velas mortiças. A conversa formada por diversos gemidos, suspiros, bufos, interrompida às vezes por um grito cortante, percorria a sala inteira. As irmãs, com rosto tranquilo e com uma expressão que não era de uma compaixão feminina vazia, dolorosa e lacrimosa, mas sim de envolvimento prático e atuante, ora aqui, ora ali, caminhavam entre os feridos com remédios, água, ataduras, bandagens e passavam ligeiras, entre camisas e capotes ensanguentados. Os médicos, de rosto sombrio e mangas arregaçadas, se punham de joelhos diante dos feridos, perto dos quais os enfermeiros seguravam velas, e enfiavam os dedos nas feridas de bala, apalpavam, reviravam membros que pendiam partidos, apesar dos gemidos terríveis e das preces dos pacientes. Um dos médicos estava sentado perto da porta,

---

13 O autor destaca em itálico o erro ("onde" em vez de "aonde") no registro da fala do personagem.

atrás de uma mesinha, e, no momento em que Gáltsin entrou, começava a anotar o número 532.

– Ivan Bogáiev, soldado raso da terceira companhia do regimento de S., *fractura femoris complicata*[14] – gritou outro médico do fundo da sala, apalpando uma perna quebrada. – Vire isso.

– Ai, ai, meu Pai, Pai Nosso! – gritou o soldado, suplicando que não tocassem nele.

– *Perforatio capitis*.[15]

– Sémion Nefiórdov, tenente-coronel do regimento de infantaria de N. O senhor tenha um pouco de paciência, coronel, senão é impossível, vou largar o seu caso – disse um terceiro médico, enquanto futucava com uma espécie de agulha a cabeça do infeliz tenente-coronel.

– Ai, não precisa! Ai, pelo amor de Deus, depressa, acabe logo... ai, a-a-a-ai!

– *Perforatio pectoris*...[16] Sebástian Seriéda, soldado raso... de que regimento?... Espere, não escreva mais: *moritur*.[17] Podem lavá-lo – disse o médico, afastando-se do soldado que, de olhos fechados, já expirava...

Uns quarenta soldados padioleiros, aguardando as cargas que seriam levadas para dentro do hospital e os mortos para levar para a capela, encontravam-se de pé junto à porta e, em silêncio, às vezes suspirando fundo, observavam aquele quadro...

## IX

No caminho para o bastião, Kalúguin encontrou muitos feridos; mas, como conhecia por experiência própria o efeito negativo que tal espetáculo produz no espírito de um homem, ele não só não se detinha para lhes fazer perguntas como, ao contrário, tentava não dar a eles nenhuma atenção. Ao pé do morro, topou com um ordenança que vinha do bastião afobado, a galope.

– Zóbkin! Zóbkin! Espere um instante.

– O que é?

– De onde o senhor está vindo?

– Das casamatas.

– E como está a situação? Quente?

---

14 Latim: fratura complicada do fêmur.

15 Perfuração na cabeça.

16 Perfuração do peito.

17 Vai morrer.

– Um inferno, um horror.

E o ordenança seguiu a galope.

De fato, embora os tiros de fuzil fossem poucos, o canhoneio foi retomado com nova sanha e fervor.

"Ah, é deplorável!", pensou Kalúguin, experimentando um sentimento desagradável, e lhe veio também o pressentimento, ou antes, um pensamento muito habitual – o pensamento da morte. Mas Kalúguin não era o capitão ajudante Mikháilov, era vaidoso e dotado de nervos de aço, em suma, aquilo que chamam de valente. Ele não cedeu ao primeiro sentimento e passou a se encorajar. Lembrou-se de um ajudante de ordens, talvez de Napoleão, que após transmitir uma ordem galopou de volta para Napoleão a toda a pressa, com a cabeça ensanguentada.

– *Vous êtes blessé?*[18] – perguntou Napoleão.

– *Je vous demande pardon, sire, je suis tué*[19] – e o ajudante de ordens caiu do cavalo e morreu ali mesmo.

A história lhe parecia ótima e Kalúguin até se imaginou em parte como aquele ajudante de ordens. Em seguida bateu no cavalo com o chicote, tomou sobre a sela uma postura cossaca ainda mais temerária, olhou para trás, para o cossaco que galopava atrás dele, de pé e apoiado nos estribos, e como um perfeito bravo chegou ao local onde era preciso desmontar. Ali encontrou quatro soldados que, sentados sobre pedras, fumavam cachimbo.

– O que vocês estão fazendo aqui? – gritou para eles.

– Levamos um ferido, Vossa Nobreza, sentamos um pouco para descansar – respondeu um deles, escondendo o cachimbo nas costas e tirando o chapéu.

– Que descansar, nada! Mexam-se e marchem para seus postos, senão vou contar ao comandante do regimento.

E foi com eles para a trincheira no morro, mas encontrando feridos a cada passo. Ao chegar ao alto do morro, Kalúguin virou para a esquerda, dentro da trincheira, e depois de avançar alguns passos se viu absolutamente só. Pertinho, zuniu um estilhaço e caiu com um baque dentro da trincheira. Outra bomba aproximou-se à sua frente e pareceu que voava bem na sua direção. De repente, ele foi tomado pelo pavor: correu cinco passos em atropelo e caiu por terra. Quando a bomba explodiu, longe dele, sentiu uma vergonha horrível, levantou-se, olhou em redor para verificar se alguém tinha visto seu tombo, mas não havia ninguém.

---

18 "O senhor está ferido?".

19 "Eu lhe peço perdão, senhor, me mataram".

Uma vez que o medo penetra na alma, não é fácil ceder lugar a outro sentimento; e Kalúguin, que se vangloriava de nunca se curvar, andava pela trincheira a passos afobados, quase de rastros. "Ah, que horror!", pensava, aos tropeções. "Vão me matar, não há dúvida." E sentindo que respirava com dificuldade e que o suor cobria todo o seu corpo, ele se surpreendeu, mas já não tentou dominar seu sentimento.

De súbito, soaram passos à sua frente. Kalúguin bem depressa se pôs ereto, ergueu a cabeça e, fazendo tilintar o sabre com ar de valente, passou a andar não mais a passos rápidos, como antes. Ele não se reconhecia. Quando cruzou com o oficial sapador e o marinheiro, que passaram por ele, o oficial gritou para Kalúguin: "Deite-se!", e apontou para o risco luminoso de uma bomba que se aproximava cada vez mais clara e mais depressa e que caiu perto da trincheira, mas Kalúguin, só um pouquinho e de maneira involuntária, sob a influência do grito assustado, abaixou a cabeça e seguiu adiante.

– Veja, que corajoso! – disse o marinheiro, que observou bem tranquilo a queda da bomba e, com o olhar experiente, logo avaliou que seus estilhaços não poderiam alcançar o interior da trincheira. – Ele não quis se deitar.

Só faltavam alguns passos para Kalúguin atravessar o terreno plano e chegar ao abrigo blindado do comando do bastião, quando lhe vieram de novo um obscurecimento e aquele medo tolo; o coração começou a bater mais forte, o sangue latejou na cabeça e Kalúguin teve de fazer força para se controlar e conseguir correr até o abrigo blindado.

– O que houve que está tão ofegante? – perguntou o general, depois que Kalúguin lhe transmitiu as ordens.

– Andei depressa demais, Vossa Excelência!

– Não quer um copo de vinho?

Kalúguin bebeu o copo de vinho e fumou um cigarro. A batalha já havia cessado, apenas o canhoneio prosseguia com força de ambos os lados. No abrigo blindado, estava o general N., comandante do bastião, e mais uns seis oficiais, entre os quais Praskúkhin, e falavam a respeito de vários detalhes da batalha. Sentado naquele aposento confortável, com as paredes forradas de tapetes azuis, com sofá, cama e mesa, sobre a qual estavam papéis, um relógio de parede e a imagem de um santo, diante da qual ardia uma lamparina votiva, ao ver aqueles sinais de uma habitação de verdade e as grossas vigas de um *archin*[20] que sustentavam o teto, enquanto escutava os tiros que pareciam fracos dentro do abrigo blindado, Kalúguin não conseguia de maneira nenhuma compreender como, por duas vezes, ele se

---

20 Medida equivalente a 71 cm.

deixara dominar por uma fraqueza tão imperdoável; irritou-se consigo mesmo e quis enfrentar algum perigo a fim se pôr à prova outra vez.

– Estou contente que esteja aqui também, capitão – disse ele para um oficial da Marinha, com capote do Estado-Maior, um bigode grande e a Cruz de São Jorge, que acabara de entrar no abrigo blindado e pedira ao general que lhe fornecesse trabalhadores para consertar duas canhoneiras da sua bateria que tinham sido bloqueadas por um desmoronamento. – O general ordenou que eu lhe perguntasse – prosseguiu Kalúguin, quando o comandante da bateria parou de falar com o general – se os canhões do senhor podem disparar fogo de metralha ao longo da trincheira.

– Só um canhão está em condições de disparar – respondeu o capitão, com ar sombrio.

– Mesmo assim, vamos dar uma olhada.

O capitão franziu as sobrancelhas e deu um grasnido.

– Já passei a noite inteira lá, por isso vim aqui para descansar um pouco – disse. – O senhor não poderia ir sozinho? Ali está meu ajudante, o tenente Kartz, ele mostrará tudo ao senhor.

Já fazia seis meses que o capitão comandava aquela bateria, uma das mais perigosas – e mesmo quando não havia blindagem, o capitão não deixava seu posto, ele vivia no bastião desde o início do cerco e, entre os *marinheiros*, tinha uma reputação de coragem. Por isso sua recusa impressionou e surpreendeu Kalúguin. "O que é a reputação!", pensou.

– Bem, nesse caso irei sozinho, se o senhor permitir – respondeu num tom ligeiramente irônico para o capitão, que no entanto não lhe dirigiu nenhuma palavra ou atenção.

Mas Kalúguin não havia levado em conta o fato de que, somando diversas situações, ele tinha ao todo passado apenas cinquenta horas nos bastiões, ao passo que o capitão vivia lá já fazia seis meses. A vaidade – o desejo de brilhar, a esperança de ganhar condecorações e reputação e a atração pelo perigo – ainda agitava Kalúguin; o próprio capitão já havia passado por tudo aquilo – de início, se envaidecia, fazia-se de valente, corria riscos, nutria a esperança de ganhar condecorações e reputação, e até as conquistou de fato, mas agora todas aquelas formas de incentivo tinham perdido completamente a força para ele e o capitão encarava a batalha de outro modo: cumpria com rigor seu dever, mas, compreendendo muito bem como lhe restavam poucas possibilidades na vida, depois de seis meses no bastião, já não arriscava essas possibilidades, a não ser em casos de extrema necessidade, e assim o jovem tenente, que chegara à bateria uma semana antes e agora a mostrava para Kalúguin, parecia dez vezes mais corajoso do que o capitão, enquanto Kalúguin e ele punham a cara inutilmente no vão das canhoneiras para observar e subiam nos degraus onde os atiradores se apoiavam para disparar os fuzis.

Depois de examinar a bateria, enquanto voltava para o abrigo blindado, Kalúguin cruzou no escuro com o general, que seguia com seus ordenanças para o posto elevado de observação.

– Capitão de cavalaria Praskúkhin! – disse o general a um deles. – Desça, por favor, à casamata da direita e diga ao segundo batalhão do regimento de M. que abandone seu posto sem fazer barulho e vá se reunir ao seu regimento, que se encontra ao pé do morro, entre as tropas de reserva. Compreendeu? O senhor mesmo irá acompanhá-los até o regimento.

– Sim, senhor.

E Praskúkhin partiu a trote rumo à casamata. Os tiros estavam mais raros.

## X

– Este é o segundo batalhão do regimento de M.? – perguntou Praskúkhin, ao chegar ao local e topar com soldados que carregavam sacos cheios de terra.

– Isso mesmo.

– Onde está o comandante?

Mikháilov, supondo que perguntavam pelo comandante da companhia, rastejou para fora de seu fosso e, tomando Praskúkhin por um chefe, aproximou-se com o gesto de bater continência.

– O general ordenou... que o senhor... tenha a bondade de ir... ligeiro... e sobretudo sem fazer barulho... para trás, não para trás, mas para as tropas de reserva – disse Praskúkhin, olhando de lado para a direção de onde vinha o fogo inimigo.

Ao reconhecer Praskúkhin, Mikháilov baixou a mão, inteirou-se do que se tratava, transmitiu a ordem e o batalhão agitou-se com alegria, os soldados pegaram os fuzis, vestiram os capotes e puseram-se em movimento.

Quem não o experimentou não pode imaginar o prazer que sente um homem ao ir embora de um local perigoso como as casamatas, depois de três horas de bombardeio. Mikháilov, que durante aquelas três horas já havia considerado inevitável seu fim e por várias vezes beijara todos os ícones que trazia consigo, terminou se acalmando um pouco sob o efeito da convicção de que seria morto com toda a certeza e de que já não pertencia a este mundo. Mesmo assim, custou-lhe grande esforço conter as próprias pernas para que não corressem quando, à frente da companhia, ao lado de Praskúkhin, deixou as casamatas.

– Até logo – disse um major, comandante de outro batalhão, que permaneceu nas casamatas e com o qual Mikháilov dividira a barra de queijo, sentado dentro do fosso, perto do paredão fortificado. – Boa viagem!

– E ao senhor desejo uma feliz permanência; agora parece que está mais calmo.

Porém, mal teve tempo de falar isso e o inimigo, talvez percebendo um movimento nas casamatas, começou a disparar com insistência cada vez maior. Os nossos responderam e de novo teve início um intenso canhoneio. No céu, as estrelas brilhavam altas, mas não claras; era uma noite escura – embora ferisse os olhos –, e só as chamas dos tiros e da explosão das bombas iluminavam os objetos por instantes. Os soldados andavam depressa e em silêncio e, sem pensar, ultrapassavam uns aos outros; ouvia-se apenas o som ritmado dos estampidos incessantes dos tiros, dos passos dos soldados na trilha seca, o som das baionetas que se entrechocavam, da respiração, ou da prece de um soldado com medo: "Senhor, Senhor! O que é isso?". Às vezes se ouvia o gemido de um ferido e gritos: "Padioleiros!". (Na companhia comandada por Mikháilov, vinte e seis homens foram postos fora de combate pelo fogo de artilharia daquela noite.) Um relâmpago irrompeu no horizonte sombrio e distante, a sentinela do bastião gritou: "Canhã-ã-ão!", e a bala, zunindo por cima da companhia, explodiu na terra e cuspiu pedras para todos os lados.

"Que o diabo os carregue! Como andam devagar", pensou Praskúkhin, olhando para trás o tempo todo enquanto andava ao lado de Mikháilov. "Francamente, era melhor que eu escapasse na frente deles, pois afinal já transmiti as ordens... Pensando bem, não, pois essa besta aqui pode dizer para os outros que sou um covarde, quase a mesma coisa que eu disse sobre ele ontem mesmo. O que tiver de ser, será... irei junto."

"Mas por que ele vai comigo?", pensava Mikháilov, por sua vez. "Até onde notei, ele sempre traz má sorte; olhe só aquela, vem voando direto para cá, parece."

Depois de percorrer uns cem passos, toparam com Kalúguin, que, brandindo o sabre com ar de valentia, caminhava rumo às casamatas a fim de, segundo as ordens do general, saber como andavam os trabalhos por lá. Mas, ao encontrar Mikháilov, pensou que, em vez de ir até lá e se expor àquele fogo terrível, o que não lhe fora ordenado, podia perguntar tudo em detalhes a um oficial que lá estivera. E de fato Mikháilov contou em detalhes como andavam os trabalhos no bastião, porém durante o relato conseguiu entreter Kalúguin a tal ponto que ele pareceu não prestar a menor atenção nos tiros – ao passo que, a cada obus que caía, a intervalos e muito longe, Praskúkhin se agachava, baixava a cabeça e sempre achava que a bala vinha "direto para cá".

– Olhe, capitão, aquele vem direto para cá – dizia Kalúguin de zombaria e empurrava Praskúkhin. Depois de caminhar um pouco mais com eles, Kalúguin tomou o rumo da trincheira, na direção do abrigo blindado. "Não se pode dizer que seja muito valente, aquele capitão", pensou, ao atravessar a porta do abrigo blindado.

– Então, quais são as novidades? – perguntou um oficial que estava jantando sozinho ali.

– Nenhuma, e parece que não haverá mais combate.

– Como não? Ao contrário, o general acabou de ir de novo para o posto de observação. Chegou mais um regimento. Pronto, olhe aí, não está ouvindo? A fuzilaria recomeçou. O senhor não vai. Para que ir? – acrescentou o oficial ao notar o movimento que Kalúguin começou a fazer.

"De fato, não tenho necessidade de ir", pensou Kalúguin. "E hoje eu já me expus muito. Espero ser útil, mas não só para servir de *chair à canon*."[21]

– Na verdade, é melhor que eu os espere aqui – disse.

De fato, uns vinte minutos depois, o general voltou junto com os oficiais que o acompanhavam; entre eles estava o *junker* barão Piest, mas não Praskúkhin. As posições fortificadas tinham sido retomadas e ocupadas pelos nossos.

Depois de receber informações pormenorizadas sobre o combate, Kalúguin e Piest saíram do abrigo blindado.

## XI

– Seu capote está sujo de sangue: você travou combate corpo a corpo? – perguntou Kalúguin.

– Ah, irmão, foi horrível! Nem pode imaginar... – E Piest começou a contar que liderara a companhia inteira, que o comandante havia sido morto, que ele esfaqueara um francês e também que, se não fosse ele, nada teria dado certo etc.

O fundo daquela história, que o comandante da companhia tinha morrido e Piest matara um francês, era verdade; mas, ao transmitir os detalhes, o *junker* inventava e se vangloriava.

Não pôde deixar de se vangloriar, porque durante todo o tempo o combate transcorria numa espécie de sombra e de inconsciência, a tal ponto que tudo o que se passava lhe parecia ter ocorrido em outra parte, em outro tempo, com outras pessoas, e era muito natural que ele tentasse reproduzir aqueles detalhes com alguma vantagem para o seu lado. No entanto, o que aconteceu de fato foi o seguinte:

O batalhão ao qual o *junker* tinha sido enviado para o ataque ficou mais ou menos duas horas junto a um paredão sob o fogo do inimigo; depois, o comandante do batalhão disse algo mais à frente, os comandantes das companhias se

---

21 Bucha de canhão.

mexeram, o batalhão se pôs em marcha, saiu de trás do muro fortificado e, depois de percorrer uns cem passos, se deteve e formaram-se colunas por companhias. Disseram para Piest que ficasse no flanco direito da segunda companhia.

Sem se dar conta de onde estava nem do motivo, o *junker* ficou em seu posto e, prendendo a respiração de forma involuntária, enquanto um calafrio percorria sua espinha, olhava inconsciente para o vazio escuro ao longe, à sua frente, à espera de algo horrível. No entanto, como não havia tiros, era menos horrível do que bizarro, pois era estranho pensar que ele estava fora da fortaleza, em campo aberto. De novo o comandante do batalhão disse algo lá na frente. De novo os oficiais começaram a falar em voz baixa, transmitindo as ordens, e a parede negra da primeira companhia de repente se pôs em movimento. A ordem era deitar. A segunda companhia deitou-se também, e Piest, ao deitar-se, espetou a mão numa espécie de espinho. Só o comandante da segunda companhia não se deitou, sua figura baixa, com a espada desembainhada, que ele brandia no ar, não parava de falar, enquanto se movimentava diante da companhia.

– Rapazes! Mostrem que são os meus valentes! Não queimem esses canalhas com os fuzis, usem as baionetas. Quando eu gritar "Hurra!", sigam-me, e que ninguém fique para trás... A união é o principal... Vamos nos expor, não vamos enterrar a cara na lama, não é, rapazes? Pelo tsar, pelo nosso paizinho! – disse, entremeando impropérios em suas palavras e gesticulando de maneira tremenda.

– Qual é o sobrenome do comandante da nossa companhia? – perguntou Piest para o *junker*, que estava deitado a seu lado. – Como é valente!

– Pois é, na hora da batalha está sempre embriagado – respondeu o *junker*. – Seu sobrenome é Lissinkóvski.

Naquele momento, bem na frente da companhia, de súbito uma labareda se inflamou, rebentou um estrondo assustador, atordoou a companhia inteira e pedras e estilhaços farfalharam no ar acima (mais ou menos cinquenta segundos depois, uma pedra caiu do alto e partiu a perna de um soldado). Era uma bomba com um mecanismo de elevação,[22] e o fato de ter caído na companhia comprovava que os franceses haviam percebido a coluna.

– Jogar bombas na gente! Filho de um cão... Espere só a gente te pegar, aí você vai experimentar a baioneta russa triangular, seu maldito! – o comandante da companhia pôs-se a falar tão alto que o comandante do batalhão teve de ordenar que se calasse e não fizesse tanto barulho.

Depois disso, a primeira companhia se levantou, em seguida a segunda – receberam a ordem de avançar com o fuzil em riste, e o batalhão foi em frente. Piest estava tão

---

22 Aprimoramento militar que permitia disparos de artilharia em ângulos muito elevados.

apavorado que não se lembrava nem de longe de quanto tempo fazia que estava ali, não sabia para onde ia, quem era e o que estava fazendo. Caminhava como um bêbado. Mas de súbito, de todos os lados, irromperam milhares de chamas, algo assoviou, rebentou; ele começou a gritar e correu, nem sabia para onde, só porque todos gritavam e todos corriam. Depois tropeçou em alguma coisa e caiu – era o comandante da companhia (tinha sido ferido à frente da companhia e, tomando o *junker* por um francês, agarrou-o pela perna). Depois, quando desvencilhou a perna e levantou-se, um homem se atirou contra suas costas no escuro e por pouco ele não caiu outra vez, e um outro homem gritou: "Espeta esse aí! O que está esperando?". Alguém pegou um fuzil e enfiou a baioneta em algo mole. "*Ah! Dieu!*",[23] alguém começou a gritar com uma voz terrível, cortante, e só então Piest entendeu que ele havia cravado a baioneta num francês.

O suor frio cobriu todo o seu corpo, ele começou a tremer como se tivesse febre e largou o fuzil. Mas isso durou só um instante; logo lhe veio à cabeça que era um herói. Apanhou o fuzil e, junto com a multidão que gritava "Hurra!", correu e se afastou do francês morto, do qual na mesma hora um soldado tratou de tirar as botas. Tendo corrido uns vinte passos, chegou à trincheira. Lá estavam os nossos soldados e o comandante do batalhão.

– Furei um! – disse para o comandante do batalhão.

– É um valente, barão...

XII

– Ah, sabe, mataram Praskúkhin – disse Piest, acompanhando Kalúguin, que voltava para seu alojamemto.

– Não pode ser!

– Como não? Eu mesmo vi.

– De todo jeito, adeus, tenho de ir depressa.

"Estou muito satisfeito", pensou Kalúguin, voltando para casa. "Pela primeira vez tive sorte no serviço militar. A batalha foi ótima, estou são e salvo, terei excelentes recomendações e sem dúvida vou ganhar o sabre de ouro. Sim, na verdade eu mereço."

Depois de relatar ao general tudo o que era necessário, ele foi para seu alojamento, onde o príncipe Gáltsin o aguardava já havia bastante tempo, lendo *Splendeurs et misères des courtisanes*,[24] que ele encontrara na mesa de Kalúguin.

---

23 "Ah! Deus!".

24 *Esplendores e misérias das cortesãs*. É um desses livros adorados que entusiasmam multidões hoje

Com um prazer surpreendente, Kalúguin sentiu-se em casa, longe do perigo, e, depois de vestir a camisa de dormir e deitar-se na cama, passou a contar para Gáltsin detalhes da batalha, apresentando-os de forma completamente natural – de um ponto de vista que fazia aqueles detalhes comprovarem que ele, Kalúguin, era um oficial corajoso e da mais alta competência, o que me parece supérfluo sugerir, pois todos sabiam disso, não tinham nenhum direito ou motivo para duvidar, exceto talvez o falecido capitão de cavalaria Praskúkhin, que, apesar de pouco tempo antes ter considerado uma felicidade andar de braços dados com Kalúguin, ainda no dia anterior havia contado em segredo para um amigo que Kalúguin era um sujeito muito bom, mas, que ninguém nos ouça, detestava terrivelmente ir aos bastiões.

Assim que Praskúkhin, que marchava ao lado de Mikháilov, se separou de Kalúguin e aproximou-se de um local menos perigoso, começou logo a se animar, porém viu um clarão que reluziu com força atrás dele e ouviu um grito da sentinela: "*Markela!*", e também as palavras de um dos soldados que vinham atrás: "Está vindo direto em cima do batalhão!".

Mikháilov virou-se para olhar: o ponto luminoso da bomba parecia ter parado em seu zênite – na posição em que é totalmente impossível determinar sua direção. Mas isso só durou um instante: a bomba vinha cada vez mais depressa, cada vez mais próxima, de tal modo que já eram visíveis as fagulhas de sua espoleta e se ouvia o assovio fatídico, que descia direto no meio do batalhão.

– Deitem! – gritou a mesma voz assustada.

Mikháilov caiu de barriga para baixo. Praskúkhin, num movimento involuntário, curvou-se até o chão e estreitou as pálpebras; só ouviu como a bomba se chocou na terra dura, em algum lugar bem perto. Passou um segundo que pareceu uma hora – a bomba não explodiu. Praskúkhin assustou-se: será que havia se amedrontado à toa? Talvez a bomba tivesse caído longe e ele tinha apenas a impressão de que o pavio chiava bem perto. Abriu os olhos e, com uma satisfação presunçosa, viu que Mikháilov, a quem devia doze rublos e meio, estava totalmente abaixado, estendido de bruços, juntinho de seus pés, imóvel, quase agarrado a ele. Nesse instante, seus olhos toparam com o pavio aceso da bomba, que rodava a um *archin* de distância.

Um horror – um horror gelado que excluía todos os outros pensamentos e sentimentos – apoderou-se de todo o seu ser; Praskúkhin cobriu o rosto com as mãos e caiu de joelhos.

---

em dia e que desfrutam de uma popularidade especial entre os nossos jovens, não se sabe por quê. (N.A.) [Trata-se de um romance de Balzac.]

Passou-se mais um segundo – um segundo em que um mundo inteiro de sentimentos, pensamentos, esperanças e recordações passaram na sua mente.

"Quem será morto, eu ou Mikháilov? Ou os dois? Se for eu, onde serei ferido? Se for na cabeça, tudo estará acabado; se for na perna, vão amputar e então vou pedir que usem clorofórmio a qualquer preço – assim ainda posso continuar vivo. Mas pode ser que só Mikháilov morra, e aí vou contar como nós dois marchávamos juntos e ele foi morto e o sangue respingou em mim. Não, está mais perto de mim – serei eu."

Nesse ponto, lembrou-se dos doze rublos que devia a Mikháilov, lembrou-se também de uma dívida em Petersburgo que deveria ter pagado havia muito tempo; lhe veio à cabeça a melodia cigana que tinha cantado no dia anterior; a mulher que ele amava surgiu em sua imaginação, com um gorro de fitas lilás; lembrou-se do homem que o ofendera cinco anos antes e que ele não fizera pagar pela ofensa, e no entanto, junto com essas e milhares de outras recordações, o sentimento do presente – a espera da morte e o horror – não o deixava nem por um instante. "De resto, pode ser que não estoure", pensou e, com uma determinação desesperada, quis abrir os olhos. Porém, nesse momento, ainda através das pálpebras fechadas, um fogo vermelho o atingiu nos olhos, com um estrondo terrível algo o empurrou no meio do peito; correu um pouco sem saber para onde, tropeçou no sabre, que se enfiou entre as pernas, e caiu de lado. "Graças a Deus! Tive apenas uma contusão" – foi seu primeiro pensamento, e quis tocar no peito com as mãos, mas as mãos pareciam amarradas e uma espécie de torno comprimia sua cabeça. Em seus olhos, passavam soldados – e ele, de maneira mecânica, os contava: "Um, dois, três soldados, e lá está o oficial, o de capote forrado", pensava; em seguida um relâmpago estourou em seus olhos e ele pensou que tipo de tiro seria aquele: de morteiro ou de canhão? Devia ser de canhão; e continuavam atirando, vieram mais soldados – cinco, seis, sete soldados seguiam sempre em frente. De repente, teve muito medo de que eles o esmagassem; quis gritar, mas estava contundido e com a boca tão seca que a língua colava no céu da boca, e uma sede medonha o torturava. Ele sentia que estava todo molhado perto do peito – a sensação de algo molhado o fazia pensar em água e teve até vontade de beber aquilo que o molhava. "Na certa me feri e sangrei quando caí", pensou e, começando a render-se cada vez mais ao medo de que os soldados que continuavam a passar o esmagassem, reuniu todas as suas forças e quis gritar: "Levem-me". Mas em vez disso se pôs a gemer de maneira tão medonha que se horrorizou ao ouvir-se. Em seguida, algumas chamas vermelhas pularam diante de seus olhos e lhe pareceu que os soldados colocavam pedras em cima dele; as chamas agora pulavam cada vez mais esparsas, as pedras que colocavam em cima dele o oprimiam cada vez mais. Fez um esforço para afastar as pedras, seu corpo enrijeceu e ele já não via, não ouvia, não pensava e não sentia. Morreu no mesmo local em que um estilhaço o atingira no meio do peito.

## XIII

Mikháilov, ao avistar a bomba, jogou-se no chão e, assim como Praskúkhin, semicerrou as pálpebras, abriu e fechou os olhos duas vezes e lhe veio uma vastidão de pensamentos e sentimentos naqueles dois segundos, o tempo que a bomba levou para explodir. Em pensamento, rezou para Deus e não parava de repetir: "Seja feita Sua vontade! Mas para que entrei no serviço militar?", pensava ao mesmo tempo. "E ainda por cima entrei logo na infantaria para participar da campanha; não seria melhor ter ficado no regimento dos ulanos na cidade de T. e passar o tempo com minha amiga Natacha?... Agora, olhe só no que deu!" E começou a contar: um, dois, três, quatro, imaginando que, se a bomba explodisse num número par, ele ficaria vivo, mas se fosse ímpar, ele ia morrer. "Está tudo acabado! Estou morto!", pensou, quando a bomba explodiu (ele não lembrava mais se foi num número par ou ímpar), e sentiu um impacto e uma dor atroz na cabeça. "Senhor, perdoai meus pecados!", exclamou, erguendo os braços, levantou-se um pouco e tombou de costas, sem sentidos.

A primeira sensação quando se recuperou foi do sangue que escorria pelo nariz e da dor na cabeça, que tinha ficado muito mais fraca. "É a alma que está indo embora", pensou. "O que será que existe lá? Senhor! Recebei minha alma em paz. Só acho estranho uma coisa", refletiu. "Que ao morrer eu escute com tanta clareza os passos dos soldados e o som dos tiros."

– Tragam uma padiola! Ei! O comandante da companhia foi ferido! – gritou acima de sua cabeça uma voz que ele reconheceu automaticamente como a voz do tamboreiro Ignátiev.

Alguém o puxou pelos ombros. Ele experimentou abrir os olhos e viu, acima da cabeça, o céu azul-escuro, grupos de estrelas e duas bombas que voavam acima dele, uma atrás da outra, viu Ignátiev, soldados com padiolas e fuzis, o aterro na borda da trincheira e de repente acreditou que ainda estava neste mundo.

Tinha sofrido um ferimento leve na cabeça, causado por uma pedra. A primeira impressão pareceu ser de tristeza: ele havia se preparado tão bem e com tanta serenidade para a transição para lá que lhe foi desagradável o efeito do regresso à realidade, com bombas, trincheiras, soldados e sangue; a segunda impressão foi de uma alegria instintiva por estar vivo; e a terceira, o medo e o desejo de fugir do bastião o mais depressa possível. O tamboreiro enrolou com um lenço a cabeça de seu comandante e, segurando-o pelo braço, levou-o ao hospital de campanha.

"Mas, afinal, para onde vou, e para quê?", pensou o capitão ajudante, quando se refez um pouco mais. "Meu dever é ficar com a companhia e não ir embora, ainda mais porque a companhia precisa se afastar depressa do fogo inimigo", uma voz murmurou para ele. "Está desde cedo em combate, precisa de uma recompensa."

– Não é preciso, irmão – disse, afastando o braço do tamboreiro prestativo, que desejava, ele mesmo e acima de tudo, ir embora dali quanto antes. – Não vou para o hospital de campanha, vou ficar com a companhia.

E deu meia-volta.

– É melhor fazer um curativo decente, Vossa Nobreza – disse o tímido Ignátiev. – Na afobação, parece que não é nada, mas pode piorar se não fizer isso, olhe só como está queimado aqui... é verdade, Vossa Nobreza.

Mikháilov parou um minuto, indeciso, e na certa seguiria o conselho de Ignátiev, caso não tivesse se lembrado da cena que vira no hospital de campanha dias antes: um oficial com um pequeno arranhão no braço foi fazer um curativo, o médico sorriu ao olhar para ele e um outro médico – com costeletas – até lhe disse que não ia morrer de jeito nenhum por causa daquele ferimento e que até com um garfo é possível se ferir.

"Talvez sorriam também incrédulos do meu ferimento e até digam alguma coisa jocosa", pensou o capitão ajudante e, com determinação, a despeito dos argumentos do tamboreiro, voltou para a companhia.

– Onde está o ordenança Praskúkhin, que estava comigo? – perguntou ao sargento que comandava a companhia, quando o encontrou.

– Não sei, acho que morreu – respondeu com relutância o sargento, que estava muito descontente, entre outras coisas, com o regresso do capitão ajudante, que o privava do prazer de poder dizer que era o único oficial que restara na companhia.

– Morto ou ferido? Como o senhor não sabe, se ele estava conosco? E por que o senhor não o trouxe?

– Mas levar para onde, no meio daquele fogo todo?

– Ah, como o senhor fez uma coisa dessas, Mikhail Ivánitch? – disse Mikháilov, irritado. – Como pôde deixá-lo, se estava vivo; e mesmo se estivesse morto, o corpo tem de ser retirado. Afinal, ele é o ordenança do general e ainda pode estar vivo.

– Que vivo o quê. Estou lhe dizendo, cheguei perto e eu mesmo vi – respondeu o sargento. – Por favor! Vamos retirar os nossos daqui. Vamos embora desta carnificina! Lá vêm mais balas de canhão – acrescentou, agachando-se. Mikháilov também se agachou e segurou a cabeça, que, com o movimento, começou a doer horrivelmente.

– Não, é preciso ir pegá-lo a todo custo: talvez ainda esteja vivo – disse Mikháilov. – É nosso dever, Mikhail Ivánitch!

Mikhail Ivánitch não respondeu.

"Se ele fosse um bom oficial, estaria lá, mas agora é preciso mandar alguns soldados; mas como fazer isso? Debaixo desse fogo medonho, podem morrer à toa", pensou Mikháilov.

– Rapazes! É preciso voltar, pegar um oficial que está ferido, num fosso – disse com voz nem muito alta nem muito autoritária, sentindo que os soldados não gostariam nem um pouco de cumprir aquela ordem. E de fato, como ele não se dirigiu a ninguém em particular, nenhum soldado se mexeu para fazer aquilo.

– Sargento! Venha cá.

O sargento, como se não tivesse ouvido, continuou a andar para seu posto.

"Além do mais, é bem possível que já esteja morto e então não vale a pena expor os soldados ao perigo à toa, mas então serei só eu o culpado de não me preocupar com isso. Vou eu mesmo para saber se está vivo. É o meu dever", disse consigo Mikháilov.

– Mikhail Ivánitch! Assuma o comando da companhia, depois alcançarei vocês – disse, pegando o capote com a mão e, com a outra, tocando com insistência na pequena imagem de São Mitrofan, no qual tinha fé especial, e quase rastejando, trêmulo de medo, correu a trote para a trincheira.

Depois de certificar-se de que seu camarada estava morto, Mikháilov, ofegante, agachando-se e segurando com a mão a atadura meio solta na cabeça, que começava a doer com força, voltou se arrastando. O batalhão já estava ao pé do morro, em posição, e quase fora do alcance do fogo inimigo, quando Mikháilov o alcançou. Digo quase fora do alcance dos tiros porque de vez em quando umas bombas loucas voavam até lá (naquela noite, o estilhaço de uma delas matou um capitão que, na hora, estava num abrigo subterrâneo da Marinha).

"No entanto, amanhã preciso me apresentar no hospital de campanha", pensou o capitão ajudante, no momento em que um enfermeiro que acabara de chegar fazia um curativo em sua cabeça. "Isso vai ajudar na recomendação para a medalha."

## XIV

Centenas de corpos ensanguentados, duas horas antes cheios de esperanças e desejos diversos, elevados e banais, jaziam com os membros inertes no vale orvalhado e florido que separava o bastião da trincheira e sobre o terreno plano da capela dos Mortos, em Sebastopol; centenas de pessoas – com imprecações e preces na boca ressequida – arrastavam-se, tombavam e gemiam – uns entre cadáveres no vale florido, outros em padiolas, em camas de lona e no chão ensanguentado do hospital de campanha; e ainda assim, como nos dias anteriores, irrompiam relâmpagos sobre o morro Sapun, as estrelas cintilavam pálidas, uma neblina branca subia do mar agitado e rumoroso, a aurora escarlate se incendiava no oriente, nuvens compridas e rubras corriam pelo horizonte azul-claro e, o tempo todo, como nos dias anteriores, prometendo alegria, amor e felicidade a todo o mundo que renascia, vinha à tona o astro poderoso e belo.

## XV

No dia seguinte, ao anoitecer, tocaram de novo música marcial no bulevar e de novo oficiais, *junkers*, soldados e moças passeavam com ar festivo em torno do pavilhão e pelas alamedas mais abaixo, floridas com cheirosas acácias brancas.

Kalúguin, o príncipe Gáltsin e um coronel caminhavam de braços dados em torno do pavilhão e conversavam sobre a batalha da véspera. O fio condutor da conversa, como sempre acontece em situações semelhantes, não eram os fatos propriamente ditos, mas sim a participação de quem contava e a bravura que havia demonstrado na batalha. Os rostos e o som das vozes tinham seriedade, uma expressão quase sofrida, como se as baixas do dia anterior afetassem e afligissem intensamente cada um, mas, a bem da verdade, como nenhum deles havia perdido alguma pessoa muito próxima (e por acaso na vida militar existem pessoas muito próximas?), aquela expressão de tristeza era uma expressão oficial, que eles consideravam apenas uma obrigação. Por outro lado, Kalúguin e o coronel estavam dispostos a encarar batalhas assim todos os dias, tendo em vista apenas ganhar o sabre de ouro e a promoção para general-major, e apesar disso eram pessoas excelentes. Eu gosto quando chamam de monstro um conquistador, que destrói milhões de vidas para satisfazer sua ambição. Mas interrogue a fundo o sargento Petrúchov, o subtenente Antónov etc., cada um deles um pequeno Napoleão, um pequeno monstro, sempre pronto a travar batalha, a matar centenas de homens só para ganhar uma medalhinha fútil ou um terço adicional no soldo.

– Não, me desculpe – disse o coronel. – Começou antes, no flanco esquerdo. *Pois eu estava lá.*

– Pode ser – respondeu Kalúguin. – *Eu estava no flanco direito; fui até lá duas vezes: uma vez para falar com o general e a outra para verificar como estavam as casamatas. Ali é que a coisa pegou fogo.*

– Sim, isso mesmo, o Kalúguin está certo – disse o príncipe Gáltsin para o coronel. – Sabe, *hoje* mesmo o V... me falou de você, disse que é valente.

– Mas houve baixas, baixas tremendas – disse o coronel num tom de condolência oficial. – *Em meu regimento, perdi quatrocentos homens.* É espantoso que *eu tenha saído vivo de lá.*

Naquele momento, vindo na direção desses senhores, surgiu na extremidade do bulevar a figura meio lilás de Mikháilov, de botas com saltos gastos e tortos e com a cabeça enfaixada. Ficou muito confuso ao avistá-los: lembrou como, na véspera, se agachara diante de Kalúguin e lhe veio à cabeça que poderiam pensar que ele apenas fingia estar ferido. Tanto assim que, se aqueles senhores não tivessem olhado para ele, fugiria correndo para casa e não sairia enquanto não pudesse retirar o curativo.

– *Il fallait voir dans quel état je l'ai rencontré hier sous le feu*[25] – disse Kalúguin sorrindo, quando se aproximaram dele. – O que houve, capitão? Foi ferido? – perguntou Kalúguin com um sorriso que queria dizer: "Então, o senhor me viu ontem? O que achou de mim?".

– Sim, um pouco, foi uma pedra – respondeu Mikháilov, ruborizando-se e com uma expressão que dizia: "Vi e reconheço que o senhor é valente, ao passo que eu sou muito, muito inferior".

– *Est-ce que le pavillon est baissé déjà?*[26] – perguntou o príncipe Gáltsin de novo com sua expressão arrogante, olhando para o quepe do capitão ajudante e sem se dirigir a ninguém em particular.

– *Non, pas encore*[27] – respondeu Mikháilov, querendo mostrar que também sabia falar francês.

– Será que o armistício continua em vigor? – perguntou Gáltsin, dirigindo-se a ele em russo e de maneira gentil, desse modo dizendo-lhe, assim pareceu ao capitão ajudante: "Deve ser muito penoso para o senhor falar francês, portanto não é melhor e mais simples...?". E com isso os ajudantes de campo o deixaram.

O capitão ajudante, a exemplo do dia anterior, sentiu-se extremamente solitário e, depois de cumprimentar com a cabeça alguns senhores – de alguns não desejava se aproximar; outros não tinha coragem de abordar –, sentou-se perto do monumento de Kazárski e começou a fumar um cigarro.

O barão Piest também foi ao bulevar. Contou que estivera na reunião do armistício, tinha conversado com oficiais franceses e um deles lhe dissera: "*S'il n'avait pas fait clair encore pendant une demi-heure, les embuscades auraient été reprises*",[28] ao que respondera: "*Monsieur! Je ne dis pas non, pour ne pas vous donner un démenti*".[29] E contou como havia se saído muito bem etc.

---

25 "Vocês tinham de ver o estado em que o encontrei ontem sob o fogo".

26 "Será que já baixaram a bandeira?".

27 "Não, ainda não".

28 "Se em meia hora o dia não tivesse clareado, as casamatas teriam sido retomadas".

29 "Cavalheiro! Não direi que não para não contrariá-lo".

Na verdade, embora estivesse na reunião do armistício, não foi capaz de dizer nada de inteligente, apesar de sentir uma vontade desesperada de conversar com os franceses (pois falar francês lhe dava uma alegria tremenda). O *junker* barão Piest caminhou demoradamente ao longo da fileira de soldados e toda hora perguntava aos franceses que estavam por perto: "*De quel régiment êtes-vous?*".[30] Respondiam-lhe e pronto. Mas quando estava bem distante da fileira de soldados, uma sentinela francesa, sem desconfiar que aquele soldado sabia francês, falou em tom de censura a outro soldado: "*Il vient regarder nos travaux ce sacré c...*".[31] Por isso, e sem encontrar mais interesse na reunião do armistício, o *junker* barão Piest foi embora e já no caminho pôs-se a inventar as frases em francês que agora acabara de contar. No bulevar, estavam o capitão Zóbov, que falava em voz alta, o capitão Óbjogov, de aspecto desmazelado, um capitão de artilharia que não se curvava diante de ninguém, um *junker* feliz no amor, e todos os rostos da véspera, todos com as mesmas e eternas motivações para mentir: a vaidade e a futilidade. Faltavam apenas Praskúkhin, Nefiórdov e mais um ou outro, nos quais quase ninguém pensava, dos quais ninguém se lembrava agora, quando seus corpos ainda nem tinham sido lavados, enfeitados e sepultados debaixo da terra, e os quais dali a um mês, da mesma forma, seriam esquecidos pelos pais, mães, esposas, filhos, se é que já não tinham sido esquecidos muito antes disso.

– Quase não reconheci este velho aqui – diz um soldado incumbido da limpeza dos corpos, enquanto levanta nos ombros um cadáver ferido no peito, com a enorme cabeça estufada, o rosto lustroso e enegrecido e as pupilas reviradas. – Segure por baixo das costas, Morozka, senão pode partir ao meio. Argh, que cheiro nojento!

"Argh, que cheiro nojento!" – foi tudo o que restou daquele homem para as outras pessoas...

## XVI

Em nosso bastião e na trincheira francesa, levantaram-se bandeiras brancas, e entre elas, no vale florido, jaziam em montinhos, sem botas, de roupas cinzentas e azuis, cadáveres desfigurados, que trabalhadores carregavam e colocavam sobre carroças. O cheiro pesado e horrível de corpos mortos impregnava o ar. De Sebastopol e do

---

30 "De que regimento é o senhor?".

31 "Ele veio espionar nossas atividades. Esse desgraçado...".

acampamento dos franceses, bandos de pessoas vinham olhar aquele espetáculo e, com uma curiosidade insaciável e benevolente, corriam para perto umas das outras.

Escutem o que dizem essas pessoas entre si.

No centro de uma roda formada por franceses e russos, um jovem oficial que fala mal o francês, mas o bastante para que o compreendam, examina a cartucheira de um militar da guarda francesa.

– *E ceci purcuá ce uazo ici?*[32] – diz.

– *Parce que c'est une giberne d'un régiment de la garde, monsieur, qui porte l'aigle impérial.*[33]

– *E vu de la gard?*[34]

– *Pardon, monsieur, du sixième de ligne.*[35]

– *E ceci u achtê?*[36] – pergunta o oficial apontando para uma cigarreira amarela, de madeira, da qual o francês pega um cigarro para fumar.

– *À Balaclave, monsieur! C'est tout simple... en bois de palme.*[37]

– *Joli!*[38] – diz o oficial, guiado na conversa menos pela vontade própria do que pelas palavras que sabe falar.

– *Si vous voulez bien garder cela comme souvenir de cette rencontre, vous m'obligerez.*[39] – E o francês educado dá uma tragada no cigarro e entrega a cigarreira ao oficial, com uma pequena inclinação da cabeça. O oficial lhe dá a sua e todos os presentes no grupo, franceses e russos, se mostram muito satisfeitos e sorriem.

Então um atrevido soldado de infantaria, de camisa rosa e capote jogado sobre os ombros, em companhia de outros soldados, que, de mãos nas costas, rostos alegres e cheios de curiosidade, o seguem, se aproxima do francês e pede fogo para acender o cachimbo. O francês acende e remexe as brasas do cachimbo e passa o fogo para o russo.

– *Tabac bun*[40] – diz o soldado de camisa rosa, e os espectadores sorriem.

---

32 "E este aqui, por que tem este passarinho aqui?". No original, as falas dessa personagem em francês vêm transcritas em caracteres russos, para indicar limitações no uso do idioma.

33 "Porque se trata da cartucheira de um regimento da guarda, senhor, que traz a águia imperial".

34 "E o senhor é da guarda?"

35 "Desculpe, senhor, do sexto de linha".

36 "E este, onde comprou?".

37 "Em Balaklava, senhor. É muito simples... feita do tronco da palmeira".

38 "Bonito!".

39 "Se o senhor quiser ficar com ela como recordação deste encontro, me dará muito prazer".

40 "Bom tabaco".

– *Oui, bon tabac, tabac turc* – diz o francês –, *et chez vous tabac russe? Bon?*[41]

– *Rus bun* – diz o soldado de camisa rosa, enquanto os presentes se dobram de rir. – *Francé não bun, bonjur, mussiê*[42] – diz o soldado de camisa rosa, que descarrega de uma vez toda a munição do seu conhecimento da língua, dá um tapinha na barriga do francês e ri. Os franceses também riem.

– *Ils ne sont pas jolis ces bêtes de russes?*[43] – diz um zuavo no bando dos franceses.

– *De quoi ce qu'ils rient donc?*[44] – diz outro, de pele morena, com sotaque italiano, aproximando-se dos nossos.

– *Kaftan bun*[45] – diz o soldado atrevido, apontando para a roupa bordada do zuavo, e riem de novo.

– *Ne sortez pas de la ligne, à vos places, sacré nom...*[46] – grita um cabo francês, e os soldados se dispersam com evidente descontentamento.

E então, numa roda de oficiais franceses, um jovem oficial de cavalaria de nossas tropas despeja um jargão francês de barbearia. A conversa trata de um certo *comte Sazonoff, que j'ai beaucoup connu, monsieur*[47] – diz um oficial francês com uma dragona. – *C'est un de ces vrais comtes russes, comme nous les aimons.*[48]

– *Il y a un Sazonoff que j'ai connu* – diz o cavalariano –, *mais il n'est pas comte, à moins que je sache, un petit brun de votre âge à peu près.*[49]

– *C'est ça, monsieur, c'est lui. Oh, que je voudrais le voir ce cher comte. Si vous le voyez, je vous pris bien de lui faire mes compliments. Capitaine Latour*[50] – diz ele, fazendo uma reverência.

– *N'est ce pas terrible la triste besogne, que nous faisons? Ça chauffait cette nuit, n'est-ce pas?*[51] – diz o cavalariano, querendo dar seguimento à conversa e apontando para os cadáveres.

---

41 "Sim, bom tabaco, tabaco turco. E vocês, têm tabaco russo? É bom?".

42 "O russo é bom... o francês não é bom, bom dia, senhor".

43 "Não são gentis esses russos animais?".

44 "Do que eles estão rindo, afinal?".

45 "O caftã é bom".

46 "Não saiam de suas fileiras, a seus postos, que diabo...".

47 "Conde Sazonóv, que conheci bem, senhor".

48 "É um daqueles verdadeiros condes russos, como gostamos deles".

49 "Há um Sazonóv que conheci" / "mas ele não é conde, pelo menos que eu saiba, um baixinho moreno mais ou menos da sua idade".

50 É esse, senhor, é ele mesmo. Ah, como eu gostaria de ver o querido conde. Se o senhor o vir, peço encarecidamente que mande meus cumprimentos. Capião Latour.

51 "Não é terrível a triste tarefa que fazemos? Esta noite a coisa pegou fogo, não foi?".

*– Oh, monsieur, c'est affreux! Mais quels gaillards vos soldats, quels gaillards! C'est un plaisir que de se battre contre des gaillards comme eux.*[52]

*– Il faut avouer que les vôtres ne se mouchent pas du pied non plus*[53] – diz o cavalariano, com uma reverência e imaginando que está sendo encantador. Mas chega.

Vale mais observar esse menininho de dez anos que, com um quepe velho, talvez do pai, de sapatos e sem meias, calça curta de nanquim, segura só por um suspensório, logo no começo do armistício atravessou o aterro da trincheira e percorreu o vale inteiro, olhando com curiosidade atônita os franceses e os cadáveres que jaziam por terra, e colhia flores silvestres azuis que recobriam o vale funesto. Ao regressar com um grande buquê, o menino tapava o nariz para evitar o cheiro que o vento levava até ele, deteve-se perto de um montinho de corpos aglomerados e demorou-se observando um cadáver terrível, sem cabeça, que estava mais perto dele. Depois de ficar ali bastante tempo, aproximou-se e tocou com o pé na mão do cadáver, dura e esticada. A mão balançou um pouco. Ele tocou mais uma vez, com mais força. A mão balançou e voltou ao mesmo lugar. O menino gritou de repente, escondeu o rosto no buquê de flores e fugiu dali correndo, até perder o fôlego, na direção da fortaleza.

Sim, no bastião e na trincheira estão erguidas bandeiras brancas, o vale florido está repleto de corpos fétidos, o lindo sol desce na direção do mar azul, e o mar azul, ondulante, reluz sob os raios dourados do sol. Milhares de pessoas se aglomeram, observam, falam e sorriem umas para as outras. E tais pessoas – cristãs, que professam a mesma grande lei do amor e da abnegação, ao ver aquilo que fizeram, não cairão de repente de joelhos, com pesar, diante Daquele que, tendo lhes dado a vida, depositou na alma de cada um, junto com o temor da morte, o amor ao bem e ao belo e, com lágrimas de alegria e felicidade, não se abraçarão como irmãos? Não! Os trapos brancos são enrolados – e de novo assoviam os instrumentos da morte e do sofrimento, de novo jorra o sangue inocente e ouvem-se gemidos e impropérios.

Pronto, já disse o que queria dizer desta vez. Porém uma reflexão penosa me domina. Talvez não fosse necessário dizer isso. Talvez o que eu disse pertença a uma dessas verdades perversas que, fermentando de forma inconsciente na alma de todos, não devem ser expressas a fim de não se tornarem prejudiciais, como a borra do vinho, o qual não se deve sacudir para não estragá-lo.

---

52 "Ah, senhor, é medonho! Mas como são bravos os vossos soldados, como são bravos! É um prazer bater-se contra bravos como eles".

53 "É preciso reconhecer que os vossos não são menos garbosos".

Onde está a expressão do mal que é preciso evitar? Onde está a expressão do bem, que é preciso imitar nesta novela? Quem é o vilão e quem é o herói? Todos são bons e todos são maus.

Nem Kalúguin, com sua bravura radiante (*bravoure de gentilhomme*)[54] e a vaidade, motores de todas as suas ações, nem Praskúkhin, homem insignificante, inofensivo, embora tenha tombado pela fé, pelo trono e pela pátria, nem Mikháilov, com sua timidez e sua visão limitada, nem Piest, menino sem fé ou normas firmes, podem ser os vilões ou os heróis da novela.

O herói de fato de minha novela, a quem amo com todas as forças da alma, o qual me empenhei em reconstituir em toda a sua beleza, e que sempre foi, é e será belo – é a verdade.

26 de junho de 1855

54 "Coragem de cavalheiro".

# SEBASTOPOL EM AGOSTO DE 1855

I

No fim de agosto, na grande estrada íngreme de Sebastopol, entre Duvanka[1] e Bakhtchissarai, seguia a passo lento, na poeira quente e viscosa, a telega de um oficial (um tipo especial de telega, que não se encontra mais em lugar nenhum, algo na fronteira entre uma *britchka* de judeus, uma charrete russa e um cesto).

Na charrete – na frente, de cócoras, sacudindo as rédeas –, ia o ordenança, com uma sobrecasaca de nanquim e um antigo quepe de oficial que ficara totalmente deformado; atrás, em cima de embrulhos e pacotes cobertos por um pano grosso, usado para pôr sobre o dorso dos cavalos, ia um oficial da infantaria, com um capote de verão. Até onde se podia supor, já que estava sentado, o oficial era de baixa estatura, mas extraordinariamente largo, e não tanto de um ombro ao outro, e sim do peito às costas; largo e compacto, com a nuca e o pescoço muito desenvolvidos e tensos, não tinha algo que se pudesse chamar de cintura – um corte no meio do torso –, mas também não tinha barriga, ao contrário – era bastante magro, sobretudo no rosto, coberto por um amarelo doentio. O rosto seria bonito, se não fossem uma espécie de inchaço e as rugas moles e volumosas, que não eram de velhice, mas se entrelaçavam e reforçavam seus traços e davam a todo o rosto uma expressão geral de rudeza e falta de frescor. Tinha os olhos miúdos, marrons, extraordinariamente vivazes, até insolentes; os bigodes eram muito espessos e roídos pelos dentes, mas não eram largos; o queixo e as maçãs do rosto estavam cobertos por uma barba extremamente dura, espessa, preta, de dois dias. O oficial tinha sido ferido no dia 10 de maio por um estilhaço na cabeça, que continuava enfaixada, e agora, sentindo-se perfeitamente curado havia uma semana, voltava do hospital de Simferópol para o regimento, que devia estar por ali, em algum lugar, de onde se ouviam os tiros – mas podia estar em Sebastopol, em Siévernaia ou em Inkerman, até agora ele não tinha conseguido saber ao certo. Já se ouviam os tiros, sobretudo quando as montanhas não atrapalhavam ou o vento soprava a favor, e os estampidos eram muito claros, frequentes e próximos, ao que tudo indicava: ora uma explosão parecia sacudir o ar e o oficial era tomado por um sobressalto; ora sons mais fracos seguiam-se uns aos outros rapidamente, como um rufo de tambor, interrompido às vezes por um estrondo impressionante;

---

1 Última estação para Sebastopol. (N. A.)

ora tudo se fundia num trovão avassalador, semelhante ao fragor fulminante que ressoa na hora em que a tempestade, com todo o ímpeto, finalmente despeja seu aguaceiro. Todos diziam, e dava para ouvir, que o bombardeio estava medonho. O oficial apressava o ordenança: parecia querer chegar quanto antes. Na sua direção veio um comboio de mujiques russos, que depois de ter levado provisões para Sebastopol voltava agora com as carroças abarrotadas de doentes e feridos, os soldados de capote cinzento, os marinheiros de casaco preto, os voluntários gregos de barrete vermelho e os milicianos barbados. A charrete do oficial teve de parar, e ele, piscando os olhos e franzindo as sobrancelhas por causa da poeira que se erguera numa nuvem densa e imóvel sobre a estrada, espetava em seus olhos e ouvidos e grudava em todo o rosto, olhava com indiferença amargurada o rosto dos doentes e feridos que passavam por ele.

– Aquele soldadinho fraco é do nosso regimento – disse o ordenança, voltando-se para o superior e apontando para uma carroça cheia de feridos que, naquele momento, passava por eles.

Na parte da frente da carroça, vinha sentado um russo de barba e chapéu de lã de carneiro que amarrava o chicote enquanto o segurava com o cotovelo. Atrás dele, na telega, sacudiam-se uns cinco soldados em posições diferentes. Um, com uma espécie de cordão amarrado no braço, com o sobretudo por cima dos ombros e uma camisa completamente imunda, embora magro e pálido, estava sentado no meio da telega com ar bem-disposto e fez menção de tirar o chapéu ao ver o oficial, mas depois, lembrando-se certamente de que estava ferido, fingiu que queria apenas coçar a cabeça. Outro, a seu lado, jazia no fundo da carroça; só se viam duas mãos esqueléticas, com as quais ele se segurava na beirada da carroça, e os joelhos erguidos, que balançavam para todos os lados como pedaços de palha. Outro, de rosto inchado e cabeça envolta numa atadura, em cima da qual ressaltava um chapéu de soldado, estava sentado de lado, as pernas para fora, na frente da roda, e parecia cochilar com os cotovelos apoiados nos joelhos. O oficial dirigiu-se a ele, quando passou:

– Dóljnikov! – gritou.

– Eu! Ô! – respondeu o soldado, abrindo os olhos e tirando o quepe, com uma voz de baixo tão densa e brusca como se vinte soldados gritassem juntos.

– Quando foi ferido, irmão?

Os olhos mortiços e molhados do soldado se animaram: percebia-se que havia reconhecido o oficial.

– Saúde, Vossa Nobreza! – gritou com a mesma voz de baixo.

– Onde está o nosso regimento agora?

– Estavam em Sebastopol: queriam se transferir na quarta-feira, Vossa Nobreza!

– Para onde?

– Não sei... na certa para Siévernaia, Vossa Nobreza! Hoje já começou o fogo de todo lado, Vossa Nobreza – acrescentou com voz arrastada e pondo o chapéu –, tem bomba que não acaba mais, chega até ao ancoradouro, hoje está batendo tanto que já virou uma desgraça...

Com a distância, não era mais possível ouvir o que o soldado dizia; mas pela expressão de seu rosto e pela sua atitude, era evidente que ele, com a raiva de um homem que sofre, dizia coisas nada consoladoras.

O oficial em trânsito, tenente Koziéltsov, era um oficial fora do comum. Não era desses que vivem e agem de um modo e não de outro porque assim agem e vivem as demais pessoas: ele fazia tudo o que queria, ao passo que os outros faziam todos a mesma coisa e estavam convencidos de que isso era bom. Tinha uma natureza bastante rica; era sensato e também talentoso, cantava bem, tocava violão, falava de modo muito vivo e escrevia com extrema facilidade, sobretudo documentos oficiais, atividade em que ganhara prática no período em que fora ajudante de ordens no regimento; porém o mais notável de tudo era sua natureza cheia de energia e de amor-próprio, o qual embora fosse fundado, acima de tudo, naqueles pequenos dons, constituía por si só um traço marcante e surpreendente. Possuía um tipo de amor-próprio que na maioria das vezes se desenvolve em ambientes masculinos, sobretudo no meio militar, e que se funde com a vida a tal ponto que ele não concebia uma alternativa diferente, a não ser assumir a primazia ou aniquilar-se, e tal amor-próprio era o motor até de suas motivações interiores: ainda que só para si mesmo, o oficial adorava ter a supremacia sobre as pessoas com quem se comparava.

– Ora essa! Pois sim que vou dar ouvidos ao que esse Moscou[2] fica tagarelando! – murmurou o tenente, que sentia o peso de uma espécie de apatia no coração e uma névoa nos pensamentos, por causa da visão do transporte de feridos e das palavras do soldado, cujo significado era necessariamente reforçado e confirmado pelos sons do bombardeio. – Muito engraçado esse Moscou... Vamos lá, Nikoláiev, toque para a frente... Está dormindo? – acrescentou um pouco irritado para o ordenança, ajeitando as abas do capote.

As rédeas sacudiram-se, Nikoláiev estalou a língua e a charrete partiu a trote.

– Vamos parar só um minutinho para alimentar os cavalos e logo depois, ainda hoje, vamos em frente – disse o oficial.

---

2 Em muitos regimentos do Exército, os oficiais, em parte com desprezo, em parte com carinho, chamam os soldados de Moscou ou de Blasfêmia. (N. A.)

II

Ao entrar numa rua de Duvanka, entre restos em ruínas das paredes de pedra das casas dos tártaros, o tenente Koziéltsov foi novamente detido por carroças de transporte de bombas e balas de canhão que seguiam para Sebastopol e bloqueavam a passagem.

Dois soldados de infantaria estavam sentados no meio da poeira, sobre as pedras de um muro desmoronado, junto à rua, e comiam melancia e pão.

– Vai para longe, conterrâneo? – perguntou um deles, que mastigava um pão, para o soldado que parou perto dele com um pequeno saco nos ombros.

– Vou para a companhia, estamos vindo da província – respondeu o soldado, desviando o olhar da melancia e ajeitando o saco nas costas. – Veja só, a gente estava pegando feno para a companhia não faz três semanas e agora convocaram todo mundo; só que ninguém sabe onde está o regimento. Disseram que na semana passada substituíram as nossas tropas em Korabiélnaia. O senhor ouviu falar alguma coisa sobre isso?

– Na cidade, irmão, está na cidade – exclamou o outro, um velho soldado dos comboios de carga, que, usando um canivete, escavava com prazer a melancia esbranquiçada e ainda não madura. – A gente acabou de vir de lá ao meio-dia. Ah, meu irmão, um horror tão grande que é melhor nem ir, se arranje por aqui mesmo, em qualquer lugar, no feno, descanse mais um diazinho ou dois, vai ser melhor assim.

– Mas o que aconteceu, senhores?

– Não soube, não? Hoje ele está atirando de todos os lados, não tem mais nenhum lugar inteiro. O que ele matou de nossos irmãos, nem dá para contar! – Depois de dizer isso, abanou o braço e ajeitou o chapéu.

O soldado que estava de passagem balançou a cabeça com ar pensativo, estalou a língua, depois puxou um cachimbo do cano da bota e, sem encher o fornilho, remexeu o tabaco chamuscado, acendeu um pedacinho de pavio com um soldado que fumava e levantou o gorro.

– Só Deus sabe, senhores! Peço licença! – disse e, balançando o saco nas costas, seguiu pelo caminho.

– Eh, é melhor esperar um pouquinho! – disse com voz arrastada e persuasiva o soldado que escavava a melancia.

– Dá na mesma – murmurou o viajante, passando entre as rodas das carroças que se aglomeravam ali. – Acho que também preciso comprar uma melancia para a janta; veja só o que as pessoas falam.

III

A estação de muda de cavalos estava cheia de gente quando Koziéltsov chegou. A primeira pessoa que encontrou, ainda na varanda, foi um homem magro e muito jovem, o chefe da estação, que discutia com dois oficiais que o seguiam.

– E não são só três dias inteiros, mas dez dias, que terão de esperar! Até os generais esperam, meu velho! – disse o chefe da estação, com vontade de provocar os que passavam por ali.

– Então não devia dar cavalos para mais ninguém!... Por que deu suprimentos para aquele lacaio de sei lá quem? – gritou o mais velho dos dois oficiais, com um copo de chá nas mãos e, obviamente, evitando o emprego de um pronome pessoal, mas dando a entender que seria muito fácil tratar o chefe da estação por você.

– Pois raciocine o senhor mesmo, senhor chefe da estação – disse o outro oficial, mais jovem, embaraçado. – Não viajamos por satisfação pessoal. Acontece que também precisam de nós e por isso nos chamaram. Nesse caso, seguramente, vou levar isso ao conhecimento do general Kramper. Nesse caso, então, ora... quer dizer que o senhor não respeita a graduação de um oficial.

– O senhor sempre estraga tudo! – interrompeu o mais velho com irritação. – O senhor só serve para me atrapalhar; é preciso saber como se fala com essa gente. Agora ele perdeu o respeito. Estou dizendo que quero cavalos neste minuto!

– Com todo o prazer, paizinho, mas onde é que vou arranjar cavalos?

O chefe da estação calou-se por um momento, de repente se inflamou e, abanando os braços, desatou a falar:

– Eu mesmo sei tudo e entendo tudo, paizinho; mas o que o senhor vai fazer? Olhe, me dê só... (no rosto dos oficiais manifestou-se uma esperança) me dê só até o fim do mês, e eu já não vou mais estar aqui. Vou para o monte Malákhov, é melhor do que ficar aqui. Por Deus! Façam o que bem entenderem, se suas ordens são essas: em toda estação de troca agora não há mais nenhuma carroça em boas condições, e faz três dias que os cavalos não veem nem um punhadinho de feno.

E o chefe da estação sumiu atrás do portão.

Koziéltsov entrou numa sala junto com os oficiais.

– Deixe estar – disse absolutamente calmo o oficial mais velho para o mais jovem, embora um segundo antes ele parecesse furioso. – Já estamos viajando há três meses, vamos esperar um pouco. Não é o fim do mundo... Vamos chegar a tempo.

A sala enfumaçada e suja estava tão cheia de oficiais e malas que Koziéltsov só a custo conseguiu arranjar um lugar perto da janela para sentar; enquanto observava os rostos e escutava as conversas, começou a fazer um cigarro. À direita da porta, em torno de uma mesa torta e sebenta, sobre a qual havia dois samovares de cobre meio esverdeado e punhados de açúcar em pedaços de papel, sentava-se o grupo principal: um jovem oficial imberbe com um *arkhaluk*[3] novo e acolchoado, certamente feito de uma capa de mulher, enchia a chaleira; uns quatro oficiais igualmente jovens estavam em diversos pontos da sala: um deles, com um casaco dobrado embaixo da cabeça, dormia no sofá; outro, de pé junto à mesa, cortava um pedaço de carne assada de carneiro para um oficial sem braço, sentado à mesa. Dois oficiais, um com capote de ajudante de ordens, o outro com uniforme de infantaria, mas de tecido fino, com uma bolsa a tiracolo, estavam sentados perto do leito de tijolos junto à estufa; e só pelo modo como olhavam para os demais e pelo modo como o que estava com a bolsa a tiracolo fumava, via-se que eles não eram oficiais da infantaria em ação no front e que estavam satisfeitos com isso. Não porque se percebesse em suas maneiras algum desprezo, mas uma certa tranquilidade satisfeita consigo mesma, baseada em parte no dinheiro, em parte nas relações estreitas com os generais – a consciência de sua superioridade os levava até a desejar escondê-la. Um médico jovem de lábios grossos e um artilheiro com fisionomia alemã estavam sentados quase nas pernas do oficial jovem que dormia no sofá, e contavam dinheiro. Havia quatro ordenanças – uns cochilavam, outros carregavam malas e pacotes para perto da porta. Koziéltsov não encontrou, entre todos os rostos, nenhum conhecido; mas, com curiosidade, pôs-se a escutar as conversas. Os jovens oficiais que, como concluiu logo ao primeiro olhar, tinham acabado de sair da escola de cadetes lhe agradaram, sobretudo porque o fizeram lembrar que o irmão, que também terminara a escola de cadetes, dali a alguns dias seria incorporado a uma das baterias de Sebastopol. Já o oficial com a bolsa, cujo rosto ele vira antes em algum lugar, pareceu-lhe repulsivo e insolente. Com a ideia até de "colocá-lo no seu lugar, caso invente de falar alguma coisa", afastou-se da janela rumo à estufa e sentou-se no leito de tijolos. Koziéltsov no geral, como bom oficial e autêntico combatente no front, não só não gostava de oficiais do Estado-Maior como ficava revoltado com eles, e logo ao primeiro olhar reconheceu que era o caso daqueles dois oficiais.

## IV

– De todo modo, é horrivelmente irritante que estejamos tão perto e não seja possível chegar lá – disse um dos jovens oficiais. – Talvez hoje aconteça uma batalha e não estaremos lá.

---

3 Casaco ou túnica caucasiana de cintura fina.

No tom agudo da voz e no frescor rosado que tingiu todo o rosto jovem do oficial no momento em que falou, percebia-se a timidez encantadora e juvenil do homem que teme o tempo todo que suas palavras não sejam as adequadas.

O oficial sem braço observou-o com um sorriso.

– O senhor vai chegar a tempo, acredite – disse ele.

O jovem oficial fitou com respeito o rosto descarnado do oficial sem braço, inesperadamente iluminado com um sorriso, calou-se e cuidou do chá outra vez. De fato, no rosto do oficial sem braço, em sua atitude e sobretudo na manga vazia do capote, exprimia-se muito daquela indiferença serena que podia explicar a maneira como encarava todos os acontecimentos e as conversas, como se dissesse: "Tudo isso é muito bonito, tudo isso eu sei e posso fazer, basta apenas eu querer".

– Pois bem, o que vamos decidir? – falou de novo o oficial jovem para seu camarada de *arkhaluk*. – Vamos pernoitar aqui ou seguimos com os nossos cavalos?

O camarada desistiu de prosseguir.

– O senhor imagine, capitão – prosseguiu o que servia o chá, dirigindo-se ao oficial sem braço e apanhando uma faquinha que este deixara cair –, nos disseram que os cavalos custam tremendamente caro em Sebastopol, então compramos um cavalo em comum em Simferópol.

– Mas será que não cobraram caro demais dos senhores?

– Sinceramente, não sei, capitão: pagamos noventa rublos, com a carroça. Isso é muito caro? – acrescentou, dirigindo-se para todos e também para Koziéltsov, que o fitava.

– Não é caro, se o cavalo for jovem – respondeu Koziéltsov.

– É mesmo? Mas nos disseram que era caro... Só que ele está mancando um pouco, mas nos disseram que isso vai passar. Ele é muito forte.

– Os senhores estão em que corpo de cadetes? – perguntou Koziéltsov, que desejava saber notícias do irmão.

– Agora estamos no regimento de Dvoriánski, somos seis; vamos todos para Sebastopol por vontade própria – disse o oficialzinho falador. – Só que não sabemos onde está nossa bateria: uns dizem que está em Sebastopol, mas outros dizem que está em Odessa.

– E em Simferópol, não é possível que alguém lá saiba? – perguntou Koziéltsov.

– Não sabemos... Imagine o senhor que um camarada nosso foi lá, na chancelaria: foi insultado com brutalidade... O senhor pode imaginar que coisa mais desagradável!... Quer que eu prepare um cigarro para o senhor? – perguntou então para o oficial sem braço, que tentava pegar sua cigarreira.

E, com uma espécie de entusiasmo servil, pôs-se a ajudá-lo.

– E o senhor também vem de Sebastopol? – prosseguiu. – Ah, meu Deus, que coisa admirável! Como em Petersburgo pensamos nos senhores, em todos os heróis! – disse, dirigindo-se a Koziéltsov com respeito e cordialidade.

– Então quer dizer que os senhores estão voltando? – perguntou o tenente.

– Pois é isso que tememos. Imagine o senhor que nós, quando compramos o cavalo e reunimos as provisões necessárias, a cafeteira e várias coisinhas bobas, mas indispensáveis, acabamos ficando sem dinheiro nenhum – disse com voz baixa e olhando de lado para seu camarada –, portanto, mesmo se voltarmos, já não sabemos como vamos fazer.

– Não ganharam a gratificação de transferência? – perguntou Koziéltsov.

– Não – respondeu num sussurro. – Prometeram nos pagar aqui.

– E os senhores têm o certificado?

– Sei que o certificado é o principal; mas em Moscou um senador, meu tio, quando fui à casa dele, me disse que me dariam aqui, do contrário ele mesmo teria me dado. Acha que vão dar?

– Darão, com toda a certeza.

– Eu também acho que vão dar, talvez – disse ele num tom de voz que demonstrava já ter feito a mesma pergunta em trinta estações de muda de cavalo e, como em toda parte recebera respostas diferentes, já não acreditava de fato em ninguém.

## V

– Como é que não vão dar? – exclamou de repente o oficial que tinha discutido com o chefe da estação na varanda, aproximando-se naquele momento dos militares que conversavam e dirigindo-se em parte aos oficiais do Estado-Maior, sentados ali perto, como se fossem os ouvintes mais respeitáveis. – Pois eu também, como esses senhores, quis ingressar no Exército em campanha e, em Sebastopol, cheguei a abrir mão de um posto excelente e, a não ser pela marcha de P., pela qual ganhei cento e trinta e seis rublos de prata, não me pagaram mais nada, e eu já tive de gastar cento e cinquenta rublos. Imaginem só, estou viajando há três meses, são oitocentas verstas. Há dois meses estou com esses senhores. Ainda bem que eu tinha meu próprio dinheiro. Mas e se não tivesse?

– É mesmo, três meses? – perguntou alguém.

– E o que o senhor quer que eu faça? – prosseguiu o que estava contando. – Pois se eu não quisesse viajar, não abriria mão de um ótimo posto que me ofereceram; e não passaria a vida na estrada, mas se me queixo não é porque eu tenha medo... a questão é a falta total de recursos. Em Perekop, por exemplo, fiquei duas semanas; o chefe da estação de muda de cavalos nem queria falar com a gente: "Se quiser, pode ir embora, olhe só quantos mensageiros do correio querem se hospedar aqui". Deve ser o meu destino... pois, veja, eu bem que queria, mas é claro que foi o destino; e não é porque haja um bombardeio agora, mas se apressar ou não se apressar dá tudo na mesma; mas eu bem que queria...

Esse oficial explicava com tanto empenho as causas de seu atraso que parecia usá-las como desculpa, e assim era inevitável que desse a impressão de ser covarde. Isso ficou ainda mais visível quando perguntou sobre o local onde estaria seu regimento e se lá era perigoso. Chegou a empalidecer e a voz vacilou, quando o oficial sem braço, que era do mesmo regimento, lhe disse que só naqueles dois dias uns dezessete oficiais tinham sido feridos ou mortos.

De fato, o oficial naquele minuto se mostrava um rematado covarde, porém seis meses antes estava bem longe de ser assim. Nele aconteceu uma reviravolta que muitos experimentaram, antes e depois do seu caso. Morava numa de nossas províncias em que existe um corpo de cadetes, e ele tinha um posto tranquilo e distinto, mas ao ler nos jornais e em cartas pessoais sobre os combates dos heróis de Sebastopol, antigos camaradas seus, de repente ele se inflamou de ambição e, mais ainda, de patriotismo.

Sacrificou muita coisa por aquele sentimento – um posto seguro, alojamentos com móveis finos, que lhe custaram oito anos de esforços, além de seus contatos e das esperanças de um casamento rico –, abandonou tudo isso e se apresentou já em fevereiro no exército em campanha no front, sonhando com a coroa de louros da glória imortal e com as dragonas de general. Dois meses depois de entregar o pedido, recebeu um questionamento do comando, que perguntava se ele não ia exigir uma ajuda do governo. Respondeu que não e, com paciência, continuou a esperar sua nomeação, embora naqueles dois meses o ardor patriótico já tivesse arrefecido consideravelmente. Mais dois meses se passaram e recebeu outro questionamento, indagando se pertencia a alguma loja maçônica e outras formalidades semelhantes, e depois da resposta negativa, enfim, no quinto mês, chegou sua nomeação. Ao longo de todo esse tempo, os amigos e sobretudo o sentimento latente de descontentamento com o novo, que se manifesta toda vez que ocorre uma mudança de situação, tinham conseguido convencê-lo de que fizera uma tremenda burrice, ao ingressar no exército no front. Então, quando se viu sozinho, com azia, o rosto empoeirado, na quinta estação de muda de cavalos, onde encontrou um mensageiro de Sebastopol que lhe contou os horrores da guerra e onde esperou doze horas pelos cavalos – ele já estava completamente arrependido de sua leviandade, pensava com um horror obscuro sobre aquilo que o aguardava e seguiu seu caminho inconsciente, como se fosse para um sacrifício. Esse sentimento, no decorrer dos três meses da peregrinação pelas estações, onde quase sempre precisava esperar e encontrava oficiais que vinham de Sebastopol com histórias medonhas, aumentou cada vez mais e por fim tomou conta do pobre oficial, que de herói disposto às façanhas mais temerárias, que se imaginava em P., passou à condição de lamentável covarde, em Duvanka; e, viajando havia um mês com os jovens recém-saídos da escola de cadetes, tentava avançar o mais lentamente possível, considerando aqueles dias os últimos de sua vida, e em cada estação armava seu leito, arrumava sua pequena adega, organizava uma partida de *préférence*, olhava o livro de reclamações como um passatempo e se alegrava quando não lhe davam cavalos.

Seria de fato um herói se o tivessem levado direto de P. para os bastiões, mas agora teria de atravessar muitos sofrimentos morais a fim de tornar-se aquela pessoa calma e paciente, no trabalho e no perigo, que estamos habituados a ver num oficial russo. Mas já era difícil ressuscitar nele o entusiasmo.

## VI

– Quem foi que pediu borsch? – pergunta a proprietária, mulher bastante suja e gorda, de uns quarenta anos, que entrou com uma tigela de *schi*.[4]

A conversa parou na mesma hora e todos que estavam na sala dirigiram os olhos para a dona do restaurante. O oficial que vinha de P. chegou a piscar para o oficial jovem, apontando para ela.

– Ah, foi o Koziéltsov que pediu – disse o oficial jovem. – É preciso acordá-lo. Levante para comer – disse, aproximando-se do oficial que dormia no sofá e tocando seu ombro.

O rapazinho, de uns dezessete anos, de olhinhos pretos e alegres e de faces rosadas, pulou energicamente do sofá e, esfregando os olhos, ficou parado no meio da sala.

– Ah, me desculpe, por favor – disse, com voz sonora e límpida, para o médico em quem havia esbarrado ao levantar.

O tenente Koziéltsov na mesma hora reconheceu o irmão e se aproximou dele.

– Não está me reconhecendo? – perguntou, sorrindo.

– A-a-ah! – exclamou o caçula. – Que surpresa! – E pôs-se a beijar o irmão.

Beijaram-se três vezes, mas na terceira se atrapalharam, como se o mesmo pensamento tivesse passado pela cabeça dos dois: para que beijar três vezes?

– Puxa, como estou contente! – disse o mais velho, encarando o irmão. – Vamos para a varanda, vamos conversar.

---

4 Sopa tradicional de repolho e carne.

– Vamos, vamos, sim. Não quero borsch... coma você, Fiéderson – disse para um camarada.

– Mas você queria comer.

– Não quero nada.

Quando saíram para a varanda, o caçula não parou de fazer perguntas ao irmão: "E então, como vai, conte tudo", e não parava de dizer como estava contente de vê-lo, mas ele mesmo não contava nada.

Depois de cinco minutos, num momento em que conseguiram se calar um pouco, o irmão mais velho perguntou por que o caçula não tinha entrado para a guarda, como todos os nossos esperavam.

– Ah, pois é! – respondeu o caçula, ruborizando-se com uma lembrança. – Foi um golpe horrível para mim, eu não esperava de jeito nenhum que aquilo fosse acontecer. Imagine só, pouco antes da formatura, três de nós foram fumar... Sabe aquele quartinho atrás do quarto do porteiro? Pois então, no seu tempo já existia, é claro... Só que, imagine só, o canalha do vigia viu e foi correndo contar ao oficial de serviço (e olhe que algumas vezes dávamos para o vigia um dinheiro para vodca), e ele apareceu; só que, assim que o vimos, os outros jogaram fora os cigarros e dispararam pela porta lateral... mas eu não consegui ir para lugar nenhum e ele logo começou a me falar de maneira desagradável. É claro que não me intimidei, ele contou ao inspetor e a coisa foi em frente. Por isso é que me deram notas baixas em comportamento, embora no resto as notas tenham sido ótimas, só em mecânica tirei doze, mas não foi nada. Mandaram-me para o Exército. Depois prometeram me mandar para a guarda, mas eu não queria mais e pedi para ir para a guerra.

– Ora essa!

– Verdade, estou falando sério, tudo me pareceu tão nojento que eu quis ir para Sebastopol o mais depressa possível. De resto, se tudo por aqui correr bem, pode ser que eu consiga mais vantagens do que na guarda: lá, em dez anos sou coronel; aqui, em dois anos, Totleben[5] passou de tenente-coronel para general. Mas se me matarem... o que fazer?

– Veja só como você está! – disse o irmão, sorrindo.

– E o mais importante, quer saber o que é, irmão? – disse o caçula, sorrindo e ruborizando-se, como se tomasse coragem para dizer algo muito vergonhoso. – Tudo isso é bobagem; o mais importante, e foi por isso que pedi, é que é uma coisa vergonhosa viver em Petersburgo quando em outra parte há pessoas morrendo pela pátria. E eu também queria estar junto de você – acrescentou, ainda mais tímido.

---

5 E. I. Totleben (1818-84): engenheiro e general russo, herói da defesa de Sebastopol.

– Como você é engraçado! – disse o irmão mais velho, pegando sua cigarreira, sem olhar para ele. – Só é pena que não vamos ficar juntos.

– Mas, me diga a verdade, é mesmo horrível lá nos bastiões? – perguntou de repente o caçula.

– No início é horrível, depois a gente se acostuma, não é nada. Você vai ver.

– E me diga mais uma coisa: o que você acha? Vão tomar Sebastopol? Acho que não vão tomar de jeito nenhum.

– Só Deus sabe.

– Só tem uma coisa que me chateia... imagine só que infelicidade: no caminho, roubaram todas as nossas trouxas, e lá estava minha barretina, portanto agora estou numa situação horrível e não sei como vou me apresentar. Sabe, agora temos barretinas novas, houve em geral uma porção de mudanças; todas para melhor. Posso lhe contar a respeito de tudo isso... Em Moscou, andei em toda parte.

O segundo Koziéltsov, Vladímir, era muito parecido com o irmão Mikhail, mas a semelhança era como a que existe entre uma rosa que desabrocha e uma rosa silvestre murcha. Ele tinha o mesmo cabelo castanho-claro, mas espesso e crespo nas têmporas; na nuca branca e delicada, tinha uma mechinha castanha – sinal de felicidade, dizem as babás. Na cor branca e delicada da pele do rosto, o rubor jovem e sanguíneo não se mantinha estável, mas reluzia com força, revelando todos os movimentos da alma. Os olhos, iguais aos do irmão, eram grandes e mais acesos, o que dava um realce especial porque muitas vezes ficavam encobertos por uma leve umidade. Uma penugem castanha brotava nas bochechas e acima dos lábios vermelhos, que muitas vezes se distendiam num sorriso tímido e deixavam à mostra os dentes brancos e brilhantes. Esbelto, ombros largos, com o capote desabotoado, sob o qual se via uma camisa vermelha de gola aberta, com um cigarro na mão, os cotovelos apoiados no parapeito da varanda, com uma alegria ingênua no rosto e nos gestos, era assim que ele se apresentava diante do irmão – era um menino tão simpático e bonito que todos tinham de olhar para ele. Estava extraordinariamente feliz de ver o irmão, observava-o com respeito e orgulho, imaginando que era um herói; mas em certos aspectos, sobretudo no terreno da educação mundana, que, para dizer a verdade, ele mesmo não tinha – saber falar francês, frequentar pessoas importantes, dançar etc. –, envergonhava-se um pouco do irmão mais velho, achava-se superior e até queria educá-lo. Todas as suas impressões ainda eram de Petersburgo, da casa de uma certa senhora que amava os rapazes bonitos e que o tomava para si nos feriados, e também da casa de um senador em Moscou, onde uma vez dançou num baile de gala.

## VII

Depois de conversarem quase até cansar e tendo afinal chegado àquele sentimento que se experimenta muitas vezes, de que havia pouco a dizer, apesar de se amarem mutuamente, os irmãos ficaram bastante tempo calados.

– Bem, agora pegue suas coisas e vamos embora – disse o mais velho.

O caçula de repente ruborizou-se e titubeou.

– Direto para Sebastopol? – perguntou, depois de um momento de silêncio.

– Isso mesmo, afinal você não tem muitas coisas para levar; acho que dá para arrumar tudo na charrete.

– Excelente! Vamos agora mesmo – respondeu o caçula com um suspiro e saiu na direção do quarto.

Mas, sem abrir a porta, parou na soleira, baixou a cabeça com ar triste e começou a pensar: "Agora mesmo, direto para Sebastopol, para aquele inferno... que horror! Mas, afinal, tanto faz, mais cedo ou mais tarde vai ter de ser assim. Agora, pelo menos vou com meu irmão...".

A questão era que só agora, ante o pensamento de que, depois de subir na telega, só iria descer em Sebastopol, e de que nenhuma circunstância poderia mais detê-lo, ele se deu conta com clareza do perigo para o qual estava se encaminhando – e ficou confuso, assustado, com a ideia da proximidade do perigo. Acalmando-se como pôde, entrou no quarto; mas passaram-se quinze minutos e não voltou ao encontro do irmão, por isso o mais velho, afinal, foi abrir a porta para chamá-lo. O Koziéltsov caçula, na atitude de um colegial apanhado em flagrante, conversava com o oficial vindo de P. Quando o irmão abriu a porta, ele ficou totalmente desconcertado.

– Já vou, já vou, estou saindo – começou a dizer, gesticulando para o irmão. – Espere um pouquinho lá fora, por favor.

Um minuto depois, saiu de fato e se aproximou do irmão com um suspiro profundo.

– Veja bem, não posso ir com você, irmão – disse.

– Como assim? Que absurdo!

– Vou lhe contar toda a verdade, Micha! Já não temos dinheiro nenhum e todos nós devemos àquele capitão do Estado-Maior que veio de P. É uma terrível vergonha!

O irmão mais velho franziu as sobrancelhas e demorou a quebrar o silêncio.

– Você deve muito? – perguntou, olhando de lado para o irmão.

– Muito... não, não é tanto assim; mas é uma vergonha terrível: ele já pagou minhas contas em três estações, e todo o seu açúcar acabou... assim, eu não sei... e também jogamos *préférence*... fiquei devendo um pouco a ele.

– Isso é ruim, Volódia! Mas o que você ia fazer, se não me encontrasse? – perguntou em tom severo, sem olhar para o irmão.

– Bem, achei que ia receber a gratificação em Sebastopol e então pagaria a dívida. E posso fazer assim; o melhor é que eu parta com ele amanhã.

O mais velho apanhou a carteira e, com os dedos um pouco trêmulos, pegou duas notas de dez rublos e uma de três.

– Aqui está meu dinheiro – disse. – Quanto você deve?

Ao dizer que ali estava todo o seu dinheiro, Koziéltsov não dissera a verdade: ainda possuía quatro moedas de ouro, escondidas no punho da camisa, para qualquer eventualidade, mas prometera a si mesmo não tocar naquele dinheiro de jeito nenhum.

Aconteceu que o segundo Koziéltsov, com o *préférence* e o açúcar, devia apenas oito rublos ao oficial de P. O irmão mais velho lhe deu o dinheiro, observando apenas que quando não se tem dinheiro, não se pode jogar *préférence*.

– E com o que você jogou?

O caçula não respondeu nada. A pergunta do irmão lhe pareceu pôr em dúvida sua honestidade. A irritação consigo mesmo, a vergonha por seus atos, capazes de provocar tal desconfiança, e a ofensa do irmão, que ele amava tanto, produziram em sua natureza impressionável um sentimento tão forte e doloroso que ele não respondeu nada, sentindo que não estaria em condições de conter os sons chorosos que subiam em sua garganta. Pegou o dinheiro sem olhar e foi na direção de seus camaradas.

## VIII

Nikoláiev, depois de se revigorar em Duvanka com duas doses de vodca, compradas de um soldado numa ponte, sacudiu as rédeas e a charrete partiu, trepidando sobre as pedras, numa estrada aqui e ali coberta de sombras, que ia de Belbek a Sebastopol, e os irmãos, com as pernas se entrechocando, mantinham-se tenazmente calados, embora pensassem um no outro o tempo todo.

"Por que ele me ofendeu?", pensava o caçula. "Será que não podia deixar de dizer aquilo? É como se achasse que sou um ladrão; e agora parece estar com raiva, como se estivéssemos brigados para sempre. E que coisas incríveis poderíamos fazer, os dois juntos, em Sebastopol! Dois irmãos que se dão bem, ambos combatendo o inimigo: um já velho, embora não muito educado, mas um militar corajoso, e o outro, jovem, mas também bravo... Em uma semana eu mostraria a todos que já não sou criança! Vou parar de me ruborizar, o rosto vai ficar viril, e com um bigode... pequeno, mas até lá vai crescer direito." E repuxou a penugem visível perto da boca. "Talvez cheguemos hoje mesmo e logo entraremos em ação, eu e meu irmão. Ele deve ser tenaz e valente, do tipo que não fala muito, mas age melhor do que os outros. Eu bem que gostaria de saber", prosseguiu, "se é de propósito que ele me espreme assim no canto da charrete. Sem dúvida, percebe que estou incomodado e finge que não nota. Então vamos chegar hoje", continuou raciocinando, espremido na beirada da charrete e com medo de se mexer, para não dar ao irmão a impressão de que estava mal acomodado. "E de repente vamos direto para um bastião: eu com os canhões, o irmão com a companhia... e seguiremos juntos. Aí, de repente, os franceses nos atacam. Eu... atirar, atirar: dou cabo de uma quantidade incrível; mesmo assim eles correm direto para cima de mim. Já não é possível atirar e... claro, não tenho salvação; mas de repente o irmão aparece correndo na frente, com o sabre em punho, e eu empunho um fuzil e avançamos correndo junto com os soldados. Os franceses atiram-se contra o irmão. Eu corro até lá, mato um francês, mais um, e salvo o irmão. Feriram minha mão, seguro o fuzil com a outra mão e corro assim mesmo; aí matam o irmão com uma bala, bem do meu lado. Paro um instante, olho para ele com enorme tristeza, me levanto e grito: 'Sigam-me! Vamos vingá-lo! Eu amava meu irmão mais que tudo no mundo', eu digo, 'e agora o perdi. Vamos vingá-lo, vamos aniquilar os inimigos, ou morreremos todos aqui!'... Todos começam a gritar, se lançam atrás de mim. Então todo o exército francês aparece, o próprio Pélissier.[6] Aniquilamos todos eles, mas no fim me ferem de novo, e uma terceira vez, e eu tombo, à beira da morte. Então todos vêm correndo para junto de mim. Gortchakov[7] se aproxima e pergunta o que eu quero. Respondo que não quero nada... só quero que me coloquem ao lado do irmão, digo que quero morrer com ele. Então me levam e me colocam ao lado do cadáver ensanguentado do irmão. Levanto um pouco a cabeça e digo apenas: 'Vocês não souberam dar valor a dois homens que amavam sinceramente a pátria; agora os dois tombaram... que Deus os perdoe!'. E morro."

Quem sabe até que ponto tais sonhos irão se realizar?

– Escute, você já tomou parte em alguma batalha? – perguntou ele de repente, totalmente esquecido de que não queria falar com o irmão.

– Não, nem uma vez – respondeu o mais velho. – Perdemos dois mil homens, sempre nos trabalhos; e eu também fui ferido no trabalho. A guerra não se passa nem de longe da maneira como você imagina, Volódia!

A palavra "Volódia" comoveu o caçula; teve vontade de se explicar para o irmão, o qual não tinha a menor ideia de que o ofendera.

---

6 Aimable-Jean-Jacques Pélissier, militar francês (1794-1864).

7 General russo (1793-1861).

– Está aborrecido comigo, Micha? – perguntou, depois de um momento de silêncio.

– Por quê?

– Não... por nada. Pelo que aconteceu entre nós. Bobagem.

– Nem um pouco – respondeu o mais velho, virando-se para ele e dando uma palmadinha na sua perna.

– Então você me perdoe, Micha, se aborreci você.

E o irmão caçula virou-se para o lado a fim de esconder as lágrimas que de repente apareceram em seus olhos.

## IX

– Será que isso já é Sebastopol? – perguntou o irmão caçula, quando subiram uma ladeira e na sua frente apareceu uma baía com mastros de navios, o mar com a esquadra inimiga ao longe, as baterias brancas da costa, quartéis, aquedutos, docas, as edificações da cidade e nuvens de fumaça brancas e lilás, que subiam sem cessar pelos morros amarelos em redor da cidade e pairavam no céu azul, diante dos raios rosados do sol, que já se refletia reluzente no mar escuro e mergulhava no horizonte.

Volódia, sem o menor tremor, avistou aquele local terrível, sobre o qual tanto ouvira falar; ao contrário, com um prazer estético e um sentimento heroico de orgulho por saber que em meia hora estaria lá, contemplou aquele espetáculo de fato fascinante e original e o observou com atenção concentrada até o momento em que chegou a Siévernaia, ao comboio de carga do regimento do irmão, onde deveriam obter informações seguras sobre a localização do regimento e da bateria.

O oficial do transporte morava perto do que chamavam de vila nova – barracos de tábuas construídos por famílias de marinheiros –, numa barraca anexa a outra bastante grande, feita de ramos de carvalho verdes e trançados, que ainda não haviam tido tempo de secar totalmente.

Os irmãos encontraram o oficial diante de uma mesa dobrável, sobre a qual havia um copo de chá frio com cinzas de cigarro, uma bandeja com vodca e migalhas de caviar e pão seco, e o oficial, usando um grande ábaco, contava uma enorme pilha de cédulas. Mas, antes de falar sobre a personalidade do oficial e sua conversa, é necessário observar com mais atenção o interior de sua barraca e conhecer, por pouco que seja, sua forma de vida e suas ocupações. A barraca nova era bastante espaçosa, bem construída e confortável, com mesinhas e banquetas de vime trançado, de um jeito que só se oferecem a generais ou comandantes de regimento; as laterais e também o teto, para que não caíssem folhas dentro da barraca, eram revestidos por três tapetes horrorosos, é certo, porém novos e seguramente caros. Nas camas de ferro que ficavam abaixo do tapete principal, pintado com a figura de uma amazona, havia um cobertor de veludo vermelho-claro, um travesseiro de couro sujo e rasgado e um casaco de pele de guaxinim; sobre a mesa, havia um espelho numa moldura de prata, uma escova de prata horrivelmente suja, um pente de chifre quebrado, cheio de fios de cabelo gordurosos, um castiçal de prata, uma garrafa de licor com um imenso rótulo dourado e vermelho, um relógio de ouro com a imagem do tsar Pedro I, dois anéis de ouro, uma caixinha com algumas cápsulas, uma casca de pão e velhos mapas jogados; embaixo da cama, havia garrafas de cerveja Porter vazias e cheias. Aquele oficial era o encarregado do transporte de carga do regimento, bem como da alimentação dos cavalos. Junto com ele, morava seu grande amigo – um comissário também encarregado das mesmas operações. No momento em que os irmãos entraram, ele dormia na barraca; já o oficial do transporte fazia contas do dinheiro de sua verba oficial, para fazer face às despesas do fim do mês. O oficial do transporte tinha um aspecto muito bonito e marcial: alto, bigodes grandes, corpulência nobre. Nele, só eram desagradáveis uma espécie de suor e de inchaço em todo o rosto, quase encobrindo os olhos pequenos e cinzentos (como se todo ele estivesse transbordando cerveja Porter), e uma extraordinária falta de asseio – dos cabelos ralos e melados até os grandes pés descalços metidos em chinelos de arminho.

– Dinheiro, dinheiro! – disse o primeiro Koziéltsov, entrando na barraca e dirigindo os olhos, com involuntária cobiça, para a pilha de notas. – Você bem que podia me emprestar metade, Vassíli Mikháilitch!

O oficial do transporte, como se tivesse sido apanhado em flagrante roubando, encolheu-se todo ao ver os visitantes e, juntando o dinheiro, sem levantar, cumprimentou-os com uma inclinação de cabeça.

– Ah, se fosse meu... É do Tesouro, paizinho! Mas quem é esse com você? – perguntou, escondendo o dinheiro num cofre a seu lado e olhando direto para Volódia.

– Este é meu irmão, terminou a escola de cadetes. Pois é, e viemos aqui para perguntar a você onde está o regimento.

– Sentem-se, senhores – disse, levantando-se, e, sem prestar atenção nas visitas, foi para a barraca. – Não querem beber? Cerveja Porter, talvez? – perguntou, de lá.

– Não se incomode, Vassíli Mikháilitch!

Volódia ficou impressionado com a imponência do oficial do transporte, com sua maneira desleixada e com o respeito com que tratou seu irmão.

"Deve ser um dos melhores oficiais deles, a quem todos admiram; certamente é simples, muito corajoso e hospitaleiro", pensou, sentando-se no sofá com modéstia e timidez.

– Então, onde está o regimento? – perguntou o mais velho na direção da barraca.

– O quê?

Repetiu a pergunta.

– Hoje o Zeifer esteve aqui: contou que ontem transferiram o regimento para o quinto bastião.

– Será que é verdade?

– Se estou dizendo é porque é verdade; de resto, só o diabo pode saber! Para ele, mentir não custa nada. E então, vão beber cerveja Porter? – perguntou o oficial do transporte, ainda da barraca.

– Obrigado, vou beber – respondeu Koziéltsov.

– E o senhor não vai beber, Ossip Ignátitch? – prosseguiu a voz que vinha da barraca, certamente dirigindo-se ao comissário. – Chega de dormir: já são oito horas.

– Ora bolas, como o senhor pega no meu pé! Não estou dormindo – respondeu uma vozinha preguiçosa e fina, que pronunciava de modo gutural o *L* e o *R*.

– Então levante, vamos: sem o senhor, me dá tédio.

E o oficial do transporte foi ao encontro dos visitantes.

– Traga uma cerveja Porter. É de Simferópol! – gritou.

O ordenança, com uma expressão de orgulho no rosto, assim pareceu a Volódia, entrou na barraca e pegou uma garrafa de cerveja Porter embaixo do banco, chegando a empurrar Volódia.

– Sim, paizinho – disse o oficial do transporte, servindo os copos. – Hoje temos um novo comandante do regimento. É preciso dinheiro, e arranjar provisões para todos.

– Ah, mas acho que esse é especial, da nova geração – disse Koziéltsov, pegando o copo de maneira educada.

– Ora, da nova geração! Vai ser avarento feito o outro. Comandava o batalhão na base do grito, mas esse canta outra música. Não tem jeito, paizinho.

– Pois é.

O irmão caçula não estava entendendo nada do que diziam, no entanto tinha a vaga impressão de que o irmão não falava exatamente o que estava pensando, mas apenas porque bebia a cerveja Porter daquele oficial.

A garrafa de cerveja Porter estava vazia e a conversa continuava no mesmo tom havia já bastante tempo, quando as abas de pano da porta da barraca se abriram de repente e por ali apareceu um homem baixo e jovem, com uma túnica de cetim azul com franjas, de quepe com fita vermelha na borda e um emblema. Entrou ajeitando o bigodinho preto e, olhando para algum ponto do tapete, respondeu ao cumprimento do oficial com um movimento quase imperceptível do ombro.

– Traga aqui, vou beber um copinho! – disse ele, sentando-se junto à mesa. – E então, o senhor vem de Petersburgo, meu jovem? – perguntou, dirigindo-se a Volódia com carinho.

– Sim, senhor. Vou para Sebastopol.

– O senhor mesmo pediu para ir?

– Sim, senhor.

– Que gosto veem nisso, senhores, eu não entendo! – prosseguiu o comissário. – Acho que eu estaria disposto a ir embora a pé até Petersburgo agora mesmo, se me deixassem partir. Não aguento mais esta vida de cachorro, juro por Deus!

– Por que o senhor acha tão ruim? – perguntou o irmão mais velho. – Sua vida aqui não é tão medonha assim!

O comissário fitou-o e lhe deu as costas.

– Esse perigo ("De que perigo ele está falando, se estava em Petersburgo?", pensou Koziéltsov), essas privações, é impossível que isso dê em alguma coisa – continuou, sempre se dirigindo a Volódia. – Que gosto os senhores veem nisso, eu decididamente não entendo! Ainda que possa haver algumas vantagens, não vale a pena. Por acaso é bom, na sua idade, de repente ficar aleijado para o resto da vida?

– Há os que buscam um ganho pecuniário, mas há os que servem pela honra! – interveio de novo o Koziéltsov mais velho, com irritação na voz.

– De que adianta a honra, quando não se tem nada? – disse o comissário, rindo com desdém, dirigindo-se para o oficial do transporte, que também começou a rir daquilo. – Dê corda na Lucia,[8] vamos escutar – disse ele, apontando para uma caixinha de música. – Adoro isso...

– Diga, é mesmo uma boa pessoa, esse Vassíli Mikháilitch? – perguntou Volódia para o irmão, já no crepúsculo, quando saíram da barraca e seguiram caminho para Sebastopol.

– Não é mau, só que é um avarento tão miserável que dá até enjoo! Por baixo, ganha trezentos rublos por mês! E vive como um porco, você mesmo viu. E o tal comissário, esse eu não aguento. Um dia desses ainda dou uma surra nele. Pois esse canalha embolsou na Turquia doze mil rublos... – E Koziéltsov passou a discursar sobre o desvio de verbas, um pouco (para dizer a verdade) com a raiva peculiar de alguém que condena tal prática não porque o desvio de verbas seja algo ruim, mas sim porque fica irritado por haver pessoas que tiram proveito disso.

---

8 *Lucia di Lammermoor*, ópera de Donizetti.

X

Volódia não estava propriamente de mau humor quando chegou, já quase de noite, à grande ponte que atravessava a baía, mas sentia uma espécie de peso no coração. Nada do que via e escutava estava de acordo com suas impressões do passado recente: um salão iluminado e assoalhado, vozes alegres e boas, risos dos camaradas, uniforme novo, o tsar amado, que ele estava habituado a ver fazia sete anos e que, ao despedir-se deles com lágrimas, os chamara de seus filhos – e tudo o que via se parecia muito pouco com seus sonhos belos, coloridos e generosos.

– Pronto, chegamos! – disse o irmão mais velho, quando, depois de chegarem à bateria de Mikhail, desceram da charrete. – Se nos deixarem passar pela ponte, iremos logo para a caserna Nikolai. Você vai ficar lá até de manhã, eu vou para o regimento, saber onde está sua bateria, e amanhã voltarei para encontrá-lo.

– Por quê? É melhor irmos juntos – disse Volódia. – Eu também vou com você ao bastião. Agora, tanto faz: eu preciso me acostumar. Se você for, irei também.

– É melhor não ir.

– Não, por favor, eu pelo menos vou saber como...

– Meu conselho é que não vá, mas talvez...

O céu estava limpo e escuro; as estrelas, os fogos das bombas em incessante movimento e os tiros já reluziam na escuridão. O prédio grande da bateria e o início da ponte sobressaíam no escuro. Literalmente a cada segundo, alguns disparos de canhões e explosões, em rápida sucessão ou juntos, sacudiam o ar com um estrondo cada vez maior e mais destacado. Por trás do ruído, como que fazendo eco a ele, ouvia-se o rosnado da baía cinzenta. Do mar, batia uma brisa e vinha um cheiro de umidade. Os irmãos chegaram à ponte. Um voluntário bateu com o fuzil na mão, meio desajeitado, e gritou:

– Quem vem lá?

– Soldado!

– Não pode passar.

– Mas como? Precisamos passar.

– Peça ao oficial.

O oficial, que cochilava sentado numa âncora, levantou-se e mandou que liberassem a passagem.

– Podem passar, mas não podem voltar. E para onde estão indo assim, todos de uma vez só? – gritou para carroças do regimento, abarrotadas de grandes cestos, que se aglomeravam na entrada da ponte.

Chegando ao primeiro pontão, os irmãos cruzaram no caminho com soldados que vinham de volta e conversavam em voz bem alta.

– Se ele recebeu os equipamentos, quer dizer que conferiu as contas, e então...

– Ora, irmãos! – disse outra voz. – Quando você chegar a Siévernaia, vai ver a luz, por Deus! O ar é totalmente diferente.

– Não me venha com essa! – disse o primeiro. – Faz uns dias, caiu uma dessas bombas malditas, dois marinheiros perderam a perna... é melhor nem falar mais nada.

Os irmãos atravessaram o primeiro pontão, esperaram passar algumas carroças e pararam no segundo pontão, que em certos pontos já estava coberto pela água. O vento, que no campo parecia fraco, ali era bem forte e impetuoso; a ponte balançava, e as ondas, batendo ruidosas nas vigas de madeira, quebravam nas âncoras e nas cordas, inundando as tábuas. À direita, o mar rugia e parecia negro, enevoado e hostil, realçando até o infinito a linha negra e reta na confluência com o horizonte claro e acinzentado; e em algum lugar ao longe reluziam os fogos na frota inimiga; à esquerda surgia negra a massa escura de um de nossos navios e ouviam-se as batidas das ondas em seu costado; via-se um barco a vapor que se deslocava ruidoso e rápido, vindo de Siévernaia. O fogo de uma bomba que explodiu perto dele iluminou uma grande quantidade de cestos amontoados no convés, dois homens que estavam de pé em cima deles, a espuma branca e os respingos das ondas esverdeadas, rompidas pelo movimento do barco a vapor. Um homem estava sentado na beira da ponte, com as pernas na água, sem casaco, e consertava alguma coisa no pontão; à frente, acima de Sebastopol, continuavam os mesmos fogos e sons aterradores e, cada vez mais altos, se aproximavam pelo ar. Uma onda mais forte inundou o lado direito da ponte e molhou os pés de Volódia; dois soldados passaram por ele, chutando a água. De repente, com um estrondo, algo iluminou a ponte à frente e também a carroça que havia passado por eles e, do alto, com um zunido, estilhaços e detritos caíram na água, levantando respingos.

– Ah, Mikhail Semiónitch! – disse um homem a cavalo, detendo a montaria diante do Koziéltsov mais velho. – Puxa, já está curado?

– Como está vendo. Para onde Deus está levando o senhor?

– Para Siévernaia, para pegar cartuchos; pois agora estou no lugar do ajudante de ordens do regimento... esperamos um ataque a qualquer momento e não temos mais do que cinco cartuchos para cada um. Excelente organização!

– E onde está Mártsov?

– Perdeu a perna ontem... na cidade, estava dormindo no quarto... Talvez você ainda o alcance, está no hospital de campanha.

– O regimento está no quinto bastião, certo?

– Sim, substituímos o regimento de M... Vá ao hospital de campanha: os nossos estão lá... vão levar o senhor.

– Certo, mas e o meu pequeno alojamento em Morskaia, está inteiro?

– Ih, paizinho! Já faz muito tempo que as bombas arrebentaram tudo. O senhor não vai nem reconhecer Sebastopol agora; já não há nem sombra de mulheres, nem tabernas, nem música; ontem destruíram o último prédio que restava de pé. Agora está uma coisa horrível... Até logo!

E o oficial seguiu adiante a trote.

De repente, Volódia sentiu um pavor terrível: tinha a impressão de que a qualquer instante ia cair uma bala de canhão ou um estilhaço e acertar em cheio sua cabeça. Aquela escuridão úmida, todos aqueles barulhos, sobretudo o inquietante rumor das ondas – tudo parecia lhe dizer que não fosse em frente, que não esperasse nada de bom ali, que seus pés nunca mais pisariam em solo russo, do lado de cá da baía, e que ele devia voltar imediatamente, fugir para qualquer lugar quanto antes e deixar aquele terrível local de morte. "Mas, quem sabe, já é tarde demais e agora já está tudo decidido?", pensou, estremecendo em parte por causa desse pensamento, em parte porque a água havia entrado em suas botas e molhado os pés.

Volódia suspirou fundo e foi para o lado, afastando-se um pouco do irmão.

– Meu Deus! Será que vão me matar, logo a mim? Meu Deus, tenha piedade! – disse num sussurro e fez o sinal da cruz.

– Muito bem, vamos lá, Volódia – disse o irmão mais velho, quando uma carrocinha estava passando na ponte. – Viu só a bomba?

Na ponte, os irmãos cruzaram com carroças que levavam feridos e cestos de carga, uma levava móveis e era conduzida por uma mulher. Na outra margem, ninguém os deteve.

Espremendo-se por instinto junto ao muro da bateria de Nikoláiev seguiram os irmãos, calados, de ouvidos atentos aos sons das bombas, que já explodiam bem perto, acima da cabeça deles, e ao rugido dos estilhaços que caíam do alto, e chegaram ao local da bateria onde havia um ícone. Ali, souberam que a quinta bateria ligeira, para a qual Volódia fora designado, estava em Korabiélnaia e, juntos, apesar do perigo, resolveram pernoitar no alojamento do irmão mais velho, no quinto bastião, e de lá, no dia seguinte, seguir para a bateria. Entraram por um corredor, passando por cima das pernas dos soldados que dormiam estendidos ao longo de todo o muro da bateria e, afinal, chegaram ao hospital de campanha.

## XI

Ao entrar na primeira sala, rodeada por macas nas quais estavam os feridos e saturada de um cheiro pesado, horrível e repugnante de hospital, encontraram duas irmãs de caridade que vieram ao seu encontro.

Uma delas, de mais ou menos cinquenta anos, olhos pretos e expressão severa no rosto, trazia ataduras e algodão e dava ordens para um rapazinho, o enfermeiro, que andava atrás dela; a outra, moça muito bonita, de uns vinte anos, rostinho meigo e loura, parecia olhar de um modo especialmente desamparado e amável por baixo da touca branca que envolvia seu rosto e, com as mãos nos bolsos do avental, caminhava de olhos baixos ao lado da mais velha e parecia ter medo de ficar para trás.

Koziéltsov lhes perguntou se sabiam onde estava Mártsov, que perdera a perna no dia anterior.

– Será que é do regimento de P.? – perguntou a mais velha. – É seu parente?

– Não, camarada.

– Hm! Conduza-os – disse em francês para a mais nova. – É daquele lado. – E ela mesma se aproximou de um ferido, com o enfermeiro.

– Vamos, o que está olhando? – disse Koziéltsov para Volódia, que, de sobrancelhas erguidas, com uma fisionomia aflita, olhava para os feridos e não conseguia sair do lugar. – Vamos lá.

Volódia seguiu o irmão, mas não parava de olhar para os lados, repetindo de maneira inconsciente:

– Ah, meu Deus! Ah, meu Deus!

– Ele está aqui há pouco tempo? – perguntou a irmã de caridade para Koziéltsov, apontando para Volódia, que, entre exclamações e suspiros, andava atrás deles pelo corredor.

– Acabou de chegar.

A irmã de caridade bonita fitou Volódia e de repente começou a chorar.

– Meu Deus, meu Deus! Quando é que isso irá terminar? – disse, com desespero na voz.

Chegaram à ala dos oficiais. Mártsov jazia de barriga para cima, os braços musculosos e nus até o cotovelo dobrados embaixo da cabeça e, no rosto amarelo, a expressão de um homem que comprime os dentes a fim de não gritar de dor. Na perna que se salvara, o pé estava de meia, sua forma sobressaía por baixo do cobertor e via-se como os dedos se mexiam convulsivamente.

– Então, como está o senhor? – perguntou a irmã de caridade, enquanto seus dedos finos e meigos, num dos quais, Volódia notou, havia uma aliança de ouro, levantavam um pouco a cabeça calva do ferido e ajeitava o travesseiro. – Olhe, seus camaradas vieram visitá-lo.

– É claro que está doendo – disse ele, irritado. – Agora me deixem, está tudo bem! – E os dedos dentro da meia mexeram-se ainda mais depressa. – Bom dia! Desculpe, como o senhor se chama? – perguntou para Koziéltsov. – Ah, sim, perdão, aqui me esqueci de tudo – disse, quando o outro lhe disse o nome. – Eu morava com você – acrescentou sem a menor expressão de prazer, enquanto olhava para Volódia com ar interrogativo.

– Este é meu irmão, chegou hoje de Petersburgo.

– Hmm! Pois eu vou receber a pensão integral por invalidez – disse, franzindo as sobrancelhas. – Ah, como dói!... Sim, melhor seria ter um fim mais rápido.

Sacudiu a perna e, rosnando alguma coisa, cobriu os olhos com as mãos.

– Ele precisa ficar sozinho – disse a irmã de caridade num sussurro, com lágrimas nos olhos. – Está muito mal.

Os irmãos, ainda em Siévernaia, tinham decidido ir juntos para o quinto bastião; mas, ao sair da bateria de Nikoláiev, como se tivessem concordado em não se expor em vão ao perigo, resolveram ir cada um para seu lado, mesmo sem nada falarem a respeito do assunto.

– Mas como você vai achar o caminho, Volódia? – perguntou o mais velho. – Pensando bem, Nikoláiev pode levá-lo para Korabiélnaia; já eu irei amanhã e encontrarei você depois.

Nada mais foi dito naquela última despedida entre os dois irmãos.

## XII

O trovão dos canhões prosseguia com a mesma força, mas a rua Ekatierísnkaia, pela qual seguia Volódia, com o calado Nikoláiev atrás, estava vazia e silenciosa. No escuro, ele via a rua larga, as paredes das casas desmoronadas em muitos pontos e a calçada de pedras por onde caminhava; de vez em quando, cruzava com oficiais e soldados. Passando pelo lado esquerdo da rua, perto do almirantado, sob a luz de algum fogo aceso atrás de um muro, viu as acácias plantadas ao longo da calçada e suas folhas tristes e cobertas de poeira. Volódia ouvia distintamente os próprios passos e os de Nikoláiev, que respirava ofegante caminhando logo atrás. Já não pensava em nada: a graciosa irmã de caridade, o pé de Mártsov com os dedos que se mexiam debaixo da meia, a escuridão, as bombas e as diversas imagens da morte rodavam confusas em sua imaginação. Toda a sua alma jovem e impressionável se encolhia e gemia sob o efeito da consciência da solidão e da indiferença geral pelo destino dele, no momento em que estava em perigo. "Vão me matar, vou agonizar, sofrer... e ninguém vai chorar!" E tudo isso em lugar da vida de herói, cheia de energia e de solidariedade, como Volódia havia sonhado tão gloriosamente. As bombas explodiam e assoviavam cada vez mais perto, Nikoláiev suspirava cada vez mais forte e nada dizia. Ao passar pela ponte que levava a Korabiélnaia,

Volódia viu que alguma coisa veio voando, não longe dele, caiu na baía e num segundo algo avermelhado iluminou as ondas lilás, desapareceu e depois se ergueu espirrando água.

– Viu? Não explodiu! – disse Nikoláiev.

– Sim – respondeu sem querer com uma voz fininha e estridente, que ele mesmo não esperava.

Cruzaram de novo com padiolas e feridos e com carroças do regimento que levavam cestos de carga; com algum regimento que estava em Korabiélnaia; cavaleiros passaram por eles. Um dos cavaleiros era um oficial acompanhado de um cossaco. Ia a trote, mas ao ver Volódia freou o cavalo perto dele, fitou-o no rosto, virou-se e seguiu em frente, batendo com o chicote no cavalo. "Sozinho, estou sozinho! Os outros não ligam se eu existo ou não neste mundo", pensou com horror o menino branco e, muito a sério, sentiu vontade de chorar.

Depois de subir uma ladeira ao longo de um muro branco e alto, Volódia entrou numa rua de casebres destruídos, iluminados a todo instante pelas bombas. Uma mulher embriagada, em farrapos, saiu de um portão com um marinheiro e esbarrou em Volódia.

– Ora veja, parece que é um nobre – balbuciou ela. – *Pardon*,[9] Vossa Nobreza oficial!

O coração do pobre rapaz gemia cada vez mais; no horizonte negro, os relâmpagos reluziam cada vez mais fortes, as bombas assoviavam em intervalos cada vez menores e estouravam perto dele. Nikoláiev suspirou fundo e de repente começou a falar com uma voz que, para Volódia, parecia vir de um túmulo:

– Olhe como todo mundo se afoba para ir embora da província. Ir embora, ir embora. Para onde ir com tanta afobação? Os senhores inteligentes ficam lá no *suspital* com uma feridinha à toa. Assim é que é bom, não precisam de mais nada.

– Pois é, só que meu irmão agora está curado – disse Volódia, esperando afastar, com aquela conversa, o sentimento que o dominava.

– Curado! Que curado que nada, se ele está todo doente! Os que estão bem de saúde de verdade são os inteligentes que ficam morando lá no *suspital* numa hora dessas. Que tanta alegria tem por aqui, hein? Perder uma perna, perder um braço, e pronto! Esse pecado não acaba nunca! E olha, isso aqui é na cidade, não é no *basquião*, lá é um horror. Vá em frente, vá, e comece a rezar. Olhe só como essa diaba passou zunindo por você! – acrescentou, prestando atenção no barulho de um estilhaço que assoviou pertinho deles. – E é bem numa hora dessas – prosse-

---

9 "Desculpe".

guiu Nikoláiev – que Vossa Nobreza me manda acompanhar. Pois é, a gente sabe, nosso negócio é assim mesmo: mandam, tem de cumprir; mas, no final, deixaram a carroça com um soldadinho e a trouxa arrebentou. Toca em frente, toca em frente; mas se alguma coisa se perde, ah, aí é culpa do Nikoláiev.

Avançaram mais alguns passos, chegaram a uma praça. Nikoláiev estava calado e suspirava.

– Olhe, a *antilharia* do senhor está lá, Vossa Nobreza! – disse ele de repente. – Pergunte à sentinela; ela vai lhe mostrar.

Volódia avançou alguns passos e deixou de ouvir atrás de si os suspiros de Nikoláiev. De repente sentiu-se completa e definitivamente sozinho. Tal consciência da solidão no perigo – em face da morte, assim lhe parecia – era como uma pedra horrivelmente pesada sobre o coração. Parou no meio da praça, olhou em redor: será que ninguém o veria? Agarrou a cabeça e, com horror, exclamou em pensamento: "Meu Deus! Serei eu um covarde, um imundo, insignificante e vil covarde? Será então que não posso morrer com honra pelo tsar, pela pátria, como com tanto prazer eu sonhava morrer, ainda há poucos dias? Não! Sou uma criatura infeliz, lamentável!". E Volódia, com um sentimento sincero de desespero e de decepção consigo mesmo, perguntou à sentinela onde ficava a casa do comandante da bateria e seguiu na direção indicada.

## XIII

O alojamento do comandante da bateria, indicado pela sentinela, era um casebre com entrada pelo pátio. Numa das janelas, tapada com papel, brilhava a chama fraca de uma vela. O ordenança estava sentado no alpendre e fumava um cachimbo. Foi avisar o comandante da bateria e depois conduziu Volódia até o quarto. Lá, entre duas janelas, abaixo de um espelho quebrado, estava a mesa atulhada de papéis oficiais, algumas cadeiras e um catre de ferro, com roupa de cama limpa e um tapetinho ao lado.

Bem perto da porta, estava de pé um homem bonito, de bigodes grandes – o sargento ajudante –, de espada e capote, no qual pendiam uma cruz e uma medalha húngara. No meio do quarto, um oficial do Estado-Maior, alto, de uns quarenta anos, com uma bochecha inchada e enfaixada, andava de um lado para o outro, num capote envelhecido e fino.

– Tenho a honra de me apresentar, designado para a quinta bateria ligeira, aspirante Koziéltsov Segundo – exclamou Volódia a frase decorada, assim que entrou no quarto.

O comandante da bateria respondeu com secura ao cumprimento e, sem estender a mão, fez um gesto para que Volódia sentasse.

Volódia acomodou-se timidamente numa cadeira ao lado da escrivaninha e pôs-se a revirar entre os dedos uma tesoura que lhe caiu nas mãos. O comandante da bateria pôs as mãos nas costas, baixou a cabeça, só de vez em quando olhava para as mãos que giravam a tesoura e continuou a andar em silêncio pelo quarto, com o aspecto de alguém que tenta se lembrar de algo.

O comandante da bateria era bastante volumoso, com uma grande calva no topo da cabeça, bigodes espessos de fios crescidos que encobriam a boca e olhos grandes, castanhos e simpáticos. Tinha as mãos bonitas, limpas e gorduchas, os pezinhos muito abertos, que pisavam com convicção e com certo esnobismo, mostrando que o comandante da bateria era um homem sem acanhamentos.

– Sim – disse ele, parando na frente do aspirante. – A partir de amanhã será necessário acrescentar mais uma caixinha de forragem, nossos cavalos estão magros. O que acha?

– Ora, podemos acrescentar, Vossa Excelência! Agora a aveia está de fato um pouco mais barata – respondeu o sargento ajudante, remexendo os dedos nas mãos, que mantinha sobre as costuras do capote, mas que obviamente gostavam de ajudar a conversa com gestos. – E o nosso forrageiro, Franschuk, ontem mesmo me mandou um bilhete pelo comboio, Vossa Excelência, dizendo que precisamos a todo custo comprar um eixo lá... dizem que está barato... portanto, o senhor poderia fazer a gentileza de dar essa ordem?

– Ora, que compre logo. Afinal, ele tem dinheiro. – E o comandante da bateria começou a andar de novo pelo quarto. – E onde estão as bagagens do senhor? – perguntou de repente para Volódia, parando na sua frente.

O pobre Volódia estava dominado pela ideia de que era um covarde, de que a cada olhar, a cada palavra encontrava o desprezo com que tratam um covarde. Tinha a impressão de que o comandante da bateria já havia penetrado em seu segredo e zombava dele. Confuso, Volódia respondeu que suas coisas estavam em Gráfskaia e que o irmão prometera lhe mandar tudo no dia seguinte.

Mas o tenente-coronel não lhe deu ouvidos e, voltando-se para o sargento ajudante, perguntou:

– Onde podemos alojar o aspirante?

– O aspirante, senhor? – perguntou o sargento ajudante, deixando Volódia ainda mais confuso com o olhar esquivo que lançou para ele, como se exprimisse a pergunta: "Mas quem é esse aspirante? Vale a pena dar um alojamento para ele?". – Bem, lá embaixo, Vossa Excelência, podemos alojar Sua Nobreza no lugar do segundo-capitão – prosseguiu, depois de pensar um instante. – Agora, o segundo--capitão está no bastião, portanto a cama dele está vaga.

– Escute, não gostaria de se instalar? – perguntou o comandante da bateria. – O senhor deve estar cansado, amanhã vamos organizar melhor as coisas.

Volódia levantou-se e fez uma reverência.

– Não gostaria de tomar chá? – perguntou o comandante da bateria, quando Volódia já estava perto da porta. – Posso mandar servir um samovar.

Volódia fez uma reverência e saiu. O ordenança do coronel levou-o para baixo e conduziu-o até um quarto nu e imundo, com vários objetos espalhados e um catre de ferro sem roupa de cama e sem cobertor. Sobre o catre, coberto por um capote grosso, dormia um homem de camisa rosa.

Volódia achou que era um soldado.

– Piotr Nikoláitch! – disse o ordenança e tocou no ombro do homem que dormia. – O aspirante vai deitar aqui... Esse é o nosso *junker* – acrescentou, dirigindo--se ao aspirante.

– Ah, não se incomode, por favor! – disse Volódia; mas o *junker*, alto, parrudo, jovem, de fisionomia bonita, mas totalmente estúpida, levantou-se da cama, vestiu o capote e, visivelmente sem acordar de todo, saiu do quarto.

– Tudo bem, vou deitar no pátio – balbuciou.

## XIV

Ao ficar sozinho com os próprios pensamentos, o primeiro sentimento de Volódia foi de repugnância com a desolação e a desordem em que se encontrava sua alma. Tinha vontade de dormir e esquecer tudo o que o rodeava e, acima de tudo, esquecer-se de si mesmo. Apagou uma velinha, deitou na cama e, depois de tirar o capote, cobriu-se até a cabeça para se esquivar do medo do escuro, a que estava sujeito desde a infância. Mas de repente lhe veio a ideia de que ia cair uma bomba, arrebentar o telhado e matá-lo. Pôs-se a escutar com atenção: bem em cima de sua cabeça, ouviam-se os passos do comandante da bateria.

"De resto, se a bomba cair", pensou, "primeiro vai matar os de cima e só depois a mim; pelo menos, não irei sozinho." Esse pensamento o acalmou um pouco; começou a pegar no sono. "Mas e se de repente, no meio da noite, tomarem Sebastopol e os franceses avançarem até aqui? Com que vou me defender?" Levantou-se de novo e andou pelo quarto.

O medo de um perigo real suprimiu o medo secreto do escuro. Além de uma sela e de um samovar, não havia no quarto mais nada de consistente. "Sou um canalha, um covarde, um abominável covarde!", pensou de repente e, de novo, passou para o sentimento opressivo de desprezo, até de repulsa, por si mesmo. Deitou-se mais uma vez e fez força para não pensar. Então, sem querer, as impressões do dia ressurgiram em sua mente, em meio aos sons incessantes do bombardeio que faziam tremer os vidros da única janela e que mais uma vez lhe trouxeram à memória os perigos: ora devaneava em sangue e feridos, ora em bombas e estilhaços que penetravam no quarto, ora na irmã de caridade bonita que, diante de Volódia moribundo, lhe fazia um curativo e chorava por ele, ora em sua mãe, que o acompanhava até a cidade principal da província e rezava com fervor e lágrimas nos olhos, diante de um ícone miraculoso – e de novo o sono lhe pareceu impossível. Mas de repente a ideia de um Deus Todo-Poderoso, bom, capaz de fazer tudo e que escuta todas as preces, lhe veio à mente com clareza. Pôs-se de joelhos, fez o sinal da cruz e juntou as mãos como aprendera na infância. Aquele gesto lhe trouxe de volta, de repente, um sentimento prazeroso, esquecido havia muito tempo.

"Se for preciso morrer, se for preciso que eu não exista mais, que assim seja, Senhor", pensou. "Faz isso quanto antes; mas se for preciso ter a coragem e a firmeza que não tenho, concede-me a firmeza e a coragem, mas me livra da vergonha e da desonra, que não posso suportar, ensina-me o que fazer para cumprir Tua vontade."

A alma infantil, assustada, limitada, de repente se tornou viril, lúcida, e avistou horizontes novos, vastos, claros. Ele refletiu e sofreu ainda muitas coisas durante o breve tempo em que aquele sentimento prosseguiu, mas logo adormeceu sereno e despreocupado, sob os sons do fragor ininterrupto do bombardeio e da trepidação dos vidros.

Senhor poderoso! Só Tu ouviste e conheceste as preces simples, mas ardentes, da ignorância, da aflição turva e do sofrimento, que levantaram para Ti daquele terrível lugar de morte – desde o general, que por um segundo, no café da manhã, sonhou ter a Cruz de São Jorge pendurada no pescoço, mas com medo pressentiu Tua proximidade, até o soldado exausto, faminto, piolhento, tombado na terra nua da bateria de Nikoláiev e que suplica a Ti que lhe dês quanto antes a recompensa, que ele pressentiu de forma inconsciente, por todos os sofrimentos imerecidos! Sim, Tu não Te cansaste de ouvir as preces de Teus filhos e envias para eles, em toda parte, o anjo do consolo, que derrama em suas almas a paciência, o sentimento do dever e o conforto da esperança.

## XV

O Koziéltsov mais velho encontrou na rua um soldado de seu regimento e, com ele, foi direto para o quinto bastião.

– Ande bem encostado ao muro, Vossa Nobreza! – disse o soldado.

– Para quê?

– É perigoso, Vossa Nobreza; olhe, lá vem mais uma – disse o soldado, atento ao som de uma bala de canhão que passou assoviando e caiu com um baque na terra seca do outro lado da rua.

Koziéltsov, sem dar atenção ao soldado, avançava destemido pelo meio da rua.

Eram todas as mesmas ruas, exatamente as mesmas, ainda que fossem mais frequentes os fogos, os barulhos, os gemidos, os encontros com feridos, e eram as mesmas bateria, barricada e trincheira que havia na primavera, quando ele estivera em Sebastopol; no entanto, por algum motivo, tudo aquilo agora era mais triste e, ao mesmo tempo, mais agitado – havia mais buracos de bala nas casas, já não havia luz nas janelas, exceto na casa de Kúchin (o hospital), não se via mais mulher nenhuma –, em todos, agora, não havia mais aquele jeito habitual e despreocupado de antes, mas sim a marca de uma expectativa opressiva, de cansaço e de tensão.

Mas então lá estava a última trincheira, lá estava também a voz de um soldado do regimento de P. que reconheceu seu antigo comandante de companhia, lá estava o terceiro batalhão, que no meio da escuridão se espremia junto a um muro, por instantes iluminado pelo clarão dos tiros, e ouvia-se o som de vozes abafadas e o retinir de fuzis.

– Onde está o comandante do regimento? – perguntou Koziéltsov.

– No abrigo blindado, com o pessoal da frota, Vossa Nobreza! – respondeu o soldado prestativo.

De trincheira em trincheira, o soldado conduziu Koziéltsov a um fosso dentro de uma trincheira. No interior do fosso, estava sentado um marinheiro, fumando um cachimbo; atrás dele, via-se uma porta com uma fenda por onde a luz passava.

– Posso entrar?

– Vou anunciar agora mesmo. – E o marinheiro entrou pela porta.

Duas vozes falaram atrás da porta.

– Se a Prússia continuar a manter a neutralidade – dizia uma voz –, a Áustria também...

– O que importa a Áustria – disse outra voz –, quando as terras eslavas... Está bem, mande entrar.

Koziéltsov nunca havia estado naquele abrigo blindado. Impressionou-o sua elegância. O chão era de assoalho de parquê, a porta estava oculta por pequenos biombos. Havia duas camas junto às paredes, num canto pendia um grande ícone da Mãe de Deus adornado de ouro e, na sua frente, ardia uma lamparina votiva rosada. Numa cama, dormia um marujo, todo vestido, e na outra, diante da mesa onde havia duas garrafas de vinho já abertas e um pouco vazias, estavam sentados os homens que conversavam – o novo comandante do regimento e o ajudante de ordens. Embora Koziéltsov estivesse longe de ser um covarde e não se sentisse nem um pouco encabulado diante de uma autoridade ou diante de um comandante de regimento, hesitou e os joelhos começaram a tremer ao ver o coronel, seu antigo camarada, tamanho o orgulho com que o coronel se pôs de pé e escutou suas palavras. Além do mais, o ajudante de ordens, que continuou sentado, o embaraçou com sua pose e com um olhar que diziam: "Sou apenas um amigo do seu comandante. O senhor não está se apresentando a mim e não posso nem quero exigir do senhor nenhuma deferência". "Que estranho", pensou Koziéltsov, enquanto olhava para seu comandante. "Faz apenas sete semanas que assumiu o regimento e parece que em tudo que o rodeia – sua roupa, sua atitude, seu olhar – já se percebe a autoridade do comandante do regimento, essa autoridade baseada menos na idade, no tempo de serviço, nos méritos militares, do que na riqueza de um comandante de regimento. Não faz tanto tempo assim", pensou ele, "que esse mesmo Batríchev participava de nossas farras, ficava semanas com a mesma camisa de chita difícil de sujar e, sem convidar ninguém para o acompanhar, comia suas eternas costeletas com pastéis! E agora! A camisa holandesa já sobressai por baixo da túnica de lã grossa e mangas largas, um charuto de dez rublos na mão, um Château Lafite de seis rublos sobre a mesa – tudo comprado por um preço inacreditável pelo oficial da intendência em Simferópol – e, nos olhos, a expressão de orgulho frio de um aristocrata rico, que nos diz: embora eu seja seu camarada e também um comandante de regimento da nova escola, não esqueça que você recebe de salário três pagamentos de sessenta rublos por ano, enquanto pelas minhas mãos passam milhares de rublos e, acredite, sei muito bem que você está pronto a dar metade da vida para poder ficar no meu lugar."

– O senhor demorou para se curar – disse o coronel a Koziéltsov, olhando para ele com frieza.

– Estive doente, coronel, e a ferida ainda não fechou de todo.

– Então o senhor veio para cá à toa – retrucou o coronel, com um olhar desconfiado para a figura corpulenta do oficial. – Afinal, o senhor se sente capaz de cumprir o serviço?

– Claro que sim, senhor.

– Bem, que ótimo, então. Apresente-se à nona companhia, do aspirante Záitsev... a que antes era sua; logo receberá suas ordens.

– Sim, senhor.

– Por favor, quando sair, mande o ajudante de ordens do regimento vir falar comigo – concluiu o comandante do regimento, dando a entender, com uma leve inclinação de cabeça, que a audiência estava encerrada.

Ao sair do abrigo blindado, Koziéltsov rosnou algumas vezes e encolheu os ombros, como se sentisse alguma dor, incômodo ou irritação – irritação não com o comandante do regimento (nem de longe), mas sim consigo mesmo, e parecia descontente com tudo o que o rodeava. A disciplina, e suas condições – a subordinação –, como qualquer relação submetida a normas, só é agradável quando se baseia não apenas na consciência mútua de sua necessidade, mas também no reconhecimento pelo subordinado da competência e do mérito militar, ou até simplesmente da qualidade moral, de seu superior; em contrapartida, quando a disciplina se baseia, como acontece muitas vezes entre nós, em circunstâncias casuais ou no princípio pecuniário, ela sempre conduz, de um lado, à arrogância e, de outro, à inveja secreta e ao rancor, e em lugar do efeito proveitoso de unir a massa num todo, produz o resultado exatamente contrário. Como não sente dentro de si as forças do mérito interior para inspirar respeito, o superior, por instinto, teme a proximidade dos subordinados e tenta, mediante manifestações exteriores de importância, afastar de si toda crítica. Os subordinados, vendo apenas esse lado exterior, ofensivo para eles, já não esperam, não raro injustamente, nada de bom por parte do superior.

## XVI

Koziéltsov, antes de ir ao encontro de seus oficiais, foi cumprimentar sua companhia e verificar onde ela estava. As barricadas feitas de grandes cestos, o aspecto das trincheiras, os canhões pelos quais ele passava e mesmo os estilhaços e as bombas em que tropeçava no caminho – tudo aquilo, a todo instante iluminado pelo fogo dos disparos, era bem conhecido dele. Tudo ficara gravado com nitidez em sua memória, três meses antes, no decorrer das duas semanas que, sem nenhum momento de folga, passara naquele mesmo bastião. Embora muita coisa fosse horrível em suas lembranças, uma espécie de encanto do passado se misturava àquilo, e Koziéltsov, com prazer, como se as duas semanas passadas ali tivessem sido agradáveis, identificava lugares e objetos conhecidos. A companhia estava posicionada num muro defensivo, voltado para o sexto bastião.

Koziéltsov entrou num abrigo blindado comprido, totalmente aberto no lado da entrada, no qual, lhe disseram, estava a nona companhia. Não havia, literalmente, espaço para pôr um pé em todo o abrigo blindado: estava entupido de soldados até a entrada. De um lado, ardia uma vela de sebo torta, segura por um soldado. Outro soldado, soletrando, lia um livro, segurando-o bem perto da vela. Na penumbra fétida do abrigo blindado, viam-se cabeças erguidas, que ouviam sofregamente o leitor. O livrinho era uma cartilha de alfabetização e, ao entrar no abrigo blindado, Koziéltsov ouviu o seguinte:

– "O medo... da mor...te é um sen...timento... inato... ao homem."

– Aumente a chama dessa velinha – disse uma voz. – O livrinho é bom.

– "Meu... Deus..." – continuou o leitor.

Quando Koziéltsov perguntou pelo primeiro-sargento, o leitor calou-se, os soldados se mexeram, começaram a tossir, a assoar o nariz, como sempre acontece depois de um silêncio forçado; o primeiro-sargento, abotoando a roupa, ergueu-se perto do grupo onde estava o leitor e, dando três passos por cima das pernas dos que não tinham espaço para recuar, foi ao encontro do oficial.

– Salve, irmão! Então, isso é toda a nossa companhia?

– Saúde! Bem-vindo, Vossa Nobreza! – respondeu o primeiro-sargento, olhando para Koziéltsov de maneira alegre e amigável. – Então já está curado, Vossa Nobreza? Puxa, graças a Deus! Sem o senhor, foi muito chato.

Agora se percebia que gostavam de Koziéltsov na companhia. No fundo do abrigo blindado, ressoaram vozes: "O velho chefe da companhia voltou, o que foi ferido, Koziéltsov, Mikhail Semiónitch" etc.; alguns até se moveram em sua direção, o tamboreiro cumprimentou-o.

– Salve, Obantchuk! – disse Koziéltsov. – Está inteiro? Salve, pessoal! – disse em seguida, erguendo a voz.

– Saúde! – ressoou, dentro do abrigo blindado.

– Como vão vocês, rapazes?

– Mal, Vossa Nobreza: o francês está vencendo... batem de dentro das trincheiras que é uma coisa tremenda, ninguém aguenta, e nem saem a campo.

– Quem sabe eu tenha sorte, Deus permita, e agora saiam a campo, rapazes! – disse Koziéltsov.

– Vamos fazer força, Vossa Nobreza! – disseram algumas vozes.

– Pois é, ele é bem valente, a Sua Nobreza, é terrível de tão valente! – disse o tamboreiro, em voz baixa, mas que dava para ouvir, dirigindo-se a outro soldado, como se quisesse justificar diante dele as palavras do comandante da companhia e convencê-lo de que não havia nelas petulância nem insensatez.

Deixando os soldados, Koziéltsov foi ao encontro de seus camaradas oficiais, num abrigo protegido.

## XVII

Na sala grande do abrigo, havia uma porção de gente: oficiais da Marinha, da infantaria e da artilharia. Uns dormiam, outros conversavam, sentados em qualquer caixote ou na carreta de um canhão da fortaleza; outros ainda, que eram a maior parte e formavam um grupo barulhento, estavam sentados no chão, sobre duas capas de pele estendidas depois de um arco que se formava no teto, bebiam cerveja Porter e jogavam cartas.

– Ah! Koziéltsov, Koziéltsov! Que bom que você veio, amigão!... E o ferimento? – soaram vozes de vários lados. E ali se percebia que o amavam e que estavam contentes com sua chegada.

Depois de apertar as mãos dos conhecidos, Koziéltsov uniu-se ao grupo barulhento formado por alguns oficiais que jogavam cartas. Entre eles, também havia conhecidos seus. Um moreno bonito e magricela, de nariz comprido e seco e bigode grande que se estendia até as bochechas, fazia a banca do jogo, com dedos brancos e secos, num dos quais havia um anel de ouro com um brasão. Dava as cartas de maneira displicente e brusca, visivelmente nervoso com alguma coisa e querendo apenas aparentar despreocupação. A seu lado, à direita, estava meio deitado um major grisalho, apoiado nos cotovelos, que já havia bebido consideravelmente, e simulando frieza apostava contra a banca com moedas de cinquenta copeques e pagava prontamente. À esquerda, de cócoras, estava um oficialzinho vermelho, de rosto coberto de suor, que sorria forçado e dizia gracejos quando suas cartas eram batidas; mexia a mão sem parar dentro do bolso vazio da calça larga e apostava alto, mas obviamente já não jogava limpo, o que sem dúvida chocava o moreno bonito. Pela sala, segurando nas mãos um grande maço de notas, caminhava um oficial careca, magro, pálido, sem bigode, com uma enorme boca maldosa, que havia apostado tudo na banca, em dinheiro vivo, e ganhara.

Koziéltsov bebeu vodca e sentou perto dos que estavam jogando.

– Faça a aposta, Mikhail Semiónitch! – disse o homem que estava na banca. – Imagino que o senhor tenha trazido um monte de dinheiro.

– E de onde eu iria tirar esse dinheiro? Ao contrário, o último que tinha deixei na cidade.

– Ora, deixe disso! Sem dúvida o senhor esfolou alguém até os últimos centavos em Simferópol.

– De fato, só um pouquinho – respondeu Koziéltsov, mas obviamente sem querer que acreditassem, desabotou o casaco e tomou nas mãos as cartas velhas. – Não custa nada tentar, o diabo sempre apronta alguma! Sabe, até um mosquito gosta de pregar peças. Basta beber um pouco para tomar coragem.

E depois de beber mais três cálices de vodca e alguns copos de cerveja Porter num tempo bem curto, ele já estava totalmente no espírito dos demais, ou seja, envolto em uma névoa e esquecido da realidade, e perdeu seus últimos três rublos.

Na conta do oficialzinho coberto de suor foram anotados cento e cinquenta rublos.

– Não estou com sorte – disse, preparando com displicência uma nova carta.

– Tenham a bondade de pagar – disse a banca, parando de dar as cartas por um instante e lançando um olhar para ele.

– Permita que eu pague amanhã – respondeu o oficial suado, levantando-se e mexendo vigorosamente a mão dentro do bolso vazio.

– Hm! – resmungou a banca e, distribuindo as cartas com raiva para a direita e para a esquerda, terminou o monte. – Mas desse jeito não pode ser – disse, pondo suas cartas na mesa. – Eu vou parar. Desse jeito não pode, Zakhar Ivánitch – acrescentou. – Nós jogamos limpo, e não com dinheiro fiado.

– Como? Será que o senhor está desconfiando de mim? Muito estranho, francamente!

– E de quem eu vou receber? – resmungou o major, bastante embriagado àquela altura, depois de ganhar mais ou menos oito rublos. – Já pus mais de vinte rublos na mesa, ganhei e não recebi nada.

– E com o que eu vou pagar – disse a banca –, se na mesa não tem dinheiro?

– Não quero saber! – gritou o major, levantando-se. – Jogo com os senhores, pessoas honestas, e não com aqueles outros.

O oficial suado se exaltou de repente:

– Estou dizendo que vou pagar amanhã; como o senhor se atreve a me falar com insolência?

– Falo o que eu quero! Gente honesta não faz isso, e pronto! – gritou o major.

– Chega, Fiódor Fiódoritch! – exclamaram todos, contendo o major. – Deixe disso!

Mas o major parecia estar apenas esperando que pedissem que se acalmasse para se enfurecer de uma vez por todas. Levantou-se de um pulo e, cambaleante, partiu de repente na direção do oficial suado.

– Quer dizer que falo de maneira insolente? Quem é mais velho do que o senhor, quem serve o tsar há vinte anos... insolente? Ah, seu pirralho! – guinchou de repente, cada vez mais exaltado com os sons da própria voz. – Canalha!

Mas baixemos depressa a cortina diante dessa cena profunda. No dia seguinte, talvez no mesmo dia, todas essas pessoas seguirão com alegria e orgulho ao encontro da morte e morrerão com firmeza e tranquilidade; mas o único consolo da vida naquelas condições, que causam horror até à mais fria imaginação, na ausência de tudo que é humano e sem esperança de alguma saída, o único consolo é o esquecimento, a aniquilação da consciência. No fundo da alma de cada um, repousa aquela centelha nobre que faz dele um herói; mas essa centelha se cansa de arder com força – chega o minuto fatal e então ela se inflama e ilumina os grandes feitos.

## XVIII

No dia seguinte, o bombardeio prosseguiu com a mesma força. Por volta das onze horas da manhã, Volódia Koziéltsov estava sentado numa roda de oficiais da bateria e, já um pouco habituado com eles, espreitava os rostos novos, observava, perguntava e contava. As conversas modestas dos oficiais de artilharia, nas quais havia, porém, uma ponta de pretensão de serem eruditas, lhe davam prazer e inspiravam respeito. Já o aspecto encabulado, inocente e bonito de Volódia despertava a simpatia dos oficiais. O oficial mais velho na bateria, um capitão, homem baixo, arruivado, com um topete que escorria pelas têmporas, formado nas antigas tradições da artilharia, um cavalheiro para as damas, com ares de pessoa culta, interrogava Volódia acerca de seus conhecimentos sobre a artilharia e as novas invenções, pilheriava carinhosamente sobre sua juventude, sua carinha bonita, e no geral lhe falava como um pai fala com o filho, o que agradava muito a Volódia. O subtenente Diádienko, oficial jovem, com sotaque ucraniano, com um capote andrajoso e cabelos desgrenhados, embora falasse bastante alto e não deixasse escapar nenhuma chance de discutir asperamente sobre o que quer que fosse e fizesse movimentos bruscos, mesmo assim agradava a Volódia, que por baixo daquele aspecto exterior não podia deixar de ver uma pessoa muito bonita e extraordinariamente boa. O tempo todo, Diádienko oferecia seus serviços a Volódia e lhe mostrava que todos os canhões de Sebastopol estavam posicionados de maneira errada. Só o tenente Tchernovítski, com as sobrancelhas bastante levantadas, embora fosse mais educado do que todos ali, vestisse uma túnica bastante limpa, se bem que não fosse nova, mas remendada com esmero, e ostentasse uma correntinha de ouro no colete de cetim, não agradava a Volódia. O tenente vivia lhe fazendo perguntas sobre o que faziam o imperador e o ministro da Guerra e, com um entusiasmo artificial, lhe contava atos de bravura praticados em Sebastopol, lamentava que se encontrasse tão pouco patriotismo, que se dessem ordens tão imprudentes etc. No geral, dava mostras de muito conhecimento, inteligência e sentimentos nobres; no entanto, por algum motivo, tudo aquilo parecia a Volódia estudado e teatral. Ele notava, sobretudo, que os outros oficiais quase não conversavam com Tchernovítski. O *junker* Vlang, o mesmo que ele havia acordado no dia anterior, também estava ali. Não falava nada, mas, sentado discretamente num canto, ria quando havia algo engraçado, lembrava quando esqueciam alguma coisa, servia vodca e fazia cigarros para todos os oficiais. Fosse pelas maneiras humildes e respeitosas de Volódia, que o tratava como a um oficial, em vez de o menosprezar como um menino, fosse por seu aspecto agradável, Vlanga, como o chamavam os soldados, sabe-se lá por quê, flexionando no feminino seu sobrenome, ficou fascinado com Volódia e não afastava os olhos grandes, tolos e bondosos do rosto do novo oficial, adivinhando e prevendo todos os seus desejos e se encontrava o tempo todo numa espécie de êxtase amoroso, o que, é claro, foi notado e suscitou o riso dos oficiais.

Antes do jantar, o segundo-capitão foi substituído no bastião e veio unir-se ao grupo. O segundo-capitão Kraut era um oficial ativo, louro e bonito, de bigode ruivo e grande e suíças; falava um russo excelente, mas correto e bonito demais para um russo. No serviço militar e na vida, ele era como no uso do idioma: cumpria suas funções com perfeição, era um excelente camarada, o homem mais correto do mundo em questões de dinheiro; mas como homem, justamente por tudo isso ser bom demais, faltava nele alguma coisa. A exemplo de todos os russos alemães, em estranho contraste com os alemães ideais da Alemanha, ele era prático no mais alto grau.

– Aí está ele, nosso herói apareceu! – disse o capitão na hora em que Kraut, abanando os braços e tilintando as esporas, entrou alegremente. – O que quer tomar, Friedrich Krestiánitch: chá ou vodca?

– Já pedi chá – respondeu –, mas uma vodcazinha agora cai bem para animar a alma. Muito prazer em conhecê-lo; espero que goste de nós e nos aprecie – disse para Volódia, que havia se levantado e feito uma reverência para ele. – Segundo-capitão Kraut. No bastião, um suboficial me avisou ontem mesmo que o senhor tinha chegado.

– Sou muito grato pela sua cama: passei a noite lá.

– E dormiu tranquilo? A cama está com um pé quebrado; e não há ninguém que conserte... nesta situação de sítio... é preciso pôr um calço.

– E então, o serviço correu bem?

– Sim, nada mal, só Skovortsóv foi alvejado, e ontem consertamos uma carreta de canhão. O eixo de apoio foi feito em pedaços.

Levantou-se e começou a andar; era visível que estava sob o efeito do sentimento agradável que experimenta quem acabou de deixar o perigo para trás.

– Pois é, Dmítri Gavrílitch – disse, sacudindo o joelho do capitão. – Como vai, paizinho? E a promoção do senhor, ninguém falou nada ainda?

– Nada, ainda.

– E nem vai sair nada – exclamou Diádienko. – Já expliquei isso para você antes.

– E por que não vai sair?

– Porque o ofício não foi escrito direito.

– Ah, o senhor é um polemista, polemista – disse Kraut, sorrindo com alegria. – Um verdadeiro ucraniano teimoso. Ora, só por desaforo, o senhor vai passar a tenente.

– Não vou, não.

– Vlanga, traga meu cachimbo, mas encha antes – disse ao *junker*, que prontamente, com solicitude, foi buscar o cachimbo.

Kraut animou a todos, falava do bombardeio, perguntava o que tinham feito na sua ausência, conversava com todos.

## XIX

– E então, como está? Já se instalou? – perguntou Kraut para Volódia. – Perdoe, como se chama o senhor? O senhor sabe como são nossos hábitos na artilharia, não é? Já conseguiu um cavalo de montaria?

– Não – respondeu Volódia. – Não sei como se faz. Falei para o capitão: não tenho cavalo, também não tenho dinheiro, até que receba a gratificação da forragem e da transferência. Enquanto isso, queria pedir um cavalo ao comandante da bateria, mas receio que ele negue.

– Apollon Sergueitch? – E, com os lábios, emitiu um som que exprimia forte dúvida e fitou o capitão. – Difícil!

– Bem, se negar, não é o fim do mundo – disse o capitão. – Na verdade, aqui não é preciso ter um cavalo, e mesmo assim tentar não custa nada, hoje mesmo vou falar com ele.

– Ora! O senhor não o conhece – interveio Diádienko. – Ele negaria outras coisas, mas isso nunca... Quer apostar?...

– Bem, já era de esperar, o senhor é sempre do contra.

– Sou do contra porque sei, ele é sovina com outras coisas, mas vai dar o cavalo, porque não ganha nada negando.

– Não ganha nada mesmo, já que a aveia aqui custa para ele oito rublos! – disse Kraut. – É uma vantagem não ter de ficar com um cavalo supérfluo!

– Peça o do Skvoriéts,[10] Vladímir Semiónitch – disse Vlang, que voltou trazendo o cachimbo de Kraut. – É um cavalo excelente!

– Aquele que caiu dentro do fosso em Soróki com você? Ora, Vlanga! – disse o segundo-capitão e riu.

---

10 Trocadilho com o nome Skovortsóv. "*Skvoriéts*" é a palavra russa para estorninho, pássaro muito comum.

– Não, do que o senhor está falando? Oito rublos pela aveia não são nada – Diádienko continuava a discutir –, quando ele ganha uma gratificação de dez rublos e meio; é claro que não chega a ser uma grande vantagem.

– E mesmo assim não sobra nada para ele! Agora, se o senhor fosse comandante da bateria, não ia emprestar seu cavalo nem para dar um passeio na cidade!

– Quando eu for comandante da bateria, paizinho, os cavalos vão ganhar quatro porções para comer; não vou ter lucro com eles, não tema.

– Quem viver, verá – disse o segundo-capitão. – E o senhor também vai sair ganhando e ele também, quando for comandante da bateria, vai encher os bolsos com as sobras – acrescentou, apontando para Volódia.

– Por que o senhor acha, Friedrich Krestiánitch, que ele também vai tirar vantagem? – interveio Tchernovítski. – Talvez ele tenha uma fortuna: para que iria tirar vantagem?

– Não, senhor, já eu... com licença, capitão – disse Volódia ruborizando-se até as orelhas. – Considero isso uma infâmia.

– Ora, ora! Como é atrevido! – disse Kraut. – Chegue ao posto de capitão e não vai mais falar assim.

– Sim, é cedo demais; só acho que, se um dinheiro não é meu, não posso tomar posse dele.

– Pois eu lhe digo o seguinte, meu jovem – disse o segundo-capitão, num tom mais sério. – Saiba que, quando o senhor comandar uma bateria, se conduzir bem os negócios, em tempos de paz, vão sobrar nas suas mãos no mínimo uns quinhentos rublos, e na guerra, uns sete, oito mil, e só da parte dos cavalos. Pois então, muito bem. O comandante da bateria não interfere na alimentação dos soldados: na artilharia, sempre foi assim; mas se o senhor for um administrador ruim, não vai sobrar nada. Agora, o senhor tem de gastar além do previsto com as ferraduras, um (ele dobrou um dedo), com a farmácia, dois (dobrou outro dedo), com a secretaria, três, e vai pagar quinhentos rublos pelos cavalos de montaria dos ajudantes de ordens, paizinho, e o preço da remonta é cinquenta rublos, é o que cobram... quatro. Contra as regras, o senhor terá de trocar as golas dos casacos dos soldados, vai gastar muito carvão, vai ter sempre a mesa bem servida para os oficiais. Se o senhor for comandante da bateria, terá de viver de modo confortável: precisa de uma carruagem, um casaco de pele, uma porção de coisas, e uma e duas e três e dez... nem se fala...

– E o mais importante – emendou o capitão, que ficara calado todo aquele tempo – é o seguinte, Vladímir Semiónitch: o senhor imagine que um homem como eu, por exemplo, que servi vinte anos, comecei com um soldo de duzentos e depois de trezentos rublos, se encontra em constante necessidade: como não dar a alguém assim, pelo tempo que serviu, ao menos um pedaço de pão para sobreviver na velhice, enquanto os comissários ganham dezenas de milhares de rublos por semana?

– Eh! Ora essa! – exclamou de novo o segundo-capitão. – O senhor não se apresse tanto em julgar, viva mais um pouco e vai ver.

Volódia ficou horrivelmente envergonhado e sem graça por ter falado de maneira tão impensada, balbuciou algo e continuou a escutar em silêncio, quando Diádienko, com um fervor enorme, começou a discutir e demonstrar o contrário.

A discussão foi interrompida pela entrada do ordenança do coronel, que chamou para o jantar.

– E diga hoje para Apollon Sergueitch que sirva vinho – disse Tchernovítski para o capitão, enquanto abotoava o casaco. – De que adianta ele ser tão sovina? De repente morre e aí não vai levar nada para ninguém!

– Diga isso para ele o senhor mesmo – respondeu o capitão.

– Não, o senhor, afinal, é o oficial mais antigo: tudo tem de ter uma ordem.

## XX

A mesa foi afastada da parede e coberta com uma toalha imunda na mesma sala onde, na véspera, Volódia se apresentara ao coronel. O comandante da bateria, nesse mesmo dia, lhe estendeu a mão e perguntou sobre Petersburgo e sobre a viagem.

– Bem, senhores, quem bebe vodca tenha a bondade de se aproximar! Os aspirantes não bebem – acrescentou, sorrindo para Volódia.

No geral, o comandante da bateria parecia, agora, muito menos seco do que no dia anterior; ao contrário, tinha o aspecto de um anfitrião bondoso, hospitaleiro, e de um velho camarada. Apesar disso, todos os oficiais, do velho capitão até o polemista Diádienko, pela maneira como falavam, fitando com respeito os olhos do comandante, e pela maneira como se aproximavam timidamente, um atrás do outro, em fila, para beber vodca, deixavam claro o grande respeito que tinham por ele.

O jantar consistia numa tigela de sopa de repolho, na qual boiavam gordos pedaços de carne de boi e uma imensa quantidade de pimenta e de folhas de louro, bolinhos de carne poloneses com mostarda e pasteizinhos feitos de manteiga não muito fresca. Não havia guardanapos, as colheres eram de ferro e de madeira, os copos eram só dois, e sobre a mesa havia apenas uma jarra de água com a boca quebrada; mas o jantar não foi maçante: a conversa não parava. De início, tratou-se da batalha de Inkerman, na qual a bateria tomara parte, e todos expuseram suas impressões e considerações a respeito das causas do insucesso na batalha e silenciaram quando o próprio comandante da bateria começou a falar; depois a conversa, naturalmente, se voltou para a insuficiência do calibre das armas leves, para as inovações dos canhões que os tornavam mais leves, o que deu a Volódia a chance de mostrar seus conhecimentos a respeito da artilharia. Porém, sobre a situação de fato horrível em que se encontrava Sebastopol, a conversa não se detinha, como se cada um já pensasse demais naquele assunto para, ainda por cima, ter de falar a respeito. E também, para espanto e pesar de Volódia, não se falou em absoluto sobre as obrigações que ele teria de cumprir no serviço, como se tivesse vindo para Sebastopol apenas para comentar os aprimoramentos dos canhões e jantar em companhia do comandante da bateria. Durante o jantar, não longe da casa onde estavam, caiu uma bomba. O chão e as paredes estremeceram como num terremoto e as janelas escureceram, toldadas pela fumaça da pólvora.

– O senhor, eu creio, não via disso em Petersburgo: aqui essas surpresas acontecem toda hora – disse o comandante da bateria. – Vlanga, vá ver onde ela explodiu.

Vlanga deu uma olhada e informou que tinha estourado na praça, e nada mais foi dito a respeito da bomba.

Já no fim do jantar, um velhinho, o escrivão da bateria, entrou com três envelopes fechados e entregou-os ao comandante da bateria. "Isto é urgente, um cossaco acabou de trazer da parte do chefe da artilharia." Todos os oficiais não puderam deixar de observar, com uma expectativa impaciente, os dedos do comandante da bateria, experientes naquela tarefa, que romperam o lacre do envelope e retiraram o documento urgente. "O que pode ser?", cada um deles se perguntava. Podia ser uma ordem de retirada de Sebastopol, para uma trégua, podia ser uma ordem para transferir a bateria inteira para os bastiões.

– De novo! – exclamou o comandante da bateria, jogando o papel na mesa com irritação.

– O que é, Apollon Sergueitch? – perguntou o oficial mais antigo.

– Exigem um oficial e um ajudante para uma certa bateria de morteiros. Ao todo, tenho quatro oficiais e meus ajudantes não dão nem para formar uma fileira – resmungou o comandante da bateria. – E agora exigem mais isso. No entanto, alguém terá de ir, senhores – disse, depois de um breve silêncio. – A ordem é estar na Barreira às sete horas... Devo mandar o primeiro-sargento? Quem vai, senhores? Decidam – repetiu.

– Aqui, ainda há alguns que nunca foram – disse Tchernovítski, apontando para Volódia.

O comandante da bateria não respondeu.

– Sim, eu gostaria – disse Volódia, sentindo o suor frio correr nas costas e no pescoço.

– Não, para quê? – cortou o capitão. – Claro, ninguém vai se recusar a ir, mas não convém se oferecer; se Apollon Sergueitch permite, vamos tirar a sorte entre nós, como fizemos da outra vez.

Todos concordaram. Kraut cortou pedacinhos de papel, embolou-os e colocou dentro de um quepe. O capitão gracejou e, para aquela ocasião, chegou a pedir vinho ao coronel, para dar coragem, como ele dizia. Diádienko estava com ar sombrio. Volódia sorria de leve, Tchernovítski estava convencido de que seria sorteado, Kraut se mostrava absolutamente tranquilo.

Deixaram Volódia tirar a sorte primeiro. Pegou um papelzinho, mais comprido, mas então lhe veio a ideia de trocar – pegou outro, menor e mais grosso, desenrolou e leu: "Ir".

– Sou eu – disse ele, depois de um suspiro.

– Bem, vá com Deus. O senhor terá seu batismo de fogo bem cedo – disse o comandante da bateria com um sorriso bondoso, olhando para o rosto confuso do aspirante. – Mas trate de se aprontar depressa. E, para que o senhor fique mais alegre, Vlanga irá com o senhor, como sargento artilheiro.

## XXI

Vlanga ficou extremamente satisfeito com sua indicação, correu animado para se preparar e, já vestido, foi ajudar Volódia, insistiu para que levasse sua cama de campanha, o casaco de pele, exemplares antigos de *Anais da Pátria*, a cafeteira com bebida alcoólica e outras coisas desnecessárias. O capitão recomendou a Volódia, de início, ler com atenção o manual sobre disparos com morteiro e copiar dali, sem demora, a tabela dos ângulos de elevação. Volódia prontamente pôs mãos à obra e, para sua alegria e surpresa, notou que, se de fato ainda o perturbavam um pouco o sentimento de medo do perigo e, mais ainda, o receio de mostrar-se covarde, aquilo já se manifestava num grau muito mais baixo do que na véspera. A causa estava, em parte, na influência do dia e da atividade e, em parte, sobretudo, no fato de o medo, como qualquer sentimento forte, não poder persistir por muito tempo no mesmo nível de intensidade. Em suma, Volódia já havia conseguido se habituar ao medo e superá-lo. Às sete horas, assim que o sol começou a se esconder atrás dos alojamentos dos soldados, o primeiro-sargento entrou nos aposentos de Volódia e avisou que os homens estavam prontos e o esperavam.

– Entreguei a lista para o Vlanga. Tenha a bondade de pedir a ele, Vossa Nobreza! – disse.

Uns vinte soldados da artilharia, com seus sabres e sem nenhum outro equipamento, estavam postados atrás do canto da casa. Volódia e o *junker* aproximaram-se deles. "Será que devo fazer um pequeno discurso ou apenas dizer: 'Salve, rapazes!', ou até não dizer nada?", pensou. "Mas por que não dizer: 'Salve, rapazes'?... Isso é até uma obrigação." E então bradou cheio de coragem, com sua voz ressonante: "Salve, rapazes!". Os soldados responderam com alegria: a vozinha jovem, fresca, soou de forma agradável nos ouvidos de todos, Volódia seguiu animado à frente dos soldados e, embora o coração batesse como se ele tivesse corrido várias verstas até perder o fôlego, sua marcha era leve e o rosto estava alegre. Já se aproximando do monte Malákhov, subindo a montanha, Volódia notou como Vlanga, que não se afastava dele nem um passo, embora em casa se mostrasse tão corajoso, virava e baixava a cabeça o tempo todo, como se todas as bombas e balas de canhão, que ali zuniam com frequência, viessem direto em cima dele. Alguns soldados faziam o mesmo e, no geral, a maior parte dos rostos exprimia se não temor, ao menos inquietação. Tais circunstâncias acalmaram e animaram Volódia de forma decisiva.

"Então, aqui estou no monte Malákhov, que eu, de modo totalmente fútil, imaginava ser tão terrível! E sou capaz de andar sem baixar a cabeça para as balas de canhão e até me mostro muito menos covarde do que os outros! Será que não sou covarde?", pensou com prazer e até com certa exaltação de orgulho.

Todavia tal sentimento de destemor e de orgulho logo foi abalado diante da cena com que topou ao crepúsculo, na bateria Kornílov, quando andava à procura do chefe do bastião. Perto do parapeito da fortificação, quatro marinheiros seguravam pelas pernas e pelos braços o corpo ensanguentado de um homem sem botas e sem capote e o balançavam para jogá-lo por cima do parapeito. (No segundo dia de bombardeio, ninguém tinha tempo para arrumar os corpos nos bastiões, e então jogavam os cadáveres numa vala para que não atravancassem as baterias.) Por um minuto, Volódia ficou petrificado ao ver o corpo bater no topo do parapeito e depois rolar lentamente para dentro do fosso; mas, para seu alívio, naquele instante o chefe do bastião o encontrou, deu-lhe as ordens e um guia para conduzi-lo à bateria e ao abrigo blindado, destinado aos soldados. Não vou contar todos os horrores, perigos e decepções que nosso herói experimentou naquela tarde; não vou contar que, em vez da fuzilaria que vira no campo de Volkóv, onde havia todas as condições para o rigor e a ordem que esperava encontrar também ali, Volódia deparou com dois morteiros quebrados, sem mecanismos de pontaria, um dos quais tinha sido danificado na boca por uma bala de canhão e o outro estava instalado sobre os restos de uma plataforma destruída; que, até de manhã, ele não conseguiu arranjar trabalhadores para consertar a plataforma; que nenhuma carga explosiva tinha o peso indicado no "manual"; que dois soldados do seu comando foram feridos e que ele mesmo, por dez vezes, escapou da morte por um fio. Felizmente, indicaram para ajudá-lo um marinheiro artilheiro de grande estatura, que desde o início do cerco lidava com morteiros e que convenceu Volódia de que ainda era possível fazer uso deles, enquanto o conduzia à noite, com um lampião, por todo o bastião, como se andasse pelo seu jardim particular, e garantiu que no dia seguinte tudo seria arranjado. O abrigo blindado aonde o guia o levou fora escavado em solo pedregoso, tinha duas *sájeni* cúbicas de profundidade, coberto por toras de carvalho com um *archin* de espessura. Ali, Volódia se instalou junto com todos os seus soldados. Vlanga, assim que viu a porta com apenas um *archin* de altura, a toda a pressa e antes de todos, enfiou-se por ela, por pouco não se machucou no chão de pedra, escondeu-se num canto e de lá não saiu mais. Já Volódia, quando todos os soldados se instalaram sobre o chão ao longo das paredes e alguns começaram a fumar cachimbo, abriu sua cama de campanha num canto, acendeu uma vela e, fumando um cigarro, deitou-se. Através da blindagem, ouviam-se os tiros incessantes, mas não muito altos, a não ser os disparos de um canhão que estava bem ao lado e que fazia o abrigo estremecer com tanta força que caíam farelos de terra do teto. Dentro do próprio abrigo blindado, havia silêncio: só os soldados, ainda encabulados com o novo oficial, de vez em quando falavam entre si, pediam um ao outro que chegasse um pouco para o lado ou pediam fogo para fumar cachimbo; uma ratazana chiava em algum canto no meio das pedras, ou Vlanga, que ainda não havia se recuperado e olhava em redor com ar de susto, dava suspiros altos e repentinos. Em sua cama de campanha, num canto cheio de gente, iluminado só por uma vela, Volódia experimentava a sensação de conforto que tinha quando era criança e, brincando de esconde-esconde, subia no armário ou se metia embaixo da saia da mãe, prendia a respiração e ficava à escuta, com medo do escuro e ao mesmo tempo sentindo prazer, por algum motivo. Nele havia um pouco de pavor e de alegria.

## XXII

Depois de uns dez minutos, os soldados tomaram coragem e começaram a conversar. Mais perto da luz e da cama do oficial, instalaram-se os mais graduados – dois sargentos artilheiros: um grisalho, velho, com todas as medalhas e condecorações, exceto a de São Jorge; o outro, jovem, oriundo dos cantonistas,[11] que fumava cigarros

---

11 Filhos de soldados, educados em escolas primárias militares e obrigados a servir nas Forças Armadas.

enrolados. O tamboreiro, como sempre, assumiu a obrigação de servir ao oficial. Os bombardeiros e os cavalarianos sentavam-se mais perto e, bem na sombra junto à entrada, instalavam-se os submissos. Entre eles também teve início uma conversa. A causa foi o barulho que fez um homem ao entrar de supetão no abrigo blindado.

– E aí, irmão, não quis ficar na rua? As meninas não estão brincando e cantando alegres? – perguntou uma voz.

– Pois é, cantam umas canções tão maravilhosas como nunca se escuta no campo – disse, rindo, o homem que entrou no abrigo blindado.

– Puxa, Vássin, não vá me dizer que não gosta das bombas! – disse uma voz no canto dos aristocratas.

– Depende! Quando precisa, a música é outra! – respondeu lentamente a voz de Vássin, que, quando falava, todos os outros se calavam. – No dia 24, atiraram até cansar; mas se o sujeito mata um desses safados de merda, o chefe não diz nem um obrigado para o nosso irmão.

– Cadê o Miélnikov?... Ainda deve estar lá fora – falou alguém.

– Mandem esse Miélnikov vir para cá – acrescentou o sargento mais velho. – Assim vai acabar morrendo à toa.

– Quem é esse tal de Miélnikov? – perguntou Volódia.

– É um dos nossos, Vossa Nobreza, é um soldadinho cabeça-dura. Não tem medo de nada e fica o tempo todo andando lá fora. O senhor vai ver: parece um bruxo.

– Sabe dizer palavras mágicas – disse Vássin, do outro canto, com voz lenta.

Miélnikov entrou no abrigo blindado. Era gordo (algo extremamente raro entre os soldados), ruivo, vermelho, testa enorme e proeminente e olhos saltados e azul-claros.

– Então você não tem medo das bombas? – perguntou Volódia.

– Para que ter medo dessas bombas? – respondeu Miélnikov, se encolhendo e se coçando. – As bombas não vão me matar, eu sei.

– Então você gostaria de viver aqui?

– É claro que gostaria. Aqui é divertido! – disse e, de repente, deu uma gargalhada.

– Então você precisa tirar uma licença! Se quiser, posso pedir ao general – disse Volódia, embora não conhecesse nenhum general ali.

– Como é que não vou querer? Quero, sim!

E Miélnikov escondeu-se atrás dos outros.

– Vamos jogar "narizes", pessoal! Quem tem cartas? – soou sua voz apressada.

De fato, num canto na parte de trás do abrigo, logo se organizou um jogo – ouviam-se as batidas dos "narizes", os risos e os trunfos. Volódia bebia chá do samovar que o tamboreiro preparou para ele, ofereceu chá aos sargentos artilheiros, disse gracejos, começou a conversar com eles com o intuito de ganhar popularidade e ficou muito contente com o respeito que lhe demonstravam. Ao notarem que o nobre era simples, os soldados também começaram a conversar. Um deles disse que em breve deveria terminar o cerco de Sebastopol, que um homem da Marinha, de sua confiança, contara que Kistentin,[12] irmão do tsar, estava vindo em nosso socorro com uma frota *mericana*, e também que logo haveria uma trégua de duas semanas, sem tiros, para descanso, e que se alguém atirasse teria de pagar setenta e cinco copeques de multa por tiro disparado.

Vássin, que, como Volódia pôde perceber, era baixo, com olhos grandes e simpáticos e de costeletas, em meio ao silêncio geral, de início, e depois entre risos, contou como, ao sair de licença, no começo ficou feliz, mas depois o pai começou a mandá-lo trabalhar e o intendente florestal mandou uma charrete buscar sua esposa. Tudo isso divertia muito Volódia. Não só não sentia o menor medo ou incômodo com o espaço apertado e com o cheiro pesado dentro do abrigo, como estava extremamente alegre e confortável.

Muitos soldados já roncavam. Vlanga também se espichou no chão e o velho sargento, depois de estender o capote, benzeu-se e murmurou suas preces antes de dormir, quando Volódia teve vontade de sair do abrigo blindado e ver o que acontecia do lado de fora.

– Encolha as pernas! – gritaram os soldados uns para os outros, assim que ele se levantou; e as pernas se espremeram para lhe dar passagem.

Vlanga, que parecia dormir, de repente levantou a cabeça e apanhou no chão o capote de Volódia.

– Escute, já chega, não vá. Para quê? – falou num tom persuasivo e choroso. – Veja, o senhor ainda não conhece; as balas de canhão caem o tempo todo: é melhor ficar aqui...

Porém, apesar do apelo de Vlanga, Volódia saiu do abrigo e sentou-se junto à porta, onde já estava Miélnikov, trocando de sapato.

O ar parecia fresco e limpo – sobretudo depois do abrigo blindado; a noite estava clara e tranquila. Por trás do rumor dos tiros, ouvia-se o som das rodas das telegas que transportavam grandes cestos e a conversa dos soldados que trabalhavam no paiol de pólvora. Por cima das cabeças, o céu alto e estrelado, cortado pelas listras de fogo das bombas incessantes; à esquerda, uma pequena abertura de um *archin* dava entrada para outro abrigo blindado, onde se viam as pernas e as costas dos marinheiros que ali se alojavam e ouviam-se suas vozes embriagadas; à frente, surgia a elevação do paiol de pólvora, diante do qual moviam-se vultos curvados

---

12 Corruptela de Konstantin.

e onde, bem no alto, debaixo de bombas e balas que zuniam sem cessar naquele local, havia uma figura alta, de casaco preto, mãos nos bolsos, que calcava com os pés a terra que outros soldados despejavam de sacos. Os soldados que traziam a terra se curvavam, se afastavam; a figura negra não saía dali, tranquilamente calcava a terra com os pés, sempre na mesma posição e no mesmo lugar.

– Quem é aquele de preto? – perguntou Volódia para Miélnikov.

– Não tenho como saber; vou lá ver.

– Não vá, não precisa.

Mas Miélnikov, sem dar ouvidos, levantou-se, aproximou-se do homem de preto e ficou a seu lado por muito tempo, parecendo indiferente e imóvel.

– É o encarregado do paiol, Vossa Nobreza – disse ele, ao voltar. – O paiolzinho foi destruído pelas bombas, por isso os infantes estão trazendo terra.

De vez em quando, as bombas pareciam voar direto para a porta do abrigo blindado.

Então Volódia se escondia num canto e em seguida saía de novo, olhando para cima, para ver se não vinha mais uma bomba. Embora Vlanga suplicasse a Volódia que ficasse dentro do abrigo blindado, ele foi três vezes sentar do lado de fora, junto à porta, encontrando certo prazer em pôr à prova o destino e em observar o voo das bombas. No final da noite, já sabia de onde os canhões disparavam, quantos eram e para onde iam seus obuses.

## XXIII

No dia seguinte, 27, depois de dez horas de sono, bem-disposto e animado, Volódia saiu para a soleira do abrigo de manhã bem cedo. Vlanga também se arrastou para fora com ele, mas, ao primeiro som de uma bala disparada, precipitou-se de volta aos trambolhões pela abertura do abrigo, forçando o caminho com a cabeça baixa, para o riso geral da maioria dos soldados, que também queriam sair em busca de ar fresco. Apenas Vássin, o sargento velho e alguns outros saíam só em raras ocasiões para a trincheira; os demais, era impossível retê-los lá dentro: todos subiram do abrigo fétido para o ar fresco da manhã e, apesar de o bombardeio estar tão forte quanto na véspera, alguns ficaram perto da entrada e outros, embaixo do parapeito fortificado. Miélnikov, desde a alvorada, passeava pelas baterias, dando umas espiadas para o alto com indiferença.

Perto da entrada, estavam sentados dois velhos e um jovem de cabelo crespo, um judeu, pelo aspecto. Esse soldado pegou uma das balas caídas no chão, achatou-a com um caco de louça contra uma pedra e, com uma faca, entalhava nela uma cruz parecida com a da Cruz de São Jorge; os outros, conversando, observavam seu trabalho. A cruz, de fato, estava ficando muito bonita.

– Desse jeito, se a gente ficar aqui mais um tempo – disse um deles –, quando sair o armistício, todo mundo já vai estar na hora de dar baixa.

– Que nada! Para mim ainda faltam quatro anos para dar baixa, estou só há cinco meses em Sebastopol.

– Ouvi dizer que isso não conta para a baixa – disse o outro.

Naquele instante, uma bala de canhão passou zunindo por cima das cabeças e caiu a um *archin* de Miélnikov, que se aproximava deles pela trincheira.

– Por pouco não matou o Miélnikov – exclamou um deles.

– Não vai matar – respondeu Miélnikov.

– Tome essa cruz como medalha por sua bravura – disse o soldado mais jovem, que terminara de entalhar a cruz, e entregou-a para Miélnikov.

– Não, irmão. Aqui, um mês vale um ano inteiro... houve um decreto sobre isso – prosseguiu a conversa.

– De um jeito ou de outro, assim que sair o armistício, vão fazer uma revista de tropas com o tsar lá em *Varchóvia*, e mesmo quem não tiver tempo de serviço para dar baixa vai ser liberado para sempre.

Naquele momento, uma bala de fuzil passou zunindo, ricocheteou, voou por cima da cabeça dos soldados que conversavam e foi bater numa pedra.

– Estão vendo só? A gente ainda pode ser liberado para sempre antes que anoiteça – disse um dos soldados.

E todos riram.

E na verdade, bem antes de anoitecer, menos de duas horas depois, dois deles já tinham sido liberados para sempre e cinco foram feridos; mas os restantes continuaram gracejando da mesma forma.

De fato, os dois morteiros foram reparados de tal forma que, pela manhã, estavam em condições de disparar. Às dez horas, segundo uma ordem recebida do chefe do bastião, Volódia convocou seu destacamento e seguiu com ele para a bateria.

Nos soldados, assim que entraram em ação, não se percebia nem um pingo daquele sentimento de pavor que se exprimia na véspera. Apenas Vlanga não conseguia se controlar: continuava a se esconder e se curvar o tempo todo, e Vássin havia perdido um pouco de sua tranquilidade, se sobressaltava e se agachava a todo instante. Já Volódia estava extremamente empolgado: nem lhe passava pela cabeça a ideia do perigo. A alegria de estar cumprindo bem seu dever, de não ser covarde e de ser até corajoso, a sensação do comando e da presença de vinte homens, que, Volódia sabia, o olhavam com curiosidade, tudo isso fazia dele um perfeito bravo. Chegou até a se envaidecer com sua bravura, tomou ares afetados diante dos soldados, subiu numa barricada e, de modo estudado, desabotoou o capote para chamar atenção. O chefe do bastião, que naquele momento percorria seus domínios, como ele dizia, por mais que já estivesse acostumado a todo tipo de bravura, depois de oito meses ali, não pôde deixar de se admirar daquele rapaz bonito, com o capote desabotoado, sob o qual se via uma camisa vermelha que envolvia o pescoço branco e delicado, com o rosto e os olhos inflamados, as mãos que batiam palmas e o som de sua vozinha de comandante: "Primeiro! Segundo!" – e corria alegremente para o parapeito a fim de ver onde sua bomba havia caído. Às onze e meia, os tiros de ambos os lados silenciaram e ao meio-dia em ponto teve início o assalto ao monte Malákhov e ao segundo, terceiro e quinto bastiões.

## XXIV

Do lado de cá da baía, entre Inkerman e a fortaleza de Siévernaia, perto do meio-dia, dois marinheiros estavam na colina do telégrafo; um deles era um oficial e observava Sebastopol pela luneta e o outro acabara de chegar a cavalo ao posto de observação em companhia de um cossaco.

O sol brilhava parado sobre a baía, que jogava com seus navios estacionados, com as velas e os barcos que se mexiam, num brilho alegre e quente. A brisa ligeira movia de leve as folhas dos arbustos de carvalho murchos em redor da colina do telégrafo, soprava as velas dos barcos e agitava as ondas. Sebastopol, sempre a mesma, com sua igreja inacabada, a coluna, o cais, o bulevar que verdejava no morro, o prédio elegante da biblioteca, as pequenas enseadas azuis, cheias de mastros, os pitorescos arcos dos aquedutos e as nuvens de fumaça cinzenta de pólvora, iluminadas de vez em quando pela chama rubra dos tiros; sempre a mesma bela, festiva e orgulhosa Sebastopol, cercada de um lado por colinas amarelas e enfumaçadas e, do outro, pelo mar azul-claro que jogava sob o sol – era o que se via do lado de cá da baía. Acima do horizonte do mar, onde fumegava a faixa negra da fumaça de algum navio a vapor, deslizavam nuvens brancas e compridas, prometendo vento. Em todas as linhas da fortaleza, sobretudo nas colinas do lado esquerdo, de repente, sem cessar, brilhando às vezes como raios, mesmo sob a luz do meio-dia, caíam bolas de fumaça densa, branca e compacta, que se expandiam, tomando formas variadas, erguiam-se e tingiam o céu de um tom mais escuro. Aquela fumaça, irrompendo ora aqui, ora ali, brotava nas colinas, nas baterias inimigas, na cidade e no alto, no céu. Os sons das explosões não cessavam e, reverberando, sacudiam o ar...

Ao meio-dia, as bolas de fumaça começaram a se tornar cada vez mais raras, o ar, menos abalado por estrondos.

– Pois é, o segundo bastião já não dá o menor sinal de reação – disse um oficial hussardo, montado em seu cavalo. – Está todo destruído! Que horror!

– Sim, e Malákhov, no máximo, responde só com um tiro a cada três disparos do inimigo – respondeu o que olhava pela luneta. – Esse silêncio deles me deixa louco. Olhe, de novo está caindo direto na bateria Kornílov, e eles não respondem.

– Mas repare que ao meio-dia, como eu disse, eles sempre param o bombardeio. Hoje também, é a mesma coisa. É melhor irmos almoçar... estão à nossa espera agora... não há nada para ver.

– Espere, não atrapalhe! – retrucou o que observava pela luneta, olhando para Sebastopol com uma sofreguidão diferente.

– O que houve lá? O que foi?

– Um movimento nas trincheiras, marcham em colunas cerradas.

– Sim, dá para ver – disse o marinheiro. – Colunas estão marchando. É preciso dar o aviso.

– Olhe, olhe! Saíram das trincheiras.

De fato, via-se a olho nu algo parecido com manchas escuras que desciam pelas colinas através do barranco, vindo das baterias francesas rumo aos bastiões. Na frente daquelas manchas, viam-se faixas escuras já próximas de nossas linhas. Nos bastiões, as fumaças brancas dos disparos irrompiam em vários locais e pareciam se cruzar. O vento trazia o som dos tiros de fuzil constantes, como chuva na janela, e também dos combates. Faixas negras moviam-se no meio da fumaça, cada vez mais próximas. Os sons dos tiros ficavam cada vez mais fortes, fundiram-se num estrondo contínuo e avassalador. A fumaça, que se erguia cada vez mais densa, espalhou-se rapidamente pelas linhas e, por fim, se fundiu numa única nuvem lilás, que se enrolava e desenrolava, e dentro da qual, aqui e ali, apenas se vislumbravam chamas e pontos negros – todos os sons se uniram numa só crepitação avassaladora.

– Um assalto! – exclamou o oficial com o rosto pálido, entregando a luneta ao marinheiro.

Passaram pela estrada cossacos a galope e oficiais a cavalo, o comandante em chefe passou direto na carruagem com sua comitiva. No rosto de todos, via-se uma forte agitação e a expectativa de algo terrível.

– Não pode ser, não é possível que tenham tomado! – disse um oficial a cavalo.

– Por Deus, a bandeira! Olhe! Olhe! – disse o outro, ofegante, largando a luneta. – A bandeira francesa em Malákhov!

– Não pode ser!

## XXV

O Koziéltsov mais velho, que naquela noite conseguira recuperar e perder tudo de novo no jogo, até as moedas de ouro costuradas por dentro da manga, de manhã ainda dormia um sono doentio, pesado e profundo, no abrigo fortificado do quinto bastião, quando, repetido por várias vozes, ressoou o grito fatal:

– Alarme!

– Pare de dormir, Mikhail Semiónitch! É um ataque! – gritou uma voz.

Mas de repente Koziéltsov viu um oficial que corria de um canto para outro sem nenhum propósito visível e com o rosto tão pálido e assustado que ele logo compreendeu. A ideia de que podiam tomá-lo por covarde por não querer estar com sua companhia no momento crítico chocou-o de forma horrível. Correu o mais que pôde ao encontro da companhia. Os disparos de canhão tinham cessado; mas o crepitar dos fuzis estava no auge. As balas zuniam não uma a uma, como tiros de carabina, mas sim como um bando de passarinhos no outono, passando por cima das cabeças. Todo o local onde, na véspera, estivera seu batalhão se encontrava toldado pela fumaça; ouvia-se uma gritaria desordenada. Os soldados, feridos ou não, passavam por ele correndo em bandos. Depois de avançar mais uns trinta passos, avistou sua companhia, espremida contra um muro, e o rosto de um de seus soldados, muito pálido e assustado. Os outros rostos também estavam assim.

Koziéltsov não pôde impedir que o sentimento de medo o contagiasse: um calafrio percorreu sua pele.

– Tomaram Schwartz – disse um jovem oficial, com os dentes batendo. – Tudo está perdido.

– Absurdo – disse Koziéltsov, irritado, e, no intuito de se estimular com um gesto, sacou seu sabre pequeno, embotado, de ferro, e pôs-se a gritar: – Avançar, rapazes! Hu-rra-a!

A voz saiu alta e ressonante; chegou a entusiasmar o próprio Koziéltsov. Correu em frente, ao longo do topo de uma barricada; uns cinquenta soldados, aos gritos, correram atrás dele. Quando transpuseram a barricada e saíram em campo aberto, as balas de fuzil caíram como uma tempestade; duas o acertaram, mas onde acertaram e o que causaram, se o haviam ferido ou contundido, ele não teve tempo de entender. À frente, na fumaça, já via uniformes azuis, calças vermelhas, e ouvia gritos que não eram em russo; um francês estava de pé no parapeito fortificado, sacudia o chapéu e gritava alguma coisa. Koziéltsov estava convencido de que iriam matá-lo; e isso lhe inspirou coragem. Correu para a frente, sem parar. Alguns soldados o ultrapassaram; outros apareceram pelos lados, não se sabia de onde, e também corriam. Os uniformes azuis se mantinham à mesma distância, fugindo dele, rumo às suas trincheiras, mas aos seus pés tombavam feridos e mortos. Depois de correr até o fosso exterior, tudo se embaralhou nos olhos de Koziéltsov, ele sentiu uma dor no peito, sentou-se atrás de um muro de proteção e, com imenso prazer, viu através da abertura de uma canhoneira que a multidão de uniformes azuis corria em debandada, sem ordem, rumo às suas trincheiras e que, por todo o campo, jaziam mortos e arrastavam-se feridos de calças vermelhas e uniformes azuis.

Meia hora depois, estava deitado numa padiola, próximo à caserna Nikolai, e se deu conta de que estava ferido, mas quase não sentia dor; apenas sentia vontade de beber algo gelado e deitar-se de modo mais confortável.

Um médico gordo, pequeno, de costeletas grandes aproximou-se e desabotoou o casaco. Com o queixo atrapalhando sua visão, Koziéltsov observava o que o médico fazia com seu ferimento e também o rosto do médico, mas não sentia dor nenhuma. O médico cobriu o ferimento com a camisa, enxugou os dedos na aba do paletó e, em silêncio, sem olhar para o ferido, passou para o próximo. Koziéltsov acompanhava inconsciente, só com os olhos, o que se passava na sua frente. Ao lembrar o que havia ocorrido no quinto bastião, com um sentimento de orgulho extraordinariamente agradável, pensou que havia cumprido seu dever, que pela primeira vez em toda a sua carreira militar tinha se conduzido da melhor maneira possível e ninguém poderia censurá-lo por nada. O médico, enquanto enfaixava outro oficial ferido, falou algo para um padre de barba ruiva e com uma cruz, apontando para Koziéltsov.

– Será que estou morrendo? – perguntou Koziéltsov para o padre, quando este se aproximou.

O padre, sem responder, leu uma prece e estendeu a cruz na direção do ferido.

A morte não assustava Koziéltsov. Com as mãos fracas, apanhou a cruz, apertou-a nos lábios e começou a chorar.

– Os franceses foram derrotados em toda parte? – perguntou para o padre.

– A vitória foi nossa em toda parte – respondeu o padre, que pronunciava os *ós* átonos, escondendo do ferido, para não magoá-lo, o fato de que na colina Malákhov já estava desfraldada a bandeira francesa.

– Graças a Deus, graças a Deus – exclamou o ferido, sem sentir que as lágrimas escorriam pelas faces e experimentando a emoção indescritível da consciência de ter praticado um ato heroico.

Um pensamento sobre o irmão passou num lampejo por sua cabeça. "Que Deus lhe conceda uma felicidade como esta", pensou.

XXVI

Mas tal não era a sorte que aguardava Volódia. Ele estava ouvindo uma história que Vássin lhe contava, quando começaram a gritar: "Os franceses vêm aí!". No mesmo instante o sangue afluiu ao coração de Volódia e ele sentiu que as faces gelaram e empalideceram. Por um segundo, ficou imóvel; mas olhou em redor e viu que os soldados ajeitavam o casaco com bastante calma e saíam de rastros, um após o outro; um deles – parecia Miélnikov – até falou em tom de gracejo:

– Não esqueçam de levar sal e pão para eles, rapazes![13]

Volódia e Vlanga, que não se afastava dele nem um passo, rastejaram para fora do abrigo blindado e correram para a bateria. Não se ouvia nenhum tiro de artilharia, nem de um lado nem do outro. Mais do que o aspecto tranquilo dos soldados, o que perturbava Volódia era a covardia patética e indisfarçável do *junker*. "Será possível que eu seja como ele?", pensou, enquanto corria animado para o parapeito fortificado, junto ao qual estavam seus morteiros. Podia ver claramente que os franceses corriam rumo ao bastião pelo campo aberto e que uma multidão deles, com as baionetas que reluziam ao sol, se movimentava dentro das trincheiras mais próximas. Um soldado pequeno, ombros largos, uniforme de zuavo, espada em punho, corria na frente e saltava por cima dos fossos. "Fogo de metralha!", gritou Volódia, descendo da barricada; mas os soldados já haviam tomado providências mesmo sem sua ordem, e o som metálico do disparo da carga de metralha zuniu por cima da sua cabeça, primeiro de um morteiro, depois também do outro. "Primeiro! Segundo!", comandava Volódia, enquanto corria de um morteiro para outro no meio da fumaça, totalmente alheio ao perigo. Ao lado, ouviu-se bem perto o crepitar de tiros de fuzil de nossa tropa de cobertura, além de gritos alvoroçados.

De repente soou à esquerda um impressionante grito de desespero, repetido por algumas vozes: "Estão cercando! Estão cercando!". Volódia virou-se na direção do grito. Uns vinte franceses surgiram por trás. Um deles, de barba preta e fez vermelho, um homem bonito, vinha à frente de todos, mas, depois de avançar correndo uns dez passos até a bateria, parou e atirou e em seguida recomeçou a correr para a frente. Por um segundo, Volódia ficou petrificado, sem acreditar nos próprios olhos. Quando se refez e olhou para o outro lado, uniformes azuis estavam na sua frente, no alto da barricada, e um deles até havia descido e fixava um canhão no chão. À sua volta, não havia ninguém, exceto Miélnikov, morto por uma bala a seu lado, e Vlanga, que de repente apanhara uma alavanca na mão e,

---

13 Na Rússia, oferecer pão e sal é um gesto tradicional e simbólico de hospitalidade.

com uma expressão violenta no rosto e as pupilas dilatadas, precipitou-se para a frente, sozinho. "Venha atrás de mim, Vladímir Semiónitch! Atrás de mim! Perdemos!", gritou a voz desesperada de Vlanga, enquanto brandia a alavanca contra os franceses que vinham por trás. A figura furiosa do *junker* os confundiu. Ele golpeou a cabeça de um que estava mais adiantado, os outros pararam instintivamente e Vlanga, que continuou a olhar em volta e a gritar desesperado: "Venha atrás de mim, Vladímir Semiónitch! Não fique parado! Corra!", pôs-se a correr rumo à trincheira onde estava nossa infantaria, que atirava contra os franceses. Pulou para dentro da trincheira e em seguida saiu dela outra vez para ver o que fazia seu adorado aspirante. Algo de casaco jazia de bruços no lugar onde antes estava Volódia, e toda aquela área já estava ocupada por franceses, que atiravam contra os nossos.

## XXVII

Vlanga encontrou sua bateria na segunda linha de defesa. Do contingente de vinte soldados que estavam na bateria de morteiros, salvaram-se apenas oito.

Às nove horas da noite, Vlanga e a bateria atravessaram a baía para Siévernaia, num barco a vapor repleto de soldados, canhões, cavalos e feridos. Não havia mais tiros em parte alguma. As estrelas, a exemplo da noite anterior, brilhavam claras no céu; mas um vento forte agitava o mar. No primeiro e no segundo bastiões, irrompiam clarões na terra; explosões sacudiam o ar, iluminavam estranhos objetos negros ao redor e pedras eram lançadas para o alto. Algo ardia perto do cais, o vermelho das chamas se refletia na água. A ponte, cheia de gente, estava iluminada pelo fogo da bateria Nikolai. Uma chama enorme parecia pairar acima da água no distante pontão da bateria Aleksand, iluminando uma nuvem de fumaça que estava embaixo dela, e, como na véspera, reluziam no mar as luzes serenas e atrevidas da distante frota inimiga. O vento fresco agitava a baía. Sob a luz do ardor dos incêndios, viam-se os mastros de nossos navios naufragados, que lentamente e cada vez mais afundavam na água. Não se ouviam conversas no convés; por trás do barulho ritmado das ondas cortadas e do vapor, ouviam-se o resfolegar dos cavalos, a batida das patas na barcaça, as palavras de comando do capitão e os gemidos dos feridos. Vlanga, que passara o dia inteiro sem nada comer, tirou do bolso um pedaço de pão e pôs-se a mastigar, mas de repente, lembrando-se de Volódia, começou a chorar tão alto que os soldados em volta perceberam.

– Olhe só, tem pão para comer e mesmo assim está chorando, o nosso Vlanga – disse Vássin.

– É um espanto! – disse outro. – Viram só como incendiaram nossas casernas? – prosseguiu, suspirando. – E quantos irmãos nossos perdemos; mas os franceses também pagaram caro!

– Pelo menos nós saímos vivos, graças a Ti, Senhor – disse Vássin.

– De todo jeito, é uma vergonha!

– Vergonha por quê? Por acaso ele vai ter moleza aqui? Pois sim! Vai ver só como os nossos vão tomar tudo de volta. Por mais irmãos que tenham tombado, assim como Deus é santo, é só o imperador mandar que vão retomar! Acha que os nossos vão deixar as coisas assim? Que nada! Ele que fique com os muros nus, e as trincheiras foram todas explodidas. Ele pode ter posto sua bandeira no alto da colina, mas não vai nem tocar na cidade. Esperem só que a gente ainda vai acertar as contas com você... Deem só um tempinho – concluiu, dirigindo-se aos franceses.

– É isso mesmo! – disse outro, com convicção.

Em toda a linha dos bastiões de Sebastopol, onde por tantos meses ferveu uma energia fora do comum, onde por tantos meses viram-se heróis morrer e ser substituídos por outros, sem parar, e onde por tantos meses grassaram o medo, o ódio e, por fim, a admiração pelos inimigos – nos bastiões de Sebastopol já não havia mais ninguém, em parte alguma. Tudo estava morto, deserto, horrendo – mas não em silêncio: tudo ainda desmoronava. Pela terra sulcada e revirada por explosões recentes, em toda parte, rolavam carretas de canhões estropiadas, que esmagavam cadáveres de russos e do inimigo, canhões pesados, de ferro, silenciados para sempre, eram jogados com uma força terrível dentro de fossos e cobertos de terra até a metade, e bombas, obuses, mais cadáveres, fossos, pedaços de madeira, blindagens, e de novo cadáveres silenciosos de casacos cinzentos e azuis. Tudo aquilo muitas vezes ainda palpitava, iluminado pela chama escarlate das explosões que continuavam a sacudir os ares.

Os inimigos viram que algo incompreensível se formara na terrível Sebastopol. Aquelas explosões e o silêncio de morte nos bastiões os obrigavam a tremer; mas, ainda sob o efeito da resistência forte e serena do dia, eles não ousavam crer no desaparecimento de seu inabalável inimigo e, em silêncio, sem se moverem, com terror, esperavam o fim da noite sombria.

Como o mar na noite sombria e oscilante, as tropas de Sebastopol se concentravam, se alastravam, se agitavam inquietas e alvoroçadas com toda a sua massa, se moviam pela ponte na baía e em Siévernaia, lentamente se deslocavam na escuridão, para longe do local onde tantos irmãos corajosos tinham ficado para trás; do local em toda parte banhado pelo seu sangue; do local durante onze meses defendido de um inimigo com forças duas vezes superiores e que agora tinham ordens para abandonar sem luta.

Era incompreensível e penosa para qualquer russo a primeira impressão daquela ordem. O segundo sentimento era o medo de uma perseguição. Os soldados sentiram-se indefesos assim que deixaram para trás os lugares onde estavam habituados a combater e se aglomeravam inquietos na escuridão, na saída da ponte, que balançava sob o vento forte. Baionetas se entrechocavam, regimentos se aglomeravam entre carroças e milicianos, a infantaria se comprimia, oficiais da cavalaria abriam caminho à força de ordens gritadas, habitantes choravam e suplicavam e ordenanças levavam bagagens que não deixavam passar; a artilharia marchava rumo à baía, com as rodas das carroças fazendo barulho, na pressa para ir embora. Apesar do empenho com tantos afazeres variados e nervosos, o sentimento de autopreservação e o desejo de ir embora o mais depressa possível daquele terrível lugar de morte se fazia presente no espírito de todos. Também havia o mesmo sentimento no soldado mortalmente ferido, que jazia entre cinquenta outros feridos, no chão de pedra do cais Pávlov, e que pedia a Deus que morresse, e também no miliciano que, com suas últimas forças, empurrava a multidão compacta a fim de abrir caminho para um general que passava a cavalo, e também no general, que dava ordens com firmeza para que dessem passagem e para conter a afobação dos soldados, e também no marinheiro que se havia misturado com um batalhão em movimento e estava quase sem fôlego no aperto da multidão, e também no oficial ferido que quatro soldados levavam numa padiola e, retidos pela multidão afobada, tinham colocado no chão, perto da bateria Nikolai, e também no artilheiro que havia servido ao lado de seu canhão por dezesseis anos e que, por uma ordem incompreensível para ele, teve de juntar os canhões com a ajuda de seus camaradas e atirá-los na baía, do alto de uma ribanceira, e também nos marujos da frota que, depois de abrirem o fundo do casco dos navios, afastaram-se deles em lanchas, remando com ímpeto. Ao saírem do outro lado da ponte, quase todos os soldados tiravam o chapéu e faziam o sinal da cruz. Mas depois desse sentimento veio outro, penoso, mais pungente e profundo: era um sentimento parecido com o remorso, a vergonha e o rancor. Quase todos os soldados, ao olhar do lado de Siévernaia para a Sebastopol abandonada, com uma amargura indescritível no coração, suspiravam e lançavam ameaças contra os inimigos.

São Petersburgo, 27 de dezembro

# A NEVASCA

## I

Antes das sete horas da noite, depois de tomar chá, parti de uma estação cujo nome já não lembro, mas lembro que era em algum lugar na Terra das Tropas do Don, o território dos cossacos,[1] perto da cidade de Novotcherkássk. Já estava escuro quando, enrolado num casaco de pele e num sobretudo, sentei-me num trenó ao lado de Aliochka. Por trás do prédio da estação, o tempo parecia calmo e quente. Embora não caísse neve, não se via nenhuma estrelinha no alto e o céu parecia extremamente baixo e negro, em comparação com a erma planície nevada que se estendia à nossa frente.

Tínhamos acabado de passar pelos vultos escuros dos moinhos, um dos quais abanava desengonçado suas asas grandes, e ao sair da estação percebi que a estrada ficava mais árdua e atulhada de neve, o vento começava a soprar com mais força à minha esquerda, empurrava para o lado a crina e o rabo dos cavalos, levantava e carregava com tenacidade a neve rasgada pelos patins do trenó e pelos cascos dos animais. O som das sinetas começou a esmorecer, uma corrente de ar frio penetrava por alguma fresta na manga, nas costas, e me veio à cabeça o conselho do encarregado da estação, de que era melhor não viajar para não acabar vagando sem rumo a noite inteira e morrer congelado no caminho.

– Será que não vamos nos perder? – perguntei para o cocheiro. Mas, sem receber resposta, propus uma pergunta mais clara: – E então, cocheiro, vamos chegar à estação? Não vamos nos perder?

– Só Deus sabe – respondeu, sem virar a cabeça. – Olhe como o vento rasteiro espalha tudo: nem dá para enxergar a estrada. Meu Deus do céu!

– Mas me explique melhor: você acha que vamos chegar à estação ou não? – continuei perguntando. – Vamos chegar?

– Temos de chegar – disse o cocheiro e continuou a falar outras coisas, que eu já não conseguia ouvir por causa do vento.

Eu não tinha vontade de voltar; mas vagar sem rumo a noite inteira no meio da nevasca e do frio gelado numa estepe completamente nua, como era aquela

---

1 Os cossacos eram servos que fugiam de suas terras, soldados desertores, criminosos, toda sorte de pessoas que não se submetiam à ordem feudal. Desde séculos, se agruparam na região do rio Don, onde constituíram um povo à parte e um exército temível. Protagonizaram várias revoltas camponesas de grandes proporções. Posteriormente, a partir do tsar Pedro, o Grande, foram integrados ao Exército oficial do Império Russo.

parte da Terra das Tropas do Don, não parecia nada divertido. Além disso, apesar de eu não conseguir ver muito bem o cocheiro no escuro, por algum motivo ele não me agradava e não me inspirava confiança. Ficava sentado bem no meio da boleia, sobre as pernas cruzadas, e não no lado, era imensamente alto, tinha voz preguiçosa, usava um gorro que não era de cocheiro – grande, que balançava para todos os lados; não conduzia os cavalos como se deve fazer, segurava as rédeas com as duas mãos, como um lacaio que tivesse sentado na boleia em lugar do cocheiro, mas, acima de tudo, eu não conseguia ter confiança nele porque tinha as orelhas cobertas pelo agasalho. Em suma, aquelas costas curvadas e pensativas que se erguiam à minha frente não me agradavam e pareciam não prometer nada de bom.

– Por mim, acho melhor voltar – me disse Aliochka. – Não tem graça nenhuma ficar vagando sem rumo!

– Meu Deus do céu! Olhe só que tempestade está caindo! Não dá para enxergar o caminho, os olhos ficam cegos... Meu Deus do céu! – resmungou o cocheiro.

Não tínhamos andado quinze minutos quando o cocheiro deteve os cavalos, entregou as rédeas para Aliochka, desembaraçou as pernas de maneira desajeitada e, triturando a neve com as botas grandes, pôs-se a procurar a estrada.

– E então? Aonde vai? Será que nos perdemos? – perguntei; mas o cocheiro não me respondeu e, virando o rosto para o lado, a fim de fugir do vento, que fustigava seus olhos, afastou-se do trenó.

– E então? Achou a estrada? – repeti, quando voltou.

– Não, nadinha – disse-me de repente, com impaciência e irritação, como se fosse eu o responsável por ele ter perdido a estrada e, apoiando os pés de novo preguiçosamente na parte da frente do trenó, subiu na boleia e pôs-se a desembaraçar as rédeas com as mãos enregeladas.

– O que vamos fazer? – perguntei, quando nos pusemos em movimento outra vez.

– O que se pode fazer? Vamos para onde Deus quiser.

E seguimos no mesmo trote curto, obviamente já em campo aberto, ora sobre meio metro de neve seca, ora sobre uma fina camada de gelo nu.

Apesar de estar frio, a neve num instante derretia na gola; o vento baixo soprava cada vez mais forte e do alto começou a cair uma neve seca e esparsa.

Estava claro que íamos para onde Deus quisesse, porque, depois de mais quinze minutos de viagem, não tínhamos visto nenhum marco indicativo das verstas da estrada.

– E então, o que você acha? – perguntei de novo ao cocheiro. – Vamos chegar à estação?

– Que estação? Vamos voltar. Se a gente der rédea solta para os cavalos, vão levar a gente de volta; mas para lá, é difícil... a gente vai se perder.

– Bem, então vamos voltar – disse eu. – De fato...

– Então, é para voltar? – repetiu o cocheiro.

– Sim, sim, volte!

O cocheiro soltou as rédeas. Os cavalos começaram a correr mais fogosos e, embora eu não notasse que tínhamos feito meia-volta, o vento havia mudado e logo, no meio da neve, pudemos ver os moinhos. O cocheiro se animou e desatou a falar.

– Um dia desses, sabe, uns trenós voltavam da outra estação e o pessoal teve de passar a noite embaixo de montes de feno. Só chegaram de manhã. E foi sorte terem dado com os montes de feno, senão tinham simplesmente morrido congelados; estava frio demais. E mesmo assim os pés de um deles ficaram congelados, durante três semanas correu risco de morrer.

– Mas agora não está tão frio, o tempo ficou mais calmo – falei. – Não dá para ir em frente?

– Está mais quente, um pouquinho, mas a nevasca continua. Agora está vindo por trás, por isso parece mais leve, mas tem força. Até dava para ir em frente, se eu fosse correio, se eu viajasse por conta própria; mas não tem graça nenhuma se um passageiro morre congelado. Depois, como é que vou explicar o que aconteceu com Vossa Excelência?

## II

Naquele momento, ouviu-se atrás de nós o som das sinetas de algumas troicas, que vinham em nossa direção com rapidez.

– São as sinetas do correio – disse meu cocheiro. – Só tem uma sineta assim em toda a estação.

E na verdade as sinetas da primeira troica, cujo som trazido pelo vento já chegava a nós com clareza, soavam extraordinariamente bonitas: cristalinas, ressonantes, graves e um pouco estridentes. Depois eu soube que era uma tradição de caçadores: três sinetas – uma grande no meio, de toque vermelho, como diziam, e duas menores afinadas num intervalo de terça. O som dessa terça e seu tom estridente, que reverberava no ar, era muito impressionante e de uma beleza estranha, na estepe deserta e inóspita.

– O correio está passando – disse meu cocheiro, quando a primeira das três troicas emparelhou com a nossa. – Como está a estrada? Dá para passar? – gritou para o cocheiro que ia na traseira; mas ele apenas gritou para os cavalos e não respondeu.

O som das sinetas rapidamente morreu no vento, assim que o correio nos deixou para trás. Meu cocheiro talvez tenha ficado com vergonha.

– Então vamos lá, patrão! – disse para mim. – Eles passaram... as pegadas estão frescas.

Concordei e mais uma vez demos meia-volta, seguimos contra o vento, nos arrastamos para a frente, pela neve funda. Eu olhava com o canto dos olhos para a estrada, a fim de não perder de vista as marcas deixadas pelos trenós. Durante umas duas verstas as marcas se mostraram claras; depois, se percebia uma pequena irregularidade embaixo dos esquis, e logo eu não conseguia mais saber, de jeito nenhum, se havia a marca de um trenó ou apenas uma camada de neve deslocada. Os olhos se cansaram de observar a passagem monótona da neve embaixo dos esquis do trenó e passei a olhar para a frente. Ainda vimos o marco da terceira versta, mas o da quarta, não conseguimos encontrar; como antes, avançamos contra o vento, a favor do vento, à direita, à esquerda, e por fim chegamos a um ponto em que o cocheiro disse que parecia que tínhamos nos extraviado à direita, eu disse que tinha sido à esquerda e Aliochka achava que estávamos indo direto para trás. De novo, paramos algumas vezes, o cocheiro desembaraçava as pernas compridas, descia e se punha a procurar a estrada; mas foi tudo em vão. Eu mesmo desci uma vez para ver se a estrada não se encontrava ali onde me parecia estar; porém, assim que, com grande esforço, dei seis passos contra o vento e me convenci de que tudo era igual em toda parte, a mesma monótona camada branca de neve, e de que eu tinha visto a estrada apenas na imaginação, já não enxergava mais o trenó. Comecei a gritar: "Cocheiro! Aliochka!", mas minha voz – eu sentia como o vento a apanhava direto na minha boca e no mesmo instante a levava para longe de mim. Andei para onde estava o trenó – não havia trenó; fui para a direita – também não. Tenho vergonha de lembrar a voz alta, esganiçada e até um pouco desesperada com que gritei mais uma vez: "Cocheiro!", quando ele estava a dois passos de mim. Seu vulto preto com o chicote e com o gorro imenso, inclinado para o lado, de repente surgiu na minha frente. Levou-me para o trenó.

– Ainda bem que está quente – disse ele. – Se gelar mesmo, vai ser uma desgraça!... Meu Deus do céu!

– Solte a rédea dos cavalos para que eles voltem – pedi, depois de me sentar no trenó. – Eles vão nos levar, não vão, cocheiro?

– Têm de levar.

Ele deixou a rédea solta, bateu umas três vezes com o chicote no arreio do cavalo do meio e, mais uma vez, seguimos não sabíamos para onde. Andamos meia hora. De súbito, à nossa frente, ouviram-se de novo a sineta que eu já conhecia, e mais duas; mas agora vinham na direção contrária à nossa. Eram as mesmas três troicas, que já haviam deixado as remessas do correio e, com os cavalos para a viagem de regresso presos atrás, retornavam para a estação. A troica do correio, com cavalos robustos e sinetas de caçador, corria com ímpeto à frente. O cocheiro ia sentado na boleia e gritava para os cavalos com energia. Atrás, no meio de cada um dos trenós vazios, vinham dois cocheiros sentados e se ouvia sua conversa alta e animada. Um deles fumava cachimbo, e a brasa, atiçada pelo vento, iluminava uma parte de seu rosto.

Olhando para eles, senti vergonha de meu medo de seguir viagem e meu cocheiro na certa experimentava o mesmo sentimento, porque dissemos os dois a uma só voz:

– Vamos atrás deles.

## III

Antes que a última troica tivesse passado, meu cocheiro começou a dar meia-volta e, de maneira desastrada, bateu com o varal nos cavalos que vinham amarrados atrás. Três cavalos empinaram, soltaram-se das rédeas e dispararam para o outro lado.

– Presta atenção, seu diabo vesgo, olha para onde vira para não bater nos outros. Diabo! – pôs-se a praguejar com voz rouca e estridente um cocheiro baixo; um velho, até onde pude deduzir, pela voz e pela estatura, que vinha sentado na troica de trás, desceu agilmente do trenó com um pulo e correu atrás dos cavalos, enquanto continuava a xingar meu cocheiro de modo bruto e cruel. Mas os cavalos não se renderam. O cocheiro correu atrás deles e, num minuto, cavalos e cocheiro sumiram na branca bruma da nevasca.

– Vassíli-i-i! Traga para cá o baio, desse jeito não dá para pegar – ouviu-se ainda sua voz.

Um dos cocheiros, homem extraordinariamente alto, desceu do trenó, em silêncio desamarrou seus três cavalos, montou num deles pela garupa e, triturando a neve num galope confuso, desapareceu na mesma direção.

Depois das outras duas troicas, seguimos a troica do correio, que, ressoando as sinetas, corria à frente a pleno galope, e não perdemos mais o caminho.

– Pegar os cavalos! Pois sim! – disse meu cocheiro, referindo-se ao homem que havia corrido para apanhar os cavalos. – Se não foram na mesma direção, quer dizer que o cavalo desembestou e agora vai se enfiar num canto por aí e... ele não sai mais.

Desde o momento em que passou a seguir os outros trenós, meu cocheiro pareceu ficar mais animado e mais falante e eu, é claro, como estava sem sono, pensei em me aproveitar disso. Comecei a lhe fazer perguntas, de onde ele vinha, como vivia, e logo fiquei sabendo que era meu conterrâneo, de Tula, da aldeia senhorial de Kirpítchnoie, que de suas terras pouco restou e que, depois da cólera, o solo secou e ali quase não nasce mais nada, que ele tinha dois irmãos, um terceiro havia ido para o Exército, que o cereal não ia dar nem para chegar ao Natal e que eles viviam de salário, que o irmão caçula era quem mandava em casa, porque era casado, e que ele mesmo era viúvo; que todo ano vinham homens de sua aldeia para as guildas dali a fim de trabalhar como cocheiros, que, apesar de não ser cocheiro, ele foi trabalhar no correio para ajudar um irmão que morava lá, graças a Deus, e assim ganhava cento e vinte rublos por ano, dos quais mandava cem para a família, e que viver seria bom, se "os correios não fossem esses animais e o povo aqui não praguejasse o tempo todo".

– Por que aquele cocheiro me xingou tanto? Meu Deus do céu! Por acaso foi de propósito que bati nos cavalos dele? Eu fiz alguma maldade para alguém? E para que galopou atrás dos cavalos? Iam acabar voltando sozinhos; desse jeito, agora, vai acabar matando os cavalos de cansaço e ele mesmo vai se perder – repetia o mujique temente a Deus.

– O que é aquilo preto lá? – perguntei, notando alguns objetos pretos à nossa frente.

– Uma caravana. Viajar assim é que é bom! – prosseguiu, quando alcançamos umas carroças enormes, cobertas por esteiras, que avançavam uma atrás da outra. – Olhe só, não se vê ninguém, está todo mundo dormindo. O cavalo é o bicho mais inteligente que tem, ele sabe: não se perde do caminho de jeito nenhum. Eu também já viajei em fila – acrescentou –, por isso eu sei.

De fato, era estranho ver aquelas carroças enormes, cobertas de neve, do topo das esteiras até as rodas, movendo-se exatamente como se fossem uma só. Apenas na primeira carroça a esteira coberta de neve se levantou um pouquinho, só dois dedos, e por um instante despontou ali um gorro, quando nossas sinetas retiniram ao lado da caravana. Um cavalo grande e malhado, de pescoço espichado e costas esticadas, batia as patas de modo ritmado na estrada totalmente coberta de neve, balançava a cabeça peluda embaixo do arco do varal embranquecido e, quando passamos por ele, pôs de sobreaviso as orelhas cobertas de neve.

Depois de andar mais meia hora em silêncio, o cocheiro virou-se para mim outra vez.

– E então, o que o senhor acha, patrão? Estamos indo bem?

– Não sei – respondi.

– Antes, o vento batia do lado de cá, mas agora estamos andando a favor. Não, não estamos indo para lá, nos desviamos também – concluiu, absolutamente calmo.

Era evidente que, apesar de ser muito covarde – como diz o provérbio, em companhia, até a morte é boa –, o cocheiro ficara totalmente tranquilo desde o momento em que passamos a ser muitos e ele deixou de ser o guia e de ter a responsabilidade. Inteiramente senhor de si, fazia observações sobre os erros do cocheiro que ia na frente, como se aquilo não tivesse nada a ver com ele. Na verdade percebi que, às vezes, a troica da frente ficava de perfil à esquerda, outras vezes, à direita; tive até a impressão de que andávamos em círculos, numa área muito pequena. De resto, podia ser um engano dos sentidos, como acontecia quando às vezes eu tinha a impressão de que a troica da frente subia uma ladeira, ou ia por um declive, ou morro abaixo, embora a estepe fosse perfeitamente plana em toda parte.

Depois de viajarmos mais algum tempo, avistei ao longe, bem na linha do horizonte, assim me pareceu, uma faixa preta e comprida que se movia; mas um minuto depois ficou claro que se tratava da mesma caravana que tínhamos ultrapassado. Da mesma forma que antes, a neve recobria as rodas rangentes, algumas das quais já nem giravam; da mesma forma que antes, todos dormiam embaixo das esteiras; e tal como antes, o cavalo malhado da frente, bufando pelas narinas, farejava a estrada e punha as orelhas em alerta.

– Está vendo só? Rodamos, rodamos, e topamos de novo com a mesma caravana! – disse meu cocheiro, em tom de insatisfação. – Os cavalos do correio são bons, não se importam de ficar rodando feito bobos; mas os nossos vão empacar de vez, se a gente viajar a noite inteira.

Pigarreou.

– Vamos voltar, patrão, foi um erro.

– Por quê? Vamos acabar chegando a algum lugar.

– Mas chegar aonde? Vamos ter de pernoitar na estepe. Com a nevasca... Meu Deus do céu!

Embora eu me admirasse do fato de o cocheiro da frente, que obviamente já havia perdido o caminho e a orientação, não procurar a estrada e, em vez disso, continuar tocando os cavalos a trote acelerado e com gritos vibrantes, eu já não queria me afastar das troicas.

– Vamos atrás deles – disse eu.

O cocheiro prosseguiu, mas já guiava sem a boa vontade de antes e não conversava mais comigo.

## IV

A nevasca ficava cada vez mais forte e, do alto, a neve caía seca e miúda; parecia que começava a gear de leve: o nariz e as bochechas gelavam com mais força, a corrente de ar frio passava com mais frequência por baixo do casaco de pele e era preciso se enrolar mais nos agasalhos. De vez em quando, os esquis topavam com algum trecho de gelo nu, do qual a neve tinha sido varrida. Como já tinha viajado seiscentas verstas sem parar para pernoitar, às vezes eu não conseguia evitar que os olhos fechassem e eu cochilava, por mais que o desfecho de nossa perambulação fosse do maior interesse para mim. Uma hora, quando abri os olhos, me impressionou no primeiro minuto como parecia clara a luz que iluminava a campina branca; o horizonte se alargou consideravelmente, o céu negro e baixo de repente desapareceu, de todos os lados viam-se as linhas brancas oblíquas da neve que caía; distinguiam-se com mais clareza as formas das troicas na nossa frente e, quando olhei para cima, pareceu no primeiro minuto que as nuvens tinham se dissipado e só a neve que caía encobria o céu. Enquanto eu cochilava, a lua subia e lançava sua luz fria e clara através das nuvens esparsas e da neve que caía. Só uma coisa eu via com clareza – era meu trenó, os cavalos e as três troicas que iam na nossa frente: a primeira, a do correio, na qual o cocheiro ia sentado sozinho na boleia, como antes, e tocava os cavalos num trote acelerado; a segunda, com as rédeas soltas, levava dois homens que, de um *armiak*,[2] fizeram um toldo, e não paravam de fumar cachimbo, o que se podia perceber pelas fagulhas que brilhavam; e a terceira, na qual não se via ninguém, possivelmente porque o cocheiro dormia no meio dela. O cocheiro da frente, no entanto, quando acordei, passou a deter os cavalos de vez em quando para procurar a estrada. Então, assim que parávamos, era possível ouvir o assovio do vento e ver a imensa e impressionante quantidade de neve que se movia no ar. À luz da lua, toldada pela nevasca, eu podia ver a figura baixa do cocheiro com o chicote na mão, ele o usava para apalpar a neve à sua frente, andava para um lado e para o outro no meio da neblina luminosa, aproximava-se de novo do trenó, subia de lado na boleia e, no meio do assovio monótono do vento, ouviam-se de novo as sinetas vivazes, ressonantes, estridentes e tilintantes. Quando o cocheiro da troica da frente descia a fim de procurar marcas da estrada ou montes de feno, do segundo trenó sempre se ouvia a voz animada e confiante de um dos cocheiros, que gritava para o cocheiro da frente:

– Escute, Ignachka! Viramos demais para a esquerda: vá para a direita, na direção do vento.

Ou então:

– Para que ficar rodando feito um bobo? Vá junto com a neve, na direção em que ela cai, e logo vai achar a saída.

Ou então:

– Vá para a direita, vá para direita, meu irmão! Olhe, tem uma coisa preta lá. Será um marco? Não, não é nada.

Ou então:

---

2 Casacão comprido, feito de lã grossa, com cinto.

– Para que essa confusão? Para que essa confusão? Solte o malhado e deixe que ele vá na frente, num instante vai achar a estrada. É o melhor a fazer!

O homem que dava tais conselhos não só não desatrelava o cavalo e não caminhava pela neve para procurar a estrada como nem sequer punha o nariz para fora do seu *armiak*, e quando Ignachka, no início, a um de seus conselhos, gritou que ele mesmo fosse para a troica da frente, já que sabia por onde devia ir, o conselheiro respondeu que, quando estivesse incumbido de conduzir um trenó do correio, iria na frente de fato e num instante encontraria o caminho.

– E nossos cavalos não andam na frente dos outros quando tem nevasca – gritou. – Não são cavalos desse tipo.

– Então não chateia! – retrucou Ignachka, e assobiou alegremente para o cavalo.

O outro cocheiro, que ia no trenó junto com o que dava conselhos, nada dizia para Ignachka e, no geral, não se metia no assunto, embora ainda não estivesse dormindo, o que deduzi pelo cachimbo que não apagava e também porque, quando parávamos, eu ouvia o rumor de sua voz ritmada e ininterrupta. Estava contando uma história. Só numa ocasião, quando Ignachka parou pela sexta ou sétima vez, ele se irritou visivelmente por interromperem sua viagem agradável e pôs-se a gritar com ele:

– Por que parou de novo? Já sei, quer encontrar a estrada! Todo mundo sabe, isso é uma nevasca! Desse jeito, nem um agrimensor consegue achar a estrada. É melhor ir em frente, enquanto os cavalos nos puxam. Não acho que a gente vá congelar nem nada... Toca em frente, anda!

– Pois sim! No ano passado parece que um agente postal gelou até morrer! – retrucou meu cocheiro.

O cocheiro da terceira troica não acordava de jeito nenhum. Só uma vez, durante uma parada, o conselheiro gritou:

– Filipp! Ei, Filipp! – E, como não recebeu resposta, comentou: – Será que já morreu? Ignachka, vá olhar você.

Ignachka, que se incumbia de tudo, aproximou-se do trenó e começou a cutucar o dorminhoco.

– Olhe só, bastou meia garrafinha para ficar desse jeito! Ei, se morreu congelado, diga logo! – exclamou, sacudindo o homem.

O dorminhoco rosnou alguma coisa e praguejou.

– Está vivo, irmãos! – anunciou Ignachka e foi para a frente outra vez; e seguimos viagem de novo, e tão depressa que o cavalinho baio atrelado num dos lados da minha troica, açoitado na cauda sem cessar, mais de uma vez chegou a dar saltos em seu galope desajeitado.

## V

Acho que já era perto de meia-noite, quando o velhinho e Vassíli, que tinham ido atrás dos cavalos fugidos, apareceram. Encontraram os cavalos, prenderam e nos alcançaram; mas como conseguiram fazer tudo isso no escuro da nevasca cega e no meio da estepe nua, eu jamais vou entender. O velhinho, sacudindo os cotovelos e os pés, corria a trote montado no cavalo do meio da troica (os outros dois cavalos vinham amarrados nos arreios: no meio da nevasca, não se podia soltá-los). Quando emparelhou comigo, ele mais uma vez se pôs a xingar meu cocheiro:

– Está vendo, seu diabo vesgo? Francamente...

– Ei, tio Mítritch – gritou o contador de histórias, do segundo trenó. – Está vivo? Venha cá para o nosso trenó.

Mas o velhinho não respondeu e continuou a praguejar. Quando lhe pareceu que já era o bastante, foi para o segundo trenó.

– Pegou todos? – perguntaram, de lá.

– Quem dera!

Sua figura miúda, ao trotar, inclinava o peito junto às costas do cavalo, depois, sem parar, desceu de um salto na neve, correu atrás do trenó, pulou para dentro e ficou deitado, com as pernas estiradas por cima da borda. O alto Vassíli, assim como antes, continuou em silêncio no trenó da frente, ao lado de Ignachka, e junto com ele pôs-se a procurar a estrada.

– Viu como praguеja?... Meu Deus do céu! – resmungou meu cocheiro.

Depois disso, viajamos muito tempo pela vastidão branca sem parar, na luz fria, clara e instável da nevasca. Quando abro os olhos, o mesmo gorro tosco e as mesmas costas cheias de neve se erguem à minha frente, o mesmo arco baixo dos arreios, sob o qual, entre as esticadas correias de couro das rédeas, o cavalo do meio da troica balança a cabeça a intervalos, sempre no mesmo ritmo, com a mesma crina preta que o vento empurra para o lado; por cima das costas do cocheiro, se vê o mesmo cavalinho baio no lado direito da troica, de rabo curto e amarrado, e a ponta do varal a que está atrelado se choca às vezes com a beirada de palha do trenó. Quando olho para baixo, a mesma neve movediça rasgada pelos esquis, levantada com tenacidade pelo vento e sempre carregada para o mesmo lado. À frente, numa distância sempre igual, corre a troica que nos guia; à direita e à esquerda, tudo branco e incerto. Em vão os olhos procuram algum novo objeto: nem marcos da estrada, nem montes de feno, nem cercas – não se vê nada. Em toda parte, tudo é branco, branco e imóvel: ora o horizonte parece imensamente distante, ora se encurta e fica a dois passos, em todos os lados, ora um muro branco e alto de repente se ergue à direita e corre paralelo ao trenó, ora desaparece de súbito e ressurge à frente, para fugir para mais longe e de novo desaparecer. Quando olho para cima – num primeiro momento, parece claro –, parece que, através da neblina, se veem estrelinhas; mas as estrelinhas fogem do olhar, cada vez mais altas, e só se vê a neve, que, bem perto dos olhos, cai no rosto e na gola do casaco de pele; em toda parte, o céu tem a mesma luz, o mesmo branco, sem cor, monótono, constante e fugidio. O vento parece mudar: ora sopra contrário e acumula neve sobre os olhos, ora arremete pelo lado e, de modo irritante, bate a gola do casaco na cabeça, a esfrega com escárnio no meu rosto, ora zune por trás e penetra por qualquer fissura. Ouve-se o crepitar fraco e incessante dos cascos e dos esquis do trenó sobre a neve e o tilintar das sinetas, que silencia quando passamos sobre uma camada de neve mais funda. Só de tempos em tempos, quando andamos contra o vento e passamos sobre um trecho de gelo nu, sem neve, chegam nitidamente aos ouvidos o assovio vigoroso de Ignat e os tinidos ressonantes de suas sinetas, com o ecoante e estridente intervalo de uma quinta, e esses sons de repente perturbam de forma agradável o caráter desolador da vastidão erma, mas logo depois ressoam de novo de maneira monótona, com uma precisão insuportável, tocando os mesmos motivos que eu, sem querer, imagino. Um pé começou a congelar e, quando me virei para me cobrir melhor, a neve acumulada na gola e no gorro escorregou pelo pescoço e me fez estremecer; mas no geral eu ainda estava aquecido dentro do casaco de pele e o cochilo tomou conta de mim.

## VI

As lembranças e as imagens se sucederam com velocidade redobrada na minha imaginação.

"O conselheiro, que não para de gritar do segundo trenó – como deve ser esse mujique? Na certa, é ruivo, gorducho, de pernas curtas", penso. "Do tipo do Fiódor Filíppitch, nosso velho copeiro." E na mesma hora vejo, em pensamento, a escadaria de nossa casa-grande e cinco criados que, pisando pesadamente nuns panos grossos, arrastam um piano do pavilhão anexo; vejo Fiódor Filíppitch, com as mangas enroladas da sobrecasaca preta, que traz um pedal na mão, corre na frente deles, abre os ferrolhos, puxa os panos dali, empurra daqui, se enfia por baixo das pernas dos homens, atrapalha todo mundo e, com voz preocupada, grita sem parar:

– Vocês aí na frente, carreguem nas costas! Assim, com a cauda para cima, para cima, levem para a porta! Isso!

– Ajude aqui, Fiódor Filíppitch! Estou sozinho – chama timidamente o jardineiro, apertado contra o corrimão, todo vermelho com o esforço, apoiando sozinho, com as últimas forças, o canto do piano de cauda.

Mas Fiódor Filíppitch não sossega.

"E o que é isso?", eu raciocinava. "Será que ele acha que é útil, indispensável para o interesse comum, ou apenas está feliz porque Deus lhe deu essa eloquência confiante, persuasiva, e a esbanja com prazer? Deve ser isso." E por algum motivo vejo o lago, os criados cansados que, com a água nos joelhos, puxam uma rede, e de novo Fiódor Filíppitch, com um regador, gritando para todos, corre pela margem e só de vez em quando chega perto da água e, enquanto segura na mão as carpas douradas, entorna a água turva e recolhe água limpa. Mas surge um meio-dia do mês de julho. Eu caminho para algum lugar, por um jardim onde o capim acabou de ser aparado, debaixo de raios de sol que caem ardentes. Ainda sou muito jovem, me falta alguma coisa, quero alguma coisa. Caminho na direção do lago, meu lugar predileto, entre canteiros de roseiras silvestres e alamedas de bétulas, e me deito para dormir. Lembro-me do sentimento com que, deitado, olho através dos ramos espinhosos e vermelhos das roseiras silvestres, para a terra preta e ressecada por grãozinhos, e para o espelho translúcido do lago muito azul. É um sentimento de satisfação ingênua e de tristeza. Tudo à minha volta é tão belo e essa beleza me afeta com tanta força que me parece que eu mesmo sou bonito e apenas me aborrece o fato de ninguém me admirar. Faz calor. Experimento adormecer, para me consolar; mas moscas, moscas atrevidas, nem aqui me dão sossego, começam a se juntar à minha volta e, tenazmente, com força, como carocinhos de fruta, ficam pulando da testa para as mãos. Uma abelha zumbe perto de mim no calor do sol; borboletas de asas amarelas, como que atordoadas, voam de um pé de capim para outro. Olho para o alto; os olhos doem – o sol brilha demais através da folhagem iluminada da bétula frondosa, que balança seus ramos de leve, no alto, acima de mim – e o calor parece mais forte. Cubro o rosto com um lenço; fica abafado e as moscas parecem fincar-se nas mãos, onde brota o suor. Pardais em número cada vez maior começam a surgir nas roseiras silvestres. Um deles pulou na terra e, mastigando raminhos e trinando com alegria, voou do canteiro; outro também saltou na terra, ergueu a cauda, olhou para trás e, como um tiro, gorjeando, saiu voando atrás do primeiro. No lago, ouviam-se os golpes de pás de madeira batendo nas peças de roupa de cama molhadas e tais golpes ressoam e parecem se propagar para o fundo do lago. Ouviam-se os risos, as vozes e os mergulhos dos banhistas. Uma rajada de vento farfalhou o cume das bétulas, ainda longe de mim; mais perto, percebo, o vento começou a sacudir o capim, as folhas do canteiro de roseiras silvestres começaram a balançar, seus ramos começaram a bater uns nos outros; uma corrente de vento fresco me alcança, levanta o canto do lenço e faz cócegas no rosto. Onde o lenço foi levantado, uma mosca vem voando e, assustada, passa perto da boca úmida. Um ramo seco espeta minhas costas. Não, não é possível mais ficar deitado: tenho de ir me banhar. Mas, bem perto do canteiro, ouço passos precipitados e uma voz assustada de mulher:

– Ah, meu Deus! Será possível? E não tem nenhum homem por perto!

– O que está acontecendo? – pergunto, saio correndo para o sol, para a serva que passa por mim se lamentando.

Ela apenas olha para trás, abana as mãos e continua a correr. Então aparece uma velha de cento e cinco anos, Matriona, segurando com a mão o lenço que escorrega da cabeça, avançando aos pulinhos e arrastando um pé calçado em meia de lã, que se apressa rumo ao lago. Duas mocinhas correm, segurando-se uma na outra, e um menino de dez anos, com a sobrecasaca do pai, corre atrás, agarrando a saia de cânhamo de uma delas.

– O que aconteceu? – pergunto a elas.

– Um mujique se afogou.

– Onde?

– No lago.

– Quem? Um dos nossos?

– Não, alguém que estava de passagem.

O cocheiro Ivan, rangendo as botas sobre o capim cortado, e o gordo administrador Iákov, ofegante, correm na direção do lago e eu corro atrás deles.

Lembro que tive a sensação de uma voz que me dizia: "Mergulhe e vá buscar o mujique, salve o homem, e todos vão admirar você" – e era exatamente o que eu queria.

– Onde foi, onde? – pergunto para a multidão de criados reunidos na margem.

– Lá, olhe, lá no fundo, na direção da outra margem, quase na casinha onde trocam de roupa para tomar banho – responde uma lavadeira, estendendo a roupa de cama lavada numa vara horizontal. – Olho para lá e vejo que ele afunda; depois reaparece e mergulha de novo, aparece mais uma vez e tenta gritar: "Estou me afogando, gente!". E de novo foi para o fundo e só subiram umas bolhazinhas. Foi então que entendi que o mujique estava se afogando. Comecei a berrar: "Gente, um mujique se afogou!".

E a lavadeira, depois de colocar a vara sobre o ombro, inclinando-se para o lado, seguiu pela picada, afastando-se do lago.

– Veja só que pecado! – diz Iákov Ivánov, o administrador, com voz desesperada. – Vamos ter problemas com o tribunal do *ziémstvo*.[3] Não vamos ter sossego.

Um mujique com uma foice na mão abriu caminho entre o bando de mulheres, crianças e velhos aglomerados na outra margem e, depois de pendurar a foice no galho de um salgueiro, lentamente se descalçou.

– Onde foi? Onde ele se afogou? – não paro de perguntar, querendo me atirar na água e fazer algo extraordinário.

---

3 Conselho rural, eleito entre os senhores de terra, entre 1864 e 1918.

Mas me apontam a superfície lisa do lago, que de vez em quando o vento arrepia. Não entendo como é possível que, tendo ele se fogado, a água continue lisa e bonita como antes, indiferente, brilhando dourada sob o sol do meio-dia; e parece-me que não posso fazer nada, não posso despertar a admiração de ninguém, ainda mais porque nado muito mal; mas o mujique já está tirando a camisa pela cabeça e logo vai entrar na água. Todos olham para ele com esperança, ansiosos; mas, quando está com a água nos ombros, o mujique lentamente volta e veste a camisa: ele não sabe nadar.

Continua a chegar gente, a multidão cresce mais e mais, as mulheres ficam de mãos dadas; mas ninguém oferece ajuda. Os que acabaram de chegar dão conselhos, lamentam-se, e no rosto se exprimem o temor e o desespero; entre os que já estavam ali desde antes, alguns sentam no capim, cansados de ficar de pé, alguns começam a voltar. A velha Matriona pergunta para a filha se ela fechou a tampa da estufa; o menino com a sobrecasaca do pai atira pedrinhas com capricho na água.

Então, com um latido e olhando para trás, desconcertado, Trezorka, o cachorro de Fiódor Filíppitch, vem correndo da casa, morro abaixo; mas então a figura do próprio Fiódor Filíppitch surge de trás dos canteiros de roseiras silvestres e corre morro abaixo, gritando algo.

– Por que estão parados? – grita, enquanto tira a sobrecasaca, sem parar de correr. – O homem se afogou e eles ficam parados! Deem uma corda!

Com temor e esperança, todos olham para Fiódor Filíppitch, enquanto ele, apoiando-se com a mão no ombro de um servo prestativo, empurra o salto da bota direita com a ponta da bota esquerda para se descalçar.

– Foi lá, onde está aquela gente, logo à direita do salgueiro, Fiódor Filíppitch, foi lá – diz alguém.

– Já entendi! – responde e, de sobrancelhas franzidas, talvez em resposta aos sinais de vergonha que surgem na multidão de mulheres, tira a camisa, a cruz, entrega para um menino jardineiro que está parado na sua frente numa atitude servil, avança com energia sobre o capim cortado e se aproxima do lago.

Trezorka, em dúvida sobre o motivo da rapidez dos movimentos de seu dono, se detém junto à multidão e, estalando os beiços, mordisca folhas de capim perto da margem, olha com ar interrogativo para ele e, de repente, depois de soltar um ganido alegre, se atira na água junto com o dono. No primeiro momento, não se vê nada, senão espuma e respingos que voam até nós; mas então Fiódor Filíppitch, movendo os braços de modo elegante e levantando e abaixando ritmadamente as costas brancas, nada com braçadas ligeiras até a outra margem. Já Trezorka, depois de afundar, volta afobado, se sacode perto da multidão e se enxuga deitado de costas na margem. Ao mesmo tempo que Fiódor Filíppitch nada rumo à outra margem, dois cocheiros correm na direção do salgueiro com uma rede presa numa vara. Por algum motivo, Fiódor Filíppitch levanta a mão para o alto, afunda uma vez, mais uma, uma terceira vez, e sempre que sobe à tona solta um jato de água pela boca, balança o cabelo de um jeito bonito e não responde às perguntas que chovem sobre ele de todos os lados. Por fim, sai pela margem e, até onde se pode distinguir, dá instruções sobre como abrir a rede. Puxam a rede, mas na malha não há nada, senão lodo e uns peixinhos, que se debatem no lodo. Quando jogam a rede mais uma vez, dou a volta e sigo a pé para aquela margem.

Só se ouvem a voz de Fiódor Filíppitch dando ordens, a batida da corda molhada na água e os suspiros de horror. A corda molhada, presa do lado direito, cada vez mais encoberta pelo capim, vai saindo da água pouco a pouco.

– Agora, puxem juntos, amigos, vamos lá! – grita a voz de Fiódor Filíppitch.

Os flutuadores aparecem, encharcados de água.

– Tem alguma coisa, está pesado, irmãos – exclama uma voz.

E então as duas abas da rede, onde três ou quatro carpas se debatem, desdobram-se sobre a margem, molhando e comprimindo o capim. E através de uma camada fina e superficial de água fervilhante, surge algo branco na rede estendida. No meio do silêncio de morte, um suspiro de horror, baixo, mas audível de uma forma impressionante, percorre a multidão.

– Puxem, amigos, puxem para o seco! – ouve-se a voz decidida de Fiódor Filíppitch, e puxam o afogado na direção do salgueiro, arrastando a rede por cima dos pés de bardana ceifados.

E então vejo minha boa e velha tia, de vestido branco, vejo sua sombrinha lilás com franjas, que de algum modo, por sua simplicidade, se mostra incompatível com aquele horroroso quadro de morte, vejo seu rosto, pronto para chorar a qualquer instante. Lembro-me da decepção expressa naquele rosto, porque, no caso, de nada serviria usar arnica, e então me lembro do sentimento doloroso, triste, que experimentei quando ela, com o ingênuo egoísmo do amor, me disse: "Vamos, meu amigo. Ah, como isso é horrível! E você, que sempre nada e toma banho sozinho".

Lembro como o sol ardia, radiante e candente, na terra seca que se esfarelava sob os pés, como o sol rebrilhava no espelho do lago, como as carpas fortes se debatiam na beira do lago e os cardumes de peixes rodopiavam rente à superfície lisa da água, como um gavião serpenteava no alto do céu, pairando acima de uns patinhos que, borbulhando e fazendo a água espirrar, subiam à tona na margem, através dos juncos; como nuvens brancas, encrespadas e chuvosas se avolumavam no horizonte, como o lodo arrastado para a margem pela rede aos poucos se dissolvia e passava pela barragem, e ouvi de novo o som dos golpes da pá de madeira na roupa lavada se propagando pelo lago.

Mas aquela pá de madeira soa como se duas pás vibrassem juntas num intervalo de terça e aquele som me aflige, me atormenta, ainda mais porque sei que aquela pá de madeira é uma sineta e Fiódor Filíppitch não vai silenciá-la. E aquela pá de madeira, como um instrumento de suplício, comprime meu pé, que está gelado – adormeço.

Acordo com a impressão de que estamos galopando muito depressa e duas vozes falam bem perto de mim.

– Escute, Ignat, ei, Ignat! – diz a voz de meu cocheiro. – Leve meu passageiro... você vai sozinho e tem de ir mesmo, mas para mim, de que adianta ficar viajando à toa? Leve!

A voz de Ignat responde, bem do meu lado:

– Mas o que vou ganhar de bom ficando responsável por um passageiro?

– Meio litro!... Meia garrafa já vai dar.

– Meia garrafa, pois sim! – grita a outra voz. – Matar os cavalos de cansaço por meia garrafa!

Abro os olhos. A mesma neve insuportável e palpitante surge diante de meus olhos, os mesmos cocheiros e cavalos, mas a meu lado vejo um trenó. Meu cocheiro alcançou o trenó de Ignat e andamos emparelhados durante muito tempo. Apesar de vozes dos outros trenós aconselharem a não aceitar menos do que meio litro, de repente Ignat detém sua troica.

– Passe para o meu trenó, vamos lá, você está com sorte. Me dê a meia garrafa amanhã, quando a gente voltar. Tem muita bagagem?

Meu cocheiro, com um entusiasmo incomum para ele, pula sobre a neve, me saúda e pede que eu passe para o trenó de Ignat. Estou plenamente de acordo; mas é claro que o mujique temente a Deus está tão satisfeito que deseja extravasar com alguém sua gratidão e sua alegria: me cumprimenta, me agradece, bem como a Aliocha e Ignachka.

– Pronto, agora sim, graças a Deus! Puxa vida! Viajamos metade da noite sem saber para onde. Mas ele vai levar o senhor ao seu destino, patrão, e meus cavalos já estão para lá de cansados.

E arruma as bagagens com movimentos entusiasmados.

Enquanto arrumava as bagagens, fui caminhando no vento, que parecia me levantar do chão, e me aproximei do segundo trenó. Especialmente daquele lado em que os dois cocheiros estavam protegidos do vento por um *armiak* estendido acima de suas cabeças, um quarto do trenó estava coberto pela neve; atrás do *armiak*, estava confortável e calmo. O velhote continuava deitado do mesmo jeito, com as pernas balançando na beirada, e o contador de histórias continuava seu relato:

– Ao mesmo tempo que o general chega, quer dizer, a mando do rei, quer dizer, chega ao calabouço para encontrar Mária, ao mesmo tempo Mária diz para ele: "General! Não preciso de você e não posso amar você e, quer dizer, você não é meu bem-amado; meu bem-amado é aquele príncipe... Aí ao mesmo tempo... – quis continuar, mas, ao me ver, calou-se um minuto e pôs-se a soprar e avivar as brasas de seu cachimbo.

– E então, patrão, veio escutar uma historinha com a gente? – disse o outro, que eu chamava de conselheiro.

– Sim, é divertido ficar aqui com vocês! – respondi.

– Pois é! Espanta o tédio... pelo menos a gente não fica pensando.

– Mas então vocês não sabem onde é que estamos agora?

A pergunta, me pareceu, não agradou aos cocheiros.

– Quem é que pode saber onde estamos? Vai ver já entramos pelas terras dos calmucos – respondeu o conselheiro.

– E o que vamos fazer? – perguntei.

– O que vamos fazer? Vamos andando, de um jeito ou de outro a gente acaba chegando lá – disse ele, num tom de voz descontente.

– Mas e se não chegarmos e os cavalos se cansarem de andar na neve, o que vai acontecer?

– O que vai acontecer? Nada.

– Podemos morrer congelados.

– Podemos, sim, é claro, porque a gente não encontra montes de feno em lugar nenhum: quer dizer, estamos viajando no meio das terras dos calmucos. A primeira coisa que a gente precisa fazer é olhar a neve com cuidado.

– E você não tem medo de morrer congelado, patrão? – perguntou o velhote, com voz trêmula.

Apesar de parecer que estava zombando de mim, era evidente que ele estava gelado até os ossos.

– Pois é, está ficando muito frio – respondi.

– Ei, patrão! É melhor fazer que nem eu: de vez em quando dou uma corridinha e assim a gente esquenta.

– O melhor é correr atrás do trenó – disse o conselheiro.

VII

– Vamos lá: tudo pronto! – gritou Aliocha para mim, do trenó dianteiro.

A nevasca estava tão forte que só me inclinando muito para a frente e segurando com as duas mãos as abas do capote consegui a duras penas vencer os poucos passos que me separavam do trenó, andando sobre a neve instável, que o vento retirava de debaixo de meus pés. O meu cocheiro anterior já estava de joelhos no meio do trenó vazio, mas, ao me ver, tirou seu gorro grande, com o que na mesma hora o vento levantou seu cabelo com fúria, e me pediu vodca. Sem dúvida, ele não esperava que lhe desse algo, porque minha recusa não o desanimou nem um pouco. Agradeceu-me assim mesmo, tirou o gorro e me disse: "Que Deus o ajude, patrão...", e, sacudindo as rédeas com força e estalando os lábios, afastou-se de nós. Em seguida, Ignachka moveu as costas de cima a baixo e gritou para os cavalos. De novo os sons da batida dos cascos, da gritaria e das sinetas encobriram o barulho do vento uivante, que se fazia ouvir nitidamente quando estavam parados.

Durante quinze minutos após a mudança de trenó, não dormi e me distraí com a observação da figura do novo cocheiro e dos cavalos. Ignachka se sentava de maneira destemida, saltitava sem cessar, brandia um chicote na direção dos cavalos, dava gritos, batia um pé contra o outro e, curvando-se para a frente, corrigia a posição do arreio na anca do cavalo do meio, que a toda hora escorregava para o lado direito. Era um homem de pequena estatura, mas bem constituído, ao que parecia. Por cima do casaco curto de pele, vestia um *armiak* sem cinto cuja gola estava quase virada para trás, e o pescoço estava inteiramente descoberto; as botas não eram de feltro, mas de couro, e o gorro, que ele a todo momento tirava e ajeitava, era pequeno. As orelhas estavam cobertas apenas pelos cabelos. Em todos os seus movimentos se percebia não só a energia como também, mais que isso, assim me pareceu, o desejo de despertar ainda mais energia dentro de si. No entanto, quanto mais para longe andávamos, com frequência cada vez maior ele dava pulinhos na boleia e estalava um pé contra o outro a fim de se acomodar melhor, e se punha a conversar comigo e com Aliochka; pareceu-me que ele tinha medo de perder a coragem. E havia bons motivos para isso: embora os cavalos fossem bons, o caminho ficava mais árduo a cada passo e se percebia como os cavalos corriam de má vontade; já era preciso aplicar chicotadas, e o cavalo do meio da troica, um animal bom, peludo e grande, tropeçou duas ou três vezes e no entanto, apesar de se assustar na hora, logo tocava adiante e erguia a cabeça peluda quase na altura da sineta. O cavalo da direita, que eu observava sem querer, assim como observava o comprido arreio de couro enfeitado com uma borla que escorregava e sacudia para o lado, tentava visivelmente se desvencilhar dos arreios, exigia o chicote, mas, por ser, de costume, um cavalo bom e até fogoso, parecia contrariado com a própria fraqueza, baixava e erguia a cabeça irritado, pedindo o rigor das rédeas. De fato, era terrível ver que a nevasca e a friagem ficavam cada vez mais fortes, os cavalos se enfraqueciam, o caminho piorava e nós, decididamente, não sabíamos onde estávamos e para onde devíamos ir, não só a fim de chegar à estação, mas a qualquer abrigo que fosse – e era estranho e irônico ouvir as sinetas soarem tão espontâneas e alegres e Ignatka dar gritos tão animados e bonitos como se estivéssemos passeando de trenó por uma rua de aldeia no meio-dia ensolarado de um enregelante feriado de Dia de Reis – e, acima de tudo, era estranho pensar que seguíamos sem parar, e com ímpeto, para não se sabia onde, mas certamente para longe do lugar onde estávamos. Ignatka começou a cantarolar uma canção num falsete de fato medonho, mas tão alto e com tais pausas – momento em que dava uns assobios – que, enquanto o ouvíamos, seria até estranho ter medo.

– Ei, ei! Segura essa garganta, Ignat! – ouviu-se a voz do conselheiro. – Pare aí, pare aí!

– O quê?

– Pare aíííí!

Ignat parou os cavalos. De novo tudo ficou em silêncio e o vento começou a uivar e chiar e a neve, rodopiando, começou a cair espessa sobre o trenó. O conselheiro aproximou-se de nós.

– E então?

– Pois é! Para onde vamos?

– Quem sabe?

– Seus pés estão congelados para ficar batendo assim com eles no chão?

– Está tudo dormente.

– É melhor descer: tem alguma coisa láááá... Vai ver é um acampamento de nômades calmucos. Podia esquentar os pés.

– Certo. Segure os cavalos... tome.

E Ignat correu na direção indicada.

– É preciso ir olhar tudo: assim dá para achar; de que adianta andar sem rumo desse jeito? – disse o conselheiro para mim. – Viu só como ele bateu nos cavalos?

O tempo todo que Ignat caminhava – e isso se prolongou tanto que até temi que ele tivesse se perdido –, o conselheiro me dizia, em tom confiante e sereno, o que era preciso fazer durante uma nevasca, que o melhor de tudo era desatrelar um cavalo e soltá-lo para que ele, assim como Deus é santo, os levasse para o caminho certo, ou então às vezes era possível se guiar pelas estrelas, e disse que, se ele mesmo tivesse conduzido o trenó da frente, já estaríamos na estação havia muito tempo.

– Então, o que tem lá? – perguntou para Ignat, que voltava andando com dificuldade, com a neve quase nos joelhos.

– Vi uma coisa, sim, um acampamento – respondeu Ignat, ofegante. – Só não sei de quem é. Irmão, parece que a gente se desviou para o lado de Prolgov. Agora a gente vai ter de ir para a esquerda.

– Que nada! É um acampamento da nossa gente mesmo, que fica atrás da aldeia dos cossacos – retrucou o conselheiro.

– Estou dizendo que não é!

– Pois eu vi, eu sei: não tem dúvida; se não for, é Tamíchevsko. É preciso seguir sempre para a direita: vamos dar direto na ponte grande... são oito verstas.

– Estou dizendo que não é isso! Fui eu que vi! – retrucou Ignat com irritação.

– Ah, irmão! E você ainda se diz cocheiro!

– Sou cocheiro mesmo! Vá lá olhar, então.

– Para que andar? Eu sei.

Era evidente que Ignat estava irritado: sem responder, pulou na boleia e tocou os cavalos adiante.

– Olhe, meus pés estão dormentes: não dá para esquentar – disse para Aliocha, enquanto batia cada vez mais com os pés um no outro e recolhia e jogava longe a neve que caía no cano das botas.

Eu sentia uma vontade terrível de dormir.

## VIII

"Será que estou morrendo congelado?", pensei no meio do sono. "O congelamento sempre começa com o sono, é o que dizem. É melhor se afogar do que morrer congelado, assim vão me puxar numa rede; de resto, tanto faz afogar ou congelar, contanto que aquele pedaço de pau não me empurre pelas costas e que eu perca a consciência."

Desfaleço por um segundo.

"Então será que está tudo acabado?", pergunto de repente, em pensamento, abrindo os olhos por um instante e vislumbrando a vastidão branca. "Será que está tudo acabado? Se não encontrarmos montes de feno e os cavalos se cansarem, o que parece que vai ocorrer daqui a pouco, vamos todos morrer congelados." Embora eu tivesse um pouco de medo, confesso que o desejo de que acontecesse conosco algo fora do comum e um pouco trágico era mais forte do que o pequeno temor que havia dentro de mim. Parecia-me que não seria ruim se, já de manhã, os cavalos sozinhos nos levassem, já meio congelados, e alguns de nós até completamente congelados, para alguma aldeia distante e desconhecida. E sonhos desse teor se desenrolavam na minha frente com uma nitidez e uma velocidade fora do comum. Os cavalos param, a neve se avoluma cada vez mais e dos cavalos só se veem as orelhas e o arco dos arreios; mas de repente Ignachka surge com sua troica e passa por nós. Imploramos, aos gritos, que ele nos leve também; mas o vento carrega a voz, a voz não soa. Ignachka dá risadas, grita para os cavalos, assovia e se esconde de nós numa profunda ravina coberta pela neve. O velhote salta para cima de um cavalo, movimenta os cotovelos e quer galopar, mas não consegue nem sair do lugar; meu cocheiro anterior, com o gorro grande, se atira sobre o velhote, o derruba no chão e o pisoteia sobre a neve. "Você é um bruxo", grita, "é um safado! Vamos ficar perdidos juntos!" Mas o velhote, com a cabeça, abre um buraco na neve; ele é menos um velhote do que uma lebre e pula para longe de nós. Todos os cachorros pulam atrás dele. O conselheiro, que é Fiódor Filíppitch, diz a todos que se sentem numa roda, que não importa se a neve nos cobrir: vamos ficar aquecidos. De fato, ficamos aquecidos e confortáveis; só que sinto vontade de beber. Pego a arca em que estão as bebidas, sirvo rum e açúcar para todos e eu mesmo bebo com grande prazer. O conselheiro conta uma história qualquer sobre o arco-íris – e acima dele já há um teto de neve e um arco-íris.

"Agora cada um de nós vai fazer um quartinho na neve e vamos dormir!", digo. A neve está macia e morna, como um pelo. Faço um quartinho para mim e quero entrar nele; mas Fiódor Filíppitch, que viu meu dinheiro na arca de bebidas, diz: "Espere! Me dê o dinheiro. Vamos todos morrer mesmo!". E me puxa pelo pé. Entrego o dinheiro e só peço que me soltem; mas eles não acreditam que aquele é todo o dinheiro que tenho e querem me matar. Agarro a mão do velhote e, com um prazer indescritível, começo a beijá-la; a mão do velhote é tenra e doce. De início, ele tenta puxar a mão, mas depois se rende e até me afaga com a outra mão. No entanto Fiódor Filíppitch se aproxima e me ameaça. Corro para meu quarto; mas não é um quarto e sim um corredor comprido e branco, e alguém me agarra pelo pé. Escapo. Nas mãos de quem me segura, ficam minhas roupas e uma parte da pele; mas só sinto frio e vergonha – fico ainda mais envergonhado porque minha tia, com sua sombrinha e sua farmácia de homeopatia, de braço dado com o afogado, vem em minha direção. Eu me jogo no trenó, os pés se arrastam na neve; mas o velhote me persegue, abanando os cotovelos. O velhote já está perto, porém escuto dois sinos ressoando à minha frente e entendo que estou salvo quando corro na direção deles. Os sinos ressoam com nitidez cada vez maior; mas o velhote me alcança e cai com a barriga em cima da minha cara, de tal modo que mal consigo ouvir os sinos. De novo agarro sua mão e começo a beijá-la, mas o velhote não é o velhote, e sim o afogado... e grita: "Ignachka! Espere, aquilo lá são as medas de feno de Akhmétkin, eu acho! Vá dar uma olhada!". Isso é terrível demais. Não! É melhor acordar...

Abro os olhos. O vento empurrou para trás a aba do capote de Aliocha, que cobria meu rosto, meus joelhos estão descobertos, avançamos sobre uma fina camada de gelo nu, sobre a neve, e o som do intervalo de terça das sinetas soa no ar com clareza, junto com sua quinta vibrante.

Olho e procuro as medas de feno; mas em lugar disso, já com os olhos abertos, vejo uma casa com varanda e o muro de uma fortaleza com ameias. Tenho pouco interesse em observar melhor a casa e a fortaleza: quero, acima de tudo, ver de novo o corredor branco pelo qual eu corria, ouvir o som do sino da igreja e beijar a mão do velho. Fecho os olhos mais uma vez e adormeço.

## IX

Dormi profundamente; mas a terça das sinetas se fazia ouvir o tempo todo e, no sono, me aparece ora na forma de um cachorro que late e se atira sobre mim, ora na forma de um órgão, do qual eu sou um dos tubos, ora na forma de versos franceses, que eu estou compondo. Ora me parecia que aquela terça era uma espécie de instrumento de tortura, que não parava de apertar meu calcanhar direito. Isso foi tão forte que acordei e abri os olhos, esfregando o pé. Tinha começado a congelar. A noite continuava fresca, branca e turva como antes. O mesmo movimento sacudia a mim e ao trenó; o mesmo Ignachka estava sentado de lado e batia os pés um no outro; o mesmo cavalo do lado da troica, com o pescoço esticado e erguendo as patas muito pouco, andava a galope sobre a neve funda, a mesma borla balançava no arreio e açoitava a barriga do cavalo. A cabeça do cavalo do meio da troica, com a crina esvoaçante, balançava ritmadamente, esticando e relaxando as rédeas presas ao arco dos arreios. Porém tudo isso estava velado, encoberto pela neve, ainda mais do que antes. A neve rodopiava pela frente, pelos lados, engolia os esquis do trenó e as patas dos cavalos até os joelhos e, mais acima, se acumulava nas golas e nos gorros. O vento batia ora da direita, ora da esquerda, levantava as golas, a aba do *armiak* de Ignachka, a crina do cavalo do meio da troica e uivava por cima do arco dos arreios e por trás dos varais em que estavam atrelados os cavalos.

O frio tornou-se horroroso e, mal eu baixava a gola, a neve seca e enregelante, que rodopiava, se acumulava nas pestanas, no nariz, na boca e entrava de um salto por trás do pescoço; quando se olhava em redor, tudo estava branco, iluminado e fresco, não havia nada em lugar nenhum, a não ser a luz turva e a neve. Senti medo de verdade. Aliocha dormia aos meus pés, bem no fundo do trenó; suas costas estavam cobertas por uma espessa camada de neve. Ignachka não desanimava: sacudia as rédeas sem parar, dava gritos e batia os pés no chão. A sineta soava maravilhosa como antes. Os cavalos bufavam, mas corriam, tropeçando cada vez mais, e um pouco mais devagar. Ignachka deu um pulo outra vez, abanou a luva e começou a cantar uma canção com sua voz tensa e fina. Antes de terminar a canção, deteve a troica, jogou as rédeas na borda da frente do trenó e desceu. O vento uivava com violência; como se caísse a pazadas, a neve se espalhava sobre as abas do casaco de pele. Olhei para trás: a terceira troica já não estava conosco (tinha ficado para trás em algum ponto). Perto do segundo trenó, dentro de uma nuvem de neve, via-se que o velhote pulava ora num pé, ora no outro. Ignachka afastou-se três passos do trenó, sentou na neve, desamarrou as botas e começou a descalçá-las.

– O que está fazendo? – perguntei.

– Tenho de tirar as botas; senão meus pés vão congelar de uma vez – respondeu e continuou sua tarefa.

Eu estava com frio demais para esticar o pescoço de dentro da gola e espiar o que ele estava fazendo. Fiquei sentado, reto, olhando para o cavalo do lado da troica, que, com as patas afastadas, de um jeito doloroso e cansado, balançava o rabo amarrado e coberto de neve. O tranco que Ignat causou no trenó ao pular na boleia me acordou.

– Onde estamos agora? – perguntei. – Vamos chegar lá pelo menos ao raiar do dia?

– Fique tranquilo: vamos chegar – respondeu. – Agora o que interessa é que os pés ficaram aquecidos, já que troquei de botas.

E tocou os cavalos para a frente, as sinetas soaram, o trenó recomeçou a balançar e o vento voltou a assoviar por baixo dos varais. E nós, mais uma vez, saímos a navegar pelo infinito mar de neve.

## X

Adormeci profundamente. Quando acordei e abri os olhos, depois que Aliochka empurrou minha cabeça, já era de manhã. Parecia mais frio do que na noite anterior. Do alto, não vinha neve; mas o vento forte e seco continuava a espalhar o pó de neve pelo campo e sobretudo embaixo dos cascos dos cavalos e dos esquis do trenó. O céu estava pesado à direita, no leste, com uma cor azul-escura; porém claras faixas diagonais alaranjadas surgiam no céu de maneira cada vez mais luminosa. No alto, acima de nós, por trás de nuvens que corriam brancas, levemente coloridas, via-se um azul pálido: à esquerda, havia nuvens claras, leves e em movimento. Em toda parte ao redor, até onde os olhos podiam alcançar, jazia sobre o campo a neve profunda, branca, disposta em camadas espessas. Aqui e ali se viam montinhos cinzentos, em torno dos quais revoava teimosamente um pó de neve seco e fino. Não se via nenhuma pegada ou marca sobre a neve, nem de homem, nem de bicho, nem de trenó. O contorno e a cor das costas do cocheiro e dos cavalos eram visíveis de modo claro e distinto, contra o fundo branco... A fita azul-escura do gorro de Ignachka, o colarinho, o cabelo e até as botas estavam brancos. O trenó estava totalmente coberto. O cavalo cinza-escuro do meio da troica tinha a crina e todo o lado direito da cabeça cobertos pela neve; o cavalo do meu lado tinha as pernas afundadas na neve até os joelhos, bem como o lado direito da garupa suada, cujo pelo tinha encrespado. A borla presa no arreio continuava a balançar como antes, no mesmo ritmo, como se quisesse imaginar uma melodia, e o próprio cavalo corria como antes, só que pela barriga afundada, que baixava e levantava muitas vezes, e pelas orelhas caídas percebia-se como estava exausto. Só um novo objeto chamou a atenção: um marco das verstas da estrada, do qual a neve caía na terra e junto ao qual, do lado direito, o vento havia acumulado um monte de neve e continuava a desprender e a atirar a neve ressecada de um lado para outro. Fiquei horrivelmente surpreso ao ver que tínhamos andado a noite inteira puxados pelos mesmos cavalos, durante doze horas, sem saber para onde e sem parar, e mesmo assim, de algum modo, havíamos encontrado o caminho. Nossas sinetas pareciam tocar mais alegres ainda. Ignat se agasalhava e dava gritos; atrás, os cavalos bufavam e ressoavam as sinetas da troica do velhote e do conselheiro; mas aquele que antes dormia tinha seguramente ficado para trás de nós, em algum lugar da estepe. Depois de percorrer meia versta, encontramos marcas frescas, e ainda não cobertas de neve, de um trenó e de uma troica e, sobre elas, esparsas manchas rosadas de sangue de um cavalo que, com certeza, se ferira ao bater uma pata na outra.

– É o Filipp! Veja só, chegou antes de nós! – disse Ignachka.

Então surge um casebre com uma tabuleta, sozinho na beira da estrada e no meio da neve, que por muito pouco não o cobriu até as janelas e o telhado. Ao lado da taberna está uma troica de cavalos cinzentos, com os pelos encrespados pelo suor, patas afastadas e cabeça baixa. A área junto à porta foi limpa e uma pá está ali encostada: mas o vento que zune continua a varrer e rolar para baixo a neve do telhado.

Ao som de nossas sinetas, um cocheiro grande, corado e ruivo aparece na porta com um copo de vinho nas mãos e grita alguma coisa. Ignachka se volta para mim e pede permissão para parar. Ali, vejo pela primeira vez sua fisionomia.

## XI

Seu rosto não era seco, de nariz reto e pele escura, como eu esperava, a julgar por seus cabelos e por seu físico. Era um rosto redondo, alegre, de nariz arrebitado, boca grande e olhos redondos, brilhantes e azul-claros. As bochechas e o pescoço eram vermelhos, como se tivessem sido lustrados com um pano; as sobrancelhas, as pestanas compridas e a penugem que cobriam por igual a parte inferior do rosto estavam recobertas pela neve e completamente brancas. Até a estação, faltava só meia versta, então paramos ali.

– Mas não vamos demorar – avisei.

– Só um minuto – respondeu Ignachka, pulando da boleia e aproximando--se de Filipp. – Me dê um pouco, irmão – disse ele, tirando a luva da mão direita e jogando na neve, junto com o chicote. Depois inclinou a cabeça para trás e sorveu de um só gole o copinho de vodca que o outro lhe dera.

O vendedor de bebidas, na certa um cossaco aposentado, saiu pela porta com uma garrafinha na mão.

– Quem vai querer? – disse.

O alto Vassíli, mujique louro e magro, de barbicha de bode, e o conselheiro, gordo, muito louro, de barba branca e espessa, que envolvia o rosto vermelho, se aproximaram e também beberam um copinho de um só gole. O velhote também quis se juntar ao grupo de bebedores, mas não lhe serviram bebida e ele se afastou para junto de seus cavalos amarrados atrás do trenó, e pôs-se a afagar um deles, nas costas e na garupa.

O velhote era exatamente como eu o havia imaginado: pequeno, magrinho, com o rosto enrugado e azulado, barbicha rala, nariz pontudo e dentes amarelos e roídos. Seu gorro era bastante novo, do correio, mas o curto casaco de pele, surrado, manchado de piche e rasgado no ombro e nas abas, não chegava a cobrir os joelhos e, quanto à roupa que usava por baixo, feita de cânhamo, a calça estava enfiada por dentro dos canos das enormes botas de feltro. Andava todo curvado, encolhido e, com os joelhos e o rosto trêmulos, vagava em redor do trenó, obviamente para tentar se aquecer.

– Puxa, Mítritch, tome aí uma garrafinha; é bom para esquentar – disse-lhe o conselheiro.

Mítritch tremia. Ajeitou os arreios de seu cavalo, arrumou o arco do arreio e aproximou-se de mim.

– E então, patrão – disse ele, tirando o gorro de seus cabelos grisalhos e curvando-se bastante num cumprimento –, andamos sem rumo com o senhor a noite inteira, procuramos um caminho; o senhor podia me agraciar com uma meia garrafa. É sim, paizinho, Vossa Excelência! Não tenho nada para me aquecer – acrescentou com um sorrisinho servil.

Dei-lhe uma moeda de vinte e cinco copeques. O vendedor de bebidas trouxe a garrafinha e serviu o velhote. Ele tirou a luva, soltou o chicote e levou a mão miúda, morena, retorcida e um pouco azulada na direção do copo; mas seu polegar, como se fosse alheio, não lhe obedecia; ele não conseguia segurar o copo, derramou a bebida e deixou o copo cair na neve.

Todos os cocheiros gargalharam.

– Olhe só, o Mítritch ficou congelado! Nem consegue segurar a vodca.

Mas Mítritch se aborreceu muito por ter derramado a vodca.

No entanto serviram mais um copo e lhe deram de beber na boca. Na mesma hora ele se alegrou, foi para dentro da taberna, acendeu um cachimbo, pôs-se a sorrir com os dentes amarelados e roídos e, em cada palavra que dizia, misturava xingamentos. Depois de beberem a última garrafinha, os cocheiros se dispersaram em direção às suas troicas e partimos.

A neve se tornava cada vez mais branca e mais clara, de tal modo que olhar para ela fazia doer a vista. As faixas alaranjadas e vermelhas ficavam cada vez mais altas, dissipavam-se cada vez mais claras no céu; até o círculo vermelho do sol se fez visível no horizonte, através de nuvens acinzentadas; o azul tornou-se mais brilhante e mais escuro. As marcas na neve perto da aldeia dos cossacos estavam bem claras, nítidas, amareladas, aqui e ali havia buracos; no ar gélido e rarefeito, faziam-se sentir uma leveza e um frescor agradável.

Minha troica corria muito veloz. A cabeça do cavalo do meio e seu pescoço, com a crina que esvoaçava até o arco dos arreios, balançavam ligeiro, quase sem sair do lugar, embaixo das sinetas de caçador, cujo badalo já não batia mais, apenas raspava suas paredes. Os bons cavalos laterais da troica puxavam em harmonia os tirantes congelados e tortos, saltavam com energia, a borla batia embaixo do arreio e da barriga. Às vezes um cavalo lateral se desviava da estrada batida e esbarrava num monte de neve, a qual espirrava em seus olhos enquanto ele tentava afoitamente se desvencilhar. Ignachka dava alegres gritos de tenor; a geada seca uivava por baixo dos varais; atrás, duas sinetas ressoavam festivas e tilintantes e se ouviam os gritos embriagados dos cocheiros. Virei-me para trás: os cavalos laterais, cinzentos e de pelo encrespado, com o pescoço esticado, respirando ritmadamente e com o bridão torto, davam saltos sobre a neve. Filipp, brandindo o chicote, ajeitou o gorro, o velhote, com as pernas penduradas como antes, estava deitado no meio do trenó.

Dois minutos depois, o trenó rangeu sobre as tábuas rachadas da entrada da estação. Ignachka virou para mim seu rosto alegre, coberto pela neve, bafejado pela friagem.

– Está entregue, patrão!

11 de fevereiro de 1856

# DOIS HUSSARDOS

*Dedicado à condessa M. N. Tolstói*[1]

*É Jomini para lá, Jomini para cá*
*Mas sobre a vodca que é bom, ninguém dá um pio...*
D. Davídov[2]

Em mil oitocentos e alguma coisa, na época em que ainda não havia estradas de ferro nem estradas de carruagens, em que não havia luz a gás nem velas de estearina, nem sofás de molas, nem móveis que não tivessem verniz, nem jovens desalentados que usam monóculo, nem mulheres filósofas liberais, nem as encantadoras damas das camélias que tanto proliferam em nosso tempo; na época ingênua em que, quando se viajava de Moscou para Petersburgo, de carruagem ou de coche, se levava uma cozinha inteira de comidas feitas em casa e viajava-se oito dias e oito noites por caminhos não batidos, poeirentos ou enlameados, acreditava-se em croquetes de Pojárski,[3] em sinetas e rosquinhas de Valdai;[4] quando, nas compridas tardes de outono, ardiam as velas de sebo iluminando círculos familiares formados por vinte ou trinta pessoas e, nos bailes, punham nos candelabros velas de cera e de espermacete, quando arrumavam os móveis de forma simétrica; quando nossos pais ainda eram jovens, não só devido à ausência de rugas e cabelos brancos, mas também porque trocavam tiros por causa de mulheres e se precipitavam de um canto da sala a outro a fim de pegar no chão lencinhos, que caíam por acaso ou não, e nossas mães usavam roupas de cintura fina e de mangas enormes e resolviam questões familiares tirando a sorte; quando lindas damas das camélias se escondiam da luz do dia; na época ingênua das lojas maçônicas, dos martinistas, do Tugendbund, na época

---

1 Irmã de Liev Tolstói.

2 Versos do poeta D. V. Davídov (1784-1839), extraídos do poema "Canções de um velho hussardo". Jomini foi um importante teórico e estrategista militar francês, na época das guerras napoleônicas.

3 Segundo a tradição, Pojárski foi dono de uma estalagem onde o tsar Nicolau I comeu, em viagem; como o tsar apreciou muito o croquete que o estalajadeiro improvisou com os ingredientes que tinha à mão na hora, ele e seu prato se tornaram célebres.

4 Cidade russa, perto de Novgórod.

dos Milorádovitch,[5] dos Davídov e dos Púchkin, houve, na cidade provincial de K., uma reunião de senhores de terra, e a votação para eleger o representante da nobreza estava terminando.

I

– Ora, tanto faz, pode até ser no salão – disse um jovem oficial de casaco de pele e quepe de hussardo que acabara de descer de um trenó de passageiros e entrar no melhor hotel da cidade de K.

– É uma reunião enorme, Vossa Excelência – disse o porteiro do hotel, que já tivera tempo de saber do encarregado da recepção que o sobrenome do hussardo era conde Turbin, e por isso o chamou de Vossa Excelência. – A senhora de terras Afremóvskaia e suas filhas prometeram ir embora à tarde; portanto, assim que o número onze vagar, o senhor tenha a bondade de ocupá-lo – disse, enquanto caminhava à frente do conde pelo corredor e a todo instante olhava para trás.

No salão comum, diante de uma mesa pequena, perto de um retrato enegrecido, e de corpo inteiro, do imperador Alexandre, estavam sentados alguns homens em torno de um champanhe – nobres locais, ao que parecia, e um pouco à parte alguns comerciantes de passagem, em casaco de pele azul.

Ao entrar na sala, enquanto chamava Blücher, um imenso cão buldogue cinzento que viera com ele, o conde se desfez do sobretudo, cuja gola ainda estava coberta de gelo, pediu vodca e, sem tirar o casaco curto de cetim azul com cinto, sentou-se à mesa e entrou na conversa com os demais senhores ali sentados, os quais prontamente simpatizaram com o recém-chegado, por sua ótima aparência e franqueza, e lhe ofereceram uma taça de champanhe. O conde bebeu de início um copinho de vodca e depois também pediu uma garrafa a fim de ser gentil com os novos conhecidos. O cocheiro entrou para pedir o dinheiro da vodca.

– Sachka – gritou o conde. – Dê a ele!

O cocheiro saiu com Sachka e voltou em seguida, trazendo o dinheiro na mão.

– Paizinho, Excelência, parece que me esforcei muito para merecer sua bondade! Prometeu meio rublo e agora só me oferece um quarto.

---

5 Martinismo: movimento místico, criado no século XVIII; Tugendbund: associação nacionalista criada na Prússia no início do século XIX; M. A. Milorádovitch (1771-1825): general e político russo influente no início do século XIX.

– Sachka! Dê a ele um rublo de prata!

Sachka baixou os olhos e fitou os pés do cocheiro.

– Para ele já serve – respondeu com voz de baixo. – Além disso, não tenho mais dinheiro.

O conde tirou da carteira as duas únicas notas azuis que lhe restavam e deu uma delas ao cocheiro, que beijou sua mão e saiu.

– Pronto, se foi! – disse o conde. – Fiquei com meus últimos cinco rublos.

– Bem ao jeito dos hussardos, conde – comentou sorrindo um dos nobres, que, a julgar pelo bigode, pela voz e pela enérgica desenvoltura dos pés, era obviamente um cavalariano aposentado. – O senhor tem intenção de ficar muito tempo aqui, conde?

– Preciso arranjar dinheiro; do contrário não vou ficar. De resto, não há quartos vagos. Que o diabo esfole todos eles, neste albergue maldito...

– Com sua permissão, conde – retrucou o cavalariano –, não gostaria de ficar no meu quarto? Estou aqui, no número 7. Talvez o senhor não se ofenda de pernoitar comigo. Seria bom o senhor ficar conosco uns três dias. Hoje mesmo haverá um baile na casa do decano da nobreza. Como ele ficaria contente!

– Sério, conde, fique um pouco mais – insistiu outro interlocutor, um jovem bonito. – Para onde vai com tanta pressa? Afinal, só daqui a três anos haverá outra eleição. Por acaso já viu nossas senhoritas, conde?

– Sachka! Traga roupa de baixo: vou à casa de banho – exclamou o conde e se levantou. – E de lá, quem sabe, talvez eu de fato dê um pulo na casa do decano da nobreza.

Depois chamou o camareiro do hotel, falou algo e o camareiro riu e respondeu "que para tudo há um jeito", e saiu.

– Então, meu caro, vou mandar que levem minha mala para o quarto do senhor – gritou o conde da porta.

– Será um prazer, uma felicidade – respondeu o cavalariano, correndo na direção da porta. – Número 7! Não esqueça.

Quando já não se ouviam mais seus passos, o cavalariano voltou para seu lugar e, depois de sentar-se perto de um funcionário e fitar seu rosto com um sorriso nos olhos, disse:

– Esse é o tal sujeito.

– Quem?

– Aquele de quem falei com você, o hussardo duelista... Turbin, ele é famoso. Ele me reconheceu, aposto que me reconheceu. Estive com ele em Lebedián, uma farra de três dias, sem interrupção, no tempo em que eu cuidava da remonta. Lá, pregamos uma peça... eu e ele juntos armamos tudo... por isso ele finge que não me conhece. Bom rapaz, o Turbin, não achou?

– Sim. E como fala de maneira agradável! Nem dá para perceber quem ele é – respondeu o jovem bonito. – E como fizemos amizade depressa... Deve ter no máximo uns vinte e cinco anos, não é?

– Não. Parece, mas tem mais. Quer saber quem é ele? Pois quem foi que raptou Migúnova? Ele. E matou Sablin. E pendurou Mátniev para fora da janela, seguro pelas pernas. Ganhou trinta mil do príncipe Nestiérov no jogo. Ele vive com a faca entre os dentes, é bom saber! Jogador de apostas, duelista, sedutor; mas é um hussardo... tem coragem, peito aberto. De nós, só conhecem nossa glória, mas ninguém entende o que significa de verdade ser hussardo. Ah, que época foi aquela!

E o cavalariano contou a seu interlocutor a tal farra com o conde em Lebedián, de um modo como não só nunca havia ocorrido como não poderia de fato ocorrer. E não poderia, em primeiro lugar, porque ele jamais vira o conde na vida e deixara o serviço ativo dois anos antes de o conde entrar para o Exército, e em segundo lugar porque o cavalariano na verdade jamais servira na cavalaria, mas sim como o mais modesto *junker* no regimento de Biélevski, durante quatro anos, e deixou o serviço ativo assim que foi promovido a subtenente. Porém, dez anos antes, tendo ganhado uma herança, ele fora de fato a Lebedián e lá dissipara setecentos rublos com os oficiais da remonta e mandara fazer para si um uniforme de ulano com lapelas de cor laranja com o intuito de entrar nos ulanos. O desejo de ingressar na cavalaria e as três semanas passadas com os oficiais da remonta em Lebedián permaneceram como o período mais feliz e radioso de sua vida, a tal ponto que de início ele transpôs aquele desejo para a realidade e em seguida para a memória, e ele mesmo passara a crer firmemente em seu passado de cavalariano, o que não o impedia de ser, pela cortesia e pela honestidade, um homem da mais autêntica honradez.

– Pois é, quem não serviu na cavalaria nunca vai entender nosso irmão. – Estava sentado com as pernas muito abertas sobre a cadeira e, com a mandíbula inferior um pouco projetada para a frente, falava com voz de baixo. – Imagine que você está montado num cavalo à frente do esquadrão; embaixo de você, um diabo, e não um cavalo, que não para de corcovear; imagine que você monta também como um diabo. O comandante do esquadrão se adianta para uma revista. "Tenente", diz ele, "por favor, sem o senhor nada vai dar certo... conduza o esquadrão na parada." Muito bem, diz você, e pronto, lá vai! Olha para trás e grita para seus camaradas bigodudos. Ah, com mil diabos, aquilo é que era vida!

O conde voltou do banho todo vermelho, de cabelos molhados, e foi direto para o quarto número 7, onde o cavalariano já estava sentado, de roupão, com um cachimbo, e refletia com prazer, e também com um certo temor, sobre a felicidade que lhe coubera por dividir o mesmo quarto com o famoso Turbin. "Já pensou se ele cismar de repente de chegar aqui, me deixar sem roupa, me levar nu para além do portão e me jogar no meio da neve, ou então... me cobrir todo de piche, ou simplesmente... Não, entre camaradas não se fazem essas coisas...", consolou-se.

– Sachka! Dê comida para o Blücher! – gritou o conde.

Sachka apareceu, um tanto embriagado, depois de beber um copo de vodca para se refazer da viagem.

– Você não se conteve, seu canalha, encheu a cara!... Dê comida para o Blücher!

– Mas ele também não vai morrer por causa disso: olhe só como está forte! – retrucou Sachka, acariciando o cachorro.

– Vamos, deixe de conversa fiada! Dê logo a comida dele.

– O senhor só quer saber de dar comida para o cachorro, mas se um homem bebe uma tacinha de nada, passa logo uma descompostura.

– Ah, vou lhe dar uma surra! – gritou o conde, com tal voz que os vidros das janelas tremeram e o cavalariano ficou até um pouco assustado.

– O senhor devia era perguntar se o Sachka teve alguma coisa para comer hoje. Tudo bem, pode bater, se o seu cachorro tem mais valor do que um homem – desandou a falar Sachka. Mas então recebeu na cara um soco tão tremendo que caiu, bateu com a cabeça na parede e, segurando o nariz com a mão, pulou na direção da porta e desabou aos trambolhões sobre uma arca no corredor.

– Ele quebrou meus dentes – resmungou Sachka, esfregando com a mão o nariz ensanguentado, enquanto com a outra mão coçava as costas de Blücher, que lambia os beiços. – Ele quebrou meus dentes, Bliuchka, mas mesmo assim continua a ser o meu conde e, por ele, eu entro até no fogo... pois é! Porque ele é o meu conde, entende, Bliuchka? E aí, quer comer?

Depois de ficar um tempo ali, Sachka se levantou, deu comida para o cachorro e, quase sóbrio, foi atender seu conde e lhe oferecer chá.

– O senhor simplesmente vai me fazer uma ofensa – dizia o cavalariano com timidez, de pé diante do conde, que jazia deitado na cama, com as pernas escoradas na parede. – Pois também sou um velho camarada militar, posso garantir. Para que pedir emprestado a outras pessoas se eu estou aqui, pronto para lhe oferecer, com alegria, uns duzentos rublos? Não tenho o dinheiro todo comigo agora, só cem; mas mandarei vir hoje mesmo. O senhor vai simplesmente me fazer uma ofensa, conde!

– Obrigado, meu caro – disse o conde, que havia adivinhado desde o início o tipo de relação que devia se estabelecer entre os dois, e deu tapinhas no ombro do cavalariano. – Obrigado. Pois muito bem, então iremos ao baile, não é assim? Mas e agora? O que vamos fazer? Diga lá o que vocês têm nesta cidade: quem são as beldades? Quem gosta de farra? Quem joga cartas?

O cavalariano explicou que no baile haveria beldades de sobra; que o comissário de polícia Kolkóv era o maior farrista de todos, havia sido eleito pouco tempo antes, só que não tinha o verdadeiro ímpeto dos hussardos, mas mesmo assim era um bom sujeito; que o coro cigano de Iliúchka estava na cidade e cantava desde o início das eleições, que Stióchka ia cantar e que, depois da festa na casa do decano da nobreza naquela noite, todo mundo iria se reunir para ouvi-los.

– E o carteado é de primeira – disse. – Lúkhnov, que veio de fora, joga a dinheiro, e Ilin, que está no quarto número 8, alferes dos ulanos, também perde muito. No quarto dele, a função já começou. Jogam toda noite e, eu lhe asseguro, conde, que sujeito formidável, esse Ilin: não tem nada de avarento, é capaz de abrir mão da sua última camisa.

– Então vamos ao quarto dele. Vamos ver que gente é essa – disse o conde.

– Vamos, vamos! Vão ficar tremendamente felizes.

## II

O alferes dos ulanos, Ilin, tinha acordado pouco antes. Na véspera, havia se sentado para jogar cartas às oito da noite e continuado durante quinze horas seguidas, até as onze da manhã. Perdera bastante, mas exatamente quanto não sabia dizer, porque fazia muito tempo que havia misturado os três mil rublos de sua propriedade com os quinze mil do Tesouro que trazia consigo e temia fazer as contas e confirmar aquilo que já pressentia – que já estava faltando uma parte do dinheiro do Tesouro. Ilin tinha adormecido quase ao meio-dia e dormido o sono pesado e sem sonhos de que só pessoas bem jovens são capazes, mesmo depois de perdas muito grandes no jogo. Tendo acordado às seis da tarde, na mesma hora em que o conde Turbin estava chegando ao hotel, e vendo as cartas espalhadas no chão à sua volta, o giz e as mesas manchadas no meio do quarto, lembrou-se com horror do jogo da véspera e de sua última carta – um valete, que lhe custara quinhentos rublos, porém, ainda sem acreditar propriamente na realidade, pegou o dinheiro embaixo do travesseiro e começou a contar. Reconheceu algumas notas que, durante o jogo, haviam passado várias vezes de mão em mão, lembrou-se de todo o transcurso do jogo. Seus três mil rublos já não existiam e do dinheiro do Tesouro já faltavam dois mil e quinhentos.

O ulano tinha jogado quatro noites seguidas.

Ilin tinha vindo de Moscou, onde recebera o dinheiro do Tesouro. Em K. o inspetor da estação o reteve sob o pretexto de não ter cavalos disponíveis, mas no fundo era por causa de um acordo que fizera havia muito tempo com o dono da estalagem – reter por um dia todos os que passavam por ali. O ulano, rapaz jovenzinho e alegre, que acabara de ganhar três mil rublos do pai, em Moscou, para custear os acessórios de que ia precisar no regimento, estava feliz por passar alguns dias na cidade de K., durante as eleições, e tinha esperança de divertir-se bastante ali. Certo senhor de terras local era seu conhecido e o ulano pretendia ir visitá-lo e cortejar suas filhas, quando o cavalariano apareceu e se apresentou a ele e, na mesma noite, sem nenhuma intenção ruim, apresentou-o a alguns amigos, Lúkhnov e outros jogadores, no salão. Naquela mesma noite, Ilin começou a jogar e não só não foi visitar o senhor de terras seu conhecido, como não perguntou mais nada a respeito de cavalos e já fazia quatro dias que não saía do quarto.

Depois de trocar de roupa e tomar chá, aproximou-se da janela. Sentiu vontade de dar uma volta para dissipar as implacáveis recordações do jogo. Vestiu um sobretudo e saiu para a rua. O sol já se ocultava atrás das casas brancas de telhado vermelho; o crepúsculo começava. O tempo estava ameno. Nas ruas lamacentas, a neve molhada caía em flocos, e em silêncio. De repente ele sentiu uma insuportável tristeza ante a ideia de que havia dormido aquele dia inteiro, um dia que já estava terminando.

"Afinal, este dia que passou nunca mais vai voltar", pensou.

"Estraguei minha mocidade", disse de repente para si mesmo, não porque pensasse de fato que havia estragado a mocidade – em geral, ele nem pensava no assunto –, mas apenas lhe veio à cabeça aquela frase.

"O que vou fazer agora?", refletiu Ilin. "Pegar dinheiro emprestado com alguém e ir embora." Uma senhorita passou pela calçada. "Olhe só que senhorita tola", pensou, sem saber por quê. "Não há ninguém a quem eu possa pedir dinheiro emprestado. Estraguei minha mocidade." Dirigiu-se ao mercado. Um comerciante com casaco de pele de raposa estava na entrada de uma venda e chamava os fregueses. "Se eu não tivesse tirado aquele oito, teria recuperado o que perdi." Uma mendiga velhinha se lamentava, andando atrás dele. "Não há ninguém a quem eu possa pedir dinheiro emprestado." Passou um senhor num casaco de pele de urso, um guarda estava parado. "E se eu fizesse algo fora do comum? Se eu desse um tiro neles? Não, é maçante! Estraguei minha mocidade. Ah, que arreios lindos com enfeites pendurados. Bem que eu gostaria de andar numa troica. Ah, meus queridos! Vou para o hotel. Lúkhnov logo vai chegar, vamos começar a jogar." Voltou, contou o dinheiro mais uma vez. Não, não se enganara: de novo, estavam faltando dois mil e quinhentos rublos do dinheiro do Tesouro. "Na primeira, vou apostar vinte e cinco, na segunda... na sétima, uma bolada... e quinze, e trinta, e sessenta... três mil. Vou comprar aqueles arreios bonitos e irei embora. Não vão deixar, os patifes! Estraguei minha mocidade." Eis o que se passava na cabeça do ulano na hora em que Lúkhnov entrou de fato em seu quarto.

– E então, faz muito tempo que se levantou, Mikhail Vassílitch? – perguntou Lúkhnov, retirando preguiçosamente do nariz seco os óculos de ouro e limpando--os com afinco num lenço de seda.

– Não, acordei agora mesmo. Dormi esplendidamente.

– Quem é o hussardo que chegou e ficou no quarto de Zavalchévski?... Não soube de nada?

– Não... Mas e então, ninguém veio ainda?

– Parece que foram visitar o Priákhin. Vão chegar logo.

De fato, dali a pouco entraram no quarto um oficial da guarnição, que sempre acompanhava Lúkhnov; um comerciante grego de nariz enorme e arqueado, de cor parda e olhos pretos e fundos; um senhor de terras gordo, rechonchudo, fabricante de bebidas destiladas, que jogava noites inteiras, sempre apostando meio rublo. Todos queriam começar a jogar logo; mas os principais jogadores nada diziam a respeito do assunto, sobretudo Lúkhnov, que falava de maneira extremamente calma sobre os malfeitores em Moscou.

– É difícil imaginar – disse ele – que em Moscou, a antiga capital, malfeitores vagueiam pelas ruas à noite, armados com ganchos de ferro, com aparência de demônios, metendo medo na multidão estúpida e roubando estrangeiros, e nada acontece. O que é que a polícia está esperando? É o que eu gostaria de saber.

O ulano escutava com atenção o relato sobre os malfeitores, mas no fim se levantou e, em voz baixa, mandou dar as cartas. O senhor de terras gordo declarou primeiro:

– Pois é, senhores, estamos perdendo um tempo precioso! Vamos ao trabalho, ao trabalho!

– Sim, ontem, de meio em meio rublo o senhor ganhou um bocado, por isso achou bom – disse o grego.

– Certo, mas já está mesmo na hora – disse o oficial da guarnição.

Ilin olhou para Lúkhnov. Fitando-o nos olhos, Lúkhnov continuou a falar com toda a calma sobre os malfeitores com ganchos de ferro, aspecto de demônio e garras.

– Vai dar as cartas? – perguntou o ulano.

– Não é muito cedo?

– Biélov! – gritou o ulano, ficando vermelho por algum motivo. – Traga meu almoço. Ainda não comi nada, meu Deus... Traga o champanhe e as cartas.

Naquele instante, o conde e Zavalchévski entraram no quarto. Verificou-se que Turbin e Ilin eram da mesma divisão. Prontamente ficaram amigos, brindaram com suas taças, beberam champanhe e cinco minutos depois já se tratavam por "você". Pelo visto, Ilin havia simpatizado muito com o conde. E o conde não parava de sorrir, olhando para ele, e fazia pilhéria da sua juventude.

– Que ulano mais moço, esse! – disse. – Olhe só o bigode dele!

Acima do lábio, Ilin tinha apenas uma penugem completamente branca.

– Pelo que vejo vocês vão começar a jogar, não é? – disse o conde. – Bem, quero ver você vencer, Ilin! Aposto que é um mestre! – acrescentou, sorrindo.

– Pois é, estamos nos preparando – respondeu Lúkhnov, separando uma dúzia de cartas. – E o senhor, conde, não nos dá a honra?

– Não, hoje não vou jogar. Senão eu deixaria todos vocês sem nada. Quando eu entro num jogo, quebro qualquer banca! E além do mais não tenho dinheiro para jogar. Perdi tudo na estação em Volotchók. Lá me apareceu um infante com anel no dedo, na certa um trapaceiro, e acabou me deixando liso com suas tramoias.

– E o senhor ficou muito tempo na estação? – perguntou Ilin.

– Vinte e duas horas. Não vou esquecer aquela estação maldita! E o encarregado também não vai esquecer.

– O que houve?

– Sabe, eu cheguei lá, o encarregado veio logo para fora, tinha cara de malfeitor, o patife... Cavalos, não havia, disse ele; mas eu preciso explicar para vocês que tenho uma regra: quando me dizem que não têm cavalos, não tiro o casaco de pele e parto direto para dentro da estação... não vou para o escritório oficial, entendem, mas sim para o quarto particular do encarregado, e dou ordem para abrir completamente todas as portas e as venezianas: finjo que há um cheiro de gás. Pois foi o que fiz ali. E vocês lembram a friagem que fez no mês passado – vinte graus abaixo de zero, não foi? O encarregado da estação quis me enrolar, mas eu meti logo um soco nos dentes dele. Tinha uma velhota lá, umas meninas, e a mulherada abriu um berreiro, apanharam umas panelas e quiseram correr para a aldeia... Eu fui para a porta; falei: "Me deem cavalos que vou embora daqui, senão eu não deixo ninguém sair e todo mundo vai morrer congelado!".

– Isso é que são boas maneiras! – disse o senhor de terras gordo, soltando uma gargalhada. – É assim que a gente congela essas baratas!

– Só que eu me descuidei não sei como e o encarregado e a mulherada toda me escaparam. Só uma velha ficou sob o meu poder, junto à estufa, e ela não parava de espirrar e rezar. Depois começamos as negociações; o encarregado da estação entrou e, de longe, ficou falando para eu soltar a velha. Eu aticei o Blücher contra ele... O Blücher é ótimo para pegar os encarregados de estação de posta. Mesmo assim o canalha só me deu cavalos no dia seguinte. Nesse meio-tempo é que chegou o tal infante. Fui para o outro quarto e começamos a jogar. Vocês viram o Blücher?... Blücher!... Fiu!

Blücher veio correndo. Os jogadores se interessaram por ele com indulgência, embora fosse óbvio que queriam se ocupar de algo completamente diferente.

– Mas por que não jogam, senhores? Por favor, não quero atrapalhar. Sou um grande tagarela – disse Turbin. – Ganhando ou perdendo, jogar é muito bom.

III

Lúkhnov puxou duas velas para junto de si, pegou uma enorme carteira de couro repleta de dinheiro e, lentamente, como se executasse algo misterioso, abriu-a sobre a mesa, retirou duas cédulas de cem rublos e colocou-as embaixo das cartas.

– Assim como ontem, a banca é duzentos – disse, ajeitando os óculos e cortando o baralho.

– Muito bem – disse Ilin, sem olhar para Lúkhnov, no meio da conversa que entabulava com Turbin.

O jogo teve início. Lúkhnov dava cartas de maneira prodigiosa, como uma máquina, de quando em quando parava, apontava algo sem pressa ou olhava severamente por cima dos óculos e dizia com voz fraca: "Jogue". O senhor de terras gordo falava mais alto do que os outros, fazia para si mesmo diversos comentários em voz alta, molhava a ponta dos dedos roliços e dobrava as cartas. Em silêncio, o oficial da guarnição fazia anotações com letras bonitas na parte de trás das cartas e dobrava os cantinhos embaixo da mesa. O grego estava sentado junto à banca e acompanhava o jogo atentamente, com seus olhos negros e fundos, à espera de alguma coisa. Zavalchévski, de pé junto à mesa, de repente começava a se mexer, tirava do bolso da calça uma nota vermelha ou azul, punha uma carta em cima da nota, batia com a palma da mão sobre a carta e exclamava: "Sorte no sete!", mordiscava o bigode, ficava trocando o pé de apoio, ruborizava e se mexia todo, e assim continuava até a carta sair. Ilin comia carne de vitela e pepino, servidos a seu lado, sobre um sofá felpudo, e, limpando as mãos rapidamente no casaco, baixava uma carta depois da outra. Turbin, que de início se sentara no sofá, na mesma hora entendeu o que se passava. Lúkhnov não olhava nunca para o ulano e nada lhe dizia: apenas de vez em quando seus óculos se dirigiam por um instante para as mãos do ulano, porém perdia a maior parte de suas cartadas.

– Queria muito matar essa cartinha – acrescentou Lúkhnov, referindo-se a uma carta do senhor de terras gordo, que jogava apostando meio rublo.

– Mate as cartas do Ilin e me deixe em paz – respondeu o senhor de terras.

E, de fato, as cartas de Ilin eram derrotadas com mais frequência do que as dos outros. Nervosamente, ele rasgava debaixo da mesa a carta derrotada e, com mãos trêmulas, escolhia outra. Turbin levantou-se do sofá e pediu ao grego que abrisse um espaço para ele sentar ao lado da banca. O grego mudou de lugar e o conde, sentado em sua cadeira, sem desviar os olhos, pôs-se a observar atentamente as mãos de Lúkhnov.

– Ilin! – disse ele, de repente, com sua voz de costume, que de maneira absolutamente involuntária abafou a voz de todos os demais. – Por que insiste em jogar sempre as mesmas cartas? Você não sabe jogar!

– Tanto faz jogar de um jeito ou de outro.

– Assim é certo que vai perder. Deixe que eu o ajude.

– Não, me desculpe, por favor; sempre faço as coisas do meu jeito. Jogue por si mesmo, se quiser.

– Por mim, já disse que não vou jogar; quero ajudar você. Acho irritante ver você perder.

– Parece que esse é o meu destino!

O conde calou-se e, apoiando-se nos cotovelos, pôs-se novamente a observar com extrema atenção as mãos do jogador que estava na banca.

– É vergonhoso! – exclamou de repente em voz alta e prolongada.

Lúkhnov virou os olhos para ele.

– É vergonhoso! É vergonhoso! – exclamou ainda mais alto, fitando Lúkhnov nos olhos.

O jogo prosseguiu.

– Não está direito! – disse outra vez Turbin, na hora em que Lúkhnov bateu uma carta de Ilin de valor mais alto.

– O que tanto desagrada ao senhor, conde? – perguntou a banca, em tom de cortesia e indiferença.

– O senhor deixa Ilin ganhar as pequenas e vence as grandes. Isso é que é vergonhoso.

Com os ombros e com as sobrancelhas, Lúkhnov fez um ligeiro movimento que exprimia uma sugestão para submeter-se ao destino em tudo, e continuou a jogar.

– Blücher, fiu! – gritou o conde, levantando. – Vem cá, vem cá! – acrescentou depressa.

Esbarrando nas costas do sofá e por muito pouco não derrubando o oficial da guarnição, Blücher acudiu aos saltos e afoito ao chamado de seu dono e começou a rosnar, olhando em redor e abanando o rabo, como se perguntasse: "Quem é que está perturbando? Hein?".

Lúkhnov baixou as cartas e, sem sair da cadeira, virou-se para o lado.

– Desse jeito é impossível jogar – disse. – Detesto cachorros. Que tipo de jogo se pode fazer quando estamos no meio de um verdadeiro canil?

– Ainda mais cachorros dessa raça: parece que são chamados de sanguessugas – concordou o oficial da guarnição.

– E então, vamos jogar ou não vamos, Mikhail Vassílitch? – disse Lúkhnov ao anfitrião.

– Não nos atrapalhe, conde, por favor! – pediu Ilin a Turbin.

– Venha cá um minutinho – disse Turbin, pegando Ilin pelo braço e levando-o para trás da parede.

Dali, se ouviam perfeitamente as palavras do conde, ditas com sua voz de costume. E sua voz era tal que sempre se fazia ouvir para quem estivesse até a três cômodos de distância.

– O que há com você, é um tonto ou o quê? Será que não enxerga que aquele senhor de óculos é um trapaceiro de mão-cheia?

– Ah, me deixe! Do que está falando?

– Nada disso, pare de jogar, estou lhe dizendo. Para mim, não devia ter nenhuma importância. Noutra situação, eu mesmo ganharia de você; mas está me dando pena ver como você é passado para trás. Além de tudo, não está apostando com o dinheiro do Tesouro?

– Não. De onde tirou essa ideia?

– Eu, irmão, já rodei muito por este mundo e conheço todos os métodos de trapaça; estou lhe dizendo que o homem de óculos é um trapaceiro. Pare de jogar, por favor. Peço a você como um camarada.

– Certo, só vou terminar esta rodada e depois acabou.

– Sei, conheço bem essa conversa. Pois bem, vamos ver no que vai dar.

Voltaram. Na rodada seguinte, todas as cartas que Ilin apostou acabaram sendo derrotadas e ele perdeu muito.

Turbin bateu a mão no meio da mesa.

– Agora chega! Vamos.

– Não, não posso parar; me deixe em paz, por favor – disse Ilin, irritado, embaralhando as cartas tortas, sem olhar para Turbin.

– Não, que o diabo o carregue! Perca à vontade, então, se é o que você gosta. Para mim, chega! Zavalchévski! Vamos à casa do decano da nobreza.

E saíram. Todos ficaram em silêncio e Lúkhnov não voltou a dar as cartas enquanto o som dos passos e os rosnados de Blücher não sumiram no corredor.

– Que cabeça quente! – disse o senhor de terras, rindo.

– Bem, agora não vai mais atrapalhar – acrescentou, afobado, e ainda num sussurro, o oficial da guarnição. E o jogo prosseguiu.

## IV

Os músicos, servos domésticos do decano da nobreza, estavam postados na sala de jantar, enfeitada para a ocasião do baile, já com as mangas dos casacos arregaçadas e, a um sinal combinado, puseram-se a tocar a antiga polca "Alexandre, Elisabete" e, sob a luz clara e suave das velas de cera, começaram a desfilar flutuantes sobre o assoalho de parquê do salão um governador-geral do tempo da imperatriz Catarina, com uma medalha em forma de estrela, de braço dado com a magricela esposa do decano da nobreza, o próprio decano da nobreza de braço dado com a esposa do governador--geral, e assim por diante – as autoridades da província em variadas combinações e permutas –, quando entraram no salão Zavalchévski, de fraque azul com gola enorme e ombreiras bufantes, meias compridas e sapatos, propagando à sua volta perfume de jasmim, com o qual borrifara em abundância o bigode, a lapela e o lenço, e também um hussardo esbelto, de calças de montaria azuis e bem justas e com um dólmã com bordados vermelhos e dourados, no qual pendiam a Cruz de Vladímir e uma medalha da campanha de 1812. O conde não era alto, mas tinha uma constituição física excelente e garbosa. Os olhos azul-claros extraordinariamente brilhantes e bem grandes e os cabelos ruivos e escuros que pendiam em cachos densos conferiam à sua beleza um caráter notável. A chegada do conde ao baile era esperada: o jovem bonito que o vira no hotel já tinha avisado o decano da nobreza a respeito. A impressão produzida por aquela novidade foi variada, mas no geral não de todo desagradável. "Esse menino ainda vai nos expor ao ridículo", era o pensamento das velhas e dos homens. "E se ele me raptar?", era mais ou menos o pensamento das moças e senhoritas.

Assim que a polca terminou, os pares se curvaram em agradecimento mútuo e separaram-se para se reunirem de novo as mulheres com as mulheres e os homens com os homens, e Zavalchévski, feliz e orgulhoso, levou o conde para apresentá-lo à anfitriã. A esposa do decano da nobreza, experimentando um certo temor íntimo de que aquele hussardo fizesse algo escandaloso com ela na frente de todos, virou-se com orgulho e desdém e disse:

– Muito prazer! Espero que o senhor tenha vindo dançar.

E, com ar descrente, olhou-o com uma expressão que dizia: "Se depois disso você ofender alguma mulher, é porque não passa de um completo canalha". O conde, no entanto, logo venceu aquela animosidade com sua atenção, amabilidade e aparência bela e alegre, de tal modo que em cinco minutos a fisionomia da esposa do decano da nobreza já dizia a todos ao redor: "Sei como lidar com esses senhores: ele agora entendeu com quem está falando; vai me cobrir de cortesias a noite inteira". No entanto, o governador, que conhecia o pai de Turbin, se aproximou rapidamente do conde e, com ar totalmente simpático, levou-o para um canto e começou a conversar com ele, o que tranquilizou ainda mais o público da província e elevou a opinião que tinham a respeito do conde. Depois, Zavalchévski apresentou-o à sua irmã – viuvinha jovem e carnuda, que desde a chegada do conde cravara nele seus grandes olhos negros. O conde pediu à viuvinha que dançasse com ele a valsa que os músicos estavam tocando naquele momento e, com sua arte de dançar, venceu em definitivo a animosidade geral.

– Mas ele dança como um mestre! – exclamou uma senhora de terras gorda, enquanto seguia com os olhos as calças azuis de montaria que se deslocavam velozes pelo salão e contava mentalmente: um, dois, três; um, dois, três... – Um mestre!

– E vai para lá, e vai para cá – disse outra senhora, vinda de fora, considerada de mau gosto na sociedade da província. – Como é que não se enrola nas esporas? Admirável, muito habilidoso!

O conde, com sua arte de dançar, ofuscou os três melhores dançarinos da província: o louro ajudante de ordens do governador, notável por sua velocidade na dança e por segurar as damas muito perto de si; um cavalariano famoso por seu balanço gracioso durante a valsa e pelas constantes, mas leves, batidas do salto do sapato no chão; e por último um civil que todos diziam ter inteligência curta, mas ser também um dançarino excelente e a alma de todos os bailes. De fato, do início ao fim do baile, aquele civil convidava todas as damas para dançar, uma por uma, na ordem em que estavam sentadas, não parava de dançar nem um minuto e de vez em quando se detinha só para enxugar seu rosto cansado, mas alegre, com um lenço de cambraia já completamente molhado. O conde ofuscou todos eles e dançou com as três damas mais importantes: uma grande – rica, bonita e tola; uma mediana – magra, não muito bonita, mas que se vestia esplendidamente; e uma pequena – dama feia, mas muito inteligente. Dançou também com outras, com todas as bonitas, e eram muitas as bonitas. Mas a viuvinha, irmã de Zavalchévski, agradou ao conde mais do que todas as outras: com ela, o conde dançou uma quadrilha, uma escocesa e uma mazurca. Quando se sentaram depois da quadrilha, ele começou a lhe fazer muitos elogios, comparou-a a Vênus, a Diana, a uma rosa, e ainda a outra flor. Porém, em resposta a todas essas amabilidades, a viuvinha se limitava a curvar o pescocinho branco, baixava os olhos, fitando seu vestido branco de musselina ou passando o leque de uma mão para a outra. Mas quando ela disse: "Chega, conde, o senhor está brincando" etc., sua voz, um pouco gutural, soou com uma ingenuidade tão inocente e com uma tolice tão ridícula que, olhando para ela, de fato vinha à cabeça a ideia de que não se tratava mesmo de uma mulher e sim de uma flor, mas não uma rosa e sim alguma esplêndida flor silvestre branca e rosada, sem perfume, que crescera sozinha numa encosta nevada virginal, em alguma terra muito distante.

Aquela combinação de ingenuidade, ausência de toda convenção e frescor de beleza produziu no conde uma impressão tão estranha que, nos intervalos da conversa, algumas vezes, quando ele observava em silêncio os olhos ou as belas linhas da mão e do pescoço da viúva, vinha à sua cabeça com muita força o desejo de tomá-la nos braços de repente e cobri-la de beijos, a tal ponto que ele foi obrigado a se conter com esforço. A viuvinha percebeu com prazer a impressão que estava produzindo; mas algo na fisionomia do conde começou a perturbá-la e assustá-la, apesar de o jovem hussardo, para os padrões atuais, ser de uma amabilidade bajuladora e mostrar-se enjoativamente respeitoso. Correu para lhe trazer orchata,[6] apanhou seu lencinho, tomou uma cadeira da mão de um jovem senhor de terras escrofuloso, que também queria fazer uma gentileza à viuvinha, para entregá-la mais depressa etc.

Ao notar que a amabilidade mundana daquele tempo pouco efeito produzia em sua dama, o conde experimentou fazê-la rir e contou-lhe anedotas divertidas; garantiu que, caso ela ordenasse, ele estaria pronto, na mesma hora, a plantar bananeira, imitar um galo, pular pela janela ou mergulhar num buraco aberto no gelo. Aquilo funcionou perfeitamente: a viuvinha se alegrou e ria às gargalhadas, deixando à mostra os esplêndidos dentes brancos, e se mostrou perfeitamente satisfeita com seu cavaleiro. A cada minuto o conde gostava mais dela, a tal ponto que no final da quadrilha estava sinceramente apaixonado.

Depois da quadrilha, quando dela se aproximou um antigo admirador de dezoito anos, que ainda não estava empregado no serviço público, filho de um riquíssimo senhor de terras, o mesmo jovem escrofuloso de quem Turbin havia tomado uma cadeira, a viuvinha recebeu-o de modo extraordinariamente frio e nela não se percebia nem um décimo da perturbação que experimentara com o conde.

– O senhor é gentil – disse-lhe ela, enquanto olhava para as costas de Turbin e, sem se dar conta, imaginava quantos *archin* de cordões dourados teriam sido necessários para bordar todo o seu dólmã. – O senhor é gentil: prometeu me levar para passear de carruagem e me dar bombons.

– Sim e fui buscá-la, Anna Fiódorovna, mas a senhora já não estava em casa, e deixei lá os melhores bombons – respondeu o jovem de voz muito fina, apesar da estatura elevada.

– O senhor sempre encontra uma desculpa! Não preciso de seus bombons. Por favor, não pense...

– Estou vendo, Anna Fiódorovna, que a senhora mudou em relação a mim e eu sei por quê. E não é direito – acrescentou, mas deixou sua frase incompleta aparentemente por causa de alguma forte comoção interior, que fez tremer seus lábios de modo estranho e muito rápido.

---

6 Refresco feito de cevada e amêndoas.

Anna Fiódorovna não o escutava e continuava a seguir Turbin com os olhos.

O decano da nobreza, dono da casa, um velho gordo, desdentado e venerável, aproximou-se do conde e, tomando-o pelo braço, convidou-o para ir ao escritório a fim de fumar e beber, se fosse de seu agrado. Assim que Turbin saiu, Anna Fiódorovna sentiu que não havia absolutamente nada para fazer no salão e tomou pelo braço uma amiga, senhora velha e seca, e foi com ela para o toucador.

– E então? É gentil? – perguntou a senhora.

– Só que é horrível quando fica insistente demais – respondeu Anna Fiódorovna, aproximando-se do espelho e fitando-o.

Seu rosto brilhava, os olhos riam, ela até se ruborizou e de repente, imitando as bailarinas que vira durante aquelas eleições, rodopiou num pé só, depois desatou a rir com seu riso rouco mas meigo, e até deu um saltinho, dobrando os joelhos.

– Já pensou? Ele me pediu uma lembrança – disse ela à amiga. – Só que ele não terá na-da – disse, cantarolando a última palavra, e levantou um dedo na luva de pelica, que ia até o cotovelo...

No escritório, aonde o decano da nobreza levara Turbin, havia diversos tipos de vodca, licores de frutas, aperitivos e champanhe. Envoltos na fumaça do tabaco, os nobres estavam sentados ou andavam, conversando sobre as eleições.

– Se toda a ilustre nobreza de nosso distrito o honrou com a eleição – disse o comissário de polícia que acabara de ser eleito, já visivelmente embriagado –, ele não deveria faltar diante de toda a sociedade, jamais deveria...

A chegada do conde interrompeu a conversa. Todos lhe foram apresentados e o comissário de polícia, em especial, apertou sua mão demoradamente, com as duas mãos, e pediu algumas vezes que não se recusasse a ir, em companhia deles, depois do baile, a uma taberna nova, onde ele ia dar uma festa para os nobres e onde os ciganos iam cantar. O conde prometeu ir sem falta e bebeu com ele algumas taças de champanhe.

– Mas por que os senhores não dançam? – perguntou no momento em que ia sair do escritório.

– Não somos dançarinos – respondeu o comissário de polícia, rindo. – Preferimos a vodca, conde... De resto, todas essas senhoritas cresceram diante dos meus olhos, conde! Mesmo assim posso dançar uma escocesa de vez em quando, conde... posso, sim, conde...

– Então vamos dançar um pouco – disse Turbin. – Vamos dançar um pouco antes dos ciganos.

– Sim, vamos lá, senhores! Vamos entreter o anfitrião.

E uns três ou quatro nobres, que desde o início do baile estavam bebendo no escritório, com o rosto vermelho, puseram uns luvas pretas, outros luvas de seda, e junto com o conde já estavam prontos para entrar no salão, quando o jovem escrofuloso os deteve e, muito pálido e mal contendo as lágrimas, aproximou-se de Turbin.

– O senhor acha que, por ser conde, pode falar como se estivesse numa feira – disse, respirando com dificuldade. – Pois isso é desrespeitoso...

De novo os lábios que tremiam contra sua vontade interromperam o fluxo de sua fala.

– Como? – gritou Turbin, de súbito, com as sobrancelhas franzidas. – Como? Um menino! – gritou, segurou-o pelos braços e apertou-os de tal modo que o sangue subiu à cabeça do jovem, menos de irritação do que de medo. – O senhor quer briga? Se for isso, estou às suas ordens.

Mal Turbin soltou os braços que apertava com tanta força, dois nobres vieram depressa, seguraram o jovem pelas costas e pelos braços e o arrastaram para a porta dos fundos.

– O que é isso? O senhor ficou louco? O senhor bebeu demais, com certeza. Vou contar para seu pai. O que deu no senhor? – diziam para ele.

– Não, eu não bebi demais, mas ele me empurra e nem pede desculpa. É um porco! É isso mesmo! – esbravejava o jovem, já completamente em prantos.

No entanto não lhe deram ouvidos e o levaram para casa.

– Não se irrite, conde! – exortavam Turbin, por seu lado, o comissário de polícia e Zavalchévski. – É só uma criança, ainda apanha de chicote, mal fez dezesseis anos. Não dá para entender o que foi que deu nele. Que bicho o mordeu? E o pai é um homem tão respeitável, nosso candidato.

– Bem, que o diabo o carregue, e ele que não queira...

E o conde voltou para o salão e, assim como antes, dançou alegremente a escocesa com a bela viuvinha, riu com toda a alma vendo os passos executados pelos senhores que haviam saído do escritório junto com ele e desatou uma sonora gargalhada, que encheu a sala toda, quando o comissário de polícia escorregou e tombou estirado no chão, no meio dos dançarinos.

## V

Quando o conde saiu do escritório, Anna Fiódorovna aproximou-se do irmão e, entendendo por algum motivo que era necessário fingir que se interessava muito pouco pelo conde, começou a indagar:

– Quem é aquele hussardo que dançou comigo? Diga, irmão.

O cavalariano explicou à irmã, o melhor que pôde, que grande homem era aquele hussardo e contou também que o conde estava ali só porque haviam roubado seu dinheiro e que ele mesmo lhe havia emprestado cem rublos, mas era pouco e perguntou se a irmã não poderia lhe emprestar mais duzentos rublos; mas Zavalchévski pediu que ela não contasse aquilo para ninguém, de maneira nenhuma, sobretudo para o conde. Anna Fiódorovna prometeu mandar o dinheiro naquele mesmo dia e manter tudo em segredo, porém, por algum motivo, na hora da escocesa, sentiu uma vontade tremenda de oferecer ao conde quanto dinheiro ele quisesse. Durante muito tempo ela tentou, ruborizou-se e por fim, com grande esforço, entrou no assunto da seguinte maneira:

– Meu irmão me disse que o senhor, conde, teve um infortúnio em sua viagem e agora está sem dinheiro. Caso o senhor tenha necessidade, não gostaria que eu lhe emprestasse dinheiro? Eu ficaria imensamente feliz de ajudar.

No entanto, assim que terminou de falar, Anna Fiódorovna assustou-se com alguma coisa e ruborizou-se. Toda a alegria desaparecera de repente do rosto do conde.

– O irmão da senhora é um tolo! – disse ele com rispidez. – A senhora sabe que, quando um homem ofende outro, os dois se batem a tiros num duelo; mas quando uma mulher ofende um homem, o que se deve fazer? A senhora sabe?

A pobre Anna Fiódorovna, constrangida, ruborizou-se no pescoço e nas orelhas. Baixou a cabeça e não respondeu.

– Beija-se a mulher na frente de todos – prosseguiu o conde em voz baixa, inclinando-se junto à orelha da viuvinha. – Permita-me beijar a mãozinha da senhora – acrescentou baixinho depois de um demorado silêncio, com pena, diante do constrangimento de sua dama.

– Ah, mas não aqui – exclamou Anna Fiódorovna, ofegante.

– Então quando? Vou partir amanhã cedo... E a senhora me deve isso.

– Se é assim, não será possível – disse Anna Fiódorovna, sorrindo.

– Apenas permita que eu procure uma ocasião para vê-la hoje e beije sua mão. E eu encontrarei um jeito.

– Mas como o senhor o fará?

– Isso é por minha conta. Se me permitir vê-la, para mim tudo é possível... Está bem?

– Está.

A escocesa terminou; dançaram ainda a mazurca, na qual o conde fez prodígios, apanhou lencinhos no chão, agachou-se apoiado num só joelho e estalou as esporas de um modo diferente, ao estilo de Varsóvia, de tal maneira que todos os velhos pararam de jogar bóston e vieram ao salão para ver, e o cavalariano, o melhor dançarino do local, reconheceu que tinha sido superado. Jantaram, dançaram mais uma Grossvater e começaram a se retirar. O conde não perdia de vista a viuvinha, nem por um instante. Não estava fingindo quando disse que, por ela, estava pronto a jogar-se num buraco aberto no gelo. Fosse fantasia, fosse amor, fosse um capricho, naquela noite todas as suas forças espirituais estavam concentradas num só desejo – vê-la e amá-la. Tão logo percebeu que Anna Fiódorovna se despedia da anfitriã, o conde foi para a sala dos lacaios e de lá, sem o casaco de pele, dirigiu-se para o lugar onde estavam as carruagens.

– A carruagem de Anna Fiódorovna Záitseva! – pôs-se a gritar. Um coche alto, com quatro lugares e lanternas, se moveu e veio na direção do alpendre. – Pare! – gritou o conde para o cocheiro, enquanto corria em sua direção, com a neve na altura do joelho.

– O que o senhor quer? – disse o cocheiro.

– Tenho de entrar na carruagem – respondeu o conde, abrindo a porta com o veículo em movimento e tentando subir. – Pare, demônio! Imbecil!

– Vaska! Pare! – gritou o cocheiro para o postilhão e deteve os cavalos. – Como o senhor pode subir na carruagem que não é sua? Esta é da sra. Anna Fiódorovna, e não a carruagem de Vossa Excelência.

– Ora, fique calado, sua besta! Tome aqui um rublo, desça da carruagem e feche a porta – disse o conde.

Mas, como o cocheiro não se mexeu, ele mesmo recolheu a escadinha, abriu a janela e deu um jeito de bater a porta. Dentro, como acontecia em todas as carruagens antigas, sobretudo aquelas enfeitadas com galões amarelos, havia um certo cheiro de podre e de palha queimada. As pernas do conde estavam empapadas de neve até os joelhos e gelavam por dentro dos sapatos e da calça fina, a friagem do inverno penetrava todo o seu corpo. O cocheiro resmungou na boleia e, pelo visto, preparou-se para descer. Mas o conde não ouviu nem sentiu nada. Seu rosto queimava, seu coração batia com força. Tenso, agarrou a faixa amarela presa na janela lateral e toda a sua vida concentrou-se numa só expectativa. Tal expectativa não durou muito. No alpendre, gritaram: "A carruagem de Záitseva!", o cocheiro sacudiu as rédeas, a carroceria do coche começou a balançar sobre as molas altas, as janelas iluminadas da casa passaram uma depois da outra pela janela da carruagem.

– Olhe lá, seu canalha, não vá dizer ao lacaio que estou aqui, senão já sabe – disse o conde para o cocheiro, debruçando-se na janelinha da frente. – Faço picadinho de você. Mas se não contar, lhe dou mais dez rublos.

Mal teve tempo de fechar a janela e a carroceria balançou de novo com força e a carruagem parou. O conde espremeu-se no canto, parou de respirar, até semicerrou os olhos, tamanho era seu temor de que, por qualquer motivo, sua terrível expectativa não se realizasse. A portinhola abriu, os degraus foram baixados com ruído um após o outro, ouviu-se o roçar de um vestido de mulher, dentro da carruagem abafada irrompeu um perfume de jasmim, pezinhos ligeiros correram pelos degraus e Anna Fiódorovna, com a aba do casaco comprido se abrindo e roçando nos pés do conde, afundou no assento a seu lado, em silêncio, mas ofegante.

Ninguém poderia dizer se ela o havia notado ou não, nem mesmo Anna Fiódorovna; porém, quando Turbin segurou sua mão e disse: "Então agora vou beijar sua mãozinha", ela exprimiu muito pouco medo, nada respondeu, mas lhe ofereceu a mão, a qual ele cobriu de beijos, até bem acima da luva. A carruagem se pôs em movimento.

– Diga alguma coisa. Não está zangada? – perguntou para ela.

Anna Fiódorovna ficou em silêncio em seu canto, mas de repente, por algum motivo, começou a chorar e afundou a cabeça no peito do conde.

## VI

O comissário de polícia reeleito e seus companheiros, o cavalariano e outros nobres, já ouviam os ciganos havia muito tempo e cantavam na taberna nova quando o conde, num casaco de pele de urso forrado de tecido azul, que pertencera ao falecido marido de Anna Fiódorovna, se uniu ao grupo.

– Meu caro, Vossa Excelência! Já não aguentávamos mais esperar! – exclamou um cigano vesgo e moreno, deixando à mostra os dentes brilhantes, que fora ao seu encontro ainda no vestíbulo, apressando-se para ajudá-lo a tirar o casaco. – Não vimos mais o senhor desde Lebedián... Stióchka está se desmanchando de saudade do senhor...

Stióchka, uma cigana jovem e formosa, com um rubor cor de tijolo no rosto marrom, de olhos brilhantes, profundos e negros, sombreados por pestanas compridas, também correu a seu encontro.

– Ah! Condezinho! Querido! Tesouro! Que alegria! – começou a falar entre os dentes, com um sorriso alegre.

O próprio Iliúchka veio depressa a seu encontro, fingindo estar muito contente. Velhas, mulheres, meninas levantaram-se com um pulo e rodearam o convidado. Uns se julgavam seus favoritos, outros, seus irmãos de sangue. Turbin beijou nos lábios todas as ciganas jovens; as velhas e os homens beijaram seus ombros e suas mãos. Os nobres também ficaram muito contentes com a chegada do convidado, ainda mais porque a farra, tendo chegado a seu apogeu, agora já arrefecia. Todos começavam a experimentar uma saciedade; a bebida, depois de perder o efeito excitante nos nervos, apenas pesava na barriga. Todos já haviam disparado toda a sua munição de turbulência e haviam-se tornado indiferentes uns aos outros; todas as canções tinham sido cantadas e se misturaram na cabeça de todos, restando apenas uma sensação de barulho e desregramento. A despeito de qualquer coisa que se fizesse de estranho ou de extravagante, começava a vir à cabeça de todos que não havia ali nada de bom ou divertido. O comissário de polícia, deitado no chão com um aspecto indecoroso aos pés de alguma velha, pôs-se a sacudir as pernas e desatou a gritar:

– Champanhe!... O conde chegou!... Champanhe!... Chegou!... Vamos, champanhe!... Encho uma banheira de champanhe e vou tomar banho dentro dela... Senhores nobres!... Eu adoro a sociedade da nobreza bem-nascida... Stióchka! Cante "A estradinha".

O cavalariano também estava embriagado, mas de outra forma. Sentado no sofá, no canto, muito perto de uma cigana alta e bonita, Liubacha, e com a sensação de que a bebedeira toldava seus olhos, esfregava-os, balançava a cabeça e, repetindo as mesmas palavras em sussurros, tentava persuadir a ciganinha a fugir com ele para algum lugar. Liubacha, sorrindo, escutava suas palavras como se aquilo que ele dizia fosse muito engraçado e ao mesmo tempo um pouco triste, de vez em quando lançava olhares para o marido, o vesgo Sachka, que estava de pé atrás de uma cadeira diante dela, e em resposta à confissão de amor do cavalariano inclinava-se junto de sua orelha e pedia que ele comprasse perfumes e fitas para ela, mas discretamente para que os outros não vissem.

– Hurra! – começou a gritar o cavalariano, quando o conde entrou.

O rapaz bonito, de aspecto preocupado, caminhava tenazmente para um lado e para outro pela sala, a passos firmes, e cantarolava trechos de "A revolta no serralho".[7]

Seduzido a ouvir os ciganos por força dos pedidos insistentes dos senhores da nobreza, que disseram que sem ele tudo estaria perdido e era melhor nem irem até lá, um velho pai de família jazia estirado num sofá, onde havia tombado assim que chegara, e ninguém lhe dava a menor atenção. Também estava lá um funcionário, sem fraque, com os pés estendidos sobre a mesa, que desgrenhava os cabelos para mostrar que se divertia muito. Assim que o conde entrou, ele desabotoou o colarinho da camisa e sentou-se por inteiro em cima da mesa. Com a chegada do conde, a balbúrdia geral ganhou força.

As ciganas, que se haviam espalhado pela sala, puseram-se de novo num círculo. O conde sentou Stióchka, a cantora, sobre os joelhos e mandou servir mais champanhe.

Com o violão, Iliúchka se pôs diante da cantora e teve início a dança, quer dizer, as canções ciganas: "Quando ando pela rua", "Ei, hussardos...", "Escute, pres-

---

7 *La Révolte des femmes au sérail*, balé de 1833 do compositor francês Théodore Labarre (1805-70).

te atenção..." etc., na ordem conhecida. Stióchka cantava esplendidamente. Sua voz de contralto maleável, ressonante, que jorrava do fundo do peito, os sorrisos que dava ao cantar, os olhos apaixonados, que riam, e os pezinhos que se moviam involuntariamente no ritmo da canção, seu grito selvagem no início do coro – tudo isso fazia vibrar uma corda ressonante, mas que raramente vibrava. Era óbvio que ela inteira vivia apenas na canção que cantava. Iliúchka, com o sorriso, as costas, os pés, com todo o seu ser, exprimia uma empatia com a canção, acompanhava a cigana no violão e, com os olhos cravados nela, como se ouvisse a música pela primeira vez, atento, compenetrado, baixava e erguia a cabeça no ritmo da música. Em seguida, de repente, ele aprumou o corpo ao som da última nota da cantora e, com a sensação de estar acima de todos no mundo, com orgulho e determinação, arremessou com o pé o violão para o alto, apanhou-o e virou-o ao contrário, sapateou no chão, sacudiu os cabelos e, com as sobrancelhas franzidas, virou-se e olhou para o coro. Todo o seu corpo, do pescoço ao calcanhar, em todas as fibras, pôs-se a dançar... E vinte vozes vigorosas, enérgicas, jorraram no ar, todas tentando ecoar umas às outras, com todas as forças e da maneira mais estranha e extraordinária possível. As velhas pulavam sobre as cadeiras, abanando lenços e mostrando os dentes, gritavam de acordo com a harmonia e com o ritmo, cada uma mais alto do que a outra. Os baixos, com a cabeça inclinada para o lado e o pescoço tenso, uivavam de pé atrás das cadeiras.

Quando Stióchka emitia notas agudas, Iliúchka levava o violão para mais perto dela, como se quisesse ajudá-la, e o rapaz bonito gritava entusiasmado que agora viriam os bemóis.

Quando começaram a tocar uma canção dançante, Duniacha passou sacudindo os ombros e o peito, fazendo evoluções diante do conde, e foi em frente; Turbin ergueu-se de um pulo, tirou o uniforme e, só de camisa vermelha, seguiu-a com audácia, no mesmo ritmo e compasso, executando tamanhos artifícios com os pés que os ciganos se entreolharam, sorrindo com aprovação.

O comissário de polícia sentou-se à maneira turca, bateu o punho contra o peito e pôs-se a gritar: "Viva!", e depois, segurando o conde pela perna, começou a dizer que chegara com dois mil rublos, mas que agora só restavam quinhentos e que ele podia fazer qualquer coisa que quisesse, contanto que o conde permitisse. O velho pai de família acordou e quis ir embora, mas não deixaram. O jovem bonito pediu à cigana que dançasse uma valsa com ele. Desejoso de se gabar de sua amizade com o conde, o cavalariano levantou-se de seu canto e abraçou Turbin.

– Ah, meu caro amigo! – disse Zavalchévski. – Por que nos deixou? Hein? – O conde ficou em silêncio, obviamente pensando em outra coisa. – Para onde foi? Ah, é um malandro, eu já sei aonde foi.

Por algum motivo, Turbin não gostou daquela familiaridade. Sem sorrir, fitou calado o rosto do cavalariano e, de repente, disparou à queima-roupa contra ele um xingamento tão vulgar e terrível que o cavalariano se afligiu e, durante um bom tempo, não soube como entender tal ofensa: se era uma brincadeira ou não. Por fim resolveu que era brincadeira, sorriu, voltou para junto da sua cigana e garantiu que se casaria com ela depois da Páscoa. Cantaram outra canção, e mais uma, dançaram de novo, festejaram, e todos continuaram a se mostrar alegres. O champanhe não acabava. O conde bebia muito. Seus olhos pareciam cobertos de umidade, mas ele não vacilava, dançava melhor ainda, falava com firmeza, chegou a cantar esplendidamente com o coro e fez a segunda voz para Stióchka, quando ela cantou "Doce emoção da amizade". No meio da dança, o comerciante que era dono da taberna pediu aos fregueses que fossem para casa, porque já eram três horas da madrugada.

O conde agarrou o comerciante pelo colarinho e mandou que dançasse a *prissiádka*.[8] O comerciante negou-se. O conde pegou uma garrafa de champanhe e, levantando o comerciante pelos pés, de cabeça para baixo, mandou que o segurassem naquela posição e, para a gargalhada geral, derramou lentamente sobre ele todo o conteúdo da garrafa.

Já começava a nascer o dia. Todos estavam pálidos e cansados, exceto o conde.

– Está na hora de partir para Moscou – disse ele, de repente, levantando-se. – Venham todos comigo, pessoal. Acompanhem-me... e vamos beber um chá.

Todos concordaram, menos o senhor de terras adormecido, que ficou ali mesmo. Lotaram três trenós que estavam parados junto à entrada e foram para o hotel.

## VII

– Atrelar os cavalos! – gritou o conde, ao entrar no salão do hotel com todos os convivas e os ciganos. – Sachka! Não o cigano, mas o meu Sachka, diga ao gerente que ele vai levar uma surra se os cavalos forem ruins. E sirva chá para nós! Zavalchévski! Cuide do chá, que eu vou ver como está o Ilin – acrescentou Turbin e, seguindo para o corredor, dirigiu-se ao quarto do ulano.

Ilin havia terminado o jogo pouco antes, perdera todo o seu dinheiro até o último copeque, jazia deitado de bruços num sofá rasgado, forrado de crina, arrancava os fios de crina um a um, punha na boca, mascava e cuspia. Duas velas

8 Dança popular russa em que se pula de cócoras.

de sebo, uma das quais já queimara até o papel, estavam acesas sobre a mesa de jogo, atulhada de cartas, e lutavam debilmente contra a luz da manhã que penetrava pela janela. Na cabeça do ulano, não havia nenhum pensamento: uma espécie de nuvem espessa causada pela paixão de jogo toldava todas as suas capacidades mentais; não havia sequer remorsos. Experimentou pensar uma vez no que iria fazer agora, como partir sem ter nenhum copeque, como devolver os quinze mil rublos do Tesouro que perdera no jogo, o que dizer ao comandante do regimento, o que dizer à sua mãe, o que dizer aos camaradas – e dentro de si apenas encontrava o medo e tamanho nojo de si mesmo que, na ânsia de se alhear de tudo de algum modo, levantou-se e começou a caminhar pelo quarto, esforçando-se para só pisar nas fendas entre as tábuas do soalho e, de novo, pôs-se a lembrar nos mínimos detalhes das circunstâncias do jogo que terminara; imaginou com clareza que iria à forra no jogo e lembrou que tinha tirado o nove, apostado dois mil rublos no rei de espadas, à direita estava uma dama, à esquerda um ás, à direita um rei de ouros – e perdera tudo; mas se à direita tivesse um seis, à esquerda um rei de ouros, recuperaria tudo o que havia perdido, apostaria tudo de novo e ganharia quinze mil líquidos, compraria o cavalo marchador do comandante do regimento e mais uma parelha de cavalos, e também um faetonte. E depois, o que mais? Ah, que maravilha, que glória ia ser!

Deitou-se de novo no sofá e começou a mastigar as crinas.

"Para que estão cantando assim no quarto número 7?", pensou. "Devem estar fazendo uma farra no quarto do Turbin. É melhor dar um pulo lá e beber um pouco."

Nesse momento, entrou o conde.

– E então, perdeu tudo, irmão? Hein? – gritou.

"Vou fingir que estou dormindo", pensou Ilin. "Senão terei de falar com ele, e estou mesmo com vontade de dormir."

No entanto Turbin se aproximou e afagou sua cabeça.

– E então, amiguinho querido, está dormindo? Perdeu tudo? Fale.

Ilin não respondeu.

O conde segurou-o pelo braço.

– Perdi. O que você tem a ver com isso? – balbuciou Ilin, com voz aborrecida, sonolenta e indiferente, sem mudar de posição.

– Tudo?

– Bem, sim. O que é que tem? Tudo. O que você tem a ver com isso?

– Escute, diga a verdade, como um camarada – disse o conde, propenso à ternura sob o efeito da vodca, enquanto continuava a afagar os cabelos de Ilin. – Sério, gostei de você. Diga a verdade: se perdeu o dinheiro do Tesouro, vou salvar você; do contrário, já será tarde demais... Era o dinheiro do Tesouro?

Ilin levantou-se bruscamente do sofá.

– Já que quer tanto que eu fale, é melhor não falar comigo, porque... e, por favor, não fale comigo... vou meter uma bala na cabeça... é só isso que me resta! – exclamou ele num desespero sincero, batendo com a mão na testa e afogando-se em lágrimas, apesar de, um minuto antes, estar pensando tranquilamente num cavalo marchador.

– Ah, uma mocinha envergonhada! Bem, isso acontece com todo mundo! Não é nada de mais: ainda se pode dar um jeito, talvez. Espere-me aqui.

O conde saiu do quarto.

– Onde está Lúkhnov, o senhor de terras? – perguntou ao porteiro.

O porteiro se ofereceu para conduzir o conde. Apesar da advertência do lacaio, de que o patrão tinha acabado de chegar e queria trocar de roupa, o conde entrou no quarto. Lúkhnov estava sentado, de roupão, diante da mesa, contando alguns maços de notas dispostos à sua frente. Sobre a mesa, havia uma garrafa de vinho do Reno, de que ele gostava muito. Com o lucro, ele se concedera aquele prazer. Severa e friamente, Lúkhnov olhou para o conde através dos óculos, como se não o reconhecesse.

– Parece que o senhor não está me reconhecendo, não é? – disse o conde, aproximando-se da mesa a passos resolutos.

Lúkhnov reconheceu o conde e disse:

– O que senhor deseja?

– Quero jogar com o senhor – disse Turbin, sentando-se no sofá.

– Agora?

– Sim.

– Em outra ocasião, com todo o prazer, conde! Agora estou cansado e vou me preparar para dormir. Aceita um pouco de vinho? É um vinho bom.

– Agora o que eu quero é jogar um pouquinho.

– Hoje não estou mais disposto a jogar. Quem sabe algum dos outros senhores queira. Eu não vou jogar, conde! O senhor me perdoe, por favor.

– Então não vai jogar?

Lúkhnov fez um gesto com os ombros, expressando pena e impossibilidade de atender ao desejo do conde.

– Não vai jogar por nada neste mundo?

De novo o mesmo gesto.

– Estou pedindo ao senhor... E então, vai jogar?

Silêncio.

– O senhor vai jogar? – perguntou o conde mais uma vez. – Veja bem!

O mesmo silêncio e um rápido olhar por cima dos óculos para o rosto do conde, que começava se franzir.

– Vai jogar? – gritou o conde com voz rouca, batendo com o punho cerrado na mesa de tal modo que a garrafa de vinho do Reno tombou e derramou-se. – Afinal, o senhor não jogou limpo. Vai jogar? – perguntou outra vez.

– Já disse que não. Isso é de fato estranho, conde! E é de muito mau gosto pôr a faca no pescoço de um homem – protestou Lúkhnov, sem levantar os olhos.

Seguiu-se um momentâneo silêncio, durante o qual o rosto do conde empalideceu cada vez mais. De súbito, um terrível murro na cabeça apanhou Lúkhnov de surpresa. Ele caiu no sofá, tentando agarrar o dinheiro – e começou a gritar com uma voz estridente e desesperada, que jamais se esperaria de uma figura sempre tranquila e sempre sóbria. Turbin apanhou o dinheiro que restava sobre a mesa, afastou o criado que acudiu às pressas em socorro do patrão, e saiu do quarto a passos ligeiros.

– Se o senhor quiser uma satisfação, estou às suas ordens, ficarei em meu quarto mais meia hora – acrescentou o conde, na porta, virando-se para Lúkhnov.

– Trapaceiro! Ladrão! – ouviu-se de lá. – Vou denunciar na Justiça!

Sem dar a menor atenção à promessa do conde de salvá-lo, Ilin continuava deitado em seu quarto, no sofá, e lágrimas de desespero o oprimiam. A consciência da realidade que o carinho e a simpatia do conde haviam despertado, em meio à estranha confusão de sentimentos, pensamentos e lembranças, enchia sua alma e não a largava. A juventude rica em esperanças, a honra, o respeito da sociedade, os sonhos de amor e as amizades – tudo estava perdido para sempre. A fonte de lágrimas começou a secar, um sentimento de desespero demasiado tranquilo o dominava cada vez mais, e a ideia de suicídio, que já não suscitava repulsa e horror, retinha cada vez mais sua atenção. Naquela altura, ouviram-se os passos firmes do conde.

No rosto de Turbin ainda se viam traços de ira, suas mãos tremiam um pouco, mas nos olhos brilhavam a alegria cordial e também a confiança.

– Pronto! Peguei de volta! – disse, jogando na mesa alguns maços de notas. – Conte, está tudo aí? E vá depressa para a sala, vou embora daqui a pouco – acrescentou, como se não percebesse a tremenda comoção de alegria e de gratidão que se exprimia no rosto do ulano, e saiu do quarto assoviando uma canção cigana.

## VIII

Sachka, apertando bem seu cinto, comunicou que os cavalos estavam prontos, mas exigiu que, antes, fossem apanhar o sobretudo do conde, que, com a gola, valia trezentos rublos, e que devolvessem o imundo casaco azul de pele àquele patife que o trocara pelo sobretudo na casa do decano da nobreza; mas Turbin respondeu que não era necessário buscar o sobretudo e foi para seu quarto trocar de roupa.

O cavalariano soluçava sem parar, sentado em silêncio ao lado de sua cigana. O comissário de polícia pediu vodca e convidou todos os senhores a irem agora tomar o café da manhã na sua casa, prometendo que sua esposa mesma iria, sem falta, dançar com as ciganas. Com ar pensativo e profundo, o jovem bonito explicava para Iliúchka que o piano tinha mais alma e que era impossível arrancar bemóis do violão. Com ar triste, o chefe de polícia bebia chá num canto e, pelo visto, à luz do dia, se envergonhava de sua depravação. Os ciganos discutiam entre si, na língua cigana, insistiam que era preciso enaltecer os senhores de novo, a que Stióchka se opunha, dizendo que o *barorai* (em língua cigana, conde ou príncipe, ou, mais precisamente, um grande senhor) ficaria irritado. No geral, a última centelha da orgia já havia queimado até o fim.

– Bem, mais uma canção de despedida e vamos para casa – disse o conde, rejuvenescido, alegre, bonito, mais do que nunca, quando entrou na sala em roupa de viagem.

Os ciganos novamente se dispuseram em círculo e, assim que começaram a cantar, apareceu Ilin com um pacote de notas na mão e chamou o conde para o lado.

– Ao todo, eu tinha quinze mil rublos do Tesouro, e você me deu dezesseis mil e trezentos rublos – disse. – Estes aqui devem ser seus.

– Boa ideia! Dê aqui!

Ilin entregou o dinheiro, olhando tímido para conde, fez menção de encobrir a boca, querendo dizer alguma coisa, mas ficou tão ruborizado que até lágrimas lhe surgiram nos olhos, em seguida segurou a mão do conde e apertou-a.

– Vá embora! Iliúchka!... Escute... Tem aqui um dinheiro para você; é só me acompanhar com canções até os portões. – E jogou em cima do seu violão os mil e trezentos rublos que Ilin tinha trazido. Mas, para o cavalariano, o conde se esqueceu de pagar os cem rublos que recebera emprestados na véspera.

Já eram dez horas da manhã. Um solzinho se erguera acima dos telhados, gente corria pelas ruas, comerciantes tinham aberto os armazéns fazia muito tempo, nobres e funcionários andavam de coche pelas ruas, senhoras circulavam pela galeria de lojas, quando o bando de ciganos, o comissário de polícia, o cavalariano, o jovem bonito, Ilin e o conde de casaco azul de pele de urso saíram para a varanda do hotel. Era um dia de sol e degelo. Três troicas de posta, com os rabos curtos e amarrados, batendo as patas na lama encharcada, aproximaram-se da varanda e todo o bando alegre começou a se acomodar. O conde, Ilin, Stióchka, Iliúchka e o ordenança Sachka sentaram-se no primeiro trenó. Blücher estava eufórico e, sacudindo o rabo, latia para o cavalo do meio da troica. Nos outros trenós, instalaram-se os outros senhores, bem como os ciganos e as ciganas. Os trenós seguiram emparelhados desde o hotel, e os ciganos puseram-se a cantar uma bela canção.

As troicas, com as canções e as sinetas, obrigavam todos os veículos que encontravam no caminho a subir na calçada, e assim percorreram a cidade inteira até os portões.

Muito se admiraram os comerciantes e os passantes, os conhecidos e sobretudo os desconhecidos, vendo nobres fidalgos que, em plena luz do dia, seguiam pelas ruas entre canções, com ciganas e ciganos embriagados.

Quando cruzaram os portões, as troicas se detiveram e todos se despediram do conde.

Ilin, que havia bebido demais na despedida e conduzira os cavalos o tempo todo, de repente se sentiu tristonho, começou a tentar persuadir o conde a ficar mais um dia só; porém, quando se convenceu de que era impossível, com lágrimas, de forma completamente inesperada, pôs-se a beijar seu novo amigo e prometeu que, assim que voltasse, iria pedir uma transferência para os hussardos, para o mesmo regimento em que Turbin servia. O conde estava especialmente alegre, empurrou sobre um monte de neve o cavalariano, que pela manhã já passara a tratá-lo definitivamente por "você", atiçou Blücher contra o comissário de polícia, tomou Stióchka nos braços e quis levá-la consigo para Moscou, e por fim pulou no trenó, instalou a seu lado Blücher, que só queria ficar no meio, Sachka pediu mais uma vez ao cavalariano que tomasse deles a sobrecasaca do conde e a enviasse depois, e também pulou para a boleia. O conde gritou: "Vamos!", tirou o quepe, brandiu-o acima da cabeça e assoviou para os cavalos, à maneira dos cocheiros de posta. As troicas se separaram.

Ao longe, à frente, via-se uma planície nevada e monótona, na qual se estendia a faixa amarela e lamacenta da estrada. O sol forte, brincando, rebrilhava na transparente casca de geada e neve semiderretida e aquecia o rosto e as costas de forma agradável. Um vapor exalava dos cavalos suados. A sineta tilintava. Um mujiquezinho que puxava um trenó carregado e oscilante, sacudindo as rédeas de cordas, às pressas se pôs para o lado e, em sua corrida, estalava as sandálias de palha na neve descongelada da estrada; uma camponesa gorda, vermelha, com uma criança no peito de seu casaco de pele de ovelha, vinha sentada em outra carroça, tangendo com a ponta das rédeas um pangaré branco e de rabo fino. De repente, o conde lembrou-se de Anna Fiódorovna.

– Vamos voltar! – gritou.

O cocheiro não entendeu logo.

– Volte, para trás! Vá para a cidade! Rápido!

A troica novamente atravessou os portões e seguiu a galope até a calçada de tábuas na frente da casa da sra. Záitseva. O conde subiu depressa a escadinha da porta, atravessou o vestíbulo, a sala e, encontrando a viúva ainda adormecida, tomou-a nos braços, ergueu-a do leito, beijou os olhinhos sonolentos e rapidamente foi embora outra vez. Anna Fiódorovna, ainda meio adormecida, apenas lambeu os lábios e perguntou: "O que aconteceu?". O conde pulou no trenó, gritou para o cocheiro e, agora sem mais se deter, sem lembrar-se de Lúkhnov nem da viúva nem de Stióchka, e apenas pensando que o esperavam em Moscou, partiu para sempre da cidade de K.

## IX

Passaram-se vinte anos. Muita água correu desde então, muita gente morreu, muita gente nasceu, muita gente cresceu e envelheceu, e ainda mais pensamentos nasceram e morreram; muitas coisas belas, ruins e velhas pereceram, muitas coisas belas e jovens cresceram e ainda mais coisas imaturas, monstruosas e jovens surgiram neste mundo de Deus.

Fazia muito tempo que o conde Fiódor Turbin fora morto num duelo contra um estrangeiro que ele havia cortado com um golpe de açoite em plena rua; o filho se parecia com ele como duas gotas de água, já era um lindo jovem de vinte e três anos e servia na guarda da cavalaria. No aspecto moral, o jovem conde Turbin era totalmente distinto do pai. Não havia nele nem uma sombra daquelas inclinações turbulentas, passionais e, para dizer a verdade, lascivas da era passada. Junto com a inteligência, a educação e o talento natural herdado, o amor pelo decoro e pelos confortos da vida, a visão prática das pessoas e das circunstâncias, a discrição e a prudência eram seus atributos característicos. No serviço militar, o jovem conde estava se saindo esplendidamente: aos vinte e três anos já era tenente... No início das ações de guerra, ele resolveu que era mais vantajoso para a promoção transferir-se para o exército ativo e ingressou como capitão no regimento de hussardos, no qual logo recebeu um esquadrão para comandar.

No mês de maio de 1848, o regimento de hussardos de S. passou em campanha pela província de K. e aquele mesmo esquadrão que o jovem conde Turbin comandava teve de pernoitar em Morózovka, aldeia nas terras de Anna Fiódorovna. Anna Fiódorovna estava viva, mas já tão pouco jovem que ela mesma não se considerava mais jovem, o que para uma mulher quer dizer muito. Tinha engordado bastante, o que, dizem, rejuvenesce a mulher; porém, mesmo naquela obesidade branca, percebiam-se rugas grandes e moles. Ela já não ia mais à cidade, tinha até dificuldade para subir na carruagem, porém continuava tão bem-humorada e tão tolinha como antes – agora, quando já não subornava as pessoas com sua beleza, era possível dizer a verdade. Junto com ela, viviam a filha, Liza, uma beldade russa rural de vinte e três anos, e o irmão, nosso conhecido cavalariano, que, com seu espírito bonachão, havia dissipado todas as suas propriedades e encontrara na casa de Anna Fiódorovna o abrigo de sua velhice. Tinha os cabelos totalmente grisalhos; o lábio superior estava caído, mas acima dele o bigode era meticulosamente enegrecido. As rugas cobriam não só a testa e as faces, como até o nariz e o pescoço, e as costas estavam curvadas; no entanto, nas pernas fracas e tortas viam-se as maneiras do velho cavalariano.

Na sala pequena da velha casinha, com a porta e as janelas da sacada abertas para o velho jardim de tílias em forma de estrela, estavam todos os familiares e os criados domésticos de Anna Fiódorovna. De cabeça grisalha, casaquinho violeta, no sofá diante da mesa redonda feita de mogno, Anna Fiódorovna jogava cartas. O velho irmão, instalado junto à janela, de calça branca bem limpa e casaca azul, trançava um cadarço de algodão branco numa forquilha de madeira – atividade que aprendera com a sobrinha e de que gostava muito, ainda mais porque já não podia fazer outra coisa e os olhos estavam fracos para ler o jornal, sua ocupação predileta. A seu lado, Pímotchka, uma criança que Anna Fiódorovna pegara para criar, fazia a lição sob a orientação de Liza, que ao mesmo tempo tricotava com agulhas de madeira meias compridas de lã de cabra para o tio. Os últimos raios do sol poente, como sempre ocorria naquela época do ano, lançavam faixas de luz oblíquas e entrecortadas através da alameda de tílias na última janela e na estante de livros que ficava a seu lado. No jardim e na sala, era tamanho o silêncio que dava para ouvir o rápido adejar das asas de uma andorinha, ou, dentro da sala, a respiração de Anna Fiódorovna, ou um gemido do velho quando cruzava as pernas.

– Como se faz isto aqui? Lízanka, mostre-me. Sempre esqueço tudo – disse Anna Fiódorovna, interrompendo o jogo de paciência.

Sem parar seu trabalho, Liza se aproximou da mãe e lançou um olhar para as cartas.

– Ah, a senhora fez confusão, mãezinha querida! – disse, arrumando as cartas. – Olhe, tinha de ser deste jeito. Mesmo assim, aquilo que a senhora planejou vai se realizar – acrescentou, retirando, sem ser notada, uma carta da mesa.

– Ora, você está sempre me enganando: diz sempre que deu certo.

– Não, é sério, tem jeito. Vai dar certo, sim.

– Está bem, está bem, sua trapaceirazinha! Mas não está na hora do chá?

– Já mandei aquecer o samovar. Irei ver agora mesmo. Quer que traga para a senhora aqui?... Pímotchka, termine logo e vamos dar um passeio.

E Liza saiu pela porta.

– Lízotchka! Lízotchka! – exclamou o tio, olhando fixamente para sua forquilha. – Parece que perdi o laço outra vez. Levante para mim, meu anjo!

– Já vou, já vou! Assim que eu mandar esfarelar o açúcar.

E, de fato, três minutos depois ela veio correndo para a sala, aproximou-se do tio e puxou sua orelha.

– Tome aqui, para que o senhor não deixe mais o laço escapar – disse ela, rindo. – O senhor não fez sua lição.

– Ora, chega, chega; corrija para mim, na certa havia algum nó.

Liza pegou a forquilha de madeira, soltou um prendedor de seu lenço de cabeça, que com isso se abriu um pouco, empurrado pelo vento que veio da janela, tentou apanhar a ponta do laço com o prendedor, puxou duas vezes e devolveu a forquilha para o tio.

– Pronto, agora me dê um beijo por isso – disse ela, oferecendo-lhe a face rosada e prendendo o lenço de novo. – O senhor hoje quer o chá com rum? Afinal, é sexta-feira.

E novamente saiu para cuidar do chá.

– Titio, venha ver; os hussardos estão vindo para cá! – ouviu-se uma vozinha sonora lá dentro.

Anna Fiódorovna e o irmão foram à sala de chá, cujas janelas davam para a aldeia, a fim de ver os hussardos. Da janela, via-se muito pouco, através da poeira apenas se percebia uma multidão em movimento.

– Que pena, irmãzinha – comentou o tio para Anna Fiódorovna. – Que pena que tenhamos tão pouco espaço e que a nova ala ainda não esteja pronta, senão poderíamos convidar os oficiais para ficar aqui. Afinal os oficiais hussardos são sempre jovens tão alegres, exuberantes; eu bem que gostaria de vê-los.

– Ora, a mim também daria grande alegria; mas o senhor bem sabe, meu irmão, que não temos espaço: o meu quarto, o cômodo de Liza, a sala que é o seu quarto, e isso é tudo. Onde alojá-los, reflita o senhor mesmo. Mikhail Matviéiev limpou a isbá do estaroste para eles; diz que está bem limpa.

– E poderíamos procurar entre eles um noivo para você, Lízotchka, um hussardo magnífico! – disse o tio.

– Não, não quero um hussardo; quero um ulano, pois o senhor serviu com os ulanos, não foi, tio? Esses eu não quero. Dizem que são terríveis.

E Liza ruborizou-se um pouco, mas riu de novo, com seu riso harmonioso.

– Olhem, lá vem a Ustiúchka correndo; temos de lhe perguntar o que viu – disse ela.

Anna Fiódorovna mandou chamar Ustiúchka.

– Você não sabe mesmo ficar cuidando do seu trabalho, não é? Que necessidade tinha de correr para ver os hussardos? – disse Anna Fiódorovna. – Bem, e então, onde se instalaram os oficiais?

– Na casa dos Eriómkin, patroa. São dois, e tão bonitos! Um é conde, pelo que disseram.

– E qual é o sobrenome?

– Ou é Nazárov ou é Turbípov; não lembro, desculpe.

– Que tola, não é capaz de nos contar nada. Pelo menos devia saber o sobrenome.

– Eu vou lá correndo saber.

– Pois sim, eu sei que você é mestre nessas coisas... Não, deixe que o Danilo vai ver; diga para ele ir até lá e perguntar se os oficiais precisam de alguma coisa; é preciso mostrar cortesia, e diga que foi a senhora da casa que mandou perguntar.

Os velhos sentaram-se de novo na sala de chá, enquanto Liza foi para o aposento das criadas colocar o açúcar esfarelado dentro de uma gaveta. Lá, Ustiúchka falou sobre os hussardos.

– Patroazinha, querida, como aquele conde é bonito – disse ela. – Um verdadeiro querubim de sobrancelhas pretas. Que noivinho seria para a senhora, que parzinho os dois iam fazer.

As outras criadas sorriram com aprovação; a velha babá, sentada junto à janela, de meia comprida, suspirou e até recitou uma prece, respirando fundo.

– Então você gostou muito dos hussardos – disse Liza. – E você sabe contar muito bem. Por favor, Ustiúchka, traga um refresco de fruta, uma coisinha ácida para os hussardos beberem.

E Liza, rindo, saiu dali levando o açúcar.

"Eu bem que gostaria de ver como é esse hussardo", pensou ela. "Moreno ou louro? E acho mesmo que ele ficaria contente de nos conhecer. Ele vai embora e não vai saber o que eu pensei sobre ele. E quantos como ele já passaram por mim. Ninguém me vê, a não ser titio e Ustiúchka. Não importa como eu me penteio, que mangas eu visto, ninguém me admira", pensava ela, suspirando e olhando para o braço branco e carnudo. "Ele deve ser alto, de olhos grandes, sem dúvida, de bigodinho preto. Não, já se passaram vinte e três anos e ninguém se apaixonou por mim, exceto o bexiguento Ivan Ipátitch; e quatro anos atrás eu era ainda mais bonita; e assim passou minha mocidade, sem dar alegria a ninguém. Ah, sou uma infeliz, uma infeliz mocinha da roça."

A voz da mãe, que a chamava para servir o chá, despertou a mocinha da roça daquele momentâneo devaneio. Liza balançou a cabecinha e foi para a sala de chá.

As melhores coisas sempre ocorrem sem querer: quanto mais nos esforçamos, pior o resultado. Nas aldeias, raramente se esforçam em dar educação, por isso, sem querer, oferecem em geral uma educação excelente. Foi o que aconteceu especialmente com Liza. Anna Fiódorovna, por limitação de inteligência e descuido de temperamento, não deu a Liza nenhuma educação: não lhe ensinou música nem a tão útil língua francesa, mas tendo, sem querer, concebido com seu falecido marido uma criança saudável e bonita – uma filhinha –, deu-a para uma ama de leite, que a amamentou; então vestiu-a com roupinhas de chita, calçou-a com tamanquinhos de pele de cabra, mandava-a passear, colher cogumelos e cerejas, e também contratou um seminarista que a ensinou a ler e a fazer contas – e assim, sem querer, durante dezesseis anos, teve em Liza uma amiga e uma dona de casa diligente, sempre alegre e bondosa. Na casa de Anna Fiódorovna, por bondade sua, havia sempre crianças para criar, que provinham ou dos servos ou tinham sido crianças abandonadas. Desde os dez anos, Liza se ocupava com elas: ensinava, vestia, levava à igreja e as reprimia, quando já haviam feito muitas travessuras. Depois apareceu o tio decrépito, bondoso, que precisava de cuidados, como se fosse um menino. Além disso, havia os criados e os mujiques, que se dirigiam à jovem senhora com apelos e enfermidades, e ela os tratava com essências de sabugueiro, hortelã e cânfora. Havia também os afazeres domésticos, que sem querer passaram todos para suas mãos. Havia também a necessidade insatisfeita do amor, que se exprimia apenas na natureza e na religião. E, sem querer, Liza se tornou uma mulher ativa, alegre, bondosa, independente, pura e profundamente religiosa. Na verdade, havia pequenos sofrimentos de vaidade, quando via a seu lado, na igreja, as vizinhas com chapéus da moda, comprados em K.; havia irritações e até lágrimas por causa dos caprichos da mãe velha e rabugenta; havia também sonhos de amor, nas formas mais absurdas e, às vezes, brutas – mas a atividade útil, que se tornara uma necessidade para ela, dispersava tudo o mais e, aos vinte e três anos, nenhuma mancha, nenhum remorso caíra na alma fresca e serena da mocinha que crescera repleta de beleza física e moral. Liza era de estatura mediana, antes carnuda do que magra; tinha olhos castanhos, pequenos, com uma ligeira sombra na pálpebra inferior; uma trança bonita e comprida. Seu passo era largo e desajeitado – de pato, como se diz. Quando estava ocupada com afazeres e nada em especial a perturbava, a expressão de seu rosto parecia dizer a todos que olhassem para ela: é bom e alegre viver neste mundo, quando se tem alguém para amar e uma consciência pura. Mesmo nos momentos de irritação, inquietude, angústia ou tristeza, brilhava através de uma lágrima, da sobrancelha esquerda contraída, dos beicinhos comprimidos, brilhava, como que contra sua vontade, nas covinhas das faces, nos cantos dos lábios e nos olhinhos reluzentes, habituados a sorrir e alegrar-se com a vida – brilhava assim um coração bondoso, franco, que a razão não havia estragado.

## X

O ar ainda estava quente, embora o sol já estivesse se pondo, quando o esquadrão entrou em Morózovka. À frente deles, na poeirenta rua da aldeia, uma vaca malhada, extraviada do rebanho, corria a trote, olhava para trás e de vez em quando se detinha com um mugido, sem entender de forma alguma que bastaria apenas se afastar para o lado. Velhos camponeses, mulheres, crianças e criados domésticos olhavam para os hussardos com avidez, aglomerando-se de ambos os lados da rua. Na densa nuvem de poeira, em cavalos muito negros e de bridão puxado, que estalavam os cascos no chão e resfolegavam de vez em quando, avançavam os hussardos. Do lado direito do esquadrão, montados muito à vontade em cavalos murzelos, iam dois oficiais. Um era o comandante, o conde Turbin, o outro, muito jovem, promovido pouco antes dos *junkers*, era Polozov.

Da melhor isbá saiu um hussardo de jaqueta branca, tirou o quepe e se aproximou dos oficiais.

– Onde ficam nossos aposentos? – perguntou o conde.

– Para Vossa Excelência? – indagou o sargento, o corpo inteiro tremendo. – Aqui, na casa do estaroste, a isbá foi limpa. Exigi um lugar na casa senhorial, mas disseram: não tem lugar. A proprietária é uma mulher brava.

– Certo, tudo bem – disse o conde, desmontando e esticando as pernas junto à isbá do estaroste. – E então, meu coche já chegou?

– Tenho a honra de dizer que chegou, Vossa Excelência! – respondeu o sargento, apontando com o quepe para a carroceria de couro de um coche que se via através do portão, e lançou-se para a frente, rumo à entrada da isbá, ocupada por uma família de camponeses que se haviam reunido para ver os oficiais. Ele chegou a esbarrar com o pé numa velhinha, ao abrir a porta meio de lado para a isbá que tinha sido limpa e recuando para o conde poder passar.

A isbá era bem grande e espaçosa, mas não muito limpa. O criado alemão, vestido como um nobre, estava dentro da isbá e, tendo instalado ali um leito de ferro e tendo feito a cama, escolhia roupas brancas dentro de uma mala.

– Puxa, que quarto abominável! – disse o conde, aborrecido. – Diádienko! Não seria possível encontrar algo melhor, na casa da senhora de terras ou em algum lugar?

– Se Vossa Excelência ordenar, posso expulsar alguém da casa senhorial – respondeu Diádienko. – Mas a casinha deles não é de encher os olhos, não parece muito melhor do que uma isbá.

– Agora já não é preciso. Pode ir.

E o conde deitou-se na cama, com as mãos cruzadas atrás da cabeça.

– Johann! – gritou para o criado alemão. – Você deixou um calombo no meio das cobertas outra vez! Será que não aprende a fazer a cama direito?

Johann quis ajeitar a cama.

– Não, agora já não precisa... E o roupão, onde está? – prosseguiu com voz descontente.

O criado trouxe o roupão. Antes de vesti-lo, o conde olhou para a aba.

– Aí está: você não tirou a mancha. Será que existe no mundo um criado pior do que você? – acrescentou, tomando o roupão das mãos dele e vestindo-o. – Até parece que faz de propósito... E o chá, está pronto?

– Não tive tempo – respondeu Johann.

– Idiota!

Depois disso, o conde pegou um romance francês que já estava pronto para ele e ficou lendo em silêncio por muito tempo; Johann foi para o vestíbulo soprar as brasas para aquecer o samovar. Era evidente que o conde estava de mau humor – talvez sob o efeito do cansaço, do rosto empoeirado, da roupa apertada e do estômago faminto.

– Johann! – gritou de novo. – Venha prestar contas dos dez rublos. O que você comprou na cidade?

O conde examinou a conta que lhe foi entregue e fez comentários mal-humorados sobre o preço elevado das compras.

– Traga chá com rum.

– Não comprei rum – disse Johann.

– Ótimo! Quantas vezes já falei para você trazer rum?

– O dinheiro não deu.

– E por que o Polozov não comprou? Você podia ter pegado com o criado dele.

– O alferes Polozov? Não sei. Ele comprou o chá e o açúcar.

– Animal!... Vá embora!... Só você consegue acabar com a minha paciência... Sabe que, em campanha, eu sempre bebo chá com rum.

– Aqui estão duas cartas para o senhor, do quartel-general – disse o criado.

Deitado, o conde retirou o lacre de uma carta e pôs-se a ler. O alferes entrou com cara alegre, depois de acomodar o esquadrão.

– E então, Turbin? Aqui parece um bom lugar. Estou cansado, confesso. Fez calor.

– Muito bom! Uma isbá fedorenta e imunda e, por gentileza sua, não tem rum: o seu cretino não comprou, e esse outro também não. Você bem que poderia ter dito.

E continuou a ler. Quando terminou a carta, amassou-a e jogou no chão.

– Por que não comprou rum? – perguntou naquela altura o alferes, em voz baixa, para seu ordenança, na entrada. – Por acaso não tinha dinheiro?

– Tinha, mas para que ficar comprando a toda hora? Sou eu que cuido de toda a despesa; enquanto o alemão dele só faz fumar o cachimbo e mais nada.

A segunda carta, pelo visto, não era desagradável, pois o conde leu sorrindo.

– De quem é? – perguntou Polozov, que voltara para o quarto e arrumava para si uma cama sobre tábuas, ao lado da estufa.

– De Mina – respondeu o conde com alegria, entregando-lhe a carta. – Quer ler? Que mulher encantadora!... Pois é, na verdade, bem melhor do que as nossas senhoritas da nobreza... Veja quanto sentimento e inteligência nessa carta!... A única coisa ruim... é que pede dinheiro.

– Sim, isso é ruim – comentou o alferes.

– Na verdade, prometi a ela; mas aqui estou em campanha e... de resto, se eu comandar o esquadrão mais três meses, mandarei o dinheiro para ela. Sério, não me queixo! Que encanto!... Hein? – disse, sorrindo, enquanto acompanhava com o olhar a expressão no rosto de Polozov, que lia a carta.

– Uma tremenda analfabeta, mas é meiga, e parece que gosta bastante de você – respondeu o alferes.

– Hmm! E como! Essas mulheres, quando amam, amam com sinceridade.

– E a outra carta, é de quem? – perguntou o alferes, devolvendo a que tinha lido.

– Pois é... Há um certo senhor, muito vulgar, a quem devo uma quantia por causa de um jogo de cartas e já é a terceira vez que ele me lembra disso... Não posso pagar agora... Carta idiota! – respondeu o conde, visivelmente aborrecido com aquela lembrança.

Os dois oficiais ficaram em silêncio por muito tempo depois dessa conversa. O alferes, que se encontrava visivelmente sob a influência do conde, bebia chá em silêncio e de vez em quando olhava para o belo semblante ensombrecido de Turbin, que mirava fixamente pela janela e hesitava em recomeçar a conversa.

– Bem, afinal talvez dê certo – disse o conde, de repente, virando-se para Polozov e sacudindo a cabeça com alegria –, se houver promoções nas linhas de frente este ano e se entrarmos em combate, quem sabe eu possa até ultrapassar meus capitães da guarda.

A conversa prosseguiu nesse tema e já estavam no segundo copo de chá, quando o velho Danilo entrou e trouxe o recado de Anna Fiódorovna.

– Também me mandou perguntar se o senhor não é filho do conde Fiódor Ivánitch Turbin – acrescentou Danilo por sua própria conta, pois reconheceu o nome do oficial e ainda se lembrava da passagem do falecido conde por K. – Nossa patroa, Anna Fiódorovna, foi muito amiga dele.

– Foi meu pai; diga à sua senhora que estou muito agradecido, não preciso de nada, mas talvez pudesse perguntar se não haveria em algum lugar um alojamento mais limpo, em sua casa ou em algum outro lugar.

– Puxa, para que fez isso? – disse Polozov, quando Danilo se retirou. – Não dá tudo na mesma? Tanto faz passar uma noite aqui; e ela vai ficar constrangida.

– Ora essa! Parece-me que já estamos fartos de isbás que não têm sequer chaminé!... Logo se percebe que você não é um homem prático... Por que não aproveitar, se pelo menos por uma noite pudermos dormir feito gente? E ela, ao contrário, vai ficar tremendamente satisfeita. Só uma coisa me incomoda: se essa tal senhora conheceu de fato meu pai – continuou o conde, abrindo um sorriso com os dentes brancos e brilhantes –, vou passar alguma vergonha por causa do falecido papai: há sempre a história de algum escândalo ou de alguma dívida. Por isso eu não suporto encontrar esses conhecidos do papai. De resto, isso tudo já faz tanto tempo – acrescentou, já sério.

– E eu não lhe contei uma coisa – disse Polozov. – Encontrei o Ilin, o comandante de uma brigada de ulanos. Ele queria muito ver você, tem uma afeição enorme pelo seu pai.

– Parece-me um tremendo inútil, esse Ilin. O importante é que todos esses senhores que garantem ter conhecido meu pai, a fim de ganhar minha confiança, pensam contar histórias encantadoras sobre ele, mas relatam tamanhas bobagens que tenho até vergonha de escutar. Na verdade, eu não me deixo seduzir e encaro as coisas com imparcialidade... ele era um homem exaltado demais, às vezes fazia coisas nada recomendáveis. De resto, tudo é uma questão de época. Em nosso tempo, talvez, ele seria uma pessoa muito útil, porque tinha imensas capacidades, é preciso fazer justiça.

Quatro horas depois, o criado voltou e apresentou o pedido da proprietária para que fizesse a gentileza de pernoitar em sua casa.

## XI

Ao saber que o oficial hussardo era filho do conde Fiódor Turbin, Anna Fiódorovna ficou alvoroçada.

– Ah, meus caros! É ele, o meu querido!... Danilo! Vá depressa e diga que eu os convido para ficar aqui – exclamou, deu um pulo e seguiu a passos ligeiros para o aposento das criadas. – Lízanka! Ustiúchka! É preciso preparar seu quarto, Liza. Você vai se mudar para o quarto do titio; e o senhor, irmão... irmão! O senhor dorme na sala mesmo. Uma noite só não tem importância.

– Tudo bem, irmãzinha! Eu deito no chão.

– Deve ser bonito, se for parecido com o pai. Gostaria muito de poder vê-lo, meu anjinho... Você mesma vai ver, Liza! O pai era uma beleza... Para onde vai levar a mesa? Deixe aí mesmo – agitava-se Anna Fiódorovna. – E traga duas camas... traga uma para o subalterno; e coloque o castiçal de cristal na estante, aquele que meu irmão me deu de aniversário, e acenda a vela de estearina.

Por fim, tudo ficou pronto. Apesar da interferência da mãe, Liza arrumou à sua maneira seu quarto para os dois oficiais. Preparou as camas com lençóis limpos, perfumados de resedá; mandou pôr uma jarra de água e velas na mesinha de cabeceira; fumigou o aposento com um papel perfumado e ela mesma levou sua caminha para o quarto do tio. Anna Fiódorovna acalmou-se um pouco, instalou-se de novo em seu lugar, chegou a pegar o baralho, mas não baixou as cartas na mesa, curvou-se apoiada nos cotovelos gorduchos e pôs-se a pensar. “Ah, tempo, tempo, como o tempo voa!", repetiu consigo, num sussurro. "Parece que foi ontem. É como se eu o estivesse vendo agora. Ah, era um patife!" E lágrimas surgiram em seus olhos. "Agora, a Lízanka... Mas ela não é nada do que eu era naquela época... é uma boa moça, mas não, não é a mesma coisa..."

– Lízanka, você devia pôr seu vestido de musselina e linho à noite.

– Mas a senhora vai convidá-los para ficar, mãe? É melhor não – respondeu Liza, experimentando uma emoção irreprimível ante o pensamento de que ia ver os oficiais. – É melhor não, mamãe!

Na verdade, sua vontade de vê-los era menor do que seu temor de uma espécie de felicidade arrebatadora, que, assim lhe parecia, estava à sua espera.

– Talvez eles mesmos queiram nos conhecer, Lízotchka! – disse Anna Fiódorovna, afagando seus cabelos e ao mesmo tempo pensando: "Não, não eram assim meus cabelos no tempo em que eu tinha a idade dela... Não, Lízotchka, como eu gostaria que você...". E ela, de fato, desejava muitas coisas para a filha; mas não chegava ao ponto de supor um casamento com o conde; as relações que tivera com o pai dele, isso ela não podia desejar; porém desejava muito, muito mesmo, para a filha, só não sabia o quê. Talvez desejasse viver novamente, na alma da filha, a experiência que tivera com o falecido.

O velho cavalariano também estava um pouco emocionado com a chegada do conde. Foi para seu quarto e trancou-se lá. Quinze minutos depois, apareceu vestido de casaco húngaro e calça de montaria azul, com uma expressão confusa e satisfeita no rosto, a mesma expressão de uma jovem que pela primeira vez usa um vestido de baile, e foi para o quarto reservado para os hóspedes.

– Vou ver os hussardos de hoje em dia, irmãzinha! O falecido conde era um hussardo de verdade. Vou ver, vou ver...

Os oficiais já haviam chegado pela varanda dos fundos, para o quarto reservado para eles.

– Pronto, está vendo só? – disse o conde quando se deitou, com as botas empoeiradas, na cama arrumada. – Vai dizer que não é melhor do que na isbá, com as baratas?

– Melhor, muito melhor, mas a gente vai ficar em dívida com os proprietários...

– Que absurdo! É preciso ter espírito prático em tudo. Eles estão tremendamente satisfeitos... Criado! – gritou. – Peça alguma coisa para cobrir essa janelinha, senão vai ficar ventando de noite.

Naquele momento, entrou o velho para conhecer os oficiais. Embora um pouco ruborizado, ele naturalmente não deixou de dizer que foi camarada do falecido conde, que desfrutara as suas atenções e disse até que mais de uma vez recebera grandes favores do falecido. Se por favores do falecido ele entendia os cem rublos emprestados que o conde não lhe pagara, ou o fato de o conde tê-lo empurrado em cima de um monte de neve e tê-lo xingado asperamente – isso o velho não explicou. O conde se mostrou absolutamente cortês com o velho cavalariano e agradeceu a hospedagem.

– Queira perdoar a falta de luxo, conde (quase disse "Vossa Excelência", de tão desacostumado no trato com pessoas importantes), a casinha da irmã é pequena. Vamos pendurar uma cortina na janela e vai ficar melhor – acrescentou o velho e, sob o pretexto de arranjar uma cortina, mas na verdade a fim de ir logo contar a respeito dos oficiais, saiu do quarto, arrastando os pés.

A graciosa Ustiúchka veio pendurar na janela o xale da patroa, para fazer as vezes de cortina. Além disso, a patroa pediu que perguntasse se os senhores não gostariam de tomar chá.

As boas acomodações, pelo visto, produziram um efeito favorável no estado de ânimo do conde; sorrindo alegre, ele brincou com Ustiúchka, de tal modo que ela até o chamou de patife, e perguntou a ela se a patroa era bonita e, à sua pergunta sobre o chá, o conde respondeu que podia trazer o chá, sem dúvida, mas que o mais importante era saber se o jantar deles já estava pronto, se não era possível tomar uma vodca, beliscar alguma coisa e tomar um vinho xerez, se houvesse.

O tio estava entusiasmado com a cortesia do jovem conde e enalteceu até os céus a jovem geração de oficiais, dizendo que as pessoas de então eram incomparavelmente superiores às do passado.

Anna Fiódorovna discordou – não existia ninguém melhor do que o conde Fiódor Ivánitch – e por fim, já com ar sério, zangou-se, retrucou em tom seco que "para o senhor, irmão, aquele que o cumulou de atenções por último é sempre o melhor. Certamente todos sabem que hoje em dia as pessoas se tornaram mais inteligentes, mesmo assim o conde Fiódor Ivánitch dançava a escocesa de tal modo e era tão amável que, pode-se dizer, todos ficavam loucos por ele; só que ele deu atenção apenas a mim e mais ninguém. Portanto, no passado também havia pessoas boas".

Nessa altura, chegou a notícia sobre o pedido de vodca, petiscos e vinho xerez.

– Ora, só o senhor mesmo, irmão! Sempre faz as coisas erradas. Era preciso preparar um jantar – exclamou Anna Fiódorovna. – Liza! Tome providências, minha querida!

Liza correu para a despensa atrás de cogumelos e manteiga fresca, mandou a cozinheira fazer costeletas.

– O senhor ainda tem um pouco de vinho xerez, irmão?

– Não, irmã! Não tenho.

– Como não? O senhor bebe chá com o quê?

– Com rum, Anna Fiódorovna.

– E não é a mesma coisa? Sirva isso, dá na mesma... rum. Não era melhor pedir que viessem para cá, irmão? O senhor sabe de tudo. Não iam ficar ofendidos, não é?

O cavalariano declarou ter certeza de que o conde, em sua bondade, não iria recusar e que ele iria trazê-los sem falta. Anna Fiódorovna foi pôr um vestido de noite e uma touca nova; já Liza estava tão ocupada que não teve tempo de trocar o vestido rosa de algodão grosso e de mangas largas que estava usando. De resto, sentia-se terrivelmente agitada: tinha a impressão de que algo espantoso a aguardava, como se uma nuvem negra e baixa pairasse sobre sua alma. Aquele hussardo, conde, garboso, parecia algo inteiramente novo para ela, uma criatura incompreensível, mas bela. Seu temperamento, seus hábitos, sua fala – tudo devia ser fora do comum, como ela nunca vira antes. Tudo que ele pensava e dizia devia ser inteligente e verdadeiro; tudo que ele fazia devia ser honesto; toda a sua aparência devia ser bela. Liza não duvidava disso. Caso ele não só exigisse petiscos e vinho xerez, mas também um banho aromático com sálvia, ela não ficaria surpresa, não o criticaria e tinha a firme convicção de que aquilo era apenas o devido e o necessário.

O conde prontamente concordou, quando o cavalariano exprimiu o desejo da irmãzinha, penteou o cabelo, vestiu o sobretudo e pegou a charuteira.

– Vamos lá – disse para Polozov.

– Sério, é melhor não ir – retrucou o alferes. – *Ils feront des frais pour nous recevoir.*[9]

– Bobagem! Vão ficar muito contentes. E eu descobri uma coisa: há uma filha bonita... Vamos lá – disse o conde em francês.

– *Je vous en prie, Messieurs*[10] – disse o cavalariano só para dar a entender que ele também sabia falar francês e compreendia o que os oficiais estavam dizendo.

## XII

Liza ruborizou-se e baixou os olhos, como se estivesse ocupada enchendo a chaleira, com temor de olhar para o oficial, quando eles entraram na sala. Anna Fiódorovna, ao contrário, ergueu-se afoita, fez uma reverência e, sem despregar os olhos do rosto do conde, pôs-se a falar com ele, ora encontrando uma extraordinária semelhança com o pai, ora elogiando a filha, ora oferecendo chá, geleia ou *pastilás*[11] da roça. Com sua aparência simples, ninguém prestava a menor atenção no alferes, o que o deixava muito contente, pois, na medida em que a decência permitia, observava e analisava minuciosamente Liza, que pelo visto o impressionara de forma inesperada. O tio,

---

9 "Eles vão gastar até o que não têm para nos agradar".

10 "Façam o favor, senhores".

11 Doce tradicional russo, datado do século XIV, feito de maçã e mel.

enquanto escutava a conversa entre a irmã e o conde, com um discurso pronto já na ponta da língua, esperava apenas uma oportunidade para contar suas lembranças de cavalariano. Após o chá, e depois de fumar seu charuto forte, que obrigava Liza a se esforçar para conter a tosse, o conde se mostrou muito falante e afável, de início interpunha seus relatos nas pausas intermitentes da fala de Anna Fiódorovna, mas no fim tomou conta da conversa sozinho. Apenas uma coisa pareceu um pouco estranha a seus ouvintes: o conde, em seus relatos, muitas vezes dizia palavras que, mesmo não sendo vistas como censuráveis em seu meio, ali eram um tanto atrevidas, o que deixou Anna Fiódorovna um pouco assustada, e Liza se ruborizava até as orelhas; mas o conde não percebeu nada disso e continuou a se mostrar igualmente simples, sereno e amável. Liza servia os copos em silêncio, mas não os entregava nas mãos dos convidados, colocava-os perto deles e, ainda sem ter se recuperado de sua agitação, escutava com avidez as palavras do conde. Suas histórias despretensiosas e suas hesitações na fala pouco a pouco acalmaram Liza. Não ouvia do conde as ideias muito inteligentes que ela havia previsto, nem via a elegância absoluta que vagamente esperava encontrar nele. Já no terceiro copo de chá, depois que os olhos tímidos de Liza cruzaram uma vez com os do conde e ele não baixou os olhos, ao contrário, continuou a fitá-la de maneira muito tranquila, quase sorrindo, Liza sentiu-se até um pouco hostil em relação a ele e logo achou que não só não havia nada de especial no conde, como ele não se distinguia de forma alguma de todos que ela vira e que não valia a pena ter medo dele – apenas tinha unhas limpas e compridas, mas nem sequer possuía uma beleza especial. De súbito, não sem alguma angústia interior, Liza abandonou seu sonho, acalmou-se e só a perturbava o olhar do alferes calado, que Liza sentia fixo sobre ela. "Quem sabe não é ele, mas sim ele!", pensou Liza.

## XIII

Depois do chá, a velhinha convidou os hóspedes para um outro cômodo e novamente sentou-se em seu lugar.

– Não gostaria de repousar, conde? – perguntou. – Então como poderei distraí-los, caros hóspedes? – prosseguiu, depois de receber uma resposta negativa. – O senhor joga cartas, conde? Vamos, irmão, o senhor podia organizar uma partida de algum jogo...

– Sim, mas a senhora mesma joga *préférence* – respondeu o cavalariano. – Vamos jogar juntos, então. Não quer, conde? E o senhor?

Os oficiais concordaram e se disseram dispostos a fazer tudo o que fosse agradável para os amáveis anfitriões.

Liza trouxe do seu quarto suas velhas cartas, as quais ela usava para adivinhar se o resfriado de Anna Fiódorovna ia passar logo, se o tio ia voltar da cidade no mesmo dia, quando viajava, se o vizinho viria visitá-los etc. As cartas, embora fossem usadas já havia mais ou menos dois meses, estavam mais limpas do que as que Anna Fiódorovna usava para ler a sorte.

– Mas talvez os senhores não queiram jogar apostando pouco, não é? – perguntou o tio. – Eu e Anna Fiódorovna jogamos por meio copeque... E ela ganha sempre de todos nós.

– Ah, qualquer coisa que os senhores ordenarem me deixará muito contente – respondeu o conde.

– Bem, então a um copeque, em *assignats*![12] Em honra aos queridos hóspedes, a velhinha vai deixar que eles ganhem – disse Anna Fiódorovna, sentando-se relaxadamente em sua poltrona e abrindo sua mantilha.

"E quem sabe eu ganho um rublo deles?", pensou Anna Fiódorovna, que na velhice adquirira uma pequena paixão pelas cartas.

– Se quiserem, eu ensino a jogar com *tables* e *misères* – disse o conde. – É muito divertido.

Todos gostaram muito da nova moda de Petersburgo. O tio estava até convencido de que já conhecia aquilo e que era o mesmo que jogar bóston, apenas havia esquecido um pouco. Anna Fiódorovna, por sua vez, não compreendia nada e demorou tanto tempo para entender que se sentiu obrigada a sorrir e balançar a cabeça, para mostrar que agora, sim, havia entendido e que tudo estava claro. Houve alguns risos durante o jogo, quando Anna Fiódorovna, com um ás e um rei, falou *misère* e ficou com um seis. Mostrou-se até embaraçada, sorriu tímida e se apressou a explicar que ainda não estava inteiramente acostumada com a novidade. No entanto, teve de pagar a aposta assim mesmo, ainda mais porque o conde, habituado a partidas com apostas elevadas, jogava com cautela, conduzia os lances muito bem e não entendia de maneira alguma os chutes que o alferes lhe dava por baixo da mesa nem seus erros terríveis no fim de cada rodada.

Liza trouxe mais *pastilás*, três tipos de geleia e maçãs especiais deixadas de molho em vinho do Porto, e se pôs de pé atrás da mãe, observando o jogo e de vez em quando olhando para os oficiais, em especial para as mãos brancas do conde, de unhas finas, rosadas e bem-feitas, que com tanta habilidade, segurança e beleza baixavam as cartas e recolhiam da mesa as cartas dos perdedores.

---

12 Nota de banco. Papel-moeda.

Mais uma vez, interrompendo os outros com certo entusiasmo, comprando sete e perdendo três e, a pedido do irmão, anotando horrivelmente os números do que perdera, Anna Fiódorovna estava completamente confusa e afobada.

– Não tem importância, mamãe, a senhora ainda vai recuperar o que perdeu! – disse Liza, sorrindo, querendo tirar a mãe daquela situação ridícula. – Deixe o titio perder a vez: aí ele vai ver só.

– Se você pudesse me ajudar, Lízotchka! – disse Anna Fiódorovna, olhando assustada para a filha. – Não sei como é...

– E eu também não sei jogar isso – respondeu Liza, calculando em pensamento as perdas da mãe. – Assim a senhora vai perder muito, mamãe! E não vai sobrar nada para o vestido de Pímotchka – acrescentou, em tom jocoso.

– Pois é, desse jeito se pode perder facilmente dez rublos de prata – disse o alferes, olhando para Liza e querendo atraí-la para a conversa.

– Mas nós não estamos jogando em *assignats*? – perguntou Anna Fiódorovna, olhando para todos.

– Não sei como estamos jogando, porém não sei contar em *assignats* – disse o conde. – Como se faz? E o que são *assignats*?

– Hoje em dia ninguém mais conta por *assignats* – acrescentou o tio, que jogava sem arriscar e estava ganhando.

A velha mandou servir vinho espumante, bebeu ela mesma duas taças, ficou vermelha e pareceu resignar-se à sua sorte. Uma mecha de cabelo grisalho chegou a soltar-se de dentro de sua touca e ela nem a repôs no lugar. De fato, tinha a impressão de que havia perdido milhões e que estava falida. O alferes chutava cada vez mais a perna do conde. Por sua vez, o conde anotava as perdas da velhinha. Por fim, a partida terminou. Por mais que Anna Fiódorovna tentasse aumentar seus pontos, de modo desonesto, e fingir que se enganava nas contas e que não conseguia calcular, e apesar do horror que sentia com o volume de suas perdas, no final a conta mostrou que ela havia perdido novecentos e vinte pontos. "Em *assignats*, isso dá nove rublos, não é?", perguntou Anna Fiódorovna algumas vezes, sem ainda se dar conta de toda a dimensão do que havia perdido, até que o irmão, para horror de Anna Fiódorovna, lhe explicou que ela havia perdido trinta e dois rublos em *assignats* e que teria de pagá-los sem falta. O conde nem calculou o que havia ganhado e, assim que a partida terminou, levantou-se e foi para perto da janela, junto à qual Liza estava servindo os petiscos, retirando cogumelos de um vidro e pondo numa travessa, para o jantar, e de maneira absolutamente tranquila e simples o conde fez aquilo que a noite inteira tanto desejava e que o alferes não pudera fazer: entabulou com Liza uma conversa sobre o tempo.

O alferes, naquela altura, se encontrava numa situação inteiramente desagradável. Anna Fiódorovna, com a saída do conde e sobretudo de Liza, que a ajudara com seu ânimo alegre, mostrava-se francamente irritada.

– Mas é muito ruim que ganhemos da senhora desse jeito – comentou Polozov, para dizer alguma coisa. – É uma verdadeira vergonha.

– Sim, para que foram inventar essas *tables* e *misères*? Não sei jogar isso; em *assignats*, quanto deu ao todo? – perguntou ela.

– Trinta e dois rublos, trinta e dois e meio – repetiu o cavalariano, que se mostrava muito bem-humorado, sob o efeito de seus lucros no jogo. – Dê-me o dinheirinho, irmã. Vamos, dê aqui.

– Darei tudo ao senhor; mas não vão me pegar nunca mais, não senhor! Não vou recuperar essa quantia nem jogando a vida inteira.

E Anna Fiódorovna foi para seu quarto depressa e balançando o corpo, voltou e trouxe nove rublos em cédulas. Apenas à custa da grande insistência do irmão, ela pagou o total.

Polozov estava apavorado, com medo de que Anna Fiódorovna se irritasse, caso fosse falar com ela. Calado e discreto, afastou-se da anfitriã e foi juntar-se ao conde e Liza, que conversavam junto à janela aberta.

Na sala, sobre a mesa posta para o jantar, havia duas velas de sebo. A luz das velas às vezes oscilava com a aragem fresca e quente da noite de maio. Na janela, aberta para o jardim, também estava claro, mas de um modo bem diferente do interior da sala. A lua quase cheia, já perdendo o matiz dourado, pairava acima do topo das tílias altas e iluminava cada vez mais as nuvenzinhas brancas e finas que de vez em quando a encobriam. No lago, cuja superfície, num ponto visível através da alameda, parecia prateada por causa da lua, os sapos coaxavam. Num arbusto azul e perfumado, logo abaixo da janela, em que flores úmidas balançavam devagar, alguns passarinhos de quando em quando se sacudiam e saltitavam bem de leve.

– Que tempo maravilhoso está fazendo! – disse o conde, aproximando-se de Liza e sentando-se na janela baixa. – A senhora passeia muito, não é?

– Sim – respondeu Liza, por algum motivo já sem sentir o menor embaraço ao conversar com o conde. – De manhã, mais ou menos às sete horas, ando pela propriedade e passeio um pouco com Pímotchka, a filha adotiva de mamãe.

– É agradável viver no campo! – disse o conde, erguendo aos olhos seu monóculo e mirando ora o jardim, ora Liza. – E à noite, com o luar, a senhora não sai para passear?

– Não. Mas dois anos atrás, eu e o titio passeávamos toda noite de luar. Ele tinha uma doença estranha, ficava com insônia. Quando havia lua cheia, ele não conseguia dormir. O quarto dele é aquele lá, de frente para o jardim, e a janelinha é baixa: a lua batia em cheio nele.

– Que estranho – comentou o conde. – Mas aquele é o seu quarto, não é?

– Não, estou passando a noite lá só hoje. O meu quarto é o que o senhor ocupa.

– É mesmo?... Ah, meu Deus!... Eu nunca vou me perdoar por causar esse incômodo – disse o conde e retirou o monóculo do olho, como um sinal da sinceridade de seu sentimento. – Se eu soubesse que ia incomodá-la...

– Não é nenhum incômodo! Ao contrário, estou muito contente; o quarto do titio é maravilhoso, alegre, a janelinha é baixa; eu vou ficar sentada ali, enquanto não dormir, ou vou andar um pouco de noite.

"Que moça adorável!", pensou o conde, levantando de novo o monóculo, enquanto olhava para ela e, como se quisesse sentar-se melhor no parapeito da janela, tentava tocar com o pé no pezinho de Liza. "E como é esperta ao me dar a entender que poderei vê-la no jardim, junto à janela, se eu quiser." Liza até perdeu boa parte de seu encanto aos olhos do conde, de tão fácil lhe pareceu a vitória sobre ela.

– E que prazer deve ser – disse ele, olhando com ar pensativo para as alamedas escuras – passar uma noite como esta no jardim com a pessoa que amamos.

Liza ficou um pouco embaraçada com essas palavras e também com o repetido e como que involuntário toque do pé. Sem pensar, falou qualquer coisa para que ele não notasse seu constrangimento. Disse: "Sim, é maravilhoso passear nas noites de luar".

Liza sentiu-se um pouco incomodada. Fechou o vidro do qual havia tirado cogumelos e já ia se afastar da janela, quando o alferes se aproximou e ela teve vontade de saber como era aquele homem.

– Que noite maravilhosa! – disse o alferes.

"Será que eles só sabem falar sobre o tempo?", pensou Liza.

– Que vista maravilhosa! – prosseguiu o alferes. – Mas a senhora já deve estar cansada disso, imagino – acrescentou, fiel à sua tendência estranha e peculiar de dizer coisas um pouco desagradáveis para as pessoas de quem gostava muito.

– Mas por que o senhor pensa assim? A mesma comida, o mesmo vestido, isso pode cansar, mas um jardim bonito não cansa quando se ama passear e sobretudo quando a lua está alta. Do quarto do titio se vê todo o lago. Hoje eu vou olhar para lá.

– Mas rouxinóis, isso a senhora não tem, não é? – perguntou o conde, totalmente insatisfeito com a chegada de Polozov, que assim o impediu de descobrir, de maneira positiva, as condições do encontro.

– Não, sempre tivemos rouxinóis; no ano passado os caçadores pegaram um e ainda na semana passada havia um cantando muito bonito, mas o comissário de polícia rural veio numa carruagem com sinetas e assustou-o. Há algum tempo, três anos atrás, eu e o titio ficávamos sentados na alameda coberta e escutávamos os rouxinóis durante duas horas.

– O que essa tagarela está contando aos senhores? – disse o tio, aproximando-se da conversa. – Não querem comer alguma coisa?

Após o jantar, durante o qual o conde, com seu apetite e com seus louvores à comida, conseguiu dissipar um pouco o mau humor da anfitriã, os oficiais se despediram com reverências e foram para o quarto. O conde apertou a mão do tio e a de Anna Fiódorovna – para sua surpresa, sem beijá-la, apenas apertou-a –, bem como a mão de Liza, momento em que a fitou nos olhos e sorriu de leve, com seu jeito simpático. Aquele olhar deixou a moça embaraçada mais uma vez.

"É muito bonito", pensou ela. "Só que se preocupa demais consigo mesmo."

XIV

– Puxa, não se envergonha? – disse Polozov, quando os oficiais voltaram ao seu quarto. – Tentei perder de propósito, fiquei chutando você por baixo da mesa. Você não se envergonha? A velhinha ficou tão aflita.

O conde deu uma tremenda gargalhada.

– Que senhora mais engraçada! Como ficou ofendida!

E deu outra gargalhada, tão alegre que até Johann, que estava na sua frente, baixou a cabeça e sorriu de leve para o lado.

– Aqui está o filho do amigo da família! Ha, ha ha! – continuou a rir o conde.

– Não, sério, aquilo foi ruim. Cheguei a sentir pena dela – disse o alferes.

– Que absurdo! Você ainda é muito jovem! O que queria, que eu perdesse? Para que ia perder? Eu perdia quando não sabia jogar. Os dez rublos vão ser úteis, irmão. É preciso encarar a vida de modo prático, senão sempre faremos papel de bobos.

Polozov calou-se: no momento, só tinha vontade de pensar em Liza, que lhe parecia uma criatura linda e extraordinariamente pura. Trocou de roupa e deitou-se na cama limpa e macia, preparada para ele.

"Que absurdo são essas honras e glórias militares!", pensou o alferes, olhando para o xale pendurado na frente da janela, através da qual vazavam os raios pálidos do luar. "Isto é a felicidade, viver num recanto tranquilo, com uma mulher meiga, inteligente e simples! Isso, sim, é uma felicidade duradoura e verdadeira!"

Mas por algum motivo o alferes não comunicava tais pensamentos a seu amigo e sequer mencionava a mocinha da roça, apesar de estar convencido de que o conde também pensava nela.

– Por que não troca de roupa? – perguntou para o conde, que andava pelo quarto.

– Ainda não estou com sono. Apague a vela, se quiser; vou me deitar assim mesmo.

E continuou a andar para um lado e para outro.

– Ainda não está com sono – repetiu Polozov, que depois daquela noite se sentia mais descontente do que nunca com a influência do conde e disposto a rebelar-se contra ele. "Imagino", raciocinou, dirigindo-se a Turbin em pensamento, "que ideias andam agora dentro da sua cabeça tão bem penteada! Notei como você gostou dela. Mas você não tem condição de compreender aquela criatura simples e pura; você gosta é de Mina, e dos galões de coronel. Na verdade, vou perguntar para ele se gostou dela."

E Polozov fez menção de virar-se para Turbin, mas mudou de ideia: sentiu que não só não estava em condições de discutir com Turbin, caso o conde encarasse Liza da maneira como ele supunha, como sentiu também que não teria forças para discordar dele, a tal ponto estava habituado a submeter-se à influência do conde, que a cada dia se tornava mais opressiva e injusta para o alferes.

– Aonde vai? – perguntou, quando o conde pôs o quepe e seguiu para a porta.

– Vou à cocheira, ver se está tudo em ordem.

"Estranho!", pensou o alferes, mas apagou a vela e, tentando dissipar absurdos pensamentos de inveja e de hostilidade com relação a seu antigo amigo que lhe subiram à cabeça, virou-se para o outro lado.

Anna Fiódorovna, naquela altura, como de hábito, depois de abençoar e beijar carinhosamente o irmão, a filha e a filha adotiva, também se havia retirado para seu quarto. Fazia tempo que a velha não experimentava impressões tão fortes num só dia, de tal modo que não conseguiu fazer suas preces em paz: todo o tempo lhe vinha ao pensamento a lembrança triste e viva do falecido conde e do jovem esnobe que a vencera no jogo de maneira tão desaforada. No entanto, por costume, depois de trocar de roupa e beber meio copo de *kvás*, já pronto na mesinha de cabeceira, deitou-se na cama. Seu gato adorado esgueirou-se para dentro do quarto sem fazer barulho. Anna Fiódorovna chamou-o e pôs-se a afagá-lo, escutando seu ronronar, mas não conseguiu dormir.

"Este gato está me atrapalhando", pensou e rechaçou-o. O gato caiu suavemente no chão, abanou devagar o rabo felpudo e pulou para cima do banco de tijolos, junto à estufa; nisso entrou a criada que dormia no chão daquele quarto; ela estendeu sua manta de feltro, apagou a vela e acendeu um candeeiro. Dali a pouco a criada começou a roncar; mas o sono ainda não vinha para Anna Fiódorovna, sua imaginação agitada não se acalmava. O rosto do hussardo surgia tão logo ela fechava os olhos e parecia se mostrar pelo quarto em diversas feições estranhas, quando ela, de olhos abertos, à luz fraca do candeeiro, olhava para a cômoda, para a mesinha de cabeceira, para a roupa branca pendurada. Ora sentia calor no edredom de penas, ora o relógio na mesinha a incomodava e a criada roncava pelo nariz de maneira insuportável. Acordou-a e mandou que parasse de roncar. De novo pensamentos sobre a filha, sobre o conde velho e o novo, o esnobe, se embaralharam estranhamente em sua cabeça. Ora ela se via numa valsa com o velho conde, via os próprios ombros brancos e fartos, sentia sobre eles beijos de alguém e depois via a filha abraçada pelo jovem conde. Ustiúchka começou a roncar mais uma vez...

"Não, agora não é a mesma coisa, as pessoas são diferentes. Ele estava disposto a entrar no fogo por mim. E havia motivo para isso. Mas esse de agora não passa de um tolo e deve estar dormindo feliz da vida, porque ganhou de mim no jogo; não é do tipo que se ajoelha para uma mulher. Como aquele de antes, que disse de joelhos: 'Farei qualquer coisa que você quiser: eu me mataria agora mesmo por você, o que deseja?'... E se mataria mesmo, se eu mandasse."

De repente, passos de pés descalços soaram no corredor, e Liza, em roupas desarrumadas, muito pálida e trêmula, entrou correndo no quarto e quase caiu na cama da mãe...

Depois de dar boa-noite para a mãe, Liza foi sozinha para o quarto que antes era do tio. Depois de vestir uma blusa branca e cobrir a trança comprida e grossa com um lenço, Liza apagou a vela, abriu a janela e sentou-se na cadeira com as pernas dobradas, com os olhos pensativos e fixos no lago, que àquela hora brilhava com uma luz prateada.

Todas as suas ocupações e interesses habituais de repente surgiram diante dela sob uma luz nova: a mãe velha e caprichosa, o amor indiscriminado por tudo que se tornara parte de sua vida, o tio decrépito mas amável, os criados, os mujiques, que adoravam sua patroa, as vacas leiteiras e as novilhas; tudo aquilo, toda a natureza que tantas vezes morria e se renovava e na qual ela fora criada com o amor pelos outros e dos outros, tudo o que lhe dava um repouso interior tão leve e tão agradável – tudo aquilo de repente lhe parecia diferente, lhe parecia maçante, fútil. Como se alguém tivesse dito: "Tolinha, tolinha! Jogou fora vinte anos, prestando serviços para qualquer um, para nada, e não sabe o que são a vida e a felicidade!". Ela pensava assim agora, enquanto espreitava as profundezas do jardim iluminado e imóvel, e pensava com mais força, muito mais força, do que lhe ocorria pensar antes. E o que a havia levado a tais pensamentos? Não fora absolutamente algum amor repentino pelo conde, como se poderia supor. Ao contrário, Liza não tinha gostado dele. O alferes até que poderia interessá-la, mas era pobre, feio e muito calado. Sem querer, esquecia-se dele e, com raiva e irritação, evocava na imaginação a figura do conde. "Não, não é esse", dizia para si. O ideal de Liza era tão belo! Era um ideal que poderia ser amado no meio daquela noite, daquela natureza, sem perturbar sua beleza – um ideal que nunca se truncava a fim de fundir-se com qualquer realidade grosseira.

No início, a solidão e o isolamento das pessoas que poderiam chamar sua atenção redundaram em que toda a força do amor que a Providência deposita por igual na alma de todos nós continuasse íntegra e imperturbável em seu coração; agora já fazia tempo demais que vivia com a felicidade melancólica de sentir dentro de si a presença daquilo e de, abrindo de vez em quando um recipiente secreto do coração, deleitar-se na contemplação de sua riqueza, para poder derramar sobre alguém, de forma irrefletida, tudo o que houvesse ali dentro. Quem dera ela pudesse desfrutar até o túmulo aquela felicidade avarenta. Quem sabe não é essa uma felicidade melhor e mais forte? Ou não é a única possível e verdadeira?

"Meu Deus!", pensou Liza. "Será que desperdicei a felicidade e a juventude e já não poderei mais... nunca mais? Será verdade?" E voltou os olhos para o céu alto, luminoso em redor da lua, coberto por nuvens brancas e onduladas que, toldando as estrelinhas, se moviam na direção da lua. "Se aquela nuvenzinha branca mais alta cobrir a lua, quer dizer que é verdade", pensou Liza. A faixa de nuvem fumacenta passou depressa sobre a metade inferior do círculo iluminado e, aos poucos, a luz começou a diminuir sobre a grama, no topo das tílias, no lago; as sombras negras das árvores ficaram menos perceptíveis. E, como que fazendo eco à sombra escura que turvava a natureza, uma brisa corria entre as folhas e levava até a janela o aroma orvalhado das folhas, da terra molhada e do lilás florido.

"Não, não é verdade", consolou-se, "mas se um rouxinol cantar esta noite, quer dizer que tudo o que pensei é bobagem e não é preciso se desesperar", pensou. E ficou mais um bom tempo quieta, esperando alguém, e no entanto tudo se iluminou de novo, e as nuvens mais uma vez correram com vivacidade na direção da lua e tudo ficou encoberto. Liza já começava a adormecer sentada junto à janela, quando um rouxinol a despertou com seu trinado repetido, que vinha de baixo, ressonante, através do lago. A senhorita da roça abriu os olhos. Outra vez, com novo prazer, toda a sua alma se renovou com aquela união misteriosa com a natureza, que se estendia tão serena e clara à sua frente. Liza apoiou-se nos cotovelos. Um doce e prolongado sentimento de tristeza dominou seu peito e lágrimas de um amor puro e vasto, que desejava ser satisfeito, lágrimas boas, consoladoras, inundaram seus olhos. Liza colocou as mãos no peitoril e apoiou a cabeça sobre elas. Por algum motivo, lhe veio ao espírito sua prece predileta e assim ela cochilou, com os olhos molhados.

O toque das mãos de alguém a despertou. Ela voltou a si. Mas aquele toque era leve e agradável. A mão apertou a sua com força. De súbito, ela se lembrou da realidade, deu um grito, levantou-se bruscamente e, persuadindo-se de que não havia reconhecido o conde, que estava ao pé da janela, banhado inteiro pelo luar, fugiu do quarto...

## XV

Na realidade, era o conde. Ao ouvir o grito da moça e um resmungo do vigia do outro lado da cerca em resposta àquele grito, precipitadamente, com a sensação de um ladrão apanhado em flagrante, Turbin desatou a correr pela grama molhada de orvalho rumo ao fundo do jardim. "Ah, como sou idiota!", repetia mecanicamente. "Eu a assustei. Tinha de chegar mais devagar, acordá-la com palavras. Ah, sou uma besta desajeitada!" Parou e ficou escutando, à espreita: o vigia atravessou o portão e entrou no jardim, pela trilha arenosa, brandindo um sarrafo na mão. Era preciso esconder-se. Turbin desceu na direção do lago. As rãs, debaixo de seus pés, pularam afoitas para a água fazendo o conde estremecer. Ali, apesar dos pés encharcados, agachou-se de cócoras e pôs-se a recordar tudo o que fizera: como havia pulado a cerca, procurado a janela de Liza e vira, por fim, a sombra branca; como, ao ouvir um levíssimo farfalhar, aproximou-se e afastou-se da janela algumas vezes; como ora lhe parecia indubitável que ela o esperava com irritação por seu atraso, ora lhe parecia impossível que ela tivesse tão facilmente sugerido um encontro; como, enfim, supondo que ela apenas fingia dormir, devido ao embaraço de uma senhorita da roça, o conde se aproximou resoluto e viu com clareza a situação dela, mas então, de repente, por algum motivo, fugiu, recuando precipitadamente, e logo depois, muito envergonhado da própria covardia, aproximou-se dela com ousadia e tocou sua mão. O vigia fez barulho de novo e, rangendo o portão, saiu do jardim. A janela do quarto da moça bateu com força e a veneziana fechou por dentro. O conde ficou tremendamente irritado ao ver aquilo. Daria qualquer coisa para poder apenas começar tudo outra vez: assim, quem sabe, não teria agido de maneira tão tola... "Ah, que mocinha maravilhosa! Que frescor! Que encanto simples! E assim acabei deixando escapar minha chance. Que besta mais idiota eu sou!" Com isso, já não teve vontade de dormir e, em passos decididos de um homem irritado, andou a esmo, para a frente, pela trilha de uma alameda sombreada pelas tílias.

E ali, também para ele, aquela noite trouxe sua dádiva apaziguadora de uma espécie de tristeza reconfortante e de exigência de amor. A trilha barrenta, aqui e ali coberta de capim ou de ramos secos, era iluminada por círculos formados por raios retos e brancos do luar, através da folhagem densa das tílias. Um ramo torto, como que envolto por musgo branco, rebrilhava numa linha oblíqua. Folhas prateadas sussurravam de quando em quando. Dentro da casa, as luzes foram apagadas, todos os sons silenciaram; apenas o rouxinol parecia preencher todo o enorme silêncio e a vastidão iluminada. "Meu Deus, que noite! Que noite maravilhosa!", pensou o conde, inalando o frescor perfumado do jardim. "Mas sinto pena. É como se eu estivesse insatisfeito comigo mesmo, e também com os outros, e com a vida toda. Que mocinha adorável, meiga. Quem sabe ficou amargurada..." Nesse ponto, seus devaneios se embaralharam, Turbin se imaginou naquele mesmo jardim junto com a senhorita da roça, em diversas situações, as mais estranhas; depois o papel da senhorita era representado por sua querida Mina. "Que idiota eu sou! Bastava segurá-la pela cintura e beijá-la." E, com tais remorsos, o conde voltou para o quarto.

O alferes ainda não estava dormindo. Em sua cama, na mesma hora virou o rosto para o conde.

– Não está dormindo? – perguntou o conde.

– Não.

– Quer que conte o que aconteceu?

– O que foi?

– Não, é melhor não contar... Mas vou contar. Encolha as pernas.

E o conde, pondo de lado, em pensamento, a aventura que havia desperdiçado, sentou na cama de seu camarada com um sorriso radiante.

– Imagine só que aquela mocinha marcou um rendez-vous comigo!

– O que está dizendo? – exclamou Polozov, erguendo-se da cama com um pulo.

– Calma, escute só.

– Mas como? Quando? Não pode ser!

– Pois é, enquanto vocês contavam os pontos do jogo de cartas, ela me disse que ia ficar sentada na janela de noite e que era possível pular pela janela. Isso é que é uma pessoa de senso prático! Enquanto vocês e a velha contavam os pontos, eu estava tratando de um assunto sério. Você mesmo ouviu, ela falou na sua frente que ia ficar na janela de noite, para olhar para o lago.

– Sim, foi o que ela disse mesmo.

– Na verdade eu não sei se ela falou por falar ou se tinha alguma intenção. Talvez ela ainda não quisesse nada de imediato e apenas deu essa impressão. No final acabou acontecendo uma coisa estranha. Agi como um verdadeiro idiota! – acrescentou, sorrindo com desprezo de si mesmo.

– Mas o que houve? Onde você estava?

Deixando de lado suas reiteradas investidas hesitantes, o conde contou tudo o que havia acontecido.

– Eu mesmo estraguei tudo: era preciso ser mais ousado. Ela deu um grito e fugiu da janelinha.

– Então ela deu um grito e fugiu – disse o alferes, com um sorriso desajeitado, em resposta ao sorriso do conde, que exercia sobre ele uma influência tão duradoura e tão forte.

– Sim. Bem, agora está na hora de dormir.

O alferes virou-se de novo para a parede e ficou deitado em silêncio por uns dez minutos. Só Deus sabe o que se passou em sua alma; mas, quando se virou outra vez, seu rosto exprimia sofrimento e determinação.

– Conde Turbin! – disse, com voz entrecortada.

– O que há? Está delirando? – retrucou o conde, com calma. – O que é, alferes Polozov?

– Conde Turbin! O senhor é um canalha! – gritou Polozov e ergueu-se da cama com um pulo.

XVI

No dia seguinte o esquadrão partiu. Os oficiais não viram os anfitriões e não se despediram deles. Entre si, também não falavam. Na parada de descanso do primeiro dia de marcha, foi proposto um duelo. Mas o capitão Schultz, um bom camarada, excelente cavaleiro, amado por todos no regimento e escolhido pelo conde como seu padrinho, soube conduzir de tal modo os preparativos do assunto que não apenas não houve duelo como ninguém no regimento soube daquele incidente e até Turbin e Polozov, embora não mantivessem as mesmas relações amistosas de antes, continuaram a tratar-se por "você" e se encontravam nos jantares e nas festas.

11 de abril de 1856

# DAS MEMÓRIAS DO CÁUCASO
## (O REBAIXADO)

Estávamos num destacamento. As operações já haviam terminado, abríamos uma clareira na mata e esperávamos, a qualquer dia, uma ordem do quartel-general para nos retirarmos para o interior da fortaleza. Nossa divisão de baterias de canhões estava estacionada na encosta de uma serra montanhosa e escarpada, que terminava num ribeirão íngreme e rápido chamado Miétchik, e devíamos abrir fogo cerrado na direção de uma planície que se estendia à nossa frente. E aquela planície pitoresca, às vezes, sobretudo ao cair da noite, deixava ver, aqui e ali, fora do alcance dos tiros, grupos de cavaleiros montanheses não hostis, que por curiosidade vinham observar o acampamento russo. O anoitecer era claro, calmo e fresco, como são em geral os finais de tarde em dezembro no Cáucaso, o sol se pusera atrás de um escarpado contraforte das montanhas, à esquerda, e lançava raios rosados nas barracas espalhadas pela montanha, nos grupos de soldados em movimento e em nossos dois canhões, que estavam imóveis, como que com o pescoço esticado, pesadamente posicionados a dois passos de nós, numa bateria escavada na terra. Um destacamento de infantaria situado numa colina à esquerda distinguia-se nitidamente na luz diáfana do pôr do sol, com seus fuzis ensarilhados, a figura da sentinela, um grupo de soldados e a fumaça da fogueira em brasa. À direita e à esquerda, no meio da montanha, sobre a terra negra e pisada, branquejavam as barracas e, atrás das barracas, negrejavam os troncos pelados da floresta de plátanos, na qual, sem parar, os machados batiam, as fogueiras crepitavam e, com estrondo, caíam árvores abatidas a machadadas. De todos os lados, como de uma chaminé, a fumaça azulada subia no céu gélido e azul-claro. Diante das barracas e nas partes mais baixas perto do ribeirão, cossacos, dragões e artilheiros passavam, com as montarias em tropel e resfolegantes, de volta do bebedouro dos cavalos. A geada começava a cair, todos os sons eram audíveis com uma clareza especial – e se enxergava até longe, na planície à frente, através do ar limpo e rarefeito. Grupos de inimigos, que já não despertavam a curiosidade dos soldados, percorriam tranquilos a cavalo o campo amarelo-claro de milho ceifado, em alguns pontos se viam por trás das árvores os pilares altos dos cemitérios e aldeias caucasianas fumegantes.

Nossa barraca ficava perto dos canhões, num local seco e alto, onde a vista era especialmente ampla. Ao lado da barraca, bem perto da bateria, numa esplanada, foi montado para nós um campo para jogar *gorodki* ou *tchúchki*.[1] Os prestativos

---

1 Antigo jogo popular russo, com pequenos bastões de madeira.

soldados rasos até instalaram para nós banquinhos e uma mesinha. Por causa de todos esses confortos, os oficiais de artilharia, nossos camaradas, e alguns infantes gostavam de se reunir ao anoitecer em nossa bateria e chamavam o local de clube.

O anoitecer estava esplêndido, os melhores jogadores se reuniram e nós jogávamos *gorodki*. Eu, o alferes D. e o tenente O. perdemos duas partidas seguidas e, para satisfação geral e riso dos espectadores – oficiais, soldados e ordenanças que assistiam ao nosso jogo de suas barracas –, carregamos o vencedor nas costas duas vezes, de uma ponta à outra do campo. Engraçada em especial foi a situação do imensamente gordo subcapitão Ch., que, ofegante e sorridente, passou arrastando os pés na terra, montado sobre o fracote e miúdo tenente O. Porém já era tarde, os ordenanças trouxeram, para nós seis, apenas três copos de chá sem pires, e nós, terminado o jogo, nos dirigimos para os bancos de palha trançada. Perto, estava um homem pequeno que não conhecíamos, de pernas tortas, com um *tulup* de pele de carneiro sem forro e um *papakha* de lã branca, comprida e pendente.[2] Assim que chegamos perto, ele tirou e pôs o chapéu algumas vezes com hesitação, e algumas vezes fez menção de se aproximar de nós, mas de novo parava. No entanto, na certa concluindo que já era impossível passar despercebido, o desconhecido tirou o chapéu e, desviando-se de nosso círculo, aproximou-se do subcapitão Ch.

– Ah, Guskantini! Puxa, como vai, meu velho? – disse Ch., sorrindo com simpatia, ainda sob o efeito de seu passeio nas costas do tenente O.

Guskantini, como o chamava Ch., imediatamente pôs o chapéu na cabeça e fingiu que ia enfiar as mãos nos bolsos do casaco de pele, porém no lado virado para mim o casaco não tinha bolso nenhum e sua pequenina mão vermelha ficou numa posição um tanto sem jeito. Eu queria muito descobrir quem era aquele homem (um *junker* ou um rebaixado?) e, sem notar que meu olhar (ou seja, o olhar de um oficial desconhecido) o perturbava, continuei observando atentamente sua roupa e seu aspecto. Parecia ter trinta anos. Seus olhos pequenos, redondos e cinzentos fitavam de maneira um tanto preguiçosa e ao mesmo tempo inquieta, por trás do *papakha* imundo, de lã branca, que pendia acima de seu rosto. O nariz gordo, irregular, no meio das bochechas cavadas, denunciava uma magreza doentia, não natural. Os lábios, só um pouco encobertos pelo bigode ralo, mole e esbranquiçado, a toda hora se encontravam numa situação inquieta como se tentassem adotar ora uma expressão, ora outra. Mas todas essas expressões ficavam como

---

2 *Tulup*: casaco grande, feito de pele de carneiro; *papakha*: gorro cilíndrico e alto, feito de pele de carneiro.

que inacabadas; em seu rosto restava sempre a mesma expressão predominante de medo e afobação. O pescoço magro e fibroso estava envolto em um cachecol de lã verde, enfiado por baixo do casaco de pele. O casaco estava puído e era curto, com pele de cachorro costurada na gola e nos bolsos falsos. As calças eram xadrez, de cor cinzenta, e as botas tinham canos curtos, que não eram pretos, como são as botas dos soldados.

– Por favor, não fique preocupado – eu lhe disse quando tirou o chapéu mais uma vez, fitando-me timidamente.

Ele me saudou fazendo uma reverência, com uma expressão agradecida, pôs o chapéu na cabeça, tirou do bolso das calças uma imunda bolsinha de tabaco feita de chita e com um cordãozinho, e pôs-se a enrolar um cigarro.

Eu mesmo fora *junker* até pouco tempo antes, um *junker* velho, já incapaz de me mostrar simpático e prestativo com os camaradas mais jovens, e um *junker* sem fortuna, e por isso, como conhecia muito bem todo o peso moral que tal situação representava para um homem orgulhoso e já não tão jovem, eu me compadecia de todas as pessoas que se encontravam nessa condição e tentava explicar para mim mesmo seu caráter, bem como o teor e a orientação de suas forças intelectuais, para assim poder avaliar o grau de seus sofrimentos morais. Aquele *junker*, ou rebaixado, por seu olhar inquieto e por sua deliberada e constante mudança na expressão do rosto, que nele percebi, pareceu-me um homem muito sagaz e orgulhoso ao extremo, e por isso mesmo digno de muita pena.

O subcapitão Ch. propôs que jogássemos mais uma partida de *gorodki*, combinando que o vencedor, além do passeio montado nas costas dos outros, ganharia também algumas garrafas de rum vermelho, açúcar, canela e cravo para fazer um quentão, que naquele inverno, por causa do frio, estava em grande voga em nosso destacamento. Guskantini, como o chamou de novo Ch., também foi convidado a participar do jogo, mas antes de começar a partida, visivelmente dividido entre a satisfação que lhe dera o convite e uma espécie de temor, chamou o subcapitão Ch. à parte e pôs-se a sussurrar-lhe alguma coisa. O simpático subcapitão bateu na barriga de Guskantini com a palma de sua mão grande e rechonchuda e retrucou em voz alta: "Não há de ser nada, eu serei seu fiador".

Quando o jogo terminou e o time do qual o soldado raso desconhecido fazia parte saiu vencedor e coube a ele andar montado nas costas de um de nossos oficiais, o alferes D., este ruborizou-se, afastou-se na direção dos banquinhos e propôs ao soldado raso um cigarro a título de recompensa. Enquanto cuidavam do quentão e ouviam-se, na barraca dos ordenanças, os agitados afazeres de Nikita, que mandara um ordenança buscar canela e cravo, e enquanto suas costas, ora aqui, ora ali, empurravam por baixo da lona suja da barraca, nós sete nos sentamos nos banquinhos e, bebendo chá alternadamente nos três copos e contemplando à nossa frente a planície que começava a vestir-se com o crepúsculo, ríamos e conversávamos sobre várias circunstâncias do jogo. O desconhecido de casaco de pele não tomava parte na conversa, recusava obstinadamente o chá que lhe ofereci algumas vezes e, sentando-se no chão à maneira dos tártaros, fazia cigarros de tabaco picado, um depois do outro, e pelo visto fumava menos por prazer pessoal do que para dar a impressão de ser um homem ocupado. Quando começaram a falar que esperavam a ordem de retirada no dia seguinte e, talvez, um combate, ele se ergueu sobre os joelhos e, dirigindo-se apenas ao subcapitão Ch., disse que estivera pouco antes com o ajudante de ordens e ele mesmo escrevera a ordem da retirada no dia seguinte. Todos nós ficamos em silêncio na hora em que ele falava e, apesar de se mostrar obviamente acanhado, nós o obrigamos a repetir aquela notícia, de extremo interesse para nós. Ele repetiu e acrescentou, no entanto, que *se encontrava* na barraca do ajudante de ordens, com o qual *ele morava*, na hora em que trouxeram a ordem.

– Veja bem, não vá mentir para nós, meu velho, eu tenho de ir ao meu regimento dar umas ordens para amanhã – disse o subcapitão Ch.

– Não... por quê?... Como assim, eu tenho certeza... – exclamou o soldado raso, mas calou-se de repente e, tendo nitidamente resolvido que devia se mostrar insultado, contraiu as sobrancelhas de maneira afetada e, resmungando consigo mesmo em voz baixa, voltou a enrolar um cigarro. Mas o tabaco picado em sua bolsinha de chita já era insuficiente e ele pediu a Ch. que lhe emprestasse um cigarrinho. Por bastante tempo, prosseguimos entre nós com aquela tagarelice militar rotineira, conhecida de todos os que participaram de campanhas, e sempre com as mesmas expressões reclamávamos do tédio e do prolongamento da campanha, sempre da mesma maneira julgávamos os superiores e, como tantas vezes antes, sempre do mesmo jeito enaltecíamos um camarada, nos queixávamos de outro, nos admirávamos de quanto havia ganhado este e de quanto havia perdido aquele etc. etc.

– Veja, meu velho, o nosso ajudante de ordens está de crista baixa – disse o subcapitão Ch. – No quartel-general, sempre estava do lado que ganhava, não importava com quem ficasse ele levava a melhor, mas agora já faz dois meses que só perde. Este destacamento não foi bom para ele. Acho que perdeu uns mil rublos em moedas de prata e outros quinhentos rublos em bens: o tapete que tinha ganhado de Múkhin, as pistolas de Nikítin, o relógio de ouro de Sada, que Vorontsóv lhe dera de presente, tudo desperdiçado.

– Ele bem que merece – disse o tenente O. – Trapaceava demais com todo mundo: era impossível jogar com ele.

– Trapaceava com todo mundo e agora perdeu tudo. – E o subcapitão Ch. deu uma gargalhada satisfeita. – O Gúskov mora com ele... e por pouco ele não apostou o Gúskov também, sério. Não é mesmo, meu velho? – perguntou para Gúskov.

Gúskov riu. Tinha um riso patético, doentio, que transformava totalmente a expressão do rosto. Diante daquela mudança, me pareceu que eu vira e conhecera aquele homem antes, e além do mais seu verdadeiro sobrenome, Gúskov, era conhecido para mim, mas como e quando eu o vira e conhecera, decididamente eu não conseguia lembrar.

– Sim – disse Gúskov, que a toda hora levantava as mãos na direção do bigode e, sem tocá-lo, abaixava as mãos outra vez. – Pável Dmítrievitch teve muito azar neste destacamento, uma grande *veine de malheur*[3] – acrescentou num francês esforçado mas puro, o que mais uma vez me deu a impressão de já ter visto aquele homem antes, e até com certa frequência, não sabia onde. – Conheço bem o Pável Dmítrievitch, ele confia em mim – prosseguiu. – Eu e ele somos velhos conhecidos, ou seja, ele gosta de mim – acrescentou, visivelmente assustado com a afirmação atrevida demais, de que era um velho conhecido do ajudante de ordens. – Pável Dmítrievitch joga muito bem, mas agora é de admirar o que lhe aconteceu, parece que perde sempre... *la chance a tourné*[4] – acrescentou, dirigindo-se sobretudo a mim.

De início, escutamos Gúskov com uma atenção indulgente, porém, assim que pronunciou essa outra expressão em francês, não demos mais importância ao que dizia.

– Joguei com ele mil vezes e de fato temos de admitir que é uma coisa estranha – disse o tenente O., com uma ênfase especial na última palavra. – Tremendamente estranho: jamais ganhei dele sequer uma moedinha de prata. Por que, então, ganho dos outros?

– Pável Dmítrievitch joga esplendidamente, eu o conheço há muito tempo – falei. De fato, eu conhecia o ajudante de ordens havia alguns anos, vira-o jogar várias vezes, apostando alto, para os padrões dos oficiais, e admirei sua fisionomia bonita, um pouco sombria e sempre imperturbavelmente calma, sua maneira de falar vagarosa da Ucrânia, seus belos cavalos e equipamentos, sua ponderada galhardia ucraniana e sobretudo sua capacidade de conduzir o jogo de maneira contida, distinta e agradável. Confesso que mais de uma vez, olhando para suas mãos rechonchudas e brancas, com um anel de brilhante no dedo indicador, que batiam minhas cartas uma depois da outra, me irritei com aquele anel, com aque-

---

3 "Onda de azar".

4 "A sorte virou".

las mãos brancas, com toda a pessoa do ajudante de ordens, e me vieram pensamentos ruins a seu respeito; mas depois, pensando com sangue-frio, eu me convenci de que ele apenas era um jogador melhor do que todos aqueles com quem calhava de jogar. Ainda mais porque, ao ouvir suas ponderações gerais sobre o jogo – como não se devia recuar depois de ter feito alguma aposta, por menor que fosse, como não se devia deixar passar sua vez em determinadas situações, como a regra número um dos honrados era jogar honestamente etc. etc. –, ficava claro que ele sempre ganhava apenas porque era mais inteligente e mais determinado do que todos nós. Agora, no entanto, parecia que aquele jogador determinado e contido perdera tudo no destacamento, não só seu dinheiro como também seus pertences, o que representava o último grau da derrota para um oficial.

– Tem uma sorte desgraçada quando joga comigo – continuou o tenente O. – Já prometi a mim mesmo que não ia mais jogar com ele.

– Você é mesmo uma peça, meu velho – disse Ch., balançando a cabeça para mim e se dirigindo a O. – Perdeu para ele uns trezentos rublos, vai dizer que não perdeu?

– Mais que isso – respondeu o tenente com irritação.

– E agora é que está pensando no assunto, mas já é tarde, meu velho: todo mundo está cansado de saber que ele é o trapaceiro do nosso regimento – disse Ch., mal conseguindo conter o riso, muito satisfeito com a sua tirada. – Veja o Gúskov, ele é testemunha, até prepara as cartas para ele. Por isso são amigos, meu velho... – E o subcapitão Ch., dobrando o corpo inteiro, deu uma gargalhada de maneira tão simpática que entornou um copo de quentão que segurava na mão naquele momento. No rosto amarelo e esquálido de Gúskov surgiu uma espécie de mancha vermelha, ele abriu a boca algumas vezes, ergueu as mãos para o bigode e baixou-as de novo para onde deviam ficar os bolsos, se pôs de pé e sentou-se, e por fim disse para Ch., com uma voz que não era a sua:

– Isso não é brincadeira, Nikolai Ivánovitch; o senhor fala essas coisas na frente de pessoas que não me conhecem e me veem neste casaco de pele curto e sem forro... porque... – Sua voz vacilou e, de novo, as mãozinhas vermelhas de unhas sujas se afastaram do casaco na direção do rosto, ora se dirigiam para o bigode, os cabelos, o nariz, ora esfregavam os olhos ou coçavam a bochecha sem a menor necessidade.

– Mas o que quer que diga, todo mundo sabe, meu velho – prosseguiu Ch., sinceramente satisfeito com seu gracejo e sem se dar conta, por pouco que fosse, da perturbação de Gúskov, que resmungou mais alguma coisa e, apoiando o cotovelo direito no joelho esquerdo, numa posição nada natural, olhando para Ch., passou a fingir que sorria com desdém.

"Não", pensei, decidido, ao ver aquele sorriso. "Eu não só o vi como conversei com ele, não sei onde."

– Eu e o senhor já nos encontramos antes em algum lugar – disse-lhe, quando o riso de Ch., sob a influência do silêncio geral, começou a se aquietar. O rosto instável de Gúskov de súbito se iluminou e seus olhos, pela primeira vez com uma sincera expressão de alegria, me fitaram.

– É claro, reconheci o senhor na mesma hora – disse ele em francês. – No ano de 48, tive o prazer de ver o senhor muitas vezes em Moscou, na casa de minha irmã Iváchina.

Desculpei-me por não o reconhecer de imediato, naquela roupa e em sua nova aparência. Ele se levantou, aproximou-se de mim e, com a mão úmida, apertou a minha de maneira hesitante, frouxa, e sentou-se a meu lado. Em vez de olhar para mim, já que me reencontrar deveria deixá-lo muito contente, voltou-se para os oficiais com uma expressão desagradável e petulante. Ou porque reconheci nele um homem que, alguns anos antes, eu via de fraque nos salões, ou porque, com aquela recordação, de repente ele mesmo se tornara mais importante aos próprios olhos, pareceu-me que seu rosto e até seus movimentos se modificaram por completo: agora, exprimiam uma inteligência ágil, um orgulho infantil com a consciência dessa mesma inteligência, bem como uma espécie de negligência desdenhosa, de tal modo que, confesso, apesar da condição digna de pena em que se encontrava, meu velho conhecido já me inspirava não a compaixão, mas sim um certo sentimento de hostilidade.

Lembrava-me com clareza de nosso primeiro encontro. Em 1848, em minha estadia em Moscou, não raro eu ia à casa de Iváchin, com quem eu tinha sido criado e de quem era um velho amigo. Sua esposa era uma mulher afável, simpática dona de casa, como se diz, mas nunca me agradara... Naquele inverno, quando a conheci, muitas vezes ela falava com um orgulho mal disfarçado acerca do irmão, que pouco antes terminara os estudos e, pelo visto, era um dos jovens mais cultos e encantadores na melhor sociedade de Petersburgo. Como eu tinha ouvido falar do pai dos Gúskov, homem muito rico que ocupava uma posição de destaque, e como conhecia as maneiras da irmã, recebi o jovem Gúskov com certa prevenção. Numa noite, em casa de Iváchin, encontrei um jovem baixo, de aspecto muito agradável, de fraque preto, colete e gravata brancos, que o dono da casa se esqueceu de me apresentar. O jovem, que parecia ter se arrumado para ir a um baile, estava de pé, com o chapéu na mão, na frente de Iváchin e, com ardor, mas de maneira respeitosa, discutia com ele sobre um conhecido comum que, naquela época, se havia destacado na campanha da Hungria.[5] Disse que aquele conhecido comum nada tinha

---

5 Trata-se da intervenção militar da Áustria e da Rússia na Revolução Húngara, ocorrida em 1848-9.

de herói ou de uma pessoa nascida para a guerra, como o chamavam, tratava-se apenas de um homem inteligente e culto. Lembro que participei da conversa tomando posição contrária à de Gúskov e me deixei arrebatar, chegando ao extremo de querer mostrar que a inteligência e a cultura se encontram sempre em relação inversa à valentia, e lembro que Gúskov, com argúcia e cordialidade, me fez ver que a valentia é uma consequência necessária da inteligência e de um determinado grau de desenvolvimento, com o que eu mesmo, por me considerar inteligente e culto, no íntimo não podia deixar de concordar! Lembro que no fim de nossa conversa Iváchina me apresentou a seu irmão e ele, sorrindo com indulgência, ofereceu-me sua mão pequena, na qual ainda não tivera tempo de calçar a luva de pele de cabrito, e apertou a minha da mesma forma frouxa e hesitante como tinha acabado de fazer agora. Embora eu tivesse certa prevenção contra ele, não pude, então, deixar de fazer justiça a Gúskov e concordei com sua irmã que se tratava de um jovem de fato inteligente e simpático, que havia de ter sucesso na sociedade. Era extraordinariamente asseado, elegante na vestimenta, cheio de frescor, tinha maneiras discretas e seguras de si, aspecto extremamente jovem, quase infantil, graças ao qual nos sentíamos obrigados a perdoar sua expressão presunçosa e seu desejo de rebaixar o grau de sua superioridade em relação a nós, o que se refletia constantemente em seu rosto inteligente e em seu sorriso peculiar. Diziam que, naquele inverno, ele desfrutava um vasto sucesso entre as jovens da nobreza moscovita. Ao vê-lo em casa da irmã, só pela expressão de felicidade e de satisfação que sua aparência jovem lhe inspirava o tempo todo, e por seus relatos às vezes presunçosos, pude concluir a que ponto aquilo era verdade. Nós nos encontramos umas seis vezes e conversamos muito, ou melhor, ele falava muito e eu escutava. No geral, ele falava em francês, em que se expressava muito bem, de maneira muito correta e enfeitada, e durante a conversa sabia interromper os outros de forma branda e respeitosa. No geral, tratava a mim e a todos com bastante soberba, e eu – como sempre acontece comigo na relação com pessoas firmemente convencidas de que devem me tratar de forma soberba e que conheço pouco – sentia que ele tinha todo o direito de agir assim.

Agora, quando sentou a meu lado e apertou minha mão, reconheci nele de modo bem vivo a antiga expressão pretensiosa e me pareceu que, de maneira nada honesta, ele se aproveitava da vantagem de sua condição de soldado raso diante de um oficial ao me perguntar, de modo tão displicente, o que eu tinha feito durante todo aquele tempo e como fora parar ali. Apesar de eu sempre responder em russo, ele recomeçava a falar em francês, língua em que já era visível que não se exprimia com o mesmo desembaraço de antigamente. A seu próprio respeito, contou-me por alto que, depois de sua história tola e malfadada (em que consistia aquela história, eu ignorava, e ele também não me explicou), passara três meses preso, depois fora enviado para o Cáucaso, no regimento de N., e agora fazia três anos que servia como soldado naquele regimento.

– O senhor nem acredita – disse-me em francês – quanto tive de sofrer nesses regimentos por causa do convívio com os oficiais; minha sorte é que eu conhecia, de antes, o ajudante de ordens do qual eu falava há pouco: é um bom homem, de verdade – comentou, condescendente. – Moro com ele, mas para mim isso já é um pequeno alívio. *Oui, mon cher, les jours se suivent, mais ne se ressemblent pas*[6] – acrescentou e de repente começou a gaguejar, ficou vermelho e levantou-se, ao notar que vinha em nossa direção o mesmo ajudante de ordens de quem estávamos falando. – Que alegria encontrar um homem como o senhor – disse-me Gúskov num sussurro, ao se afastar de mim. – Tenho muita, muita vontade de conversar mais com o senhor.

Respondi que estava muito contente com aquilo, mas confesso que no fundo Gúskov me inspirava uma compaixão opressiva e sem simpatia.

Eu pressentira que ficaria constrangido ao me ver a sós com ele, mas tinha vontade de saber muita coisa a seu respeito e, em especial, por que, sendo seu pai tão rico, ele vivia na pobreza, como se podia perceber por sua roupa e seu aspecto.

O ajudante de ordens cumprimentou-nos a todos, exceto Gúskov, e sentou-se a meu lado, no lugar antes ocupado pelo rebaixado. Sempre calmo e vagaroso, típico jogador e homem endinheirado, Pável Dmítrievitch era agora uma pessoa em tudo diferente daquela que eu conhecera no tempo de seu apogeu no jogo; parecia afobado para ir a algum lugar, virava-se e olhava para todos sem parar e, mal passaram cinco minutos, ele, que ultimamente se recusava a jogar, propôs ao tenente O. jogar uma partida. O tenente O. recusou com a desculpa de que estava ocupado com suas obrigações, mas na verdade, como sabia que restava pouco dinheiro e poucos bens a Pável Dmítrievitch, julgou insensato arriscar seus trezentos rublos contra os cem, talvez até menos, que ele poderia ganhar.

– Mas me diga, Pável Dmítrievitch – disse o tenente, obviamente no intuito de evitar a repetição do convite –, é verdade o que andam dizendo? Amanhã é a retirada?

– Não sei – respondeu Pável Dmítrievitch. – Só mandaram deixar tudo preparado, mas, falando sério, é melhor a gente jogar um pouquinho, eu deixo como fiança meu cavalo de Kabarda.

– Não, hoje...

– Ele é cinzento, mas, se não quer, podemos jogar a dinheiro. Que tal?

---

6 “Sim, meu caro, os dias se sucedem, mas não se parecem”.

– Claro que sim... eu bem que gostaria, não pense que... – disse o tenente O., respondendo à sua própria dúvida. – Talvez amanhã haja uma incursão ou algum deslocamento, e aí vai ser preciso dormir bem.

O ajudante de ordens levantou-se, pôs as mãos nos bolsos, começou a caminhar pela esplanada. Seu rosto assumiu a habitual expressão de frieza e de um certo orgulho, que eu apreciava.

– Não quer tomar um copinho de quentão? – perguntei.

– Pode ser – e ele veio na minha direção, mas Gúskov, afobado, tomou o copo da minha mão e levou-o para o ajudante de ordens, tentando não olhar para ele. Porém, como não prestara atenção na corda que prendia a barraca, Gúskov tropeçou nela e, deixando o copo cair, tombou sobre as próprias mãos. – Que desastrado! – exclamou o ajudante de ordens, que já havia esticado a mão para pegar o copo.

Todos gargalharam, sem excluir o próprio Gúskov, que com a mão magra esfregava o joelho, o qual ele não poderia, de maneira nenhuma, ter machucado na hora da queda.

– Era assim que o urso servia o eremita[7] – prosseguiu o ajudante de ordens. – É desse mesmo jeito que ele me serve todos os dias, já arrancou todas as estacas da minha barraca, vive tropeçando.

Sem lhe dar ouvidos, Gúskov se desculpou perante nós e me olhou de relance com um sorriso triste, quase imperceptível, com o qual parecia dizer que só eu podia compreendê-lo. Era digno de pena, mas o ajudante de ordens, seu protetor, por algum motivo parecia desgostoso com seu parceiro de barraca e não queria deixá-lo em paz.

– Ora, seu menino habilidoso! Aonde você acha que vai?

– Mas, também, quem é que não tropeça nessas estacas, Pável Dmítrievitch? – disse Gúskov. – O senhor mesmo tropeçou anteontem.

– Eu, meu velho, não sou soldado raso, não exigem de mim habilidade.

– Mas ele sabe arrastar os pés – retrucou o subcapitão Ch. – E um soldado raso deve saber dar pulinhos...

– Que gracejos estranhos – disse Gúskov quase num sussurro e de olhos voltados para baixo.

O ajudante de ordens, estava claro, não era indiferente ao seu parceiro de barraca e, com avidez, escutava cada palavra que ele dizia.

– Terá de mandá-lo de novo para um posto avançado de observação – disse o ajudante de ordens, dirigindo-se a Ch. e piscando os olhos para o rebaixado.

– Puxa, lágrimas vão rolar outra vez – respondeu Ch., rindo.

---

7 Personagens da fábula "O eremita e o urso", de I. A. Krílov (1769-1844).

Gúskov já não olhava para mim e fingia pegar tabaco na bolsinha, na qual fazia tempo que não havia mais nada.

– Prepare-se para ir para um posto avançado de observação, meu velho – disse Ch., rindo. – Hoje os espiões contaram que haverá um ataque contra o acampamento esta noite, portanto é preciso indicar rapazes de confiança.

Gúskov sorriu, hesitante, como que se preparando para falar alguma coisa, e várias vezes ergueu um olhar de súplica para Ch.

– Ora, eu já fui antes e irei de novo, se me mandarem – balbuciou.

– E vão mandar.

– Bem, então irei. O que é que tem de mais?

– Sim, como em Argun, quando você fugiu do posto avançado e abandonou o fuzil – disse o ajudante de ordens e, dando as costas para ele, contou-nos quais eram as ordens para o dia seguinte.

De fato, esperavam naquela noite disparos do inimigo contra o acampamento e algum movimento para o dia seguinte. Depois de falar sobre vários assuntos, o ajudante de ordens, como se lembrasse aquilo de repente e por acaso, propôs ao tenente O. jogar uma partidinha. O tenente O., de modo totalmente inesperado, concordou e, junto com Ch. e o alferes, foi para a barraca do ajudante de ordens, onde havia uma mesa verde de armar e cartas. O capitão, comandante de nossa divisão, foi dormir em sua barraca, os outros senhores também se dispersaram e fiquei sozinho com Gúskov. Eu não me enganara, de fato me senti constrangido de ficar a sós com ele. Sem querer, me levantei e comecei a andar pela bateria, para um lado e para outro. Gúskov andava em silêncio a meu lado, movendo-se inquieto e afobado para não ficar para trás nem me ultrapassar.

– Não estou incomodando o senhor? – perguntou com voz dócil e tristonha. Até onde eu podia enxergar seu rosto no escuro, parecia-me profundamente pensativo e melancólico.

– De jeito nenhum – respondi; mas, como ele nada falava e como eu também não sabia o que lhe dizer, andamos muito tempo calados.

O pôr do sol já havia se transformado em noite escura, por cima da silhueta negra das montanhas ardia o claro crepúsculo noturno, no alto, no céu gélido e azul-claro, cintilavam estrelas miúdas, de todos os lados chamejavam nas trevas as labaredas vermelhas das fogueiras fumegantes, em volta sobressaíam o tom cinza das barracas e o negro sombrio dos parapeitos de terra de nossa bateria. De uma fogueira mais próxima, em torno da qual nossos ordenanças se aqueciam e conversavam em voz baixa, de vez em quando o cobre de nossos canhões pesados rebrilhava na bateria e se revelava a figura da sentinela, que, com o capote jogado sobre os ombros, se movia ritmadamente pelo parapeito de terra.

– O senhor nem pode imaginar que alegria é para mim conversar com um homem como o senhor – disse-me Gúskov, embora ainda não tivéssemos conversado sobre nada. – Só pode compreendê-lo quem já esteve na minha situação.

Eu não sabia o que lhe responder e, de novo, ficamos em silêncio, embora Gúskov, isso estava bem claro, quisesse me contar algo e eu quisesse escutá-lo.

– Por que o senhor foi... por que o senhor sofreu isso? – perguntei, enfim, sem conseguir pensar em nada melhor para começar a conversa.

– Será que o senhor não ouviu falar daquela malfadada história com Metiénin?

– Sim, um duelo, parece; ouvi por alto – respondi. – Afinal, estou no Cáucaso faz muito tempo.

– Não, não foi um duelo, foi uma história tola e horrível! Vou lhe contar tudo, se ainda não sabe. Foi no mesmo ano em que nos conhecemos na casa de minha irmã, eu morava em Petersburgo na época. Tenho de lhe explicar, eu tinha, na época, o que se chama de *une position dans le monde*.[8] E uma posição muito vantajosa, talvez até excepcional. *Mon père me donnait dix milles par an*.[9] No ano de 1849, prometeram-me um posto na embaixada de Turim, um tio meu, por parte de mãe, podia fazer muito por mim e sempre estava pronto para me ajudar. Agora isso tudo é passado, *j'étais reçu dans la meilleure société de Pétersbourg, je pouvais prétendre*[10] ao melhor partido. Eu havia estudado na escola como todos estudamos, portanto não tinha uma educação especial; na verdade, li muito, depois, *mais j'avais sourtout ce jargon du monde*,[11] entende, e, fosse como fosse, por algum motivo me julgavam um dos jovens de mais destaque em Petersburgo. O que mais me elevou na opinião geral foi *cette liaison avec Madame D.*,[12] sobre a qual falavam muito em Petersburgo, porém eu era terrivelmente jovem na época e dava pouco valor a tais vantagens. Era apenas jovem e tolo, do que mais eu precisava? Em Petersburgo, na época, aquele Metiénin tinha reputação... – E Gúskov continuou a me contar nesse estilo a história de seu infortúnio, a qual, por nada ter de interessante, vou pular aqui. – Fiquei dois meses preso – prosseguiu. – Totalmente só, e o que eu não pensei durante aquele tempo! Mas, sabe, quando tudo aquilo terminou, parecia que meu vínculo com o passado estava definitivamente rompido, me senti mais leve. *Mon père, vous*

---

8 "Uma posição no mundo [ou na sociedade]".

9 "Meu pai me dava dez mil por ano".

10 "Fui recebido na melhor sociedade de Petersburgo, podia aspirar".

11 "Mas eu usava sobretudo aquele jargão da sociedade".

12 "Aquela relação com madame D.".

*en avez entendu parler*,[13] sem dúvida, é um homem com um caráter de ferro e de convicções firmes, *il m'a déshérité*[14] e rompeu toda relação comigo. Segundo sua convicção, era necessário agir assim e eu não o censuro em nada: *il a été conséquent*.[15] Em troca, não dei um passo para que ele mudasse de atitude. Minha irmã estava no exterior, só Madame D. me escrevia, quando permitiam, e oferecia sua ajuda, mas não aceitei, o senhor compreende. Portanto não recebi aquelas ninharias que trazem um pouco de alívio em tais situações, entende? Nem livros, nem roupa de baixo, nem alimentos, nada. Pensei muito, muito mesmo, nessa época, passei a encarar tudo com outros olhos; por exemplo, aqueles rumores e tudo o que falavam de mim na sociedade em Petersburgo não me interessavam, não me deixavam nem um pouco lisonjeado, tudo aquilo me parecia ridículo. Eu sentia que a culpa era minha mesmo; descuidado, jovem, estraguei minha carreira e só pensava num jeito de recuperá-la. E sentia haver dentro de mim força e energia para isso. Depois da prisão, como lhe disse, me mandaram para cá, para o Cáucaso, para o regimento de N. Pensei – prosseguiu, cada vez mais animado – que aqui no Cáucaso *la vie de camp*,[16] a gente simples, honesta, com quem eu ia me relacionar, a guerra, os perigos, tudo isso viria ao encontro do meu estado de espírito e nada poderia ser melhor para eu começar uma vida nova. *On me verra au feu*,[17] vão me amar, vão me respeitar não só pelo nome... uma condecoração, o posto de suboficial, a suspensão da pena, e voltarei de novo *et, vous savez, avec ce prestige du malheur! Mas quel désenchantement*.[18] O senhor nem pode imaginar como eu estava enganado!... O senhor conhece a sociedade dos oficiais de nosso regimento? – Calou-se por um bom tempo, esperando, assim me pareceu, que eu lhe dissesse que sabia como era ruim a sociedade dos oficiais locais; mas não respondi nada. Achei repugnante que ele acreditasse que eu, por saber falar francês, devia me sentir indignado com a sociedade dos oficiais, a qual, ao contrário, por ter vivido muito tempo no Cáucaso, eu aprendera a apreciar plenamente e respeitava mil vezes mais do que a sociedade da qual provinha o nobre sr. Gúskov. Eu quis lhe dizer isso, mas sua posição me tolhia. – No regimento de N., a sociedade dos oficiais é mil vezes pior do que aqui – continuou. – *J'espère que c'est beaucoup*

---

13 "Meu pai, o senhor ouviu falar".
14 "Ele me deserdou".
15 "Ele foi coerente".
16 "A vida no acampamento".
17 "Vão me ver no fogo do combate".
18 "E, o senhor sabe, com o prestígio do infortúnio! Mas que decepção".

*dire*,[19] ou seja, o senhor nem pode imaginar o que é! Já nem falo dos *junkers* e dos soldados. Que horror! Receberam-me bem, no início, é a pura verdade, mas depois, quando perceberam que eu não podia deixar de desprezá-los, entende, nas pequenas atitudes imperceptíveis, viram que sou um homem totalmente diferente, que estava infinitamente acima deles, se irritaram comigo e começaram a se vingar com diversas humilhações miúdas. *Ce que j'ai eu à souffrir, vous ne vous faites pas une idée.*[20] Depois dessas indesejadas relações com os *junkers*, e sobretudo *avec les petits moyens, que j'avais, je manquais de tout*,[21] eu só tinha aquilo que minha irmã me mandava. Para o senhor ver como eu sofria, que eu, com meu caráter, *avec ma fierté, j'ai écrit à mon père*,[22] supliquei que ele me mandasse qualquer coisa. Entendo que viver cinco anos daquela maneira pode transformar a pessoa em algo como o rebaixado Drómov, que bebe com os soldados, escreve bilhetinhos para todos os oficiais, pedindo que lhe arranjem três rublos e assina "*tout à vous*,[23] Drómov". É preciso ter um caráter como o meu para não se atolar por completo nessa situação horrível. – Ele caminhou em silêncio a meu lado por muito tempo. – *Avez-vous un papiros?*[24] – perguntou-me. – Mas onde foi mesmo que eu parei? Ah, é. Não consigo suportar isso, mesmo fisicamente, porque, embora estivesse com frio, com fome e passasse mal, eu vivia como um soldado e mesmo assim os oficiais tinham certo respeito por mim. Uma espécie de *prestige* perdurava em mim, para eles. Não me mandavam ficar de guarda ou comparecer aos treinamentos. Eu não suportaria aquilo. Mas sofria moralmente de uma forma terrível. E, sobretudo, não via saída para tal situação. Escrevi para meu tio, implorei que me transferisse para este regimento, que pelo menos estava em combate, e pensei que Pável Dmítrievitch, *qui est le fils de l'intendant de mon père*,[25] estava aqui e que ele, apesar de tudo, poderia me ser útil. Meu tio fez o que pedi, me transferiram. Depois daquele regimento, este me pareceu uma reunião de camareiros da corte. Além do mais, o Pável Dmítrievitch sabia como eu era e me receberam esplendidamente. A pedido de meu tio... Gúskov, *vous savez...*[26] mas percebi que com essas pessoas sem educação e sem cultura... eles não conseguem respeitar um homem e lhe mostrar sinais de

---

19 "Espero que basta dizer isso".
20 "O senhor nem imagina o que tive de sofrer".
21 "Com os recursos limitados de que eu dispunha, pois me faltava tudo".
22 "Apesar de meu orgulho, escrevi para meu pai".
23 "Sempre a seu dispor."
24 "O senhor tem um cigarro?".
25 "Que é filho do administrador dos negócios de meu pai".
26 "O senhor sabe".

respeito se não trouxer consigo aquela auréola de nobreza, de fama; quando viram que eu era pobre, aos poucos percebi, sua atitude em relação a mim se tornou cada vez mais displicente até por fim tornar-se quase desdenhosa. É horrível! Mas isso é a pura verdade. Aqui, estive nos combates, lutei, *on m'a vu au feu*[27] – prosseguiu. – Mas quando isso vai terminar? Eu acho que nunca! E minhas forças e minha energia já começam a se esgotar. Eu imaginava *la guerre, la vie de camp*,[28] mas tudo isso é bem diferente agora que vejo as coisas de perto. Num casaco curto de pele, sem tomar banho, calçando botas de soldado, lá vai você para o posto avançado e fica a noite inteira deitado ao pé de um barranco, com um tal de Antónov, que mandaram para o serviço militar porque vivia embriagado, e a qualquer minuto podem atirar em você, de trás dos arbustos, em você ou em Antónov, tanto faz. Ali já não existe bravura nem nada... é um horror. *C'est affreux, ça tue*.[29]

– Mas afinal, depois da campanha, o senhor pode receber a promoção para sargento e no ano seguinte para alferes – argumentei.

– Sim, posso, me prometeram isso, mas já estou aqui há dois anos, e nem sinal. E o que não valeriam esses dois anos, se eu conhecesse alguém. Imagine o senhor esta vida com esse Pável Dmítrievitch: cartas, piadas sórdidas, farras; você quer exprimir algo que se acumulou em sua alma, não vão compreendê-lo e ainda vão rir da sua cara, falam com você não para lhe comunicar uma ideia, mas para fazer você de palhaço, se possível. E tudo isso é tão vulgar, rasteiro, brutal, e você fica sempre com a sensação de que é um soldado raso, dão a entender isso o tempo todo. Por isso o senhor nem imagina que prazer é falar *à couer ouvert*[30] com uma pessoa como o senhor.

Eu não entendia de maneira nenhuma que tipo de pessoa eu era e por isso não sabia o que lhe responder...

– O senhor quer lanchar? – disse-me naquele momento Nikita, que se havia aproximado no escuro, sem ser notado, e, pelo que percebi, estava descontente com a presença do visitante. – Só restaram uns poucos *variéniki*[31] e umas costeletas.

– E o capitão já lanchou?

– Foi dormir já faz tempo – respondeu Nikita com mau humor.

Quando ordenei que trouxesse nosso lanche e um pouco de vodca, ele res-

---

27 "Viram-me sob o fogo".

28 "A guerra, a vida no acampamento".

29 "É horrível, é de matar".

30 "De coração aberto".

31 Pasteizinhos cozidos de origem ucraniana; podem ser doces ou salgados, recheados com frutas, carnes ou legumes.

mungou algo de má vontade e se enfiou em sua barraca. Depois de resmungar mais um pouco, no entanto, nos trouxe a arca de vinhos; acendeu uma vela sobre a arca de vinhos, protegeu a chama do vento com um papel, pôs ali também uma caçarola, uma lata de mostarda, uma taça de latão com alça e uma garrafa com vodca. Depois de arrumar tudo isso, Nikita ficou algum tempo parado perto de nós e observou como eu e Gúskov tomávamos vodca, o que, pelo visto, ele achou muito desagradável. Na iluminação baça da vela, por trás do papel, e no meio da escuridão que nos rodeava, só se enxergavam o forro de tule da arca de vinhos, o jantar sobre ela, o rosto e o casaco de Gúskov e suas mãozinhas vermelhas, com as quais ele começara a tirar os *variéniki* da caçarola. Em redor, tudo estava negro e só com esforço se podiam distinguir a bateria, a figura negra da sentinela que se avistava entre os parapeitos de terra, as chamas das fogueiras nos lados e, no alto, estrelas vermelhas. Gúskov sorria com pesar e vergonha, de modo quase imperceptível, como se fosse incômodo para ele fitar-me nos olhos depois de sua confissão. Bebeu mais uma taça de vodca e comeu com sofreguidão, raspando a caçarola.

– Pois é, para o senhor, apesar de tudo – disse eu, só para falar alguma coisa –, seu conhecimento com o ajudante de ordens é um alívio; ouvi dizer que é um homem muito bom.

– Sim – respondeu o rebaixado. – É um bom homem, mas não poderia ser mais do que isso, com o grau de instrução que tem, não se pode exigir grande coisa. – De repente, pareceu ruborizar-se. – O senhor percebeu as brincadeiras sórdidas que fizeram agora há pouco sobre o posto avançado? – E Gúskov, apesar de eu tentar várias vezes mudar de assunto, fez questão de se justificar diante de mim e mostrar que não tinha fugido do posto avançado e que não era covarde, como quiseram dar a entender o ajudante de ordens e Ch. – Como disse ao senhor – continuou, esfregando a mão no casaco –, essa gente não consegue ser delicada com um homem... que é soldado raso e que tem pouco dinheiro; está acima de suas forças. E ultimamente, como faz cinco meses que por algum motivo não recebo nada de minha irmã, notei como passaram a me tratar de modo diferente. Este casaco de pele que comprei de um soldado e que não aquece, porque está todo puído (e, dizendo isso, mostrou-me a aba sem forro), não desperta compaixão nem respeito pelo infortúnio, mas sim desprezo, que eles não conseguem disfarçar. Por maior que seja minha penúria, como acontece agora, quando não como nada senão a papa dos soldados, e nada tenho para vestir – prosseguiu, olhando para baixo, servindo para si mais uma taça de vodca –, o ajudante de ordens nem pensa em me oferecer um dinheiro emprestado, mesmo tendo certeza de que eu vou pagar, e em troca espera que eu, na minha situação, peça para ele. E o senhor entende o que isso significa para mim, ainda mais com ele. Ao senhor, por exemplo, eu diria com franqueza, *vous êtes au-dessus de cela; mon cher, je n'ai pas le sou.*[32] E, sabe – disse ele, fitando-me nos olhos de repente, com ar desesperado. – Com o senhor, eu falo francamente, estou numa situação horrorosa: *pouvez-vous me prêter dix roubles argent?*[33] Minha irmã deve me mandar dinheiro no próximo correio, *et mon père...*[34]

– Ah, com todo o prazer – respondi, quando, ao contrário, aquilo me causava dor e irritação, sobretudo porque na véspera tinha jogado uma partida de cartas e só me sobraram cinco rublos e alguns trocados, que estavam com Nikita. – Agora mesmo – respondi, me levantando. – Vou pegar na barraca.

– Não, depois, *ne vous dérangez pas.*[35]

No entanto, sem lhe dar ouvidos, penetrei na barraca onde ficava meu leito e onde o capitão dormia.

– Aleksei Ivánitch, por favor, me dê dez rublos até o dia de nosso pagamento – disse ao capitão, acordando-o.

– O que foi, perdeu no jogo de novo? Ontem mesmo disse que não ia mais jogar – exclamou o capitão, sonolento.

– Não, eu não joguei, mas estou precisando, por favor, me dê o dinheiro.

– Makatiuk! – gritou o capitão, chamando seu ordenança. – Pegue a caixa do dinheiro e traga para cá.

– Fale baixo, fale baixo – pedi, ouvindo os passos ritmados de Gúskov por trás da barraca.

– Falar baixo por quê?

– Foi aquele rebaixado que me pediu o dinheiro emprestado. Ele está ali!

– Se soubesse, não emprestaria – comentou o capitão. – Ouvi falar dele... um cafajeste de primeira! – Apesar disso, o capitão me deu o dinheiro, mandou esconder a caixa, fechou melhor a barraca e repetiu: – Pois se soubesse que era assim, não daria o dinheiro. – E escondeu a cabeça embaixo do cobertor. – Agora o senhor me deve trinta e dois, não esqueça – gritou.

Quando saí da barraca, Gúskov andava ao redor dos bancos e sua figura pequena, de pernas tortas e gorro monstruoso, de pelos compridos e brancos, se destacava e desaparecia no escuro, depois de passar pela vela. Fingia não notar que eu

---

32 "O senhor está acima disso; meu caro, estou sem um centavo".

33 "O senhor pode me emprestar dez rublos em espécie?".

34 "E meu pai".

35 "Não se incomode".

estava ali. Entreguei-lhe o dinheiro. Ele disse: *merci*[36] e, amassando a nota, enfiou--a no bolso da calça.

– Imagino que agora a partida na barraca de Pável Dmítrievitch deve estar pegando fogo – disse ele, em seguida.

– Sim. Também acho.

– Ele joga de um jeito estranho, sempre arrojado, e não se retira do jogo: quando a gente ganha, tudo bem, mas quando não está dando certo, pode-se perder somas tremendas desse jeito. Ele mesmo provou isso. Neste destacamento, incluindo os pertences, ele já perdeu mais de mil e quinhentos rublos. E antes jogava de maneira tão contida que aquele oficial de vocês pareceu duvidar da honestidade dele.

– Sim, ele era assim... Nikita, não sobrou um pouco de *tchikhir*?[37] – perguntei, muito aliviado com a tagarelice de Gúskov. Nikita resmungou de novo, mas trouxe-nos o *tchikhir* e de novo olhou com raiva quando Gúskov bebeu seu copo. Na atitude de Gúskov, percebia-se a desenvoltura de outros tempos. Eu queria que ele fosse embora de uma vez e, ao que parecia, ele não fazia isso só porque tinha vergonha de ir embora logo depois de ter recebido de mim o dinheiro. Fiquei calado.

– Como foi que o senhor, que tem recursos, sem nenhuma necessidade, *de gaieté de coeur*[38] veio para o Cáucaso? É isso que não entendo – disse-me.

Tentei me justificar daquele ato tão estranho aos seus olhos.

– Imagino como também é penosa para o senhor a companhia daqueles oficiais, gente sem apreço pela educação. Com eles, não é possível uma compreensão mútua. Pois, além de cartas, bebida e conversas sobre condecorações e campanhas, nada ouviremos nem veremos da parte deles, mesmo que fiquemos aqui dez anos.

Para mim, era desagradável que ele quisesse que eu, a todo custo, compartilhasse seu ponto de vista, então garanti a Gúskov que eu gostava muito de jogar cartas, de bebida e de conversas sobre as campanhas e que não desejava ter camaradas melhores do que os que eu tinha. Porém ele não quis acreditar em mim.

– O senhor até pode falar assim – prosseguiu –, mas a ausência de mulheres, quero dizer, *femmes comme il faut*,[39] por acaso não é uma privação horrível? Eu daria qualquer coisa, nem sei o quê, para só por um minuto ser transportado a um salão e ver uma mulher graciosa, nem que fosse através de uma fresta da porta.

Ficou um tempo calado e tomou mais um copo de *tchikhir*.

---

36 "Obrigado".

37 Vinho não fermentado.

38 "De bom grado".

39 "Mulheres decentes".

– Ah, meu Deus, meu Deus! Quem sabe um dia ainda aconteça de estarmos juntos em Petersburgo, em casa de gente boa, ficar e viver com gente boa, com mulheres? – Tomou o resto da bebida que ainda havia na garrafa e depois disse: – Ah, *pardon*,[40] talvez o senhor quisesse beber mais um pouco, sou horrivelmente distraído. No entanto parece que bebi demais, *et je n'ai pas la tête forte*.[41] Houve um tempo, quando eu morava na rua Morskaia, *au rez de chaussée*, eu tinha um apartamentozinho maravilhoso, os móveis, entende, eu sabia arrumar com elegância, embora não fossem caríssimos, é verdade: *mon père*[42] me dava porcelanas, flores, pratarias maravilhosas. *Le matin je sortais*, visitas, *à cinq heures régulièrement*[43] eu ia jantar na casa dela, que muitas vezes estava sozinha. *Il faut avouer que c'était une femme ravissante!*[44] O senhor não a conheceu? Nem um pouco?

– Não.

– Sabe, nela a feminilidade se manifestava no grau mais alto, que ternura e também que amor! Meu Deus! Na época, eu não sabia apreciar aquela felicidade. Ou então, depois do teatro, voltávamos juntos e jantávamos. Com ela, nunca era maçante, *toujours gaie, toujours aimante*.[45] Sim, eu nem pressentia como era rara aquela felicidade. *Et j'ai beaucoup à me reprocher*[46] diante dela. *Je l'ai fait souffrir et souvent*.[47] Fui cruel. Ah, que tempo maravilhoso! Estou aborrecendo o senhor?

– Não, nem um pouco.

– Então vou lhe contar como eram nossas noites. Antigamente, eu entrava... aquela escada, eu conhecia cada jarro de flores... a maçaneta da porta, tudo era tão adorável, familiar, depois o vestíbulo, o quarto dela... Não, isso nunca, nunca mais vai voltar! Ela escreve até hoje para mim, talvez lhe mostre uma de suas cartas. Mas não sou o mesmo, estou acabado, já não a mereço... Sim, estou definitivamente acabado! *Je suis cassé*.[48] Não tenho energia nem orgulho, nada. Nem nobreza eu tenho... Sim, estou acabado! E ninguém jamais vai compreender meus sofrimentos. Ninguém se importa. Sou um homem perdido! Nunca mais vou me erguer, porque caí moralmente... na lama... caí... – Nesse instante, em suas palavras, dava

---

40 "Desculpe".

41 "E não estou com a cabeça boa".

42 "No térreo" / "Meu pai".

43 "De manhã, eu saía" / "Sempre às cinco horas".

44 "É preciso admitir que era uma mulher deslumbrante!".

45 "Sempre alegre, sempre amorosa".

46 "E tenho muita coisa para me censurar".

47 "Muitas vezes eu a fiz sofrer".

48 "Estou quebrado".

para perceber um desespero sincero, profundo; ele não olhava para mim e ficou imóvel.

– Para que se desesperar assim? – perguntei.

– Porque sou abominável, esta vida me aniquilou, tudo o que havia em mim, tudo está morto. Eu já sofro não com orgulho, mas com baixeza, já não há *dignité dans le malheur*.[49] Humilham-me a todo minuto, eu tudo suporto, eu mesmo procuro a humilhação. Essa lama *a déteint sur moi*,[50] eu mesmo me tornei grosseiro, esqueci o que sabia, já não sei falar francês, sinto que sou vulgar e baixo. Não posso combater nesta situação, não consigo de forma nenhuma, e eu talvez pudesse até ser um herói: deem-me um regimento para comandar, dragonas douradas, clarins, mas ficar ao lado de um selvagem chamado Antónov Bondarenko e outros do mesmo tipo e pensar que entre mim e ele não existe nenhuma diferença, que podem matar a mim ou a ele, tanto faz, essa ideia me mata. O senhor compreende como é horrível pensar que algum maltrapilho qualquer vai matar a mim, um homem que pensa, sente, e que tanto faz que matem um Antónov qualquer ao meu lado, criatura que em nada se diferencia de um animal, e pode perfeitamente acontecer que matem justamente a mim e não ao Antónov, pois sempre ocorre *une fatalité*[51] para todos que são elevados e bons. Eu sei que me chamam de covarde; pois que eu seja covarde, sou mesmo covarde e não posso ser diferente. E mais do que covarde, para eles sou um mendigo e um homem desprezível. Veja, acabei de lhe pedir dinheiro e o senhor tem o direito de me desprezar. Não, tome de volta seu dinheiro – e estendeu na minha direção a nota amassada. – Quero que me respeite. – Cobriu o rosto com as mãos e desatou a chorar; eu não sabia absolutamente o que fazer e o que dizer.

– Acalme-se – comecei a lhe dizer. – O senhor é muito emotivo, não tome tudo assim tão a peito, não fique analisando demais, encare as coisas de maneira mais simples. O senhor mesmo diz que tem caráter. Controle-se, já resta pouco para suportar – disse eu, mas muito constrangido, porque estava perturbado por um sentimento de compaixão e por um sentimento de remorso, por ter me permitido censurar mentalmente um homem sincera e profundamente infeliz.

– Sim – começou ele –, se pelo menos uma vez, quando estive naquele inferno, se eu recebesse pelo menos uma palavra de simpatia, de conselho, de amizade... uma palavra humana, como ouço agora do senhor. Talvez eu conseguisse suportar tudo com tranquilidade; talvez eu até conseguisse me controlar e até ser um soldado,

---

49 "Dignidade no infortúnio".

50 "Me domina".

51 "Uma fatalidade".

mas agora é um horror... Quando raciocino com sensatez, tenho vontade de morrer, e afinal por que amar esta vida desonrada e a mim mesmo, que estou acabado para tudo o que há de bom no mundo? E diante do menor perigo, sem querer, começo de repente a adorar esta vida sórdida e a protegê-la como algo precioso e não posso, *je ne puis pas*,[52] me dominar. Quer dizer, até posso – prosseguiu de novo, após um minuto de silêncio –, mas para mim isso requer um esforço enorme, grande demais, se estou sozinho. Com outras pessoas, em condições normais, quando vamos para o combate, eu sou corajoso, *j'ai fait mes preuves*,[53] porque sou vaidoso e orgulhoso: esse é meu defeito, e diante dos outros... Escute, deixe-me dormir na sua barraca, pois na nossa vão ficar jogando a noite inteira, fico em qualquer lugar, até no chão.

Enquanto Nikita arrumava a cama, nos levantamos e começamos a caminhar de novo pela bateria no escuro. De fato, Gúskov devia ter mesmo uma cabeça bem fraca, pois com duas taças de vodca e dois copos de vinho ele tinha ficado trôpego. Quando nos levantamos e nos afastamos da vela acesa, notei que ele, se esforçando para que eu não visse, pôs de novo no bolso a nota de dez rublos, que havia segurado na palma da mão durante todo o tempo da conversa. Continuou dizendo que ainda sentia, que ainda podia erguer-se, se contasse com um homem como eu, que se interessasse por ele.

Já estávamos dispostos a ir para a barraca e dormir, quando de repente uma bala de canhão sibilou por cima de nós e caiu na terra, ali perto. Foi tão estranho – o acampamento silencioso e adormecido, a nossa conversa, e de repente uma bala de canhão do inimigo, que só Deus sabe de que lado vinha, cai no meio de nossas barracas –, tão estranho que demorei para me dar conta do que estava acontecendo. Nosso soldado Andréiev, de sentinela na bateria, veio na minha direção.

– Puxa, passou rente! Miraram naquela luz ali – disse ele.

– Temos de acordar o capitão – eu disse, e lancei um olhar para Gúskov.

Ele estava muito inclinado para o chão e gaguejava, tentava falar alguma coisa. "Isso... senão... inimigo... isso é... de fazer rir." Não disse mais nada e num instante sumiu, não vi como nem para onde.

Na barraca do capitão, a vela estava acesa, ouvia-se a tosse que sempre o acometia quando acordava e ele mesmo saiu da barraca, pedindo um tição para acender seu pequeno cachimbo.

– O que foi isso, meu caro? – perguntou ele, sorrindo. – Hoje não querem deixar que eu durma: ora é o senhor com seus rebaixados, ora é o Chamil; o que vamos fazer, reagir ou não? Não havia nada a respeito disso nas ordens?

---

52 "Eu não posso".
53 "Eu já provei".

– Nada. Lá vem ele de novo – eu disse. – E são duas.

De fato, no escuro, à frente e à direita, duas chamas fulguravam, como dois olhos, e logo passaram voando acima de nós uma bala de canhão e uma granada, talvez apontada contra nós, que emitia um assovio alto e cortante. Soldados saíram correndo das barracas vizinhas, ouviram-se seus berros, bufos e conversas.

– Puxa, a bandida assovia feito um rouxinol – comentou um artilheiro.

– Chame Nikita – disse o capitão, com seu sorriso sempre simpático. – Nikita! Não se esconda, venha ouvir os rouxinóis da montanha.

– Claro, Vossa Excelentíssima – respondeu Nikita, de pé ao lado do capitão. – Eu vi esses rouxinóis e não tenho medo, mas aquela nossa visita, que estava aqui e bebeu o nosso *tchikhir*, assim que ouviu, deu o fora bem depressa no meio das nossas barracas, rolou feito uma bola, feito um bicho que foge no mato!

– Mas é preciso ir falar com o chefe da artilharia – disse-me o capitão em tom sério de comando –, perguntar se temos de responder ao fogo; não vai adiantar nada, mesmo assim é possível. Rápido, vá lá e pergunte. Mande selar um cavalo, irá mais depressa se montar no meu Polkan.

Em cinco minutos me trouxeram o cavalo e parti ao encontro do comandante da artilharia.

– Veja bem, a senha é "vara" – sussurrou-me o capitão, meticuloso –, do contrário não vão deixar que você cruze as linhas.

A distância até o comandante da artilharia era de meia versta, todo o caminho no meio das barracas. Assim que me afastei de nossa fogueira, fez-se um negror tão grande que eu não enxergava nem as orelhas do cavalo, apenas distinguia as chamas das fogueiras, que ora me pareciam muito próximas, ora muito distantes. Depois de avançar um pouco ao capricho do cavalo, cujas rédeas eu deixara soltas, comecei a vislumbrar os quadrados brancos das barracas e depois os sulcos negros da estrada; meia hora mais tarde, depois de perguntar umas três vezes qual era o caminho e tropeçar umas duas vezes nas estacas das barracas, o que me fez ouvir xingamentos vindos de dentro delas, e depois de ser retido duas ou três vezes por sentinelas, cheguei ao comandante da artilharia. Enquanto cavalgava, ouvi mais dois tiros contra nosso acampamento, mas os obuses não alcançaram o local onde ficava o quartel-general. O comandante da artilharia não deu ordem para responder aos tiros, ainda mais porque o inimigo tinha parado de atirar, e eu voltei para minha bateria a pé, entre as barracas dos infantes, puxando o cavalo pelas rédeas. Mais de uma vez diminuí o passo ao cruzar uma barraca de soldados na qual havia fogo aceso e fiquei escutando ou uma história que um piadista contava, ou um livro que um soldado alfabetizado lia em voz alta para um destacamento inteiro, que o escutava espremido dentro da barraca lotada e até do lado de fora, interrompendo o leitor de vez em quando com diversos comentários, ou eu escutava apenas conversas sobre a campanha, sobre a terra natal, sobre os superiores.

Ao passar por uma das barracas do terceiro batalhão, ouvi a voz alta de Gúskov, que falava muito alegre e animado. A ele respondiam vozes jovens, também alegres, de cavalheiros, não de soldados rasos. Era, obviamente, uma barraca de *junkers* ou de sargentos. Parei por alguns instantes.

– Eu o conheço há muito tempo – disse Gúskov. – Quando morei em Petersburgo, ele ia me visitar muitas vezes e eu ia à sua casa, ele vivia na melhor sociedade.

– De quem você está falando? – perguntou uma voz embriagada.

– Do príncipe – respondeu Gúskov. – Somos parentes e, mais ainda, velhos amigos. Os senhores sabem como é bom ter um conhecido desses. É tremendamente rico. Para ele, cem rublos de prata são uma ninharia. Acabei de pegar emprestado com ele um bom dinheiro, enquanto minha irmã não me manda nada.

– Então me dê um pouco aí.

– Claro, Saviélitch, meu caro! – exclamou a voz de Gúskov, aproximando-se da porta da barraca. – Tome aqui dez moedas, vá até os vendedores ambulantes e traga duas garrafas de vinho de Kaheti.[54] E o que mais querem, senhores? Digam!

E Gúskov, balançando o corpo, com os cabelos alvoroçados, sem chapéu, saiu da barraca. Abriu as abas do casaco de pele, enfiou as mãos nos bolsos da calça cinzenta e ficou parado na porta. Embora ele estivesse na luz e eu no escuro, tremi de medo de que me visse e, tentando não fazer barulho, fui em frente.

– Quem está aí? – gritou Gúskov para mim, com a voz completamente bêbada. Estava claro que o frio o havia despertado. – Quem diabo está andando por aí com um cavalo?

Não respondi e, em silêncio, fui embora pela estrada.

15 de novembro de 1856

---

54 Região da Geórgia, na fronteira com o Azerbaijão.

# MANHÃ DE UM SENHOR DE TERRAS

I

O príncipe Nekhliúdov tinha dezenove anos quando, ao terminar o terceiro ano da universidade, foi passar as férias de verão em sua propriedade rural e lá ficou sozinho durante toda a estação. No outono, com mão hesitante de menino, escreveu para a tia, a condessa Beloretskaia, que na sua opinião era sua melhor amiga e a mulher mais genial do mundo, a carta abaixo, traduzida do francês:

Querida titia,

Tomei uma decisão da qual vai depender a sorte de toda a minha existência. Vou abandonar a universidade para dedicar minha vida ao campo, porque sinto que nasci para isso. Pelo amor de Deus, querida titia, não ria de mim. A senhora diz que sou jovem; talvez eu ainda seja apenas uma criança, mas isso não me impede de sentir minha vocação, de desejar fazer o bem e de amá-lo.

Como já lhe escrevi antes, encontrei os negócios aqui numa confusão indescritível. No intuito de pôr as coisas em ordem, aprofundei-me na situação e descobri que o principal problema reside na condição lastimável e calamitosa em que se encontram os mujiques e que esse problema só se pode corrigir com trabalho e paciência. Se a senhora pudesse ver apenas dois de meus mujiques, David e Ivan, e a vida que levam, eles e suas famílias, estou convencido de que uma só visão desses dois infelizes persuadiria a senhora mais do que tudo o que eu poderia lhe dizer para explicar minha intenção. Afinal, não é meu dever claro e sagrado me empenhar pela felicidade dessas setecentas pessoas, pelas quais vou responder perante Deus? Não seria um pecado deixá-las à mercê de rudes estarostes e administradores, com seus planos de prazer ou de ambição? Sinto-me capaz de ser um bom proprietário; e para ser aquilo que entendo por essa palavra não é preciso nem diploma nem um posto no serviço público, que a senhora tanto gostaria que eu tivesse. Querida titia, não faça planos ambiciosos para mim, habitue-se à ideia de que vou seguir um caminho muito diferente, mas bom, e que sinto que vai me levar à felicidade. Refleti muito, muito mesmo, a respeito de minhas futuras obrigações, redigi para mim regras de conduta e, se Deus me der vida e força, terei êxito em minha iniciativa.

Não mostre esta carta ao meu irmão Vássia: receio sua zombaria; ele está habituado a ter a primazia sobre mim e eu estou habituado a me submeter a ele. Quanto a Vánia, se não aprovar minha intenção, pelo menos vai compreendê-la.

A condessa respondeu com a seguinte carta, também aqui traduzida do francês:

> Sua carta, querido Dmítri, não mostra nada, senão que você tem um belo coração, do que jamais duvidei. Porém, querido amigo, nossas tendências boas nos trazem mais mal na vida do que as más. Não vou lhe dizer que está fazendo uma tolice, que seu comportamento me aflige, mas vou tentar influenciar você só com persuasão. Vamos raciocinar, meu amigo. Você diz que sente uma vocação para a vida rural, que quer fazer a felicidade de seus camponeses e que espera vir a ser um bom proprietário. Devo lhe dizer 1) que apenas sentimos nossa vocação quando já nos enganamos uma vez a respeito; 2) que é mais fácil fazer nossa própria felicidade do que a felicidade dos outros; e 3) que para ser um bom proprietário é preciso ser um homem frio e rigoroso, o que você jamais será na vida, por mais que se esforce em fingir que é.
>
> Você considera seus argumentos irreversíveis e até os adota como regras de vida; mas na minha idade, meu amigo, não acreditamos em argumentos e em regras, só acreditamos na experiência; e a experiência me diz que seus planos são uma infantilidade. Já tenho cinquenta anos e conheci muitas pessoas dignas, mas nunca ouvi falar de um jovem de boa família e com muitos talentos que, sob o pretexto de fazer o bem, tenha se enterrado no campo. Você sempre quis se mostrar original e sua originalidade não é outra coisa senão um amor-próprio excessivo. E, meu amigo!, é melhor escolher caminhos batidos: eles conduzem ao sucesso em menos tempo, e o sucesso, caso já não seja necessário para você enquanto sucesso, é no entanto indispensável para ter a possibilidade de fazer o bem, que você ama.
>
> A pobreza de alguns camponeses é um mal inevitável, ou melhor, é um mal que não se pode remediar sem esquecer todas as suas obrigações com a sociedade, com seus parentes e consigo mesmo. Com sua inteligência, com seu coração e amor à virtude, não há carreira em que você não vá obter sucesso; mas pelo menos escolha alguma que seja digna de você e que lhe traga honra.
>
> Creio na sua sinceridade quando diz que não tem ambições; mas você engana a si mesmo. Na sua idade e com seus recursos, a ambição é uma virtude; mas ela se torna um defeito e uma vulgaridade quando o homem já não está em condições de satisfazer essa paixão. E você vai experimentar isso, se não mudar de intenção. Adeus, querido Mítia. Parece-me que o amo ainda mais, por seu plano absurdo, mas nobre e generoso. Aja como quiser, mas confesso que não posso concordar com você.

O jovem, ao receber essa carta, refletiu longamente a respeito e por fim, tendo decidido que a mulher genial podia se enganar, mandou para a universidade um pedido de desligamento e ficou no campo para sempre.

## II

O jovem senhor de terras, como ele havia escrito para a tia, tinha definido regras de conduta em relação à sua propriedade, e toda a sua vida e seus afazeres estavam distribuídos em horas, dias e meses. O domingo era destinado a ouvir as reclamações e pedidos dos servos domésticos e dos mujiques, a visitar os camponeses pobres da propriedade e a lhes prestar ajuda, com a concordância do *mir*,[1] que se reunia todo domingo à tarde e tinha de decidir a quem prestar ajuda e como ela seria. Em tais atividades, passou-se mais de um ano, e o jovem já não era mais nenhum iniciante nos conhecimentos práticos e teóricos de uma propriedade rural.

Era um claro domingo de junho quando, depois de tomar café e ler correndo um capítulo de *Maison rustique*,[2] com um caderno de anotações e um pacote de dinheiro no bolso do casaco, Nekhliúdov saiu da grande casa rural, com colunas e varandas, onde ocupava apenas um quarto pequeno no térreo, e seguiu pelo maltratado e descuidado caminho do velho jardim inglês rumo à vila que se distribuía de ambos os lados da estrada principal. Nekhliúdov era um jovem alto, vigoroso, de cabelos compridos, espessos, crespos e ruivo-escuros, com um brilho radiante nos olhos negros, faces frescas e lábios rosados, acima dos quais apenas se distinguiam as primeiras penugens da mocidade. Em todos os movimentos e em seus passos, percebia-se a força, a energia e a generosa satisfação consigo mesmo da juventude. Os camponeses, em grupos variados, voltavam da igreja; velhos, mocinhas, crianças, mulheres com bebês no colo, em roupas domingueiras, dispersavam-se em suas isbás, cumprimentando o patrão com uma grande inclinação da cabeça ao passar por ele. Nekhliúdov entrou na rua e parou, tirou do bolso o caderno e na última página, onde havia anotações com sua letra infantil, leu alguns nomes de camponeses e lembretes. "Ivan Tchurissenok – pediu escoras", leu Nekhliúdov e, seguindo pela rua, aproximou-se do portão da segunda isbá à direita. A residência de Tchurissenok consistia numa estrutura semidesmoronada com os cantos estra-

---

1 Comuna camponesa tradicional da Rússia.

2 Tratado francês em cinco tomos intitulado *Maison rustique du XIX$^{e}$ siècle*, de 1837, sobre a administração de propriedades ruais.

gados pelo mofo e as laterais inclinadas, afundada na terra de tal modo que, por cima do imundo banco de areia misturado com esterco ao redor da isbá, mal se viam uma janelinha quebrada com os contraventos meio soltos e uma outra janela menor, coberta por farrapos. Um vestíbulo feito de troncos, com a soleira imunda e a porta baixa, uma outra estrutura pequena, ainda mais antiga e mais baixa do que a entrada, um portão e um pequeno estábulo de palha trançada se aglomeravam em torno da isbá propriamente dita. Tudo aquilo tinha sido coberto, muito tempo antes, por um telhado único e irregular; agora, só no beiral pendia uma palha densa, preta e apodrecida; no alto, aqui e ali, viam-se caniços trançados e pequenas vigas. Na frente do pátio, havia um poço com uma armação destroçada, os restos de uma coluna e de uma roda, e uma poça lamacenta, pisoteada por vacas, na qual se banhavam patos. Perto do poço, havia dois velhos salgueiros rachados e partidos, com uns poucos ramos verde-claros. Embaixo de um dos salgueiros, que davam testemunho de que alguém, algum dia, se ocupara com o embelezamento do lugar, estava sentada uma garota loura de oito anos que obrigava outra garotinha, de dois anos, a rastejar à sua volta. Um cachorrinho dos criados, que sacudia a cauda perto delas, ao ver o patrão, correu esbaforido por debaixo do portão e, de lá, começou a dar latidos assustados e estridentes.

– Ivan está em casa? – perguntou Nekhliúdov.

A menina mais velha pareceu estupefata com a pergunta e abriu os olhos cada vez mais, sem responder nada; a menorzinha abriu a boca e fez menção de chorar. Uma velhinha miúda, de saia xadrez e em farrapos, presa bem baixa por um cinto avermelhado e velho, espiou por trás da porta e também não respondeu nada. Nekhliúdov aproximou-se da entrada e repetiu a pergunta.

– Está em casa, benfeitor – exclamou a velhinha com voz rascante, curvando-se muito numa saudação, dominada por uma emoção assustada.

Quando Nekhliúdov, depois de cumprimentá-la, atravessou a entrada para o pátio acanhado, a velha apoiou o queixo na palma da mão, aproximou-se da porta e, sem baixar os olhos, pôs-se a balançar a cabeça em silêncio. O pátio era miserável; aqui e ali jazia um estrume velho, enegrecido e abandonado; sobre o estrume estavam largados de qualquer jeito um cepo podre, um forcado e dois ancinhos. Em redor do pátio, os telheiros – sob os quais, de um lado, estavam um arado, uma carroça sem rodas e uma pilha de caixas de colmeias de abelhas quebradas, vazias e inúteis, escoradas umas nas outras – estavam quase todos descobertos, e um lado deles tinha tombado, de modo que o telhado da frente já não estava escorado nas hastes de madeira, mas sim no estrume. Com a lâmina e as costas de um machado, Tchurissenok estava cortando as varas que sustentavam o telhado. Ivan Tchuris era um mujique de cinquenta anos, mais baixo do que o comum. Os traços de seu rosto queimado e comprido, rodeado por uma barba ruivo-escura já um pouco grisalha e por cabelos espessos da mesma cor, eram bonitos e expressivos. Seus olhos azul-escuros fitavam de modo inteligente, bondoso e despreocupado. A boca reta e pequena se recortava de modo brusco por baixo do bigode ralo e castanho-claro quando ele sorria, e exprimia uma tranquila confiança em si mesmo e uma certa indiferença desdenhosa por tudo o que o rodeava. Pela aspereza da pele, pelas rugas fundas, pelas veias saltadas no pescoço, no rosto e nas mãos, pelo estranho arqueamento de seu corpo e pela posição torta e convexa das pernas, era evidente que toda a sua vida havia transcorrido em trabalhos pesados, excessivos, estafantes. Sua roupa consistia em calças brancas de cânhamo com remendos azuis nos joelhos e uma camisa do mesmo pano, imunda, meio desfiada nas costas e nas mangas. A camisa estava amarrada bem baixa na cintura por um cadarço, do qual pendia uma chavezinha de cobre.

– Deus o ajude! – disse o patrão, entrando no pátio.

Tchurissenok virou-se para olhar e depois retomou seu trabalho. Com um esforço vigoroso, ele soltou uma vara de baixo do telheiro e só então cravou o machado no cepo e, ajeitando o cadarço na cintura, veio para o meio do pátio.

– Bom domingo, Vossa Excelência! – disse, inclinando-se bastante e balançando os cabelos.

– Obrigado, meu caro. Vim aqui ver como vão seus negócios – disse Nekhliúdov com humildade e simpatia infantis, enquanto observava a roupa do mujique. – Mostre-me como são as escorazinhas de que precisa e que pediu na reunião.

– As escoras? Claro, as escoras são assim, paizinho, Vossa Excelência. Isto aqui não dá mais para escorar nada, o senhor mesmo pode ver; olhe só, o canto desabou faz pouco tempo; graças a Deus o gado não estava ali na hora. Tudo aqui está assim, cai não cai – disse Tchuris, olhando com desprezo para seus telheiros meio desmoronados. – Agora os abrigos estão tortos e as colunas, se encostar cai tudo... olhe, madeira boa nem tem mais. E onde é que se pode arranjar madeira hoje? Eu gostaria de saber.

– Então para que você quer cinco escoras, quando um telheiro já desabou e o outro vai cair logo? Você não precisa de escoras, mas de telhados, colunas, vigas... precisa de tudo novo – disse o patrão, visivelmente querendo exibir seu conhecimento do assunto.

Tchurissenok ficou calado.

– Quer dizer que você precisa de muita madeira e não de umas escorazinhas; você tinha de me dizer isso.

– Está certo, eu tinha, mas não tenho onde pegar; não é todo mundo que pode ir à casa senhorial! Se nossos irmãos todos tivessem o costume de ir à casa senhorial falar com Vossa Excelência para saudar e pedir qualquer favor, que camponeses nós íamos ser? Mas se Vossa Senhoria chegasse ao ponto de me deixar pegar os pedaços de carvalho que estão no curral do patrão jogados e sem uso nenhum – disse ele, curvando-se e mudando a toda hora o pé de apoio –, aí talvez eu pudesse trocar uns e cortar outros e assim eu podia dar um jeito de o velho durar mais um tempo.

– O velho, como assim? Pois você mesmo disse que tudo o que tem está velho e estragado; hoje esse canto caiu, amanhã será aquele, depois de amanhã, mais um; pois então, se tem de fazer, que faça tudo novo, para não gastar trabalho à toa. Você pode me explicar como acha que seu telheiro vai conseguir aguentar de pé o inverno?

– Ah, quem pode saber?

– Mas o que você acha? Vai cair ou não?

Tchuris ficou pensando um minuto.

– Deve cair tudo – disse ele, de repente.

– Pois então, você está vendo que era melhor ter falado isso na reunião, que você precisava reconstruir todo o telheiro e não só de algumas escorazinhas. Pois eu ficaria muito feliz de ajudar você...

– Muito agradecido a Vossa Excelência – respondeu Tchurissenok, desconfiado e sem olhar para o patrão. – Prefiro que o senhor me conceda quatro escorazinhas e alguma lenha e eu mesmo talvez possa consertar, e se alguém por aí quiser uns pedaços de madeira que não servem para nada, pode vir pegar as escoras da isbá.

– Então a sua isbá também está ruim?

– Eu e minha velha vivemos esperando que ela caia em cima de alguém, mais dia, menos dia – disse Tchuris em tom indiferente. – Não faz muito tempo caiu um pedaço do teto e matou minha velha!

– O quê? Matou?

– Estou dizendo, matou, Vossa Excelência: bateu nas costas e deixou ela sem ar e ela ficou estirada até de noite que nem morta.

– Mas o que aconteceu?

– Aconteceu o que aconteceu, ela sempre está doente. É doente de nascença.

– Você está doente? – perguntou Nekhliúdov para a mulher, que continuava parada na porta e tinha começado a gemer, assim que o marido se pusera a falar dela.

– Sempre me dói aqui, olhe. Ainda mais no domingo – respondeu ela, apontando para o peito sujo e magro.

– De novo! – exclamou o jovem patrão com irritação, encolhendo os ombros. – Se está doente, por que não foi ao hospital? É para isso que serve o hospital. Não explicaram para você?

– Explicaram sim, benfeitor, mas nunca dá tempo: tem a casa, as crianças, o trabalho da corveia...[3] e tudo a gente tem de fazer sozinho!

III

Nekhliúdov entrou na isbá. As paredes tortas e sujas de fuligem estavam cobertas, na parte dos fundos, por vários trapos e roupas e a parte da frente estava literalmente atulhada de baratas vermelhas, que se aglomeravam em torno dos ícones e da despensa. No meio daquela isbazinha escura e fedorenta de seis *archin*, no teto, havia uma grande fenda e, apesar das escoras em dois lugares, o teto havia entortado tanto que parecia ameaçar desmoronar a qualquer minuto.

– Sim, a isbá está muito ruim mesmo – disse o patrão, olhando de relance para o rosto de Tchurissenok, que, pelo visto, não queria tratar do assunto.

– Vai esmagar a gente, vai esmagar a criançada – começou a lamentar a mulher, com voz chorosa, encostando-se na estufa, embaixo do leito de tábua que, como um jirau, se estendia da estufa até a parede do outro lado.

– Feche a boca! – disse Tchuris com severidade e, com um sorriso sutil, quase imperceptível, que se recortou embaixo do bigode que se mexia, voltou-se para o patrão. – E não me entra na cabeça o que fazer com ela, Vossa Excelência, com esta isbá; as escoras, os forros, tudo, não tem mais o que fazer!

– Como é que se pode passar o inverno aqui? Ai, ai, ai! – disse a mulher.

– Bom, se a gente ainda pusesse umas colunas e fizesse um chão novo – interrompeu o marido, com uma expressão calma e prática. – E se trocasse umas escoras aqui e ali talvez, quem sabe, desse até para aguentar um inverno. Dá para viver, mas tem de pôr uns apoios por todos os lados... pois é, mas se sacudir um pouquinho não vai sobrar nada; se não sacudir, aguenta – concluiu, visivelmente satisfeito por ter conseguido resumir a situação.

Nekhliúdov ficou aborrecido e penalizado por Tchuris ter chegado àquela condição e não o ter procurado mais cedo, pois desde sua chegada à propriedade rural nenhuma vez recusara ajuda aos mujiques e insistia em dizer que todos o procurassem pessoalmente para manifestar suas carências. Chegou a sentir certa raiva do mujique, sacudiu os ombros com irritação e franziu as sobrancelhas; mas a imagem da miséria que o rodeava e, no meio dessa miséria, a expressão de calma

---

3 Em russo, *bárschina*, cota de trabalho que o camponês tinha de prestar de graça nas terras do patrão.

e satisfação consigo mesmo que via em Tchuris transformaram sua irritação numa espécie de sentimento triste e desesperançado.

– Então, Ivan, por que foi que não falou antes? – perguntou em tom de censura, sentando-se num banco imundo e torto.

– Não tive coragem, Vossa Excelência – respondeu Tchuris, com o mesmo sorriso quase imperceptível, enquanto mudava a posição dos pés descalços e pretos, no chão irregular de terra; mas falou aquilo com tamanha coragem e tranquilidade que era difícil acreditar que não tivesse coragem de procurar o patrão.

– A gente não passa de mujiques; como é que ia se atrever...? – quis falar a mulher, choramingando.

– Chega de conversa – Tchuris interrompeu-a de novo.

– É impossível viver nesta isbá: é um horror! – disse Nekhliúdov, depois de um breve silêncio. – Veja, vamos fazer o seguinte, meu irmão...

– Pode dizer, patrão – disse Tchuris.

– Você viu aquelas isbás de pedra, as isbás *guerardovskaias*,[4] que eu construí na granja nova, as que têm as paredes descobertas?

– Quem é que pode não ver? – respondeu Tchuris, abrindo um sorriso com seus dentes ainda inteiros e brancos. – Todo mundo fica admirado com o jeito como são construídas... isbás sabidas demais! A rapaziada ficou rindo, se não iam virar armazém, as paredes são à prova de ratos. Senhoras isbás! – concluiu com expressão de admiração ridícula, balançando a cabeça. – Igualzinho a uma prisão.

– Pois é, as isbás são ótimas, secas e quentes, e não têm tanto risco de pegar fogo – disse o patrão, com as sobrancelhas franzidas em seu rosto jovem, visivelmente insatisfeito com o desdém do mujique.

– Nem se discute, Vossa Excelência, umas isbás formidáveis.

– Pois é, acontece que uma isbá já está toda pronta. Tem dez *archin*, com vestíbulo, um telheiro, e está toda pronta. Posso ceder a isbá para você pelo valor de custo, e não precisa pagar agora; um dia você paga – disse o *barin* com um sorriso satisfeito, que não conseguiu reprimir ante a ideia de que estava fazendo uma boa ação. – Você derruba sua isbá velha – prosseguiu –, ela vai servir de celeiro; vamos transferir também o estábulo. Lá tem uma água ótima, vou lhe dar uma terra para a horta, também deixo você usar três lotes de terra, do lado. Você vai viver muito bem! E então, será que isso não lhe agrada? – perguntou Nekhliúdov, ao notar que, assim que falou em transferência, Tchuris se retraiu, ficou totalmente imóvel e, já sem sorrir, olhava para a terra.

---

4 Tipo de isbá recomendado por um famoso proprietário rural da época, A. I. Guerard (morto em 1830). [Nota da edição russa.]

– Como Vossa Excelência quiser – respondeu, sem erguer os olhos.

A velha se adiantou um pouco, como que voltando à vida, e se preparou para dizer alguma coisa, mas o marido a deteve.

– Como Vossa Excelência quiser – repetiu ele em tom decidido e obediente, olhando de relance para o patrão e sacudindo os cabelos. – Mas na nova granja a gente não vai conseguir viver.

– Por quê?

– Não, Vossa Excelência, se transferir a gente para lá, aqui a gente já está muito mal, mas lá nunca que a gente vai ser mujique. Que tipo de mujique a gente vai ser? Não, lá não vai dar para viver, mas o senhor manda!

– E por quê?

– Vamos ficar arruinados, Vossa Excelência.

– Mas por que não podem viver lá?

– Que vida tem lá? Pense bem: ninguém morou no lugar, a gente não conhece a água, não tem pasto em lugar nenhum. Aqui a gente tem a plantação de cânhamo adubada desde muito tempo, e lá o que é que tem? O que é que tem lá? Mato! Nem cercados, nem estábulos, nem celeiros, não tem nada em lugar nenhum. Vamos ficar arruinados, Vossa Excelência, se nos enxotar para lá, vamos ficar na miséria completa! Um lugar novo, desconhecido... – repetiu, pensativo, mas balançando a cabeça com ar determinado.

Nekhliúdov tentou mostrar para o mujique que a transferência, ao contrário, era muito vantajosa para ele, que os cercados e os celeiros iam ser construídos, que a água lá era boa etc., mas o silêncio obtuso de Tchuris deixou-o confuso e, por algum motivo, ele sentiu que falar assim não adiantava. Tchurissenok não retrucou; porém, quando o patrão se calou, ele, sorrindo de leve, comentou que seria melhor transferir para aquela granja uns velhos criados domésticos e o palerma do Aliocha, para que lá eles tomassem conta dos cereais.

– Isso, sim, seria bom! – exclamou e sorriu de novo. – É uma coisa à toa, Vossa Excelência!

– Sei, quer dizer que o lugar é inabitável? – insistiu Nekhliúdov, com paciência. – Pois aqui, um dia, era inabitável, mas as pessoas moram aqui; e lá, veja bem, você vai se instalar primeiro, com todo o apoio... Não tem como não dar certo...

– Mas, paizinho, Vossa Excelência, como é que se pode comparar? – replicou Tchuris com energia, como se temesse que o patrão ainda não tivesse tomado uma decisão definitiva. – Aqui é nosso lugar no mundo, um lugar alegre, acostumado: a estrada, o lago para a mulher lavar roupa, para as vacas beberem, e todas as nossas coisas de mujique, aqui faz muito tempo que a gente é acostumado, e o curral, a hortinha, os salgueiros... meus pais viveram aqui; e meu avô e meu pai entregaram a alma a Deus aqui, e a gente vai terminar nossos dias aqui, Vossa Excelência, não peço mais nada. Tenha misericórdia e deixe consertar a isbá... vamos ficar muito satisfeitos com Vossa Senhoria; mas, não, nem na nossa velhice vamos viver de outro jeito. Deixe a gente rezar aqui para sempre – prosseguiu, curvando-se muito. – Não enxote a gente do nosso ninho, paizinho!...

Enquanto Tchuris falava, embaixo do leito de tábua suspenso acima da estufa, no lugar onde estava sua esposa, ouvia-se um choro cada vez mais forte e, quando o marido disse "paizinho", a mulher, inesperadamente, deu um passo adiante e, chorando, bateu na perna do patrão.

– Não nos mate, benfeitor! Você é nosso pai, você é nossa mãe! Para onde vai nos mandar? A gente é velho, sozinho. Você é feito Deus... – berrou.

Nekhliúdov pulou do banco onde estava sentado e quis levantar a velha, mas ela, com uma espécie de volúpia de desespero, batia a cabeça no chão de terra e repelia as mãos do patrão.

– O que deu em você? Levante, por favor! Se não querem, não precisam ir; não vou forçar – disse ele, abanando as mãos e recuando na direção da porta.

Quando Nekhliúdov se sentou de novo no banco e se fez silêncio na isbá, interrompido apenas pelas lamúrias da mulher, que de novo se havia recolhido para debaixo do leito de tábua e enxugava as lágrimas com a manga da camisa, o jovem senhor de terras compreendeu o que significava para Tchuris e a esposa a isbazinha que se esboroava, o poço desmoronado com a poça lamacenta, os pequenos e arruinados estábulos e celeiros e os salgueiros quebrados que se viam na frente da janela torta – e sentiu um peso, uma tristeza e certa vergonha.

– Mas então, Ivan, por que não falou na reunião do *mir* no domingo passado que precisava de uma isbá? Agora eu já não sei como ajudar você. Na primeira reunião, eu disse para todos vocês que vinha morar no campo e ia dedicar minha vida a vocês; que estou pronto a me privar de tudo para que fiquem satisfeitos e felizes e, perante Deus, juro que estou cumprindo minha palavra – disse o jovem senhor de terras, sem saber que esse tipo de efusão não era capaz de despertar a confiança de ninguém, ainda menos de um russo, que ama não as palavras, mas as ações, e não se entusiasma com a expressão de sentimentos, por mais belos que sejam.

Porém o jovem ingênuo ficou tão feliz com o sentimento que experimentava que não podia deixar de expressá-lo.

Tchuris inclinou a cabeça para o lado e, pestanejando devagar, com uma atenção forçada, escutava o patrão como um homem que não pode deixar de ouvir, embora a pessoa falasse coisas ruins e que, absolutamente, não lhe diziam respeito.

– Mas é claro que não posso dar para todo mundo tudo aquilo que me pedem. Se eu não recusasse madeira a ninguém que me pede, logo eu mesmo ia ficar sem madeira nenhuma e não poderia dar para aquele que de fato precisa. Quando estabeleci essas regras, foi para facilitar a reforma das construções dos camponeses, e deixei tudo na mão do *mir*. Aquela madeira, agora, já não é minha, mas de vocês, camponeses, e já não posso controlar o que se faz com ela, quem cuida disso é o *mir*, como você sabe. Vá à reunião de hoje; vou explicar ao *mir* o seu pedido; se eles decidirem dar uma isbá para você, tudo certo, mas agora eu já não tenho madeira. Quero ajudar você, com toda a minha alma; mas se você não quer se transferir, aí a questão já não é mais comigo, mas com o *mir*. Está entendendo?

– Muito obrigado por sua misericórdia – respondeu Tchuris, embaraçado. – Se o senhor fizer a caridade de nos dar algumas madeirinhas, vamos ficar muito contentes... O que é o *mir*? A gente sabe muito bem...

– Não, você vai lá.

– Sim, senhor. Eu vou. Por que não ir? Só que não vou pedir nada ao *mir*.

## IV

O jovem senhor de terras, pelo visto, ainda queria perguntar alguma coisa; não se levantou do banco e lançava olhares hesitantes ora para Tchuris, ora para a estufa vazia e sem fogo.

– E então, já jantaram? – perguntou, afinal.

Pelo bigode de Tchuris recortou-se um sorriso de zombaria, como se lhe parecesse ridículo que o patrão fizesse perguntas tão tolas; ele nada respondeu.

– Que jantar, benfeitor? – exclamou a mulher, suspirando fundo. – A gente comeu um pedacinho de pão, isso é nosso jantar. Já faz tempo que não se conseguem legumes e assim hoje não tem com que fazer sopa, mas tinha *kvás* e aí dei para a criançada.

– Hoje a gente está fazendo jejum, Vossa Excelência – interveio Tchuris, emendando as palavras da mulher. – Pão e cebola, essa é a comida dos mujiques. Por bondade de Deus, tenho um pouquinho de pão ainda, graças à Vossa Senhoria, guardei até agora, mas aqui em volta tem um monte de mujiques que não têm pão nenhum. A cebola hoje em dia anda bem escassa. Ainda outro dia mandaram o jardineiro Mikhail trazer umas cebolinhas miúdas, só que nosso irmão não achou em lugar nenhum. Desde a Páscoa a gente não vai à igreja e não tenho com que comprar nem uma velinha para Mikola.[5]

Fazia tempo que Nekhliúdov, não por ouvir dizer, não por fé nas palavras dos outros, mas na prática, conhecia o extremo grau de pobreza em que se encontra-

---

5 Mikola: São Nicolau.

vam seus camponeses; mas toda aquela realidade era tão incompatível com a sua educação, formação e modo de vida que ele, contra a própria vontade, esquecia a verdade e sempre que ele, como agora, a recordava de maneira viva e concreta, sentia no coração um peso e uma tristeza insuportáveis, como se a memória de um crime perpetrado e não redimido o atormentasse.

– Por que são tão pobres? – perguntou, exprimindo involuntariamente seu pensamento.

– Mas do jeito que a gente vive, paizinho, Vossa Excelência, como é que dá para não ser pobre? A terra da gente, o senhor mesmo sabe: é barro, barranco, e é claro que a gente deve ter irritado Deus, porque desde o cólera, veja, o trigo não nasce. O pasto e o resto ficam cada vez mais baixos: às vezes mandam trabalhar na terra comum, outras vezes despacham para os campos do senhor de terras. Cuido de tudo sozinho e estou velho... eu bem que ficaria contente de dar duro... não tenho forças. Minha velha está doente, não tem ano em que não nasça uma menininha: tenho de alimentar todo mundo. E ainda tenho de dar duro sozinho, e com seis almas em casa. Para Deus, sou um pecador, muitas vezes eu penso: Deus levou uns embora mais cedo, e para mim seria até mais fácil, porque é melhor do que ficar se matando aqui desse jeito...

– A-ai! – suspirou alto a mulher, como que para confirmar as palavras do marido.

– Olhe, toda a ajuda que tenho é essa aí – continuou Tchuris, apontando para um menino louro e desgrenhado de sete anos, de barriga enorme, que abriu timidamente a porta naquele momento, entrou na isbá e cravou no patrão os olhos tristes e admirados, enquanto se agarrava com as duas mãos na camisa de Tchuris. – Esta é a única pessoa que tenho para me ajudar – continuou Tchuris com voz bombástica, enquanto passava a mão áspera nos cabelos louros do menino. – O que se pode esperar dele? E para mim o trabalho já é insuportável. A velhice até que não é nada, mas minha hérnia dói. Quando o tempo piora, me dá vontade de gritar, e já faz muito tempo que pago o tributo para o senhor de terras, e já estou velho. Tem o Ermílov, o Diémki, o Ziárev, todos mais jovens do que eu, e já faz muito tempo que ficaram isentos do tributo. Pois é, não tenho como fazer isso, essa é minha desgraça. Tenho de dar de comer: aí eu batalho muito, Vossa Excelência.

– Eu ficaria muito feliz de lhe dar algum alívio, é claro. Como fazer? – disse o jovem senhor de terras, olhando para o camponês com simpatia.

– Como dar um alívio? É muito fácil, se o patrão tem a terra, também tem de governar, esse é o costume, todo mundo sabe. Eu espero alguma coisa deste pequeno. Se pelo menos Vossa Senhoria deixasse que ele não fosse à escola: mas outro dia mesmo veio um homem do *ziémstvo* e disse que Vossa Excelência também exige que ele vá à escola. Libere o menino da escola: afinal, qual é a inteligência que ele tem, Vossa Excelência? Ainda é novo, não entende nada.

– Não, irmão, faça como quiser – disse o patrão –, mas seu menino já é capaz de compreender, sim, e está na hora de estudar. E digo isso para seu próprio bem. Pense só, quando ele for mais velho, vai ser um proprietário rural e vai ter de saber ler e fazer contas, e vai ler na igreja... será muito melhor para todos em sua casa, se Deus quiser – disse Nekhliúdov, tentando exprimir-se da maneira mais clara possível e ao mesmo tempo, por algum motivo, se ruborizando e titubeando.

– Nem se discute, Vossa Excelência... o senhor não quer fazer o mal para a gente, mas não tem quem cuide da casa: eu e a mulher temos de cuidar da terra comum... e ele, apesar de ser menino, dá uma boa ajuda, toca as vacas, dá água para os cavalos. Faça o que fizer, é um mujique dos pés à cabeça. – E Tchurissenok, com um sorriso, segurou o menino pelo nariz, com seus dedos grossos, e tirou o muco.

– Mesmo assim você vai mandar o menino para a escola, quando você mesmo estiver em casa e ele tiver tempo, entendeu? Sem falta.

Tchurissenok suspirou fundo e não respondeu.

## V

– Eu ainda queria dizer mais uma coisa – acrescentou Nekhliúdov. – Por que não remove o estrume?

– Que estrume, paizinho, Vossa Excelência? Não tem nenhum estrume para remover. Qual é o gado que eu tenho? Uma eguazinha e um potro, e no outono vendi a novilha para o zelador... esse é todo o meu gado.

– Mas se você tem tão poucos animais, por que ainda foi vender a novilha? – perguntou o patrão, com surpresa.

– Como é que eu ia dar comida para ela?

– Será que você não tinha forragem suficiente para alimentar a vaca? Os outros tinham.

– Os outros têm terra adubada, a minha terra é um deserto só, não cresce nada.

– Então ponha o estrume na terra, para que não fique estéril; o cereal vai crescer e aí você vai ter com que alimentar o gado.

– Sei, só que não tem gado nenhum e então como é que vai ter estrume?

"Isso é um estranho *cercle vicieux*",[6] pensou Nekhliúdov, mas não conseguiu pensar em um conselho para dar ao mujique.

---

6 "Círculo vicioso".

– E vou dizer de novo, Vossa Excelência, não é o estrume que faz o cereal crescer, é Deus – prosseguiu Tchuris. – Olhe que no ano passado, numa *osmínik* sem nada deu seis pilhas, já na parte adubada não deu nem um *krestiéts*.[7] Só Deus! – acrescentou com um suspiro. – E além do mais o gado da gente não vinga. Faz seis anos que está assim. Ano passado, morreu uma novilha, outra eu passei adiante: não tinha como dar comida; e no outro ano minha vaca principal se acabou; estavam trazendo a vaca do rebanho, não tinha nada de mais, de repente capengou, capengou, e se acabou ali mesmo. É muita falta de sorte!

– Bem, irmão, como você disse que não tem vacas porque não tem como dar comida para elas e não tem comida porque não tem vacas, tome aqui para arranjar uma vaca – disse Nekhliúdov, se ruborizando; tirou do bolso um maço amarrado e embolado de notas e desmanchou-o. – Compre uma vaca que eu vou ficar contente, e pegue a comida para ela no celeiro... eu ordeno. Trate de estar com essa vaca no domingo que vem: vou vir aqui.

Tchuris ficou indeciso por tanto tempo, sem estender a mão para pegar o dinheiro, que Nekhliúdov colocou as notas na ponta da mesa e ficou ainda mais ruborizado.

– Muito obrigado a Vossa Senhoria – disse Tchuris, com seu sorriso de costume, um pouco zombeteiro.

A velha suspirou fundo algumas vezes, embaixo do leito de tábua suspenso acima da estufa, e pareceu rezar.

O jovem patrão sentiu-se constrangido; levantou-se do banco afobado, saiu para o vestíbulo e chamou Tchuris. A visão do homem a quem ele tinha feito um bem era tão agradável que ele não quis se afastar logo.

– Estou contente de ajudar você – disse, detendo-se junto ao poço. – Posso ajudá-lo porque sei que não é preguiçoso. Trabalhe que eu o ajudarei; se Deus quiser, você vai se recuperar.

– Não tem como recuperar, basta não afundar na miséria completa, Vossa Excelência – disse Tchuris, de repente com uma expressão séria e até severa, como se tivesse ficado muito descontente com a sugestão do patrão de que ele podia se recuperar. – No tempo em que eu e meus irmãos vivíamos com o pai, não passávamos nenhuma necessidade; mas, quando ele morreu, fomos à ruína e aí a coisa só fez ficar cada vez pior. Um abandono total!

– E por que vocês se arruinaram?

---

7 Antigas medidas agrárias russas. *Osmínik*: ⅛ de *dessiatina* (1,09 hectare dividido por oito); *krestiéts*: um monte de doze a vinte braçadas ou feixes.

– Tudo por causa das mulheres, Vossa Excelência. Na época, o seu avô já tinha morrido e com ele vivo a gente não se atrevia a isso: naquele tempo, tinha ordem para valer. Ele, que nem o senhor também, andava e via tudo e ninguém se atrevia a se separar. O falecido não gostava de fazer pressão nos mujiques; e depois do seu avô, o Andrei Ilitch tomou conta... nem é bom lembrar... Era um bêbado, um relaxado. A gente ia pedir para ele uma vez, outra vez... não dá para viver junto por causa das mulheres, deixe a gente se separar; pois bem, ele enxotava, enxotava a gente, mas a situação piorou, as mulheres foram cada uma para um lado, a gente passou a viver separado; e um mujique sozinho todo mundo sabe como é! Não tinha ordem nenhuma: Andrei Ilitch fazia da gente o que bem entendia. "Tome deles tudo o que quiser." E ele pegava do mujique o que queria, sem pedir nem nada. E aumentaram o tributo cobrado por cabeça, também começaram a exigir mais alimentos, e a terra diminuiu cada vez mais e o cereal parou de crescer. Aí, quando veio a nova divisão das terras, ele nos privou das nossas terras estercadas e passou tudo para o lote do senhor de terras, o canalha, e levou todos nós à ruína, ele devia morrer! O pai do senhor, que Deus o tenha no Reino do Céu, era um patrão bom, mas a gente quase que não via ele; morava em Moscou o tempo todo; começaram a vir com carroças, cada vez mais. Na temporada em que as estradas ficam lamacentas, não tinha como alimentar os animais, mas vinham assim mesmo. O patrão não podia passar sem isso. A gente não se atrevia a negar; e não tinha ordem nenhuma. Agora, Vossa Senhoria deixa qualquer mujique ver seu rosto e assim a gente ficou diferente, e o admistrador também é diferente. Agora, apesar de tudo, a gente sabe que tem um patrão. E nem dá para dizer como os mujiques são agradecidos por sua misericórdia. Mas antes não tinha nenhum patrão de verdade: qualquer um era o patrão. O vigia era o patrão, Ilitch era o patrão, a esposa dele era a patroa, até o escrivão da polícia era o patrão. Era demais, ah! Os mujiques sofreram muitas desgraças!

Mais uma vez, Nekhliúdov experimentou um sentimento semelhante à vergonha ou ao remorso. Tirou o chapéu e foi em frente.

## VI

"Iukhvanka, o Sabido, quer vender o cavalo", leu Nekhliúdov no caderninho de anotações e atravessou a rua, rumo à casa de Iukhvanka, o Sabido. A isbá de Iukhvanka era meticulosamente coberta de palha tirada do celeiro senhorial e construída de madeira fresca cinza-claro de choupo (também dos domínios senhoriais), com duas venezianas pintadas de vermelho nas janelas e um alpendrezinho com um toldo e com uma engenhosa balaustrada entalhada em tábuas finas. O vestíbulo e a isbá fria também estavam em ordem; mas o aspecto geral de satisfação e prosperidade que tinham aquelas instalações era um pouco perturbado pelo pequeno estábulo pegado ao portão com a cerca quebrada e pelo telheiro caído que se via por trás. Ao mesmo tempo, quando Nekhliúdov se aproximou do alpendre por um lado, do outro vieram duas camponesas com uma tina cheia de água. Uma delas era a esposa, a outra a mãe de Iukhvanka, o Sabido. A primeira era gorda, ruiva, com peito extraordinariamente desenvolvido e bochechas carnudas e largas. Estava de blusa limpa, bordada nas mangas e na gola, avental do mesmo pano, saia nova, tamancos, um cordão de contas e um elegante chapéu de camponesa de quatro pontas, bordado, enfeitado com papel vermelho e lantejoulas.

Uma ponta da tina de água não balançava, repousava estável sobre o ombro dela, firme e largo. Uma leve tensão, perceptível em seu rosto corado, na curva das costas e no movimento ritmado das mãos e dos pés, indicava uma saúde incomum e uma força viril. A mãe de Iukhvanka, que segurava a outra ponta da tina, era, ao contrário, uma dessas velhas que parecem ter chegado ao último grau da velhice e da decrepitude na vida humana. Seu corpo esquelético, vestido numa blusa preta e puída e numa saia desbotada, estava tão curvado que a tina repousava mais nas suas costas do que nos ombros. As duas mãos de dedos retorcidos com que ela, parecendo agarrar-se, segurava a tina de água tinham uma coloração marrom-escura e davam a impressão de que não conseguiriam mais se abrir; a cabeça baixa, enrolada numa espécie de trapo, carregava em si os traços mais horrendos de miséria e profunda velhice. Abaixo da testa estreita, cortada em todas as direções por rugas profundas, dois olhos vermelhos, baços e sem pestanas fitavam a terra. Um dente amarelo despontava por baixo do murcho lábio superior, que, sem parar de se mexer, às vezes fazia com que o dente tocasse no queixo pontudo. As rugas da parte de baixo do rosto e do pescoço pareciam formar bolsinhas que balançavam a cada movimento. Ela respirava ofegante e rouca; mas os pés descalços e retorcidos, embora dessem a impressão de que iam se arrastar na terra a muito custo, moviam-se ritmadamente, um após o outro.

## VII

Quase esbarrando no patrão, a jovem baixou a tina às pressas, olhou para o chão, fez uma reverência, depois, com olhos brilhantes, lançou um olhar de soslaio para ele e, tentando cobrir o leve sorriso com a manga bordada da blusa, batendo os tamancos na terra, correu para a entrada.

– Mãezinha, leve a tina de água para tia Nastássia – disse ela, detendo-se na porta, dirigindo-se à velha.

O jovem e humilde senhor de terras olhou para a mulher corada com ar severo mas atento, franziu as sobrancelhas e voltou-se para a velha, que, depois de pegar a tina de água com os dedos tortos, apoiou-a sobre os ombros e, obediente, fez menção de seguir para a isbá vizinha.

– É a casa do seu filho? – perguntou o patrão.

Curvando ainda mais sua figura já encurvada, a velha inclinou-se e fez menção de dizer algo, mas pôs a mão sobre a boca e tossiu tanto que Nekhliúdov, sem esperar que ela parasse, entrou na isbá. Iukhvanka, sentado num banco no canto vermelho,[8] ao ver o patrão, precipitou-se na direção da estufa como se quisesse esconder-se, enfiou alguma coisa às pressas no leito de tábua acima da estufa e, mexendo muito os olhos e a boca, encostou-se bem junto à parede, como se quisesse deixar o caminho livre para o patrão. Iukhvanka era um jovem russo de uns trinta anos, magro, forte, de barba pontuda, bastante bonito, a não ser pelos olhinhos castanhos e esquivos, que fitavam de modo desagradável por baixo das sobrancelhas enrugadas, e pela falta dos dois dentes da frente, o que logo saltava aos olhos, porque seus lábios eram curtos e não paravam de se mexer. Estava com uma camisa domingueira com reforços vermelho-claros nas axilas, calças estampadas e listradas e botas pesadas, de canos pregueados. O interior da isbá de Iukhvanka não era tão apertado e escuro quanto o interior da isbá de Tchuris, apesar de haver ali o mesmo abafamento, o mesmo cheiro de fumaça e pele de carneiro e a mesma desordem nas roupas e nos utensílios de mujique. Ali, duas coisas um tanto estranhas chamavam a atenção: um pequeno samovar amassado numa prateleira e uma moldura preta, com um resto de vidro sujo e com o retrato de um general de uniforme vermelho, pendurada perto da janela. Nekhliúdov olhou com hostilidade para o samovar, o retrato do general e o leito de tábua acima da estufa, onde sobressaía, por baixo de uns trapinhos, a ponta de um cachimbo com a boca de cobre, e se voltou para o mujique.

– Bom dia, Epifan – disse ele, fitando-o nos olhos.

Epifan curvou-se numa reverência e balbuciou: "Bom dia, Vossência", pronunciando de modo especialmente gentil a última palavra, e seus olhos percorreram num instante toda a figura do patrão, a isbá, o chão e o teto, sem se deter em nada; em seguida, aproximou-se ligeiro do leito de tábua suspenso acima da estufa, puxou dali um casaco e começou a vesti-lo.

---

8 Nome do lugar da isbá russa onde ficam os ícones e as velas.

– Para que está se vestindo? – perguntou Nekhliúdov, sentando-se num banco e, pelo visto, tentando olhar para Epifan com a expressão mais severa possível.

– Como posso ficar na presença de Vossência assim? A gente, sabe, parece...

– Vim à sua casa saber por que você precisa vender um cavalo, se tem muitos cavalos, e qual é o cavalo que quer vender – disse o patrão em tom seco, visivelmente repetindo palavras decoradas de antemão.

– A gente está muito agradecido a Vossência por não ter nojo de vir à minha casa, à casa de um mujique – respondeu Iukhvanka, enquanto lançava olhares rápidos para o retrato do general, para a estufa, para as botas do patrão e para todos os objetos, menos para o rosto de Nekhliúdov. – A gente sempre reza a Deus por Vossência...

– Para que vai vender um cavalo? – repetiu Nekhliúdov, levantando a voz e tossindo um pouco.

Iukhvanka deu um suspiro, sacudiu os cabelos (seu olhar percorreu de novo a isbá) e, ao notar o gato que ronronava tranquilamente deitado no banco, gritou para ele: "Para fora, bandido", e voltou-se depressa para o patrão.

– O cavalo, Vossência, não serve para nada... Se fosse um animal bom, eu não ia vender, Vossência.

– E quantos cavalos você tem ao todo?

– Três cavalos, Vossência.

– E não tem um potro?

– Claro, Vossência! Tem um potrinho também.

VIII

– Vamos lá, me mostre seus cavalos; estão em sua casa?

– Claro que sim, Vossência; do jeito que mandam, eu faço, Vossência. Por acaso a gente pode desobedecer a Vossência? Iákov Ilitch me ordenou: não mande os cavalos para o pasto amanhã; o príncipe vai ver; eu não mandei. A gente não se atreve a desobedecer a Vossência.

Enquanto Nekhliúdov se dirigia para a porta, Iukhvanka pegou o cachimbo do leito de tábua e enfiou-o escondido por trás da estufa; seus lábios também se mexiam inquietos mesmo na hora em que o patrão não estava olhando para ele.

Uma eguazinha magra e ruça fuçava na palha podre embaixo do telheiro; um potro de dois meses, de pernas compridas e de cor indefinida, de focinho e patas azulados, não se afastava do rabo ralo da égua, coalhado de bardanas. No meio do terreiro, de olhos meio fechados, cabeça baixa e ar pensativo, estava um cavalo baio castrado e de barriga estufada, com aspecto de ser um cavalo bom para um mujique.

– Então estes são todos os seus cavalos?

– Não, nada disso, Vossência. Ainda tem também uma égua e aquele potrinho ali – respondeu Iukhvanka, apontando para uns cavalos que o patrão nem conseguia enxergar.

– Sei. Então, qual é o cavalo que você quer vender?

– Olhe, este aqui, Vossência – respondeu, abanando a aba do casaco em direção ao castrado meio adormecido, enquanto piscava os olhos e retorcia os lábios sem parar. O castrado abriu os olhos e, preguiçosamente, virou o rabo para ele.

– Não tem aspecto de velho e até que é um cavalinho bem fornido – disse Nekhliúdov. – Traga o cavalo para cá e me mostre os dentes. Aí vou saber se é velho.

– Não dá para saber por uma coisa só, Vossência. Olhe, o animal não vale nada, e ainda é empacador... tem de olhar os dentes e as patas da frente também, Vossência – disse Iukhvanka, sorrindo muito alegre e deixando os olhos virarem para muitas direções.

– Mas que absurdo! Traga o cavalo, estou dizendo.

Iukhvanka se demorou sorrindo, mudou o pé de apoio e só quando Nekhliúdov gritou, irritado: "E então? O que há com você?", ele se precipitou por baixo do telheiro, segurou o cabresto e começou a puxar o cavalo, assustando-o e fazendo com que andasse para trás, em vez de vir para a frente.

O jovem patrão ficou perturbado ao ver aquilo e teve vontade, talvez, de mostrar seu aborrecimento.

– Dê aqui o cabresto! – disse ele.

– Desculpe! Não pode, Vossência! Não convém...

Mas Nekhliúdov se aproximou do cavalo pela frente, em linha reta, e de repente segurou-o pelas orelhas, puxou na direção da terra com tanta força que o castrado, que, ao que tudo indicava, era um cavalinho de mujique muito dócil, começou a se sacudir e resfolegar, na tentativa de se desvencilhar. Quando Nekhliúdov notou que tais esforços eram completamente em vão e lançou um olhar para Iukhvanka, que não parava de sorrir, veio-lhe à cabeça o pensamento mais ultrajante de sua vida, que Iukhvanka estava rindo dele e, em pensamento, o julgava uma criança. Nekhliúdov ficou ruborizado, soltou as orelhas do cavalo e, sem a ajuda do cabresto, abriu a boca do animal e examinou os dentes: os caninos estavam inteiros, as panelas dos dentes estavam cheias, até onde o jovem patrão teve tempo de ver... O cavalo devia ser jovem.

Iukhvanka, nessa altura, se afastou para o telheiro e, ao notar que o ancinho estava fora do lugar, levantou-o e encostou-o de pé na cerca viva.

– Venha cá! – gritou o patrão, com fisionomia de criança irritada, e, em sua voz, quase se percebiam lágrimas de revolta e raiva. – Quem disse que este cavalo é velho?

– Desculpe, Vossência, muito velho, vai fazer vinte anos... um cavalo que...

– Chega! Você é um mentiroso e um sem-vergonha, porque um mujique honesto não fica mentindo: ele não precisa! – exclamou Nekhliúdov, sufocando em lágrimas iradas que lhe subiram à garganta. Calou-se para não passar o vexame de chorar na frente de um mujique.

Iukhvanka também ficou calado e, com o ar de quem vai começar a chorar a qualquer momento, fungou o nariz e balançou a cabeça de leve.

– Pois bem, com o que você vai puxar o arado quando vender esse cavalo? – prosseguiu Nekhliúdov, acalmando-se o bastante para falar com sua voz habitual. – Mandam que você trabalhe a pé justamente para cuidar dos cavalos no arado, e agora quer vender seu melhor animal? E, o mais importante, para que você mente?

Assim que o patrão se acalmou, Iukhvanka também ficou calmo. Estava parado em seu lugar, empertigado, embora continuasse a retorcer os lábios e a correr os olhos de um objeto para outro, do mesmo jeito de antes.

– Vossência é que manda – respondeu. – Eu não sou pior do que os outros no trabalho.

– Mas com o que vai trabalhar?

– Fique tranquilo, Vossência, seu trabalho vai ser feito – respondeu, tocando o cavalo castrado e o enxotando. – Se a gente precisa de dinheiro, tem de vender, não é?

– E para que precisa de dinheiro?

– Não tem mais cereal nenhum, Vossência, e os mujiques têm de pagar as dívidas, Vossência.

– Como não há cereal? Por que na casa dos outros, com família, ainda tem, mas na sua, que nem tem família, o cereal acabou? Onde ele foi parar?

– Foi comido, Vossência, e agora não tem nem uma migalha. Eu compro um cavalo no outono, Vossência.

– Nem pense em vender o cavalo!

– Mas aí, Vossência, como é que vai ser nossa vida? Não tem cereal e não posso vender nada – respondeu todo de lado, retorcendo os lábios e lançando, de repente, um olhar cortante para o rosto do patrão: – Quer dizer que tenho de morrer de fome.

– Olhe aqui, irmão! – começou a gritar Nekhliúdov, empalidecendo e experimentando um sentimento de raiva pessoal contra o mujique. – Mujiques como você eu não vou tolerar. Você vai ver só.

– Seja feita sua vontade, Vossência – respondeu, fechando os olhos com uma expressão de falsa obediência. – Eu não sou digno do senhor. Mas acho que não fiz nada de errado. É claro que Vossência não gosta de mim e eu faço toda a sua vontade; só que não sei por que é que eu tenho de sofrer assim.

– Pois vou dizer por quê: porque deixa seu terreiro descoberto, não lavra com o esterco, as cercas estão caídas, fica sentado em casa fumando cachimbo e não trabalha; porque você não dá nem um pedacinho de pão para sua mãe, que lhe deu esta terra, e ainda deixa sua mulher bater nela e por isso ela tem de vir falar comigo e fazer suas queixas.

– Desculpe, Vossência. Não sei que história é essa de cachimbo – respondeu Iukhvanka confuso, visivelmente ofendido, em especial com a acusação de que fumava cachimbo. – As pessoas falam o que querem da gente.

– Está mentindo de novo! Eu mesmo vi...

– Como eu me atreveria a mentir para Vossência?

Nekhliúdov calou-se e, mordendo o lábio, pôs-se a andar para um lado e para outro pelo pátio. Iukhvanka, parado no mesmo lugar, sem erguer os olhos, seguia os passos do patrão.

– Escute, Epifan – disse Nekhliúdov com voz infantil e dócil, detendo-se na frente do mujique e tentando esconder sua perturbação. – Não se pode viver desse jeito e você vai acabar se destruindo. Pense um pouquinho. Se você quer ser um bom mujique, tem de mudar sua vida, abandone seus hábitos ruins, não minta, não se embriague, respeite sua mãe. Pois eu sei de tudo o que você faz. Cuide das terras e não de roubar a floresta do imperador e ir à taberna. Pense só em como aqui é bom! Se você precisar de alguma coisa, fale comigo, peça com franqueza o que precisa e para quê, e não minta, fale toda a verdade, e então não vou lhe recusar nada do que eu puder fazer.

– Desculpe, Vossência, acho que estou conseguindo entender Vossência! – respondeu Iukhvanka, sorrindo, como se tivesse entendido plenamente toda a graça de uma brincadeira do patrão.

Aquele sorriso e aquela resposta frustraram completamente a esperança de Nekhliúdov de comover o mujique e dirigi-lo para o caminho certo por meio de exortações. Aliás, sempre lhe pareceu impróprio que ele, como detentor do poder, apelasse à consciência de seus mujiques, e achava que tudo o que ele dizia não era, de forma nenhuma, o que se devia dizer. Nekhliúdov baixou a cabeça com tristeza e foi para a saída. Na soleira da porta, a velha estava sentada e gemia alto – pelo visto, em sinal de simpatia pelas palavras do patrão, que ela ouvira.

– Tome aqui para o seu pão – disse-lhe Nekhliúdov junto ao ouvido, colocando uma nota em sua mão. – Mas compre você mesma, não dê para Iukhvanka, senão ele vai torrar em bebida.

A velha, com a mão esquelética, agarrou-se ao batente para se levantar e fez menção de agradecer ao patrão; sua cabeça começou a balançar, mas Nekhliúdov já estava no outro lado da rua quando ela se levantou.

## IX

"Davidka Branco pede cereal e mourões", estava anotado no caderno, depois de Iukhvanka.

Enquanto passava por alguns terrenos, Nekhliúdov encontrou, na esquina de um beco, Iákov Alpátitch, seu administrador, que ao ver o patrão de longe tinha tirado o quepe impermeável e, depois de pegar um lenço de seda, pôs-se a enxugar o rosto gordo e vermelho.

– Ponha o chapéu, Iákov! Iákov, ponha o chapéu, estou dizendo...

– Aonde o senhor deseja ir, Vossa Excelência? – perguntou Iákov, protegendo-se do sol com o quepe, mas sem cobrir a cabeça.

– Estive na casa de Iukhvanka, o Sabido. Diga, por favor, por que ele faz isso? – perguntou o patrão, enquanto continuava a avançar pela rua.

– Isso o quê, Vossa Excelência? – retrucou o administrador, que seguia o patrão a uma distância respeitosa e, depois de pôr o quepe na cabeça, repuxava o bigode.

– O quê? Ele é um completo canalha, preguiçoso, ladrão, maltrata a mãe. É um canalha tão contumaz que está claro que nunca vai se emendar.

– Eu não estava sabendo, Vossa Excelência, que ele parecia ser assim para o senhor...

– E a esposa dele – o patrão interrompeu o administrador – parece uma mulher horrorosa. A velha se veste pior do que um mendigo; não tem nada para comer, mas ela anda toda bem-vestida, e ele também. O que fazer com eles... eu decididamente não sei.

Iákov ficou visivelmente confuso quando Nekhliúdov começou a falar da esposa de Iukhvanka.

– Bom, se ele se comporta assim, Vossa Excelência – começou –, é preciso tomar providências. Ele vive na mesma miséria que todos os mujiques desamparados, mas mesmo assim se cuida de um jeito diferente dos outros. É um mujique inteligente, sabe ler e, afinal, ao que tudo indica, é um mujique honesto. E sempre comparece na hora de pagar os tributos. E nos três anos em que fui estaroste, ele foi administrador, e também não notei nada. No terceiro ano, o capataz cismou de falar mal dele e então ele foi obrigado a lavrar a terra do patrão. Pode ser que quando morou na cidade, no correio, ele até se embriagasse um pouco, aí, nesses casos, é preciso tomar providências. Acontece de ele aprontar umas e outras, a gente dá uma bronca, ele põe a cabeça no lugar outra vez: ele é bom, vive em paz com a família; mas como o senhor não está satisfeito, então tem de tomar providências, mas eu já não sei o que fazer com ele. Ele decaiu muito mesmo. No Exército, já não pode ficar, porque, como o senhor pode se lembrar, faltam dois dentes na boca. Além do mais, não é sozinho, tomo a liberdade de lembrar o senhor que eles não têm absolutamente...

– Chega dessa história, Iákov – respondeu Nekhliúdov, sorrindo de leve. – Já falei sobre essas coisas com você até cansar. Você sabe o que penso sobre isso; e não importa o que você me diga, continuarei a pensar do mesmo jeito.

– Claro, Vossa Excelência, o senhor já sabe de tudo isso – respondeu Iákov, encolhendo os ombros e olhando de esguelha para o patrão, como se aquilo que visse não prometesse nada de bom. – E no que diz respeito à velha, o senhor tenha a bondade de se acalmar, isso não adianta – prosseguiu. – É claro que ela criou o órfão, alimentou e casou Iukhvanka e tudo isso; mas é costume entre camponeses, quando a mãe ou o pai transferem a propriedade para o filho, os donos passam a ser o filho e a nora, e a velha tem de ganhar seu pão com seu esforço e seu suor. Claro que eles não têm sentimentos de carinho, mas isso acontece a toda hora entre os camponeses. Por isso me atrevo a dizer ao senhor que não adianta se preocupar com a velha. É uma velha inteligente e boa dona de casa; para que um senhor nobre vai se preocupar com ela? Bom, brigou com a nora, é verdade, pode ser que ela tenha batido na velha! E depois fazem as pazes, não tem por que o senhor se preocupar. Olhe, o senhor toma as coisas a sério demais, se me permite – disse o administrador com certa delicadeza, olhando com indulgência para o patrão, que caminhava à frente dele pela rua, em silêncio e de olhos baixos. – Quer ir para casa? – perguntou.

– Não, vou à casa de Davidka Branco, ou de Kaziol... como ele se chama?

– Mais um que não presta para nada, garanto ao senhor. Olhe, toda a raça dos Kaziol é assim. Com ele, nada dá certo... não se consegue nada. Ontem passei pela lavoura dos camponeses e o trigo-sarraceno dele não estava nem semeado; o que é que se pode fazer com uma gente dessas? Por mais que o velho tenha ensinado, o filho saiu um inútil: nem na terra dele nem na terra comum, fica parado o tempo todo feito um idiota. Nem eu nem o capataz sabemos mais o que fazer com ele: a gente mandou o homem para a delegacia e o castigou em casa... aí está, se agrada ao senhor saber...

– Quem? O velho?

– Ele mesmo. O capataz já castigou uma porção de vezes, e na frente de todo mundo; dá para acreditar, Vossa Excelência? Por mais que a gente faça, ele vai, toma coragem e faz tudo de novo. Agora o Davidka, garanto ao senhor, é um mujique manso, não é bobo, e não fuma... quer dizer, não bebe – explicou Iákov. – Mas, olhe só, é pior do que os bêbados. Só resta mandar para o Exército ou para o degredo, não tem outro jeito. Toda a raça dos Kaziol é assim: e a Matriúchka que mora nos fundos também é da família deles, o mesmo tipo de gente imprestável e desgraçada. O senhor ainda precisa de mim, Vossa Excelência? – acrescentou o administrador, percebendo que o patrão não o escutava.

– Não, vá embora – respondeu Nekhliúdov e tomou a direção da casa de Davidka Branco.

A isbá de Davidka era torta e ficava isolada, no fim da aldeia. Em redor não havia nem pátio, nem celeiro, nem depósito; só uma espécie de estábulo sujo para os animais, encostado num dos lados da casa; do outro lado, galhos e restos de madeira estavam amontoados, prontos para virar lenha. O capim verde estava alto no lugar onde antes tinha havido um pátio. Não havia ninguém em torno da isbá, a não ser um porco deitado na lama que guinchava perto da entrada.

Nekhliúdov bateu na janela quebrada: mas, como ninguém atendeu, aproximou-se da entrada e gritou: "Ó de casa!". E a isso ninguém respondeu. Ele passou pela entrada, deu uma olhada no chiqueirinho vazio e entrou na isbá aberta. Um galo velho e vermelho e duas galinhas, sacudindo o pescoço e ciscando a terra com as patas, andavam pelo chão e pelos bancos. Ao verem o homem, as galinhas, com um cacarejo aflito e sacudindo as asas, se esconderam atrás das paredes e uma delas pulou na estufa. Todos os seis *archin* da isbazinha eram ocupados por uma estufa com a chaminé quebrada, um tear manual que, apesar de ser verão, não tinha sido retirado, e uma mesa enegrecida, feita de uma tábua rachada e torta.

Embora no pátio estivesse seco, havia uma poça lamacenta na frente da entrada, formada pela chuva recente que escorrera pelo teto e pelo telhado. Não havia nem o tradicional leito de tábua suspenso acima da estufa. Era difícil acreditar que o lugar fosse uma habitação – o aspecto categórico de desolação e desordem se impunha tanto por fora quanto por dentro da isbá; no entanto, naquela isbá moravam Davidka Branco e toda a sua família. No momento presente, apesar do calor do dia de junho, Davidka, com a cabeça coberta pelo casaco de pele, dormia profundamente, alheio a tudo, no canto da estufa. A galinha assustada, que tinha pulado na estufa e ainda não havia se recuperado da agitação, andava sobre as costas de Davidka, sem acordá-lo.

Como não viu ninguém na isbá, Nekhliúdov pensou em sair logo, quando um suspiro arrastado, úmido, denunciou o dono da casa.

– Ei! Quem está aí? – gritou o patrão.

Da estufa, ouviu-se outro suspiro arrastado.

– Quem está aí? Venha cá!

Outro suspiro, um mugido e um bocejo alto responderam ao grito do patrão.

– Ei, o que há com você?

Na estufa, houve um movimento vagaroso, surgiu a aba de um casaco de pele de carneiro surrado; um pé grande baixou, calçado numa alpargata gasta de palha, depois outro pé e por fim se revelou a figura inteira de Davidka Branco, sentado na estufa, esfregando os olhos, aborrecida e preguiçosamente, com o grande punho cerrado. Depois de inclinar a cabeça bem devagar, bocejando, ele lançou um olhar ligeiro pela isbá e, ao ver o patrão, pôs-se a se mexer mais depressa, mas ainda com tanta calma que Nekhliúdov teve tempo de ir e voltar três vezes da poça ao tear, e Davidka ainda estava se levantando da estufa. Davidka Branco era de fato branco: o cabelo, o corpo e o rosto – tudo era extraordinariamente branco. Era alto e muito gordo, mas gordo como ocorre com os mujiques – ou seja, não na barriga, mas no corpo. Sua gordura, no entanto, era meio mole, sem saúde. Seu rosto muito bonito, de olhos azul-claros e calmos e com barba espessa e larga, tinha a marca da enfermidade. Nele, não se percebia nem bronzeado nem rubor; todo o rosto era de uma cor branca amarelada, com um leve matiz lilás em redor dos olhos, e como que saturado de gordura ou inchado. As mãos eram balofas, amareladas, como as mãos de quem sofre de hidropsia, e cobertas por pelos brancos e finos. Estava num sono tão profundo que não conseguia de jeito nenhum abrir os olhos, nem ficar de pé sem cambalear e sem bocejar.

– Puxa, como não se envergonha – começou Nekhliúdov – de dormir a esta hora do dia, quando devia estar trabalhando em seu terreiro, quando ainda não tem seu cereal?...

Assim que Davidka se recuperou da sonolência e começou a compreender que diante dele estava o patrão, cruzou as mãos abaixo da barriga, baixou a cabeça, inclinou-a um pouco para o lado e não moveu mais nenhuma parte do corpo. Ficou calado, mas a expressão do rosto e a posição do corpo inteiro diziam: "Já sei, já sei; não é a primeira vez que estou ouvindo isso. Certo, bata de uma vez, se é preciso... eu aguento". Ele parecia desejar que o patrão parasse de falar e batesse logo nele, até batesse dolorosamente nas bochechas gorduchas, mas que o deixasse em paz de uma vez. Percebendo que Davidka não o compreendia, Nekhliúdov, por meio de várias perguntas, tentou arrancar o mujique de seu silêncio submisso e paciente.

– Por que você me pediu madeira, quando já tem madeira para um mês inteiro e fica deitado com tanto tempo livre, hein?

Davidka se manteve teimosamente calado e não se mexeu.

– Vamos, responda!

Davidka resmungou alguma coisa e piscou as pestanas brancas.

– Afinal é preciso trabalhar, irmão: sem trabalho, o que vai acontecer? Olhe só, agora você já não tem cereal, e tudo por quê? Porque você lavrou mal a terra, não passou o ancinho e não semeou na hora certa... tudo por preguiça. Você me pede cereal; pois bem, vamos supor que eu dê, porque não é possível deixar que você morra de fome, só que não é certo fazer isso. Que cereal é esse que dou para você? O que você acha? De quem é? Responda: de quem é o cereal que dou para você? – indagou Nekhliúdov com obstinação.

– Do patrão – balbuciou Davidka, erguendo os olhos timidamente e com ar interrogativo.

– Mas de onde veio o cereal do patrão? Pense você mesmo, quem lavrou a terra? Semeou? Ceifou? Colheu? Os mujiques? Então? Você está vendo? Se for para distribuir o cereal para os mujiques, então é preciso dar mais para aqueles que mais trabalharam, e de todos eles você é quem menos trabalhou... Reclamam que você não trabalha nem na sua terra nem na terra comum, foi quem trabalhou menos e é quem mais pede o cereal do patrão. Por que dar para você e não para os outros? Pois se todo mundo ficasse deitado que nem você, já teríamos todos morrido de fome. Irmão, é preciso trabalhar, desse jeito é ruim... escutou, David?

– Sim, senhor – respondeu o mujique bem devagar, entre os dentes.

## X

Naquele momento, surgiu na janela a cabeça de uma mulher que carregava um pano numa vara ao comprido sobre os ombros, e um minuto depois a mãe de Davidka entrou na isbá, mulher alta, de uns cinquenta anos, muito fresca e cheia de vida. O rosto furado por bexigas e rugas era feio, mas o nariz era reto e firme, os lábios, finos e curtos, e os olhos rápidos e cinzentos exprimiam inteligência e energia. A linha angulosa dos ombros, o achatamento do peito, a secura das mãos e a desenvoltura dos músculos nos pés pretos e descalços davam testemunho de que ela, já fazia muito tempo, deixara de ser mulher e era apenas uma trabalhadora. Entrou impetuosa na isbá, fechou a porta, baixou a bainha da saia comprida e olhou para o filho com ar zangado. Nekhliúdov quis dizer algo para ela, mas a mulher lhe deu as costas e começou a se benzer, voltada para o ícone de madeira preta que espreitava atrás do tear. Quando terminou, ela ajeitou o sujo lenço xadrez com o qual cobria a cabeça e curvou-se muito, numa reverência para o patrão.

– Que o senhor tenha um dia abençoado, Vossa Excelência – disse ela. – Que Deus o proteja, você é o nosso pai...

Ao ver a mãe, Davidka visivelmente sentiu-se confuso, curvou um pouco as costas e baixou o pescoço mais ainda.

– Obrigado, Arina – respondeu Nekhliúdov. – Eu estava agora mesmo conversando com seu filho sobre os negócios da senhora.

Arina, ou Arichka Burlak, como os mujiques a chamavam desde menina, apoiou o queixo no punho cerrado da mão direita, que escorou na palma da mão esquerda e, sem deixar o patrão terminar sua explicação, pôs-se a falar de maneira tão incisiva e sonora que a isbá inteira se encheu com o som de sua voz e, de fora, podia parecer que várias vozes de mulheres tinham começado a falar de repente:

– Mas o que, meu pai, o que é que se vai falar com ele? Ora, não dá para falar com ele feito homem. Olhe só para ele aí parado, feito um palerma – prosseguiu ela com desprezo, apontando com a cabeça para a figura lamentável e volumosa de Davidka. – O que têm os meus negócios, paizinho, Vossa Excelência? Estamos na miséria; pior do que a gente não há ninguém em toda a sua aldeia: nem na nossa terra nem na terra comum... uma vergonha! E tudo por causa dele. A gente dá à luz, cria, amamenta; não esperava que fosse dar num cretino desses. É o que dá ficar esperando: o cereal acabou e querer algum trabalho dele é que nem querer alguma coisa daquele pedaço de pau podre ali. Só sabe ficar deitado na estufa, ou então fica aí em pé, parado, e coça sua cabeça imbecil – disse ela, imitando-o. – Quem dera, pai, você pudesse meter medo nele. Eu mesma peço: castigue, em nome de Deus, mande para o Exército... Não tem remédio! Para mim, ele não serve para nada... e pronto.

– Puxa, não sente vergonha, Davidka, de levar sua mãe a esse ponto? – perguntou Nekhliúdov, dirigindo-se ao mujique em tom de censura.

Davidka nem se mexeu.

– Até dava para aceitar se fosse um mujique doente – prosseguiu Arina com a mesma vitalidade e os mesmos gestos –, mas basta olhar para ele que a gente vê que engordou que nem um porco no moinho. Parece que tem força de sobra para trabalhar! Que nada, o molenga só sabe ficar estirado na estufa. Quando se mete a fazer alguma coisa, antes meus olhos não estivessem vendo: tanto tempo para se levantar, para se mexer, para sei lá o quê – disse ela, esticando as palavras e balançando os ombros angulosos de um lado para outro, de um jeito desengonçado. – Olhe, hoje mesmo o velho foi buscar lenha na mata e disse para ele cavar um buraco; pois aí está, ele nem pôs as mãos na pá... (Ela ficou calada por um momento.) Ele acabou comigo, o órfão! – exclamou de repente com voz esganiçada, abanando os braços e se aproximando do filho com um gesto ameaçador. – Que Deus achate esse seu focinho! (Com desprezo e desespero, ela deu as costas para Davidka, cuspiu e virou-se de novo para o patrão, com a mesma animação e lágrimas nos olhos, continuando a abanar os braços.) Afinal, sou sozinha, sou o sustento da casa. Meu velho está doente, está velhinho, ele também não traz lucro, eu tenho de resolver tudo sozinha, sozinha. Esse daí é uma pedra no meu pescoço. Se eu morresse, seria mais fácil: era o fim. Ele me deixa morrer de fome, o canalha! Você é nosso pai! Não aguento mais! Minha nora se acabou de tanto trabalhar... e comigo vai ser a mesma coisa.

## XI

– Como assim, se acabou? – perguntou Nekhliúdov, incrédulo.

– De tanto fazer força, benfeitor, santo Deus, ela se acabou. A gente trouxe a moça no ano passado do Baburin – prosseguiu ela, de repente trocando sua expressão de amargura por outra, chorosa e tristonha. – Bem, era uma mulher jovem, fresca, obediente, nativa daqui. Morava com o pai e as cunhadas, vivia bem, não passava necessidade e, quando veio para cá, aprendeu como era nosso trabalho, na terra comum, em casa e em toda parte. Ela e eu, só a gente. Para mim, o que é que tem? Estou acostumada, e ela logo ficou grávida, meu pai, começou a sofrer, ter dores; e continuava a trabalhar pesado... e se esgotava, a boazinha. No verão, no dia de São Pedro, para piorar ainda mais deu à luz um menino, e não tinha pão, a gente comia tudo o que aparecia, você é meu pai, ela voltou a trabalhar muito depressa, os peitos dela ficaram sequinhos. A criancinha era a primeira, não tinha uma vaquinha sequer, e a gente afinal não passa de mujiques: como é que vai criar sem leite materno? Bem, é verdade, a moça era boba, ela começou se consumir de desgosto. E quando a criancinha morreu, ela, com aquela tristeza, chorava e chorava, gemia e gemia, e as necessidades e o trabalho, tudo cada vez pior; assim ela se acabou no verão, a boazinha, na festa do manto da Virgem, e finou-se. Ele deu cabo dela, o animal! – voltou-se de novo para o filho, com raiva desesperada. – Eu queria pedir uma coisa para você, Vossa Excelência – prosseguiu, depois de um breve silêncio, baixando a voz e se curvando numa reverência.

– O que é? – perguntou Nekhliúdov, ainda emocionado com a história dela.

– Ele ainda é um mujique jovem. De mim, que trabalho se pode esperar? Hoje estou viva, amanhã posso morrer. Como ele pode viver sem esposa? Ele não vai servir de nada para você. Ajude a gente de algum jeito, nosso pai.

– Quer dizer, você quer casar seu filho? Como assim? Ora essa!

– Faça a vontade de Deus; o senhor é nosso pai e nossa mãe.

E, depois de fazer um sinal para o filho, ela e ele se agacharam junto aos pés do patrão.

– Para que você se curvou desse jeito? – disse Nekhliúdov, irritado, levantando-a pelos ombros. – É possível falar desse jeito? Você sabe que eu não gosto dessas coisas. Case o filho, à vontade; fico muito feliz que você tenha uma nora para ajudar.

A velha se levantou e, com o punho cerrado, começou a enxugar os olhos secos. Davidka seguiu seu exemplo e, depois de enxugar os olhos com o punho balofo, na mesma posição submissa e paciente, continuou a ouvir, parado, o que Arina dizia.

– Noivas tem de sobra, como não! Olhe só a Vassiutka Mikhéikina, mocinha boa, mas sem a vontade do senhor, não vai querer.

– Então ela não está de acordo?

– Não, benfeitor, não vai vir de vontade própria!

– Ora, o que se pode fazer? Não posso obrigar; procure outra: se não tem aqui, vá para outra aldeia; eu pago, mas ela tem de vir por sua própria vontade, não se pode casar à força. Não há nenhuma lei sobre isso e além do mais é um grande pecado.

– E-e-eh, benfeitor! Vendo como a gente vive e a nossa miséria, é possível que alguém venha por vontade própria? Nem a mulher de um soldado vai querer suportar tanta necessidade. Qual é o mujique que vai nos dar sua filha? Não adianta esperar. Afinal, somos indigentes, miseráveis. Vão dizer: vocês mataram outra de fome e com a minha vai ser a mesma coisa. Quem vai dar? – acrescentou ela, balançando a cabeça, incrédula. – Pense bem, Vossa Excelência.

– Mas o que eu posso fazer?

– Pense num jeito, querido – insistiu Arina, em tom persuasivo. – O que a gente vai fazer?

– O que posso pensar? Também não tenho como ajudar vocês nesse caso.

– Quem vai nos ajudar, se não for você? – disse Arina, baixando a cabeça e abrindo os braços, com expressão de perplexidade.

– Pediram cereal, então vou mandar que tragam para vocês – disse o patrão, depois de um breve silêncio, durante o qual Arina suspirava e Davidka a imitava. – Mais do que isso não posso fazer.

Nekhliúdov saiu. Mãe e filho curvaram-se numa reverência e saíram atrás do patrão.

## XII

– O-o-oh, minha orfandade! – disse Arina, suspirando fundo.

Parou e olhou zangada para o filho. Davidka logo se virou e, depois de erguer penosamente a perna gorda através da soleira, com o pé metido numa alpargata de palha imunda, escondeu-se atrás da porta em frente.

– O que vou fazer com ele, meu pai? – prosseguiu Arina, dirigindo-se ao patrão. – Você mesmo está vendo como ele é! Não é um mau mujique, não é um bêbado e é manso, não faz mal às crianças... não se pode apontar um pecado: não tem nada de mau, então só Deus sabe o que foi que deu na cabeça dele para virar um sem-vergonha desses. Pois ele mesmo não está nada contente com isso. Acredite, paizinho, o coração chora lágrimas de sangue só de olhar para ele e ver que tormento ele suporta. Pois afinal de contas eu o carreguei no meu útero; tenho pena dele, que pena eu sinto!... Pois ele não é de fazer nada contra mim, nem contra o pai, nem contra as autoridades, é um mujique medroso, quer dizer, que nem uma criança. Como vai ficar assim, viúvo? Pense num jeito de nos ajudar, benfeitor – repetiu, desejando visivelmente apagar a impressão ruim que suas imprecações podiam ter produzido no patrão. – Eu, paizinho, Vossa Excelência – prosseguiu, num sussurro confiante –, já pensei mil vezes: não tenho inteligência para entender por que ele é assim. Só se alguma gente malvada estragou meu filho. (Ela ficou em silêncio por um momento.) Se a gente conseguisse achar o homem, podia curar meu filho.

– Que absurdo está dizendo, Arina! Como se pode estragar alguém?

– Meu pai, eles estragam, sim, para que ele nunca seja um homem! Tem gente ruim no mundo! Por maldade, pegam um punhado de terra onde ele pisou... ou alguma coisa... e ele nunca mais vai ser um homem; não é um grande pecado? Fico pensando se eu não devia ir falar com o Dunduk, um velho que mora em Vorobiévka: ele sabe todas as palavras mágicas e conhece as ervas, tira feitiço e faz a água brotar com uma cruz; quem sabe ele não dá um jeito? – disse ela. – Quem sabe ele cura o Davidka?

"Aí está ela, miserável e ignorante!", pensou o jovem patrão, baixando a cabeça tristemente e seguindo pela aldeia a largas passadas. "O que vou fazer com ele? Deixá-lo nessa situação é impossível, para mim, para os outros, para os quais ele é um exemplo, e para ele mesmo, é impossível", disse consigo mesmo, enquanto contava nos dedos essas razões. "Não posso vê-lo nessa situação, mas como livrá-lo? Ele aniquila todos os meus melhores planos para a propriedade. Se mujiques assim ficarem aqui, meus sonhos nunca vão se realizar", pensou, experimentando desgosto e raiva contra o mujique pela destruição de seus planos. "Mandar para o degredo, como disse o Iákov, mesmo contra sua vontade, seria bom para ele? Ou mandá-lo para o Exército? Isso mesmo. Pelo menos eu me livraria dele e poria em seu lugar um mujique bom", raciocinou.

Ele pensava nisso com satisfação: mas ao mesmo tempo uma consciência obscura lhe dizia que estava pensando só com um lado da inteligência e que isso era ruim. Ele se deteve. "Chega, o que estou pensando?", disse consigo mesmo. "Sim, para o Exército, para o degredo. Para quê? Ele é um bom homem, melhor do que muitos, puxa, eu sei lá... Deixá-lo livre?", pensou, examinando a questão não só com um lado da inteligência, como antes. "É injusto, além do mais é impossível." Mas de repente lhe veio uma ideia que o alegrou muito; sorriu com a expressão de um homem que se atribuiu uma tarefa difícil. "Vou levá-lo para minha casa", pensou. "Eu mesmo vou cuidar dele e, por meio de compreensão e conselhos, escolhendo uma ocupação, vou ensiná-lo a trabalhar e corrigi-lo."

## XIII

"É o que farei", disse Nekhliúdov para si mesmo, com uma presunção alegre, e, ao lembrar que precisava ainda tratar da questão do mujique rico Dútlov, dirigiu-se a uma construção ampla e alta com duas chaminés que ficava no meio da aldeia. Ao aproximar-se, topou na isbá vizinha com uma mulher alta e desarrumada, de uns quarenta anos, que vinha andando na sua direção.

– Bom dia, paizinho – disse ela sem a menor timidez, detendo-se perto dele, sorrindo cordialmente e fazendo uma reverência.

– Bom dia, ama de leite – respondeu ele. – Como tem passado? Eu vou à casa do seu vizinho.

– Certo, paizinho, Vossa Excelência, não me diga. Mas não quer ter a bondade de nos fazer uma visitinha? Meu velho ia ficar muito contente!

– Claro, vou, sim, vamos conversar um pouquinho, ama de leite. Esta é a sua isbá?

– Esta mesma, paizinho.

E a ama de leite correu na frente. Ao entrar no vestíbulo atrás dela, Nekhliúdov sentou-se num barrilete, pegou um cigarro e pôs-se a fumar.

– Lá está quente; é melhor ficarmos aqui mesmo, vamos conversar um pouquinho – respondeu ao convite da ama de leite para entrar mais na isbá. A ama de leite ainda era uma mulher fresca e bonita. Nas feições do rosto e, sobretudo, nos grandes olhos negros, havia uma forte semelhança com o rosto do patrão. Ela cruzou as mãos embaixo do avental e, olhando sem medo para Nekhliúdov e balançando a cabeça sem parar, começou a falar com ele:

– Pois então, paizinho, o que traz o senhor à casa de Dútlov?

– Quero que ele arrende mais uma parte de minhas terras, umas trinta *dessiatinas*, e cuide das terras sozinho, e também que compre madeira comigo. Afinal, ele tem dinheiro, portanto, para que deixar o dinheiro parado? O que é que você acha, ama de leite?

– O que acho? É verdade, paizinho, que os Dútlov são gente forte; veja, é o primeiro mujique de toda esta terra – respondeu a ama de leite, balançando a cabeça. – No verão, construiu outra casa só com a madeira dele, não pediu nada do patrão. Tem cavalos, além de potros pequenos e uns mais crescidos, possui três troicas, e gado, vacas e ovelhas, e são tantos que quando tocam os animais de volta do pasto e as mulheres saem para a rua para ajudar, os animais ficam até espremidos no portão, sem poder passar; e também tem duzentas casas de abelha, não cabe mais nada. Um mujique forte demais, e deve ter dinheiro.

– Mas o que é que você acha, ele tem muito dinheiro mesmo? – perguntou o patrão.

– As pessoas falam, é verdade... por maldade, pode ser, que o velho tem um dinheiro que não é pouco; só que ele nem fala do assunto, nem para os filhos ele conta, mas deve ter. Por que ele não ia ficar com a madeira? Vai ver tem medo de ganhar fama de soltar dinheiro fácil. Uns cinco anos atrás, dividia uns pastos com o zelador Chkalik, começou a se preocupar com coisinhas miúdas, mas foi enganado pelo tal Chkalik e nisso o velho perdeu uns trezentos rublos; desde então ele não quer mais saber. E como é que ele não vai ser desconfiado, Vossa Excelência? – prosseguiu a ama de leite. – Vivem em três propriedades, uma família grande, todos trabalhadores, e o velho... como é que a gente vai criticar?... Quer dizer, ele é um verdadeiro administrador. Com ele, tudo dá certo, o povo até se admira; cereal, cavalos, gado, abelhas, e os filhos são uma felicidade só. Agora, todos os filhos casaram. Ele casou suas filhas mocinhas e agora o Iliúchka casou e ganhou alforria, ele mesmo comprou. E também foi com uma boa mulher.

– Então eles vivem bem? – perguntou o patrão.

– Enquanto tiver um cabeça de verdade dentro de casa, vão viver bem. Mesmo com os Dútlov... já se vê, isso é coisa de mulher; as noras reclamam umas com as outras em volta do fogão, mas o velho e os filhos se dão muito bem.

A ama de leite ficou algum tempo em silêncio.

– Agora o velho quer deixar o filho mais velho, Karp, no comando da casa. Estou velho, diz ele, já estou cansado, meu trabalho vai ser cuidar das abelhas. O Karp é um bom mujique, um mujique correto, mas não vai ser nem de longe um administrador tão bom quanto o velho. Não tem essa inteligência!

– Talvez Karp queira, quem sabe, ocupar-se com a terra e os bosques para extrair madeira... o que você acha? – disse o patrão, querendo arrancar da ama de leite tudo o que soubesse a respeito do vizinho.

– Duvido muito, paizinho – continuou a ama de leite. – O velho não liberou o dinheiro para o filho. Enquanto estiver vivo e o dinheiro estiver em sua casa, o velho vai mandar em tudo; além do mais, eles estão mais interessados em fazer carretos.

– E o velho não concorda?

– Tem medo.

– Medo de quê?

– Mas, paizinho, como é que pode um mujique do senhor de terras declarar que tem tanto dinheiro? É uma situação difícil, pode pôr em risco o dinheiro todo! Olhe só, ele fez negócio com o zelador e foi enganado. Como é que ele pode entrar na Justiça? Assim, o dinheiro sumiu; e não ia adiantar nada pedir para o senhor de terras.

– Sim, nessa questão... – disse Nekhliúdov, ruborizando-se. – Até logo, ama de leite.

– Até, paizinho, Vossa Excelência. Muito obrigada.

## XIV

"Será que não é melhor ir para casa?", pensou Nekhliúdov, aproximando-se dos portões dos Dútlov e sentindo uma vaga melancolia e um cansaço moral.

Mas naquele instante o novo portão de tábuas abriu com um rangido na sua frente e um rapaz bonito, rosado, louro, de uns dezoito anos, com roupa de cocheiro, surgiu no portão, trazendo uma troica de cavalos de pernas fortes, ainda suados e com os pelos eriçados, e fez uma reverência para o patrão, sacudindo com desenvoltura os cabelos claros.

– Então, seu pai está em casa, Iliá? – perguntou Nekhliúdov.

– Nas abelhas, nos fundos do pátio – respondeu o rapaz, enquanto passava um cavalo depois do outro pelo portão entreaberto.

"Não, eu vou levar adiante minha intenção, vou fazer a proposta, vou fazer o que puder", pensou Nekhliúdov e, depois de deixar passar os cavalos, entrou no espaçoso pátio dos Dútlov. Era evidente que o estrume tinha sido retirado do pátio fazia pouco tempo: a terra ainda estava preta, suada, e em alguns pontos, sobretudo perto dos portões, estavam jogados trapos vermelhos e esfiapados. No pátio e embaixo de telheiros altos, em boa ordem, havia muitas carroças, arados de madeira, trenós, cepos, barris e toda sorte de pertences de camponeses; pombos esvoaçavam e arrulhavam nas sombras embaixo dos sólidos e largos telheiros; havia um cheiro de estrume e de piche. Num canto, Karp e Ignat instalavam um novo eixo embaixo de uma grande carroça chapeada de ferro, para três cavalos. Os três filhos de Dútlov tinham o rosto quase igual. O mais novo, Iliá, que Nekhliúdov encontrara no portão, não tinha barba, era de estatura mais baixa, mais rosado e mais bem-vestido do que os mais velhos; o do meio, Ignat, era de estatura mais elevada, mais moreno, tinha uma barbicha em forma de cunha e, embora também estivesse de botas, camisa de cocheiro e chapéu de pele de carneiro, não tinha o aspecto festivo e despreocupado do irmão mais novo. O mais velho, Karp, era ainda mais alto, calçava alpargatas de palha, vestia um caftã cinzento e camisa sem reforço nos cantos, barba ruiva e em leque, com um aspecto não apenas sério, mas quase sombrio.

– O senhor quer que eu mande chamar o pai, Vossa Excelência? – disse ele, aproximando-se do patrão e fazendo uma reverência ligeira e desajeitada.

– Não, eu mesmo vou falar com ele, nas abelhas, e ver como organizou tudo; mas também preciso falar um pouco com você – disse Nekhliúdov, afastando-se para o outro lado do pátio, para que Ignat não pudesse ouvir o que ele tinha a intenção de dizer para Karp.

A confiança em si mesmo, um certo orgulho, que se percebia em todos os gestos dos dois mujiques, e também aquilo que a ama de leite lhe dissera deixaram o jovem patrão tão confuso que Nekhliúdov sentiu dificuldade de se decidir a falar com eles sobre a proposta de negócio. Tinha a sensação de ser culpado de alguma coisa e lhe pareceu mais fácil falar com um irmão sem que o outro ouvisse. Karp se mostrou surpreso ao ver que o patrão o levava para o lado, mas assim mesmo o seguiu.

– Escute – começou Nekhliúdov, hesitante –, eu queria lhe perguntar uma coisa: vocês têm muitos cavalos?

– Umas cinco troicas, e também uns potros – respondeu Karp, sem timidez, coçando as costas.

– E seus irmãos levam cavalos para a estação de muda?

– Levamos três troicas para a estação de muda e o Iliúchka estava fazendo um carreto, mas acabou de voltar.

– E isso dá lucro para vocês? Quanto ganham com isso?

– Que lucro, Vossa Excelência? No máximo, dá para alimentar os cavalos... e com a bênção de Deus.

– Então por que vocês não se ocupam com outra coisa? Podiam comprar madeira de um bosque ou arrendar terra.

– Claro, Vossa Excelência, a gente podia arrendar uma terra, quando aparecer uma terra conveniente.

– Pois eu quero lhe propor uma coisa: em vez de trabalhar fazendo frete, que só dá para alimentar os cavalos, é melhor arrendar trinta *dessiatinas* de minhas terras. Vou oferecer para vocês toda a faixa de terra que fica atrás de Sapov, assim vão poder cuidar sozinhos de uma propriedade grande.

E Nekhliúdov, empolgado com seu plano de uma fazenda camponesa, que tantas vezes repetira para si mesmo e sobre o qual pensara tanto, já sem hesitação, pôs-se a explicar ao mujique sua proposta de uma fazenda de mujiques.

Karp escutou com muita atenção as palavras do patrão.

– Estamos muito satisfeitos, Vossa Nobreza – disse ele, quando Nekhliúdov se calou e ficou observando-o, à espera da resposta. – Claro, não tem nada de ruim aqui. Para um mujique, é melhor trabalhar na terra do que chicotear cavalos numa carruagem. Ficar andando com gente estranha, ver pessoas diferentes, isso perturba nosso irmão. Para o mujique, não tem melhor negócio do que trabalhar na terra.

– Então, o que você acha?

– Enquanto meu pai estiver vivo, de que adianta eu pensar, Vossa Excelência? Ele é quem manda.

– Leve-me até o apiário; vou falar com ele.

– Por aqui, por favor – disse Karp, seguindo lentamente na direção do telheiro dos fundos. Ele abriu um portão baixinho que dava para o apiário e, depois de deixar o patrão passar, fechou-o, voltou-se na direção de Ignat e, em silêncio, retomou o trabalho que fazia antes.

## XV

Abaixando-se, Nekhliúdov passou pelo portão baixinho que dava para o apiário, embaixo de um toldo de tábuas, nos fundos do pátio. Toda iluminada pelos raios candentes e brilhantes do sol de junho, a área pequena onde as colmeias estavam dispostas de forma simétrica, cobertas por pedaços de tábua e com abelhas douradas voando ruidosamente em círculos, era rodeada por uma cerca coberta de palha, que a luz atravessava. Do portãozinho, uma trilha pisada conduzia pelo meio do apiário rumo a um pequeno toldo de tábuas onde havia um iconezinho de metal, iluminado com força pelo sol. Algumas tílias jovens, que erguiam com elegância a copa cacheada acima do telhado de palha de uma construção vizinha, sacudiam sua viçosa folhagem verde-escura de modo quase inaudível, por causa do zunido das abelhas. Todas as sombras, da cerca, das tílias e das colmeias cobertas por tábuas, caíam negras e curtas sobre a relva baixa e densa que brotava entre as colmeias. A miúda e curvada figura do velho, com a cabeça grisalha descoberta e um pouco calva que brilhava ao sol, apareceu perto da porta de um barraco de troncos musgosos, coberto de palha, que ficava no meio das tílias. Ao ouvir o rangido do portãozinho, o velho virou-se e, enxugando com a aba da camisa o rosto suado e queimado de sol, e sorrindo tímido e contente, caminhou na direção do patrão.

O apiário era muito confortável, alegre, silencioso, iluminado; a figura do velhinho grisalho que, com espessas rugas raiadas em torno dos olhos, sapatos largos calçados nos pés sem meias, balançando-se e sorrindo satisfeito e simpático, cumprimentou o patrão em seus domínios exclusivos era tão simples e afetuosa que Nekhliúdov no mesmo instante esqueceu as impressões pesadas da manhã e seu querido sonho ressurgiu bem vivo para ele. Já via todos os seus camponeses tão ricos e simpáticos quanto o velho Dútlov, e todos sorriam para ele daquele mesmo jeito afetuoso e alegre, porque seriam agradecidos apenas a ele, por sua riqueza e felicidade.

– Não é melhor usar uma rede, Vossa Excelência? Agora as abelhas estão com raiva, picam – disse o velho, pegando da cerca um sujo saco de tela com cheiro de mel, costurado a um pedaço de pau, e o ofereceu ao patrão. – A mim, as abelhas não picam – acrescentou com um sorriso dócil, que quase não se desprendia de seu rosto bonito e queimado de sol.

– Então eu também não preciso. Diga, elas já estão formando os enxames? – perguntou Nekhliúdov, sorrindo também, sem saber por quê.

– Estão sim, paizinho Mítri Mikoláitch – respondeu o velho, exprimindo um carinho especial ao chamar o patrão pelo prenome e pelo patronímico. – Mas só agora começaram a formar os enxames direito. A primavera foi fria, como o senhor sabe.

– Pois é, eu li num livro – começou Nekhliúdov, afastando com a mão uma abelha que se havia metido no seu cabelo e zumbia bem perto da orelha – que quando os favos são colocados em linha reta, em varas horizontais, as abelhas fazem os enxames mais cedo. Para isso também fazem colmeias de tábuas... com vigas...

– Por favor, não abane a mão, elas ficam mais bravas – disse o velho. – Não acha melhor usar o saco de tela?

Nekhliúdov sentia dor; mas, por algum orgulho infantil, não queria reconhecer aquilo e, depois de recusar mais uma vez o saco de tela, continuou a explicar para o velho a técnica de construção de colmeias que tinha lido em *Maison rustique* e que, na sua opinião, devia ser duas vezes mais produtiva; mas a abelha o picou no pescoço e ele se atrapalhou e começou a titubear no meio da explanação.

– Pois é assim mesmo, paizinho Mítri Mikoláitch – disse o velho, olhando para o patrão com atenção paternal. – É assim mesmo que escrevem nos livros. Sim, pode ser que escrevam assim por maldade: vamos, deixe que ele faça o que a gente escreveu e depois a gente vai rir dele. E isso acontece! Como é que se pode ensinar as abelhas onde vão prender o favo? Se cismar, podem fazer num pedaço de pau, uma vez enviesado, outra vez reto. Por favor, venha aqui ver – acrescentou, abrindo uma das caixas mais próximas e espiando pela abertura, coberta por abelhas que rastejavam e zumbiam por cima do favo torto. – Olhe só, estas são jovens; a única coisa que têm na cabeça é ficar com a rainha, mas fazem o favo reto ou enviesado, conforme a melhor posição no lugar – explicou o velho, visivelmente empolgado com seu assunto predileto e sem levar em conta a posição do patrão. – Olhe, hoje elas vão trazer pólen nas patinhas; o dia está quente, não tem dúvida – acrescentou, fechando de novo a colmeia e apertando com um pano uma abelha rastejante e depois empurrando com a bruta palma da mão algumas abelhas que estavam nas rugas de sua nuca. As abelhas não o picavam; em compensação Nekhliúdov já mal conseguia conter o desejo de fugir do apiário; as abelhas o haviam picado em três lugares e zumbiam à sua volta, em todos os lados da cabeça e do pescoço.

– E você, tem muitas colmeias? – perguntou Nekhliúdov, enquanto se esquivava rumo ao portãozinho.

– Quantas Deus me deu – respondeu Dútlov, rindo um pouco. – Não precisa contar, paizinho: as abelhas não gostam. Olhe, Vossa Excelência, quero pedir uma coisa a Vossa Misericórdia – continuou, apontando para uns mourões finos que estavam junto à cerca. – É o Óssip, o marido da ama de leite; o senhor podia falar com ele: os vizinhos se dão mal na nossa aldeia, é ruim.

– Como assim, se dão mal?... Puxa, como elas picam! – disse o patrão, já segurando a tranca do portãozinho.

– Pois todo ano ele deixa suas abelhas virem para junto das minhas abelhas jovens. Elas podiam melhorar, mas as abelhas de fora vêm para brigar e roubar o favo delas – disse o velho, sem perceber a careta do patrão.

– Está bem, depois, daqui a pouco... – exclamou Nekhliúdov e, já sem forças para suportar, abanando os dois braços, fugiu a trote pelo portãozinho.

– Esfregue com terra; não é nada – disse o velho, saindo para o pátio atrás do patrão. Nekhliúdov esfregou terra no lugar onde estava dolorido e, ruborizando--se, lançou um olhar ligeiro para Karp e Ignat, que nem estavam olhando para ele, e franziu as sobrancelhas com ar zangado.

## XVI

– Eu queria fazer um pedido pelos meus filhos, Vossa Excelência – disse o velho, fingindo não notar, ou sem notar de fato, o aspecto terrível do patrão.

– O que é?

– Olhe, cavalos, com a graça de Deus, a gente tem bastante, e tenho também um trabalhador contratado, portanto o trabalho na corveia não tem problema para a gente.

– E então?

– O senhor, em vossa misericórdia, podia liberar meus filhos do trabalho nas terras do senhor, e assim Iliúchka e Ignat podiam levar três troicas para fazer fretes o verão inteiro: quem sabe assim ganhavam alguma coisa?

– E para onde eles vão?

– Qualquer lugar – interveio Iliúchka, que naquela altura, depois de trazer os cavalos por trás da cerca, havia se aproximado do pai. – Os filhos de Kadmínski foram com oito troicas para Romen e dizem que o que ganharam deu para comer e ainda trouxeram de volta para casa trinta rublos por troica; e em Odest,[9] dizem, a comida para os cavalos é mais barata.

– Era sobre isso mesmo que eu queria falar com você – disse o patrão, voltando-se para o velho no intuito de atraí-lo com astúcia para uma conversa sobre a fazenda. – Diga, por favor, será que é mais vantajoso fazer fretes do que se ocupar com a agricultura aqui mesmo?

---

9 Variante popular de Odessa.

– Como é que não vai ser mais vantajoso, Vossa Excelência? – interferiu de novo Iliá, balançando os cabelos com vigor. – Aqui a gente nem tem como alimentar os cavalos.

– Mas quanto você ganha no verão?

– Olhe, desde a primavera, e com a comida cara, a gente foi para Kíev com mercadorias, para Kursk e para Moscou, ida e volta, carregando grãos, e deu para a gente comer e para alimentar muito bem os cavalos, e de quebra ainda trouxemos para casa quinze rublos.

– Não há nada de errado em trabalhar num negócio honesto, qualquer que seja ele – disse o patrão, dirigindo-se de novo ao velho. – Mas me parece que é possível trabalhar em outras coisas; além do mais esse trabalho, em que um jovem vai para muitos lugares estranhos, vê muita gente estranha, pode estragar o rapaz – acrescentou, repetindo as palavras de Karp.

– E com o que o nosso irmão, um mujique, pode se ocupar, senão com o frete? – retrucou o velho, com seu sorriso dócil. – Se é bom cocheiro, tem muito que comer, e para os cavalos também; e quanto a mau comportamento, em minha casa, graças a Deus, eles são sempre a mesma coisa, e não é o primeiro ano que vão, e eu mesmo já fui também, e não vi nisso nada de ruim, só coisa boa.

– Vocês podiam se ocupar com tantas coisas aqui: a terra, os pastos...

– Mas como é que pode, Vossa Excelência? – interrompeu Iliúchka, com animação. – A gente nasceu para isso, conhece tudo do assunto, é um trabalho próprio para a gente, o que a gente mais gosta, Vossa Excelência, não tem nada melhor do que fazer frete para nossos irmãos!

– Venha, Vossa Excelência, nos dê a honra de conhecer nossa isbá. O senhor ainda não nos deu o prazer de visitar nossa morada – disse o velho, fazendo uma reverência e piscando o olho para o filho. Iliúchka correu para dentro da isbá e, atrás dele, Nekhliúdov entrou junto com o velho.

## XVII

Ao entrar na isbá, o velho curvou-se mais uma vez numa reverência, com a aba do casaco tirou a poeira de um banco no canto da frente e perguntou, sorrindo:

– O que o senhor deseja tomar, Vossa Excelência?

A isbá era branca (com chaminé), espaçosa, com leitos suspensos de tábua e de palha. A lenha fresca de choupos ainda não enegrecera e no meio dela se via um musgo que apenas começara a desbotar; os bancos e os leitos de tábua ainda não estavam gastos e o chão ainda não estava machucado. Uma moça magrinha, de rosto alongado e pensativo, a esposa de Iliá, estava sentada num colchão de palha e, com o pé, balançava um berço preso ao teto por uma vara comprida. No berço, com a respiração quase inaudível, uma criança de peito cochilava com os olhinhos fechados e os braços abertos; outra mulher, robusta, de faces vermelhas, a mulher de Karp, com as mangas enroladas acima dos cotovelos e os braços bronzeados mesmo acima dos pulsos, picava cebola em frente à estufa, dentro de uma tigela de madeira. Uma mulher grávida e bexiguenta, que se escondia atrás da manga, estava de pé junto à estufa. Na isbá estava quente, por causa do calor do sol, mas também da estufa, e havia um cheiro forte do pão que acabara de assar. Do leito de tábua suspenso acima da estufa, a cabecinha loura de dois garotos e uma menina, que haviam subido ali à espera do almoço, espiava o patrão com curiosidade.

Nekhliúdov se alegrou de ver aquela satisfação e ao mesmo tempo sentiu certa vergonha diante das mulheres e crianças que olhavam todas para ele. Ruborizando-se, sentou-se num banco.

– Aceito um pedacinho de pão quente, eu gosto, sim – disse e ficou ainda mais vermelho.

A mulher de Karp rasgou um grande pedaço de pão e colocou-o num prato para o patrão. Nekhliúdov não falou nada, sem saber o que dizer; as mulheres também ficaram caladas; o velho sorria, dócil.

"Mas do que tenho vergonha? Parece que sou culpado de alguma coisa", pensou Nekhliúdov. "O que me custa fazer a proposta sobre a fazenda? Que tolice!" No entanto, permaneceu calado.

– Pois então, paizinho Mítri Mikoláitch, que ordem o senhor dá para os rapazes? – perguntou o velho.

– Eu recomendo a você que não deixe seus filhos soltos e que eles achem trabalho por aqui mesmo – exclamou Nekhliúdov de repente, tomando coragem. – Sabe, pensei numa coisa para você: compre em parceria comigo um trecho da floresta do Estado e também uma terra...

O sorriso dócil de repente sumiu do rosto do velho.

– Mas como, Vossa Excelência? Com que dinheiro vamos comprar? – ele interrompeu o patrão.

– Mas é um bosque pequeno, só uns vinte rublos – observou Nekhliúdov.

O velho forçou um riso contrariado.

– Certo, até podia ser, se eu tivesse dinheiro para comprar – disse ele.

– Mas será que você não tem esse dinheiro? – perguntou o patrão em tom de censura.

– Ah, paizinho, Vossa Excelência! – respondeu o velho com tristeza na voz, lançando um olhar para a porta. – Só dá para alimentar a família, comprar um bosque não é coisa para nós.

– Mas se você tem dinheiro, o que vai fazer com ele? – insistiu Nekhliúdov.

De repente, o velho ficou muito agitado; os olhos cintilaram, os ombros começaram a se remexer.

– Vai ver gente ruim andou falando de mim – disse com voz trêmula. – Mas acredite, em nome de Deus – disse, animando-se cada vez mais e voltando os olhos para o ícone –, que meus olhos se apagem, que eu desapareça aqui mesmo, se eu tiver qualquer coisa mais do que os quinze rublos que Iliúchka trouxe, e ainda tenho de pagar o tributo por cabeça... e o senhor mesmo sabe: construí uma isbá.

– Está bem, está bem! – disse o patrão, levantando-se do banco. – Até logo para todos.

## XVIII

"Meu Deus! Meu Deus!", pensou Nekhliúdov, dirigindo-se para casa a largas passadas, pelas alamedas sombreadas do jardim pouco cuidado, enquanto catava distraído folhas e galhos com que topava no caminho. "Serão absurdos todos os meus sonhos sobre o propósito e as responsabilidades de minha vida? Por que me sinto triste, oprimido, como se estivesse insatisfeito comigo, se antes eu imaginava que, quando trilhasse esse caminho, eu iria experimentar o tempo todo a plenitude do sentimento de satisfação moral que experimentei quando tais ideias me vieram ao pensamento pela primeira vez?" E, com uma vitalidade e uma lucidez extraordinárias, transportou a imaginação para um ano antes, para aquele momento feliz.

De manhã bem cedo, levantou-se antes de todos em casa e, agitado de forma dolorosa por indescritíveis e ocultos impulsos de juventude, saiu para o jardim sem nenhum propósito, de lá foi para a floresta e, em meio à natureza de maio, pujante e viçosa mas tranquila, vagou sozinho, sem nenhum pensamento, sofrendo com o excesso de uma espécie de sentimento para o qual não encontrava expressão. Então, com todo o encanto do desconhecido, sua imaginação jovem representou para ele a forma voluptuosa de uma mulher e lhe pareceu que ali estava o desejo inexprimível. Mas um sentimento diferente, mais elevado, disse *não é isso* e obrigou-o a procurar outra coisa. Assim, sua inteligência fogosa e inexperiente, erguendo-se cada vez mais rumo à esfera da abstração, descobriu, assim lhe pareceu, as leis da existência, e ele, com um prazer orgulhoso, se deteve em tais pensamentos. Mas de novo um sentimento mais elevado lhe disse *não é isso* e mais uma vez obrigou-o a procurar e a agitar-se. Sem ideias e sem desejos, como sempre acontece depois de uma atividade intensa, ele se deitou de costas embaixo de uma árvore e pôs-se a fitar as nuvens transparentes da manhã, que passavam correndo acima dele pelo céu azul e infinito.

De repente, sem nenhum motivo, em seus olhos surgiram lágrimas e, Deus sabe por que caminho, lhe veio uma ideia clara, que tomou toda a sua alma, à qual ele se agarrou com prazer – a ideia de que o amor e o bem são a verdade e a felicidade e a única verdade e a única felicidade no mundo. O sentimento mais elevado não disse *não é isso*; ele se levantou e começou a analisar aquela ideia. "Isso, é assim mesmo!", disse consigo, com emoção, avaliando todas as convicções anteriores, todas as aparências da vida, à luz daquela verdade novamente descoberta e que lhe parecia absolutamente nova. "Que tolice tudo aquilo que eu sabia, em que eu acreditava e que eu amava", disse consigo. "O amor, a abnegação, essa é a única felicidade verdadeira, e independente das circunstâncias!", insistiu, sorrindo e gesticulando. Aplicou aquela ideia a todos os aspectos da vida e encontrou sua confirmação na vida e naquela voz interior que lhe dizia *é isso*, e experimentou um alegre sentimento de entusiasmo e emoção, novo para ele. "Portanto, devo fazer o bem para ser feliz", pensou, e todo o seu futuro se desenhou com vivacidade à sua frente, já não de modo abstrato, mas em imagens, na forma da vida de um proprietário de terras.

Ele viu à sua frente um imenso campo para toda a vida, que ele ia dedicar ao bem e na qual, por consequência, ia ser feliz. Não era preciso procurar uma esfera de atividade: ela já estava pronta; ele já tinha um dever imediato: possuía camponeses... E que trabalho agradável e gratificante se apresentava à sua frente – "trabalhar com essa classe de gente simples, impressionável, pura, salvá-los da miséria, dar-lhes satisfação, transmitir-lhes a educação que tive a felicidade de poder desfrutar, corrigir seus erros, causados pela ignorância e pela superstição, desenvolver neles a moral, obrigá-los a amar o bem... Que futuro radiante e feliz! E além disso, eu, que farei isso para minha própria felicidade, vou me deleitar com a felicidade deles, verei como avanço sempre, a cada dia, rumo ao objetivo proposto. Um futuro maravilhoso! Como é possível que eu não tenha enxergado isso antes?".

"Além do mais", pensou naquele momento, "quem me impede de ser eu mesmo feliz no amor com uma mulher, de alcançar a felicidade na vida em família?" E a imaginação juvenil pintou para ele um futuro ainda mais fascinante: "Eu e uma esposa, que amarei mais do que ninguém amou neste mundo, nós viveremos sempre em meio a esta natureza campestre, serena, poética, com filhos, talvez com uma velha tia; teremos nosso amor mútuo, o amor pelos filhos, e os dois saberemos que nosso destino é o bem. Ajudaremos um ao outro a chegar a esse objetivo. Eu tomarei as providências gerais, distribuirei os benefícios gerais, justos, vou cuidar da fazenda, das economias, da oficina; e ela, com sua cabecinha bonita, num vestido branco e simples, levantando-o acima dos pezinhos finos, irá pela lama para a escola dos camponeses, ao hospital, à casa de um mujique desafortunado, que na verdade nem merece ajuda, e em toda parte ela conforta, ajuda... Crianças, velhos, mulheres a adoram e veem nela uma espécie de anjo, enviado pela Providência. Depois ela vai voltar e esconder de mim que foi à casa de um mujique desafortunado e que lhe deu dinheiro, mas eu sei de tudo e a abraço com força, beijo com força e com ternura seus olhos encantadores, as faces ruborizadas de vergonha e os lábios rosados que sorriem...".

## XIX

"O que foi feito desses sonhos?", pensava agora o jovem ao aproximar-se de casa, depois de suas visitas. "Já faz mais de um ano que procuro a felicidade neste caminho, e o que encontrei? Na verdade, às vezes sinto que posso ficar satisfeito comigo mesmo; mas é uma espécie de satisfação seca, racional. Mas não, no fundo estou insatisfeito comigo mesmo! Estou insatisfeito porque aqui não conheci a felicidade, mas eu desejo, e desejo ardentemente, a felicidade. Não experimentei os prazeres e até me distanciei de tudo o que dá prazer. Para quê? Por quê? A quem isso traz alívio? A tia escreveu a verdade, quando disse que é mais fácil encontrar a felicidade para si do que dá-la aos outros? Por acaso meus mujiques ficaram mais ricos? Adquiriram educação ou se desenvolveram moralmente? Nem um pouco. Nada melhorou para eles e, para mim, a cada dia fica mais penoso. Se eu visse algum sucesso em meus projetos, se eu visse gratidão... Mas não, eu vejo uma rotina mentirosa, o erro, a desconfiança, a impotência. Estou desperdiçando os melhores anos da vida", pensou, e por algum motivo lembrou que os vizinhos, como soubera pela babá, o chamavam de tolo; que do seu dinheiro já não restava nada no escritório; que a máquina de debulhar que ele havia inventado, para riso geral dos mujiques, só tinha feito barulho e não debulhou nada, quando pela primeira vez, diante de um público numeroso, ele a pôs em movimento no celeiro de debulha; que mais dia, menos dia, ele ia receber a visita do juiz do *ziémstvo* para fazer o inventário dos bens cujo pagamento ele deixara de cumprir no prazo, de tão envolvido que estava em seus novos e numerosos projetos agrícolas. E de repente, com a mesma nitidez com que antes lhe viera ao pensamento o passeio campestre pelo bosque e o sonho de uma vida de senhor de terras, surgiu diante de seus olhos, com a mesma nitidez, o quarto de estudante em Moscou onde ele ficava até tarde da noite, à luz de uma vela, com o seu camarada de estudos e adorado amigo de dezesseis anos. Liam e repetiam, por cinco horas seguidas, maçantes leis do direito civil e, ao terminar, pediam o jantar, serviam uma garrafa de champanhe e se punham a conversar sobre o futuro que os aguardava. Como o futuro se apresentava diferente para o jovem estudante! Na época, o futuro era cheio de prazer, de atividades variadas, de esplendor, de sucessos, e os levaria sem dúvida nenhuma ao – assim lhes parecia – supremo bem no mundo: a glória.

"Ele já está indo, e bem depressa, por esse caminho", pensou Nekhliúdov a respeito do amigo. "Mas eu..."

Naquela altura, ele já havia se aproximado da varanda da casa, perto da qual estavam uns dez mujiques e criados, que esperavam o patrão com diversos pedidos, e ele teria de deixar os sonhos e voltar-se para a realidade.

Ali estava uma camponesa esfarrapada, descabelada, manchada de sangue, que com lágrimas reclamava do sogro, o qual pelo visto queria matá-la; e dois irmãos que havia dois anos dividiam entre si os trabalhos agrícolas e agora se olhavam com uma raiva virulenta; e um criado doméstico grisalho, barbado, com mãos trêmulas de bêbado, trazido pelo filho, um jardineiro, que se queixava para o patrão de seu comportamento desordeiro; e um mujique que expulsara a mulher de casa porque ela passara a primavera inteira sem trabalhar; e uma camponesa grande, sua esposa, que, chorando e sem dizer nada, estava sentada no capim, perto da varanda, e mostrava a perna inchada, inflamada, toscamente envolta num trapo sujo...

Nekhliúdov ouviu todos os pedidos e queixas e, depois de dar conselhos a alguns, esclarecer a situação de outros e fazer promessas a outros mais, experimentando um confuso sentimento de cansaço, vergonha, impotência e remorso, seguiu para seu quarto.

## XX

No quarto pequeno que Nekhliúdov ocupava, havia um velho sofá de couro, enfeitado com tachas de cobre; algumas poltronas no mesmo estilo; uma velha mesa articulada de jogar cartas, com incrustações e buracos e chapeada de cobre, sobre a qual havia papéis, e um velho piano de cauda inglês, aberto e amarelado, com as teclas estragadas, tortas e estreitas. Entre as janelas, pendia um espelho grande, numa velha moldura entalhada e dourada. No chão, perto da mesa, havia pilhas de papel, livros e contas. No conjunto, o quarto tinha um aspecto de desordem e desleixo; e essa desordem clamorosa criava um contraste marcante com a afetada arrumação aristocrática e antiquada dos demais quartos da casa-grande. Ao entrar no quarto, Nekhliúdov jogou o chapéu na mesa com irritação e sentou-se na cadeira na frente do piano, cruzou as pernas e baixou a cabeça.

– E então, o senhor quer tomar o café da manhã, Vossa Excelência? – perguntou uma velha alta e magra que entrou naquele momento, de gorro, xale grande e vestido de chita.

Nekhliúdov olhou para ela e ficou em silêncio, como se estivesse pensando.

– Não, não quero, babá – disse e, de novo, pôs-se a pensar.

A babá balançou a cabeça para ele, zangada, e suspirou:

– Ah, paizinho Dmítri Nikoláitch, por que está aborrecido? Não há mal que dure para sempre... Deus é quem sabe...

– Não estou aborrecido. De onde tirou essa ideia, mãezinha Malánia Finoguénovna? – replicou Nekhliúdov, tentando sorrir.

– Como não está aborrecido? Por acaso sou cega? – a babá começou a falar com fervor. – Dia vai, dia vem, o tempo todo sozinho, sozinho. E o senhor leva tudo a ferro e fogo, quer resolver por sua conta; e passou a não comer quase nada. Por acaso tem motivo para isso? Se pelo menos fosse à cidade ou visitasse os vizinhos; onde é que já se viu? São seus anos de mocidade, então para que se aborrecer com tudo? O senhor me desculpe, paizinho, vou me sentar – prosseguiu a babá, sentando-se perto da porta. – O senhor ficou tão conhecido deles que ninguém mais tem medo. Por acaso é assim que os senhores fazem? Não tem nada de bom nisso: o senhor se arruína e o povo fica mole. A nossa gente é assim: não entende, é verdade. Era melhor o senhor voltar para sua tia: ela escreveu a verdade... – a babá o exortava.

Nekhliúdov sentia-se cada vez mais triste. Sua mão direita, com o punho apoiado no joelho, tocava apática nas teclas do piano. Soou um acorde, outro, um terceiro... Nekhliúdov chegou mais perto, tirou a outra mão do bolso e começou a tocar. Os acordes que tocou eram às vezes malfeitos, e até errados, muitas vezes eram corriqueiros e mesmo banais e não revelavam nenhum talento musical, mas aquela ocupação lhe dava um prazer vago e triste. A cada mudança de harmonia, com um aperto no coração, ele esperava o que dali iria sair e, quando algo resultava de fato, ele completava confusamente na imaginação aquilo que faltava. Tinha a impressão de ouvir centenas de melodias: e um coro e uma orquestra, de acordo com a sua harmonia. O que lhe trazia mais prazer era a intensa atividade da imaginação, que de forma incoerente e fragmentada, mas com uma clareza impressionante, lhe apresentava naquele momento as mais diversas, misturadas e absurdas imagens e quadros do passado e do futuro. Ora lhe surgia a figura balofa de Davidka Branco, que piscava assustado as pestanas brancas diante do musculoso e negro punho cerrado da mãe, com suas costas curvadas e as mãos enormes, cobertas de pelos brancos, e que, em face da penúria e das aflições, só reage com a paciência e a submissão ao destino. Ora vê a animada ama de leite, desinibida por ter trabalhado na casa senhorial, e por algum motivo Nekhliúdov imagina que ela anda pelas aldeias e faz sermões para os mujiques, dizendo que eles devem esconder seu dinheiro dos senhores de terras e ele, de modo inconsciente, repete consigo mesmo: "Sim, é mesmo preciso esconder seu dinheiro dos senhores de terras". Mas de repente lhe surgem na mente a cabeça e o cabelo castanho-claro de sua futura esposa, que chora por alguma razão e se apoia no ombro dele, numa tristeza profunda; ora vê os bondosos olhos azuis de Tchuris que fitam com ternura o filhinho único e barrigudo. Sim, além de um filho, vê na criança um ajudante e o salvador. "Isso é o amor!", sussurra Nekhliúdov. Depois se lembra da mãe de Iukhvanka, se lembra da expressão de paciência e de perdão geral que, apesar dos dentes saltados e das feições muito feias, ele percebeu no seu rosto de velha. "Nos setenta anos de sua vida, talvez eu tenha sido o primeiro a notar isso", pensou, e murmurou: "Que estranho!", enquanto continuava a dedilhar as teclas e a ouvir as notas de modo mecânico. Em seguida se lembra nitidamente de sua fuga do apiário e da expressão no rosto de Ignat e de Karp, que visivelmente tinham vontade de rir, mas fingiam não olhar para ele. Ele fica vermelho e, sem querer, vira-se para olhar para a babá, que continua sentada perto da porta e o fita atentamente, em silêncio, e de vez em quando balança a cabeça grisalha. De súbito lhe vêm à mente a troica de cavalos suados e a bela e forte figura de Iliúchka, de cachos claros, de olhos azuis, estreitos, que brilham com alegria, com a penugem tenra, rosada e clara que apenas começou a cobrir o lábio e o queixo. Lembra como Iliúchka temia que não fosse liberado para fazer fretes, e como defendeu ardorosamente aquela atividade, tão apreciada por ele; e Nekhliúdov viu uma manhã cinzenta, nebulosa, bem cedo, uma estrada escorregadia e uma comprida fileira de carroças puxadas por troicas, abarrotadas até em cima e cobertas por esteiras, com grandes letras pretas gravadas. Os cavalos bem nutridos e de pernas grossas, tilintando os guizos, arqueando as costas e esticando os tirantes, empurram com ímpeto morro acima, cravando com esforço o salto pontudo das ferraduras na estrada escorregadia. Morro abaixo, na direção das carroças, vem depressa um coche do correio, tilintando as sinetas, que ressoam ao longe na vasta floresta que se estende de ambos os lados da estrada.

– A-a-ai! – grita bem alto, e com voz infantil, o cocheiro, que traz um distintivo no chapéu de pele de carneiro, brandindo o chicote acima da cabeça.

Junto à roda da frente da primeira carroça, Karp caminha a passos pesados, em botas enormes, com sua barba avermelhada e seu olhar triste. Na segunda carroça, sobressai a cabeça bonita de Iliúchka, que, debaixo do abrigo de esteira, se aquece aconchegadamente ao raiar do dia. Três troicas passam ligeiro com um grito, sobrecarregadas de malas, com o barulho das rodas e o som das sinetas; Iliúchka esconde de novo sua bonita cabeça embaixo da esteira e pega no sono. Chega o anoitecer, morno e claro. Diante das troicas fatigadas, que se aglomeram junto à estalagem, os portões de tábuas rangem e, uma após a outra, trepidando sobre a tábua dos portões, desaparecem as altas esteiras das carroças sob os amplos telheiros. Iliúchka saúda alegremente a hospedeira de rosto branco e peito largo, que pergunta: "Vocês vêm de longe? Vão comer muito?", enquanto observa o rapaz bonito com prazer, com os olhos doces e radiosos. E então ele, depois de soltar os cavalos, entra na isbá quente, cheia de gente, faz o sinal da cruz, senta-se diante de uma tigela de madeira cheia, entabula uma conversa animada com a hospedeira e seus camaradas. E então ele se abriga para pernoitar sob o céu estrelado, que se avista do telheiro, deitado sobre o feno cheiroso, perto dos cavalos, que, batendo as patas no chão e resfolegando, fuçam a comida dentro das manjedouras de madeira. Ele se acomoda no feno, vira-se para o leste e, depois de fazer o sinal da cruz umas trinta vezes seguidas diante do peito largo e forte, sacode os cachos claros, reza o pai-nosso e, umas vinte vezes, "Deus Misericordioso" e, cobrindo-se até a cabeça com a manta, adormece com o sono saudável e despreocupado de um jovem forte. E então, no sonho, vê a estrada de Kíev, com os lugares sagrados e os bandos de peregrinos, Romen, com os comerciantes e as mercadorias, vê Odest e, ao longe, o mar azul com velas brancas, e a cidade de Tsargrad,[10] com casas douradas e turcas de peito branco e sobrancelhas negras, para onde ele voa, depois de se erguer em asas invisíveis. Voa livre e leve, cada vez para mais longe – e vê lá embaixo cidades douradas, banhadas em um esplendor radiante, e o céu azul com estrelas cerradas, e o mar azul com velas brancas – e é alegre e doce voar cada vez para mais longe...

"Que maravilha!", sussurra Nekhliúdov consigo mesmo; e também lhe vem o pensamento: por que não sou Iliúchka?

---

10 Constantinopla, atualmente Istambul.

# DAS MEMÓRIAS DO PRÍNCIPE D. NEKHLIÚDOV
## (LUCERNA)

8 de julho

Ontem à noite cheguei a Lucerna e me hospedei no melhor hotel da localidade: o Schweizerhof.

"Lucerna, antiga cidade cantonal, situada à margem do lago dos Quatro Cantões", diz Murray,[1] "uma das localidades mais românticas da Suíça; ali se cruzam três estradas importantes; e a apenas uma hora de viagem de barco a vapor se encontra o monte Rigi, do qual se avista uma das paisagens mais magníficas do mundo."

Com justiça ou não, outros guias dizem o mesmo e por isso os viajantes de todas as nações, em especial ingleses, acorrem em multidões a Lucerna.

O majestoso prédio de cinco andares do hotel Schweizerhof foi construído perto do cais, bem na beira do lago, no mesmo lugar onde, em tempos antigos, havia uma ponte de madeira, coberta e sinuosa, com capelas nos cantos e imagens nas vigas do telhado. Agora, graças ao enorme afluxo de ingleses, suas exigências, seu gosto e seu dinheiro, demoliram a ponte velha e em seu lugar fizeram um cais de pedra, reto como uma prancha; junto ao cais, construíram prédios retos, quadrados, de cinco andares; e na frente dos prédios plantaram duas fileiras de tiliazinhas, instalaram suportes e, entre as tílias, como convém, uns banquinhos verdes. Isso é o passeio; e ali caminham inglesinhas, para lá e para cá, com chapéus de palha suíços, e ingleses, em trajes resistentes e confortáveis, alegres com sua obra. Talvez esse cais, esses prédios, essas tílias e esses ingleses ficassem muito bem em outro lugar – mas não aqui, em meio a essa natureza majestosa e ao mesmo tempo indescritivelmente harmônica e amena.

Quando subi, entrei no meu quarto e abri a janela para o lago, a beleza da água, das montanhas e do céu, no primeiro momento, me cegou e me abalou, literalmente. Senti uma inquietação interior e a necessidade de exprimir de algum modo o excesso de alguma coisa que de repente transbordava em minha alma. Naquele minuto, me veio uma vontade de abraçar alguém, abraçar com força, fazer cócegas, beliscar, em suma, fazer com ele e comigo algo fora do comum.

Já eram mais de seis horas. Tinha chovido o dia inteiro e agora o tempo estava limpando. Azul como enxofre ardente, com os pontos dos barcos e seus rastros

---

1 John Murray, editor de um guia de viagens publicado no século XIX.

que iam sumindo, o lago liso, imóvel e como que convexo se estendia diante das janelas entre as margens de vários tons de verde, fugia para a frente, se comprimia entre dois enormes promontórios e, escurecendo, se fundia e desaparecia nos vales, montanhas, nuvens e geleiras que se acumulavam uns sobre os outros. Em primeiro plano, estão as margens molhadas, verde-claras, com juncos, prados, jardins e casas de campo; mais além, promontórios verde-escuros, de capim alto, com ruínas de castelos; ao fundo, a distância montanhosa, enrugada, lilás e branca, com os fantásticos picos rochosos, nevados, brancos e opacos; e tudo coberto pelo suave e transparente azul do ar e iluminado pelos raios quentes do pôr do sol, que rompiam através do céu em farrapos. Nem no lago nem nas montanhas nem no céu, nenhuma linha completa, nenhuma luz completa, nenhum momento igual ao outro, em toda parte movimento, assimetria, extravagância, infinita mistura e variedade de sombras e linhas, e em tudo a calma, a brandura, a unidade e a premência do belo. E ali, em meio a uma beleza indeterminada, confusa e livre, bem na frente de minha janela, de modo tolo e artificial, ressaltavam a prancha branca do cais, as tílias com os suportes e os banquinhos verdes – pobres e vulgares obras humanas, que, à diferença das casas de campo e das ruínas ao longe, não imergiam na harmonia geral da beleza, mas, ao contrário, a contradiziam de modo grosseiro. O tempo todo, e mesmo sem querer, meu olhar esbarrava com a horrível linha reta do cais e, em pensamento, eu queria rechaçá-la, aniquilá-la, como uma mancha negra que aparece no nariz, embaixo dos olhos; mas o cais e os ingleses que passeavam continuavam em seu lugar e, involuntariamente, eu procurava um ponto de vista do qual não os visse. Aprendi um jeito de olhar assim e, até o jantar, me deliciei sozinho com aquele sentimento incompleto, e por isso mais docemente aflitivo, que experimentamos na contemplação solitária das belezas naturais.

Às sete e meia me chamaram para jantar. Numa sala grande e magnificamente decorada, no térreo, duas mesas compridas estavam postas e havia pelo menos umas cem pessoas. O movimento silencioso dos hóspedes presentes demorou uns três minutos: o rumor dos vestidos das mulheres, os passos leves, as conversas em voz baixa com os garçons respeitosíssimos e elegantíssimos; todos os assentos estavam ocupados por homens e damas vestidos de modo extremamente bonito, até suntuoso e, no geral, com um asseio extraordinário. Como costuma acontecer na Suíça, os hóspedes, em grande parte, eram ingleses e por isso as principais características da mesa comum eram o decoro austero, conforme a lei, a incomunicabilidade, com base não no orgulho, mas na falta de necessidade de aproximação, e o contentamento solitário, na cômoda e agradável satisfação das necessidades individuais. De todos os lados, rebrilham rendas branquíssimas, colarinhos branquíssimos, dentes branquíssimos, verdadeiros ou postiços, mãos e rostos branquíssimos. Mas os rostos, grande parte deles muito bonitos, exprimem apenas a consciência da própria prosperidade e a completa ausência de atenção a tudo ao redor que não se relacione diretamente com a própria pessoa, e as mãos branquíssimas, com anéis e luvas femininas que deixam de fora os dedos, só se movimentam para arrumar os colarinhos, para cortar o bife e servir o vinho nas taças: nenhuma emoção se reflete em tais movimentos. Raramente as famílias trocam palavras em voz baixa sobre o sabor agradável de um prato ou do vinho e sobre a bela vista do monte Rigi. Solitários, os turistas e as turistas se sentam em fila, isolados e em silêncio, nem olham uns para os outros. Se de vez em quando duas dessas cem pessoas conversam entre si, certamente é sobre o tempo e sobre a subida ao monte Rigi. Garfos e facas se movimentam nos pratos de modo quase inaudível, apanham a comida aos poucos, ervilhas e legumes sempre são comidos com o garfo; os garçons, submetendo-se mesmo sem querer ao mutismo geral, perguntam em sussurros que vinho o cliente deseja. Em tais jantares, sempre me sinto constrangido, aborrecido e, no fim, triste. Parece-me sempre que sou culpado de algo, que estou sendo punido, como na infância, quando me obrigavam a ficar sentado numa cadeira por causa de alguma travessura e diziam, com ironia: "Descanse, meu querido!", enquanto o sangue jovem latejava dentro das veias e, no quarto ao lado, ressoavam os gritos alegres dos irmãos. No passado, eu tentava me rebelar contra esse sentimento de opressão que experimentava em tais jantares, mas era em vão; todos aqueles rostos mortos exercem sobre mim um efeito irresistível e eu também me torno um morto. Não quero nada, não penso, até não observo. De início, tentava conversar com os vizinhos de mesa; mas, exceto por algumas poucas expressões, as quais obviamente tinham sido repetidas cem mil vezes naquele mesmo lugar e cem mil vezes por aquela mesma pessoa, eu não recebia resposta alguma. E vejam que todas essas pessoas não são tolas nem insensíveis, e seguramente muitas dessas pessoas congeladas têm uma vida interior igual à minha, muitos até uma vida interior imensamente mais complexa e rica. Então por que se privam de uma das melhores satisfações da vida, o prazer da companhia, o prazer do convívio humano?

Era bem diferente em nossa pensão parisiense, onde nós, vinte pessoas das mais diversas nações, profissões e personalidades, sob a influência da sociabilidade francesa, descíamos para o refeitório como para uma festa. Lá, na mesma hora, de uma ponta à outra da mesa, a conversa, salpicada de gracejos e trocadilhos, se generalizava, ainda que muitas vezes numa linguagem estropiada. Lá, sem se preocuparem com a consequência, todos falavam à vontade o que viesse à cabeça; lá, tínhamos o nosso filósofo, o nosso polemista, o nosso *bel esprit*, o nosso objeto de zombarias, tudo era coletivo. Lá, logo depois do jantar, empurrávamos a mesa para o canto e, no ritmo certo ou não, dançávamos a polca até tarde da noite, sobre o tapete empoeirado. Lá, podíamos não ser elegantes, nem muito inteligentes e respeitados, mas éramos gente. A condessa espanhola com aventuras românticas, o abade italiano que declamava *A divina comédia* depois do jantar, o médico americano que tinha acesso às Tulherias, o jovem dramaturgo de cabelos compridos, a pianista que compusera, segundo as próprias palavras, a melhor polca do mundo, a viúva bela e infeliz com três anéis em cada dedo – todos nos relacionávamos de forma humana, ainda que superficial, mas como amigos uns dos outros, e nos encantávamos mutuamente com recordações ligeiras de uns, sinceras de outros, e sempre cordiais. Já com os convivas da *table d'hôte* de ingleses, muitas vezes penso, ao olhar para todas aquelas rendas, fitas, anéis, cabelos empomadados e vestidos de seda: quantas mulheres vivas ficariam felizes e fariam outras pessoas felizes com essas roupas? É estranho pensar quantos amigos e amantes, os mais felizes amigos e amantes, talvez estejam sentados lado a lado, sem saber disso. E só Deus sabe por que nunca saberão disso e nunca darão uns aos outros a felicidade que podem dar tão facilmente e que tanto desejam.

Fiquei triste, como sempre acontece depois desses jantares, e, sem comer a sobremesa, no estado de ânimo mais tristonho, fui caminhar pela estrada. As ruas estreitas e imundas, sem iluminação, atravancadas por barracas de feira, os encontros com trabalhadores embriagados e mulheres que iam buscar água, ou que, de chapéu, junto aos muros, virando-se para olhar para trás, se esgueiravam pelos becos, não só não dissiparam como até reforçaram meu ânimo tristonho. Nas ruas, já estava totalmente escuro quando, sem olhar à minha volta, sem nenhum pensamento na cabeça, fui para o hotel, na esperança de que o sono me livrasse daquele estado de alma sombrio. Sentia-me terrivelmente frio por dentro, solitário e pesado, como às vezes acontece sem uma causa visível, quando se chega a um lugar novo.

Olhando apenas para meus pés, eu andava pelo cais rumo ao Schweizerhof, quando de repente irromperam os sons de uma música estranha, mas extraordinariamente agradável e encantadora. No mesmo instante, aqueles sons agiram sobre mim de modo reanimador, como se uma luz alegre e radiante tivesse penetrado em minha alma. Eu me senti bem, alegre. Minha atenção adormecida de novo se projetou sobre todos os objetos que me rodeavam. E a beleza da noite e do lago, à qual eu me mostrava indiferente, de súbito me impressionou com prazer, como uma novidade. Num instante, e sem querer, percebi o céu nublado, com tiras cinzentas sobre o azul turvo, iluminado pela lua que subia, o lago verde-escuro e liso que refletia cintilações, as montanhas enevoadas ao longe, o coaxar das rãs de Fröschenburg e os pios das codornizes que soavam da outra margem, no frescor orvalhado. Bem na minha frente, do lugar de onde vinham os sons e para o qual, mais que tudo, minha atenção foi atraída, avistei na penumbra, no meio da rua, uma aglomeração de pessoas em semicírculo e, na frente da multidão, a certa distância, um homem minúsculo de roupa preta. Atrás da multidão e do homem, sob o céu turvo e rasgado, cinza e azul, alguns choupos negros de um jardim se destacavam com rigor, e duas austeras torres de campanário se erguiam majestosamente de ambos os lados de uma catedral antiga.

Cheguei mais perto, os sons ficaram mais claros. Distingui com clareza os acordes perfeitos de um violão que flutuavam docemente no ar da noite e algumas vozes que, interrompendo umas às outras, não cantavam o tema, mas, aqui e ali, entoavam os trechos mais salientes e assim davam uma ideia da melodia. O tema era uma espécie de mazurca meiga e graciosa. As vozes pareciam ora próximas, ora distantes, ora se ouvia o tenor, ora o baixo, ou um falsete gutural com arrulhantes floreios tiroleses. Não era uma canção, mas um ligeiro e magistral esboço de canção. Eu não conseguia entender o que era aquilo; mas era lindo. Os delicados e sensuais acordes de violão, a melodia meiga e suave, a figura miúda e solitária do homem de preto naquele ambiente fantástico do lago escuro, da lua translúcida, das duas imensas torres de campanário que se erguiam em silêncio e do jardim de choupos negros – tudo era estranho, mas indescritivelmente belo, ou assim me pareceu.

Todas as confusas e inconscientes impressões da vida ganharam de repente, para mim, significado e encanto. Em minha alma, parecia desabrochar uma flor viçosa e aromática. Em lugar do cansaço, do alheamento, da indiferença a tudo no mundo que experimentava um minuto antes, de repente eu sentia a necessidade do amor, a plenitude da esperança e a alegria gratuita da vida. Querer o quê, desejar o quê? – não pude deixar de me perguntar. Lá estão elas, de todos os lados o cercam a beleza e a poesia. Aspire-as em largos sorvos, com toda a força, se delicie: do que mais você precisa? Tudo é seu, toda a felicidade...

Cheguei mais perto. O homem miúdo, pelo visto, era um tirolês itinerante. Estava de pé diante das janelas do hotel, uma perna levantada, a cabeça inclinada para a frente, e, tocando desafinado o violão, cantava em vozes variadas sua canção graciosa. No mesmo instante senti uma ternura por aquele homem e uma gratidão por aquela reviravolta que havia produzido em mim. O cantor, pelo que pude notar, vestia uma sobrecasaca preta e envelhecida, tinha cabelo preto e curto e, na cabeça, trazia um quepe muito simples, vulgar e velho. Em sua roupa nada havia de artístico, mas seu jeito arrojado e alegre de criança e seus movimentos, combinados com sua estatura diminuta, compunham um espetáculo comovente e ao mesmo tempo divertido. Na entrada, nas janelas e nas sacadas do hotel magnificamente iluminado, em trajes resplandecentes, estavam senhoras de saia larga, senhores de colarinho branquíssimo, um lacaio e um porteiro de libré com frisos dourados; na rua, na multidão em semicírculo e mais além, no bulevar, entre as tílias, haviam-se detido e agrupado garçons vestidos com requinte, cozinheiros de chapéu e jaleco branquíssimo, mocinhas abraçadas e pessoas que passeavam. Todos, pelo visto, experimentavam o mesmo sentimento que eu. Em silêncio, todos se mantinham ao redor do cantor e escutavam com atenção. Todos estavam calados, apenas nos intervalos da canção, de algum lugar distante, vinha voando sobre a água o som ritmado de um martelo e, de Fröschenburg, em trinados avulsos, chegavam as vozes das rãs, entrecortadas pelos pios molhados e monótonos das codornizes.

O homenzinho miúdo, na escuridão do meio da rua, gorjeava como um rouxinol, uma estrofe depois da outra, uma canção depois da outra. Apesar de eu ter chegado bem perto dele, seu canto continuou a me dar grande satisfação. Sua voz pequenina era extremamente agradável e a delicadeza, o gosto e o senso de medida com que controlava aquela voz eram extraordinários e revelavam um imenso talento natural. Cantava todas as estrofes de modo diferente e era visível que aquelas alterações graciosas lhe vinham na hora e de forma espontânea.

Na multidão, bem como no Schweizerhof, mais acima e mais abaixo no bulevar, reinava um silêncio respeitoso e muitas vezes se ouvia um sussurro de aprovação. Nas sacadas e janelas, se aglomeravam cada vez mais homens e mulheres enfeitados, pitorescamente apoiados nos cotovelos, sob a luz dos lampiões do prédio. Os pedestres paravam e, na sombra, em grupos, perto das tílias, viam-se homens e mulheres em toda parte pelo cais. Perto de mim, fumando charuto, estavam um cozinheiro e um lacaio aristocráticos, que se destacavam da multidão. O cozinheiro sentia intensamente o encanto da música e, a cada nota aguda em falsete, virava-se para o lacaio, piscava os olhos e o cutucava com o cotovelo, como se dissesse: como canta, hein? O lacaio, cujo sorriso aberto me deixava perceber toda a satisfação que experimentava, respondia aos cutucões do cozinheiro levantando os ombros, para mostrar que era bastante difícil surpreendê-lo e que já ouvira muita coisa melhor.

Num intervalo da canção, quando o cantor tossiu um pouco, perguntei ao lacaio quem era ele e se ia lá muitas vezes.

– Sim, no verão costuma vir mais ou menos duas vezes – respondeu o lacaio. – Ele é de Argóvia. Vem pedir esmola.

– E vêm muitos deles para cá? – perguntei.

– Sim, sim – respondeu o lacaio, sem entender de pronto o que eu havia perguntado, mas, depois de compreender minha pergunta, acrescentou: – Ah, não! Ele é o único que vi por aqui. Mais nenhum.

Naquele momento o homenzinho terminou a primeira canção, girou agilmente o violão e disse algo para si mesmo, em seu *patois*[2] alemão, que não consegui entender, mas que provocou o riso da multidão em redor.

– O que ele disse? – perguntei.

– Disse que a garganta ficou muito seca, que gostaria de beber vinho – acrescentou o lacaio, que estava a meu lado.

– Quer dizer que ele gosta de beber?

– Sim, essas pessoas são todas assim – respondeu o lacaio, sorrindo e apontando para ele com a mão.

O cantor tirou o quepe e, erguendo o violão, aproximou-se do prédio. De cabeça erguida, dirigiu-se para os senhores que estavam nas janelas e nas sacadas.

– *Messieurs e Mesdames* – disse com um sotaque meio italiano, meio alemão, e com a entonação que os ilusionistas usam quando falam para sua plateia –, *si vous croyez que je gagne quelque chosse, vous vous trompez; je ne sui qu'un bauvre tiaple.*[3]

Parou, ficou em silêncio um momento; mas, como ninguém lhe deu nada, empunhou de novo o violão e disse:

– *A présent, Messieurs et Mesdames, je vous chanterai l'air du Righi.*[4]

A plateia no alto ficou em silêncio, mas continuou à espera da canção seguinte; embaixo, na multidão, começaram a rir, talvez porque ele se exprimisse de forma tão estranha e porque não lhe deram nada. Eu lhe dei alguns centavos, ele passou as moedas agilmente de uma mão para a outra, enfiou no bolso do colete, pôs o quepe na cabeça e começou agilmente a cantar a graciosa e doce cançoneta tirolesa, que chamou de *l'air du Righi*. Essa canção, que ele deixara para o final, era ainda melhor do que todas as anteriores e, de todos os lados da multidão, que aumentara, ouviram-se sons de aprovação. Ele terminou. De novo, ergueu o violão, tirou o quepe, estendeu-o à sua frente, avançou até dois passos das janelas e disse mais uma vez sua frase incompreensível: "*Messieurs et Mesdames, si vous croyez que je gagne quelque chosse*", a qual, sem dúvida, ele considerava muito perspicaz e inteligente, mas em sua voz e em seus movimentos notei dessa vez certa hesitação e uma timidez infantil, que se tornavam especialmente notáveis por causa de sua pequena estatura. A plateia elegante continuava de pé, nas sacadas e janelas, pitorescamente sob a luz dos lampiões, radiantes em seus trajes

---

2 Dialeto regional, de província.

3 Francês com alterações de pronúncia: "Senhores e senhoras" / "se acreditam que ganho alguma coisa, se enganam; não passo de um pobre-diabo".

4 "Agora, senhores e senhoras, vou cantar a canção do Rigi".

ricos; alguns, em voz decorosa e comedida, trocaram palavras entre si, pelo visto acerca do cantor, que continuava na frente deles, com a mão estendida; outros olhavam atentamente para baixo, com curiosidade, para aquela figurinha de preto; numa sacada, ouviu-se o riso sonoro e alegre de uma mocinha. Na multidão, embaixo, cada vez mais altos, ouviam-se conversas e risos. Pela terceira vez o cantor repetiu sua frase, mas com voz ainda mais fraca, e nem chegou a terminá-la quando estendeu a mão com o quepe, mas logo em seguida baixou-a. E, daquela centena de pessoas esplendidamente vestidas que haviam parado para ouvi-lo, nenhuma lhe jogou um copeque. Impiedosamente, a multidão desatou uma gargalhada. O pequeno cantor, assim me pareceu, tornou-se ainda menor, pegou o violão com a outra mão, ergueu o quepe acima da cabeça e disse:

– *Messieurs et Mesdames, je vous remercie et je vous souhaite une bonne nuit*[5] – e pôs o quepe. A multidão desatou uma gargalhada efusiva. Nas sacadas, começaram a desaparecer muitas senhoras e senhores bonitos, que conversavam tranquilamente entre si. No bulevar, o vaivém de pedestres novamente se animou. Silenciosa durante o canto, a rua ganhou vida outra vez; algumas pessoas, sem se aproximarem, apenas olhavam de longe para o cantor e riam. Ouvi que o homem miúdo falou algo consigo mesmo, virou-se e, como se ficasse ainda menor, seguiu para a estrada a passos ligeiros. Alegres fanfarrões que olhavam para ele, sempre a certa distância, o seguiam e riam...

Fiquei totalmente desnorteado, não entendia o que aquilo significava e, sem sair do lugar, olhava atônito para o homem diminuto que se afastava na escuridão, o qual, abrindo mais os passos, caminhava ligeiro até a estrada, e para os fanfarrões que riam e andavam atrás dele. Senti mal-estar, amargura e sobretudo vergonha do homem miúdo, da multidão, de mim mesmo, como se eu houvesse pedido dinheiro, não me tivessem dado e fosse preciso rir de mim. Também sem olhar para trás, e com um aperto no coração, fui a passos ligeiros para a varanda do meu hotel, o Schweizerhof. Ainda não conseguira uma explicação para o que estava sentindo, só sabia que algo pesado, insolúvel, enchia minha alma e me oprimia.

Na entrada majestosa e iluminada, encontrei um porteiro, que respeitosamente abriu caminho, e uma família inglesa. Um homem alto, bonito e corpulento, de costeletas inglesas pretas, chapéu preto e agasalho no braço, empunhando uma requintada bengala, caminhava preguiçosamente e com ar confiante, de braço dado com uma senhora que trajava um extravagante vestido de seda, um chapéu com fitas cintilantes e rendas encantadoras. Ao lado deles ia uma senhorita

5 "Senhores e senhoras, eu agradeço e lhes desejo boa noite".

atraente, viçosa, que usava um gracioso chapéu suíço com uma pena espetada, *à la mousquetaire*,[6] de sob o qual caíam cachos compridos, macios e louros em torno de seu rostinho branco. Mais à frente, saltitava uma menina corada, de dez anos, joelhos brancos e carnudos, que se entreviam por baixo das rendas finíssimas.

– Noite encantadora – disse a senhora com voz doce e feliz, na hora em que eu passava.

– *Ohe!* – resmungou preguiçosamente o inglês, para o qual, pelo visto, era tão bom viver neste mundo que nem tinha vontade de falar. E parecia que para todos eles era tão tranquilo, confortável, limpo e fácil viver neste mundo, seus movimentos e seu rosto exprimiam tamanha indiferença à vida de qualquer estranho e tamanha certeza de que o porteiro ia abrir caminho para eles e saudá-los com uma reverência, e que ao voltarem encontrariam uma cama e um quarto limpo e tranquilo, e que tudo isso era correto e que eles tinham direito a tudo isso, que eu de repente, e sem querer, contrapus a eles o cantor itinerante, que cansado, talvez com fome, agora fugia envergonhado da multidão que ria, e entendi o que era a pedra pesada que oprimia meu coração e senti uma raiva inexprimível daquelas pessoas. Duas vezes passei pelo inglês, para lá e para cá, e com um prazer inexprimível em ambas as vezes não lhe abri caminho, esbarrei nele com o cotovelo e depois desci os degraus da varanda e corri na escuridão, na direção da estrada, onde desaparecera o homem miúdo.

Ao alcançar três homens que caminhavam juntos, perguntei onde estava o cantor; rindo, apontaram para a frente. Ele caminhava sozinho, a passos rápidos, ninguém se aproximava do cantor, que, assim me pareceu, resmungava algo para si mesmo, em voz baixa e com ar irritado. Alcancei-o e propus que fôssemos a algum lugar para beber uma garrafa de vinho. Ele continuou a caminhar no mesmo passo ligeiro e olhou para mim com ar descontente; mas, ao entender do que se tratava, parou.

– Bem, não vou recusar, se o senhor é tão bondoso – disse ele. – Ali adiante há um pequeno café, podemos ir lá, é bem simplesinho – acrescentou, apontando para uma vendinha de bebidas que ainda estava aberta.

Sua palavra "simplesinho" me trouxe, sem querer, a ideia de não ir ao café simplesinho, mas sim ao Schweizerhof, onde estavam as pessoas que tinham ouvido o cantor. Apesar de ter recusado várias vezes, com tímida perturbação, a ideia de ir ao Schweizerhof, dizendo que lá era pomposo demais, fiz pé firme, e ele, já fingindo não estar nada constrangido, rodou o violão com alegria e voltou comigo pelo cais.

---

6 Como um mosqueteiro.

Alguns fanfarrões ociosos, assim que me aproximei do cantor, chegaram perto a fim de ouvir o que eu dizia e agora, depois de confabularem entre si, vieram atrás de nós até a entrada, esperando, certamente, que o tirolês fizesse mais uma apresentação.

Pedi uma garrafa de vinho ao garçom, que me recebeu no saguão. Sorrindo, o garçom fitou-nos e, sem nada responder, foi em frente. O garçom mais velho, ao qual me dirigi com o mesmo pedido, escutou-me com ar sério e, depois de olhar dos pés à cabeça para a pequenina figura do cantor, disse ao porteiro em tom severo que nos conduzisse a uma sala à esquerda. A sala era um bar para gente simples. No canto, uma empregada corcunda estava lavando louça, e toda a mobília se resumia a mesas e bancos de madeira nua. O garçom que veio nos servir, olhando-nos com um sorriso submisso e zombeteiro, as mãos enfiadas nos bolsos, conversava alguma coisa com a lavadora de louças corcunda. Pelo visto, tentava nos dar a entender que, sentindo-se indescritivelmente superior ao cantor, em posição social e em dignidade, não só não se sentia ofendido por nos servir como, sinceramente, achava aquilo divertido.

– O senhor quer um vinho simples? – perguntou com ar de entendido, piscando os olhos para mim e indicando meu parceiro, enquanto jogava o guardanapo de uma mão para a outra.

– Champanhe, o melhor que tiver – respondi, tentando adotar o aspecto mais orgulhoso e imponente. Mas nem o champanhe nem minha pose orgulhosa e imponente produziram efeito no lacaio; ele soltou uma risada, demorou-se um pouco olhando para nós, deu uma olhada no relógio de pulso dourado e, a passos vagarosos, como se estivesse passeando, saiu da sala. Logo voltou com a bebida e mais dois lacaios. Dois deles sentaram perto da lavadora de louça e, com atenção divertida e um sorriso dócil no rosto, ficaram nos admirando, como os pais admiram os filhos pequenos que brincam ingenuamente. Só a lavadora de pratos corcunda parecia nos olhar sem zombaria, mas com simpatia. Embora eu me sentisse bastante constrangido de conversar com o cantor e lhe servir bebida sob o fogo daqueles olhos de lacaios, tentava representar meu papel da maneira mais independente possível. Sob a luz, observei-o melhor. Tratava-se de um homem diminuto, musculoso, de formas proporcionais, quase um anão, de cabelos pretos eriçados, grandes olhos pretos sempre chorosos, pestanas escassas e boquinha extremamente agradável, de aspecto afetuoso. Tinha costeletas pequenas, cabelo curto, a roupa mais simples e mais pobre que se pode imaginar. Estava sujo, andrajoso, queimado de sol e, no geral, tinha o aspecto de um trabalhador. Parecia antes um vendedor pobre do que um artista. Apenas nos olhos úmidos e brilhantes e na boquinha contraída havia algo de original e comovente. Por seu aspecto, era possível imaginar que tivesse entre vinte e cinco e quarenta anos; na realidade, tinha trinta e oito.

Aqui está o que contou de sua vida, com presteza, simpatia e evidente sinceridade. Era de Argóvia. Ainda na infância, perdeu o pai e a mãe, não tinha outros parentes. Nunca teve bens. Foi aprendiz de marceneiro, mas teve um calo nos ossos da mão havia vinte e dois anos e ficou impedido de trabalhar. Desde a infância teve queda para o canto e começou a cantar. Os estrangeiros de vez em quando lhe davam dinheiro. Fez disso uma profissão, comprou um violão e já fazia dezoito anos que perambulava pela Suíça e pela Itália, cantando na frente dos hotéis. Toda a sua bagagem era o violão e uma carteira, na qual tinha então apenas um franco e meio, para pernoitar e comer naquela noite. Todos os anos, como já fizera dezoito vezes, percorria as melhores e mais visitadas localidades da Suíça: Zurique, Lucerna, Interlaken, Chamonix etc.; ia para a Itália pelo São Bernardo e voltava pelo São Gotardo ou pela Savoia. Agora, para ele, era penoso caminhar, por causa do resfriado e da dor nos pés, a qual ele chamava de *gliederzucht*, que aumentava a cada ano, e também porque os olhos e a voz estavam ficando mais fracos. Apesar disso, estava a caminho de Interlaken, de Aix-les-Bains e, passando pelo São Bernardo, da Itália, pela qual tinha um apreço especial; no geral, ao que parecia, estava muito satisfeito com sua vida. Quando perguntei por que voltava para casa e se tinha parentes lá, ou uma casa e terras, sua boquinha pareceu se franzir e abriu um sorrisinho alegre, e ele me respondeu:

– *Oui, le sucre est bon, il est doux por les enfants!*[7] – e piscou para os lacaios.

Não entendi nada, mas o grupo de lacaios riu.

– Lá não tem nada, senão eu não saía andando por aí desse jeito – explicou. – E vou para casa porque, apesar de tudo, alguma coisa me puxa para a terra natal.

E mais uma vez, com um sorriso esperto e satisfeito, repetiu a frase: "*Oui, le sucre est bon*", e riu com simpatia. Os lacaios se mostraram muito satisfeitos e gargalharam; só a lavadora de pratos corcunda fitou o homenzinho muito séria, com seus olhos bondosos, e ergueu o chapéu do cantor, que ele deixara cair do banco enquanto falava. Eu havia notado que os cantores, os acrobatas e até os ilusionistas itinerantes gostam de se chamar de artistas e por isso algumas vezes dei a entender a meu interlocutor que ele era um artista, porém ele não se reconhecia nessa categoria e, com total simplicidade, encarava seu trabalho como um meio de ganhar a vida. Quando perguntei se ele mesmo compunha as canções que cantava, admirou-se com aquela pergunta tão estranha e respondeu que não tinha tanta capacidade, que eram todas antigas canções tirolesas.

– Mas e a canção do Rigi? Não é antiga, suponho – perguntei.

---

7 "Sim, o açúcar é bom, é doce para as crianças!".

– Sim, foi composta quinze anos atrás. Foi um alemão de Basileia, um homem inteligente, foi ele que compôs. Ótima canção! Veja, ele compôs para os turistas.

E passou a traduzir para o francês a letra da canção do Rigi, da qual, pelo visto, gostava muito.

*Se quiser ir ao Rigi*
*Não precisa de sapatos para ir a Weggis*
*(Porque se vai lá de barco a vapor),*
*E em Weggis arranje uma grande bengala,*
*E dê o braço para uma mocinha,*
*E vá beber um cálice de vinho.*
*Só que não beba demais,*
*Porque quem quer beber*
*Deve primeiro merecer...*

– Ah, que canção maravilhosa! – concluiu.

Os lacaios certamente achavam a canção muito boa, pois se aproximaram de nós.

– Mas e a música, quem foi que compôs? – perguntei.

– Ninguém, já existia, sabe, para cantar para os estrangeiros tem de ter sempre novidades.

Quando nos trouxeram o gelo, servi um copo de champanhe para meu interlocutor, que ficou visivelmente sem graça e, olhando para trás, para os lacaios, se remexeu em seu banco. Brindamos à saúde dos artistas; ele bebeu meio copo e achou necessário refletir um pouco e contrair as sobrancelhas com ar pensativo.

– Há muito tempo não bebo um vinho assim, *je ne vous dis que ça*.[8] Na Itália, o vinho *d'Asti* é bom, mas este é melhor. Ah, a Itália! Como lá é maravilhoso! – acrescentou.

– Sim, lá sabem dar valor à música e aos artistas – respondi, querendo levá-lo a falar sobre o fracasso daquela noite, na frente do Schweizerhof.

– Não – disse ele. – Lá não consigo satisfazer ninguém com música. Os próprios italianos são músicos como não existem outros no mundo inteiro; mas eu só canto canções tirolesas. Para eles, isso é novidade.

– Então os senhores lá são mais generosos? – prossegui, querendo obrigá-lo a dividir comigo meu rancor contra os hóspedes do Schweizerhof. – Lá não acon-

8 "É só o que lhe digo".

tece, como aqui, de num hotel enorme, onde se hospedam os ricos, cem pessoas escutarem um artista e não lhe darem nada...

Minha pergunta produziu um efeito muito diferente do que eu esperava. Ele nem pensava em ficar ressentido com aquela gente; ao contrário, viu em minha observação uma censura ao seu talento, que não buscava recompensas, e tentou justificar-se perante mim.

– Nem sempre se pode ganhar muita coisa – respondeu. – Às vezes a voz some, se cansa... Afinal, hoje andei nove horas e cantei quase o dia todo. É difícil. E senhores importantes são aristocratas, às vezes não estão com vontade de escutar canções tirolesas.

– Mesmo assim, como podem não dar nada? – insisti.

Ele não entendeu minha observação.

– Não é isso – disse ele. – O principal é que aqui *on est très serré pour la police*,[9] essa é a questão. Aqui, por causa dessas leis republicanas, não permitem que a gente cante, mas na Itália a gente pode ir aonde quiser, ninguém diz nada. Aqui, se quiserem deixar, deixam, mas se não quiserem, podem até mandar a gente para a prisão.

– Como? Será possível?

– Sim. Se você foi advertido uma vez e depois ainda for cantar, podem mandar você para a prisão. Já fiquei preso três meses – disse, sorrindo, como se fosse uma de suas lembranças mais agradáveis.

– Ah, que horror! – exclamei. – Por quê?

– É por causa das novas leis republicanas deles[10] – prosseguiu, animando-se. – Não querem saber se os pobres têm de arranjar um jeito para viver. Se eu não fosse aleijado, ia trabalhar. Mas se eu canto, que mal faço a alguém por causa disso? O que é que tem? Os ricos podem viver como quiserem, mas *un bauvre tiaple* como eu já não pode viver. Que leis de república são essas? Se é assim, nós não queremos república, não é mesmo, estimado senhor? Não queremos república, mas queremos... queremos simplesmente... queremos... – gaguejou um pouco. – Queremos leis naturais.

Servi mais um copo para ele.

– O senhor não bebe – disse para o tirolês.

Ele pegou o copo na mão e inclinou a cabeça para mim, numa saudação.

– Sei o que o senhor quer – disse ele, enviesando os olhos e me ameaçando com o dedo. – Quer me embebedar, ver o que é que eu vou fazer, mas não, isso o senhor não vai conseguir.

---

9 "Somos muito tolhidos pela polícia".

10 Referência à Constituição da República da Suíça de 1848.

– Para que eu ia querer embebedar você? – retruquei. – Queria apenas deixar você satisfeito.

Ele obviamente se encabulou por ter me ofendido, entendendo mal minha intenção, ficou embaraçado, levantou-se e apertou meu cotovelo.

– Não, não – disse ele, com expressão de súplica, fitando-me com seus olhos úmidos. – Eu estava só brincando.

E em seguida pronunciou uma espécie de frase tremendamente confusa e tortuosa, destinada a mostrar que eu, apesar de tudo, era um bom sujeito.

– *Je ne vous dis que ça!* – concluiu.

Dessa forma, eu e o cantor continuamos a beber e a conversar, e os lacaios, sem constrangimento, continuaram a se admirar conosco e, pelo visto, a zombar de nós. Apesar do interesse de minha conversa, não pude deixar de notar os lacaios e, confesso, me irritava cada vez mais. Um deles se levantou, aproximou-se do homenzinho e, fitando seu cocuruto, se pôs a sorrir. Eu já tinha pronta minha reserva de rancor contra os hóspedes do Schweizerhof, que eu ainda não tivera a chance de descarregar em ninguém, e naquela hora, confesso, a plateia de lacaios me deixou com raiva. O porteiro, sem tirar o quepe, entrou na sala e sentou a meu lado, com os cotovelos apoiados na mesa. Essa última circunstância ofendeu meu amor-próprio ou minha vaidade, me fez explodir definitivamente e dar vazão ao rancor reprimido que, a noite inteira, se acumulava dentro de mim. Por que na entrada, quando eu estava sozinho, ele me saudava humildemente com uma reverência e agora, porque eu estava sentado com um cantor itinerante, ele sentava comodamente ao meu lado? Fiquei completamente furioso, com essa raiva que ferve de indignação, que gosto de sentir e que até atiço, quando me domina, porque produz em mim um efeito tranquilizador e me dá por um tempo, embora curto, uma espécie de extraordinária flexibilidade, energia e força para todas as faculdades físicas e mentais.

Levantei-me de um salto.

– Do que o senhor está rindo? – gritei para o lacaio, sentindo que meu rosto ficava vermelho e os lábios se contraíam involuntariamente.

– Não estou rindo, não é nada – respondeu o lacaio, se afastando de mim.

– Não, o senhor está rindo deste cavalheiro. E você, que direito tem de estar aqui e sentar, quando isto é um lugar para hóspedes? Não se atreva a sentar! – gritei.

O porteiro, resmungando alguma coisa, levantou-se e se moveu na direção da porta.

– Que direito tem o senhor de zombar deste cavalheiro quando ele é um convidado e o senhor, um lacaio? Por que não zombou de mim, hoje, no jantar, e não sentou ao meu lado? É porque ele está pobremente vestido e canta na rua, é por isso?

Enquanto eu uso roupas boas? Ele é pobre, mas é mil vezes melhor do que o senhor, disso estou convencido. Porque ele não ofendeu ninguém e o senhor o ofendeu.

– Mas eu não fiz nada, por favor – respondeu timidamente meu inimigo lacaio. – Eu não o impedi de sentar.

O lacaio não me compreendia e meu alemão se perdia sem proveito. O porteiro rude fez menção de defender o lacaio, mas eu o ataquei com tal ímpeto que o porteiro fingiu também não entender o que eu dizia e abanou a mão. A lavadora de pratos corcunda percebeu meu estado de descontrole e, temendo um escândalo ou compartilhando minha opinião, tomou meu partido e, tentando se colocar entre mim e o porteiro, convenceu-o a se calar, dizendo que eu tinha razão, e pediu que eu me acalmasse. "*Der Herr hat Recht; Sie haben Recht*",[11] insistia ela. O cantor mostrava o rosto mais desolado e temeroso e, visivelmente sem entender por que eu me irritara e o que eu queria, pediu-me para sair dali o mais depressa possível. Porém dentro de mim se inflamava cada vez mais a loquacidade raivosa. Tudo me vinha à memória: a multidão que rira dele, os espectadores que nada lhe deram; eu não queria me acalmar por nada neste mundo. Acho que, se os garçons e o porteiro não se mostrassem tão complacentes, eu lutaria com eles com todo o prazer, ou bateria com a bengala na cabeça da senhora inglesa indefesa. Se naquele instante estivesse em Sebastopol,[12] eu me lançaria ao ataque com prazer para cortar e cravar a baioneta nas trincheiras inglesas.

– E por que o senhor trouxe a mim e a este cavalheiro para esta sala aqui, e não para aquela outra? Hein? – questionei o porteiro, segurando-o pelo braço para que não se afastasse de mim. – Que direito o senhor tinha de concluir, pela aparência dele, que este cavalheiro devia ficar nesta sala e não na outra? Por acaso os hóspedes pagantes de um hotel não são todos iguais? Não só numa república, mas no mundo inteiro. É nojenta esta sua república! Aí está a igualdade dela! Os ingleses, esses o senhor não se atreve a trazer para esta sala, os mesmos ingleses que escutaram este cavalheiro e não deram nada, ou seja, roubaram dele alguns centavos, cada um deles, os centavos que deveriam ter lhe dado. Como o senhor se atreveu a me indicar esta sala?

– A outra sala está fechada – respondeu o porteiro.

– Não – gritei. – Não é verdade, não está fechada.

– Como é que o senhor sabe?

– Eu sei, eu sei que o senhor está mentindo.

---

11 "O cavalheiro tem razão, o senhor tem razão".

12 Referência ao tempo em que Tolstói participou da campanha de Sebastopol, entre 1853 e 1856.

O porteiro encolheu os ombros e virou-se de lado.

– Ah! Não adianta falar! – resmungou.

– Não, não me venha com essa de "não adianta falar" – berrei. – Leve-me para aquela sala neste minuto.

Apesar das exortações da corcunda e dos apelos do cantor, que dizia que era melhor ir embora, exigi a presença do chefe dos garçons e fui para a sala junto com meu companheiro. O chefe dos garçons, ao ouvir minha voz exasperada e ver meu rosto perturbado, não discutiu e, com uma cortesia desdenhosa, disse que eu podia ir aonde desejasse. Não pude mostrar ao porteiro que ele estava mentindo, porque ele já havia sumido, antes de eu entrar na sala.

De fato, a sala estava aberta, iluminada, e numa das mesas, jantando, estavam um inglês e uma dama. Apesar de nos indicarem uma determinada mesa, eu e o cantor sujo sentamos bem perto do inglês e mandei que nos trouxessem a garrafa inacabada.

De início surpresos, depois irritados, os ingleses olhavam para o homem pequeno sentado a meu lado, mais morto do que vivo; falaram algo entre si, a mulher afastou o prato, fez um rumor com o vestido de seda e os dois desapareceram. Pela porta de vidro, vi que o inglês dizia algo ao garçom, com ar exasperado, apontando com a mão de modo insistente em nossa direção. O garçom surgiu na porta e olhou através dela. Com alegria, eu esperava que viessem nos expulsar e que eu pudesse afinal despejar sobre eles toda a minha indignação. Porém, felizmente, apesar de na hora aquilo ter me desagradado, nos deixaram em paz.

O cantor, que antes recusara a bebida, agora bebeu afobadamente tudo o que restava na garrafa, a fim de poder escapar dali quanto antes. No entanto, me agradeceu pelo convite com sinceridade, foi minha impressão. Seus olhos chorosos tornaram-se ainda mais chorosos e brilhantes e ele me disse a mais estranha e confusa frase de agradecimento. Mesmo assim, agradou-me bastante aquela frase, em que disse que, se todos respeitassem os artistas como eu, seria bom para ele, e que me desejava toda a felicidade. Saímos juntos para o saguão. Ali estavam os lacaios e o porteiro, meu inimigo, que me pareceu estar se queixando de mim com eles. Todos pareciam olhar para mim como se eu fosse um louco. Pus o homenzinho miúdo em nível de igualdade com todo aquele público e ali, com todo o respeito que eu era capaz de exprimir em minha pessoa, tirei o chapéu e apertei sua mão, de dedos ressecados e endurecidos. Os lacaios agiram como se não prestassem a menor atenção em mim. Só um deles riu de modo sardônico.

Depois que o cantor se despediu com uma inclinação da cabeça e sumiu na escuridão, subi para meu quarto com a intenção de sufocar no sono todas aquelas impressões e a raiva tola e infantil que me dominara tão inesperadamente. No entanto, sentindo-me agitado demais para dormir, saí de novo para a rua a fim de ficar andando até me acalmar e além disso, confesso, com a confusa esperança de ter uma chance de brigar com o porteiro, com o lacaio ou com o inglês e mostrar toda a sua crueldade e, acima de tudo, sua injustiça. Mas, além do porteiro, que ao me ver me deu as costas, não encontrei mais ninguém e fiquei andando sozinho pelo cais, para lá e para cá.

"Aí está ele, o destino estranho da poesia", raciocinei, ao me acalmar um pouco. "Todos adoram, procuram, só querem isso e só isso buscam na vida, e ninguém reconhece sua força, ninguém dá valor a esse que é o maior bem do mundo, ninguém dá valor e ninguém é grato àqueles que oferecem isso às pessoas. Pergunte a quem quiser, a todos os hóspedes do Schweizerhof: qual é o maior bem do mundo? E todos, ou noventa e nove por cento, adotando uma expressão sardônica, lhe dirão que o maior bem do mundo é o dinheiro. "Talvez essa ideia não agrade ao senhor e não combine com suas ideias elevadas", dirá essa pessoa. "Mas o que fazer se a vida humana está organizada de tal forma que só o dinheiro traz a felicidade do homem? Não posso impedir que minha razão veja o mundo como ele é", acrescentará, "ou seja, que veja a verdade." Que triste é essa razão, que triste é essa felicidade que você deseja, e que infeliz é a sua condição de não saber, você mesmo, aquilo de que precisa... Para que, afinal, todos vocês deixaram para trás sua terra natal, seus parentes, suas atividades e suas preocupações com dinheiro e se aglomeraram no pequeno vilarejo suíço de Lucerna? Para que todos vocês, nesta noite, se precipitaram para as sacadas e, num silêncio respeitoso, escutaram a canção de um pequeno indigente? E se ele quisesse cantar mais, vocês continuariam a ouvir em silêncio. Será que por dinheiro, ainda que por milhões, todos vocês admitiriam ser expulsos da terra natal e se amontoariam no cantinho acanhado de Lucerna? Por dinheiro, admitiriam ficar aglomerados nas sacadas durante meia hora, obrigados a se manter imóveis e em silêncio? Não! O que obriga vocês a agir é só uma coisa, que sempre irá movê-los com mais força que todos os outros motores da vida: a necessidade de poesia, de que vocês nem têm consciência, mas sentem e sempre irão sentir, enquanto restar algo de humano em vocês. A palavra "poesia" lhes parece ridícula, usam-na como forma de repreensão irônica, vocês admitem o amor como algo poético nas crianças ou em senhoritas tolas e mesmo assim riem delas; para vocês, é preciso algo de positivo. Mas as crianças encaram a vida de maneira sensata, elas amam e sabem que devem amar o homem e aquilo que traz felicidade, mas a vida os confundiu e corrompeu vocês a tal ponto que vocês riem da única coisa que amam e procuram só o que odeiam e que lhes traz infelicidade. Vocês estão a tal ponto confusos que não entendem a obrigação que têm perante o tirolês pobre que lhes proporcionou um prazer puro e, em vez disso, se consideram obrigados gratuitamente, sem proveito e sem prazer, a se prostrar perante um lorde e, sabe-se lá por que motivo, a sacrificar por ele sua tranquilidade e seu bem-estar. Que absurdo, que disparate insolúvel! Mas não foi isso que me impressionou com mais força nesta noite. O desconhecimento do que traz a felicidade, a inconsciência dos prazeres poéticos, a isso já estou quase acostumado, depois de ter visto tantas vezes; a crueldade brutal e inconsciente da multidão também não era nenhuma novidade para mim; digam o que disserem os defensores do sentimento popular, a multidão pode ser até uma reunião de pessoas boas, no entanto elas só se comunicam pelos aspectos animais e nefastos e só exprimem a fraqueza e a crueldade da natureza humana. Mas como vocês, filhos de um povo livre e humano, vocês, cristãos, vocês, simplesmente pessoas, reagem com frieza e escárnio a um prazer puro proporcionado por um mendigo infeliz? Mas não, em sua terra natal há abrigos para mendigos – não, mendigos, não, eles não devem existir, e também não devem existir sentimentos de compaixão, que constituem a base da mendicância. Mas ele trabalhou, ele alegrou vocês, ele implorou para que vocês lhe dessem algo que lhes era supérfluo em troca do seu trabalho, o qual vocês usufruíram. E vocês, com um sorriso frio, o observaram como uma preciosidade saída de suas câmaras grandiosas e reluzentes, e entre centenas de vocês, ricos, felizes, não apareceu ninguém, nem um só, que lhe jogasse qualquer coisa! Envergonhado, ele se afastou de vocês, e a multidão absurda, rindo, atormentou e ofendeu não a vocês, mas a ele – porque vocês são frios, cruéis e infames; porque vocês roubaram dele o prazer que ele lhes deu, por isso ofenderam a *ele*.

*Em 7 de julho de 1857, em Lucerna, na frente do hotel Schweizerhof, no qual se hospedam as pessoas mais ricas, um mendigo cantor itinerante cantou e tocou violão durante meia hora. Cerca de cem pessoas ouviram-no. O cantor pediu três vezes a todos que lhe dessem alguma coisa. Nenhuma das pessoas lhe deu nada e muitas riram dele.*

Isto não é uma invenção, mas um fato positivo, que pode ser comprovado por quem quiser, perguntando aos hóspedes habituais do Schweizerhof ou verificando nos jornais quem eram os estrangeiros que estavam no hotel Schweizerhof no dia 7 de julho.

Aí está um acontecimento que os historiadores de nosso tempo devem registrar com letras ardentes e indeléveis. É um acontecimento mais relevante, mais sério e de um significado mais profundo do que os fatos registrados nos jornais e nos livros de história. Que os ingleses tenham matado mais mil chineses porque os chineses não compram nada por dinheiro, enquanto a terra dos ingleses devora moeda sonante; que os franceses tenham matado mais mil cabildas porque o trigo cresce melhor na África e a guerra constante é útil para a formação das tropas; que o embaixador turco em Nápoles não possa ser judeu; e que o imperador Napoleão fique passeando a pé em Plombières e assegure ao povo, por escrito, que ele reina apenas pela vontade do seu povo[13] – tudo isso são palavras que escondem ou mostram fatos já sabidos há muito tempo; mas o acontecimento que teve lugar no dia 7 de julho em Lucerna parece-me completamente novo, estranho e não pertence ao lado eternamente maldoso da natureza humana, mas a uma época determinada do desenvolvimento da sociedade. Tal fato não é para a história das ações humanas, mas para a história do progresso e da civilização.

Por que esse fato desumano, impossível em qualquer aldeia alemã, francesa ou italiana, é possível aqui, onde a civilização, a liberdade e a igualdade alcançaram um nível tão alto, local para onde acorrem os viajantes que são as pessoas mais civilizadas das nações mais civilizadas? Por que essas pessoas desenvolvidas, humanas, em geral capazes de qualquer ação honesta, humana, não demonstram um sentimento humano e afetuoso por um gesto pessoal e bom? Por que tais pessoas, em suas câmaras, assembleias e sociedades, se preocupam fervorosamente com a situação dos chineses solteiros na Índia,[14] com a expansão do cristianismo e a educação na África, com a fundação de sociedades para o aprimoramento de toda a humanidade, mas não encontram em sua alma o sentimento simples, primitivo, de um homem para outro homem? Será que não têm esse sentimento e seu lugar foi ocupado pela vaidade, pela ambição e pelo lucro, que governam tais pessoas em suas câmaras, assembleias e sociedades? Será que a expansão de uma racional e egocêntrica associação de pessoas a que chamam de civilização contradiz e aniquila a necessidade de uma associação instintiva e amorosa? E será possível que isso seja a igualdade pela qual foi derramado tanto sangue inocente e foram cometidos tantos crimes? Será possível que os povos, como crianças, podem ficar felizes com o mero som da palavra "igualdade"?

Igualdade perante a lei? E por acaso toda a vida das pessoas se passa na esfera da lei? Só a milésima parte dela está sujeita à lei, a parte restante se passa fora dali, na esfera dos costumes e das opiniões da sociedade. E na sociedade o lacaio se

---

13 Neste parágrafo, o texto refere-se a fatos políticos de 1856 e 1857, noticiados nos jornais. No fim de 1856, sem declarar guerra, navios ingleses bombardearam várias cidades costeiras da China. O pretexto para o ataque foi a apreensão feita pelos chineses de uma carga de ópio num navio inglês. A China tentava proibir a venda de ópio, que a Inglaterra produzia no Afeganistão e vendia na China. Foi a segunda Guerra do Ópio. Em seguida, refere-se à guerra colonial da França na Argélia. Cabildas, ou cabiles, eram um povo berbere do norte da Argélia. A seguir, refere-se ao fato de o governo de Nápoles ter se recusado a reconhecer a autoridade do embaixador da Turquia por ele ser judeu. Por último, refere-se a Napoleão III, então imperador da França.

14 Em 1857, o Parlamento inglês mostrou-se preocupado com o fato de os chineses que iam para a Índia, então colônia inglesa, não terem esposas. Supunha-se que isso dificultava sua integração à colônia.

veste melhor do que o cantor e o insulta impunemente. Eu me visto melhor do que o lacaio e insulto o lacaio impunemente. O porteiro do hotel me considera superior, e o cantor inferior a ele; quando me uni ao cantor, ele se considerou igual a nós e tornou-se rude. Eu me tornei insolente com o porteiro, e o porteiro reconheceu ser inferior a mim. O lacaio tornou-se insolente com o cantor, e o cantor reconheceu ser inferior a ele. Será isso um Estado livre, aquilo que as pessoas chamam de Estado positivamente livre, no qual existe um cidadão, ainda que um só, que mandam para a cadeia porque, sem ferir ninguém, sem incomodar ninguém, faz a única coisa que pode para não morrer de fome?

Criatura infeliz e lamentável é o homem, com sua necessidade de decisões positivas, lançado em meio a esse infinito e eternamente agitado oceano de bem e de mal, de fatos, pontos de vista e contradições! Há séculos as pessoas lutam e se empenham para separar, de um lado, o bem e, do outro, o mal. Passam os séculos e, por mais que a mente imparcial tenha pressionado a balança do bem e do mal, os pratos da balança não se mexeram e em ambos os lados há tanto bem quanto mal. Quem dera o homem aprendesse a não julgar e a não pensar com dureza e de forma positiva e a não dar respostas a perguntas que são feitas apenas para que permaneçam para sempre como perguntas! Quem dera ele entendesse que toda ideia é errada e também correta! Errada pela unilateralidade, pela impossibilidade de o homem abarcar toda a verdade, e correta pela expressão de um lado das aspirações humanas. Por sua própria conta, traçaram subdivisões nesse caos de bem e mal em eterno movimento, infinito e infinitamente misturado, criaram linhas imaginárias nesse mar e esperam que o mar assim se divida. Como se não houvesse milhões de outras subdivisões a partir de um ponto de vista muito diferente, num outro plano. Na verdade, essas novas subdivisões desenvolvem-se pelos séculos, mas os séculos também passaram e passarão milhões. Civilização é o bem; barbarismo é o mal; liberdade é o bem; servidão é o mal. Esse é o saber imaginário que destrói a instintiva, bem-aventurada e primitiva necessidade do bem na natureza humana. E quem vai definir para mim o que são a liberdade, o despotismo, a civilização, a barbárie? E onde ficam as fronteiras entre um e outro? Na alma de quem se encontra esse critério tão inflexível do bem e do mal, para que se possam avaliar fatos confusos e fugazes? Quem tem uma inteligência tão magnífica que lhe permita abarcar todos os fatos e pesá-los, ainda que no passado imóvel? E quem já viu uma situação em que o mal e o bem não estivessem juntos? E por que sei que, se vejo mais um do que outro, não é por me encontrar num lugar inadequado? E quem é capaz de desprender a mente por completo da vida, ainda que só por um instante, para vê-la de cima, com independência? Só um, só existe um guia infalível, o Espírito Universal, que nos penetra a todos juntos e a cada um, como uma unidade, e inocula em cada um a aspiração àquilo que deve ser, o mesmo espírito que ordena à árvore crescer na direção do sol, ordena à flor cair no outono e a nós ordena acolhermos uns aos outros, sem ter disso consciência.

E essa voz única, bendita, infalível, abafa o barulho do afobado desenvolvimento da civilização. Quem é o maior homem e o maior bárbaro: o lorde que, ao ver a roupa surrada do cantor, fugiu da mesa com raiva e, em troca do trabalho do cantor, não lhe deu a milionésima parte de sua fortuna e agora, saciado, sentado num quarto tranquilo e bem iluminado, pondera serenamente acerca dos problemas da China e acha perfeitamente justificáveis os assassinatos lá cometidos; ou o pequeno cantor, que, correndo o risco de ser preso, com um franco no bolso, caminha pelas montanhas e pelos vales há vinte anos, sem fazer mal a ninguém, consolando as pessoas com seu canto, que foi ofendido, que por pouco não foi mesmo expulso dali e que, cansado, com fome, envergonhado, foi dormir em algum canto, deitado na palha podre?

Naquele momento, da cidade, no silêncio de morte da noite, ouvi muito longe o violão do pequeno homem e sua voz.

Não – disse a mim mesmo, sem querer –, você não tem o direito de ter pena dele e enfurecer-se com a riqueza do lorde. Quem pesou a felicidade interior que existe na alma de cada uma dessas pessoas? Agora ele está sentado, longe, na soleira suja de algum abrigo, não sei onde, olha para o céu que brilha enluarado e canta com alegria no meio da noite calma e perfumada, em sua alma não há acusação, nem maldade, nem arrependimento. Quem sabe o que se passa agora na alma de todas as pessoas atrás dos muros ricos e altos? Quem sabe se existe em todos eles tanta alegria de viver, despreocupada, dócil, e tanta harmonia com o mundo quanto se abriga na alma daquele homenzinho? São infinitas a misericórdia e a sabedoria daquele que permitiu e ordenou que todas essas contradições existam. Só para você, verme insignificante, que de modo estabanado e sem lei tenta penetrar nas leis dele, só para você parece haver contradições. Das alturas luminosas e imensuráveis, ele olha com doçura e se alegra com a harmonia infinita na qual vocês todos se movimentam infinitamente e em contradição. Você, em seu orgulho, crê desvencilhar-se das leis comuns. Não, e você com sua pequena e rasteira indignação com os lacaios, você também correspondeu à necessidade harmônica do eterno e do infinito...

18 de julho de 1857

# ALBERT

I

Cinco homens ricos e jovens chegaram às três horas da madrugada a um bailezinho de Petersburgo para se divertir.

Bebeu-se muito champanhe, os senhores, na maior parte, eram muito jovens, as moças eram bonitas, o piano e o violino incansáveis tocavam uma polca depois da outra, as danças e o barulho não cessavam; mas havia algo de maçante, incômodo, sabe-se lá por quê, e todos tinham a sensação (como acontece muitas vezes) de que havia algo errado e desnecessário em tudo aquilo.

Esforçaram-se algumas vezes para aumentar a alegria, mas a alegria ilegítima era ainda pior do que o tédio.

Um dos cinco rapazes, mais do que os outros, insatisfeito consigo mesmo, com os demais e com toda a noite, levantou-se com um sentimento de aversão, procurou o chapéu e saiu com a intenção de ir embora sem ser notado.

No vestíbulo não havia ninguém, mas numa sala contígua, atrás da porta, ele ouviu duas vozes que discutiam. O jovem se deteve e pôs-se a escutar.

– É impossível, há convidados lá – disse uma voz de mulher.

– Solte-me, por favor, não tenho nada! – implorou uma voz fraca de homem.

– Não vou soltar sem a autorização da madame – disse a mulher. – Para onde o senhor vai? Ah, mas que sujeito!

A porta se abriu com um tranco e, na soleira, surgiu uma estranha figura masculina. Ao ver um convidado, a criada parou de segurá-lo, e a figura estranha, depois de fazer uma saudação com uma tímida reverência, entrou na sala, cambaleando nas pernas tortas. Era um homem de estatura mediana, costas arqueadas e estreitas e cabelos compridos e desgrenhados. Vestia um casaco curto e calças apertadas e rasgadas por cima de botas sujas e grosseiras. A gravata, torcida como uma corda, amarrava o pescoço branco e comprido. A camisa imunda se destacava pelas mangas, sobre as mãos magras. No entanto, apesar da magreza extraordinária do corpo, seu rosto era meigo, branco, e até um frescor rosado dançava em suas faces, acima da barba preta e rala e das costeletas. Os cabelos despenteados, apontados para cima, deixavam à mostra a testa baixa e extraordinariamente clara. Olhos escuros e cansados miravam para a frente com brandura e, ao mesmo tempo, com ar indagador e grave. A expressão dos olhos se fundia de modo cativante com a expressão dos lábios frescos, curvados nos cantos, que se viam por trás do bigode ralo.

Depois de dar alguns passos, ele parou, voltou-se para o jovem e sorriu. Sorriu como que com certa dificuldade; mas quando o sorriso iluminou seu rosto, o jovem, sem saber por quê, também sorriu.

– Quem é esse? – perguntou para a criada, depois que a figura estranha entrou na sala onde se ouviam os sons da dança.

– É um músico meio maluco, lá do teatro – respondeu a criada. – Às vezes ele vem ver a dona da casa.

– Onde você se meteu, Diélessov? – gritaram de dentro da sala naquele momento.

O jovem, que chamavam de Diélessov, voltou para a sala.

O músico estava na porta e, olhando para as pessoas que dançavam, com o sorriso, o olhar e as batidas dos pés no chão, exprimia a satisfação que lhe dava aquele espetáculo.

– E então, vá dançar – disse-lhe um dos convidados.

O músico fez uma reverência e olhou com ar indagador para a dona da casa.

– Vá, vá... ora, os cavalheiros o estão chamando – interveio a dona da casa.

Os membros magros e fracos do músico ganharam de repente uma mobilidade vigorosa e ele, piscando os olhos, sorrindo e se remexendo, pôs-se a saltitar pela sala, tenso e desajeitado. No meio da quadrilha, um oficial alegre que dançava de maneira muito bonita e animada esbarrou por acaso nas costas do músico. As pernas fracas e cansadas não conseguiram manter o equilíbrio e o músico, depois de dar alguns passos trôpegos para o lado, caiu estatelado no chão. Apesar do barulho cortante e seco produzido pela queda, quase todos riram no primeiro momento.

Porém o músico não se levantou. Os convidados emudeceram, até o piano parou de tocar, e Diélessov e a dona da casa foram os primeiros a acudir o acidentado. Ele estava deitado, apoiado no cotovelo, olhando aturdido para o chão. Quando o levantaram e sentaram numa cadeira, o músico, com um movimento ligeiro da mão ossuda, jogou para trás o cabelo que estava sobre a testa e começou a sorrir, sem nada responder ao que lhe perguntavam.

– Sr. Albert! Sr. Albert! – disse a dona da casa. – O que foi, o senhor se machucou? Onde? Eu bem que lhe disse que não era preciso dançar. Ele é tão fraco! – prosseguiu, voltando-se para os convidados. – Mal consegue andar, onde já se viu?

– Quem é ele? – perguntaram para a dona da casa.

– Um pobre coitado, um artista. Um jovem muito bom, só que dá pena, como estão vendo.

Ela disse isso sem se constranger com a presença do músico. Ele voltou a si e, como que assustado com alguma coisa, se encolheu e, com um gesto, afastou as pessoas que o rodeavam.

– Não foi nada – disse ele de repente, levantando-se da cadeira com visível esforço.

E, para provar que não sentia dor nenhuma, foi para o meio da sala e quis saltitar, porém cambaleou, e cairia de novo se não o segurassem.

Todos se sentiram encabulados; olhando para ele, permaneceram em silêncio.

O olhar do músico apagou-se de novo e, visivelmente esquecido de todos, ele esfregou o joelho com a mão. De repente, levantou a cabeça, esticou para a frente a perna trêmula, jogou o cabelo para trás com o mesmo gesto vulgar de antes e, aproximando-se do violinista, tomou seu violino.

– Não foi nada! – repetiu mais uma vez, brandindo o violino. – Senhores! Vamos tocar.

– Que rosto mais estranho! – comentavam entre si os convidados.

– Quem sabe um grande talento está enterrado dentro dessa criatura infeliz? – disse um dos convidados.

– Pois é, dá pena, dá pena! – disse um outro.

– Que belo rosto! Há nele algo fora do comum – disse Diélessov. – Veremos...

## II

Albert, nessa altura, sem prestar atenção em ninguém, tendo segurado o violino com o ombro, afinou-o enquanto caminhava devagar junto ao piano. Os lábios estavam imóveis numa expressão impassível, não se podiam ver os olhos; mas as costas estreitas e ossudas, o pescoço comprido e branco, as pernas tortas e a cabeça preta e cabeluda apresentavam um espetáculo bizarro, porém, por algum motivo, sem nada de ridículo. Depois de afinar o violino, ele tocou um acorde com ousadia e, jogando a cabeça para trás, voltou-se para o pianista, que se preparou para acompanhá-lo.

– "*Melancholie*", *C-dur!*[1] – disse com um gesto imperativo, dirigindo-se ao pianista.

E em seguida, como se pedisse perdão pelo gesto imperativo, sorriu de modo brando e, com aquele sorriso, lançou um olhar para o público. Depois de jogar o cabelo para trás com a mão que segurava o arco, Albert parou na frente do piano e, com um movimento elástico do arco, fez vibrar as cordas. Uma nota pura, harmoniosa, percorreu a sala e fez-se um silêncio absoluto.

As notas do tema se derramaram livres e delicadas após a primeira nota, uma espécie de luz apaziguadora e inesperadamente clara iluminou de repente o mun-

---

1 "'Melancolia', em dó maior!".

do interior de todos os ouvintes. Nenhuma nota em falso ou exagerada perturbou a submissão dos ouvintes, todas as notas eram claras, distintas e significativas. Em silêncio, com um tremor de esperança, todos acompanhavam o desdobramento das notas. Do estado de tédio, de dispersão barulhenta e de sono do espírito no qual se encontravam, de repente e sem notar eles foram transportados para outro mundo bem diferente, por eles esquecido. Despertava na alma deles ora o sentimento sereno de contemplação do passado, ora a lembrança fervorosa de algo feliz; ora a necessidade ilimitada de poder e de glória, ora sentimentos de resignação, de amor insatisfeito e de tristeza. Notas ora tristemente meigas, ora impetuosamente desesperadas, misturavam-se livremente umas com as outras, jorravam e jorravam umas depois das outras de modo tão elegante, tão vigoroso e tão espontâneo que nem se ouviam mais as notas, e sim uma espécie de fluxo de poesia, bela e conhecida havia muito tempo mas revelada pela primeira vez, que se derramava por si só na alma de todos. Albert crescia mais e mais a cada nota. Ele estava longe de ser grotesco ou estranho. Com o violino preso embaixo do queixo e ouvindo suas notas com uma fisionomia de atenção fervorosa, ele mudava convulsivamente a posição dos pés. Ora se aprumava em toda a sua estatura, ora arqueava as costas com esforço. Tensamente torcida, a mão esquerda parecia morta em sua posição e apenas remexia, de maneira nervosa, os dedos ossudos; a mão direita movimentava-se fluente, elegante, sem ser notada. O rosto rebrilhava com uma alegria ininterrupta, arrebatada; os olhos ardiam com um brilho seco e radiante, as narinas se dilatavam, os lábios vermelhos se abriam de prazer.

Às vezes a cabeça se inclinava mais para perto do violino, os olhos se fechavam e o rosto meio encoberto pelos cabelos se iluminava com um sorriso de doce beatitude. Às vezes ele se aprumava ligeiro, punha um pé mais à frente; e a testa nua e o olhar radioso com que abarcava a sala reluziam de orgulho, de grandeza, com a consciência do poder. Em certo momento, o pianista se enganou e tocou um acorde errado. Um sofrimento físico se exprimiu no rosto e em toda a figura do músico. Deteve-se um segundo e, batendo o pé no chão com uma fisionomia de raiva infantil, gritou: "*Mol, c-mol!*".[2] O pianista se refez, Albert fechou os olhos, sorriu e, de novo esquecido de si mesmo, dos outros e do mundo inteiro, entregou-se com beatitude ao seu dever.

Todos que se encontravam na sala na hora em que Albert tocou guardaram um silêncio submisso e, ao que parecia, viviam e respiravam apenas suas notas.

Um oficial alegre estava sentado imóvel na cadeira junto à janela, o olhar sem vida cravado no chão, e respirava fundo, a intervalos e pesadamente. As moças,

---

2 "Dó, dó bemol!".

em completo silêncio, se mantinham sentadas ao longo das paredes e só de vez em quando, com aprovação, num estado de perplexidade, trocavam olhares entre si. O rosto risonho e gordo da dona da casa se derretia de prazer. O pianista tinha os olhos presos no rosto de Albert e, com medo de errar, medo que se exprimia em toda a sua figura tensa, esforçava-se para acompanhá-lo. Um dos convidados, que bebera mais do que os outros, estava deitado de bruços no sofá e tentava não se mexer para não deixar que vissem sua emoção. Diélessov experimentava um sentimento extraordinário. Uma espécie de círculo frio, que ora se estreitava, ora se dilatava, comprimia sua cabeça. As raízes dos cabelos tornaram-se sensíveis, um calafrio percorria a espinha de baixo para cima, algo subia mais e mais por dentro da garganta, como agulhas fininhas que dessem picadas no nariz e no céu da boca, e lágrimas molharam suas faces sem que ele percebesse. Diélessov se sacudiu, tentou puxá-las de volta e enxugá-las sem ser notado, mas outras desceram e escorreram pelo rosto. Por uma estranha espécie de encadeamento de impressões, as primeiras notas do violino de Albert transportaram Diélessov ao início da mocidade. Ele, homem já não tão jovem, cansado da vida, esgotado, de repente se sentiu com dezessete anos de idade, uma criatura bonita, satisfeita consigo mesma, extasiadamente tola e desprevenidamente feliz. Lembrou-se do primeiro amor por uma prima, num vestidinho cor-de-rosa, lembrou-se da primeira declaração de amor numa alameda de tílias, lembrou-se do calor e do encanto incompreensível de um beijo casual, lembrou-se do fascínio e do mistério indecifrável da natureza que então o rodeava. Em sua imaginação retrospectiva, brilhava *ela* numa nuvem de esperanças vagas, de desejos inexplicáveis e de uma crença inquestionável na possibilidade de uma felicidade impossível. Todos os momentos menosprezados daquele tempo, um depois do outro, ergueram-se à sua frente, mas não como momentos insignificantes de um presente fugaz, e sim como imagens do passado, imobilizadas, ampliadas e repreensíveis. Com prazer, contemplou-as e chorou – chorou não porque houvesse passado um tempo que ele poderia ter empregado melhor (se aquele tempo lhe fosse devolvido, ele não se empenharia em empregá-lo melhor), mas, sim, chorava só porque aquele tempo havia passado e nunca mais ia voltar. As recordações surgiam espontaneamente enquanto o violino de Albert repetia a mesma coisa. Dizia: "Passou para você, passou para sempre o tempo da força, do amor e da felicidade, passou e nunca vai voltar. Chore por isso, chore todas as suas lágrimas, morra nas lágrimas daquele tempo – essa é a única e a melhor felicidade que lhe restou".

Ao final da última variação, o rosto de Albert ficou vermelho, os olhos brilharam sem esmorecer, gotas grandes de suor escorreram pelas bochechas. Na testa, as veias estavam saltadas, todo o corpo ganhava num movimento cada vez maior, os lábios empalidecidos não se fechavam e toda a sua figura exprimia uma arrebatada avidez de prazer.

Balançando todo o corpo desesperadamente e sacudindo o cabelo, ele largou o violino e, com um sorriso de altivez orgulhosa e de felicidade, lançou um olhar para os presentes. Depois suas costas se arquearam, a cabeça baixou, os lábios se fecharam, os olhos se apagaram e ele, como que com vergonha de si mesmo, olhando em volta timidamente e tropeçando nas próprias pernas, foi para outra sala.

## III

Algo estranho se passou com todos os presentes e percebia-se algo estranho no silêncio mortal que se seguiu à música de Albert. Como se todos quisessem, e não conseguissem, exprimir o que significava tudo aquilo. O que significava a sala iluminada e quente, as mulheres radiosas, a aurora nas janelas, o sangue agitado e a pura sensação das notas que passaram voando? Mas ninguém tentava dizer o que aquilo significava; ao contrário, quase todos rebelavam-se, sentindo-se sem forças para passar de uma vez para o lado daquilo que a sensação nova lhes havia revelado.

– Puxa, ele toca bem mesmo – disse o oficial.

– Extraordinariamente! – respondeu Diélessov, enxugando o rosto com a manga de modo furtivo.

– Mas está na hora de ir embora, senhores – disse o homem deitado no sofá, ajeitando-se um pouco. – É preciso lhe dar alguma coisa, senhores. Vamos fazer uma coleta de dinheiro entre nós.

Albert, naquela altura, estava sentado sozinho no sofá da outra sala. Com os cotovelos apoiados nos joelhos ossudos, esfregava o rosto com as mãos suadas e sujas, alisava o cabelo e sorria, feliz consigo mesmo.

As contribuições foram grandes e Diélessov se incumbiu de entregar-lhe o dinheiro.

Além disso, Diélessov, em quem o músico havia produzido uma impressão tão forte e incomum, teve a ideia de fazer algo de bom para ele. Veio-lhe a ideia de levá-lo para sua própria casa, vesti-lo, arranjar um lugar para ele ficar – em suma, arrancá-lo daquela situação sórdida.

– Então, o senhor está cansado? – perguntou Diélessov, aproximando-se.

Albert sorriu.

– O senhor tem um talento verdadeiro; é preciso ocupar-se a sério com a música, tocar em público.

– Eu bem que beberia alguma coisa – disse Albert, como se tivesse acordado.

Diélessov trouxe vinho e o músico bebeu duas taças com avidez.

– Que vinho maravilhoso! – disse.

– "Melancolia", que coisa fascinante! – disse Diélessov.

– Ah! Sim, sim – respondeu Albert, sorrindo. – Mas, me desculpe, não sei com quem tenho a honra de conversar; talvez o senhor seja um conde ou um príncipe: não poderia me emprestar algum dinheiro? – Ficou um minuto calado. – Não tenho nada... sou um homem pobre. Não posso pagar ao senhor.

Diélessov ficou vermelho, sentiu-se constrangido e, às pressas, entregou ao músico o dinheiro angariado.

– Agradeço muito ao senhor – disse Albert, apanhando o dinheiro. – Agora vamos tocar; vou tocar quanto o senhor quiser. Só quero beber alguma coisinha, beber – acrescentou, levantando-se.

Diélessov lhe trouxe mais vinho e pediu que ele sentasse a seu lado.

– Desculpe por ser franco com o senhor – disse Diélessov. – Seu talento me interessou muito. Parece-me que o senhor não se encontra em boa situação, não é verdade?

Albert olhava ora para Diélessov, ora para a dona da casa, que havia entrado na sala.

– Permita-me lhe oferecer meus serviços – acrescentou Diélessov. – Caso precise de alguma coisa, ficarei muito contente se o senhor se alojar em minha casa por um tempo. Moro sozinho e talvez possa lhe ser útil.

Albert sorriu e nada respondeu.

– Por que não exprime sua gratidão? – disse a dona da casa. – É claro que para o senhor isso é uma vantagem. Só que eu não lhe recomendaria isso – prosseguiu, dirigindo-se agora a Diélessov e balançando a cabeça negativamente.

– Sou muito grato ao senhor – disse Albert, apertando a mão de Diélessov com suas mãos molhadas. – Só que agora vamos tocar, por favor.

Mas os demais convidados já se haviam aprontado para ir embora e, como Albert não os chamou, foram para o vestíbulo.

Albert despediu-se da dona da casa, pôs na cabeça o chapéu surrado de abas largas e sua velha capa de verão, que vinha a ser toda a sua roupa de inverno, e saiu com Diélessov para o alpendre.

Quando Diélessov se sentou na carruagem com seu novo conhecido e sentiu o cheiro desagradável de bebida e de sujeira do qual o músico estava impregnado, começou a arrepender-se de seu gesto e se recriminou pela infantil brandura do coração e pela falta de bom senso. Além do mais, tudo o que Albert dizia era tão tolo e vulgar e, ao ar livre, de súbito se mostrou tão sordidamente embriagado que ganhou um aspecto repulsivo para Diélessov. "O que vou fazer com ele?", pensou.

Depois de quinze minutos, Albert calou-se, seu chapéu caiu sobre as pernas, ele mesmo tombou para o canto da carruagem e começou a roncar. As rodas rangiam ritmadamente sobre a neve glacial; a luz fraca da aurora penetrava a custo pela janela coberta de gelo.

Diélessov virou-se para observar seu vizinho. O corpo comprido, coberto pela capa, jazia sem vida a seu lado. Ele teve a impressão de que a cabeça comprida, com o nariz grande e escuro, balançava na extremidade do torso; porém, olhando mais de perto, viu que o que tomara por nariz e face eram os cabelos e que o rosto na verdade estava mais embaixo. Inclinou-se e analisou os traços do rosto de Albert. A beleza da testa e da boca serenamente fechada o impressionou novamente.

Sob o efeito do cansaço dos nervos, irritados com a falta de sono àquela hora da madrugada, e sob o efeito da música que tinha ouvido, Diélessov, ao olhar para aquele rosto, se viu de novo transportado para o mundo de beatitude do qual tivera um relance naquela noite; recordou de novo o tempo feliz e *generoso* da mocidade e parou de lamentar o que fizera. Naquele momento, ele amou Albert com ardor e sinceridade e decidiu firmemente fazer algo de bom por ele.

## IV

No dia seguinte pela manhã, quando o acordaram para ir ao trabalho, Diélessov olhou à sua volta e viu com desprazer seu velho biombo, seu velho criado e o relógio na mesinha de cabeceira. "Então o que é que eu gostaria de ver, se não é isso que sempre me rodeia?", perguntou-se. Então lembrou-se dos olhos negros e do sorriso feliz do músico; o motivo de "Melancolia" e toda a estranha noite do dia anterior passaram ligeiro pela sua imaginação.

No entanto não teve tempo de refletir se agira bem ou mal ao trazer o músico para sua casa. Enquanto trocava de roupa, ordenou mentalmente seu dia; pegou um papel, deu as ordens necessárias para os assuntos da casa e, às pressas, vestiu o capote e as galochas. Ao passar pela sala de jantar, olhou pela porta. Albert, esparramado em sua camisa imunda e grosseira, o rosto afundado no travesseiro, dormia um sono de morte no sofá de marroquim em que o colocaram, sem sentidos, na noite anterior. Algo não estava bem – Diélessov não pôde deixar de ter essa impressão.

– Por favor, vá ao Boriuzóvski, peça um violino por uns dois dias para ele – disse ao criado. – Quando ele acordar, sirva um café e lhe dê para vestir uma de minhas roupas de baixo e alguma roupa velha. No geral, trate bem dele. Por favor.

Quando voltou para casa no final da tarde, para sua surpresa, Diélessov não encontrou Albert.

– Onde ele está? – perguntou ao criado.

– Foi embora logo depois do almoço – respondeu o criado. – Pegou o violino e foi embora, prometeu voltar uma hora depois, mas até agora não veio.

– Ora! Ora! Que aborrecimento – exclamou Diélessov. – Por que você o deixou ir, Zakhar?

Zakhar era um lacaio de Petersburgo, já servia Diélessov havia oito anos. Diélessov, *como era solteirão e morava sozinho*, não podia deixar de confiar a ele suas intenções e gostava de saber sua opinião a respeito de todas as suas iniciativas.

– Como poderia me atrever a impedi-lo? – respondeu Zakhar, mexendo num enfeite pendurado em seu relógio. – Se o senhor me dissesse para retê-lo, Dmítri Ivánovitch, eu poderia segurá-lo em casa. Mas o senhor só me deu ordens relativas às roupas.

– Ora! Que aborrecimento! Mas afinal o que ele fez aqui, sem mim?

Zakhar deu uma risada.

– Ele é o que se pode mesmo chamar de um artista, Dmítri Ivánovitch. Assim que acordou, pediu um vinho Madeira, depois ficou o tempo todo com o cozinheiro e um vizinho. É muito engraçado... E tem um caráter muito bom. Dei chá para ele, servi o almoço, ele não quis saber de comer sozinho, não parou de me convidar. E como ele toca violino, sério, artistas como ele há poucos, mesmo em Izler.[3] Vale a pena manter consigo um homem assim. Quando tocou "Descendo a mãezinha Volga" para nós, foi como se um homem chorasse. Bonito demais! De todos os andares veio gente, aqui dentro e na porta, para ouvir.

– Mas você o vestiu? – quis saber o patrão.

– Como não, senhor? Dei para ele sua camisola de dormir e vesti nele meu casaco. É bom ajudar um homem desses, pessoa boa, gentil. – Zakhar sorriu. – O tempo todo me perguntou qual era o cargo do senhor e se tinha conhecidos importantes. E quantas almas o senhor possuía no campo.[4]

– Está bem. Só que agora será preciso encontrá-lo e, daqui para a frente, não lhe dar nada para beber, senão vamos fazer mais mal ainda a ele.

– É verdade – interveio Zakhar. – É claro que tem a saúde fraca. Nosso patrão antigo tinha um administrador assim também e...

Diélessov já conhecia havia muito tempo a história do administrador beberrão, de modo que não deixou que Zakhar terminasse; disse que ele mesmo ia preparar tudo para a noite e mandou que Zakhar saísse à procura de Albert e o trouxesse de volta.

---

3 Estação de águas perto de Petersburgo onde se promoviam atividades artísticas para entreter os visitantes.

4 Referência ao número de servos camponeses.

Deitou-se na cama, apagou a vela, mas ficou muito tempo sem conseguir dormir, sempre pensando em Albert. "Embora possa parecer estranho a muitos de meus conhecidos", pensou Diélessov, "é tão raro fazermos algo que não seja para nós mesmos que é preciso ser grato a Deus quando surge um caso assim, e não vou perdê-lo. Farei tudo, absolutamente tudo, que puder para ajudá-lo. Talvez ele não seja de todo louco, apenas bebe demais. Isso não vai me custar caro, nem um pouco: onde come um, comem dois. De início, ele vai morar comigo, depois vamos arranjar um lugar para ele, um concerto, vamos tirá-lo desse apuro e então veremos."

Um sentimento agradável de satisfação consigo mesmo dominou-o depois desse raciocínio.

"Na verdade, não sou absolutamente um homem mau; não sou um homem mau, nem de longe", pensou. "Sou até muito bom, quando me comparo com os outros..."

Já estava adormecendo quando os sons da porta sendo aberta e de passos no vestíbulo o despertaram.

"Bem, vou tratá-lo com um pouco mais de severidade", pensou. "É melhor; é o que devo fazer."

Tocou a sineta.

– E então, trouxe? – perguntou para Zakhar, que entrara.

– Pobre homem, Dmítri Ivánovitch – disse Zakhar, balançando a cabeça de modo expressivo e fechando os olhos.

– O que foi? Está bêbado?

– Muito fraco.

– E o violino está com ele?

– Está, a dona da casa devolveu.

– Muito bem, por favor, agora não o traga para cá, acomode-o para dormir e amanhã não o deixe sair de casa de maneira nenhuma.

Porém Zakhar mal teve tempo de sair quando Albert entrou no quarto.

## V

– O senhor já quer dormir? – perguntou Albert, sorrindo. – Eu fui à casa de Anna Ivánovitch. Passei uma noite muito agradável: tocamos, rimos, a companhia era muito simpática. Permita-me beber um copo de alguma coisa – acrescentou, apanhando uma jarra de água que estava na mesinha de cabeceira. – Mas não água.

Albert estava como na noite anterior: o mesmo belo sorriso nos olhos e nos lábios, a mesma testa clara, inspirada, e os mesmos membros fracos. O casaco de

Zakhar caíra nele como uma luva, e o colarinho limpo, comprido e não engomado da camisa social erguia-se de modo pitoresco em torno de seu pescoço branco e fino, dando a ele um toque especialmente infantil e ingênuo. Sentou-se na cama de Diélessov e, em silêncio, sorrindo com ar alegre e agradecido, fitou-o. Diélessov fitou Albert nos olhos e de repente, mais uma vez, sentiu-se sob o poder de seu sorriso. Não queria mais dormir, esqueceu-se de seu dever de mostrar-se severo; sua vontade, ao contrário, era divertir-se, ouvir música e conversar amistosamente com Albert até amanhecer. Diélessov mandou Zakhar trazer uma garrafa de vinho, cigarros e um violino.

– Ah, isso é ótimo – disse Albert. – Ainda é cedo, vamos tocar, vou tocar o que o senhor quiser.

Com visível satisfação, Zakhar trouxe uma garrafa de Lafite, dois copos, os cigarros fracos que Albert fumava e um violino. Mas, em vez de deitar-se para dormir, como o patrão ordenara, fumou ele mesmo um charuto, sentado no quarto vizinho.

– É melhor conversarmos – disse Diélessov para o músico, que fizera menção de pegar o violino.

Albert sentou na cama com ar obediente e sorriu, alegre, outra vez.

– Ah, sim – disse ele, batendo de súbito com a mão na testa e adotando uma expressão preocupada e curiosa. (A expressão de seu rosto sempre prenunciava o que ele queria dizer.) – Permita que pergunte... – e deteve-se um pouco. – Aquele cavalheiro que estava com o senhor lá, ontem à noite... o senhor o chamou de N. Ele não é filho do famoso N.?

– É filho dele – respondeu Diélessov, sem entender em absoluto por que aquilo podia ser do interesse de Albert.

– Sei, sei – disse Albert, sorrindo, satisfeito, consigo mesmo. – Notei logo um quê especialmente aristocrático nas maneiras dele. Amo os aristocratas: vê-se que há algo belo e refinado num aristocrata. E aquele oficial que dança de maneira tão esplêndida – prosseguiu –, ele também me agradou muito, tão alegre e nobre. É o ajudante de ordens N. N., não é mesmo?

– Quem? – perguntou Diélessov.

– O que esbarrou em mim quando estávamos dançando. Deve ser um homem ilustre.

– Não, é um sujeito vazio – respondeu Diélessov.

– Ah, não! – interveio Albert com fervor. – Há nele algo de muito, muito agradável. E é um músico excelente – acrescentou. – Tocou alguma coisa de uma ópera. Fazia muito tempo que ninguém me agradava tanto.

– Sim, toca bem, mas não gosto do seu jeito de tocar – disse Diélessov, com a intenção de levar seu interlocutor a falar sobre música. – Ele não entende de música clássica; Donizetti e Bellini, ora, isso não é música. O senhor, creio, é da mesma opinião, não é?

– Ah, não, não, me perdoe – exclamou Albert com uma expressão levemente defensiva. – A velha música é música e a nova música é música. Na nova também há belezas extraordinárias: e *La sonnambula*?[5] E o final de *Lucia*?![6] E Chopin?! E *Robert*?![7] Muitas vezes penso que... – deteve-se, visivelmente procurando as palavras – ... que, se Beethoven estivesse vivo, choraria de alegria ao ouvir *La sonnambula*. Há beleza em toda parte. Ouvi *La sonnambula* pela primeira vez quando Viardot e Rubini[8] estiveram aqui... Foi assim – disse ele, piscando os olhos e fazendo um gesto com as mãos, como se arrancasse uma coisa de dentro do peito. – Mais um pouco e seria impossível suportar.

– Mas e agora, o que acha da ópera? – perguntou Diélessov.

– Bosio[9] é boa, muito boa – respondeu –, extraordinariamente requintada, mas não toca aqui – disse, apontando para o peito afundado. – Uma cantora tem que ter paixão, e ela não tem. Ela alegra, mas não atormenta.

– Bem, mas e Lablache?[10]

– Eu o ouvi ainda em Paris, no *Barbeiro de Sevilha*;[11] na época era sem igual, mas agora está velho... não pode ser um artista, está velho.

– Ainda que seja velho, foi bem em *Morceau d'ensemble*[12] – disse Diélessov, que sempre dizia isso a respeito de Lablache.

– Como, se é velho? – retrucou Albert em tom severo. – Ele não devia ser velho. Um artista não deve ser velho. Muita coisa é necessária para a arte, mas o principal é o fogo! – disse, com os olhos brilhando e erguendo as mãos.

E, de fato, um fogo interior terrível ardia em toda a sua figura.

– Ah, meu Deus! – disse ele de repente. – O senhor não conhece Petrov, o pintor?

– Não, não conheço – respondeu Diélessov, sorrindo.

– Como eu gostaria que o senhor e ele se conhecessem! O senhor acharia um prazer conversar com ele. Como ele também entende de arte! Nós nos encontramos muitas

---

5 *La sonnambula*, ópera de Vincenzo Bellini (1801-35).

6 *Lucia di Lammermoor*, ópera de Gaetano Donizetti (1797-1848).

7 *Robert le diable*, ópera de Giacomo Meyerbeer (1791-1864).

8 Pauline Viardot (1821-1910), meio-soprano francesa; Giovanni Battista Rubini (1794-1854), tenor italiano.

9 Angiolina Bosio (1830-59), soprano italiana.

10 Luigi Lablache (1794-1858), baixo italiano.

11 *O barbeiro de Sevilha*, ópera de Gioachino Rossini (1792-1868).

12 *Le Morceau d'ensemble*, ópera de Adolphe Adam (1803-56).

vezes em casa de Anna Ivánovna, mas agora ela está zangada com ele por um motivo qualquer. Eu gostaria muito que vocês se conhecessem. É um grande, grande talento.

– Então ele pinta quadros? – perguntou Diélessov.

– Não sei; não, parece, mas ele era um pintor da Academia. Que ideias ele tem! Quando fala, às vezes é surpreendente. Ah, Petrov é um grande talento, só que leva uma vida muito alegre. Isso é uma pena – acrescentou Albert, sorrindo. Em seguida, levantou-se da cama, pegou o violino e começou a afinar.

– Então faz muito tempo que o senhor não vai à ópera? – perguntou Diélessov.

Albert virou-se e suspirou.

– Ah, já não posso mais – respondeu, agarrando a cabeça. Sentou-se de novo perto de Diélessov. – Vou contar ao senhor – disse quase num sussurro. – Não posso ir à ópera, não posso tocar lá, não tenho nada, nada... não tenho roupas, não tenho onde morar, não tenho violino. Que vida horrorosa! Que vida horrorosa! – repetiu algumas vezes. – Mas para que eu deveria ir lá? Para quê? Não é preciso – disse, sorrindo. – Ah, *Don Giovanni*![13]

E bateu na cabeça.

– Então vamos juntos um dia – disse Diélessov.

Sem responder, Albert ergueu-se de um pulo, empunhou o violino e começou a tocar o final do primeiro ato de *Don Giovanni*, enquanto contava com suas palavras o enredo da ópera.

E os cabelos de Diélessov ondulavam na cabeça enquanto ele tocava a melodia do comendador agonizante.

– Não, hoje não posso tocar – disse Albert, baixando o violino. – Bebi muito.

Mas em seguida ele se aproximou da mesa, serviu-se de um copo cheio de vinho, bebeu de um trago e sentou de novo na cama, perto de Diélessov.

Sem desviar os olhos, Diélessov fitou Albert; de quando em quando, Albert sorria e Diélessov sorria também. Os dois ficaram calados; mas entre ambos, por meio do olhar e do sorriso, se estabelecia uma relação de amor cada vez mais estreita. Diélessov sentia que amava cada vez mais aquele homem e experimentava uma alegria incompreensível.

– O senhor esteve apaixonado? – perguntou de repente.

Albert refletiu por alguns segundos, depois seu rosto se iluminou com um sorriso triste. Inclinou-se na direção de Diélessov e fitou-o bem nos olhos, com atenção.

– Por que o senhor me perguntou isso? – falou num sussurro. – Mas vou contar tudo, gostei do senhor – prosseguiu, depois de encará-lo por um instante e

---

13 Ópera de Wolfgang Amadeus Mozart (1756-91).

virar-se para o lado. – Não vou enganar o senhor, vou contar tudo, desde o início. – Deteve-se e seus olhos ficaram parados, de modo estranho, selvagem. – O senhor sabe que tenho a cabeça fraca – disse, de repente. – Sim, sim – prosseguiu. – Anna Ivánovna certamente falou com o senhor. Ela diz para todo mundo que sou maluco! Não é verdade, ela diz isso de brincadeira, é uma boa mulher e eu, de fato, de um tempo para cá, não ando totalmente saudável.

Albert calou-se outra vez, parou e fitou a porta escura com olhos muito abertos.

– O senhor perguntou se estive apaixonado? Sim, estive enamorado – sussurrou, erguendo as sobrancelhas. – Isso aconteceu há muito tempo, ainda quando eu trabalhava no teatro. Eu era segundo violino na ópera e ela sentava num camarote do lado esquerdo da plateia.

Albert levantou-se e inclinou-se na direção do ouvido de Diélessov.

– Não, para que dar a ela um nome? – disse Albert. – O senhor certamente a conhece, todos a conhecem. Eu ficava calado e apenas olhava para ela; sabia que era um pobre artista e ela, uma dama aristocrata. Eu sabia muito bem. Apenas olhava para ela e não pensava em nada.

Albert refletiu, recordando.

– Como aconteceu, não lembro; mas certa vez me chamaram para ir acompanhá-la no violino. Mas o que sou eu, um pobre artista! – disse, balançando a cabeça e sorrindo. – Mas não, não sou capaz de contar, não sou capaz... – acrescentou, agarrando a cabeça. – Como fui feliz!

– Então o senhor esteve muitas vezes na casa dela? – perguntou Diélessov.

– Uma vez, só uma vez... mas eu mesmo fui culpado, perdi a cabeça. Sou um pobre artista, e ela uma dama aristocrata. Eu não devia falar nada para ela. Mas perdi a cabeça, fiz uma besteira. Desde então, tudo terminou para mim. Petrov me disse a verdade: era melhor vê-la só no teatro...

– O que o senhor fez? – perguntou Diélessov.

– Ah, espere, espere, isso eu não posso contar.

E, de olhos fechados, ficou alguns momentos calado.

– Cheguei tarde à orquestra. Eu e Petrov bebemos naquela noite e eu estava perturbado. Ela estava sentada em seu camarote e conversava com um general. Não sei quem era o general. Ela estava bem na ponta, a mão apoiada no batente; usava um vestido branco e pérolas no pescoço. Conversava com ele e olhava para mim. Duas vezes, lançou um olhar para mim. O penteado dela era assim, olhe; eu não tocava, estava parado junto ao contrabaixo e olhava. Foi então que pela primeira vez senti uma coisa estranha. Ela sorriu para o general e olhou para mim. Senti que ela estava falando de mim e de repente vi que eu não estava na orquestra, mas no camarote, perto dela, segurei sua mão, neste lugar aqui. O que foi aquilo? – perguntou Albert, depois de calar-se por um momento.

– É a força da imaginação – disse Diélessov.

– Não, não... Mas não sei explicar – retrucou Albert, enrugando o rosto. – Eu já era pobre na época, não tinha um apartamento para morar e, quando ia ao teatro, às vezes dormia lá mesmo.

– O quê? No teatro? Na sala escura e vazia?

– Ah! Não tenho medo dessas bobagens. Ah, espere. Assim que todos saíam, eu ia para aquele camarote onde ela ficava e dormia. Era a minha única alegria. Que noites eu passava ali! Só que, um dia, aquilo começou a acontecer de novo comigo. Muitas coisas começaram a me aparecer de noite, só que não posso contar tudo para o senhor. – Albert, depois de baixar as pupilas, fitou Diélessov. – O que é isso? – perguntou.

– É estranho! – disse Diélessov.

– Não, espere, espere! – prosseguiu, num sussurro, falando perto do ouvido. – Eu beijava a mão dela, chorava a seu lado, falava muito com ela. Sentia o aroma de seu perfume, ouvia sua voz. Certa noite, ela falou muito comigo. Depois peguei o violino e comecei a tocar baixinho. E toquei esplendidamente. Mas me senti horrível. Não tenho medo dessas bobagens e não acredito; mas comecei a temer pela minha cabeça – disse, sorrindo de modo gentil, e tocando a testa com a mão. – Comecei a temer pela minha pobre cabeça, me pareceu que algo estava acontecendo dentro da minha cabeça. Quem sabe não é nada? O que o senhor acha?

Os dois ficaram em silêncio alguns minutos.

– *Und wenn die Wolken sie verhüllen, Die Sonne bleibt doch ewig klar*[14] – cantou Albert, sorrindo de leve.

– Não é verdade? – acrescentou. – *Ich auch habe gelebt und genossen.*[15] Ah! Como o velho Petrov explicaria bem tudo isso para o senhor.

Diélessov, em silêncio, olhava com horror para o rosto perturbado e empalidecido de seu interlocutor.

– O senhor conhece a "Juristen-walzer"? – gritou Albert de repente e, sem esperar a resposta, ergueu-se de um pulo, agarrou o violino e começou a tocar a valsa animada. Totalmente esquecido e, é óbvio, supondo que a orquestra inteira tocava com ele, Albert sorria, balançava-se, movimentava as pernas e tocava esplendidamente.

– Eh, chega de diversão! – disse quando terminou, brandindo o violino no ar. – Eu vou lá – disse, depois de ficar sentado um minuto. – E o senhor, não vai?

– Aonde? – perguntou Diélessov, com surpresa.

---

14 "Ainda que as nuvens encubram o sol, ele continuará a brilhar eternamente".

15 "E eu vivi e me deliciei".

– Vamos de novo à casa de Anna Ivánovna; lá é divertido: tem movimento, música, gente.

Diélessov, num primeiro momento, quase concordou. No entanto pensou melhor e quis convencer Albert a não ir naquele dia.

– Vou ficar só um pouquinho.

– Falando sério, não vá.

Albert suspirou e largou o violino.

– Então vamos ficar aqui?

O músico olhou mais uma vez para a mesa (não tinha vinho) e, depois de lhe dar boa-noite, saiu.

Diélessov tocou a sineta.

– Preste atenção para não deixar que o sr. Albert saia para lugar nenhum sem minha permissão – disse para Zakhar.

VI

O dia seguinte era feriado. Diélessov acordou, sentou-se sozinho na sala de estar para o café e leu um livro. No cômodo contíguo, Albert ainda não tinha se mexido.

Com cuidado, Zakhar abriu a porta e olhou para a sala de jantar.

– Acredite, Dmítri Ivánovitch, ele está dormindo no sofá sem nenhuma roupa de cama! Não quis forrar com nada, meu Deus. É como uma criança. É mesmo um artista.

Ao meio-dia, ouviram-se por trás da porta um gemido e uma tosse.

Zakhar foi de novo para a sala de jantar; e o patrão ouviu a voz afetuosa de Zakhar e a voz fraca e suplicante de Albert.

– O que há? – perguntou o patrão a Zakhar quando este voltou.

– Está aborrecido, Dmítri Ivánovitch; não quer se lavar, está muito abatido. Não para de pedir bebida.

"Não, agora que já comecei, tenho de prosseguir com firmeza", disse Diélessov para si mesmo.

E, sem dar ordem para servir bebida, levantou seu livro outra vez, no entanto não pôde deixar de ouvir o que se passava na sala de jantar. Lá, nada se mexia, só de vez em quando se ouvia uma tosse pesada, peitoral, e uma expectoração. Passaram-se duas horas. Diélessov trocou de roupa e, antes de sair para a rua, resolveu dar uma olhada em seu hóspede. Albert estava sentado, imóvel, junto à janela, a cabeça apoiada nas mãos. Virou-se. Seu rosto estava amarelado, enrugado, não apenas triste, mas profundamente infeliz. Ele fez força para sorrir, como forma de cumprimento, mas seu rosto tomou uma expressão ainda mais dolorosa. Parecia estar prestes a chorar. Com dificuldade, levantou-se e fez uma reverência.

– Se eu pudesse tomar só um calicezinho de vodca – disse, com expressão de súplica. – Estou tão fraco... por favor!

– É melhor um café para lhe dar forças. É o que eu recomendaria ao senhor.

O rosto de Albert de repente perdeu a expressão infantil; de modo frio e turvo, fitou a janela e, fraco, deixou-se cair na cadeira.

– Ou prefere tomar o desjejum?

– Não, obrigado, não tenho apetite.

– Se quiser tocar violino, não vai me incomodar – disse Diélessov, colocando o violino sobre a mesa.

Albert olhou para o violino com um sorriso de desdém.

– Não; estou fraco demais, não consigo tocar – disse e afastou de si o violino.

Depois disso, por mais que Diélessov o chamasse para dar uma volta e ir ao teatro à noite, Albert se limitava a agradecer com submissão e mantinha um silêncio obstinado. Diélessov foi para a rua, fez algumas visitas, jantou fora e, antes do teatro, foi para casa trocar de roupa e ver o que se passava com o músico. Albert estava sentado no vestíbulo escuro e, com os cotovelos apoiados nos joelhos e a cabeça nas mãos, olhava para o fogo na estufa. Estava com roupas limpas, lavado e penteado; mas seus olhos estavam turvos, mortos, e toda a sua figura exprimia debilidade e magreza, mais ainda do que de manhã.

– O que jantou hoje, sr. Albert? – perguntou Diélessov.

Albert fez um sinal afirmativo com a cabeça e, depois de lançar um olhar para o rosto de Diélessov, baixou os olhos, assustado.

Diélessov sentiu-se embaraçado.

– Falei hoje com seu diretor – explicou ele, também baixando os olhos. – Disse que vai ficar muito contente de receber o senhor, se permitir que ele o escute tocar.

– Obrigado, não posso tocar – disse Albert em voz muito baixa e foi para seu quarto, fechando a porta com todo o cuidado para não fazer barulho.

Alguns minutos depois, a maçaneta da porta girou da mesma forma silenciosa e ele saiu do quarto com o violino. Após lançar um olhar malévolo e fugaz para Diélessov, colocou o violino na cadeira e de novo sumiu.

Diélessov encolheu os ombros e sorriu.

"O que mais devo fazer? De que sou culpado?", pensou.

– E então, como vai o músico? – foi a primeira pergunta, quando voltou para casa, já tarde.

– Péssimo! – respondeu Zakhar, alto e incisivo. – Não para de suspirar, tossir, não fala nada, só pediu vodca, quatro ou cinco vezes. E eu lhe dei uma vez. Sem isso, quem sabe, nós o levaríamos à morte, Dmítri Ivánovitch. Foi assim com o administrador...

– Mas ele não tocou violino?

– Nem encostou a mão. Eu bem que levei o violino para ele umas duas vezes... ele o segurava um pouquinho e punha de lado – respondeu Zakhar, com um sorriso. – O senhor não vai mandar servir uma bebida para ele?

– Não, vamos esperar mais um dia, vamos ver o que vai acontecer. E agora, o que ele está fazendo?

– Trancou-se na sala de estar.

Diélessov foi para o escritório, escolheu alguns livros franceses e um Evangelho em alemão.

– Amanhã, ponha isto no quarto dele, e não deixe que saia de casa – disse para Zakhar.

Na manhã seguinte, Zakhar comunicou ao patrão que o músico passara a noite inteira sem dormir: ficara andando pela casa e fora ao bufê, tentara abrir o armário e a porta, mas tudo estava trancado, graças ao cuidado de Zakhar. Comunicou também que, enquanto fingia dormir, ouviu que Albert, no escuro, balbuciava sozinho e mexia as mãos.

Dia a dia, Albert ficava mais sombrio e mais calado. Parecia ter medo de Diélessov e, no rosto, exprimia-se um temor aflito quando os olhos dos dois se cruzavam. Não punha as mãos nem nos livros nem no violino e não respondia às perguntas que lhe faziam.

No segundo dia da estadia do músico em sua casa, Diélessov chegou tarde à noite, cansado e preocupado. Tinha andado sem parar o dia inteiro, tratando de negócios que pareciam muito simples e fáceis, mas que, como não raro acontece, não queriam de jeito nenhum avançar nem um passo, apesar de seu esforço enorme. Além disso, tinha sido chamado para ir ao clube e perdera no jogo de cartas. Estava aborrecido.

– Bem, que Deus o ajude! – respondeu para Zakhar, que lhe explicara a situação lamentável de Albert. – Amanhã vou ter uma conversa definitiva com ele: saber se quer ou não quer ficar em minha casa e seguir meus conselhos. Se não... paciência. Parece que fiz tudo o que podia.

"É o que dá fazer o bem a alguém", pensou. "Esforcei-me por ele, mantive em minha casa essa criatura imunda, de tal modo que não posso receber a visita de um desconhecido de manhã, me movimento, ando para lá e para cá pelo seu bem, e ele me olha como se eu fosse um malfeitor que, para seu próprio prazer, o mantivesse trancado numa jaula. O pior é que não quer dar nem um passo pelo seu próprio bem. Assim são todos eles (esse "todos" referia-se às pessoas em geral e, especialmente, às que haviam tratado de negócios com Diélessov naquele dia). E o que vou fazer com ele agora? No que fica pensando e por que vive triste? Está triste com a devassidão da qual o arranquei? Com a humilhação em que vivia? Com a penúria da qual o salvei? Pelo visto, ele decaiu a tal ponto que lhe causa dor ver uma vida honrada..."

"Não, foi um gesto infantil", decidiu Diélessov. "Como posso querer corrigir os outros, quando só Deus sabe como me esforço para entender a mim mesmo?" Teve vontade de libertá-lo na mesma hora, mas pensou melhor e deixou para o dia seguinte.

À noite, o barulho de uma mesa tombada no vestíbulo e o som de vozes e passos acordaram Diélessov. Acendeu uma vela e pôs-se a escutar, surpreso...

– Espere, vou contar para Dmítri Ivánovitch – disse Zakhar: a voz de Albert murmurava algo com fervor e incoerência.

Diélessov levantou-se de um salto e correu com a vela para o vestíbulo. Zakhar, em roupas de dormir, estava parado na frente da porta, Albert, de chapéu e capa, tentava afastá-lo da porta e gritava com voz chorosa:

– O senhor não pode me prender! Tenho passaporte, não peguei nada do senhor! Pode me revistar! Vou dar queixa na delegacia!

– Por favor, Dmítri Ivánovitch! – Zakhar voltou-se para o patrão, enquanto continuava a barrar a porta com as costas. – Ele se levantou de noite, encontrou a chave no meu casaco e bebeu uma garrafa inteira de vodca doce. Acha que isso está certo? E agora quer sair. O senhor não deu ordem, por isso não posso deixá-lo sair.

Ao ver Diélessov, Albert pôs-se a empurrar Zakhar com mais empenho ainda.

– Ninguém pode me prender! Não tem o direito! – gritava, a voz cada vez mais alta.

– Pode deixar, Zakhar – disse Diélessov. – Não quero nem posso prender o senhor, mas recomendo que deixe para sair amanhã – disse para Albert.

– Ninguém pode me prender! Vou dar queixa na delegacia! – gritava Albert cada vez mais alto, dirigindo-se só a Zakhar, sem olhar para Diélessov. – Socorro! – berrou de repente, com voz furiosa.

– Por que o senhor grita assim? Ninguém está prendendo o senhor – disse Zakhar, abrindo a porta.

Albert parou de gritar.

– Não conseguiram? Queriam me matar. Não! – balbuciava consigo mesmo, enquanto calçava as galochas. Sem despedir-se e continuando a falar algo incompreensível, saiu pela porta. Zakhar iluminou seu caminho até o portão e voltou.

– Graças a Deus, Dmítri Ivánovitch! Mais um tempo e isso podia acabar muito mal – disse para o patrão. – E agora é preciso conferir a prataria.

Diélessov limitou-se a balançar a cabeça e nada respondeu. Voltaram então à sua memória as duas noites anteriores, que passara com o músico, lembrou-se dos últimos dias tristonhos que, por culpa sua, Albert havia passado ali e, acima de tudo, lembrou-se do doce sentimento híbrido de surpresa, amor e sofrimento que aquele homem estranho despertara nele desde o primeiro olhar, e sentiu pena. "O que será dele agora?", pensou. "Sem dinheiro, sem roupas para o frio, sozinho no meio da noite..." Teve vontade de mandar Zakhar buscá-lo imediatamente, mas era tarde.

– Está frio lá fora? – perguntou Diélessov.

– Bem gelado, Dmítri Ivánovitch – respondeu Zakhar. – Esqueci de informar ao senhor que é preciso comprar lenha para a temporada até a primavera.

– Então por que você me disse que ainda tinha lenha?

## VII

Lá fora, de fato, fazia muito frio, mas Albert não sentia – a tal ponto estava encalorado pela bebida e pela discussão.

Ao sair para a rua, olhou ao redor a esfregou as mãos com alegria. A rua estava vazia, mas a comprida fila de lampiões ainda brilhava com chamas vermelhas, o céu estava claro e estrelado. "O quê?", disse, voltando-se para a janela iluminada do apartamento de Diélessov; e, depois de enfiar as mãos nos bolsos da calça, por baixo do casaco, e inclinar-se para a frente, Albert seguiu para o lado direito da rua, a passos pesados e incertos. Sentia um peso extraordinário nas pernas e na barriga, algo zumbia dentro da cabeça, uma espécie de força invisível o jogava de um lado para outro, mas ele continuava a andar para a frente, na direção da casa de Anna Ivánovna. Em sua mente, vagavam pensamentos estranhos, obscuros. Recordava ora a última discussão com Zakhar, ora, por algum motivo, o mar e sua chegada à Rússia num navio a vapor; ora uma noite feliz com um amigo numa cantina, diante da qual estava passando naquele momento, ora uma melodia conhecida começava a cantar de repente em sua imaginação e ele recordava o objeto de sua paixão e a noite terrível no teatro. Mas, apesar da incoerência, todas aquelas lembranças se apresentavam à sua imaginação com tamanha clareza que, de olhos fechados, ele não sabia o que era mais real: aquilo que ele fazia ou aquilo que ele pensava? Albert não lembrava nem sentia como suas pernas se moviam, como ele esbarrava cambaleante no muro, como olhava em volta e como passava de uma rua para outra. Só lembrava e sentia as imagens que, de modo caprichoso, se sucediam e se embaralhavam em seu pensamento. Ao passar pela rua Málaia-Morskaia, Albert tropeçou e caiu. Voltando à razão por um momento, viu diante de si um prédio enorme e grandioso, e seguiu em frente. No céu, não se via nenhuma estrela, nem a aurora nem a lua, também não havia lampiões, porém todos os objetos se apresentavam com clareza. Nas janelas do prédio que se erguia no final da rua, ardiam luzes, mas as luzes oscilavam como reflexos. O prédio crescia diante de Albert, cada vez mais próximo, cada vez mais claro. Mas as luzes se apagaram assim que ele entrou pela porta larga. Dentro, estava escuro. Os passos solitários ressoavam alto sob as abóbadas e sombras deslizavam em fuga ante sua aproximação. "Para que vim aqui?", pensou Albert; mas uma espécie de força irresistível o empurrava para a frente, rumo ao vão de uma sala enorme... Lá havia uma espécie de palanque e, em volta, em silêncio, algumas poucas pessoas. "Quem vai falar?", perguntou Albert. Ninguém respondeu, só um deles apontou para o palanque. Sobre o palanque, já havia um homem alto e magro, de cabelos eriçados e roupão de bolinhas. Albert logo reconheceu seu amigo Petrov. "Que estranho que ele esteja aqui!", pensou. "Não, irmãos!", exclamou Petrov, apontando para alguém. "Vocês não compreenderam o homem que vivia entre vocês; não o compreenderam! Ele não é um artista vendido, não é um intérprete mecânico, não é um louco, não é um homem perdido. É um gênio, um grande gênio da música, que sucumbiu entre vocês, sem ser notado e apreciado." Albert imediatamente entendeu de quem seu amigo estava falando; mas, sem querer corrigi-lo, baixou a cabeça por modéstia.

"Como palha, ele ardeu até o fim, no fogo sagrado que todos nós cultuamos", prosseguiu a voz. "Mas cumpriu tudo aquilo que Deus queria dele; por isso deve ser chamado de um grande homem. Vocês puderam desprezá-lo, atormentá-lo, humilhá-lo", continuou a voz, cada vez mais alta. "Porém ele foi, é e será incomparavelmente mais elevado do que todos vocês. Ele é feliz, é bom. Ele ama e despreza a tudo e todos igualmente, não faz diferença, e serve apenas aquilo que lhe foi determinado das alturas. Ele só ama uma coisa: a beleza, o único bem incontestável no mundo. Sim, ele é assim! Curvemo-nos todos diante dele, de joelhos!", gritou bem alto.

Mas outra voz começou a falar baixo, do lado oposto da sala. "Não quero ficar de joelhos diante dele", disse a voz, que Albert logo reconheceu como a de Diélessov. "Por que ele é grande? E por que temos de nos ajoelhar diante dele? Por acaso se comportou de forma honrada e justa? Por acaso foi de algum proveito para a sociedade? Por acaso não sabemos que pegava dinheiro emprestado e não devolvia, que levou o violino de um camarada artista e o perdeu?..." ("Meu Deus! Como sabe disso tudo?", pensou Albert, baixando ainda mais a cabeça.) "Por acaso não sabemos que bajulou as pessoas mais insignificantes, e bajulou por dinheiro?", continuou Diélessov. "Não sabemos que o expulsaram do teatro? Que Anna Ivánovna quis entregá-lo à polícia?" ("Meu Deus! Tudo isso é verdade, mas interceda em meu favor", exclamou Albert, "só você sabe por que fiz isso.")

"Basta, tenha vergonha", exclamou de novo a voz de Petrov. "Que direito tem o senhor de acusá-lo? Por acaso o senhor viveu a vida dele? Experimentou seus êxtases?" ("É verdade! É verdade!", murmurou Albert.) "A arte é a manifestação suprema da força que há no homem. Ela é dada a raros eleitos e ergue seus eleitos a tal altura que, lá, a cabeça chega a rodar e é difícil manter-se são. Na arte, como em toda luta, existem heróis que devotam tudo à sua adoração e que sucumbem sem alcançar seu objetivo."

Petrov calou-se e Albert ergueu a cabeça e gritou bem alto: "É verdade! É verdade!", mas sua voz morreu sem emitir som nenhum.

"Isso não é da sua conta", dirigiu-se a ele o pintor Petrov, com severidade. "Sim, vocês o humilham, o desprezam", prosseguiu, "mas ele é melhor e mais feliz do que todos nós!"

Albert, com a alma em êxtase ao ouvir aquelas palavras, não se conteve, aproximou-se do outro e quis lhe dar um beijo.

"Suma daqui, não o conheço", retrucou Petrov. "Siga seu caminho, do contrário você não vai chegar..."

– Cuidado, bebeu demais! Você não vai chegar – gritou um guarda no cruzamento.

Albert se deteve, reuniu todas as suas forças e, tentando não oscilar, dobrou num beco.

Faltavam alguns passos para chegar até a casa de Anna Ivánovna. Da entrada, vinha uma luz que caía na neve do pátio e, junto ao portão, havia trenós e carruagens.

Agarrando o corrimão com os dedos enregelados, ele subiu correndo a escadinha da varanda e tocou a campainha.

O rosto sonolento da criada despontou na fresta da porta e ela olhou para Albert com ar zangado. "Não pode!", gritou. "Mandaram não deixar", e fechou a fresta da porta. Chegavam à escada sons de música e de vozes femininas. Albert sentou-se no chão, apoiou a cabeça na parede e fechou os olhos. No mesmo instante, uma multidão de imagens incoerentes, mas afins, o rodeou com força renovada, o carregou em suas ondas e o levou para algum lugar nos domínios livres e belos do devaneio. "Sim, ele é melhor e mais feliz!", se repetiu, sem querer, em sua imaginação. Pela porta, vinham os sons de uma polca. Tais sons também diziam que ele era melhor e mais feliz! Numa igreja próxima, soou um sino e o sino dizia também: "Sim, ele é melhor e mais feliz". "Mas vou entrar de novo na sala", pensou Albert. "Petrov ainda tem muita coisa para me dizer." Na sala, já não havia ninguém e, em lugar do pintor Petrov, sobre o palanque, estava o próprio Albert, que tocava no violino tudo aquilo que a voz dissera antes. Mas o violino era feito de um modo estranho: era todo de vidro. E era preciso abraçá-lo com os dois braços e, lentamente, comprimi-lo ao peito para que emitisse os sons. As notas eram meigas e encantadoras como Albert nunca tinha ouvido. Quanto mais forte apertava o violino no peito, maiores o bem-estar e a doçura que sentia. Quanto mais alto soavam as notas, mais depressa as sombras se dissipavam e mais as paredes da sala se iluminavam com uma luz cristalina. Porém era preciso tocar o violino com muito cuidado para não esmagá-lo. Albert tocava bem e com muito cuidado o instrumento de vidro. Tocava coisas que, sentia, ninguém jamais voltaria a ouvir. Já começava a se cansar quando outro som surdo e distante o distraiu. Era o som de um sino, mas aquele som pronunciou algumas palavras: "Sim", disse o sino, zunindo alto e ao longe, em algum lugar. "Vocês têm pena dele, vocês o desprezam, mas ele é melhor e mais feliz! Ninguém jamais vai tocar outra vez esse instrumento."

Aquelas palavras familiares de súbito pareciam tão inteligentes, tão novas e justas para Albert que ele parou de tocar e, tentando não se mexer, levantou as mãos e os olhos para o céu. Sentia-se belo e feliz. Apesar de não haver ninguém na sala, Albert aprumou o peito e, erguendo a cabeça com orgulho, postou-se sobre o palanque de modo que todos pudessem vê-lo. De repente a mão de alguém tocou de leve em seu ombro; virou-se e, na penumbra, viu uma mulher. Ela olhava para Albert com ar triste e balançou a cabeça negativamente. Ele logo compreendeu que aquilo que estava fazendo era ruim e sentiu vergonha. "Para onde, então?", perguntou para ela. A mulher mais uma vez o fitou fixamente, por um bom tempo, e inclinou a cabeça com tristeza. Era aquela, exatamente aquela que ele amava, e suas roupas eram as mesmas, no pescoço branco e farto havia um colar de pérolas e os braços encantadores estavam despidos até os cotovelos. Ela o segurou pela mão e conduziu-o para fora da sala. "A saída é do outro lado", disse Albert; no entanto, sem responder, ela sorriu e levou-o para fora. No limiar da sala, Albert viu a lua e a água. Mas a água não estava embaixo, como costuma acontecer, e a lua não estava no alto: um círculo branco num só lugar, como costuma acontecer. A lua e a água estavam juntas e em toda parte – no alto, embaixo, dos lados, ao redor de ambos. Albert e a mulher lançaram-se dentro da lua e da água e ele compreendeu que agora podia abraçar aquilo que amava mais que tudo no mundo; abraçou-a e sentiu uma felicidade insuportável. "Será que estou sonhando?", perguntou-se; mas não! Era realidade, era mais do que realidade: era realidade e recordação. Ele sentiu que a felicidade indescritível em que se deliciava no minuto presente havia passado e nunca mais voltaria. "Por que estou chorando?", perguntou para ela. Em silêncio, ela o fitou com ar triste. Albert entendeu o que ela queria dizer com aquilo. "Mas como pode ser, se estou vivo?", exclamou Albert. Sem responder, ela olhava para a frente, imóvel. "Isso é horrível! Como explicar a ela que estou vivo?", pensou com horror. "Meu Deus! Estou vivo, compreenda!", sussurrou. "Ele é melhor e mais feliz", disse uma voz. Porém algo oprimia Albert com força cada vez maior. Seriam a lua e a água, os abraços ou as lágrimas dela? – Albert não sabia, no entanto sentia que não dizia o que era necessário e que, em pouco tempo, tudo estaria terminado.

Dois convidados, ao saírem da casa de Anna Ivánovna, esbarraram em Albert, estirado na soleira da porta. Um deles voltou e chamou a dona da casa.

– Isso é um escândalo – disse ele. – A senhora, desse jeito, vai matar o homem de frio.

– Ah, esse Albert me apronta cada uma! Olhe só onde deitou – disse a dona da casa. – Ánnuchka! Ponha o Albert em algum canto, num quarto qualquer – disse para uma criada.

– Mas eu estou vivo, para que vão me enterrar? – balbuciou Albert na hora em que o levavam sem sentidos para o quarto.

28 de fevereiro de 1858

# TRÊS MORTES

I

Era outono. Pela estrada grande, iam duas carruagens a trote ligeiro. Na da frente, iam duas mulheres. Uma era a patroa, pálida, magra. A outra, a criada, gorda, corada e lustrosa. Cabelos secos e curtos despontavam por baixo do gorro desbotado, a mão vermelha, numa luva rasgada, de tempos em tempos ajeitava os fios de cabelo. O peito alto, coberto por um xale grosso, respirava com saúde, os olhos negros e ligeiros ora acompanhavam, pela janela, os campos que fugiam, ora lançavam um olhar tímido para a dama, ora espiavam inquietos os cantos da cabine da carruagem. Diante do nariz da criada, o chapéu da patroa balançava, pendurado numa bolsa de rede, sobre os joelhos jazia um cãozinho, os pés da criada estavam erguidos sobre umas caixas no chão e tamborilavam sobre elas, mas quase não se ouvia o som, por causa do barulho dos solavancos das molas e da trepidação dos vidros.

Com as mãos sobre os joelhos e os olhos fechados, a patroa sacudia-se debilmente sobre os travesseiros colocados por trás de suas costas e, com o rosto um pouco franzido, tossia para dentro. Trazia uma touca de noite branca na cabeça e um lenço azul amarrado no pescoço pálido e delicado. Uma risca reta, que despontava por baixo da touca, dividia o cabelo ruivo, empomadado e extraordinariamente liso, e havia algo de seco e morto na brancura da pele daquela risca larga. A pele murcha e um pouco amarelada recobria de maneira flácida os contornos finos e bonitos do rosto e se avermelhava nas bochechas e nos malares. Os lábios estavam secos e inquietos, os pelos escassos das pestanas não eram curvos e seu agasalho de viagem feito de feltro formava dobras retas sobre o peito afundado. Apesar de os olhos estarem fechados, o rosto da patroa exprimia cansaço, irritação e um sofrimento constante.

Na boleia, o lacaio cochilava recostado em seu assento, o cocheiro da carruagem de posta, gritando com energia, atiçava os quatro fortes cavalos suados, de vez em quando voltando o olhar para o outro cocheiro, que gritava atrás, numa caleche. As trilhas paralelas e largas das rodas estendiam-se regulares e bem marcadas pela estrada lamacenta de calcário. O céu estava cinzento e frio, a neblina úmida se espalhava no campo e na estrada. Dentro da carruagem, havia barulho e um cheiro de água-de-colônia e de poeira. A enferma inclinou a cabeça para trás e abriu os olhos lentamente. Os olhos grandes eram brilhantes e de uma encantadora cor escura.

– De novo – disse ela nervosa, afastando com a mão magra e bonita a ponta da manta da criada, que roçou de leve sua perna, e sua boca se torceu com ar de dor.

Matriocha recolheu a manta com as duas mãos, pôs-se de pé sobre as pernas fortes e sentou-se mais longe. Um rubor claro cobria seu rosto fresco. Os olhos escuros e encantadores da enferma seguiam com avidez os movimentos da criada. A patroa apoiava-se com as mãos no assento e também quis levantar-se a fim de se acomodar mais acima; no entanto as forças lhe faltaram. Sua boca se torceu e o rosto inteiro se desfigurou numa expressão de ironia impotente e cruel.

– Quem dera você me ajudasse!... Ah! Não precisa! Eu me viro sozinha, só não ponha nas minhas costas essas suas trouxas ou sei lá o que são, por gentileza!... E é melhor não tocar em mim, senão é capaz de fazer nada de bom! – A patroa fechou os olhos e, erguendo depressa as pálpebras outra vez, espiou a criada.

Matriocha, olhando para ela, mordia o lábio inferior vermelho. Um suspiro profundo ergueu-se do peito da enferma, mas o suspiro, antes de chegar ao fim, foi cortado pela tosse. Ela se virou, contraiu-se e segurou o peito com as mãos. Quando a tosse passou, abriu os olhos de novo e continuou sentada imóvel. A carruagem e a caleche entraram num povoado. Matriocha retirou a mão gorda de sob o xale e fez o sinal da cruz.

– O que é isso?

– Uma estação, senhora.

– Por que fez o sinal da cruz? É o que estou perguntando.

– Uma igreja, senhora.

A enferma virou-se para a janela e, devagar, começou a se benzer, fitando com os olhos arregalados a grande igreja rural que sua carruagem contornava.

A carruagem e a caleche pararam juntas diante da estação. Da caleche, desceram o marido da enferma e um médico e ambos se aproximaram da carruagem.

– Como a senhora está se sentindo? – perguntou o médico, enquanto tomava seu pulso.

– E então, minha amiga, como está, ficou cansada? – perguntou o marido em francês. – Não gostaria de descer?

Matriocha apanhou as trouxas e espremeu-se num canto para não atrapalhar a conversa.

– Vou indo, na mesma – respondeu a enferma. – Não vou descer.

Depois de ficar um pouco ali, o marido entrou na casa da estação de muda de cavalos. Matriocha pulou para fora da carruagem e correu na ponta dos pés sobre a lama até o portão.

– O fato de eu não estar bem não é motivo para o senhor não almoçar – disse a enferma sorrindo de leve para o doutor, que estava de pé junto à janela.

"Ninguém se importa comigo", acrescentou para si mesma, assim que o médico se afastou em passos silenciosos e subiu ligeiro a escadinha da entrada da estação. "Para eles, tanto faz, está tudo bem. Ah! Meu Deus!"

– E então, Eduard Ivánovitch – disse o marido ao encontrar o médico e esfregando as mãos com um sorriso alegre. – Mandei trazer a arca de mantimentos. O que o senhor acha?

– Pode ser – respondeu o médico.

– E então, como está ela? – perguntou o marido com um suspiro, baixando a voz e levantando as sobrancelhas.

– Eu avisei: ela não aguenta chegar à Itália, e não é só isso... Só se Deus ajudar chega a Moscou. Ainda mais com este tempo.

– E o que vou fazer então? Ah, meu Deus! Meu Deus! – O marido cobriu os olhos com a mão. – Traga para cá – acrescentou para o criado que entrou com a arca de mantimentos.

– Era melhor ter ficado lá – respondeu o médico, encolhendo os ombros.

– Mas, me diga, o que eu podia fazer? – retrucou o marido. – Pois empreguei todos os meios para contê-la, falei sobre os custos, sobre os filhos que tivemos de deixar, e sobre meus negócios... Ela não quis ouvir nada. Faz planos de uma vida no exterior, como se estivesse saudável. E falar com ela sobre seu estado de saúde, isso seria o mesmo que matá-la.

– Mas ela já está morta, o senhor precisa saber disso, Vassíli Dmítritch. Um ser humano não pode viver quando não tem pulmões e os pulmões não podem nascer de novo. É triste, é deprimente, mas o que fazer? O meu papel e o do senhor são apenas cuidar para que o fim dela seja o mais sereno possível. É preciso um padre confessor.

– Ah, meu Deus! O senhor pense na minha situação, tendo que lembrá-la de seu testamento. Aconteça o que acontecer, não vou falar disso com ela. O senhor sabe como é bondosa...

– Mesmo assim, tente convencê-la a ficar aqui até a abertura das estradas de inverno – disse o médico, balançando a cabeça com ar pensativo. – Senão, algo pior pode ocorrer no caminho...

– Aksiucha, Aksiucha! – gritou a filha do encarregado da estação, jogando um casaco sobre a cabeça a pisando a enlameada varanda dos fundos. – Vamos ver a dama que veio de Chirkino, dizem que vão levá-la para o estrangeiro por causa de uma doença no peito. Eu nunca vi como fica uma pessoa quando tem tuberculose.

Aksiucha apareceu de repente na porta e as duas, de mãos dadas, correram pelo portão. Diminuindo o passo, passaram pela carruagem e deram uma espiada pela janela abaixada. A enferma virou a cabeça para elas, porém, ao notar a curiosidade das meninas, fechou a cara e deu as costas para elas.

– Nossa mãe! – disse a filha do encarregado da estação, virando a cabeça rápido. – Antes era bonita demais, e agora como é que ficou! Chega a dar medo. Viu, viu só, Aksiucha?

– Vi, como está magra! – concordou Aksiucha. – Vamos olhar mais uma vez, finge que a gente está indo para o poço. Olhe, ela virou a cara, mas eu ainda vi um pouquinho. Que pena dá na gente, Macha.

– É, mas quanta lama! – respondeu Macha, e as duas voltaram correndo pelo portão.

"Pelo visto, estou com péssimo aspecto", pensou a enferma. "Quem dera eu fosse logo para o exterior, lá ia me curar logo."

– Então, como vai, minha amiga? – perguntou o marido, aproximando-se da carruagem e mastigando um bocado de comida.

"Sempre a mesma pergunta", pensou a enferma. "E ainda por cima está comendo!"

– Vou indo! – disse ela, entre dentes.

– Sabe, minha amiga, receio que você piore na estrada com este tempo e Eduard Ivánovitch diz a mesma coisa. Não será melhor voltarmos?

Com ar zangado, ela nada respondeu.

– O tempo vai melhorar depois, a estrada vai ficar melhor e você vai ficar melhor; então iremos todos juntos.

– Desculpe. Se eu não tivesse dado ouvidos a você, tempos atrás, estaria agora em Berlim e minha saúde estaria ótima.

– O que fazer, meu anjo? Era impossível, você sabe. Mas agora, se você ficasse mais um mês, teria uma melhora formidável; eu teria terminado meus negócios e levaríamos os filhos conosco...

– As crianças estão bem de saúde, e eu não.

– Mas convenhamos, minha amiga, com este tempo, se você piorar na estrada... pelo menos você estaria em casa.

– Como assim, estaria em casa?... Para morrer em casa? – retrucou a enferma, enfurecida. Mas a palavra *morrer*, pelo visto, assustou-a e ela fitou o marido com ar indagador e suplicante. Ele baixou os olhos e ficou em silêncio. A boca da enferma de repente se torceu de um jeito infantil e lágrimas escorreram dos olhos. O marido cobriu o rosto com um lenço e se afastou da carruagem em silêncio. – Não, eu vou em frente – disse a enferma, erguendo os olhos para o céu, cruzou os braços e começou a murmurar palavras incoerentes. – Meu Deus! Mas para quê? – disse, e as lágrimas correram com mais força. Ela rezou com fervor e por muito tempo, mas seu peito doía e apertava muito, o céu e os campos estavam cinzentos e turvos, a mesma neblina de outono, nem mais densa nem mais rala, mas exatamente igual, se espalhava sobre a lama da estrada, sobre os telhados, a carruagem e os casacos de pele de carneiro dos cocheiros, que, conversando com voz forte e alegre, punham graxa na carruagem e atrelavam os cavalos...

## II

A carruagem estava pronta, mas o cocheiro demorava. Tinha ido à isbá dos cocheiros. Lá dentro era quente, abafado, escuro e opressivo, tinha cheiro de alojamento, de pão assado, de repolho e de pele de carneiro. Alguns cocheiros estavam na sala, a cozinheira estava atarefada junto ao fogão da estufa, um homem doente jazia deitado sobre a estufa, envolto em peles de carneiro.

– Tio Khvédor! Ei, tio Khvédor – disse o cocheiro de casaco de pele de carneiro e com um chicote preso no cinto ao entrar na sala, dirigindo-se ao enfermo.

– O que é isso, rapaz, para que incomodar o Fiedka? – retrucou um dos cocheiros. – Vai embora, estão esperando você na carruagem.

– Quero pedir as botas; as minhas arrebentaram – respondeu o rapaz, jogando os cabelos para trás e ajeitando as luvas por trás do cinto. – Pegou no sono? Ei, tio Khvédor! – repetiu, aproximando-se da estufa.

– O que é isso? – ouviu-se uma voz fraca e um rosto magro e ruivo levantou-se um pouco da estufa. A mão comprida, descarnada e pálida, coberta de pelos, puxou um agasalho de aniagem por cima do ombro pontudo, coberto por uma camisa imunda. – Dê alguma coisa para eu beber, irmão; o que você quer?

O rapaz lhe deu uma cumbuca com água.

– Escute, Fiédia – disse, mudando o pé de apoio, embaraçado. – Acho que agora você não vai mais precisar das botas novas; dê para mim, parece que você não vai andar mais.

Depois de baixar a cabeça cansada sobre a cumbuca lustrosa e mergulhar na água escura os ralos fios do bigode caído, o enfermo bebeu, sôfrego e fraco. Sua barba emaranhada estava suja, os olhos fundos e turvos se ergueram com dificuldade para o rosto do rapaz. Depois de afastar-se da água, ele quis levantar a mão para enxugar os lábios molhados, mas não conseguiu e enxugou-se nas mangas do casaco de aniagem. Calado, ofegante, respirando pelo nariz, fitou o rapaz bem nos olhos, enquanto reunia suas forças.

– Talvez você já tenha prometido dar para alguém – disse o rapaz. – Aí, não adianta. O negócio é que a terra está encharcada e tenho de ir para o trabalho e aí pensei assim: vou lá pedir as botas do Fiedka, talvez ele não precise. Mas se vão fazer falta para você, diga...

Algo começou a roncar e borbulhar dentro do peito do enfermo; ele se curvou e deu umas tossidas roucas e insistentes.

– Que fazer falta, nada – em tom zangado e sem ninguém esperar, a voz da cozinheira encheu toda a isbá. – Já tem dois meses que não se levanta da estufa. Olhe como se mata de tossir, dói dentro da gente só de ouvir. Para que ele precisa das botas? Não vai ser enterrado com botas novas. Já passou da hora faz tempo, Deus me perdoe este pecado. Olhe como se mata de tossir. Era melhor levar o homem para outra isbá ou sei lá para onde! Ouvi dizer que tem hospitais para isso na cidade; a verdade é que aqui ele toma um canto inteiro, e pronto. Não sobra espaço para a gente. E também reclamam da limpeza.

– Ei, Serega! Vá para sua boleia, os patrões estão esperando – gritou o chefe da estação de posta.

Serega fez menção de sair sem esperar a resposta, mas o enfermo, enquanto tossia, fez com os olhos um sinal de que queria falar.

– Pegue as botas, Serega – disse, reprimindo a tosse e descansando um pouco. – Só escute aqui uma coisa: compre uma pedra para mim quando eu morrer – acrescentou, ofegante.

– Obrigado, tio, vou pegar, e a pedra, pode deixar que eu compro.

– Aí, pessoal, vocês ouviram – ainda conseguiu falar o enfermo, antes de se curvar de novo e sentir-se sufocado.

– Certo, a gente ouviu – respondeu um dos cocheiros. – Vá para a sua boleia, Serega, o chefe está chamando de novo. Olhe que a patroa de Chirkino está doente.

Serega livrou-se de suas botas grandes, rasgadas, de tamanhos diferentes, e jogou-as embaixo de um banco. As botas novas do tio Fiódor prontamente calçaram seus pés, e Serega, olhando para elas, saiu na direção da carruagem.

– Puxa, que botas ótimas! Deixe eu dar uma engraxada – disse o cocheiro com a graxa na mão, na hora em que Serega subiu na boleia e segurou as rédeas. – Ele deu de graça?

– Está com inveja? – retrucou Serega, levantando-se um pouco e enrolando nas pernas as abas do casaco de aniagem. – Vamos embora! Eh, meus queridos! – gritou para os cavalos, brandindo o chicote; e a carruagem e a caleche, com seus passageiros, malas e arcas de couro rolaram ligeiras pela estrada encharcada, sumindo no nevoeiro cinzento do outono.

O cocheiro doente ficou sobre a estufa na isbá abafada e, sem expectorar, virou-se com esforço para o outro lado e dormiu.

Na isbá, até de tarde, entravam, saíam e comiam – ninguém notava o enfermo. Ao anoitecer, a cozinheira subiu na estufa e puxou o casaco de pele de carneiro que estava embaixo das pernas dele.

– Não fique brava comigo, Nastássia – exclamou o enfermo. – Logo vou deixar o canto livre para você.

– Tudo bem, tudo bem, puxa, não é nada – balbuciou Nastássia. – Mas o que é que está doendo em você, tio? Fale.

– Dentro, está tudo ruim. Só Deus sabe o que é.

– Não é a garganta que dói quando tosse?

– Dói tudo. Minha morte chegou, é isso. Ah, ah, ah! – gemeu o enfermo.

– Cubra melhor as pernas, assim – disse Nastássia, esticando o casaco de aniagem em cima dele, no caminho, enquanto descia da estufa.

De noite, o candeeiro brilhava fraco dentro da isbá. Nastássia e uns dez cocheiros dormiam roncando no chão e nos bancos. Só o enfermo respirava sem força, gemia e rolava de um lado para o outro sobre a estufa. Quando amanheceu, ele estava completamente quieto.

– Hoje vi uma coisa incrível no meu sonho – disse a cozinheira, espreguiçando-se na penumbra da manhã. – Vi o tio Khvédor descer da estufa e sair para cortar lenha. Ei, Nástia, ele me disse, deixe eu ajudar você; e eu respondi: Como é que vai conseguir cortar lenha? E na mesma hora ele pegou o machado e começou a cortar com tanta agilidade, tanta agilidade, que eu só via as lascas voando. Como é que pode?, eu disse, se você estava doente. Não, ele disse, eu estou bom, e brandiu o machado de um jeito que fiquei até com medo, que coisa! Então dei um grito e acordei. Será que ele morreu? Tio Khvédor! Ei, titio!

Fiódor não reagiu.

– Puxa, será que morreu? Vou dar uma olhada – disse um dos cocheiros que tinham acordado.

A mão magra que pendia na estufa, coberta por pelos castanho-claros, estava fria e pálida.

– Vá avisar ao encarregado da estação, parece que morreu – disse o cocheiro.

Fiódor não tinha parentes – era de longe. No dia seguinte, o enterraram no cemitério novo, do outro lado do bosque, e durante alguns dias Nastássia contou a todos sobre o sonho que tivera e dizia que ela foi a primeira a se lembrar do tio Fiódor.

III

Chegou a primavera. Nas ruas molhadas da cidade, pequenos regatos corriam borbulhantes entre bloquinhos de gelo sujos de esterco; a cor das roupas e os sons da voz do povo em movimento eram radiantes. Nos jardinzinhos atrás das cercas, os brotos das árvores inchavam e os ramos balançavam no vento fresco, quase sem fazer barulho. Em toda parte, gotas cristalinas escorriam, pingavam... Pardais davam pios incoerentes e esvoaçavam com suas asas miúdas. Do lado do sol, nas cercas, nas casas e nas árvores, tudo se mexia e brilhava. Havia juventude e alegria no céu, na terra e no coração do homem.

Numa das ruas principais, diante de uma grande casa senhorial, estendiam palha fresca; dentro da casa, estava a mesma enferma moribunda que tinha pressa de ir para o exterior.

Junto à porta fechada do quarto, estavam o marido da enferma e uma mulher mais velha. Sentado no sofá, o padre, de olhos baixos, segurava alguma coisa embrulhada numa estola. No canto, numa poltrona reclinada, jazia uma velhinha – a mãe da enferma –, que chorava com amargura. Perto dela, a criada segurava um lenço limpo, à espera de que a velha o pedisse; outra criada esfregava alguma coisa nas têmporas da velha e borrifava algo na cabeça grisalha por baixo da touca.

– Bem, Cristo esteja com a senhora, minha amiga – disse o marido para a mulher mais velha que estava com ele de pé, junto à porta. – Ela tem muita confiança na senhora, e a senhora sabe como falar com ela, convença-a, por favor, minha querida, vá.

Ele fez menção de abrir a porta para ela; mas a mulher, sua prima, o conteve, levou o lenço aos olhos algumas vezes e balançou a cabeça.

– Pronto, agora não parece que chorei – disse, abriu a porta ela mesma e entrou.

O marido, sob forte emoção, parecia completamente desnorteado. Fez menção de se dirigir à velhinha; porém, depois de alguns passos, deu meia-volta, cruzou a sala e aproximou-se do padre. O padre olhou para ele, ergueu as sobrancelhas para o céu e deu um suspiro. A barba densa e cinzenta também se moveu para cima e para baixo.

– Meu Deus! Meu Deus! – disse o marido.

– O que fazer? – disse o sacerdote suspirando, e mais uma vez as sobrancelhas e a barba se moveram para cima e para baixo.

– E a mãezinha dela está aqui! – exclamou o marido quase em desespero. – Ela não vai suportar isso. Ama tanto, ama tanto a filha, como é que ela... eu não sei. Quem sabe, meu caro, o senhor podia tranquilizá-la e convencê-la a ir embora.

O padre levantou-se e aproximou-se da velhinha.

– Na verdade, senhora, ninguém pode avaliar o que é um coração de mãe – disse. – No entanto Deus é misericordioso.

De repente o rosto da velhinha começou a agitar-se muito e ela teve um ataque de soluços histéricos.

– Deus misericordioso – prosseguiu o padre, quando a velhinha se acalmou um pouco. – Vou contar para a senhora, na minha paróquia havia um enfermo, muito pior do que Mária Dmítrievna, e então uma mulher simples, do povo, curou-o com ervas, em pouco tempo. E essa mulher simples agora está até em Moscou. Falei com Vassíli Dmítrievitch... ele podia experimentar. Pelo menos traria um consolo à enferma. Para Deus, tudo é possível.

– Não, ela não vai viver mais – disse a velhinha. – Em vez de mim, Deus está levando ela. – E os soluços histéricos ficaram mais fortes, a tal ponto que a mulher perdeu os sentidos.

O marido da enferma cobriu o rosto com as mãos e saiu depressa da sala.

No corredor, a primeira pessoa que o encontrou foi um menino de seis anos, que corria esbaforido atrás de uma menina menor.

– E então, o senhor não vai mandar levar as crianças para ver a mãe? – perguntou a babá.

– Não, ela não quer vê-los. Vai irritá-la.

O menino parou um minuto, fitando fixamente o rosto do pai, e de súbito deu um coice com o pé e seguiu correndo, com um grito.

– Ela está fingindo que é um cavalo murzelo, papai! – gritou o menino, apontando para a irmã.

Enquanto isso, no quarto, a prima estava sentada junto à enferma e, com uma conversa habilmente conduzida, tentava prepará-la para a ideia da morte. O médico, ao lado da janela do outro lado, misturava uma bebida.

A enferma, de camisolão branco, toda apoiada em travesseiros, estava sentada no leito e olhava em silêncio para a prima.

– Ah, minha amiga – disse ela, interrompendo-a de modo inesperado. – Não precisa me prevenir. Não me tome por uma criança. Sou cristã. Sei tudo. Sei que não vou viver muito tempo, sei que se meu marido tivesse me dado ouvidos antes eu estaria na Itália e, talvez, ou com toda a certeza, estaria curada. Todos diziam isso para ele. Mas o que fazer, parece que é a vontade de Deus. Todos temos muitos pecados, eu sei; mas tenho esperança na misericórdia de Deus, que vai perdoar tudo, acredito, vai perdoar tudo. Tento compreender a mim mesma. E tenho muitos pecados, minha amiga. Em compensação, quanto eu sofri. Tentei suportar meu sofrimento com paciência...

– Quer que eu chame o padre, minha amiga? A senhora vai sentir-se mais aliviada, depois que tiver comungado – disse a prima.

A enferma inclinou a cabeça em sinal de concordância.

– Deus! Perdoe-me, sou uma pecadora – sussurrou.

A prima saiu e piscou para o padre.

– É um anjo! – disse ela para o marido, com lágrimas nos olhos.

O marido começou a chorar, o padre cruzou a porta, a velhinha continuava sem sentidos e, no quarto, o silêncio era completo. Cinco minutos depois, o padre saiu pela porta, retirou a estola dos ombros e arrumou os cabelos.

– Graças a Deus, agora ela está mais serena – disse. – Quer ver vocês.

A prima e o marido entraram no quarto. A enferma chorava em silêncio, olhando para um ícone.

– Congratulações, minha amiga – disse o marido.

– Muito obrigada! Como me sinto bem agora, que doçura inexplicável estou sentindo – disse a enferma, e um leve sorriso passou pelos lábios finos. – Como Deus é misericordioso! Não é verdade que Ele é misericordioso e todo-poderoso? – E novamente, numa prece sôfrega, fitou o ícone com os olhos cheios de lágrimas.

Em seguida, de repente, pareceu lembrar-se de uma coisa. Fez sinais para o marido chegar perto.

– Você nunca quer fazer o que eu peço – disse com voz fraca e descontente.

O marido, esticando o pescoço, ouvia, submisso.

– O que foi, minha amiga?

– Quantas vezes eu lhe disse que esse médico não sabe nada, existem curandeiras simples, que curam... O padre me disse... uma pessoa do povo... Chame.

– Chamar quem, minha amiga?

– Meu Deus! Ele não quer entender nada!... – E a enferma franziu o rosto e fechou os olhos.

O médico aproximou-se e segurou a mão dela. Era evidente que o pulso estava cada vez mais fraco. Ele piscou para o marido. A enferma notou o gesto e olhou ao redor, assustada. A prima virou-se de costas e começou a chorar.

– Não chore, não atormente a si e a mim – disse a enferma. – Isso me tira o que resta de tranquilidade.

– Você é um anjo! – disse a prima, beijando sua mão.

– Não, beije aqui, só se beija a mão dos mortos. Meu Deus! Meu Deus!

Naquela mesma noite, a enferma já era um corpo e o corpo estava dentro de um caixão, na sala da casa-grande. No cômodo amplo com as portas fechadas, um sacristão estava sentado e, com voz fanhosa e contida, lia um salmo de Davi. A luz clara das velas de cera dos altos candelabros de prata batia na testa pálida da falecida, nas mãos pesadas, cor de cera, nas dobras petrificadas da mortalha, que se levantava de modo aterrador nos dedos dos pés e nos joelhos. O sacristão lia ritmadamente sem levantar a voz e, na sala silenciosa, as palavras ressoavam e se extinguiam de modo estranho. De vez em quando, chegavam de um cômodo remoto sons de vozes de crianças e de seus passos.

"Escondes tua face e eles se apavoram", rezava o salmo. "Retiras deles o fôlego e eles morrem, e voltam ao seu pó. Envias teu sopro e eles são criados, e assim renovas a face da terra. Que a glória do Senhor dure para sempre."[1]

---

1 Salmos 104,29-31.

O rosto da morta estava severo, calmo e imponente. Nem na testa fria e limpa, nem nos lábios cerrados com firmeza, nada se movia. Toda ela era atenção. Mas será que pelo menos agora entendia aquelas grandes palavras?

IV

Um mês depois, sobre o túmulo da falecida, erguia-se uma capela de pedras. Sobre o túmulo do cocheiro, ainda não havia pedra nenhuma e só o capim verde-claro irrompia sobre o montinho de terra que servia como único sinal da existência passada de um homem.

– Vai ser um pecado para você, Serega – disse uma vez a cozinheira, na estação de muda de cavalos –, se não comprar uma pedra para o Khvédor. Você disse: está no inverno, está no inverno, mas e agora, como é que não cumpre sua palavra? Falou na minha frente. Ele já veio uma vez pedir para você e, se não comprar, vai vir de novo, vai estrangular você.

– Mas por acaso eu disse que não? – retrucou Serega. – Vou comprar uma pedra, como disse, vou comprar, sim, vou comprar por um rublo e meio. Eu não esqueci, só que tem de transportar. Quando eu tiver uma chance de ir à cidade, eu compro.

– Pelo menos podia ter colocado uma cruz, puxa vida – reagiu um velho cocheiro. – Senão fica muito feio. Está usando as botas.

– E onde é que vou arranjar uma cruz? Vou cortar lenha na mata?

– O que está dizendo? Não pode cortar lenha, então pegue um machado, vá cedinho na mata e corte. Corte um freixo ou alguma coisa assim. Pode fazer uma capelinha. Vai lá, quem sabe, dê uma vodca para o guarda-florestal deixar. Não tem fim, para qualquer besteira a gente tem de dar bebida para eles. Olhe, outro dia quebrei um varal de atrelar cavalos, cortei madeira e fiz um novo que ficou uma beleza, e ninguém deu um pio.

De manhã cedinho, quase ao raiar do dia, Serega pegou o machado e foi para a mata.

Em toda parte, jazia a fria e turva mortalha do orvalho, que ainda estava caindo, não iluminada pelo sol. O nascente clareava de modo imperceptível, refletindo sua luz fraca na abóbada do céu, velada por nuvens finas. Nenhum capim embaixo, nenhuma folha nos galhos altos das árvores se mexia. Só de vez em quando se ouviam sons de asas na folhagem densa de uma árvore ou um farfalhar na terra rompia o silêncio da mata. De repente, um som estranho, alheio à natureza, se espalhou e morreu nos limites da mata. Mas ouviu-se o som outra vez e começou a se repetir de modo ritmado, mais abaixo, em torno do tronco de uma das árvores imóveis. O topo de uma das árvores começou a estremecer de maneira estranha, centenas de suas folhas começaram a cochichar e um pisco-de-peito-ruivo, que estava num de seus ramos, sacudiu as asas duas vezes, deu um assovio e, contraindo a cauda, pousou em outra árvore.

O machado batia embaixo cada vez mais fundo, centenas de lascas brancas voavam sobre o capim orvalhado e se ouviu um ligeiro estalo por trás dos golpes. A árvore tremeu inteira, inclinou-se e se aprumou depressa, oscilando assustada sobre suas raízes. Por um instante, tudo ficou em silêncio, no entanto a árvore mais uma vez se inclinou, mais uma vez se ouviu um estalo em seu tronco, e, quebrando os galhos e curvando os ramos, ela desabou, de uma ponta à outra, sobre a terra molhada. Os sons do machado e de passos silenciaram. O passarinho cantou e voou mais para o alto. O ramo que ele havia roçado com suas asas balançou algum tempo e, como os demais, se aquietou com todas as suas folhas. As árvores ostentaram, com ainda mais alegria, seus ramos imóveis naquele novo espaço aberto.

Os primeiros raios do sol que romperam através das nuvens reluziram no céu e dispararam pela terra e pelo céu. A neblina começou a escoar em ondas pelos vales, o orvalho, brilhando, cintilava nas folhagens, nuvens transparentes e esbranquiçadas dispersavam-se ligeiras pela abóbada azulada. Passarinhos esvoaçavam dentro das folhagens e, como que desconcertados, gorjeavam algo feliz; centenas de folhas sussurravam alegres e tranquilas nas copas, e os ramos das árvores vivas puseram-se a balançar, lentos e majestosos, acima da árvore tombada, morta.

# POLIKUCHKA

I

– A senhora é quem manda, patroa! Só que dá pena dos Dútlov. Todos eles são gente boa; e se a senhora não mandar pelo menos um servo doméstico, vai ter de ir um dos Dútlov mesmo, não tem jeito – disse o administrador. – E agora todo mundo está apontando para eles. Mas a senhora é quem manda.

E trocou a posição das mãos, cruzou a direita sobre a esquerda, apoiou as duas na frente da barriga, inclinou a cabeça para o outro lado, contraiu os lábios finos até quase estalarem, ergueu os olhos e ficou em silêncio, com a visível intenção de se manter calado por muito tempo e ouvir, sem fazer objeção, todos os absurdos que a patroa certamente ia lhe dizer.

Esse administrador era um dos servos domésticos, de barba raspada, casacão comprido (no feitio especial dos administradores), e naquela tarde de outono apresentava um relatório à sua patroa. No entendimento da patroa, seu papel no relatório consistia apenas em escutar a prestação de contas dos negócios anteriores da propriedade rural e dar as ordens relativas aos negócios futuros. No entendimento do administrador, Iégor Mikháilovitch, o relatório era uma cerimônia em que ele devia permanecer de pé sobre as pernas tortas, num canto, com o rosto virado para o sofá, ouvindo todo o palavrório e todas as digressões da patroa até que, em pouco tempo e por diversos meios, ela afinal respondesse com impaciência "Está bem, está bem" a toda e qualquer proposta de Iégor Mikháilovitch.

Dessa vez, tratava-se do recrutamento de soldados. Pokróvskoie tinha de mandar três recrutas. Dois, sem dúvida, foram indicados pelo destino, devido à coincidência de circunstâncias familiares, morais e econômicas. A respeito deles, não podia haver hesitação nem discussão, tanto por parte da comuna camponesa, o *mir*, quanto por parte da patroa, nem por parte da opinião pública. O terceiro recruta era objeto de debate. O administrador queria defender os três Dútlov e mandar em seu lugar o servo doméstico Polikuchka, que tinha péssima reputação e já fora apanhado roubando sacos, arreios e feno; já a patroa, que muitas vezes afagava os filhos esfarrapados de Polikuchka e, por meio de ensinamentos evangélicos, tentava promover o aprimoramento moral de seu servo, não queria mandá-lo. Ao mesmo tempo, não queria também causar mal aos Dútlov, que ela não conhecia e nunca tinha visto. No entanto, por algum motivo, não conseguia de jeito nenhum entender a situação, e o administrador não se decidia a explicar de modo direto que, caso Polikuchka não fosse, iria um Dútlov.

– Sim, eu não quero causar a infelicidade dos Dútlov – disse ela com sinceridade.
"Se a senhora não quer, então pague trezentos rublos por um recruta" – era o que ele precisava responder à patroa. Mas a política não permitia isso.

Assim, Iégor Mikháilovitch se limitava a ficar olhando com calma, até se encostou disfarçadamente na ombreira da porta, mantendo no rosto a expressão de servilismo, e pôs-se a observar como os lábios da patroa se mexiam, como as fitinhas de seu gorro sacudiam, junto com sua sombra na parede, abaixo de um quadrinho. Porém, no geral, ele não achava necessário penetrar no significado do que ela falava. A patroa falou demais e por muito tempo. Ele sentiu, atrás das orelhas, o impulso de bocejar; mas habilmente substituiu aquele tremor por uma tosse abafada pela mão, e fingiu pigarrear. Há pouco tempo, vi lorde Palmerston[1] sentado, de chapéu na cabeça, na hora em que um membro da oposição vituperava contra o ministério, e de repente o lorde levantou-se e, num discurso de três horas, retrucou a todos os pontos do opositor; vi isso e não me admirei, porque tinha visto mil vezes algo parecido entre Iégor Mikháilovitch e sua patroa. Se temesse pegar no sono ou se percebesse que ela já estava se exaltando demais, o administrador passava o peso do corpo da perna esquerda para a direita e dava início a um preâmbulo sacramental, que começava assim:

– A senhora é quem manda, patroa, só que... só que agora a assembleia dos camponeses está reunida na frente do meu escritório e é preciso pôr um ponto-final nesse assunto. A ordem diz que, antes do Dia de Pokrov,[2] é preciso levar os recrutas para a cidade. E os camponeses indicam os Dútlov, pois não há outros mesmo. E a comuna camponesa não leva em conta os interesses da senhora; para eles, tanto faz que os Dútlov fiquem na miséria. Mas eu sei como eles têm lutado. Olhe, desde que sou administrador, eles vivem na maior pobreza. O velhinho esperou tanto a chegada do sobrinho mais novo, e agora vai ser levado à ruína outra vez. E eu, se a senhora permite que lhe diga, me preocupo tanto com os interesses da senhora quanto com os meus. Dá pena, Excelência, mas seja como a senhora quiser! Não são meus parentes nem nada, não tenho nenhum negócio com eles...

– Sei, eu nem pensei nisso, Iégor – interrompeu a patroa, e na mesma hora imaginou que ele tinha sido subornado pelos Dútlov.

– ... Só que eles têm a melhor lavoura entre os camponeses. São mujiques tementes a Deus, trabalhadores. O velho é estaroste há trinta anos, não bebe nada, não fala nenhum palavrão, vai à igreja. (O administrador sabia como persuadir.) E o mais

---

1 Henry John Temple, político inglês (1784-1865).

2 Dia da Proteção da Mãe de Deus (1º de outubro).

importante, digo à senhora, ele tem só dois filhos, os outros são sobrinhos. A comuna camponesa está indicando os Dútlov, mas na verdade era preciso sortear entre os que têm um lote de dois filhos. Os outros que tinham três filhos se separaram, em seu descaramento, e agora estão bem, mas esses têm de sofrer por sua virtude.

Agora a patroa já não estava entendendo nada – não entendia o que significavam aquele "lote de dois filhos" e o que seria a tal "virtude"; apenas ouvia os sons e observava os botões de nanquim no casacão do administrador: o botão de cima, pelo visto, ele abotoava com menos frequência, por isso estava preso bem firme, mas no botão do meio a linha tinha afrouxado demais e ele já estava pendurado e fazia tempo que devia ter sido costurado de novo. No entanto, como todos sabem, numa conversa, sobretudo de negócios, não é necessário absolutamente entender o que estão dizendo, é preciso apenas lembrar o que queremos dizer. Assim também agia a patroa.

– Por que você não quer me entender, Iégor Mikháilovitch? – disse ela. – Não quero de forma nenhuma que Dútlov vá para o Exército. Acho que você me conhece bem e sabe que faço tudo o que posso para ajudar meus camponeses e não quero a infelicidade deles. Você sabe que estou disposta a sacrificar tudo para livrá-los dessa coerção triste e não ceder nem os Dútlov nem os Khoriúchkin. (Não sei se passou pela cabeça do administrador que, para livrá-los daquela triste coerção, não era necessário sacrificar *tudo*, bastavam trezentos rublos; mas esse pensamento podia facilmente lhe ocorrer.) Só vou lhe dizer uma coisa: não vou ceder o Polikei de jeito nenhum. Quando, depois daquela história do relógio, ele mesmo me confessou e chorou e prometeu que ia se reabilitar, conversei muito com ele e vi que estava comovido e que seu arrependimento era sincero. ("Pronto, começou a cantoria!", pensou Iégor Mikháilovitch, e pôs-se a observar o xarope de frutas que estava dentro do copo de água da patroa: seria de laranja ou de limão? "Deve estar ácido", pensou.) Faz seis meses que ele não se embriaga e vem se comportando de modo excelente. A esposa me contou que ele se tornou outro homem. E como é que, agora que se reabilitou, você quer que eu o castigue? E não seria uma desumanidade mandar para o Exército um homem que tem cinco filhos e é o único sustento da família? Não, é melhor que não me fale mais disso, Iégor...

E a patroa pegou o copo e bebeu.

Iégor Mikháilovitch acompanhou a passagem da água pela garganta da patroa e em seguida fez sua objeção, de modo conciso e seco:

– Então a senhora vai mandar um Dútlov?

A patroa ergueu as mãos.

– Como é que você não consegue me entender? Por acaso eu quero a infelicidade de Dútlov, por acaso tenho alguma coisa contra ele? Deus é testemunha de que estou disposta a fazer tudo por ele. (Voltou o olhar para o quadro no canto, mas lembrou que não era uma imagem de Deus: "Bem, tanto faz, não vem ao caso", pensou. Mais uma vez, é estranho que não tenha passado pela cabeça da patroa a ideia dos trezentos rublos.) Mas o que vou fazer? Você acha que sei o que fazer e como? Não tenho como saber. Bem, eu conto com você, você sabe o que eu quero. Faça de um jeito que todos fiquem satisfeitos, conforme a lei. O que fazer? Não é só ele. Todos passam por momentos difíceis. Só não pode mandar o Polikei. Entenda que isso seria uma coisa horrível da minha parte.

Ela ainda teria falado por mais tempo – estava muito animada; porém, naquele momento, entrou uma criada.

– O que foi, Duniacha?

– Chegou um mujique para perguntar ao Iégor Mikháilitch se ele quer que a assembleia espere mais – disse Duniacha e olhou para Iégor Mikháilovitch com ar zangado. ("Esse administrador não tem jeito", pensou ela. "Deixou a patroa nervosa; agora de novo ela não vai me deixar dormir até duas horas.")

– Então vá logo, Iégor – disse a patroa. – Faça o que achar melhor.

– Sim, senhora. (Já não disse mais nada sobre Dútlov.) E quem a senhora quer que eu mande pegar o dinheiro com o jardineiro?

– Petrucha ainda não voltou da cidade?

– Não, senhora.

– E o Nikolai não pode ir?

– O papai está de cama com dor nas costas – disse Duniacha.

– Não quer que eu mesmo vá lá amanhã? – perguntou o administrador.

– Não, você é necessário aqui, Iégor. (A patroa refletiu por um momento.) Quanto dinheiro é?

– Quatrocentos e sessenta e dois rublos, senhora.

– Mande o Polikei – disse a patroa, fitando resoluta o rosto de Iégor Mikháilovitch.

Com os dentes cerrados, o administrador esticou os lábios como se fosse sorrir, mas não mudou a expressão do rosto.

– Sim, senhora.

– Mande que ele venha falar comigo.

– Sim, senhora. – E Iégor Mikháilovitch foi para o escritório.

## II

Polikei, como homem desprezível e de má fama, tendo chegado havia pouco tempo de outra aldeia, não contava com a proteção nem da governanta nem do copeiro nem do administrador nem da arrumadeira, e seu canto era o mais miserável, apesar de sua família ter sete pessoas, contando com a esposa e os filhos. Os cantos tinham sido construídos, ainda no tempo do falecido patrão, da seguinte forma: no meio de uma isbá de pedra de dez *archin*, estava o fogão russo,[3] em volta ficava o *colidor* (como os criados chamavam o corredor) e em cada ângulo da isbá havia um canto, cercado por tábuas. Portanto havia pouco espaço, sobretudo no canto de Polikei, que ficava bem perto da porta. O leito conjugal, com um cobertor acolchoado e travesseiros coloridos, o berço com um bebê, a mesinha de três pés – sobre a qual preparavam a comida, lavavam a roupa, colocavam todos os objetos de casa e onde o próprio Polikei trabalhava (ele era curandeiro de cavalos) –, ferramentas, roupas, galinhas, um bezerro e as sete pessoas da família ocupavam o canto inteiro, e não seria possível nem se mexer, se a estufa comum não lhes proporcionasse a quarta parte que lhes cabia, para sobre ela guardarem objetos e se acomodarem a si mesmas, e se não pudessem também sair para a varanda. Mas isso costumava ser impossível: em outubro fazia frio demais e os agasalhos se reduziam a um único casaco de pele de carneiro para todos os sete; em compensação, as crianças podiam se esquentar correndo, os adultos, trabalhando, e tanto uns quanto os outros, subindo na estufa, onde o calor chegava a quarenta graus. Parece terrível viver em tais condições, mas para eles não tinha importância: dava para viver. Akulina lavava a roupa e costurava para as crianças e para o marido, fiava, tecia e branqueava as roupas de algodão, cozinhava e assava na estufa comum, praguejava e fofocava com as vizinhas. O suprimento de comida para o mês dava não só para os filhos mas também para a vaca. A lenha era de graça, bem como a ração para os animais. E uma sobra do feno da cavalariça ficava para eles. Havia um terreno para a horta. A vaquinha tivera cria; eles possuíam galinhas. Polikei trabalhava na cavalariça, cuidava de dois garanhões, sangrava os cavalos e o gado; limpava as ferraduras, cuidava das feridas, aplicava pomadas que ele mesmo inventava e, em troca, lhe davam dinheiro e provisões. Também ficavam com a sobra da aveia da patroa. Na aldeia, havia um mujiquezinho que, todo mês, sem falta, dava duas libras de carne de carneiro em troca de duas medidas de aveia. Seria possível viver, se não houvesse o sofrimento moral. E o sofrimento era grande para toda a família. Quando jovem, Polikei tinha vivido em outra aldeia, cuidando da criação de cavalos. O cavalariço a quem ele era subordinado era o maior ladrão de toda a redondeza: no fim, mandaram o homem para o degredo. Polikei foi o aluno mais aplicado daquele cavalariço e, nos anos de juventude, se acostumou de tal modo a *essas bobagens* que, por mais que tentasse largar o costume, não conseguia. Era jovem, fraco; pai

---

3 Aparato que servia de forno, fogão e estufa para aquecer o ambiente.

e mãe, não teve, e também não teve com quem se educar. Polikei adorava beber e não gostava que deixassem as coisas fora do lugar. Fosse uma correia, uma sela, uma braçadeira, um cravo ou algum objeto de mais valor – para tudo, Polikei Ilitch encontrava o devido lugar. Em toda parte havia gente que precisava dessas coisas e pagava por elas, com vodca ou com dinheiro, conforme combinassem. Aqueles lucros eram os mais fáceis, como diz o povo: não era preciso nem estudo nem trabalho, não era preciso nada, e, depois que se experimenta isso uma vez, não se quer mais saber de outro trabalho. Só uma coisa não era boa naqueles lucros: embora tudo se conseguisse a baixo custo e sem muito trabalho e fosse bastante agradável viver assim, a qualquer momento apareciam pessoas que não aprovavam aquele comércio e então era preciso receber tudo de uma vez só e a vida perdia a graça. Foi o que aconteceu também com Polikei. Ele casou e Deus o abençoou: a esposa, filha de um vaqueiro, era uma mulher saudável, inteligente, trabalhadora; deu-lhe filhos, cada um melhor do que o outro. Polikei não abria mão de seu tipo de comércio e tudo continuava a correr bem. De repente, sofreu um lance de má sorte e foi apanhado. Foi apanhado por uma bobagem: guardou as rédeas de couro de um mujique. Descobriram, bateram, denunciaram à patroa e passaram a vigiar. Foi apanhado outra vez, e uma terceira. O povo começou a falar mal, o administrador ameaçou com os soldados, a patroa repreendeu, a esposa passou a chorar, se desesperar; tudo virou de pernas para o ar. Ele era um bom homem, não tinha maldade, só era fraco, gostava de beber e tinha aquele hábito tão arraigado que não conseguia parar de jeito nenhum. Antigamente, a mulher o xingava, até batia quando ele chegava em casa embriagado, e ele chorava. "Sou um homem infeliz, o que vou fazer? Arranque meus olhos, vou parar, não vou fazer mais isso." Mas um mês depois saía de casa outra vez, ficava bebendo e sumia dois dias. "Está arranjando dinheiro em algum lugar por aí, para fazer farra", pensavam as pessoas. Seu último negócio tinha sido com um relógio do escritório. Havia um velho relógio de parede no escritório; não funcionava fazia muito tempo. Certa vez, calhou de ele entrar sozinho no escritório, que estava aberto: ficou tentado pelo relógio, pegou-o e vendeu-o na cidade. Como que de propósito, o comerciante a quem ele tinha vendido o relógio era parente de uma criada da patroa e, num feriado, o homem foi ao campo e contou a respeito do relógio. Começaram a investigar, como se aquilo fosse necessário para alguém. Sobretudo o administrador, que não gostava de Polikei. E descobriram. Comunicaram à patroa. A patroa chamou Polikei. Na mesma hora, ele caiu de joelhos e, com sinceridade, emocionado, confessou tudo, como a esposa lhe ensinara. Ele fez tudo muito bem. A patroa começou a lhe pregar um sermão, falou e falou, lamentou e lamentou, falou de Deus, da virtude, da vida após a morte, da esposa, dos filhos e levou-o às lágrimas. A patroa disse:

– Perdoo você, só me prometa que nunca mais vai fazer isso.

– Nunca mais vou fazer! Que eu seja engolido pela terra, que minhas entranhas sejam arrancadas! – disse Polikei, e chorou de modo comovente.

Polikei foi para casa e ficou lá o dia todo, mugindo como um bezerro, deitado sobre a estufa. Desde então, ninguém notou nada de ruim na conduta de Polikei. Só que sua vida perdeu a alegria; as pessoas o viam como um ladrão e, quando chegou a hora do recrutamento, todos começaram a indicá-lo.

Polikei era curandeiro de cavalos, como já foi dito. Mas como ele se tornara curandeiro de cavalos, isso ninguém sabia, e ele menos ainda. Na cavalariça, com o antigo cavalariço que foi mandado para o degredo, ele não tinha outra função além de limpar o estrume das baias e às vezes limpar os cavalos e trazer água. Lá, não podia ter aprendido. Depois foi tecelão; depois trabalhou num jardim, limpava as veredas; depois, por castigo, foi fazer tijolos; depois foi trabalhar como zelador para um comerciante. Portanto, em nenhuma dessas atividades havia como aprender seu ofício. Porém, durante sua última estadia em casa, por alguma razão, começou a se espalhar aos poucos a reputação de que possuía um dom extraordinário, e até um pouco sobrenatural, para curar cavalos. Sangrava os cavalos uma vez, duas, depois derrubava o bicho e passava alguma coisa em suas ancas, depois exigia que prendessem o cavalo a um mourão e ali fazia um corte na pata do animal até sair sangue, apesar de o cavalo espernear e até relinchar, e ele dizia que aquilo era para "fazer descer o sangue agarrado embaixo dos cascos". Depois explicava ao mujique que era preciso tirar sangue das duas veias, "para ficar mais leve", e começava a bater com um martelinho numa lanceta cega; depois passava por baixo da barriga do cavalo uma espécie de atadura de pano, feita com um lenço de cabeça da esposa. Por fim pulverizava sulfato em todas as feridas, molhava com o conteúdo de um frasco e às vezes fazia o bicho ingerir o que lhe desse na cabeça. E quanto mais atormentava e matava cavalos, mais acreditavam nele e mais cavalos levavam para curar.

Acho que, para nossos irmãos, os senhores de terras, não é de todo honesto zombar de Polikei. Os métodos que ele usava para inspirar confiança são os mesmos que produziram efeito em nossos pais, em nós, e que produzirão efeito em nossos filhos. O mujique que aperta contra a barriga a cabeça de sua única égua, que constitui não só toda a sua fortuna, mas que é quase uma parte de sua família, e com fé e com horror vê o rosto grave e contraído de Polikei quando, com as mãos finas e os braços de mangas arregaçadas, aperta de propósito exatamente o lugar que dói e tem a coragem de fazer um corte num corpo vivo, pensando em segredo "depois a gente dá um jeito", fazendo cara de quem sabe onde está o sangue, onde está a carne, onde está seco, onde está a veia molhada, enquanto segura entre os dentes um trapo de curativo ou um pequeno frasco com sulfato – esse mujique não é capaz de acreditar que Polikei levanta a mão sem saber o que vai cortar. Ele mesmo não seria capaz de fazer isso. E, assim que o corte é feito, ele não se recrimina por ter deixado Polikei cortar à toa. Não sei quanto aos senhores, mas eu experimentei a mesmíssima coisa com o médico que, a meu pedido, torturava as pessoas mais caras ao meu coração. A lanceta, o misterioso frasco esbranquiçado com um sublimado e as palavras *frieira*, *lumbago*, *lanzeira*, *aliviar o sangue* etc. são tão boas quanto *nervos*, *reumatismo*, *organismo* etc., ou não são? *Wage du zu irren und zu träumen!*[4] O verso se refere menos aos poetas do que aos médicos e curandeiros de cavalos.

## III

Na mesma noite em que a assembleia dos camponeses, reunida para tratar da questão do recrutamento, fazia alarde em frente ao escritório, na fria escuridão de uma noite de outubro, Polikei estava sentado na beirada da cama, junto à mesa, e triturava sobre ela os ingredientes para fazer um remédio de cavalo que ele mesmo não sabia o que era. Havia um sublimado, enxofre, sal de Glauber e uma erva que Polikei costumava colher, depois que um dia, por qualquer motivo, se convenceu de que era muito útil para erupções, e achava que não fazia mal usar a erva também contra outras doenças. Os filhos já estavam deitados: dois na estufa, dois na cama, um no berço, junto ao qual Akulina estava sentada, fiando. Um toco de vela, sobra da casa da patroa, estava mal fixado num castiçal de madeira na beirada da janela e, para que o marido não interrompesse sua importante atividade, Akulina se levantava para avivar com os dedos a mecha do toco de vela. Havia alguns livres-pensadores que consideravam Polikei um curandeiro vazio e um homem vazio. Outros, que eram maioria, o consideravam um homem ruim, mas um grande mestre em seu ofício. Já Akulina, apesar de muitas vezes brigar com o marido e até bater nele, o considerava sem dúvida o melhor curandeiro de cavalos e o melhor homem do mundo. Polikei entornou na mão alguma especiaria. (Não usava balança e falava com ironia sobre os alemães que usavam balanças. "Isto não é uma farmácia!", dizia.) Polikei pesou a especiaria na palma da mão e sacudiu; mas lhe pareceu pouco e entornou dez vezes mais. "Vou colocar tudo, vai levantar melhor", disse consigo mesmo. Akulina lançou um olhar ligeiro ao ouvir a voz de seu soberano, à espera de alguma ordem; porém, ao ver que o assunto não lhe dizia respeito, encolheu os ombros. "Puxa, como é sabido! De onde inventou isso?",

---

4 "Atreva-se a enganar-se e a sonhar!" (verso de Schiller).

pensou, e recomeçou a fiar. O papelzinho do qual Polikei retirava a especiaria caiu embaixo da mesa. Akulina não deixou de perceber.

– Aniutka – gritou ela. – Vem cá, o papai deixou cair, pegue.

Aniutka tirou as perninhas nuas de debaixo da manta que a cobria, engatinhou por baixo da mesa e pegou o papelzinho.

– Tome, papai – disse ela, e disparou de novo para a cama, com as perninhas geladas.

– Não empurra – reclamou a irmã caçula, com voz fina e sonolenta.

– Eu pego vocês! – gritou Akulina, e as duas cabeças se esconderam embaixo da manta.

– É só ele me dar três rublos – disse Polikei, arrolhando a garrafa – que eu curo o cavalo. E ainda está barato – acrescentou. – Vai me dar dor de cabeça, se vai! Akulina, vá pedir tabaco para o Nikita. Amanhã eu devolvo.

E Polikei tirou da calça um cachimbinho de tília, que tinha sido pintado muito tempo antes, com lacre no bocal, e começou a montar o cachimbo.

Akulina largou o fuso de fiar e saiu sem esbarrar em nada, o que era muito difícil. Polikei abriu o armariozinho, guardou a garrafa e levou à boca o frasco vazio; não tinha vodca. Franziu o rosto por um momento, mas quando a esposa trouxe o tabaco e ele encheu o cachimbo, começou a fumar e sentou na cama, seu rosto se iluminou com a satisfação e o orgulho do homem que terminou seu trabalho do dia. Ou imaginava como, no dia seguinte, ia segurar a língua de um cavalo e despejar em sua boca aquela mistura maravilhosa, ou pensava em como ninguém recusa nada para um homem necessário, pois ali estava o Nikita, que acabara de lhe mandar o tabaco. Sentia-se bem. De repente a porta, pendurada em uma só dobradiça, se abriu de repente e a criada *de cima* entrou no canto, não a segunda criada, mas a terceira, a pequena, que usavam para levar recados. *De cima*, como todos sabem, significa da casa senhorial, mesmo que fique embaixo. Aksiutka – assim se chamava a menina – sempre voava como uma bala e por isso seus braços não se dobravam, mas, de acordo com a velocidade de seus movimentos, balançavam como pêndulos, não junto aos flancos, mas à frente do corpo; as bochechas estavam sempre mais vermelhas do que seu vestido cor-de-rosa; a língua sempre se movia tão depressa quanto as pernas. Ela entrou voando e, segurando-se à estufa por algum motivo, começou a se balançar e, como se quisesse a todo custo pronunciar duas ou três palavras ao mesmo tempo, de repente, sem fôlego, disse o seguinte, dirigindo-se a Akulina:

– A patroa mandou que o Polikei Ilitch vá para lá neste miminuto, mandou... (Parou e respirou bem fundo.) Iégor Mikháilitch estava com a patroa, falaram sobre os arrecrutas, falaram do Polikei Ilitch... Avdótia Mikolavna mandou que vá neste miminuto. Avdótia Mikolavna mandou... (ofegou de novo) que vá neste miminuto.

Durante meio minuto, Aksiutka ficou olhando para Polikei, para Akulina, para os filhos, que espiavam, pondo a cabeça para fora da manta, agarrou uma casca de noz largada sobre a estufa, jogou-a para Aniutka e, depois de falar mais uma vez "que vá neste miminuto", saiu voando como um tufão, e os pêndulos, com a rapidez habitual, começaram a balançar numa diagonal em relação à trajetória de sua corrida.

Akulina levantou-se de novo e pegou as botas do marido. As botas eram de soldado, péssimas, em petição de miséria. Tirou o casaco dos ombros e deu para o marido, sem olhar para ele.

– Ilitch, não tem uma camisa para pôr no lugar dessa?

– Não – respondeu.

Akulina não olhou para seu rosto nem uma vez enquanto ele se vestia e se calçava em silêncio, e fez bem em não olhar. O rosto de Polikei estava branco, o maxilar tremia e nos olhos havia uma expressão chorosa, submissa e profundamente infeliz, que só se vê em pessoas bondosas, fracas e culpadas. Ele penteou o cabelo e quis sair, a esposa o deteve e ajeitou sua camisa debruada com uma fita, que estava solta para fora da calça, e pôs um chapéu em sua cabeça.

– E aí, Polikei Ilitch, a patroa está mesmo chamando você? – ouviu-se a voz da esposa do marceneiro, do outro lado da divisória.

A esposa do marceneiro tivera, naquela manhã, uma áspera discussão com Akulina por causa de uma caçarola de branqueador de roupa que os filhos de Polikei tinham derrubado e, no primeiro instante, até achou agradável saber que a patroa estava chamando Polikei; não devia ser coisa boa. De resto, era uma mulher sutil, astuta, sarcástica. Ninguém melhor do que ela sabia dar respostas cortantes; pelo menos era assim que ela mesma se via.

– Vai ver ela quer que você vá buscar compras na cidade – prosseguiu. – Acho que é isso, porque querem um homem de confiança e aí mandam você. Então compre para mim um quarto de chá, Polikei Ilitch.

Akulina conteve as lágrimas e seus lábios se contraíram numa expressão de rancor. Como gostaria de arrancar os cabelos imundos daquela safada, a esposa do marceneiro. Mas quando olhou para os filhos e pensou que iam ficar órfãos e ela seria viúva de um soldado, tirou da cabeça a sarcástica esposa do marceneiro, cobriu o rosto com as mãos, sentou na cama e afundou a cabeça no travesseiro.

– Mãezinha, você está me esmagando – exclamou a menina que ciciava, puxando seu vestido de debaixo do cotovelo da mãe.

– Quem dera todos vocês tivessem morrido! Foi sofrendo que dei vocês à luz! – gritou Akulina, e seus soluços encheram o canto inteiro, para deleite da esposa do marceneiro, que ainda não havia esquecido o branqueador derramado naquela manhã.

## IV

Passou meia hora. O bebê começou a gritar. Akulina levantou e o amamentou. Ela já não estava chorando, porém, apoiada nos cotovelos e com o rosto magro e bonito pousado nas mãos, cravou os olhos cansados na vela, que chegava ao fim, e ficou pensando por que havia se casado, por que precisavam tanto de soldados e ainda como podia se vingar da esposa do marceneiro.

Ouviram-se os passos do marido; ela enxugou o resto das lágrimas e levantou-se para lhe dar passagem. Polikei entrou em triunfo. Jogou o chapéu na cama, bufou e começou a tirar o cinto.

– E aí? Para que foi que ela chamou?

– Hmm, a mesma coisa de sempre! Polikuchka é o último dos homens, mas quando o assunto é sério, quem é que chamam? O Polikuchka.

– Que assunto?

Polikei não se apressou a responder; começou a fumar o cachimbo e cuspiu.

– Mandou pegar um dinheiro com o comerciante.

– Pegar dinheiro? – perguntou Akulina.

Polikei riu e balançou a cabeça.

– E como ela é sabida com as palavras! Você, me disse ela, é conhecido como um homem que não merece confiança, só que eu confio mais em você do que em qualquer outro. (Polikei falou bem alto, para que os vizinhos ouvissem.) Você me prometeu que ia se reabilitar, disse ela, pois então aqui está o primeiro testemunho de que confio em você: vá à casa do comerciante, disse ela, pegue o dinheiro e traga para cá. Respondi: Excelência, todos nós somos seus servos, falei, e temos de servir à senhora como servimos a Deus, porque me sinto capaz de fazer tudo para o seu bem-estar e não posso me negar a cumprir minha obrigação, qualquer que seja; o que a senhora mandar eu farei, porque sou seu escravo. (Riu de novo com aquele sorriso do homem fraco, bondoso e culpado.) Então você, disse ela, vai fazer isso direito? Entende que seu destino, disse ela, depende disso? Como posso deixar de entender, se posso fazer tudo? Se me caluniaram, podem caluniar qualquer um, e eu nunca e de jeito nenhum fiz nada contra o bem-estar da senhora e nem mesmo posso pensar numa coisa dessas. E, olhe, falei de tal jeito que minha patroa ficou toda mole comigo. Você, disse ela, será meu servo número um. (Ele ficou em silêncio um momento e, de novo, o mesmo sorriso se imobilizou em seu rosto.) Sei muito bem como falar com essa gente. Antigamente, quando eu ainda pagava o tributo ao senhor de terras, como ele pegava no meu pé! Mas era só eu ter uma chance de falar um pouquinho com ele, para logo ficar mansinho, suave que nem seda.

– E é muito dinheiro? – perguntou Akulina.

– Três metades de mil rublos – respondeu Polikei, com displicência.

Ela balançou a cabeça.

– Quando vai?

– Mandou ir amanhã. Pegue o cavalo que quiser, disse ela, vá ao escritório e que Deus o proteja.

– Deus seja louvado! – disse Akulina, levantando-se e fazendo o sinal da cruz. – Deus o proteja, Ilitch – acrescentou num sussurro, para que não ouvissem do outro lado da divisória, e segurando-o pela manga da camisa. – Ilitch, me escute. Peço em nome de Cristo, quando você for, beije a cruz e jure que não vai pôr um pingo na boca.

– E como é que posso beber, viajando com tanto dinheiro? – bufou ele. – Sabe, tinha alguém lá tocando o piano tão bem, uma coisa! – acrescentou, depois de calar-se um instante, sorrindo. – Deve ser a patroazinha. Eu estava lá de pé na frente da patroa, junto ao bufê, e a patroazinha começou a função atrás da porta. E ia para lá e para cá e tudo encaixava tão bonito, puxa vida! Eu gostaria de tocar assim, sério. Podia conseguir. Podia mesmo. Tenho jeito para essas coisas. Amanhã, me dê a camisa limpa.

E foram dormir felizes.

## V

A assembleia dos camponeses fazia alarde na frente do escritório. O assunto não era brincadeira. Quase todos os mujiques estavam reunidos e, na hora em que Iégor Mikháilovitch foi falar com a patroa, as cabeças cobriram-se com chapéus, ouviram-se mais vozes na conversa geral e as vozes ficaram mais altas. O denso rumor de vozes, de vez em quando interrompido por uma fala ofegante, estridente e gritada, pairava no ar e esse rumor voava, como o ronco do mar, até a janela da patroa, a qual experimentava com aquilo uma inquietação nervosa semelhante ao sentimento provocado por uma forte tempestade. Tinha um pouco de medo e um pouco de desgosto. Sua impressão era de que as vozes iam ficar cada vez mais altas e que alguma coisa ia acontecer. "Como se fosse impossível fazer tudo sem barulho, em paz, sem briga, sem gritaria", pensou ela, "como um cristão, com fraternidade e delicadeza."

Muitas vozes falaram de repente, porém Fiódor Rezun, o carpinteiro, gritou mais alto que todos. Estava entre os que tinham dois filhos aptos para o serviço militar e atacava os Dútlov. O velho Dútlov se defendia; avançou para a frente da multidão, pois antes estava atrás de todos, e, ofegante, gesticulando muito e repuxando a barbicha com a mão, falou com voz tão fanhosa que ele mesmo teve dificuldade de entender o que dizia. Os filhos e os sobrinhos, bons moços, se espremiam de pé atrás dele, enquanto o velho Dútlov fazia lembrar uma galinha que protege os pintos do gavião. O gavião era Rezun, e não só Rezun, mas todos os que tinham dois filhos ou um só filho, quase toda a assembleia, que estavam atacando Dútlov. A questão era que o irmão de Dútlov tinha sido entregue ao Exército uns trinta anos antes e por isso ele não queria ser incluído entre os que tinham três filhos aptos, queria que pusessem na conta o seu irmão e assim o igualassem aos que tinham dois filhos no sorteio geral e, entre todos eles, se sorteasse o terceiro recruta. Ainda havia quatro pais com três filhos, além de Dútlov, mas um era o estaroste, e a patroa o havia liberado; de outra família, tinham escolhido um recruta num recrutamento anterior; das duas restantes, haviam indicado os outros dois recrutas e um deles nem tinha se apresentado à assembleia, só sua mulher estava de pé atrás de todos, tristonha, esperando com ar confuso que a roda do acaso girasse a seu favor; o outro dos dois indicados, o ruivo Roman, com um casaco esfarrapado, embora não fosse pobre, estava de pé, encostado no alpendre, e, com a cabeça inclinada, sempre calado, apenas de vez em quando voltava o olhar atento para alguém que falava mais alto, para logo depois baixar a cabeça de novo. Toda a sua figura exalava infelicidade. O velho Semion Dútlov era um desses homens para quem, mesmo sem conhecê-lo muito bem, qualquer um entregaria centenas e até milhares de rublos para guardar. Era um homem sério, temente a Deus, próspero; além do mais, era o estaroste da igreja. Por isso, era ainda mais impressionante o estado de exaltação em que se encontrava.

O carpinteiro Rezun, ao contrário, era um homem alto, moreno, turbulento, beberrão, atrevido e especialmente habilidoso nas discussões e nos debates nas assembleias, nos bazares, com os trabalhadores, os comerciantes, os mujiques ou com os patrões. Agora se mostrava calmo, mordaz, e, tirando proveito de sua elevada estatura, com toda a força de sua voz ressoante e de seu talento oratório, atacava o estaroste da igreja, já sem fôlego e totalmente fora de seu trilho de sobriedade. Os outros participantes da discussão eram: Garaska Kopílov, jovem de rosto redondo e cabeça quadrada, atarracado e de barbicha crespa, um dos debatedores da geração mais jovem que apoiava Rezun, que sempre se destacava pela voz cortante e que já ganhara proeminência nas assembleias. Depois havia Fiódor Melnítchni, mujique amarelo, magro, comprido, de ombros curvados, também jovem, de barba rala e olhos miúdos, sempre irritado, soturno, em tudo encontrava um lado ruim e muitas vezes causava confusão nas assembleias com suas perguntas e objeções inesperadas e abruptas. Esses dois debatedores estavam do lado de Rezun. Além disso, dois tagarelas às vezes se manifestavam: um de fisionomia simpática e de barba ruiva e em leque, chamado Khrápkov, que sempre dizia: "Você, meu amigo querido", e outro, miúdo, com cara de pássaro, chamado Jídkov, que também dizia a todos: "É por isso mesmo, meus irmãos", dirigindo-se a todos e falando com correção, mas sem dizer coisa com coisa. Os dois estavam ora de um lado, ora do outro, mas ninguém lhes dava atenção. Havia outros também, mas aqueles dois andavam para lá e para cá no meio da assembleia, gritavam mais do que todos, assustavam a patroa e eram também os menos ouvidos de todos, porém, entontecidos pelo barulho e pela gritaria, ficavam completamente dominados pelo prazer de soltar a língua. Havia ainda muitos outros personagens variados: havia os sombrios, os decentes, os indiferentes, os esgotados; havia mulheres atrás de mujiques, com porretes nas mãos; mas sobre todos eles falarei em outra ocasião, se Deus permitir. No geral, a multidão era formada por mujiques, que ficavam na assembleia como ficavam na igreja, e os que se punham atrás conversavam em sussurros sobre assuntos domésticos, sobre quando iam cortar o mato rasteiro, ou então esperavam em silêncio que os outros parassem de berrar. E havia também os ricos, a quem, em sua riqueza, a assembleia não podia acrescentar nem tomar nada. Ermil era um deles, de rosto largo e lustroso, que os mujiques chamavam de barrigudo, porque era rico. E também Stárostin, em cujo rostinho havia uma expressão satisfeita de poder: "Podem falar o que quiserem, em mim ninguém toca. Tenho quatro filhos e nenhum vai para o Exército". De vez em quando os livres-pensadores, como Kopílov e Rezun, os atacavam também, e eles reagiam, mas com calma e segurança, com a consciência de sua imunidade. Se Dútlov parecia uma galinha protegendo seus filhotes das investidas de um gavião, seus protegidos não pareciam pintos: não se mexiam, não guinchavam, mas ficavam parados, tranquilos, atrás dele. Ignat, o mais velho, já tinha trinta anos; o segundo, Vassíli, também era casado, mas não era apto para o serviço militar; o terceiro, Iliúchka, seu sobrinho, acabara de casar, era branco e rosado, vestia um elegante casaco de pele de carneiro (trabalhava de cocheiro), ficava parado, olhando para as pessoas, e de vez em quando coçava a nuca, embaixo do chapéu, como se o assunto não lhe dissesse respeito e não fosse justamente ele que os gaviões quisessem estraçalhar.

– Pois o meu avô também foi para o Exército – disse Rezun. – Por isso não vou querer participar do sorteio. Não existe lei para isso, irmãos. No recrutamento passado, levaram Mikhéitch, e o tio dele ainda não voltou.

– Nem seu pai nem seu tio serviram ao tsar – disse Dútlov ao mesmo tempo. – E você mesmo não serviu nem aos patrões nem à comuna camponesa, só ficou de farra por aí, bebendo, por isso os filhos se separaram de você. É impossível viver com você, por isso fica criticando, aponta os outros, e eu fui *sótski*[5] por dez anos, fui

---

5 Um dos postos mais baixos da polícia rural, na época.

estaroste, minha casa pegou fogo duas vezes e ninguém me ajudou; e por isso, porque em nossa casa se vive em paz e com honestidade, querem me arruinar? Então me devolvam meu irmão. Na certa ele morreu por lá. Julguem segundo a verdade, segundo Deus, povo ortodoxo, em vez de escutar o que um bêbado inventa.

Dútlov falava ao mesmo tempo que Guerássim.

– Você fala do seu irmão, mas não foi a comuna camponesa que mandou seu irmão para o Exército, foram os patrões, por causa das safadezas dele; portanto ele não serve de desculpa para você.

Guerássim ainda não tinha terminado de falar quando o amarelo e comprido Fiódor Melnítchni tomou a frente e começou, em tom sombrio:

– Pois é isso mesmo, os patrões mandam quem querem e depois a comuna camponesa que se vire. A comuna manda que seu filho vá para o Exército, mas você não quer, pede à patroa e ela, por exemplo, pode mandar raspar minha cabeça,[6] eu, que sou sozinho, com filhos. Isso é a lei – disse ele, com raiva. E de novo abanou os braços e ficou parado onde estava.

O ruivo Roman, cujo filho tinha sido indicado como recruta, ergueu a cabeça e exclamou: "É isso mesmo!", e, de tão irritado, sentou-se num degrau da escada.

Mas essas ainda não eram todas as vozes que falavam ao mesmo tempo. Além dos que estavam atrás e falavam de seus assuntos particulares, os tagarelas não esqueciam seu dever.

– É isso mesmo, povo ortodoxo – disse o pequeno Jídkov, repetindo as palavras de Dútlov. – É preciso julgar conforme a religião cristã. Conforme a religião cristã, quer dizer, meus irmãos, assim é que é preciso julgar.

– É preciso julgar conforme sua consciência, meu amigo querido – disse o cordial Khrápkov, repetindo as palavras de Kopílov e puxando Dútlov pelo casaco. – Foi a vontade da patroa, e não uma decisão da comuna.

– Está certo! Essa é a questão! – disseram outros.

– Quem é o bêbado que está mentindo aqui? – protestou Rezun. – Você está me chamando para beber com você, ou será que é o seu filho, que recolheram caído lá no meio da estrada, que vai me acusar de beber? Ora, meus irmãos, é preciso tomar uma decisão. Se querem desculpar o Dútlov e indicar um que tem dois filhos ou até um só, depois ele vai ficar rindo de nós.

– Vai o Dútlov! Nem se discute!

– Todo mundo sabe! É preciso sortear primeiro os que têm três filhos – disseram várias vozes.

---

6 Referência ao corte de cabelo militar.

– Vamos ver o que a patroa manda. Iégor Mikháilitch falou que ela queria mandar um servo doméstico – disse outra voz.

Esse comentário conteve um pouco a discussão, mas logo ela reacendeu e passou para questões pessoais.

Ignat, que Rezun disse que tinha sido recolhido na estrada, pôs-se a mostrar para Rezun que ele havia roubado uma serra de uns carpinteiros que estavam de passagem e que, certa vez, estando embriagado, quase matara a esposa de tanto bater.

Rezun respondeu que batia na esposa sóbrio ou embriagado e que mesmo assim nunca era o bastante, e com isso todos riram. Quanto à serra, sentiu-se subitamente ofendido, chegou perto de Ignat e começou a perguntar:

– Quem foi que roubou?

– Você roubou – respondeu sem medo o corpulento Ignat, chegando ainda mais perto do outro.

– Quem roubou? Não foi você, não? – gritou Rezun.

– Não, foi você! – gritou Ignat.

Depois da questão da serra, passaram para um cavalo roubado, para um saco de aveia, para uma certa faixa de terra cultivada na horta comum, e até para um certo cadáver. E os dois mujiques disseram um para o outro coisas tão aterradoras que, se a centésima parte daquilo de que se acusavam fosse verdade, para cumprir a lei seria preciso no mínimo deportar os dois para a Sibéria, para uma colônia penal.

O velho Dútlov, entretanto, escolheu outra forma de defesa. Não gostava dos gritos do filho; deteve-o e disse: "É pecado, pare! Estou mandando", e passou a argumentar que os que tinham três filhos não eram só aqueles que tinham os três filhos juntos, mas também aqueles cujos filhos tinham se separado. E apontou também para Stárostin.

Stárostin sorriu de leve, deu um grasnido e, depois de alisar a barba do jeito como fazem os mujiques ricos, respondeu que quem mandava era a patroa. Se o filho tinha sido liberado do serviço militar, era porque merecia.

Quanto às famílias separadas dos filhos, Guerássim também destruiu os argumentos de Dútlov, observando que era preciso proibir a separação dos filhos, como era nos tempos do velho patrão, e disse que depois do verão não se colhem framboesas, que agora não podiam mais escolher os que tinham um filho só.

– Por acaso foi por diversão que os filhos se separaram dos pais? Então para que levar a gente à ruína, afinal? – ouviram-se as vozes dos separados dos filhos, e os tagarelas aderiram a essas vozes.

– Compre um recruta, se não está gostando. Você pode! – disse Rezun para Dútlov.

Em desespero, Dútlov abotoou o casaco e foi para trás de outros mujiques.

– Parece que você andou contando meu dinheiro – exclamou, com rancor. – Mas vamos ver que notícia o Iégor Mikháilitch vai trazer da patroa.

## VI

De fato, Iégor Mikháilovitch saía da casa naquele momento. Os gorros foram retirados das cabeças, um depois do outro, e, à medida que o administrador se aproximava, uma depois da outra, se descobriram cabeças carecas no meio e na frente, grisalhas, semigrisalhas, ruivas, negras e louras, e pouco a pouco as vozes começaram a silenciar e, por fim, silenciaram de todo. Iégor Mikháilovitch parou no alpendre e fez sinal de que queria falar. Num casacão muito comprido, com as mãos desconfortavelmente enfiadas nos bolsos da frente, com um quepe de lona inclinado para a frente, apoiado com firmeza no estrado sobre as pernas afastadas uma da outra, com o ar de quem comandava aquelas cabeças atentas e levantadas para ele, na maioria velhas e na maioria bonitas e barbadas, Iégor Mikháilovitch tinha um aspecto completamente distinto do que mostrava diante da patroa. Estava majestoso.

– A decisão da patroa é a seguinte, pessoal: ela não acha certo pegar dos que têm dois filhos, mas quem vocês escolherem é o que vai. Hoje temos de mandar três. Na verdade, dois e mais um, e esse um vai na frente. Tanto faz: se não for hoje, vai em outra vez.

– Todo mundo sabe! É isso mesmo! – disseram algumas vozes.

– Na minha opinião – prosseguiu Iégor Mikháilovitch –, Khoriúchkin e Mitiúchkin Vaska têm de ir... é a vontade de Deus.

– Isso mesmo, é verdade – disseram algumas vozes.

– O terceiro vai ter de ser o do Dútlov ou dos que têm dois filhos. O que vocês acham?

– Dútlov – começaram a responder algumas vozes. – O Dútlov tem três.

E de novo, pouco a pouco, começou a gritaria e de novo a discussão chegou à serra roubada, à faixa de terra da horta comum, a uns sacos de aniagem roubados do pátio da patroa. Iégor Mikháilovitch já dirigia a propriedade havia vinte anos e era um homem experiente e sagaz. Esperou, escutou durante quinze minutos e de repente mandou que todos se calassem e que Dútlov tirasse a sorte para saber qual dos três iria. Cortaram os pedacinhos de papel, Khrápkov estendeu a mão para o chapéu que haviam remexido e tirou o papel com o nome de Iliúchkin. Todos ficaram em silêncio.

– Então é o meu? Deixe eu ver aqui – disse Iliá, com voz enrolada.

Todos ficaram calados. Iégor Mikháilovitch mandou que no dia seguinte lhe trouxessem o dinheiro do imposto dos recrutas, sete copeques de cada família, explicou que tudo estava resolvido e encerrou a assembleia. A multidão se pôs em movimento, iam pondo os chapéus depois que faziam a curva ao lado da casa e ouvia-se o rumor das vozes e dos passos. O administrador ficou parado no alpendre, olhando para os mujiques que se afastavam. Quando os jovens Dútlov passaram na curva, ele chamou o velho, que havia parado, e entrou com ele no escritório.

– Estou com pena de você, velho – disse Iégor Mikháilovitch, sentando na poltrona diante da mesa. – Chegou sua vez. Vai ou não vai pagar para seu sobrinho não ir?

O velho, sem responder, olhou demoradamente para Iégor Mikháilovitch.

– Não tem como evitar – respondeu Iégor Mikháilovitch ao seu olhar.

– Eu até que pagaria, mas não tenho com quê, Iégor Mikháilovitch. Dois cavalos morreram no verão. O sobrinho casou. Claro, esse é meu destino, porque vivemos honestamente. Ele fala bonito. (Estava se referindo a Rezun.)

Iégor Mikháilovitch esfregou o rosto com a mão e bocejou. Era evidente que já se sentia entediado, além do mais estava na hora do chá.

– Eh, velho, não faça um pecado desses – disse. – Procure bem no porão, quem sabe encontra uns quatrocentos rublos velhos. Comprarei um substituto de primeira para você. Não faz muito tempo, um homem se ofereceu.

– Na província? – perguntou Dútlov, que por *província* queria dizer cidade.

– Claro, vai comprar?

– Bem que eu gostaria, Deus é testemunha, mas...

Iégor Mikháilovitch o interrompeu com severidade:

– Bem, então me escute bem, velho: cuide para que o Iliúchka não faça nada; e que ele venha quando eu chamar, hoje ou amanhã. Você mesmo vai trazer o Iliúchka, você é o responsável, e se alguma coisa acontecer com ele, Deus nos livre, vou mandar seu filho mais velho. Entendeu?

– Não se pode tratar assim quem tem dois filhos, Iégor Mikháilitch, é uma ofensa – disse ele, depois de um breve silêncio. – Como é que meu irmão morreu no Exército e ainda vão me tomar um filho? Por que me atacar desse jeito? – exclamou, quase chorando e disposto a se jogar aos pés do administrador.

– Vamos, calma, calma – disse Iégor Mikháilovitch. – Não tem nada de mais, é o normal. Cuide do Iliúchka, você é o responsável.

Dútlov foi para casa, pensativo, batendo com a bengala nos matinhos da estrada.

## VII

No dia seguinte, bem cedo, na frente do alpendre da ala dos servos domésticos, estava parada uma charrete (que o administrador também usava para viajar) à qual estava atrelado um cavalo baio, castrado e robusto, que chamavam de Tambor, sabe-se lá por quê. Aniutka, a filha mais velha de Polikei, apesar da chuva, do granizo e do vento frio, estava descalça, parada na frente do cavalo, visivelmente assustada, segurando-o de longe pela brida e, com a outra mão, cobrindo a cabeça com um paletozinho verde e amarelo que na família fazia as vezes de cobertor, casaco, capuz, tapete e jaqueta para Polikei, além de muitas outras funções. No canto, havia uma agitação. Ainda estava escuro; a luz matinal de um dia chuvoso mal rompia através da janela, coberta aqui e ali por pedaços de papel. Akulina, que naquela hora deixara de lado a comida no fogão e os filhos, dos quais os menores ainda não tinham levantado e tremiam de frio, porque seu cobertor tinha sido retirado para servir de roupa e, em seu lugar, puseram o lenço de cabeça da mãe – Akulina estava ocupada com os preparativos do marido para a viagem. A camisa estava limpa. As botas, que, como dizem, estavam pedindo mingau, exigiram dela um cuidado especial. Em primeiro lugar, Akulina tirou dos próprios pés suas únicas meias grossas, de lã, e deu para o marido; depois, aproveitando uma manta de sela de cavalo que estava mal guardada na cavalariça e que Ilitch trouxera para a isbá dois dias antes, ela arranjou um jeito de fazer umas palmilhas, para que vedassem os buracos e protegessem os pés de Ilitch da umidade. O próprio Ilitch, sentado com os pés na cama, estava ocupado virando o cinto de um jeito que não parecesse mais um imundo pedaço de corda. E a menininha zangada que ciciava, enrolada da cabeça aos pés num casaco de pele e tropeçando nele, foi enviada à casa de Nikita para pedir um gorro emprestado. Os servos domésticos aumentaram ainda mais a agitação, quando chegaram para pedir a Ilitch que fizesse compras na cidade – um queria uma agulha, outro queria chá, um queria azeite para lamparina, outro queria tabaco, e pediram até açúcar para a esposa do carpinteiro, que se apressou em preparar o samovar e, a fim de lisonjear Ilitch, serviu-lhe uma caneca da bebida que ela chamava de chá. Embora Nikita tivesse se recusado a ceder o gorro e fosse necessário usar o gorro do próprio Polikei, ou seja, enfiar para dentro do forro os fiapos soltos e costurar um furo com a agulha de curandeiro de cavalo, embora de início os pés não entrassem nas botas forradas com as palmilhas feitas da manta de sela de cavalo, embora Aniutka tivesse congelado e largado as rédeas de Tambor, e Machka, de casaco de pele, tivesse tomado seu lugar, e embora depois Machka fosse obrigada a tirar o casaco e, com isso, a própria Akulina fosse segurar Tambor – apesar de tudo isso, no final, Ilitch tinha se vestido com quase toda a roupa que a família possuía, só deixou para trás o paletozinho e as pantufas e, se ajeitando, sentou na charrete, enrolou-se nos agasalhos, ajeitou o feno debaixo dos pés, enrolou-se de novo nos agasalhos, segurou as rédeas, enrolou-se mais ainda nos agasalhos, como fazem as pessoas muito importantes, e partiu.

Seu filho pequeno, Michka, que saíra correndo para o alpendre, pediu que o levassem para passear de charrete. Maska, que ciciava, também começou a pedir que a "levassem para passear" e que ela "não sentia frio e não precisava de casaco", e Polikei freou Tambor, sorriu com seu sorriso fraco, e Akulina suspendeu as crianças para ele e, inclinando-se para perto do marido, num sussurro, pediu que não esquecesse o juramento de não beber nada na viagem. Polikei levou os filhos até a oficina do ferreiro, desembarcou as crianças, de novo se enrolou nos agasalhos, de novo ajeitou o gorro e seguiu num trote curto e solene, balançando as bochechas com os trancos das rodas e batendo com os pés no fundo da charrete. Machka e Michka correram descalços para casa pela ladeira escorregadia em tal velocidade e com tamanha gritaria que um cachorro que viera da aldeia dar uma volta pelo pátio da casa senhorial olhou para eles e, de repente, abaixando o rabo, correu para casa latindo, com o que a gritaria dos herdeiros de Polikei aumentou ainda mais.

Fazia um tempo muito feio, o vento cortava o rosto e ora a neve, ora a chuva, ora o granizo de vez em quando vinham fustigar o rosto de Polikei e suas mãos nuas, que ele protegia das rédeas geladas com a ponta da manga do casaco, e fustigavam também a cobertura de couro da coelheira e a velha cabeça de Tambor, que encolhia as orelhas e semicerrava os olhos.

Depois, de repente, o mau tempo cessou, o céu limpou de uma hora para outra; viam-se com clareza nuvens azuis de neve, e o sol parecia começar a espiar, ainda que hesitante e triste, como era o sorriso do próprio Polikei. Apesar disso, Ilitch estava imerso em pensamentos agradáveis. Ele, que queriam mandar para uma colônia penal, que ameaçavam mandar para o Exército, que só não era xingado e surrado por quem tivesse preguiça de fazer aquilo, alguém que sempre empurravam para os piores trabalhos – agora ele estava viajando para receber uma *soma* de dinheiro, e uma soma bem grande, e a patroa confiava nele, e estava viajando na charrete do administrador, puxada por Tambor, na qual a própria patroa viajava, ele estava viajando como se fosse um estalajadeiro, com rédeas e correias de couro. E Polikei se pôs mais ereto na boleia, ajeitou os fiapos soltos do gorro e se enrolou mais ainda nos agasalhos. No entanto, se Ilitch pensava que estava igualzinho a um rico estalajadeiro, enganava-se. Na verdade, todo mundo sabe que numa charrete com arreios de couro viajam também comerciantes que têm dez mil rublos; só que são coisas diferentes. Vai viajando um homem barbado, de casaco preto ou azul, com um cavalo bem alimentado, sentado sozinho na boleia:

basta olhar uma vez para saber se o cavalo e o próprio homem estão bem alimentados, e pelo jeito como está sentado, pelos arreios do cavalo, pelos aros das rodas da charrete, pelo cinturão do viajante, logo se percebe se o mujique faz negócios com centenas ou com milhares de rublos. Qualquer pessoa experiente, só de olhar mais de perto para Polikei, para suas mãos, para seu rosto, para sua barba pouco crescida, para seu cinturão, para o feno espalhado de qualquer jeito na boleia, para o magro Tambor, para os aros gastos das rodas, logo saberia que ali viajava um servo inferior e não um comerciante, um criador de gado, um estalajadeiro, e que não tinha nem milhares nem centenas nem dezenas de rublos. Mas Ilitch não pensava assim, ele se enganava, e se enganava com prazer. Ia levar três metades de mil rublos enfiadas no peito, por dentro da camisa. Se cismasse, em vez de guiar Tambor para casa, iria para Odessa ou para onde bem entendesse. Só que não ia fazer isso, ia entregar fielmente o dinheiro para a patroa e ia dizer que já havia transportado muito mais dinheiro. Ao se aproximar de uma taverna, Tambor começou a puxar a rédea para a esquerda, quis parar e virar; mas Polikei, apesar de ter dinheiro, que recebera para comprar as encomendas, acenou com o chicote para Tambor e tocou em frente. Fez a mesma coisa ao passar por outra taverna e assim, ao meio-dia, desceu da charrete, abriu o portão do pátio da casa do comerciante onde se hospedavam todos os servos da patroa, avançou com a charrete, desatrelou o cavalo, deu feno para o animal, almoçou com os trabalhadores do comerciante, sem deixar de contar qual era a missão importante de sua viagem, e seguiu, com a carta enfiada no gorro, ao encontro do jardineiro. O jardineiro, conhecido de Polikei, ao ler a carta, obviamente em dúvida, perguntou se haviam mesmo mandado que ele, Polikei, fosse pegar o dinheiro. Ilitch quis se mostrar ofendido, mas não conseguiu, apenas sorriu com seu sorriso. O jardineiro releu a carta mais uma vez e entregou o dinheiro. Depois de receber o dinheiro, Polikei enfiou-o no peito e foi para o quarto. Nem as tavernas nem as cantinas, nada conseguia seduzi-lo. Ele experimentava uma agradável agitação em todo o seu ser e não parou nem uma vez nas barraquinhas com mercadorias tentadoras: botas, casacos, gorros, panos e comidas. Detinha-se um pouco e depois se afastava com um sentimento agradável: posso comprar tudo, mas não vou fazer isso. Passou pelo bazar para comprar o que lhe haviam encomendado, pegou tudo e começou a negociar um casaco de pele castanho pelo qual pediam vinte e cinco rublos. O vendedor, por algum motivo, olhando para Polikei, não acreditou que ele pudesse pagar; mas Polikei lhe mostrou o que tinha no peito, dizendo que podia comprar a loja inteira se quisesse e fez questão de experimentar o casaco, e apalpou, esfregou, cheirou a pele até se impregnar do odor do casaco, e por fim, com um suspiro, o despiu. "Não vale o preço. Só se vendesse por quinze", disse. O comerciante, irritado, tirou o casaco da mesa e Polikei saiu e, com o espírito alegre, se dirigiu para o quarto. Depois de jantar, deu de beber a Tambor, lhe deu aveia, foi até a estufa, pegou um envelope, observou--o demoradamente e pediu ao zelador, que era alfabetizado, que lesse o nome do destinatário e as palavras: "Contém mil e seiscentos e dezessete rublos em espécie". O envelope era feito de papel comum, os selos eram de lacre marrom, com a figura de uma âncora: um grande no meio, quatro menores nas beiradas; numa linha oblíqua, havia uma gota de lacre. Ilitch observou tudo isso e memorizou, e chegou até a tocar nas pontas finas das cédulas. Ele experimentava uma espécie de prazer infantil, sabendo que tinha nas mãos aquele dinheiro. Enfiou o envelope no vão do forro do gorro, colocou o gorro na cabeça e deitou-se; mas de noite acordou algumas vezes e apalpou o envelope. E toda vez, ao achar o envelope em seu lugar, experimentou o agradável sentimento da consciência de que lá estava ele. Polikei, o desacreditado, o humilhado, levava consigo todo aquele dinheiro e ia entregá-lo com uma honestidade de que nem o administrador seria capaz.

## VIII

Por volta da meia-noite, os trabalhadores e Polikei, na casa do comerciante, foram despertados por pancadas no portão e pelo grito de mujiques. Eram os recrutas que foram enviados de Pokróvskoie e seus acompanhantes. Eram dez homens: Khoriúchkin, Mitiúchkin e Iliá (o sobrinho de Dútlov), dois substitutos, o estaroste, o velho Dútlov e os cocheiros. Na isbá, estava acesa a lamparina noturna, a cozinheira dormia num banco, embaixo dos ícones. Ela acordou e tratou de acender a vela. Polikei também acordou e, inclinando-se para o lado contrário à estufa, observou os mujiques que chegavam. Todos entraram, benzeram-se e sentaram nos bancos. Todos estavam perfeitamente calmos, de tal modo que era impossível distinguir quem ia para o Exército e quem fazia a escolta. Cumprimentaram, falaram um pouco, pediram algo para comer. Na verdade, alguns estavam calados e tristonhos; em compensação, outros se mostravam bastante alegres e era evidente que haviam bebido. Entre eles estava Iliá, que até então jamais havia bebido.

– E então, pessoal, vamos jantar ou vamos dormir? – perguntou o estaroste.

– Jantar! – respondeu Iliá, abrindo o casaco de pele e sentando no banco. – Mande servir vodca.

– Vodca só depois – respondeu o estaroste, olhando de relance, e de novo dirigiu-se aos outros: – Comam um pedaço de pão, pessoal. Para que acordar essa gente?

– Me dá vodca – repetiu Iliá, sem olhar para ninguém e com uma voz que deixava claro que não ia desistir.

Os mujiques seguiram o conselho do estaroste, pegaram um pãozinho que estava na carroça, comeram, pediram *kvás* e se deitaram, uns no chão, outros em cima da estufa.

De vez em quando Iliá continuava a repetir: "Me dá vodca, estou dizendo, me dá aí". De repente, viu Polikei.

– Ilitch, ah, Ilitch! Você está aqui, amigo querido? Pois eu vou para os soldados, me despedi para sempre da mãe e da esposa... Como ela uivava! Me mandaram à força para o Exército. Me arranje uma vodca.

– Não tenho dinheiro – respondeu Polikei. – Se Deus quiser, você vai ser recusado – acrescentou Polikei, para consolar.

– Não, irmão, sou que nem uma bétula pura, não tenho nenhuma doença. Vão me dispensar por quê? Que soldado melhor o tsar pode querer?

Polikei começou a contar uma história, de como um mujique deu uma nota de dinheiro azul para um médico e assim se livrou do Exército.

Iliá chegou mais perto da estufa e falou com mais desembaraço:

– Não, Ilitch, agora está terminado, e eu mesmo não quero sair. Meu tio me mandou. Será que não podia ter comprado um substituto para mim? Não, ele não quer dar nem o filho nem o dinheiro. Me jogaram fora... Agora, sou eu mesmo que não quero voltar. (Falava baixo, com segurança, sob o efeito de uma tristeza serena.) Só tenho pena da mamãe; como ela sofreu, coitada! E também a minha esposa; arruinaram à toa uma mulher; agora está perdida; numa palavra, mulher de soldado. Era melhor não ter casado. Para que foi que me casaram? Amanhã elas vão vir para cá.

– Mas por que trouxeram você tão cedo? – perguntou Polikei. – Ninguém sabe de nada e então, de repente...

– Veja só, estão com medo de que eu faça alguma coisa contra mim mesmo – respondeu Iliúchka, sorrindo. – Claro, não vou fazer nada. Não vou perder nada sendo soldado, só tenho pena da mãezinha. Para que foram me casar? – falou em voz baixa e triste.

A porta abriu, bateu com força e o velho Dútlov entrou sacudindo o gorro, calçado em suas alpercatas de palha de tília, sempre enormes, como se tivesse os pés metidos em dois barcos.

– Afanássi – disse ele, fazendo o sinal da cruz e dirigindo-se ao estalajadeiro. – Será que não tem uma lamparina? Vou dar aveia para os cavalos.

Dútlov nem olhou para Iliá e, tranquilamente, começou a acender um toco de vela. Enfiados na cintura, trazia as luvas e o chicote, e o casaco estava bem preso com um cinto; seu rosto diligente tinha um ar tão simples, seguro e preocupado com os negócios que ele mais parecia estar viajando com uma caravana.

Ao ver o tio, Iliá calou-se, baixou de novo os olhos com ar sombrio, virando-se para o banco, e disse para o estaroste:

– Me dá vodca aí, Ermila. Quero beber.

Sua voz era sombria e maldosa.

– Beber agora? Que é isso? – respondeu o estaroste, sorvendo a xícara. – Veja, o pessoal comeu e foi deitar; e você fica fazendo bagunça?

As palavras "fazendo bagunça" lhe deram a ideia de fazer bagunça.

– Estaroste, vou arrumar a maior confusão se você não me der vodca.

– Talvez você possa acalmá-lo – disse o estaroste para Dútlov, que já havia acendido a lamparina, mas pelo visto tinha parado para ver até onde aquilo ia chegar, e observava o sobrinho de lado, com comiseração, como que admirado da sua infantilidade.

Iliá, de cabeça baixa, exclamou de novo:

– Me dá uma bebida, vou fazer confusão.

– Pare com isso, Iliá! – disse o estaroste com brandura. – Sério, pare com isso, vai ser melhor.

Porém mal teve tempo de terminar essas palavras e Iliá se ergueu com um pulo, deu um soco no vidro da janela e berrou com toda a força:

– Não querem me escutar, pois tomem! – e se lançou na direção de outra janela para quebrar o vidro também.

Ilitch, num piscar de olhos, girou duas vezes e se escondeu num canto da estufa, assustando todas as baratas. O estaroste largou sua colherzinha e correu para Iliá. Dútlov baixou a lamparina lentamente, soltou o cinturão, estalando a língua, balançou a cabeça e se aproximou de Iliá, que já brigava com o estaroste e o estalajadeiro, que não o deixavam chegar perto da janela. Apanharam-no pelos braços e, pelo visto, o seguravam com força; mas assim que Iliá viu o tio com o cinto na mão, suas forças se decuplicaram, ele escapou e, revirando os olhos, partiu na direção de Dútlov com o punho cerrado.

– Vou matar, não chegue perto, seu bárbaro! Você me destruiu, você e os bandidos de seus filhos, você me destruiu. Para que foram me casar? Não chegue perto que eu mato!

Iliúchka estava assustador. O rosto vermelho, os olhos não sabiam onde pousar; todo o seu corpo jovem e saudável tremia como que tomado pela febre. Parecia querer e ser capaz de matar os três mujiques que o atacavam.

– É o sangue de seu irmão que você bebe, seu vampiro!

Algo cintilou no rosto sempre calmo de Dútlov. Ele deu um passo à frente.

– Não quis por bem – exclamou e, de repente, reunindo energia não se sabe de onde, com um movimento rápido, segurou o sobrinho, tombou com ele no chão e, com a ajuda do estaroste, começou a amarrar seus braços.

Lutaram uns cinco minutos; por fim, Dútlov se levantou com a ajuda dos mujiques, soltando as mãos de Iliá que tinham se agarrado em seu casaco de pele – uma vez de pé, levantou Iliá com os braços amarrados nas costas e sentou-o no banco, num canto.

– Já falei, vai ser pior – disse, ainda arquejante por causa da luta, e ajeitou a camisa na cintura. – Para que pecar? Todos temos de morrer. Dê o casaco para ele colocar embaixo da cabeça – acrescentou, dirigindo-se ao estalajadeiro –, senão a cabeça vai inchar. – E ele mesmo pegou a lamparina, amarrou um cordão na cintura e saiu para o local onde estavam os cavalos.

Iliá, com os cabelos alvoroçados, o rosto pálido e a camisa amarfanhada, olhou a sala em redor como se quisesse lembrar onde estava. O estalajadeiro catou os cacos de vidro e enfiou na janela um casaco de pele para o vento não passar. O estaroste sentou-se de novo diante de sua xícara.

– Eh, Iliúkha, Iliúkha! Que pena tenho de você, de verdade. O que fazer? Veja só o caso do Khoriúchkin, ele também é casado; não tem como escapar.

– Vou morrer por causa do miserável do meu tio – repetiu Iliá, com raiva fria. – Tem pena do seu filho... Mamãe disse que o administrador ofereceu um recruta para ele comprar. Não quis; disse: não posso. Será que eu e o irmão pusemos pouca coisa dentro daquela casa?... Ele é um miserável!

Dútlov entrou na isbá, rezou para os ícones, tirou o casaco e sentou-se ao lado do estaroste. A trabalhadora lhe deu *kvás* e uma colherzinha. Iliá calou-se e, de olhos fechados, estirou-se sobre o casaco. O estaroste apontou para ele em silêncio e balançou a cabeça. Dútlov abanou a mão.

– Acha que não sinto pena? É o filho do meu irmão. Por mais pena que eu tenha, fizeram de mim um miserável aos olhos dele. Sua esposa, mulher esperta, ainda que bem novinha, enfiou na cabeça dele que a gente tem dinheiro para comprar um recruta substituto. É disso que me acusa. E que pena sinto desse moço!...

– Ah, é um bom garoto! – disse o estaroste.

– Mas não posso mais com ele. Amanhã, vou mandar o Ignat, a mulher dele também queria vir.

– Mande sim, é bom. – O estaroste se levantou e subiu na estufa. – O que é o dinheiro? Dinheiro é pó.

– Se a gente tem dinheiro, para que vai guardar? – exclamou um empregado do comerciante, levantando a cabeça.

– Ah, dinheiro, dinheiro! Quantos pecados por causa dele – reagiu Dútlov. – Nada no mundo causa tanto pecado quanto o dinheiro, está dito nas Escrituras.

– Tudo está dito – repetiu o estalajadeiro. – Foi o que me contou um sujeito: havia um comerciante, tinha acumulado muito dinheiro e não queria abrir mão de nada; amava tanto seu dinheiro que foi com ele para o túmulo. Quando começou a morrer, mandou colocar uma almofadinha com ele no caixão. Ninguém imaginava. Depois os filhos foram procurar o dinheiro: não tinha nada. Um filho achou que devia estar dentro da almofadinha. Chegaram a pedir ao tsar que deixasse escavar a sepultura. E imagine só! Abriram a sepultura e dentro da almofadinha não tinha nada, o caixão estava cheio de vermes; então enterraram de novo. Olhe só o que faz o dinheiro.

– Todo mundo sabe, são muitos pecados – Dútlov levantou-se e se pôs a rezar.

Depois de rezar, olhou para o sobrinho. Estava dormindo. Dútlov se aproximou, soltou o cinto que prendia seus braços e deitou-se. O outro mujique foi dormir com os cavalos.

## IX

Assim que tudo se acalmou, Polikei, como se tivesse culpa de alguma coisa, desceu da estufa sem fazer barulho e começou a se arrumar. Por algum motivo, estava com pavor de dormir ali, com os recrutas. Os galos já cantavam uns para os outros em intervalos menores, o cavalo Tambor tinha comido toda a sua aveia e esticava a cabeça na direção do bebedouro. Ilitch pôs os arreios no cavalo e puxou-o para fora, passando pelas charretes dos mujiques. O gorro com seu conteúdo estava intacto e as rodas da charrete novamente trepidaram sobre a estrada congelada rumo a Pokróvskoie. Polikei só se sentiu aliviado quando deixou a cidade para trás. Até então, por algum motivo, tinha a sensação de que a qualquer instante viriam atrás dele, iriam detê-lo em lugar de Iliá, amarrariam seus braços nas costas e no dia seguinte o mandariam para o recrutamento. Fosse pelo frio, fosse pelo medo, sentia arrepios nas costas e toda hora atiçava o cavalo para não retardar o passo. A primeira pessoa que encontrou foi um padre, com um gorro alto de inverno, acompanhado por um criado todo torto. Polikei sentiu mais medo ainda. No entanto, fora da cidade, aquele medo aos poucos passou. Tambor seguia a passo lento, a estrada à frente ficou mais clara; Ilitch tirou o gorro e apalpou o dinheiro. "Será melhor colocar no peito, dentro da camisa?", pensou. "Para isso, vou ter de abrir o cinto. Deixe chegar ao pé do morro, lá vou descer da charrete e me ajeito melhor. O gorro está bem costurado por cima e, por baixo, o forro não vai soltar. E não vou tirar o gorro da cabeça até chegar em casa." Ao pé do morro, por vontade própria, Tambor começou a galopar, e Polikei, que assim como Tambor queria chegar em casa o quanto antes, não conteve o cavalo. Tudo estava em ordem; pelo menos assim lhe parecia, e ele se entregou a devaneios sobre a gratidão da patroa, os cinco rublos que ela lhe daria, a alegria em sua casa. Tirou o gorro, apalpou mais uma vez a carta, afundou mais ainda o gorro na cabeça e sorriu. A pelúcia do gorro estava podre e, justamente porque Akulina, na véspera, havia costurado com esmero o lugar rasgado, o gorro rasgou do outro lado e justamente aquele movimento com que Polikei, ao tirar o gorro, no escuro, pensou que enfiava a carta e o dinheiro mais fundo debaixo do forro, aquele mesmo movimento descosturou o gorro e fez o envelope ficar com uma ponta para fora, por baixo da pelúcia.

O céu começou a ficar mais claro e Polikei, que não tinha dormido à noite, começou a cabecear de sono. Afundou mais ainda o gorro na cabeça e o envelope ficou ainda mais para fora. Polikei, cochilando, começou a bater com a cabeça numa escora no canto da charrete. Acordou já perto de casa. Seu primeiro movimento foi apanhar o gorro: estava afundado em sua cabeça: não tirou o gorro, convencido de que o envelope estava ali. Atiçou Tambor, ajeitou o feno, de novo tomou ares de estalajadeiro e, olhando à sua volta com pose de importância, seguiu na direção de casa.

Lá estava a cozinha, lá estava a "ala" dos servos, a esposa do marceneiro levava roupas de cama, lá estava o escritório, a casa da patroa, onde dali a pouco Polikei ia mostrar que era um homem de confiança e honesto, que "era fácil caluniar as pessoas", e a patroa ia dizer: "Sim, muito obrigado, Polikei, tome aqui três rublos...", talvez até cinco, quem sabe dez rublos, e talvez ainda mandasse lhe servir chá, ou até uma vodcazinha. Com aquele frio, não cairia mal. Com dez rublos, dá para eu me divertir no feriado, comprar botas e, paciência, devolver os quatro rublos e meio que devo a Nikita, que já começou a me aborrecer por causa disso... A menos de cem passos da casa, Polikei se aprumou na boleia, ajeitou o cinto e a gola, tirou o gorro, arrumou o cabelo e, sem pressa, enfiou a mão embaixo do forro. A mão revirou-se dentro do gorro, mais depressa, ainda mais depressa, ele enfiou também a outra mão; o rosto empalideceu cada vez mais, a mão saiu do outro lado do gorro... Polikei caiu de joelhos, freou o cavalo e começou a olhar pela charrete, no feno, nas compras, apalpou o peito, as calças: o dinheiro não estava em lugar nenhum.

– Meu Deus! Como é que pode? O que vai ser de mim? – pôs-se a berrar, agarrando os próprios cabelos.

Mas então, lembrando que poderiam vê-lo, fez o cavalo dar meia-volta, afundou o gorro na cabeça e tocou o assombrado e descontente Tambor pelo caminho de volta.

"Não suporto viajar com Polikei", devia estar pensando Tambor. "Só uma vez na vida me deu de comer e de beber na hora certa e, mesmo assim, foi só para me enganar de um modo muito desagradável. Como me apressou para chegar logo em casa! Fiquei cansado e agora, mal senti o cheirinho do nosso feno, ele me atiça para voltar outra vez para a estrada."

– Ei, sua besta dos demônios! – gritou Polikei entre lágrimas, erguido em cima da charrete, puxando a boca de Tambor pelos arreios e batendo nele com o chicote.

## X

Durante todo aquele dia, ninguém em Pokróvskoie viu Polikei. A patroa perguntou algumas vezes depois do almoço, e Aksiutka ia correndo toda hora falar com Akulina; mas Akulina dizia que ele não tinha chegado, que na certa o comerciante o havia detido lá, ou que acontecera alguma coisa com o cavalo. "Será que o cavalo não está mancando?", disse ela. "Na última vez, Maksim demorou um dia inteiro e fez o caminho todo a pé!" E Aksiutka balançava seus pêndulos de novo, correndo para a casa, e Akulina inventava motivos para a demora do marido e tentava se tranquilizar – mas em vão! Tinha um peso no coração e as mãos não conseguiam cumprir nenhuma tarefa para a festa do dia seguinte. E se atormentava ainda mais porque a esposa do marceneiro afirmava que o tinha visto de manhã: "Um homem igual ao Ilitch chegou perto da casa e depois deu meia-volta". As crianças também esperavam o pai com impaciência e agitação, mas por outras razões. Aniutka e Machka tinham ficado sem o casaco de pele e o paletó, que lhes permitiam sair à rua, ainda que apenas alternadamente, uma de cada vez, e por isso eram obrigadas a ficar correndo em volta da casa só de vestido, em círculos e com muita velocidade e esforço, o que incomodava bastante todos os habitantes da ala dos servos, quando entravam e saíam. Uma vez, Machka esbarrou nas pernas da esposa do marceneiro, que estava levando água, e embora já tivesse começado a berrar por ter se chocado contra os joelhos da mulher, recebeu mesmo assim um puxão no cabelo e pôs-se a chorar com mais força ainda. Mesmo quando não esbarrava em ninguém, ela corria direto pela porta, trepava num barril e subia na estufa. Só a patroa e Akulina estavam sinceramente preocupadas com o próprio Polikei; as crianças só queriam saber de seus agasalhos. E Iégor Mikháilovitch, ao responder à pergunta da patroa: "Será possível que o Polikei não chegou, e onde ele pode estar?", sorriu e lhe disse: "Não tenho como saber", e pelo visto estava satisfeito ao ver que sua hipótese havia se confirmado. "Era para ter chegado na hora do almoço", disse ele, com ar expressivo. Durante todo o dia, em Pokróvskoie, ninguém soube nada sobre Polikei; só depois se soube que ele tinha sido visto por uns mujiques da vizinhança, correndo pela estrada, sem gorro, e perguntando a todo mundo: "Não acharam uma carta?". Outro homem o viu dormindo à beira da estrada ao lado de um cavalo amarrado e de uma charrete. "Achei também que estava bêbado", disse aquele homem, "e que o cavalo estava dois dias sem comer e beber, de tão fundas pareciam as costelas."

Akulina passou a noite sem dormir, o tempo todo atenta a qualquer barulho, mas Polikei não veio de noite. Se vivesse sozinha e tivesse com ela um cozinheiro e uma criada, Akulina se sentiria ainda mais infeliz; porém, quando o terceiro galo cantou e a esposa do marceneiro acordou, Akulina teve de se levantar e ir para a estufa. Era dia de festa: antes de clarear, era preciso pôr o pão no forno, fazer *kvás*, assar pastéis, ordenhar a vaca, passar os vestidos e as camisas, lavar as crianças, trazer água e não deixar que a vizinha ocupasse a estufa inteira. Sempre atenta a qualquer barulho lá fora, Akulina cumpriu aquelas tarefas. O dia já havia clareado, os sinos já haviam tocado, as crianças já haviam levantado, mas nada de Polikuchka. Na véspera, tinha caído uma grande friagem, a neve cobria de forma irregular os campos, a estrada e os telhados; e nesse dia, como que de propósito para a festa do feriado, o dia estava bonito, ensolarado e fazia frio, por isso dava para ouvir e ver até bem longe. Mas Akulina, sempre junto à estufa, metendo a cabeça na porta do forno, estava tão ocupada com os pastéis que nem notou a chegada de Polikei e só pelos gritos das crianças soube que o marido tinha chegado. Aniutka, por ser a mais velha, já havia untado o cabelo e se vestira sozinha. Usava um vestido de chita cor-de-rosa novo, mas amarrotado, presente da patroa, que caía nela como numa bonequinha de *lubok*[7] e causava inveja nas vizinhas; seus cabelos brilhavam, tinha passado neles meia vela de sebo; embora os sapatos não fossem novos, eram delicados. Machka ainda estava de camisolinha e suja, e Aniutka não deixava que ela chegasse perto para não ficar manchada. Machka estava do lado de fora quando o pai chegou com a bolsa. "Papai chegou", berrou ela, entrando afoita pela porta, passando por Aniutka e sujando a irmã de lama. Aniutka, já sem medo de se manchar, começou a bater na irmã, mas Akulina não podia parar seus afazeres. Apenas gritou para as filhas: "Ei, vocês! Vou dar uma surra nas duas!", e virou-se para a porta. Ilitch, com a bolsa nas mãos, entrou no vestíbulo e, na mesma hora, seguiu para seu canto. Akulina teve a impressão de que ele estava pálido e seu rosto parecia que chorava e ria ao mesmo tempo; mas ela não conseguiu chegar a uma conclusão.

– E aí, Ilitch? Tudo certo? – perguntou ela, da estufa.

Ilitch resmungou alguma coisa que Akulina não entendeu.

– O quê? – gritou ela. – Já falou com a patroa?

Ilitch, no seu canto, estava sentado na cama, olhava em volta com ar desarvorado e sorria seu sorriso culpado e profundamente infeliz. Ficou muito tempo sem nada responder.

– E então, Ilitch? Que demora foi essa? – ressoou a voz de Akulina.

---

7 Histórias ilustradas com xilogravuras, tradição popular surgida na Rússia no século XVII.

– Akulina, entreguei o dinheiro à patroa, e como ela agradeceu! – disse de repente e, ainda mais inquieto, pôs-se a olhar em volta e sorrir. Dois objetos em especial detiveram seus olhos arregalados, agitados e febris: as cordas amarradas ao berço e o bebê. Aproximou-se do berço e, com os dedos finos, começou a desatar rapidamente o nó das cordas. Em seguida, seus olhos se detiveram no bebê; mas então Akulina entrou no canto com os pastéis num tabuleiro. Ilitch escondeu depressa a corda no peito, dentro da camisa, e sentou-se na cama.

– O que há com você, Ilitch? Parece que não está bem – disse Akulina.

– Não dormi – respondeu.

De repente, algo se mexeu do outro lado da janela e, num instante, como um tiro, entrou a criada *de cima*, Aksiutka.

– A patroa mandou Polikei Ilitch ir falar com ela neste miminuto – disse. – Neste miminuto, Avdótia Mikolavna mandou... neste miminuto.

Polikei olhou para Akulina, para a criada.

– Já vou! O que ela quer mais? – disse ele de maneira tão natural que Akulina se tranquilizou: talvez quisesse agradecer. – Diga que já vou.

Levantou-se e saiu. Akulina pegou uma tina, colocou sobre o banco, derramou água de uns baldes que estavam junto à porta e também de uma panela que fervia no fogão, arregaçou as mangas e experimentou a temperatura da água.

– Vem cá, Machka, vou lavar você.

Zangada, a menina que ciciava começou a berrar.

– Vem cá, sua porquinha, vou vestir em você uma camisa limpa. Vamos, chega! Vem cá, ainda vou ter de lavar sua irmã.

Enquanto isso, Polikei não foi atrás da criada *de cima* para a casa da patroa, mas sim para um lugar muito diferente. No vestíbulo, ao lado da parede, havia uma escada íngreme que levava ao sótão. Ao entrar no vestíbulo, Polikei olhou para trás e, como não viu ninguém, se agachou e, quase correndo, subiu ligeiro e com agilidade por aquela escada.

– O que isso significa? Polikei não vai vir? – disse a patroa com impaciência, dirigindo-se a Duniacha, que penteava seu cabelo. – Onde está o Polikei? Por que não vem?

Aksiutka correu de novo para a ala dos servos e de novo entrou muito ligeira no vestíbulo e exigiu que Ilitch fosse falar com a patroa.

– Mas ele já foi há muito tempo – respondeu Akulina, que, depois de lavar Machka, tinha acabado de pôr dentro da tina o seu menino, um bebê, e molhava os ralos cabelinhos, apesar de seus gritos. O menino berrava, fazia cara feia e tentava agarrar alguma coisa com as mãozinhas indefesas. Akulina sustentava com a mão grande as costas do bebê, rechonchudas, moles, cheias de covinhas, enquanto o lavava com a outra mão.

– Vá ver se ele não dormiu por aí em algum canto – disse ela, olhando para trás com inquietação.

A esposa do marceneiro, despenteada, camisa aberta no peito, segurando a saia, subiu ao sótão naquele instante para pegar um vestido que deixara lá para secar. De repente um grito de horror ressoou no sótão e, como louca, de olhos fechados, andando para trás de gatinhas, e mais depressa do que um gato, a esposa do marceneiro, em vez de descer correndo, despencou escada abaixo.

– Ilitch! – gritou ela.

Akulina soltou o bebê.

– Enforcou-se! – urrou a esposa do marceneiro.

Akulina correu para o vestíbulo, sem notar que o bebê rolou como uma bolinha e, com os pés para cima, afundou de cabeça na água.

– Na viga... se enforcou – exclamou a esposa do marceneiro, mas parou ao ver Akulina.

Akulina se projetou pela escada e, antes que pudessem detê-la, subiu correndo e, com um grito terrível, caiu pela escada como um corpo morto e teria se matado se as pessoas não tivessem acudido de todos os cantos para ampará-la.

XI

Durante alguns minutos, nada foi possível entender na confusão geral. Formou-se uma multidão enorme, todos gritavam, todos falavam, crianças e velhos choravam, Akulina jazia desacordada. Por fim, alguns homens, o marceneiro e o administrador, que haviam corrido para lá, subiram ao sótão, enquanto a esposa do marceneiro contava pela décima vez como ela, "sem pensar em nada, tinha subido para pegar a capa, e então olhei: vi um homem parado; olhei melhor: o gorro estava caído no chão, virado para cima. Olhei, e as pernas estavam balançando. Aí gelei dos pés à cabeça. Será possível? Um homem se enforcou e logo eu tinha de ver isso! Como despenquei pela escada, nem eu lembro. Foi um milagre, Deus me salvou. Verdade, o Senhor teve misericórdia. Não é pouca coisa! A inclinação e a altura não são de brincadeira! Podia ter morrido com a queda".

As pessoas que subiam contavam a mesma coisa. Ilitch se enforcou numa viga, só de camisa e calça, com a mesma corda que havia soltado do berço. Seu gorro estava caído e virado para baixo, a seu lado. O paletó e o casaco de pele tinham sido despidos e estavam dobrados, bem perto dele. Os pés tocavam o chão, num sinal de que já não havia vida. Akulina voltou a si e se arremessou de novo escada acima, mas a contiveram.

– Mãezinha, o Siomka se afogou – guinchou de repente, do canto, a menina que ciciava.

Akulina se desvencilhou de novo e correu para o canto. O bebê, sem se mexer, jazia de barriga para cima dentro da tina, e suas perninhas não se mexiam. Akulina retirou-o dali, mas o bebê não respirava e não se mexia. Akulina colocou-o na cama, apoiou-se nas mãos e deu uma gargalhada tão forte, um riso tão sonoro e terrível, que Machka, que de início também deu uma gargalhada, apertou os ouvidos e, chorando, correu para o vestíbulo. Muita gente se aglomerou no canto, entre gemidos e choro. Pegaram o bebê, começaram a esfregar; mas foi tudo em vão. Akulina se jogou na cama e gargalhou, gargalhou de tal modo que todos que ouviam aquele riso, por pouco que fosse, ficavam horrorizados. Só agora, ao ver toda aquela multidão variada, de velhos, crianças e pessoas casadas que se amontoavam no vestíbulo, era possível se dar conta de quanta gente morava na ala dos servos. Todos estavam agitados, todos falavam, muitos choravam e ninguém fazia nada. A esposa do marceneiro ainda encontrava pessoas que não tinham ouvido sua história e contava de novo como seus sentimentos delicados foram abalados pela visão chocante e como Deus a salvara de morrer na queda pela escada. O copeiro velhinho, com um paletó de mulher, contava como no tempo do falecido patrão uma mulher se afogara no lago. O administrador mandou chamar o comissário de polícia e o padre e incumbiu alguém de ficar de vigia. A criada *de cima*, Aksiutka, de olhos arregalados, espiava tudo através de um buraco no sótão e, apesar de não ver nada lá dentro, não conseguia sair de onde estava para ir falar com a patroa. Agáfia Mikháilovna, ex-arrumadeira da antiga patroa, pedia chá para acalmar seus nervos e chorava. Vovó Anna, com mãos hábeis, gorduchas e saturadas de azeite barato, deitou o pequeno defunto sobre a mesinha. As mulheres estavam paradas em volta de Akulina e a observavam em silêncio. As crianças, tapando os ouvidos com as mãos, olhavam para a mãe e começaram a berrar, depois se calaram, de novo olharam para ela e se apertaram mais ainda uma à outra. Meninos e mujiques se aglomeravam no alpendre e, com a cara assustada, olhavam para a porta e para a janela sem ver nada, sem compreender nada e perguntando uns para os outros o que havia acontecido. Um disse que o marceneiro tinha cortado o pé da esposa com o machado. Outro disse que a lavadeira dera à luz trigêmeos. Um terceiro disse que o gato do cozinheiro havia tido um ataque de raiva e saíra mordendo as pessoas. Mas aos poucos a verdade foi se espalhando e, por fim, chegou aos ouvidos da patroa. E parece que nem se deram ao trabalho de prepará-la: o brutal Iégor comunicou de forma direta e assim abalou os nervos da patroa de tal modo que ela demorou muito tempo para se recuperar. A multidão já começava a se acalmar; a esposa do marceneiro acendeu o samovar e ferveu o chá, com o que as pessoas que não eram de casa, por não serem convidadas, acharam indecoroso permanecer ali por mais tempo. Os meninos começaram a brigar no alpendre. Todos já sabiam do que se tratava e, fazendo o sinal da cruz, começaram a se dispersar, quando de repente se ouviu: "A patroa, a patroa!", e todos se aglomeraram novamente e se apertaram para lhe dar passagem, mas todos também queriam ver o que ela ia fazer. A patroa, pálida, coberta de lágrimas, entrou no vestíbulo e atravessou a soleira rumo ao canto de Akulina. Dezenas de cabeças se espremiam e olhavam pela porta. Apertaram de tal modo uma mulher grávida que ela começou a gritar, mas logo tirou proveito de sua condição para conquistar um lugar na frente dos outros. E quem não ia querer ver a patroa no canto de Akulina? Para os servos domésticos, era o mesmo que ver fogos de artifício no fim de um espetáculo. Era coisa importante se soltavam fogos de artifício, e também era coisa importante se a patroa, em roupas de seda e de rendas, ia ao canto de Akulina. A patroa se aproximou de Akulina e segurou sua mão; mas Akulina soltou-a com força. Os velhos servos domésticos balançaram a cabeça com ar desaprovador.

– Akulina! – disse a patroa. – Você tem filhos, tenha piedade de si mesma.

Akulina deu uma gargalhada e levantou-se.

– Meus filhos são todos de prata, todos de prata... Documento, não tenho nenhum – balbuciou, falando depressa. – Falei para o Ilitch, não pegue em documentos, lambuzaram você com alcatrão, lambuzaram você todo. Com alcatrão e sabão, minha senhora. Por piores que fossem as cicatrizes, logo iam fechar. – E de novo deu uma gargalhada ainda mais forte.

A patroa deu meia-volta e mandou trazer o enfermeiro e mostarda. "Tragam água fria", ela mesma foi buscar água; mas, ao ver o bebê morto, diante do qual estava vovó Anna, a patroa deu as costas e todos viram como cobriu o rosto com um lenço e começou a chorar. Vovó Anna (pena que a patroa não viu: ela teria apreciado; tudo aquilo era feito para ela) cobriu o bebê com um pedaço de pano, ajeitou o bracinho do bebê com sua mãozinha rechonchuda e ágil, e de tal modo balançou a cabeça, de tal modo distendeu os lábios, piscou os olhos com tanto sentimento e de tal modo suspirou que todos podiam ver que tinha um coração excelente. Mas a patroa não viu nada disso e nem podia ver. Chorava, soluçava, teve um ataque histérico e foi preciso ampará-la e levá-la pelo braço para casa. "Dela não sai mais nada", pensaram muitos e começaram a se dispersar. Akulina continuava a gargalhar e falava coisas absurdas. Levaram-na para outro cômodo, fizeram uma sangria, aplicaram cataplasmas de mostarda, puseram gelo na cabeça; mas ela continuava sem entender nada e sem chorar, apenas gargalhava e falava e fazia tais coisas que as pessoas bondosas que cuidavam dela não conseguiam se conter e riam também.

## XII

O feriado não foi alegre em Pokróvskoie. Apesar de fazer um dia bonito, o povo não saiu para passear; as moças não se juntaram para cantar, os rapazes da fábrica, que vieram da cidade, não tocaram acordeão nem balalaica e não brincaram com as meninas. Todos ficaram em seu canto e, se falavam, era em voz baixa, como se ali estivesse um espírito maligno que pudesse ouvi-los. Mesmo assim, durante o dia foi suportável. Porém à tardinha, quando começou a escurecer, os cachorros se puseram a uivar e, naquele instante, por azar, o vento também uivou nas chaminés, e um medo tão grande dominou todos os habitantes da ala dos servos que quem tinha velas acendeu-as diante dos ícones; quem estava sozinho em seu canto foi para junto dos vizinhos e pediu para dormir onde havia mais gente e quem tinha de sair para o estábulo não foi e lamentou ter de deixar o gado sem comida naquela noite. E a água benta, que todos guardavam consigo dentro de um frasquinho, foi toda ela usada naquela noite. Muitos até ouviram que alguém caminhava pelo sótão a passos pesados naquela noite, e o ferreiro viu um dragão voar direto para dentro do sótão. No canto dos Polikei, não havia ninguém; as crianças e a louca foram transferidas para outro lugar. Lá, apenas jazia o bebê falecido, além de duas velhinhas e uma peregrina, que lia os Salmos com fervor, não pelo bebê, mas por causa de toda aquela desgraça. Era a vontade da patroa. Toda vez que terminavam um versículo, as velhas e a peregrina ouviam lá em cima a viga ranger e alguém dar um gemido. Rezavam: "E Deus vai ressuscitar", e tudo silenciava de novo. A esposa do marceneiro chamou sua comadre e naquela noite, sem dormir, ela bebeu todo o chá que havia armazenado para a semana. Também ouviam as vigas rangerem lá em cima e um barulho parecido com a queda de sacos. Os mujiques de vigia infundiam coragem nos servos domésticos, do contrário teriam morrido de medo naquela noite. Os mujiques se deitaram no vestíbulo, sobre o feno, e depois garantiram ter ouvido também coisas extraordinárias no sótão, embora naquela mesma noite tenham ficado conversando tranquilamente sobre o recrutamento, enquanto mastigavam pão, se coçavam e, acima de tudo, enchiam o vestíbulo com o cheiro característico dos mujiques, a tal ponto que a esposa do marceneiro, ao passar por eles, cuspiu e xingou-os de mal-educados. De todo modo, o enforcado continuava pendurado no sótão e parecia que naquela noite o próprio espírito do mal cobria a ala dos servos com sua asa enorme, ostentando seu poder e ficando mais perto que nunca daquela gente. Pelo menos todos tinham essa sensação. Não sei se era verdade. Até acho que, no geral, não era verdade. Acho que, se houvesse algum atrevido, naquela noite terrível, que pegasse uma vela ou uma lamparina e, benzendo-se ou até sem se benzer, subisse ao sótão e, com a chama da vela, fosse afastando devagar à sua frente o horror da noite e iluminasse as vigas, a areia, o cano da chaminé coberto de teias e o vestido esquecido pela esposa do marceneiro – chegasse até Ilitch e, se não se rendesse ao sentimento de pavor, levantasse a lamparina à altura do rosto, então veria o conhecido corpo magro, com os pés que tocavam o chão (a corda tinha afrouxado), a cabeça sem vida inclinada para o lado, tombada sobre o peito, o colarinho da camisa desabotoado, sob a qual não se via um crucifixo, e o rosto bondoso, de olhos abertos, imóveis, o sorriso dócil e culpado, a calma austera e, em tudo, o silêncio. Na verdade, a esposa do marceneiro, encolhida em sua cama, no seu canto, de cabelos despenteados e com olhos assustados que exprimiam que ela escutava com atenção o barulho de sacos caindo, estava muito mais assustadora e terrível do que Ilitch, embora tivessem retirado o crucifixo dele e colocado sobre a viga.

*Em cima*, ou seja, na casa da patroa, reinava o horror, assim como na ala dos servos domésticos. No quarto da patroa, havia um cheiro de água-de-colônia e de remédio. Duniacha esquentava cera amarela e preparava um cataplasma. Para que exatamente servia o cataplasma, eu não sei; mas sei que sempre faziam cataplasmas quando a patroa estava doente. E dessa vez ela ficara tão abalada que adoecera. Para dar coragem a Duniacha, sua tia veio passar a noite com ela. Em companhia de mais uma serva, as quatro ficaram juntas no quarto das criadas, e conversavam em voz baixa.

– Quem é que vai pegar o azeite de lamparina? – perguntou Duniacha.

– Eu não vou de jeito nenhum, Avdótia Mikolavna – respondeu a segunda criada, em tom decidido.

– Deixe disso; vá junto com a Aksiutka.

– Vou sozinha, não tenho medo de nada – disse Aksiutka, mas na mesma hora se assustou.

– Vá, boa menina, peça um copo de azeite para a vovó Anna e traga sem derramar – disse Duniacha.

Aksiutka levantou a barra da saia com a mão e, embora por causa disso já não pudesse balançar os dois braços, balançou um braço com duas vezes mais força, numa linha oblíqua a seu trajeto, enquanto corria. Estava apavorada e tinha a sensação de que, se visse ou ouvisse qualquer coisa, ainda que fosse sua mãe viva, cairia dura de medo. Com os olhos semicerrados, ela voou pela trilha conhecida.

## XIII

– A patroa está dormindo ou não? – perguntou de repente uma voz grossa de mujique, ao lado de Aksiutka.

Ela abriu os olhos, que antes estavam semicerrados, e viu um vulto que lhe pareceu mais alto do que a casa dos servos; ela soltou um grito estridente e deu meia-volta tão depressa que a saia teve de voar atrás dela. Num pulo só, Aksiutka estava no alpendre, com outro pulo, no quarto das criadas, e jogou-se na cama num choro desarvorado. Duniacha, sua tia e a outra criada estavam morrendo de medo; mas nem tiveram tempo de se recuperar quando passos pesados, vagarosos e hesitantes soaram no vestíbulo e na porta. Duniacha se precipitou para o quarto da patroa, deixando cair o cataplasma; a segunda criada se escondeu atrás de uma saia pendurada na parede; a tia, mais decidida, quis segurar a porta, mas a porta se abriu e um mujique entrou. Era Dútlov, com os pés metidos em suas lanchas. Sem prestar atenção no pavor das criadas, procurou os ícones com os olhos e, sem notar a pequena imagem pendurada no canto esquerdo, fez o sinal da cruz voltado para uma pequena cristaleira com xícaras, colocou o gorro na janela e, depois de enfiar a mão bem fundo no casaco de pele, como se quisesse coçar a axila, pegou uma carta com cinco lacres marrons, marcados com o desenho de uma âncora. A tia de Duniacha apertou a mão no peito... Com dificuldade, exclamou:

– Que susto você me deu, Naúmitch! Não consigo nem falar. Pensei que tinha chegado meu fim.

– Como pode fazer isso? – reclamou a segunda criada, saindo de trás da saia.

– Assustou até a patroa – disse Duniacha, vindo pela porta. – Como é que entra no quarto das criadas sem pedir licença? Um verdadeiro mujique!

Dútlov, sem se desculpar, repetiu que precisava falar com a patroa.

– Ela está doente – disse Duniacha.

Naquele momento, Aksiutka deu uma risada tão alta e tão escandalosa que teve de esconder de novo a cabeça nos travesseiros da cama, de onde, apesar das ameaças de Duniacha e da tia, durante uma hora não foi possível retirá-la, pois toda vez que levantava a cabeça desatava a rir de novo, como se o peito rosado e as bochechas vermelhas fossem rebentar. Ela achava engraçado demais o fato de todas terem se assustado – e escondia de novo a cabeça e, como que dominada por convulsões, esperneava e sacudia o corpo todo.

Dútlov ficou parado, observou-a com atenção, como se quisesse entender o que estava acontecendo com ela, mas, sem conseguir decifrar do que se tratava, virou-se para o lado e continuou a falar.

– É que tenho um assunto muito importante – explicou. – Diga para ela que achei a carta do mujique com o dinheiro.

– Que dinheiro?

Duniacha, antes de avisar a patroa, leu o nome do destinatário e perguntou a Dútlov onde e como tinha encontrado o dinheiro que Ilitch devia ter trazido da cidade. Depois de ser informada de tudo em detalhes e mandar para o vestíbulo a criada corredora, que não parava de gargalhar, Duniacha foi falar com a patroa, mas, para surpresa de Dútlov, mesmo assim a patroa não o recebeu e não disse nada de forma clara para Duniacha.

– Não sei de nada nem quero saber – disse a patroa. – Não quero saber de mujique nenhum nem de dinheiro nenhum. Não quero e não posso ver ninguém. Mande que me deixem em paz.

– O que vou fazer? – disse Dútlov, rodando o envelope nas mãos. – O dinheiro não é pouco. O que está escrito aqui? – perguntou a Duniacha, que de novo leu para ele o nome do destinatário.

Dútlov, no entanto, parecia não acreditar. Tinha esperança de que o dinheiro, quem sabe, não fosse da patroa e que tivessem lido errado o nome do destinatário. Mas Duniacha confirmou mais uma vez. Dútlov suspirou, colocou o envelope no peito e se preparou para sair.

– Acho melhor entregar para o comissário de polícia – disse ele.

– Espere, vou tentar falar com ela mais uma vez – o deteve Duniacha, que havia olhado atentamente para o envelope, na hora em que ele desaparecia por dentro da camisa do mujique. – Dê aqui a carta.

Dútlov retirou o envelope de novo, mas não o colocou logo na mão de Duniacha.

– Diga que Dútlov Semion achou na estrada.

– Sim, me dê aqui.

– Achei que era só uma carta; mas um soldado leu tudo e disse que tinha dinheiro.

– Sim, me dê aqui.

– Eu nem me atrevi a ir para casa porque... – disse de novo Dútlov, sem separar-se do precioso envelope. – Diga isso para ela.

Duniacha agarrou o envelope e foi de novo falar com a patroa.

– Ah, meu Deus, Duniacha! – disse a patroa, com voz de censura. – Não venha me falar sobre esse dinheiro. Só de lembrar daquele pequenino...

– O mujique, senhora, não sabe para quem deve entregar – explicou de novo Duniacha.

A patroa rompeu o lacre do envelope, teve um sobressalto assim que viu o dinheiro e ficou pensativa.

– O dinheiro é terrível, quanto mal ele faz! – disse ela.

– E o Dútlov, senhora? Quer que ele vá embora ou a senhora vai se dignar a sair para falar com ele? Será que o dinheiro está todo aí?

– Não quero saber deste dinheiro. É um dinheiro horroroso. O que ele já causou! Diga que fique com o dinheiro, se quiser – falou de repente a patroa, procurando a mão de Duniacha. – Sim, sim, sim – repetiu a patroa para a espantada Duniacha. – Que ele leve tudo consigo e faça o que quiser.

– Mil e quinhentos rublos – notou Duniacha, sorrindo de leve, como se falasse com uma criança.

– Que ele leve tudo – repetiu a patroa com impaciência. – Será que você não está me ouvindo? Esse dinheiro é maldito, nunca mais me fale sobre isso. Que o mujique fique com o dinheiro que ele achou. Vá embora, já!

Duniacha voltou para o quarto das criadas.

– Está tudo aí? – perguntou Dútlov.

– Sim, conte você mesmo – respondeu Duniacha, entregando o envelope. – Mandaram dar para você.

Dútlov pôs o chapéu embaixo do braço e, curvado, começou a contar.

– Não tem um ábaco?

Dútlov entendeu que a patroa, por burrice, não sabia contar e mandou que ele fizesse aquilo.

– Vá contar em casa! É seu! O dinheiro é seu! – disse Duniacha, zangada. – Não quero ver esse dinheiro, ela disse. Entregue para quem o trouxe.

Dútlov, ainda curvado, cravou os olhos em Duniacha.

A tia de Duniacha bateu uma mão na outra.

– Mãezinhas queridas! Que sorte Deus lhe deu! Mãezinhas queridas!

A segunda criada não acreditou:

– Não está brincando, Avdótia Mikolavna?

– Que brincando, nada! Ela mandou entregar para o mujique... Vamos, leve o dinheiro, vá embora – disse Duniacha, sem esconder a irritação. – Para uns a desgraça, para outros a sorte.

– Mil e quinhentos rublos não é brincadeira – disse a tia.

– Tem mais que isso – corrigiu Duniacha. – Bom, acenda uma vela de dez copeques para São Nicolau – disse, em tom de zombaria. – O que foi, ainda não entendeu? E quanto bem isso não faria para um pobre! Mas você já tem muito.

Afinal Dútlov compreendeu que não era brincadeira e tentou juntar o dinheiro, que ele havia separado para contar, e colocá-lo dentro do envelope; mas as mãos tremiam e ele não parava de lançar olhares para as moças, a fim de verificar se não estavam pregando alguma peça.

– Olhem só, ficou apalermado de tão alegre – disse Duniacha, mostrando que ela, mesmo assim, desprezava o mujique e o dinheiro. – Dê aqui, eu ajeito as notas para você.

E ela quis pegar. Mas Dútlov não deixou; embolou as notas, enfiou o dinheiro ainda mais fundo no bolso e apanhou o chapéu.

– Contente?

– Não sei o que dizer! É como se...

Não terminou de falar, limitou-se a abanar a mão, deu um risinho, à beira de chorar, e saiu.

A sineta chamou, no quarto da patroa.

– Então, devolveu?

– Devolvi.

– E ele? Ficou muito contente?

– Ficou que nem um doido.

– Ah, chame-o. Quero perguntar como foi que achou. Chame-o aqui, não posso sair.

Duniacha correu e alcançou o mujique no vestíbulo. Sem ter colocado o chapéu, ele tinha erguido a bolsa e, curvado, abriu-a, mas mantinha o dinheiro seguro entre os dentes. Talvez achasse que, enquanto o dinheiro não estivesse dentro da bolsa, não seria de fato seu. Quando Duniacha o chamou, ele se assustou.

– O que Avdótia... Avdótia Mikolavna. Ela quer tomar de volta? Por favor, interceda por mim, por Deus, vou trazer mel para vocês.

– E como! Traga mesmo.

De novo a porta abriu e levaram o mujique à presença da patroa. Ele não estava alegre. "Ah, ela vai tomar de volta!", pensou enquanto, ao percorrer os cômodos, por algum motivo levantava muito os pés, como quem caminha no meio do capim alto, e não deixava as alpercatas de palha baterem com força no chão. Não entendia nada e não via o que estava à sua volta. Passou por um espelho, viu umas flores, um mujique de alpercatas de palha levantando os pés, a pintura de um senhor de monóculo, uma espécie de barrica verde e uma coisa branca... Quando olhou, aquela coisa branca começou a falar: era a patroa. Dútlov nada compreendia, apenas olhava fixamente. Não sabia onde estava e tudo lhe parecia nebuloso.

– É você, Dútlov?

– Sou eu, sim, senhora. Está do mesmo jeito, nem toquei – disse. – Eu não gosto, Deus é testemunha! Quase matei meu cavalo...

– Bem, sorte sua – disse ela com um sorriso de bondade e desdém. – Fique, fique para você.

Ele apenas arregalou os olhos.

– Estou contente que você tenha encontrado. Deus queira que lhe traga proveito! Então, está contente?

– Como não ficar contente? Contente demais, mãezinha! Vou rezar pela senhora a vida toda. Estou tão feliz que dou graças a Deus de nossa patroa estar viva. A culpa é só minha.

– Mas como foi que você achou?

– Sabe, a gente está sempre pronto para sofrer pela patroa com honra e não...

– Ele já não está dizendo coisa com coisa, senhora – disse Duniacha.

– Fui levar meu sobrinho, o recruta, e, quando voltei, achei no meio da estrada. Na certa, Polikei deixou cair.

– Muito bem, vá embora, vá, meu caro. Estou satisfeita.

– E eu estou muito contente, mãezinha! – disse o mujique.

Depois Dútlov lembrou que não lhe agradecera e não se portara como convinha. A patroa e Duniacha sorriam e ele, de novo, começou a andar como se estivesse no meio do capim e mal conseguia se conter para não sair correndo. Tinha sempre a impressão de que, a qualquer momento, iriam detê-lo e tomar o dinheiro...

## XIV

De volta ao ar livre, Dútlov afastou-se da estrada rumo às tílias, até tirou o cinto para pegar a bolsa com mais facilidade, e começou a guardar o dinheiro. Seus lábios se mexiam, se esticavam, se contraíam, embora ele não pronunciasse nenhum som. Depois de guardar o dinheiro e apertar o cinto, fez o sinal da cruz e seguiu em frente pela estradinha, para lá e para cá, como um bêbado: estava ocupado demais com os pensamentos que jorravam dentro de sua cabeça. De repente viu à sua frente o vulto de um mujique que vinha a seu encontro. Chamou-o: era Efim, que vigiava a ala dos servos com um porrete.

– Ah, tio Semion – exclamou Efimka com alegria, chegando mais perto. (Efimka tinha medo de ficar sozinho.) – Então, levaram os recrutas, tio?

– Levamos. E você?

– Pois me puseram aqui para vigiar o Ilitch, o enforcado.

– Onde está ele?

– Lá no sótão, dizem que se enforcou – respondeu Efim, apontando com o porrete, no escuro, para o telhado da casa.

Dútlov olhou na direção da mão e, embora nada visse, fez cara feia, estreitou as pálpebras e balançou a cabeça.

– O chefe de polícia veio – disse Efimka. – O cocheiro me contou. Daqui a pouco vão tirar. Que horror fazer isso de noite, tio. Podem me mandar ir lá em cima que de noite eu não vou de jeito nenhum. Ainda que o Iégor bata em mim até matar, eu não vou.

– Que pecado, que pecado! – repetia Dútlov, obviamente só por decoro, mas no fundo sem pensar no que dizia, pois queria apenas seguir seu caminho.

Porém a voz de Iégor Mikháilovitch o deteve.

– Ei, guarda, venha cá – gritou Iégor Mikháilovitch da varanda.

Efimka se adiantou.

– Quem é o mujique que estava com você?

– Dútlov.

– Você também, Semion, venha cá.

Dútlov aproximou-se e, sob a luz do lampião seguro pelo cocheiro, avistou Iégor Mikháilovitch e um funcionário baixinho, de quepe, com um distintivo no capote: era o comissário de polícia rural.

– Vá, o velho virá conosco – disse Iégor Mikháilovitch ao vê-lo.

O velho ficou aborrecido; mas não podia fazer nada.

– E você, Efimka, meu bom jovem, corra lá no sótão, onde ele se enforcou, ajeite a escada para que Sua Excelência possa subir.

Efimka, que não queria de jeito nenhum chegar perto da ala dos servos, foi correndo para lá, estalando as alpercatas de palha como se fossem tabuinhas.

O comissário de polícia acendeu um fogo e começou a fumar cachimbo. Ele morava a duas verstas e tinha acabado de ser repreendido severamente pelo seu superior por ter bebido demais e por isso, agora, estava com um ataque de zelo: chegou às dez horas da noite e quis examinar logo o enforcado. Iégor Mikháilovitch perguntou a Dútlov por que ele estava ali. No caminho, Dútlov contou ao administrador como havia achado o dinheiro e o que a patroa tinha feito. Dútlov disse que vinha pedir permissão de Iégor Mikháilovitch. O administrador, para horror de Dútlov, exigiu o envelope e examinou-o. O comissário de polícia também pegou o envelope nas mãos e, em tom seco, indagou sobre os detalhes.

"Pronto, o dinheiro está perdido", pensou Dútlov e pôs-se logo a se desculpar. Mas o comissário lhe devolveu o dinheiro.

– Que sorte desse sem-vergonha! – disse.

– Veio bem a calhar – disse Iégor Mikháilovitch. – Ele acabou de levar um sobrinho para o recrutamento; agora vai pagar o resgate.

– Ah! – exclamou o comissário de polícia, e adiantou-se.

– Vai pagar o resgate do Iliúchka, não vai? – perguntou Iégor Mikháilovitch.

– Como vou pagar o resgate? Será que o dinheiro dá? E talvez não dê mais tempo.

– Faça como quiser – disse o administrador, e os dois seguiram o comissário de polícia rural.

Aproximaram-se da ala dos servos, em cujo vestíbulo os guardas imundos esperavam com um lampião. Dútlov foi atrás. Os guardas tinham um ar de culpa, que só podia ser atribuído ao cheiro que deles emanava, porque não tinham feito nada de errado. Todos estavam calados.

– Onde? – perguntou o comissário.

– Aqui – respondeu Iégor Mikháilovitch, num sussurro. – Efimka – acrescentou –, meu bom jovem, vá na frente com o lampião!

Efimka, que já havia ajeitado as tábuas da escada, parecia ter perdido todo o medo. Galgando dois ou três degraus de cada vez, subiu com o rosto alegre, virando-se para trás e iluminando, com o lampião, o caminho para o comissário. Atrás do comissário, veio Iégor Mikháilovitch. Quando eles sumiram lá em cima, Dútlov pôs um pé na escada, suspirou e se deteve. Passaram dois minutos, os passos deles no sótão silenciaram; era evidente que tinham se aproximado do cadáver.

– Tio! Estão chamando! – exclamou Efimka pelo buraco.

Dútlov subiu. O comissário e Iégor Mikháilovitch estavam visíveis sob a luz do lampião, mas a viga ocultava a parte superior de seu corpo; por trás, viam-se também as costas de alguém. Era Polikei. Dútlov passou pela viga, fez o sinal da cruz e parou.

– Virem-no, pessoal – disse o comissário.

Ninguém se mexeu.

– Efimka, você é um bom jovem – disse Iégor Mikháilovitch.

O bom jovem andou até o outro lado da viga, virou Ilitch, ficou a seu lado com o ar mais alegre do mundo, olhando ora para Ilitch, ora para o comissário, como o apresentador de um circo que exibe um albino ou Julia Pastrana,[8] a mulher barbada, olha ora para a plateia, ora para as peças que apresenta, pronto a satisfazer todos os desejos do público.

– Vire de novo.

Ilitch foi virado mais uma vez, os braços balançaram de leve e um pé arrastou na areia.

– Vamos, baixe.

– Quer que corte, Vassíli Boríssovitch? – perguntou Iégor Mikháilovitch. – Tragam o machado, amigos.

Foi preciso ordenar duas vezes aos guardas e a Dútlov que se aproximassem. O bom jovem manuseava Ilitch como a uma carcaça de ovelha. Por fim cortaram a corda, baixaram o corpo e o cobriram. O comissário de polícia disse que o médico viria no dia seguinte e dispensou todos.

---

8 Mexicana que tinha o corpo coberto de pelos e era exibida como uma curiosidade. Morreu em Moscou em 1860.

XV

Mexendo os lábios, Dútlov foi para casa. No início estava com muito medo, mas à medida que se aproximava da aldeia aquele sentimento foi passando e uma sensação de alegria penetrava mais e mais em sua alma. Na aldeia, ouviam-se canções e vozes embriagadas. Dútlov nunca bebia e também dessa vez foi direto para casa. Já era tarde quando entrou na isbá. Sua velha estava dormindo. O filho mais velho e os netos dormiam em cima da estufa, o segundo filho, dentro da despensa. Só a esposa de Iliúchka não estava dormindo e, numa camisa imunda, de usar todo dia, com a cabeça descoberta, estava sentada num banco e gemia. Ela não veio abrir a porta para o tio, apenas passou a gemer e falar mais alto, assim que ele entrou na isbá. Na opinião da velha, ela entoava seus lamentos de modo muito bonito e correto, apesar de não poder ainda ter prática, por causa de sua juventude.

A velha se levantou e preparou o jantar do marido. Dútlov enxotou da mesa a esposa de Iliúchka. "Chega, chega!", disse. Aksínia levantou-se e foi se deitar em outro banco, sem parar de gemer. Em silêncio, a velha pôs a mesa e depois tirou tudo. O velho também não disse nenhuma palavra. Depois de rezar, arrotou, lavou as mãos, pegou o ábaco que estava pendurado num prego e foi para a despensa. Lá, de início, conversou em sussurros com a velha; depois que ela saiu, ficou mexendo no ábaco, por fim bateu a tampa de um cofre e desceu para o porão. Ficou muito tempo ocupado na despensa e no porão. Quando voltou, já estava escuro na isbá, o tição já não ardia. A velha, em geral silenciosa e discreta durante o dia, já estava deitada na tábua suspensa perto da estufa e seu ronco enchia a isbá inteira. A barulhenta esposa de Iliúchka também dormia e respirava sem fazer ruído. Dormia num banco, do jeito que estava, sem trocar de roupa e sem colocar nada embaixo da cabeça. Dútlov pôs-se a rezar, depois observou a esposa de Iliúchka, balançou a cabeça, terminou de apagar o tição, arrotou de novo, subiu na estufa e deitou-se de costas, junto ao neto pequeno. No escuro, tirou as alpercatas de palha, deixou-as cair e estirou-se de barriga para cima, olhando para a rede suspensa no teto, que mal se distinguia acima de sua cabeça, e pôs-se a escutar o barulho das baratas que farfalhavam na parede, o barulho da respiração, do ronco, dos pés esfregando um no outro e do gado lá fora. Ficou muito tempo sem pegar no sono; a lua subiu, ficou mais claro dentro da isbá, ele conseguia ver Aksínia no canto e algo mais, que não conseguia distinguir: talvez um casaco esquecido pelo filho ou uma barrica que as mulheres deixaram ali, ou quem sabe havia alguém de pé. Talvez Dútlov tivesse cochilado um pouco ou não, mas se pôs a olhar outra vez... Era evidente que o espírito maligno que levara Ilitch àquela desgraça e cuja proximidade os servos sentiam naquela noite – era evidente que aquele espírito havia aberto sua asa também sobre a aldeia, sobre a isbá de Dútlov, onde estava o dinheiro que *ele* usara para destruir Ilitch. Pelo menos Dútlov sentia sua presença ali e não estava tranquilo. Não dormia nem levantava. Ao ver algo que não conseguia saber o que era, lembrou-se de Iliúchka com as mãos amarradas, lembrou-se do rosto de Aksínia e de seus lamentos bonitos, lembrou-se de Ilitch e dos braços balançando, moles. De repente o velho teve a impressão de que alguém passou pela janela. "O que pode ser? Será que o estaroste já veio me chamar?", pensou. "Como foi que abriu a porta?", pensou o velho, ao ouvir passos no vestíbulo. "Ou será que a velha não trancou a porta?" Um cachorro uivava no terreno dos fundos e *ele* andava pela entrada, assim contou o velho depois, como se procurasse a porta, passou, começou de novo a tatear a parede, tropeçou numa barrica e ela fez um barulho forte. E de novo *ele* começou a tatear como se procurasse a maçaneta. Então encontrou a maçaneta. E um tremor percorreu o corpo do velho. *Ele* puxou a maçaneta e entrou, em forma humana. Dútlov já sabia quem era. Quis fazer um sinal da cruz, mas não conseguiu. *Ele* se aproximou da mesa onde estava a toalha, puxou-a, jogou-a no chão e deitou-se na estufa. O velho sabia que *ele* havia assumido a figura de Ilitch. *Ele* arreganhou os dentes, os braços balançavam. *Ele* subiu na estufa, subiu direto em cima do velho e começou a estrangular.

– Meu dinheiro – disse Ilitch.

– Solte, não faço mais – quis falar Semion, mas não conseguiu.

Ilitch o sufocava apertando seu peito com todo o peso de uma montanha de pedras. Dútlov sabia que, se rezasse, *ele* o soltaria e sabia também qual prece tinha de rezar, mas a prece não saía. O neto dormia a seu lado. O menino começou a chorar e a gritar de modo estridente: o avô o espremia na parede. O grito da criança libertou a boca do velho. "E que Deus ressuscite", proferiu Dútlov. *Ele* soltou um pouco. "E expulse os inimigos...", murmurou Dútlov. *Ele* desceu da estufa. Dútlov ouviu como os pés *dele* batiam no chão. Dútlov continuou a rezar as preces que conhecia, uma depois da outra. No entanto, a não ser o neto e o avô, todos dormiam. O avô rezava e seu corpo todo tremia, o neto chorava, se cobria e se apertava ao avô. Tudo silenciou de novo. O avô estava deitado, sem se mexer. Um galo cantou atrás da parede, perto do ouvido de Dútlov. Ele escutou que, de repente, as galinhas começaram a se mexer, um galinho novo começou a cantar tentando imitar o galo adulto, mas sem conseguir. Algo se mexeu nos pés do velho. Era o gato: ele pulou da estufa para o chão, com suas patas macias, e pôs-se a miar junto à porta. O avô levantou-se, ergueu a janela; a rua estava escura, lamacenta; a parte dianteira de uma carroça estava bem perto da janela. Descalço, fazendo o sinal da cruz, Dútlov saiu e foi na direção dos cavalos: e ali também estava evidente que *o dono* tinha vindo. A égua que estava debaixo do abrigo, no canto, enrolara as patas nas rédeas, entornara sua ração e, de pernas para cima e cabeça virada, esperava seu dono. O potro tinha caído no meio do estrume. O avô colocou-o de pé, desemaranhou a égua, pôs forragem para os animais comerem e voltou para a isbá. A velha tinha levantado e acendera um tição. "Acorde as crianças", disse ele, "vou à cidade." Acendeu a vela de cera dos ícones e desceu com ela ao porão. Não só na casa de Dútlov, mas em todas as casas vizinhas o fogo estava aceso quando ele saiu. As crianças levantaram e logo se arrumaram. Mulheres entravam e saíam com baldes e jarras de leite. Ignat arreava uma carroça. O segundo filho punha graxa na outra. A jovem esposa já não gemia, mas, arrumada e com o xale na cabeça, estava sentada num banco dentro da isbá, à espera da hora de ir à cidade para despedir-se do marido.

O velho parecia extraordinariamente severo. Não dizia nenhuma palavra a ninguém, vestiu um casaco novo, apertou o cinto e, com todo o dinheiro de Ilitch enfiado no peito, foi falar com Iégor Mikháilovitch.

– Trate de trabalhar depressa! – gritou para Ignat, que estava ajeitando as rodas no eixo suspenso e engraxado. – Volto logo. E que tudo esteja pronto!

O administrador tinha levantado pouco antes, tomara chá e se arrumava para ir à cidade a fim de entregar o recruta.

– O que você quer? – perguntou.

– Eu, Iégor Mikháilovitch, quero resgatar o rapaz. Faça essa bondade. Há pouco tempo o senhor falou que sabia de um substituto na cidade. Ensine para mim como se faz. A gente não conhece o assunto.

– Então mudou de ideia?

– Mudei, Iégor Mikháilovitch: dá pena, é filho de meu irmão. E mesmo que não fosse, dá pena, mesmo assim. Traz muitos pecados, o dinheiro. Faça a bondade de me ensinar – disse, curvando-se até a cintura.

Como sempre acontecia nessas situações, Iégor Mikháilovitch ficou muito tempo pensativo, calado, estalando os lábios e, depois de avaliar bem a questão, redigiu dois bilhetes e disse o que e como era preciso fazer na cidade.

Quando Dútlov voltou para casa, a esposa de Iliúchka já havia partido com Ignat e a égua ruça e barriguda, já atrelada na carroça, estava ao lado do portão. Ele arrancou uma varinha da cerca; agasalhou-se bem, sentou-se na boleia e atiçou a égua. Dútlov tangia o animal com tanta pressa que toda a gordura da égua desapareceu de uma hora para outra e Dútlov nem olhava para ela, para não ficar com pena. Era torturado pela ideia de que ia se atrasar para o recrutamento, que Iliúkha ia entrar para o Exército e o dinheiro amaldiçoado acabaria ficando em suas mãos.

Não vou descrever em detalhes todas as aventuras de Dútlov naquela manhã; direi apenas que foi muito bem-sucedido. Na casa do estalajadeiro para quem Iégor Mikháilovitch mandou um bilhete, havia um substituto a postos, um homem que lhe devia vinte e três rublos e já tinha sido aprovado pelo serviço de recrutamento. O estalajadeiro queria receber, por ele, quatrocentos rublos, porém um negociante que tratava do assunto já havia três semanas insistiu para deixar por trezentos. Dútlov quis fechar o negócio com duas palavras:

– Aceita trezentos e vinte e cinco? – perguntou, estendendo a mão, mas com uma expressão que logo deixou claro que estava disposto a pagar mais.

O estalajadeiro afastou a mão e continuou pedindo quatrocentos.

– Não aceita trezentos e vinte e cinco? – repetiu Dútlov, agarrando com a mão esquerda a mão direita do homem e ameaçando bater nela com a outra mão. – Não aceita? Bem, Deus o proteja! – exclamou de repente, bateu na mão do estalajadeiro e, com um movimento brusco, lhe deu as costas. – Então vamos fechar! Leve por trezentos e cinquenta – disse. – Dê o recibo. Traga o rapaz. E agora o adiantamento. Duas das vermelhinhas, o que acha? – E Dútlov soltou o cinto e entregou o dinheiro.

O estalajadeiro, apesar de não afastar a mão, continuava dando a impressão de que não estava de acordo e, sem receber aquele adiantamento, pediu mais dinheiro para o substituto se divertir e beber.

– Não cometa nenhum pecado – repetiu Dútlov, empurrando o dinheiro para ele. – Vamos morrer. – Repetia num tom de voz tão dócil, didático e convicto que o estalajadeiro respondeu:

– Não se pode fazer nada – outra vez bateu na mão e começou a rezar. – Que Deus tenha piedade de nossa alma.

Acordaram o substituto, que ainda estava dormindo depois da farra da véspera, examinaram-no sem nenhum motivo e foram todos para o recrutamento. O substituto estava alegre, exigiu que o refrescassem com um pouco de rum, Dútlov lhe deu o dinheiro para a bebida e só se intimidou quando começaram a entrar no vestíbulo da repartição pública. Ficaram ali muito tempo, o velho, o estalajadeiro de casaco azul e o substituto, com seu casaco de pele curtinho, de sobrancelhas levantadas e olhos arregalados; ali se demoraram bastante, sussurrando entre si sobre onde deviam pedir, a quem procurar, diante de qualquer escrevente tiravam o chapéu, curvavam-se em reverências e escutaram com ar muito sério a decisão transmitida por um escrevente conhecido do estalajadeiro. Todas as esperanças de concluir o negócio naquele mesmo dia estavam quase abandonadas e o substituto já começava a se mostrar de novo mais alegre e desinibido, quando Dútlov avistou Iégor Mikháilovitch, prontamente o deteve e começou a pedir e a se curvar. Iégor Mikháilovitch ajudou-o tão bem que por volta das três horas o substituto, para sua grande insatisfação e surpresa, foi conduzido para o conselho de recrutamento, alistado e, ante a inexplicável alegria geral, desde o guarda até o presidente, o despiram, cortaram seu cabelo, vestiram-no e o liberaram pela porta, e cinco minutos depois Dútlov entregou o dinheiro, pegou o recibo e, após despedir-se do estalajadeiro e do substituto, foi para a casa do comerciante onde estavam os recrutas de Pokróvskoie. Iliá estava sentado com sua esposa num canto, na cozinha do comerciante, e assim que o velho entrou pararam de conversar e o encararam com uma expressão submissa e rancorosa. Como sempre, o velho rezou, soltou o cinto, pegou um papel e chamou para a isbá Ignat, seu filho mais velho, e a mãe de Iliúchka, que estavam do lado de fora.

– Não cometa um pecado, Iliúkha – disse ele, aproximando-se do sobrinho. – Ontem você me disse umas coisas... Acha que não sinto pena de você? Lembro como meu irmão me confiou você. Se dependesse de mim, acha que eu o entregaria? Deus me deu sorte e eu não tive dúvida. Olhe aqui, este papel – disse, colocando o recibo sobre a mesa e desamassando cuidadosamente a folha de papel com os dedos tortos e curvados.

Todos os mujiques de Pokróvskoie vieram do pátio para dentro da isbá, além dos empregados do comerciante e até gente de fora. Todos adivinharam do que se tratava; mas ninguém interrompeu o discurso solene do velho.

– Aqui está, este papelzinho! Paguei quatrocentos rublos. Não fale mal do tio.

Iliúkha levantou-se, mas ficou calado, sem saber o que dizer. Os lábios tremiam de emoção; a velha mãe quis se aproximar dele, gemendo, e pendurar-se em seu pescoço; mas o velho, com um gesto lento e autoritário, afastou-a com o braço e continuou a falar.

– Você ontem me disse umas coisas – repetiu o velho. – Você enfiou aquelas palavras no meu coração feito uma faca. Seu pai, ao morrer, me confiou você e para mim você é que nem um filho natural, mas se ofendi você de algum jeito, todos nós vivemos em pecado. Não é isso, cristãos ortodoxos? – dirigiu-se aos mujiques à sua volta. – Olhe, sua mãe está aqui e sua jovem esposa também, tomem aqui o recibo. Deus fique com ele, o dinheiro! E que me perdoem, com a graça de Cristo.

Dútlov levantou a aba do casacão, pôs-se lentamente de joelhos e curvou-se aos pés de Iliúchka e de sua esposa. Em vão os jovens tentaram contê-lo, mas só levantou depois de tocar a cabeça no chão e, sacudindo a poeira, sentou-se num banco. A mãe de Iliúchka e sua jovem esposa gemiam de felicidade; ouviram-se na multidão vozes de louvor. "Assim é o certo, assim é que Deus quer", disse alguém. "E o dinheiro? Não se compra isso com pouco dinheiro", disse outro. "Que alegria", disse um terceiro, "um homem justo, numa palavra." Mas os mujiques indicados para o recrutamento não disseram nada e saíram discretamente.

Duas horas depois, as duas carroças de Dútlov partiram da periferia da cidade. Na primeira carroça, atrelada à égua ruça, barriguda e de pescoço suado, vinham o velho e Ignat. Na traseira, sacudiam embrulhos com panelas e pães. Na segunda carroça, que ninguém dirigia, vinham a jovem esposa e a sogra, envoltas em xales, com ar feliz e sério. A jovem esposa segurava uma garrafa de bebida embaixo de um pano. Torto, sentado de costas para o cavalo, de cara vermelha, o corpo batendo no anteparo da parte dianteira da carroça, Iliúchka ia mordiscando um pão e não parava de falar. As vozes, o barulho das carroças ao passar pela ponte e o bufo dos cavalos – tudo se fundia num som alegre. Abanando a cauda, os cavalos aumentaram o trote quando farejaram a direção de casa. Os que passavam a pé e de carroça não podiam deixar de virar-se para olhar aquela família feliz.

Na hora em que saíram da cidade, os Dútlov passaram por um comboio de recrutas. O grupo de recrutas estava reunido numa roda em torno de uma taberna. Um recruta, com a fisionomia estranha que um homem adquire quando tem a cabeça raspada, puxou até a nuca o gorro cinzento e começou a tocar balalaica com destreza; outro recruta, sem chapéu, com uma garrafa de vodca na mão, dançava no meio da roda. Ignat parou o cavalo e desceu para apertar os arreios. Com curiosidade, aprovação e alegria, todos os Dútlov ficaram olhando o homem que dançava. O recruta parecia não ver ninguém, mas sentia que o público atraído por ele aumentava sem parar e isso lhe dava força e agilidade. O recruta dançava com vivacidade. Tinha as sobrancelhas franzidas, o rosto rosado estava imóvel; a boca se detivera num sorriso que havia muito perdera a expressão. Parecia que todas as forças de sua alma estavam direcionadas para mover o mais depressa possível um pé depois do outro, ora sobre o salto da bota, ora sobre a ponta. Às vezes ele parava de repente, piscava o olho para o tocador de balalaica e este começava a percorrer todas as cordas com mais agilidade ainda e até batucava a caixa de ressonância com os nós dos dedos. O recruta parava, mas mesmo imóvel parecia que continuava a dançar. De repente pôs-se a se mover devagar, sacudiu os ombros e subitamente, com um salto, voou, pousou de cócoras e, com um grito selvagem, se pôs a dançar a *prissiádka*. Os meninos riam, as mulheres balançavam a cabeça, os homens sorriam com aprovação. Um velho sargento estava tranquilo ao lado do dançarino, com uma expressão que dizia: "Para vocês, é uma coisa do outro mundo, mas para nós tudo isso é comum". O tocador de balalaica, pelo visto, se cansou, olhou para o lado com ar de preguiça, tocou um acorde errado e de repente bateu com os dedos na caixa de ressonância, e a dança terminou.

– Ei! Aliokha! – disse o tocador de balalaica para o dançarino, apontando para Dútlov. – Olhe lá, é o seu padrinho!

– Onde? Meu amigo querido! – exclamou Aliokha, o mesmo recruta que Dútlov havia comprado e, levantando uma garrafa de vodca acima da cabeça, quase caindo para a frente com as pernas cansadas, moveu-se na direção da carroça.

– Michka! Um copo! – pôs-se a berrar. – Senhor! Meu amigo querido! Que alegria, puxa vida! – gritava, inclinando a cabeça embriagada para dentro da carroça, e começou a oferecer vodca aos mujiques e às mulheres. Os mujiques beberam à vontade, as mulheres recusaram. – Minhas irmãs, o que posso lhes oferecer? – gritou Aliokha, enquanto abraçava a velha. Uma vendedora de petiscos se encontrava no meio da multidão. Aliokha a viu, agarrou seu tabuleiro e despejou tudo dentro da carroça. – Não tenha medo, vou pagar, diabo! – esbravejou com voz chorosa e, na mesma hora, tirou da calça uma bolsa com dinheiro e jogou-o para Michka.

Ficou parado, apoiado na carroça com os cotovelos e fitou com olhos úmidos as pessoas nela sentadas.

– Quem é a mãezinha? – perguntou. – É você? Vou dar uma coisa para você também.

Pensou um instante, meteu a mão no bolso, pegou um lenço novo e dobrado, soltou a toalha com que prendia a cintura por baixo do casaco, tirou com cuidado um lenço vermelho que tinha em volta do pescoço, embolou tudo e empurrou sobre os joelhos da velha.

– Para você, eu dou – falou com uma voz que ficava cada vez mais baixa.

– Para quê? Obrigada, querido! Olhe só que rapaz simples – disse a velha dirigindo-se ao velho Dútlov, que se aproximara da carroça deles.

Aliokha emudeceu por completo e, entorpecido, como se estivesse adormecendo, baixava a cabeça cada vez mais.

– Por causa de vocês vou embora, por causa de vocês estou perdido! – exclamou. – É por isso que presenteio vocês.

– Na certa também tem mãe – disse alguém na multidão. – Que rapaz simples! Que infelicidade!

Aliokha ergueu a cabeça.

– Tenho mãe, sim – disse. – Tenho pai também. Todos me largaram. Escute, velha – acrescentou, segurando a velha Iliuchkina pela mão. – Dei um presemte para você. Agora me escute, por Cristo. Vá à aldeia de Vódnoie, lá pergunte pela velha Nikónova, ela é minha mãe, escute, e diga para essa mesma velha Nikónova, na terceira isbá da ponta, a que tem um poço novo... diga para ela que Aliokha, seu filho... quer dizer... Músico! Toque! – gritou.

E começou de novo a dançar, gritando, e deixou cair a garrafa com o resto de vodca.

Ignat subiu na carroça e quis tocar o cavalo para a frente.

– Adeus, Deus o ajude! – exclamou a velha, fechando ainda mais seu casaco de pele.

Aliokha parou de repente.

– Vão para o inferno – gritou, ameaçando com os punhos cerrados. – Que sua mãe...

– Ah, meu Deus. – A mãe de Iliúchkin fez o sinal da cruz.

Ignat tocou a égua para a frente e as carroças se puseram em movimento outra vez. O recruta Aleksei estava no meio da estrada e, de punhos cerrados, com uma expressão de fúria no rosto, xingava os mujiques com toda a força.

– Por que pararam? Vão embora! Demônios, canibais! – berrava. – Não vão escapar de minhas mãos! Diabos! Miseráveis!

Com essas palavras, sua voz se esgotou e, ali mesmo onde estava, ele desabou estirado no chão.

Logo os Dútlov se afastaram e, quando olharam para trás, já não viram o bando de recrutas. Depois de percorrerem umas cinco verstas a passo lento, Ignat desceu da carroça do pai, na qual o velho pegara no sono, e foi para a de Iliúchkin. Os dois beberam a garrafa de vodca trazida da cidade. Um pouco adiante, Iliá começou a cantar uma canção, as mulheres se juntaram a ele. Ignat gritava com alegria para o cavalo, no ritmo da música. Uma carruagem de posta vinha depressa e alegre em sua direção. O cocheiro gritou animado para os cavalos ao alcançar as duas carroças alegres; o cocheiro virou o rosto e piscou para o rosto vermelho dos mujiques e das mulheres, que se balançavam na carroça, no ritmo da música alegre.

# CONTOS POPULARES (DÉCADA DE 1880)

# DO QUE VIVEM OS HOMENS?

*Nós sabemos que passamos da morte para a vida, porque amamos os irmãos. Aquele que não ama permanece na morte.*

Primeira Epístola de João, capítulo 3, versículo 14

*Se alguém, possuindo os bens deste mundo, vê o seu irmão na necessidade e fecha o coração, como permanecerá nele o amor de Deus?*

*Meus filhos! Não amemos com palavras nem com a língua, mas com ações e verdade.*

3,17-8

*O amor vem de Deus e todo aquele que ama nasceu de Deus e conhece Deus.*

*Aquele que não ama não conheceu Deus, porque Deus é amor.*

4,7-8

*Ninguém nunca viu Deus. Se amarmos uns aos outros, Deus vai permanecer em nós.*

4,12

*Deus é amor: aquele que permanece no amor permanece em Deus e Deus permanece nele.*

4,16

*Se alguém diz: "Amo a Deus" mas odeia seu irmão é um mentiroso: pois quem não ama seu irmão, a quem vê, como pode amar a Deus, a quem não vê?*

4,20

I

Um sapateiro morava com a mulher e os filhos numa habitação de mujiques. Não tinha casa nem terra próprias e alimentava a si e a família com seu trabalho de sapateiro. O pão era caro, o trabalho rendia pouco e tudo o que ganhava só dava para pagar a comida. O sapateiro e a esposa tinham só um casaco de pele e, de tão usado, estava em farrapos; já fazia dois anos que o sapateiro tentava comprar uma pele de ovelha para fazer um casaco novo.

No outono, o sapateiro juntou um dinheirinho: três rublos em notas estavam guardados no cofre da mulher e havia mais cinco rublos e vinte copeques, que mujiques da aldeia lhe deviam.

E assim, de manhã, o sapateiro se preparou para ir à aldeia a fim de comprar um casaco. Por cima da camisa, vestiu o paletó da esposa, de nanquim estofado de algodão, e por cima de tudo seu caftã de feltro, meteu no bolso os três rublos em notas, cortou uma vara para servir de cajado e partiu depois do café da manhã. Pensou: "Vou receber cinco rublos dos mujiques, acrescento meus três e compro a pele de ovelha para fazer um casaco de pele".

O sapateiro chegou à aldeia, foi falar com um mujique – não estava em casa, a mulher prometeu que dali a uma semana ia mandar o marido com o dinheiro, e não pagou; foi falar com outro – o mujique jurou por Deus que não tinha dinheiro, só pagou vinte copeques pelo conserto das botas. O sapateiro pensou em comprar fiado a pele de ovelha, mas o criador de ovelhas não vendia fiado.

– Traga o dinheirinho – disse ele – e depois escolha a que lhe agradar, pois a gente sabe o que é cobrar as dívidas.

Portanto o sapateiro não fez negócio nenhum, apenas recebeu vinte copeques por um conserto e outro mujique lhe deu um par de botas de feltro velhas para ele costurar o couro rasgado.

O sapateiro ficou aflito, gastou os vinte copeques bebendo vodca e foi para casa sem o casaco de pele. De manhã, ele achara o tempo frio, mas como havia bebido, seu corpo estava quente, mesmo sem o casaco de pele. O sapateiro foi andando pela estrada, com uma mão batia o cajado na terra congelada, como faz um calmuco,[1] com a outra mão sacudia as botas de feltro, enquanto falava consigo mesmo:

– Eu me aqueci mesmo sem casaco – disse. – Bebi só dois dedinhos; se espalhou por todas as veias. E nem preciso de sobretudo. Vou andando e já esqueci a desgraça. Esse é o homem que eu sou! Do que eu preciso? Sobrevivo sem casaco de pele. Não preciso disso nunca. Só que minha mulher vai ficar zangada. Sim, é uma vergonha... A gente trabalha, mas eles não pagam. Agora, espere aí: se não trouxer meu dinheirinho, vou arrancar seu couro, juro por Deus. Como pode ser isso? Vai pagar vinte copeques de cada vez? O que dá para fazer com vinte copeques? Beber e mais nada. O sujeito disse: estou passando necessidade. E eu por acaso também não passo necessidade? Você tem casa, animais, tudo, já eu, tudo que tenho está aqui; você tem seu próprio trigo, mas eu tenho de comprar... Faça o que fizer, eu tenho

1 Povo de origem mongólica.

de pagar três rublos toda semana só pelo pão. Vou chegar em casa e o pão já foi comido; de novo tenho de ganhar mais um rublo e meio. Portanto trate de me pagar.

Assim, o sapateiro se aproximou de uma capela, numa curva, e olhou – por trás da capela, algo brilhava. Já começava a anoitecer. O sapateiro olhou, mas não conseguiu enxergar. "Uma pedra? Aqui não tinha isso", pensa. "Será que é um boi? Não parece um boi. A cabeça parece de um homem, mas é uma coisa branca. Mas para que um homem ia parar aqui?"

Chegou mais perto e viu bem melhor. Que surpresa: era mesmo um homem, não sabia se vivo ou morto, estava sentado e sem roupa, encostado na capela, sem se mexer. O sapateiro ficou assustado; pensou: "Mataram um homem, tiraram a roupa e largaram aqui. É só eu chegar perto que depois acabo levando a culpa".

E o sapateiro seguiu em frente. Passou pela capela, como se não tivesse visto o homem. Mais à frente, virou-se e olhou – o homem não estava mais encostado na capela, tinha se mexido, parecia observar. O sapateiro teve mais medo ainda e pensou: "Devo me aproximar ou ir em frente? Se me aproximar, pode acontecer algo ruim: quem conhece esse homem, quem sabe como ele é? Não foi por causa de alguma coisa boa que veio parar aqui. Se eu chegar perto, ele pula em cima de mim e me estrangula, e não vou ter como fugir. E se não me estrangular, vai acabar sendo um peso nas minhas costas. O que vou fazer com ele, um homem nu? Não tenho roupas para tirar e dar a ele. Deus me ajude a ir embora daqui!".

E o sapateiro apertou o passo. Já começava a se afastar da capela, quando sua consciência pesou.

E o sapateiro parou na estrada.

– O que está fazendo, Semion? – disse para si mesmo. – Um homem nu está morrendo e você tem medo, passa direto. Por acaso ficou rico e tem medo de que roubem sua riqueza? Ei, Semion, que coisa feia!

Semion voltou e foi ao encontro do homem.

## II

Semion aproximou-se do homem, examinou-o e viu: era jovem, robusto, não tinha ferimentos no corpo, só um homem com frio e com medo; sentado, recurvado e sem olhar para Semion, parecia enfraquecido, não conseguia erguer os olhos. Semion chegou bem perto e de repente, como se o homem tivesse acordado, virou a cabeça, abriu os olhos e fitou Semion. Aquele olhar fez Semion sentir afeição pelo homem. Largou as botas de feltro no chão, soltou o cinto, colocou em cima das botas e tirou o caftã.

– Vamos, sem conversa! – disse. – Vista logo! Vai!

Semion segurou o homem pelos cotovelos e quis levantá-lo. Pôs o homem de pé. E Semion viu: o corpo era fino, limpo, os braços e as pernas não estavam quebrados e o rosto era afetuoso. Semion cobriu seus ombros com o caftã – o homem não vestiu as mangas. Então Semion enfiou os braços dele nas mangas, esticou, fechou o caftã e apertou o cinto.

Semion começou a tirar seu gorro esfarrapado, queria vestir na cabeça nua do homem, mas sentiu frio na cabeça e pensou: "Tenho a cabeça toda careca e ele tem cabelo comprido, cacheado". Vestiu o gorro de novo. "É melhor calçar as botas."

Fez o homem sentar e calçou-o com as botas de feltro.

O sapateiro calçou-o e disse:

– Pois é, irmão. Vamos lá, se estique e se esquente. Para tudo tem um jeito. Consegue andar?

O homem ficou de pé, olhou para Semion com afeição, mas não conseguia falar nada.

– O que há, não consegue falar? Não vamos passar o inverno todo aqui. Temos de achar um abrigo. Vamos, tome aqui meu cajado, se apoie nele, se estiver fraco. Tome impulso e vamos embora!

E o homem andou. E andou com facilidade, não ficou para trás.

Seguiram pela estrada e Semion disse:

– Para onde vai?

– Não sou daqui.

– Conheço as pessoas daqui. Então, como veio parar ali, na capela?

– Não posso contar.

– Será que fizeram mal a você?

– Ninguém me fez mal. Deus me castigou.

– Claro, Deus vê tudo, mas mesmo assim a gente precisa de um lugar para ficar. Para onde você vai?

– Para mim, tanto faz.

Semion estava admirado. Ele não parecia um malfeitor e tinha a fala mansa, mas não revelava nada sobre si mesmo. E Semion pensou: "Sabe lá quanta coisa acontece". E disse para o homem:

– Pois é, então é melhor a gente ir lá para minha casa, para você se recuperar um pouquinho.

Semion caminhava, o peregrino não ficava para trás, andava a seu lado. O vento começou a soprar, penetrava por baixo da camisa de Semion, sua embriaguez começou a se desfazer e ele já sentia o frio endurecer o corpo. Andava, fungava, se encolhia todo dentro do paletó da esposa e pensava: "Pronto, cadê o casaco de pele? Vim atrás de um casaco de pele e agora volto para casa sem o caftã e ainda por cima levo comigo um sujeito nu. Matriona não vai gostar nada disso!". E ao pensar em Matriona, Semion ficou triste. Mas quando olhou para o peregrino, lembrou como o homem tinha olhado para ele junto à capela e seu coração se alegrou.

## III

A esposa de Semion arrumou tudo bem cedo. Cortou lenha, trouxe água, deu comida para as crianças, ela mesma comeu um pouco e ficou pensando; calculou quanta comida tinha em casa: dava só para hoje ou para amanhã? Havia sobrado um grande pedaço de pão.

"Se o Semion almoçar por lá mesmo", pensou, "não vai comer muito no jantar e o pão vai dar para amanhã."

Matriona segurou o pedaço de pão, sentiu o peso e pensou: "Não vou fazer mais pão hoje. Só sobrou farinha para fazer um pão. Vou esticar até sexta-feira".

Matriona guardou o pão e sentou diante da mesa de costura, para remendar uma camisa do marido. Matriona costurava e pensava no marido, pensava que ele ia comprar a pele de carneiro para fazer um casaco.

"Tomara que o criador de ovelhas não passe o Semion para trás. O meu Semion é muito inocente. Não engana ninguém, mas pode ser tapeado por qualquer criança. Oito rublos não é pouco dinheiro. Dá para fazer um bom casaco de pele. Nada dessas coisas de couro curtido, mas um casaco de pele de verdade. No inverno passado, como a gente penou sem um casaco de pele! Não dava para ir ao riacho, não dava para ir a lugar nenhum. Quando ele saía de casa, vestia tudo o que tinha em casa e não sobrava nada para eu vestir. Ele não foi muito cedo. Mas já devia ter voltado. Tomara que não tenha ficado de bebedeira, o meu falcãozinho."

Assim que Matriona pensou isso, rangeram os degraus da escadinha da varanda e alguém entrou. Matriona enfiou a agulha no pano e foi para o vestíbulo. Olhou: dois homens entravam. Semion e um mujique sem gorro e de botas de feltro.

Na mesma hora Matriona sentiu o cheiro de bebida no marido. "Puxa, então ele foi para a farra", pensou. Mas quando ela viu que estava sem caftã, só de paletó, não trazia mais nada e ficava calado, de cara abatida, o coração de Matriona ficou em farrapos. "Gastou tudo em bebida", pensou, "foi para a farra com algum cabeça-oca e ainda trouxe o sujeito aqui para casa."

Matriona trouxe os dois para dentro da isbá, veio atrás e olhou – um homem desconhecido, jovem, magricela, com o caftã que não era dele. Não tinha camisa por baixo do caftã e também não tinha chapéu. Assim que entrou, ficou parado, não se mexia e não erguia os olhos. Matriona pensou: "É um homem ruim, tem medo".

Matriona franziu a cara, se afastou para a estufa, olhou para ver o que eles iam fazer.

Semion tirou o chapéu, sentou no banco, como se estivesse tudo certo.

– Então, Matriona – disse ele –, tem jantar para a gente?

Matriona resmungou qualquer coisa para si mesma. Ficou de pé junto à estufa sem se mexer: ora olhava para um, ora para outro e só balançava a cabeça. Semion notou que a mulher estava aborrecida, não ia fazer nada; como se não tivesse percebido, ele pegou o peregrino pelo braço.

– Sente, irmão – disse. – Vamos jantar.

O peregrino sentou-se no banco.

– E então, não cozinhou nada?

A raiva de Matriona aumentou.

– Cozinhei, mas não para você. Você, pelo que vejo, encheu a cara de tanto beber. Foi para comprar um casaco de pele e voltou sem caftã e ainda por cima trouxe um vagabundo pelado. Não tenho nada para vocês jantarem, seus bêbados.

– Matriona, não fique matraqueando à toa! Antes pergunte quem é o homem...

– Você é que tem de dizer onde foi parar o dinheiro.

Semion enfiou a mão no caftã, tirou o dinheiro e desenrolou as notas.

– O dinheiro está aqui, mas o Trifonov não pagou, prometeu pagar amanhã.

A raiva de Matriona aumentou mais ainda: ele não comprou o casaco de pele, pegou seu último caftã e vestiu num sujeito pelado qualquer e ainda trouxe o homem para casa.

Agarrou o dinheiro na mesa, levou para guardar e disse:

– Não tenho jantar nenhum. Ninguém dá comida para bêbados sem roupa.

– Ah, Matriona, segura essa língua. Antes escute o que dizem...

– Para que escutar o que diz um bêbado cabeça-oca? Bem que eu não queria me casar com você, seu bêbado. O dote que mamãe me deu você gastou em bebida; foi comprar um casaco e gastou o dinheiro em bebida.

Semion quis explicar à esposa que tinha bebido só vinte copeques; quis contar onde tinha encontrado o homem, mas Matriona não deixava o marido falar: bastava ele dizer duas palavras que ela cortava e desandava a reclamar. Contava coisas de dez anos antes, relembrava tudo.

Matriona falou e falou, deu um pulo para perto de Semion, segurou o marido pelas mangas.

– Me dá meu paletó. Só sobrou um e você teve de tirar de mim para vestir. Me dê aqui, seu cachorro sarnento, que o diabo faça picadinho de você!

Semion tratou de tirar o casaquinho, soltou as mangas, a mulher deu um puxão – o casaquinho se rompeu nas costuras. Matriona segurou o paletó, enfiou pela cabeça e foi para a porta. Queria sair, mas parou: o coração dela se dividiu: queria dar vazão à raiva mas também queria saber quem era o tal homem.

## IV

Matriona parou e disse:

– Se fosse um homem bom, não ia andar sem roupa, e ele não tem nem camisa. Se fosse um homem bom, você teria contado onde achou um sem-vergonha feito esse.

– Pois vou contar para você: eu ia pela estrada e ele estava sentado junto a uma capela, sem roupa e morto de frio. A gente não está no verão para ficar pelado ao ar livre. Foi Deus que me levou para ele, senão teria morrido. Pois é, o que eu ia fazer? Sabe lá o que foi que aconteceu? Peguei, vesti e trouxe para casa. Acalme seu coração. Que pecado, Matriona. Todos vamos morrer.

Matriona quis discutir, mas olhou para o peregrino e calou-se. O peregrino estava quieto, não se mexia, parado na ponta do banco. Mãos cruzadas sobre os joelhos, cabeça afundada no peito, não abria os olhos, o rosto muito franzido, como se alguma coisa o sufocasse. Matriona ficou calada. Então Semion disse:

– Matriona, você não tem Deus?!

Ao ouvir aquelas palavras, Matriona olhou mais uma vez para o peregrino e de repente seu coração se amansou. Afastou-se da porta, foi para o canto da estufa, pegou o jantar. Pôs uma xícara na mesa, serviu o *kvás*, pegou o último pedaço de pão. Trouxe faca e colheres.

– Podem comer – disse.

Semion levou o peregrino para a mesa.

– Venha para cá, meu jovem – disse.

Semion cortou o pão, esfarelou e eles começaram a jantar. Mas Matriona sentou-se no canto da mesa, apoiou a cabeça na mão e olhou para o peregrino.

Matriona teve pena do desconhecido e sentiu afeição por ele. De repente, o desconhecido se alegrou, parou de franzir o rosto, levantou os olhos para Matriona e sorriu.

Jantaram; a mulher arrumou as coisas e começou a perguntar ao peregrino:

– Quem é você?

– Não sou daqui.

– Mas como foi parar naquela estrada?

– Não posso contar.

– Quem foi que roubou você?

– Deus me castigou.

– Então estava caído lá sem roupa?

– Sem roupa e morrendo de frio. Semion me viu, teve pena, tirou seu caftã, vestiu em mim e me trouxe para cá. E aqui você meu deu comida, bebida, teve pena. Deus proteja vocês!

Matriona levantou-se, pegou uma camisa velha de Semion na janela, a mesma que estava remendando, deu para o desconhecido; encontrou também uma calça e deu para ele.

– Tome aqui, estou vendo que você não tem camisa. Vista e vá deitar onde quiser... no corredor ou em cima da estufa.

O desconhecido tirou o caftã, vestiu a camisa e a calça e deitou no corredor. Matriona apagou a vela, pegou o caftã e subiu na parte de cima da estufa, onde o marido estava deitado.

Matriona cobriu o marido com as abas do caftã, deitou e não dormiu, pois o desconhecido não saía de sua cabeça.

Lembrou que ele tinha comido o último pedaço de pão e que no dia seguinte não ia ter mais pão, lembrou que tinha dado a camisa e a calça e ficou muito triste; mas lembrou como ele tinha sorrido e seu coração se alegrou.

Matriona demorou para dormir e percebeu que Semion também não dormia, puxava o caftã para se cobrir.

– Semion!

– Ah?

– Vocês comeram o último pedaço de pão e eu não deixei massa fermentando. Amanhã, não sei como vai ser. Talvez eu peça alguma coisa à comadre Malánia.

– Se amanhã a gente estiver vivo, dá-se um jeito.

A mulher deitou-se, ficou em silêncio.

– Aquele homem parece bom, só não sei por que não diz quem é.

– Na certa não pode mesmo contar.

– Semion!

– O quê?

– Nós damos coisas para os outros, mas por que ninguém dá nada para nós?

Semion não sabia o que responder. Disse:

– Chega de conversar.

Virou-se e dormiu.

## V

Semion acordou de manhã. As crianças dormiam, a esposa foi pedir pão para a vizinha. O desconhecido da véspera estava sentado no banco, de calça e camisa velhas, e olhava para cima. O rosto estava mais claro do que no dia anterior.

E Semion disse:

– Pois é, meu caro: a barriga pede pão e o corpo nu pede roupa. É preciso se alimentar. Que trabalho sabe fazer?

– Não sei fazer nada.

Semion se admirou e disse:

– Quando existe vontade, tudo se aprende.

– As pessoas trabalham e eu também vou trabalhar.

– Como você se chama?

– Mikhail.

– Muito bem, Mikhail, se não quer falar de si mesmo, é problema seu, mas tem de comer. Vai trabalhar no que eu mandar e então vou lhe dar comida.

– Deus o proteja, e eu vou aprender. Mostre o que tenho de fazer.

Semion pegou a linha, enrolou no dedo e deu um nó na ponta.

– Não é nada complicado, olhe bem...

Mikhail observou, também enrolou no dedo e logo imitou, dando um nó na ponta.

Semion lhe mostrou como cortar o couro. Mikhail aprendeu na mesma hora. Mostrou como enfiar a linha na agulha e como dar pontos, e Mikhail também aprendeu na mesma hora.

Todo trabalho que Semion mostrava, ele aprendia na mesma hora e, no terceiro dia, começou a trabalhar como se tivesse costurado a vida toda. Trabalhava sem cessar, comia pouco; concluído o trabalho, ficava quieto, sempre olhando para cima. Não andava na rua, não falava nada, não fazia brincadeiras, não ria.

Só uma vez o viram sorrir, na primeira noite, quando Matriona lhe deu o jantar.

## VI

Entra dia e sai dia, entra semana e sai semana, e um ano virou. Mikhail vivia com Semion como antes, trabalhava. E o trabalhador de Semion ganhou fama, ninguém costurava botas tão bem e tão firme como Mikhail, o trabalhador de Semion, de toda parte passaram a levar botas para o Semion consertar e ele começou a melhorar de vida.

Uma vez, no inverno, Semion e Mikhail estavam trabalhando, quando chegou à isbá uma troica com guizos. Olharam pela janela: a carruagem parou em frente à isbá, um rapaz pulou da boleia e abriu a portinhola. Um nobre de casaco de pele saltou da carruagem. Afastou-se da carruagem, andou na direção da casa de Semion e entrou na varanda. Matriona se ergueu de um pulo, abriu a porta toda para trás. O nobre curvou-se, entrou na isbá, se pôs ereto, a cabeça quase batia no teto e ele enchia todo aquele canto da casa.

Semion levantou-se, curvou-se numa saudação e olhou admirado para o nobre. Nunca tinha visto alguém assim. O próprio Semion era mirrado, Mikhail era magro e Matriona era seca feito uma vareta, mas aquele homem parecia vir de outro mundo: cara vermelha, rechonchuda, pescoço como o de um touro, todo ele parecia ter sido fundido em ferro.

O nobre resfolegou, tirou o casaco de pele, sentou-se no banco e disse:

– Quem é o mestre sapateiro?

Semion se adiantou e respondeu:

– Eu, Vossa Alteza.

O nobre gritou para seu criado:

– Ei, Fiodka, traga aqui o couro de sapateiro.

O criado entrou, trazendo uma trouxa. O nobre pegou a trouxa e colocou sobre a mesa.

– Desamarre – disse. O criado desamarrou.

O nobre tocou com o dedo no couro de sapateiro e disse para Semion:

– Agora, escute bem, sapateiro. Está vendo isto?

– Estou, Vossa Senhoria – respondeu.

– Então, será que entende que couro é este?

Semion apalpou o couro e disse:

– Um bom couro.

– Pois é, muito bom mesmo! Você, seu tolo, nunca viu na vida um couro dessa qualidade. É alemão, custou vinte rublos.

Semion se assustou e disse:

– Quem sou eu para ver uma coisa assim?

– Pois é, pois é. Você pode fazer uma bota para mim com esse couro?

– É possível, Vossa Alteza.

O nobre gritou para ele:

– Ora, ora, "é possível". Entenda bem para quem é que vai fazer as botas e com que couro. Vai me fazer botas que durem um ano, sem gastar o salto, sem perder a forma e sem descosturar. Se pode, pegue o couro, corte, mas se não pode, não pegue no couro e não corte. Aviso logo de antemão: se as botas se deformarem e descosturarem antes de um ano, vou mandar você para a prisão; se depois de um ano as botas não se deformarem nem descosturarem, pagarei dez rublos pelo seu trabalho.

Semion teve medo e não soube o que dizer. Olhou para Mikhail.

Cutucou-o com o cotovelo e sussurrou:

– Irmão, o que acha?

Mikhail balançou a cabeça:

– Pode pegar o trabalho.

Semion obedeceu a Mikhail e se incumbiu de fazer botas que ficariam um ano sem perder a forma e sem descosturar.

O nobre gritou para o criado, mandou que tirasse a bota do pé esquerdo e estendeu a perna.

– Tire as medidas!

Semion apanhou um papel com dez *verchok*, alisou bem, ficou de joelhos, limpou bastante a mão no avental para não sujar a meia do nobre e começou a tirar as medidas. Semion tirou a medida da sola, tirou a medida do peito do pé; começou a medir a panturrilha, mas o papel não dava. A perna na panturrilha era grossa como um tronco.

– Cuidado, não vá fazer o cano da bota estreito.

Semion pegou mais um papel para marcar. O nobre sentou-se, remexeu os dedos dentro da meia, olhou em redor pela isbá. Viu Mikhail.

– Quem é aquele ali – perguntou –, mora com você?

– É meu contramestre, ele é que vai costurar.

– Tome cuidado – disse o nobre para Mikhail. – Lembre, a bota tem de durar um ano.

Semion também se virou para olhar para Mikhail; viu que Mikhail nem olhava para o nobre, cravava os olhos no canto atrás do nobre, como se estivesse olhando para alguém. Mikhail ficou olhando, olhando, e de repente sorriu, ficou todo radiante.

– Por que está arreganhando os dentes assim, seu burro? – gritou o nobre. – É melhor tomar cuidado para que as botas fiquem prontas logo.

E Mikhail respondeu:

– Vou começar logo, não vai atrasar.

– Certo, certo.

O nobre calçou as botas, vestiu o casaco de pele, bufou e foi na direção da porta. Mas esqueceu de se abaixar e bateu com a cabeça no alto do portal.

O nobre praguejou, esfregou a cabeça, tomou seu assento na carruagem e partiu.

Depois que o nobre foi embora, Semion disse:

– Que colosso feito de rocha. Não dá para matar esse homem nem a marretadas. Bateu com a cabeça na porta e nem sentiu.

Mas Matriona disse:

– Também, com a vida que leva, como é que não vai ficar parrudo? Nem a morte consegue atravessar essa armadura.

VII

E Semion disse para Mikhail:

– Já pegamos esse trabalho, mas como vamos fazer para não nos metermos em confusão? O couro é caro e o nobre é bravo. A gente não pode errar. Vamos lá, seus olhos são mais afiados e suas mãos ficaram mais habilidosas que as minhas, pegue as medidas. Corte o couro que eu vou costurar a parte de cima do bico.

Assim que ouviu isso, Mikhail pegou o couro do senhor, estendeu sobre a mesa, dobrou ao meio, apanhou a faca e começou a cortar.

Matriona chegou perto, observou como Mikhail cortava e se admirou ao ver como ele fazia. Matriona estava habituada com o trabalho de sapateiro, olhou e viu que Mikhail não cortava como se faz uma bota, recortava em círculos.

Matriona quis falar, mas pensou: "Na certa eu não entendo como se faz para costurar as botas do nobre; Mikhail deve saber o que está fazendo, não vou atrapalhar".

Mikhail cortou um par, pegou a ponta e começou a costurar não nas duas pontas, como se faz uma bota, mas numa ponta só, como se costura um chinelo.

Matriona também se admirou com aquilo, mas de novo não quis atrapalhar. E Mikhail continuou a costurar. Chegou a hora de comer, Semion se levantou e viu que Mikhail havia cortado chinelos com o couro do nobre.

Semion ficou espantado. "Como pode ser?", pensou. "Mikhail mora aqui há um ano e nunca fez nada errado, mas agora me faz uma desgraça dessas? O nobre pediu botas de cano alto e ele me cortou chinelos sem sola, estragou o couro. Agora como vou indenizar o nobre? Um couro feito esse não se encontra por aí."

E disse para Mikhail:

– Meu caro amigo, me diga o que foi que você fez. Você acabou comigo! Pois o nobre pediu botas, e o que é isso que você fez?

Assim que ele começou a falar com Mikhail, alguém subiu na varanda e bateu na porta. Semion olhou pela janela: alguém tinha chegado a cavalo e amarrara o animal. Abriram: entrou o mesmo criado do nobre.

– Bom dia!

– Bom dia. O que deseja?

– Minha patroa me mandou vir por causa das botas.

– O que tem as botas?

– O que tem as botas! Meu patrão não precisa das botas. Ele deixou este mundo.

– O quê?

– Mal saiu daqui de sua casa, ele morreu dentro da carruagem. Quando a carruagem chegou, vieram abrir a porta e ele desabou feito um saco, já acabado, tombou morto no chão da carruagem, e foi difícil tirar lá de dentro. A patroa chamou e disse: "Vá falar com o sapateiro a quem seu patrão mandou fazer as botas e entregou o couro, conte o que aconteceu e diga: as botas não são mais necessárias, mas com o mesmo couro faça bem depressa uns chinelos próprios para defunto". Por isso estou aqui.

Mikhail pegou na mesa os retalhos do couro, enrolou num canudo, pegou também os chinelos prontos, bateu um contra o outro, esfregou no avental e entregou ao criado. O criado pegou os chinelos.

– Até logo, senhores! Felicidades!

VIII

Passou mais um ano, e outro, e assim Mikhail morou seis anos com Semion. Vivia como antes. Não ia a lugar nenhum, não jogava conversa fora e, durante todo o tempo, só tinha sorrido duas vezes: a primeira, quando Matriona lhe deu o jantar, e a segunda, para o nobre. Semion não cansava de se admirar com seu trabalhador. E não lhe perguntou mais de onde ele vinha; só temia uma coisa: que Mikhail fosse embora.

Certo dia, ele estava em casa. A mulher punha as panelas no fogo e os filhos corriam entre os bancos, olhavam pela janela. Semion costurava junto a uma janela e, na outra, Mikhail pregava um salto.

Um menino veio correndo pelo banco na direção de Mikhail, se apoiou em seu ombro e espiou pela janela.

– Tio Mikhail, olhe lá, uma madame e umas meninas estão vindo para cá. Uma das meninas é manca.

Assim que o menino disse aquilo, Mikhail largou o trabalho, virou-se para a janela e olhou para a rua.

E Semion se admirou. Mikhail nunca olhava para a rua, mas agora se grudou à janela, olhando alguma coisa. Semion também olhou pela janela; viu que na verdade uma mulher vinha na direção de seu pátio, bem-vestida, levava pelas mãos duas meninas de casaco de pele e com xale acolchoado. Não era possível distinguir uma menina da outra. Só que uma delas mancava da perna esquerda – dava um passo, claudicava.

A mulher entrou na varanda, no vestíbulo, tateou a porta, achou a maçaneta – abriu. Deixou as duas meninas passarem na sua frente e entrou na isbá.

– Bom dia, ô de casa!

– Entre, por favor. O que deseja?

A mulher sentou-se à mesa. As meninas se apertaram junto a seus joelhos, estranharam as pessoas.

– Queria que fizessem sapatos de couro para estas meninas aqui, para a primavera.

– Ora, é possível. Nunca fizemos sapatos tão pequenos, mas para tudo há um jeito. Podem ser com vira ponteada, podem ser forrados de lona. O Mikhail, este aqui, é um mestre.

Semion olhou para Mikhail e viu: Mikhail tinha largado o trabalho, estava parado e não desgrudava os olhos das meninas.

E Semion se admirou com Mikhail. Na verdade, pensou, eram mesmo meninas bonitas: olhinhos pretos, gorduchinhas, rosadas, e os casacos e os xales eram bonitos, mas ainda assim Semion não entendia o que Mikhail tanto observava nelas, eram como se fossem conhecidas dele.

Semion ficou admirado, mas começou a combinar um preço com a mulher. Resolveu o preço, tirou as medidas. A mulher levantou a menina manca, colocou-a sobre seus joelhos e disse:

– Desta aqui, tire duas medidas; faça um sapato para o pé torcido e para o pé normal faça três. As duas meninas têm os pezinhos iguais. São gêmeas.

Semion tirou as medidas e perguntou, referindo-se à menina manca:

– O que aconteceu com ela? Uma menina tão bonita. É de nascença?

– Não, a mãe esmagou seu pé.

Matriona entrou na conversa, queria saber quem era a mulher e que crianças eram aquelas, e perguntou:

– E por acaso não será você a mãe delas?

– Não sou a mãe nem sou parente, minha senhora, nada tinham a ver comigo, mas são minhas filhas adotivas.

– Não são suas filhas, mas como tem carinho por elas!

– E como não ter carinho por elas? Eu mesma amamentei as duas. Tive um filho meu, mas Deus levou, e não tive tanta pena dele quanto tenho delas.

– Então são filhas de quem?

## IX

A mulher começou a contar:

– Seis anos atrás – disse –, aconteceu que os pais delas morreram, os dois na mesma semana: enterraram o pai na terça-feira e a mãe morreu na sexta-feira.

Estas órfãs nasceram três dias depois da morte do pai e a mãe não sobreviveu nem mais um dia. Naquela época, eu e meu marido vivíamos como camponeses. Éramos vizinhos deles, muro com muro. O pai era um mujique solitário, trabalhava na mata. Cortaram uma árvore e caiu em cima dele, atravessada no corpo, espremeu tudo lá dentro. Mal levaram para casa, entregou a alma a Deus, e sua mulher na mesma semana deu à luz filhas gêmeas, estas meninas aqui. Pobreza, solidão, a mulher era sozinha, não tinha parentes, nem velhos nem jovens. Nasceu sozinha e morreu sozinha.

"De manhã, fui visitar minha vizinha, entrei na isbá, e ela, a minha querida, já estava dura. E quando morreu, caiu em cima da menina. Esmagou esta aqui, torceu o pezinho. O povo se juntou, lavaram o corpo, arrumaram, fizeram um caixão, enterraram. Todos eram pessoas boas. As meninas acabaram sozinhas. Onde iam ficar? Das mulheres, eu era a única que tinha um bebê. Amamentava meu primeiro filho, de oito semanas. Levei as meninas para ficarem comigo por um tempo. Os mujiques se reuniram, pensaram, pensaram onde iam deixar as meninas e acabaram me dizendo: 'Você, Mária, cuide delas em sua casa por enquanto, até a gente, com o tempo, decidir alguma coisa'. Na mesma hora, comecei a amamentar a que tinha os pés normais, mas esta aqui, que foi esmagada, não amamentei: não tinha esperança de que fosse viver. Mas então pensei: para que maltratar o anjinho? Tive pena desta aqui também. Passei a amamentar o que era meu e mais estas duas... amamentei os três no meu peito! Eu era jovem, tinha força e o leite era bom. Deus me deu tanto leite no peito que às vezes até derramava. Às vezes eu amamentava dois, enquanto o terceiro esperava. Tirava um, pegava o terceiro. Deus permitiu que estas duas vingassem, já o meu mesmo enterrei antes de completar dois anos. Deus não me deu mais filhos. Mas começamos a melhorar de vida. Agora moramos aqui, no moinho do comerciante. O salário é maior, a vida é boa. E não tive filhos. Se não fossem estas meninas, como eu ia viver sozinha? Como posso não ter amor por elas? São a luz da minha vida!"

Com um braço, apertou junto a si a menina manca e, com a outra mão, enxugou as lágrimas do rosto.

Matriona deu um suspiro e disse:

– Parece que não é à toa que existe o provérbio: "Pode-se viver sem pai e sem mãe, mas não se pode viver sem Deus".

Conversaram mais um pouco entre si, a mulher se levantou para ir embora; os donos da casa a levaram até a porta e, quando se viraram, olharam para Mikhail. Estava sentado, as mãos cruzadas sobre os joelhos, olhava para cima e sorria.

X

Semion se aproximou:

– O que você tem, Mikhail?

Mikhail levantou-se do banco, largou o trabalho, tirou o avental, curvou-se em saudação para Semion e para Matriona e disse:

– Adeus, patrões. Deus me perdoou. Vocês também me perdoem.

E os dois viram que uma luz saía de Mikhail. E Semion levantou, curvou-se para Mikhail e lhe disse:

– Vejo que você, Mikhail, não é um homem comum, não posso reter você nem posso lhe fazer perguntas. Diga só uma coisa: por que, quando o encontrei e o trouxe para casa, você ficou de cara séria, mas quando Matriona lhe deu o jantar, você sorriu para ela e daí em diante ficou mais claro? Depois, quando o nobre encomendou as botas, você sorriu outra vez e daí em diante ficou ainda mais claro? E agora, quando a mulher veio com as meninas, você sorriu pela terceira vez e ficou brilhante. Diga-me, Mikhail, por que essa luz saiu de você e por que você sorriu pela terceira vez?

E Mikhail respondeu:

– Uma luz saiu de mim porque fui castigado e agora Deus me perdoou. Sorri três vezes porque tinha de aprender três palavras de Deus. E eu aprendi as palavras de Deus; aprendi uma palavra quando sua esposa teve pena de mim e por isso eu sorri pela primeira vez. Aprendi outra palavra quando o rico encomendou as botas, e sorri outra vez; e agora, quando vi as meninas, aprendi a última, a terceira palavra, e sorri pela terceira vez.

Semion disse:

– Diga, Mikhail, por que Deus castigou você e quais são essas palavras de Deus, para que eu aprenda.

E Mikhail respondeu:

– Deus castigou-me porque eu lhe desobedeci. Eu era um anjo no céu e desobedeci a Deus.

"Eu era um anjo no céu e o Senhor mandou-me tirar a alma de uma mulher. Voei para a terra e vi: uma mulher estava deitada, doente, tinham nascido gêmeos, duas meninas. As meninas não paravam de se mexer ao lado da mãe e a mãe não conseguia segurar as meninas no peito. Ao me ver, a mulher entendeu que Deus tinha me mandado para levar sua alma, começou a chorar e disse: 'Anjo de Deus! Acabei de enterrar meu marido, morreu embaixo de uma árvore que cortaram na mata. Não tenho irmã nem tia nem ninguém para criar minhas órfãs. Não leve minha alma, me deixe dar de comer a minhas filhas, amamentar, pôr as meninas de pé! Crianças não podem viver sem pai e sem mãe!'. Obedeci à mãe, pus uma criança no seu peito, ajeitei a outra no braço da mãe e subi para o céu, ao encontro de Deus. Fui até Deus e disse: 'Não consegui tirar a alma da mulher que tinha acabado de dar à luz. O tronco de uma árvore matou o pai, a mãe deu à luz gêmeas e implorou para que eu não tirasse sua alma. Ela disse: Deixe que eu alimente as filhas, amamente, ponha as meninas de pé. Não tirei a alma da mãe'. E Deus disse: 'Vá tirar a alma da mulher que deu à luz e aprender três palavras: aprenda o que existe nos homens, o que não é dado aos homens e do que vivem os homens. Quando aprender, volte para o céu'. Voei de volta para a terra e tirei a alma da mulher que tinha dado à luz.

"Os bebês caíram do peito. O corpo morto rolou na cama, esmagou uma menina, torceu o pezinho dela. Voei sobre a aldeia, queria levar a alma para Deus, um vento me alcançou, puxou minhas asas, elas se soltaram, a alma seguiu sozinha ao encontro de Deus e eu caí na terra, numa estrada."

## XI

E Semion e Matriona compreenderam quem tinham vestido e alimentado e quem estava morando com eles, e choraram de medo e de felicidade.

E o anjo disse:

– Fiquei no campo sozinho e nu. Antes, não sabia o que eram as necessidades dos homens, não conhecia nem o frio nem a fome, e me tornei um homem. Passei fome, gelei de frio e não sabia o que fazer. Avistei no campo uma capela feita para Deus, fui para a capela de Deus, quis me abrigar ali. A capela estava trancada com um ferrolho, era impossível entrar. Sentei atrás da capela para me abrigar do vento. O vento batia, senti fome, fiquei duro de frio, desesperado. De repente, percebi: um homem vinha caminhando pela estrada, trazia um par de botas na mão, falava sozinho. E, pela primeira vez desde que eu me tornara homem, vi um rosto mortal e tive medo daquele rosto, virei de costas para ele. E ouvi que aquele homem falava sozinho sobre como proteger seu corpo da friagem do inverno, como a esposa ia alimentar os filhos. E pensei: Estou aqui morto de fome e de frio e lá vai um homem e a única coisa em que ele pensa é como comprar um casaco de pele para ele e para a esposa e como arranjar comida. Ele não pode fazer nada para me ajudar. Mas o homem me viu, fez cara feia, ficou ainda mais assustador e seguiu em frente. Eu me desesperei. De repente percebi que o homem estava voltando. Olhei melhor e nem reconheci o homem de antes: no rosto do outro homem havia a morte e agora, de repente, ele estava vivo e no seu rosto reconheci Deus. Ele se aproximou, me vestiu e levou-me consigo para sua casa. Cheguei à sua casa, uma mulher nos recebeu e começou a falar. A mulher era ainda mais assustadora do que o homem: o espírito da morte saía pela sua boca e eu nem conseguia respirar direito por causa do fedor da morte. Ela queria me expulsar de volta para o frio e eu sabia que ela ia morrer se me expulsasse. E de repente seu marido falou de Deus para ela e a mulher de repente se transformou. E quando nos deu o jantar e ficou olhando para mim, olhei bem para ela: na mulher já não havia a morte, ela estava viva e nela também reconheci Deus.

"E lembrei a primeira palavra de Deus: 'Vá aprender o que existe nos homens'. E aprendi que existe amor nas pessoas. E me alegrei porque Deus já havia começado a me revelar o que tinha prometido e sorri pela primeira vez. Mas eu ainda não tinha conseguido aprender tudo. Não tinha aprendido o que não é dado aos homens e do que os homens vivem.

"Fiquei morando na casa de vocês e passou um ano. E veio um homem encomendar botas que durassem um ano, não perdessem a forma, não descosturassem. Olhei para ele e de repente, por trás dos ombros do homem, vi um de meus camaradas, o anjo da morte. Ninguém a não ser eu podia ver aquele anjo, mas o reconheci e soube que, antes que o sol nascesse de novo, ele iria levar a alma do rico. E pensei: 'O homem faz provisões para um ano, mas não sabe que não vai viver nem mais uma noite'. E lembrei a outra palavra de Deus: 'Aprenda o que não é dado aos homens'.

"Eu já sabia o que existe nos homens. Agora eu tinha aprendido o que não é dado aos homens. Não é dado aos homens saber o que é necessário para seu corpo. E sorri mais uma vez. Alegrei-me porque vi um anjo meu camarada e porque Deus me revelou outra palavra.

"Mas eu ainda não tinha compreendido tudo. Ainda não podia compreender do que os homens vivem. E fui vivendo e continuei esperando a hora em que Deus iria me revelar a última palavra. E no sexto ano chegaram as gêmeas e a mulher, e eu reconheci as meninas e soube que aquelas meninas tinham sobrevivido. Reconheci e pensei: 'A mãe me pediu pelas filhas e acreditei na mãe, pensei que os filhos não podem viver sem pai e sem mãe, mas outra mulher amamentou e criou as meninas'. E quando a mulher se comoveu com as filhas de outra mulher e chorou, nela eu vi o Deus vivo e entendi do que vivem os homens. Reconheci que Deus me havia revelado a última palavra e me perdoara, e sorri pela terceira vez."

## XII

E o corpo do anjo se desnudou, vestiu-se todo de luz, de tal modo que não era possível olhar para ele; e começou a falar mais alto, como se falasse do céu e sua voz viesse do céu. E o anjo disse:

– Aprendi que cada pessoa vive não da preocupação consigo mesmo, mas sim do amor.

"À mãe, não era dado saber do que as filhas precisavam para viver. Ao rico, não era dado saber do que ele mesmo precisava. E a nenhum homem é dado saber se à noite vai precisar de botas para um vivo ou de chinelos para um morto.

"Enquanto fui homem, fiquei vivo não porque me preocupava comigo mesmo, mas porque havia amor no homem que passou na estrada e em sua esposa e porque eles tiveram pena de mim e me amaram. As órfãs ficaram vivas não porque se preocuparam com elas, mas porque havia amor no coração de uma mulher estranha, que teve pena e amou as meninas. E todas as pessoas estão vivas não porque cuidam de si mesmas, mas porque existe amor nas pessoas.

"Antes eu sabia que Deus dá a vida às pessoas e quer que vivam; agora entendi mais uma coisa.

"Entendi que Deus não quer que os homens vivam separados e por isso não revelou a eles aquilo de que cada um precisa, mas quer que eles vivam juntos e por isso revelou a cada um o que é necessário para todos e também para cada um.

"Agora entendi que os homens apenas têm a impressão de que vivem preocupados só consigo mesmos, quando na verdade vivem só pelo amor. Quem está no amor está em Deus e Deus está nele, porque Deus é amor."

E o anjo cantou um louvor a Deus e sua voz fez tremer a isbá. E o teto se abriu e uma coluna de fogo se ergueu da terra para o céu. E Semion, a esposa e os filhos caíram no chão. Nasceram asas nas costas do anjo e ele subiu ao céu.

E quando Semion acordou, a isbá estava como antes e na isbá já não havia ninguém além de seus familiares.

# OS DOIS IRMÃOS E O OURO

Em tempos antigos, dois irmãos moravam perto de Jerusalém, Afanássi, o mais velho, e Johan, o mais jovem. Moravam numa montanha, não distante da cidade, e se alimentavam do que as pessoas lhes davam. Os irmãos passavam o dia inteiro no trabalho. Não trabalhavam para si, mas para os pobres. Onde houvesse gente oprimida pelo trabalho, onde houvesse doentes, órfãos e viúvas, para lá iam os irmãos, trabalhavam e iam embora, sem receber pagamento. Assim, os irmãos passavam a semana inteira separados e só se reencontravam no sábado à tarde ao voltar para casa. Só no domingo ficavam em casa, rezavam e conversavam. E o anjo do Senhor descia ao encontro deles e os abençoava. Na segunda-feira, separavam-se e cada um ia para um lado. Assim viveram muitos anos e toda semana o anjo do Senhor descia e os abençoava.

Numa segunda-feira, quando os irmãos saíram para trabalhar e já tinham ido para direções diferentes, o mais velho, Afanássi, teve pena de se afastar do irmão querido, parou e olhou para trás. Johan caminhava de cabeça baixa e não olhou para trás. Mas de repente Johan também parou e, como se tivesse visto alguma coisa, pôs-se a olhar fixamente naquela direção, usando a mão para proteger os olhos da luz do sol. Em seguida se aproximou daquilo que tinha visto, depois pulou para o lado e, sem olhar para trás, correu montanha abaixo e montanha acima, para longe daquele lugar, como se uma fera corresse atrás dele. Afanássi ficou espantado e caminhou para aquele lugar a fim de saber o que havia deixado o irmão tão assustado. Chegou perto e viu algo brilhar no sol. Chegou mais perto – no capim, como se tivesse sido derramado de um saco, havia um montinho de ouro, dividido em dois. E Afanássi ficou ainda mais admirado, com o ouro e com o pulo do irmão.

"Por que ficou assustado e por que fugiu?", pensou Afanássi. "Não há pecado no ouro, há pecado no homem. Com o ouro, se pode fazer o mal e o bem. Quantos órfãos e quantas viúvas se podem alimentar, quantos nus se podem vestir, quantos aleijados e doentes se podem curar com esse ouro! Ajudamos as pessoas, mas nossa ajuda é pouca, pois nossa força é pouca, mas com este ouro podemos ajudar mais gente." Afanássi pensava assim e queria dizer tudo isso para o irmão; mas Johan já estava fora do alcance de sua voz e só podia ser visto lá na outra montanha, já do tamanho de uma formiga.

E Afanássi tirou sua capa, juntou nela todo o ouro que conseguia carregar, pendurou no ombro e levou para a cidade. Chegou a uma hospedaria, deu o ouro para a dona da hospedaria e foi buscar o resto. Quando trouxe todo o ouro, procurou os comerciantes, comprou terras na cidade, comprou pedras, madeira, contratou trabalhadores e começou a construir três prédios. E Afanássi ficou três meses na cidade, construiu três prédios; um asilo para órfãos e viúvas, um hospital para aleijados e mutilados, um abrigo para mendigos e peregrinos. E Afanássi achou três velhos piedosos e a um entregou o asilo, a outro, o hospital, e ao terceiro, o abrigo de peregrinos. E ainda sobraram três mil moedas de ouro com Afanássi. Então ele entregou mil moedas a cada velho para distribuir para os pobres. E começou a encher os três prédios de gente e as pessoas começaram a elogiar Afanássi por tudo aquilo que estava fazendo. Afanássi alegrou-se com isso, a tal ponto que não quis mais sair da cidade. Mas Afanássi amava o irmão e, depois de despedir-se do povo, sem que restasse consigo mais nenhuma moeda, com a mesma roupa velha em que tinha chegado, exatamente como antes, voltou para sua morada.

Afanássi aproximou-se de sua morada e pensou: "O irmão julgou errado quando se afastou do ouro com um pulo e fugiu. O que fiz não foi melhor?".

E assim que Afanássi pensou nisso, viu de repente que no caminho estava aquele mesmo anjo que os abençoava e agora olhava para ele com ar terrível. Afanássi ficou aturdido e apenas disse:

– O que foi, Senhor?

E o anjo abriu os lábios e disse:

– Vá embora. Você não é digno de viver com seu irmão. Um pulo do seu irmão vale mais do que as coisas que você fez com seu ouro.

E Afanássi começou a dizer quantos pobres e peregrinos ele havia alimentado, quantos órfãos havia socorrido. E o anjo respondeu:

– Foi o diabo que pôs o ouro lá para tentar você e que lhe ensinou essas palavras.

E então a consciência de Afanássi o denunciou e ele reconheceu que não fez suas boas ações por Deus, e começou a chorar e se arrependeu.

Então o anjo abriu caminho para ele, recuando para o lado da estrada, onde Johan já estava à espera do irmão. E desde então Afanássi não se rendeu à tentação do diabo, que havia deixado o ouro ali, e entendeu que não era com o ouro, mas apenas com o trabalho que se podia servir a Deus e às pessoas.

E os irmãos voltaram a viver como antes.

# ILIÁS

Na província de Ufa, vivia um baskir[2] chamado Iliás. O pai não lhe deixou nenhuma riqueza. Depois de casar o filho, o pai mal viveu um ano. Naquela altura, o patrimônio de Iliás eram sete éguas, duas vacas e duas dezenas de ovelhas. Mas Iliás era um bom criador e começou a ganhar mais: de manhã até a noite, trabalhava com a esposa, levantava mais cedo que todos e deitava mais tarde que todos e a cada ano ficava mais rico. Assim, Iliás viveu trabalhando trinta e cinco anos e fez uma grande fortuna.

Iliás tinha duzentos cavalos, cento e cinquenta cabeças de gado vacum e mil e duzentas ovelhas. Os trabalhadores levavam para pastar os rebanhos e as manadas de Iliás e as trabalhadoras tiravam o leite das éguas e das vacas e faziam *kumis*,[3] manteiga e queijo. Na casa de Iliás, tudo era farto; e nos arredores todos tinham inveja da vida de Iliás. As pessoas diziam: "Que homem feliz é o Iliás: tem tudo com fartura, ele nem precisa morrer". Iliás passou a conhecer pessoas boas e tornou-se amigo delas. Hóspedes vinham de longe para ficar em sua casa. Iliás recebia todos e dava comida e bebida a todos. Quem quer que viesse, para todos havia *kumis*, para todos havia chá, sopa de peixe e carne de carneiro. Mal chegavam as visitas, matavam um carneiro ou dois e, se fossem muitas as visitas para comer, matavam uma égua.

Iliás tinha dois filhos e uma filha. Iliás casou os filhos e a filha. Quando Iliás era pobre, os filhos trabalhavam com ele e pastoreavam as manadas e as ovelhas, mas quando enriqueceram, os filhos passaram a gostar de farras e um deles começou a beber. O mais velho foi morto numa briga, o outro, o mais jovem, arranjou uma esposa orgulhosa e passou a não obedecer ao pai, e Iliás teve de dar uma propriedade ao filho para que vivesse separado dele.

Iliás deu ao filho uma casa e gado e sua fortuna diminuiu. Logo depois, uma doença abateu as ovelhas de Iliás e muitas morreram. Depois veio um ano de fome – o feno não cresceu; muitas cabeças de gado se perderam no inverno. Depois os quirguizes roubaram os melhores cavalos, e a fortuna de Iliás começou a minguar. Iliás começou a decair cada vez mais. Suas forças ficaram menores. Iliás chegou aos setenta anos de idade em tal condição que começou a vender os casacos, os tapetes, as selas, as éguas, depois também começou a vender as últimas cabeças

2 Povo de origem turca, da República do Bascortostão (ou Bachcortostão), ou Basquíria.

3 Leite de égua fermentado.

de gado e acabou sem nada. Antes que ele se desse conta, não lhe restava mais nada e, já velho, teve de ir com a esposa trabalhar para outras pessoas. Os únicos bens de Iliás que sobraram eram as roupas do corpo, o casaco, o gorro, as meias e os sapatos, além da esposa, Cham-Chemagui, também velha. O filho que se havia separado tinha ido embora para uma terra distante e a filha havia morrido. Não havia ninguém para ajudar os velhos.

O vizinho Mukhamedchakh teve pena dos velhos. O próprio Mukhamedchakh não era pobre nem rico, era um homem bom e vivia sossegado. Lembrou-se da hospitalidade de Iliás, teve pena dele e disse:

– Venha morar na minha casa, Iliás, você e sua velha. No verão, trabalhe no meu meloal na medida de suas forças e, no inverno, dê comida para o gado, enquanto a Cham-Chemagui vai ordenhar as éguas e fazer *kumis*. A comida e a roupa de vocês dois vão ficar por minha conta e qualquer coisa que precisarem é só me dizer que eu dou.

Iliás agradeceu ao vizinho e ele e a mulher começaram a trabalhar na casa de Mukhamedchakh. No início, pareceu difícil, mas depois os velhos se acostumaram e começaram a viver e trabalhar na medida de suas forças.

Para o dono da casa, era vantajoso manter aquelas pessoas consigo, porque os velhos tinham sido proprietários também e sabiam como tudo devia ser feito, não tinham preguiça, trabalhavam na medida de suas forças; Mukhamedchakh só tinha pena de ver como pessoas tão capazes haviam caído numa condição tão baixa.

Aconteceu de um dia chegarem à casa de Mukhamedchakh uns hóspedes vindos de longe; eram casamenteiros, e também veio um mulá. Mukhamedchakh mandou pegarem uma ovelha e matar. Mukhamedchakh esfolou a ovelha, cozinhou e serviu aos hóspedes. Eles comeram a carne da ovelha, tomaram chá e beberam *kumis*. Sentados em almofadas de penas sobre tapetes, os hóspedes e o anfitrião bebiam *kumis* em xícaras e comiam petiscos, e quando Iliás terminou seu trabalho, passou pela porta. Mukhamedchakh o viu e disse para um hóspede:

– Viu aquele velho que passou pela porta?

– Vi – respondeu o hóspede. – O que há nele de extraordinário?

– O que há de extraordinário é que ele foi o homem mais rico de nossa região. Chama-se Iliás. Por acaso não ouviu falar?

– Claro que sim – respondeu o outro. – Nunca o vi, mas sua fama chegou longe.

– Pois agora não lhe restou mais nada e ele vive em minha casa como empregado e a velha dele também, ordenhando as éguas.

O hóspede ficou admirado, estalou a língua e sorriu, balançou a cabeça e disse:

– Pois é, a felicidade voa como uma roda; um sobe, outro desce. Mas então – disse o hóspede –, será que o velho tem saudade?

– Quem pode saber? Vive sossegado, modesto, trabalha direito.

O hóspede disse:

– Posso falar com ele? Perguntar sobre sua vida?

– Claro que pode! – respondeu o anfitrião e gritou para fora da tenda: – *Babai* (quer dizer vovô na língua dos baskires), venha cá tomar um *kumis*, e traga sua velha.

E entraram Iliás e a esposa. Iliás cumprimentou os hóspedes e o anfitrião, fez uma prece e sentou-se sobre os joelhos junto à porta; sua esposa passou por trás da cortina e sentou-se com a esposa do dono da casa.

Serviram uma xícara de *kumis* para Iliás. Ele fez uma saudação aos hóspedes e ao anfitrião, curvou-se, bebeu um pouco e colocou a xícara no chão.

– Pois é, vovô – disse o hóspede –, imagino que seja triste para você, olhando para nós, lembrar-se de sua vida antiga... Como foi que viveu tão feliz e agora vive no infortúnio?

Iliás sorriu e disse:

– Se for falar com você sobre minha felicidade e infelicidade, não vai acreditar; é melhor perguntar à minha mulher; ela é mulher: o que traz no coração traz também na língua; ela vai contar toda a verdade sobre o assunto.

E o hóspede disse, na direção da cortina:

– Então, vovó, diga para mim como avalia a felicidade de antes e o infortúnio de agora.

E Cham-Chemagui falou por trás da cortina.

– Aqui está como eu avalio: eu e meu velho vivemos cinquenta anos, procuramos a felicidade e não encontramos, e só agora, dois anos depois de perder tudo, vivendo como trabalhadores, encontramos a verdadeira felicidade e não precisamos de nenhuma outra.

O hóspede ficou surpreso e o anfitrião também, até se ergueu um pouco, abriu a cortina para ver a velha. Mas a velha ficou parada, de braços cruzados, sorria, olhava para seu velho, e o velho também sorria. A velha falou de novo:

– Digo a verdade, não estou brincando: procuramos a felicidade por meio século e, enquanto éramos ricos, nunca a encontramos; agora não nos restou nada, fomos ganhar a vida trabalhando para os outros, e encontramos tamanha felicidade que não precisamos de nada melhor.

– Mas em que consiste sua felicidade agora?

– Consiste nisto: éramos ricos, eu e o velho não tínhamos um minuto de sossego; não conversávamos, não pensávamos na alma, não rezávamos para Deus. Quantas preocupações! Quando tínhamos hóspedes em casa, era a preocupação com o que servir, o que presentear, para que não se aborrecessem conosco. Quando os hóspedes saíam, tínhamos de olhar os trabalhadores, eles só queriam descansar e comer bem, e nós cuidávamos para que o que era nosso não se perdesse, e pecávamos. E havia a preocupação com os lobos que podiam trucidar um potro ou um bezerro, e com os ladrões que podiam levar um rebanho. A gente deita para dormir e não dorme: tem medo de que as ovelhas esmaguem os cordeirinhos. Vai vigiar, anda a noite inteira; assim que se acalma, uma nova preocupação: como fazer provisões de alimento para o inverno? Pior ainda, eu e meu velho não nos entendíamos direito. Ele diz que é preciso fazer assim e eu digo que é de outro jeito e começamos a brigar e pecar. Assim, vivíamos de uma preocupação para outra, de um pecado para outro, e não víamos nem sombra de uma vida feliz.

– Sim, mas e agora?

– Agora eu e meu velho acordamos, sempre falamos em amor, em concórdia, não temos nenhum motivo para discutir, nada para nos preocupar, nossa preocupação é só servir ao patrão. Trabalhamos na medida de nossas forças, trabalhamos com vontade, de modo que o patrão não sofra prejuízo, mas tenha lucro. Chegamos em casa, tem almoço, tem jantar, tem *kumis*. Faz frio, tem *kiziak*[4] para acender o fogo e esquentar, tem um casaco de pele. E quando conversamos, pensamos na alma, rezamos para Deus. Procuramos a felicidade por cinquenta anos e só agora encontramos.

Os hóspedes riram.

E Iliás disse:

– Não riam, irmãos, isso não é brincadeira, mas sim a vida humana. Fomos tolos, eu e a velha, e choramos no passado por termos perdido nossa riqueza, mas agora Deus nos revelou a verdade e nós a revelamos a vocês, não para nossa satisfação, mas para o seu bem.

E o mulá disse:

– São palavras inteligentes e é a exata verdade o que Iliás falou, e está escrito nas Escrituras.

E os hóspedes pararam de rir e refletiram.

4 Esterco prensado usado como combustível.

# ONDE ESTÁ O AMOR, ESTÁ DEUS

O sapateiro Martin Avdeitch morava na cidade. Vivia num porão, num quarto com uma janela. A janela dava para a rua. Pela janela, viam-se as pessoas passando; embora só se vissem os pés, Martin Avdeitch reconhecia as pessoas pelas botas. Fazia muito tempo que Martin Avdeitch morava no mesmo lugar e tinha muitos conhecidos. Era raro o par de botas que já não tivesse parado em suas mãos uma ou duas vezes. Em alguns, trocava a sola, em outros, punha remendos, em outros, refazia a costura, em outros, fazia uma biqueira nova. E muitas vezes via pela janela o fruto de seu trabalho. Tinha muito trabalho, porque Avdeitch trabalhava com esmero, usava material bom, não usava material inferior e cumpria sua palavra. Se podia fazer no prazo, fazia, se não, ele não tentava enganar, dizia logo. E todos conheciam Avdeitch e nunca lhe faltava trabalho. Avdeitch sempre foi um homem bom, mas na velhice passou a pensar mais na própria alma e a se aproximar de Deus. Ainda no tempo em que Martin morava na casa do patrão, sua esposa morreu. A mulher lhe deixou um filho de três anos. Os filhos deles não sobreviveram. Os mais velhos tinham todos morrido antes. No início, Martin quis dar o filhinho para uma irmã que vivia no campo, depois teve pena. Pensou: "Vai ser difícil para o meu Kapitochka crescer no meio de outra família, vou deixá-lo comigo mesmo". E Avdeitch saiu da casa do patrão e foi morar com o filho num quarto. Mas Deus não lhe deu sorte com os filhos. Assim que o menino cresceu um pouco, passou a ajudar o pai e lhe deu mais alegria, uma doença atacou Kapitochka, o menino caiu de cama, ardeu em febre uma semana e morreu. Martin enterrou o filho e se desesperou. E tanto se desesperou que passou a se queixar de Deus. O abatimento de Avdeitch era tamanho que mais de uma vez pediu a Deus sua morte e censurou a Deus por não ter levado a ele, um velho, em lugar de seu filho único e querido. Avdeitch parou de ir à igreja. E um dia um velho conterrâneo de Avdeitch apareceu em sua casa – já estava peregrinando havia oito anos. Avdeitch conversou com ele e começou a queixar-se de seu infortúnio:

– Nem tenho mais vontade de viver, homem de Deus – disse ele. – Quem me dera morrer. É só isso que peço a Deus. Agora me tornei um homem sem esperança.

E o velhinho lhe disse:

– O que você diz não é bom, Martin, não podemos julgar os assuntos de Deus. Não vivemos pela nossa razão, mas pelo juízo divino. Deus julgou que seu filho devia morrer e você devia viver. Isso quer dizer que assim é melhor. O motivo de você se desesperar tanto é porque quer viver para sua própria alegria.

– Mas para que viver, então? – perguntou Martin.

E o velhinho disse:

– É preciso viver para Deus, Martin. Ele lhe deu a vida, é preciso viver para Ele. Quando começar a viver para Ele, não terá nenhum motivo para se afligir e tudo vai parecer mais fácil.

Martin ficou calado e depois disse:

– E como se faz para viver para Deus?

E o velhinho respondeu:

– Cristo nos mostrou como se faz para viver para Deus. Sabe ler? Compre o Evangelho e leia, e aprenda a viver para Deus. Lá está claro.

E aquelas palavras se gravaram no coração de Avdeitch. No mesmo dia, ele foi comprar um Novo Testamento em letras grandes e começou a ler.

Avdeitch quis ler só nos feriados, mas, quando começou, sentiu-se tão bem que passou a ler todo dia. Às vezes lia tanto que consumia todo o querosene da lamparina e mesmo assim não conseguia largar o livro. E desse modo Avdeitch lia toda noite. Quanto mais lia, mais claro compreendia o que Deus queria e como se devia viver para Deus; e seu coração ficava cada vez mais leve. Antes, acontecia de deitar-se para dormir e ficar gemendo, soluçando, pensando o tempo todo em Kapitochka, mas agora apenas dizia: "Glória a Ti, glória a Ti, Senhor! Seja feita Tua vontade!". Desde então, toda a vida de Avdeitch se transformou. Antes, ele costumava passar os feriados na taberna, beber chá, e não recusava uma vodcazinha. Antigamente, bebia muito com algum conhecido e, ainda que não se embebedasse, saía da taberna alegre e falava bobagens: batia boca com os outros, xingava. Agora tudo isso havia ficado para trás. Sua vida se tornou mais serena e alegre. De manhã, sentava-se para trabalhar; uma vez terminado o serviço, tirava a lamparina do gancho, colocava na mesa, pegava o livro na estante, abria e ficava lendo. E quanto mais lia, mais entendia e o coração ficava mais claro e alegre.

Certa vez, Martin leu até mais tarde. Lia o Evangelho de Lucas. Leu o capítulo VI e os versículos: "A quem te ferir numa face, oferece a outra; a quem te arrebatar o casaco, não recuses a camisa. Dá a quem pedir e não peças de volta o que te for tirado. E como quiseres que os outros te façam, assim também faz a eles".

Mais adiante leu os versículos em que o Senhor diz:

"Por que me chamais de Senhor, Senhor!, mas não fazeis o que digo? Vou mostrar-vos a quem é comparável todo aquele que vem a mim, escuta as minhas palavras e as põe em prática. É comparável a um homem que, ao construir uma casa, cavou, aprofundou e assentou o alicerce sobre a rocha. Veio a enchente, a torrente deu contra essa casa, mas não conseguiu derrubá-la, porque tinha seus alicerces na rocha. Mas quem escuta e não pratica se parece com o homem que construiu sua casa ao rés do chão, sem alicerce. A torrente deu contra ela, e logo desabou; e foi grande a sua ruína."

Avdeitch leu essas palavras e sentiu alegria na alma. Tirou os óculos, colocou sobre o livro, apoiou os cotovelos na mesa e pôs-se a pensar. E passou a avaliar sua vida segundo aquelas palavras. E pensou: "Minha casa está assentada na rocha ou na areia? É boa, como se estivesse na rocha. E fácil ficar nela sozinho, parece que fiz tudo como Deus manda, mas se a gente se distrair, vai pecar de novo. Vou continuar sempre assim. É tão bom. Que Deus me ajude!".

Pensou assim, quis deitar-se, mas teve pena de separar-se do livro. E começou a ler o sétimo capítulo. Leu sobre o centurião, leu sobre o filho da viúva, leu sobre a resposta aos discípulos de João e chegou à passagem em que o fariseu rico convidou o Senhor para ir à sua casa e leu como a mulher pecadora passou óleo nos pés do Senhor, lavou-os com lágrimas e como Ele a redimiu. E chegou ao versículo 44 e leu:

> E, apontando para a mulher, disse a Simão: "Vês esta mulher? Entrei em tua casa e não me derramaste água nos pés; mas ela regou meus pés com lágrimas e enxugou-os com os cabelos. Tu não me beijaste, mas ela, desde que entrei, não parou de beijar meus pés. Tu não derramaste óleo na minha cabeça; mas ela ungiu meus pés com perfume".

Leu esses versos e pensou: "Não derramou água nos pés, não deu beijos, não untou a cabeça com óleo...".

E Avdeitch tirou os óculos de novo, colocou sobre o livro e pôs-se a pensar outra vez.

"Está bem claro que o fariseu era como eu. Também ele, me parece, só pensava em si mesmo. Pensava em beber chá, ficar aquecido, no conforto, em vez de pensar no seu hóspede. Pensava em si e não tinha cuidado com o hóspede. E quem é o hóspede? O próprio Senhor. Se viesse à minha casa, será que eu faria o mesmo?"

E apoiou os cotovelos na mesa e nem notou quando adormeceu.

– Martin! – de repente, algo pareceu respirar bem junto de seu ouvido.

Martin teve um sobressalto em seu sono.

– Quem é?

Virou-se, olhou para a porta: ninguém. Cochilou de novo. De repente ouviu bem nítido:

– Martin, ei, Martin! Amanhã irei para a rua, preste atenção.

Martin acordou, levantou-se da cadeira, esfregou os olhos. Ele mesmo não sabia se tinha ouvido aquela voz num sonho ou acordado. Apagou a lamparina e foi deitar.

De manhã, Avdeitch levantou-se antes do raiar do sol, rezou, acendeu o fogo da estufa, fez a sopa de repolho e o mingau, acendeu o samovar, vestiu o avental e sentou-se junto à janela para trabalhar. Avdeitch ficou trabalhando, enquanto pensava o tempo todo no dia anterior. E pensava duas coisas: ora pensava que tinha sido uma ilusão, ora pensava que ouvira a voz de verdade. "Bem, essas coisas acontecem", pensava.

Martin estava sentado junto à janela e ficava mais tempo olhando pela janela do que trabalhando, e quando passava alguém com botas desconhecidas, até se curvava para olhar pela janela e ver não só os pés, mas também o rosto. Passou um porteiro de botas novas, de feltro, passou um aguadeiro, depois um velho soldado do tempo do tsar Nicolau surgiu bem na frente da janela, com velhas botas de feltro forradas e com uma pá nas mãos. Pelas botas, Avdeitch o reconheceu. O velho se chamava Stepánitch e morava por caridade na casa de um comerciante vizinho. Sua obrigação era ajudar o porteiro. Na frente da janela de Avdeitch, Stepánitch começou a limpar a neve. Avdeitch olhou um pouco para ele e se ocupou de novo com o trabalho.

"Pelo visto, a idade está me deixando de miolo mole", riu Avdeitch de si mesmo. "O Stepánitch vem retirar a neve e eu acho que é Cristo que veio me ver. Está ficando ruim da cabeça, velho."

No entanto Avdeitch deu uns dez pontos de costura e se esticou para olhar de novo pela janela. Olhou mais uma vez, viu que Stepánitch tinha encostado a pá na parede e estava se aquecendo ou descansando.

Era um homem velho, debilitado, era óbvio que não tinha forças para retirar a neve. Avdeitch pensou: "Eu podia lhe dar um pouco de chá, que bom que o samovar está pronto". Avdeitch espetou a sovela, levantou-se, colocou o samovar sobre a mesa, serviu o chá e bateu com o dedo no vidro. Stepánitch virou-se e se aproximou da janela. Avdeitch chamou-o com a mão e foi abrir a porta.

– Entre, se aqueça – disse. – Tome um chá.

– Que Cristo o salve, meus ossos estão quebrados – disse Stepánitch.

Ele entrou, sacudiu a neve, pôs-se a limpar os pés para não deixar marcas no chão e andou, claudicante.

– Não precisa limpar os pés. Eu limpo depois, é nosso trabalho, venha cá, sente-se – disse Avdeitch. – Beba este chá aqui.

E Avdeitch encheu dois copos, serviu um para o hóspede e o outro derramou num pires, para si mesmo, e soprou.

Stepánitch bebeu seu copo até o fim, virou-o de boca para baixo, colocou o resto do açúcar sobre o fundo e começou a agradecer. Mas era evidente que queria mais.

– Tome mais – disse Avdeitch e serviu mais um copo para si e para o hóspede. Avdeitch bebeu seu chá, mas não parava de espiar a rua.

– Está esperando alguém? – perguntou o hóspede.

– Se espero alguém? Tenho até vergonha de dizer quem estou esperando: não é que eu esteja esperando de verdade, mas umas palavras ficaram gravadas no meu coração. Não sei se foi uma visão ou o que foi. Veja só se compreende, meu irmão: ontem eu estava lendo o Evangelho sobre o Paizinho Cristo, como Ele sofreu, como andou pela terra. Você já ouviu falar, não é?

– Ouvi falar, sim – respondeu Stepánitch. – Mas sou ignorante, não sei ler.

– Pois acontece que estava lendo sobre como Ele andava pela terra, e lia sobre a hora em que foi à casa do fariseu, sabe, e o fariseu não recebeu Cristo direito. Pois então, meu irmão, eu estava lendo essas coisas ontem e pensei: como ele pôde não receber o Paizinho Cristo com as honras devidas? Se fosse à casa de qualquer um ou à minha casa, por exemplo, como não saber de que jeito precisa ser recebido? Mas ele não recebeu direito. Aí fiquei pensando nisso e cochilei. Cochilei, meu irmão, e ouvi uma voz me chamando pelo nome, levantei, alguém sussurrava: espere, disse a voz, vou chegar amanhã. E repetiu. Pois então, acredite, isso entrou na minha cabeça, eu mesmo me censuro, mas continuo esperando o Paizinho.

Stepánitch balançou a cabeça e não disse nada, bebeu seu copo até o fim e colocou-o de lado, mas Avdeitch levantou o copo outra vez e encheu-o.

– Beba e recupere a saúde. Também penso que quando Ele, o Paizinho, veio à terra não desdenhou ninguém e ficou mais com as pessoas simples. Sempre andava com gente simples, escolheu os apóstolos entre nossos irmãos trabalhadores, pecadores como nós. Quem se eleva, disse, será rebaixado, mas quem se rebaixa será elevado. Vocês me chamam de Senhor, disse, mas eu lavo seus pés. Quem quer ser o primeiro, disse, será o servo de todos. Porque, disse, abençoados são os pobres, os humildes, os mansos, os misericordiosos.

Stepánitch esqueceu o chá, era um homem velho e chorava à toa. Escutava quieto e as lágrimas escorreram pelo rosto.

– Vamos, beba mais um pouco – disse Avdeitch.

Mas Stepánitch fez o sinal da cruz, agradeceu, afastou o copo e levantou-se.

– Obrigado, Martin Avdeitch – disse. – Você me serviu bem, saciou minha alma e meu corpo.

– Seja bem-vindo, venha outra vez, vou ficar contente – disse Avdeitch.

Stepánitch saiu e Martin serviu o resto do chá, bebeu tudo, tirou a louça e sentou-se de novo junto à janela para trabalhar – costurar a parte de trás de uma bota. Costurava e não parava de olhar pela janela – esperava Cristo, o tempo todo pensando Nele e em Suas ações. E o tempo todo as palavras de Cristo estavam na cabeça de Martin.

Passaram dois soldados, um com botas oficiais, outro com botas dele mesmo, depois passou o dono de um prédio vizinho, de galochas muito limpas, passou um padeiro com um cesto. Todos passavam e então uma mulher de meias de lã e tamancos de madeira surgiu bem na frente da janela. Passou e parou no espaço entre duas janelas. Avdeitch olhou para ela por baixo da janela, viu uma mulher desconhecida, malvestida, com um bebê, tinha parado junto à parede, de costas para o vento, tentava agasalhar a criança, mas não tinha com o que agasalhar. A roupa da mulher era de verão e ruim. Por trás da esquadria da janela, Avdeitch ouvia o bebê gritar e a mulher queria acalmar a criança, mas não tinha como fazer isso. Avdeitch levantou-se, saiu pela porta, foi até a escada e gritou:

– Sabida! Ei, sabida!

A mulher ouviu e virou-se.

– Para que fica aí no frio com o bebê? Entre aqui, no calor é mais fácil cuidar dele. Venha para cá.

A mulher ficou surpresa. Viu um velho de avental e óculos chamando por ela. Foi atrás dele.

Desceram pela escada, entraram no quarto, o velho conduziu a mulher até a cama.

– Aqui – disse –, sente perto da estufa, mulher sabida... Se aqueça e amamente o menino.

– Não tenho leite nos peitos, não como nada desde a manhã – disse ela, e mesmo assim levou o bebê ao peito.

Avdeitch balançou a cabeça, foi até a mesa, pegou pão, chá, abriu a tampa da estufa, pôs sopa de repolho numa tigela, pegou a panela de mingau, mas ainda não estava pronto, pôs a sopa de repolho sobre a mesa. Pegou o pão, tirou um pano do gancho e botou sobre a mesa.

– Sente – disse –, coma, sabida, enquanto eu fico com o menino, pois também tive filhos, sei cuidar de crianças.

A mulher fez o sinal da cruz, sentou-se à mesa e começou a comer, e Avdeitch sentou-se na cama com o bebê. Avdeitch ficou estalando os lábios para a criança, mas não estalava os lábios direito porque não tinha dentes. O bebê continuava a gritar. Avdeitch inventou de assustá-lo com o dedo, brandia o dedo para ele, avançava na direção da boca e depois recuava. Não deixava o menino pôr seu dedo na boca, porque estava preto, sujo de piche. E o bebê olhou para o dedo, se calou e depois começou a rir. E Avdeitch também achou graça. A mulher comia, enquanto contava quem era e o que estava fazendo.

– Sou esposa de um soldado – disse –, faz oito meses que levaram meu marido para longe e não tive mais notícias dele. Eu ganhava a vida trabalhando como cozinheira, quando dei à luz. Não quiseram que eu ficasse com a criança. Agora faz três meses que estou nessa luta, sem ter onde ficar. Gastei tudo o que tinha. Queria trabalhar de ama de leite, não aceitaram, sou magra, eles dizem. Aí fui à casa da mulher do comerciante, nossa avó mora lá e por isso me prometeu que ia arranjar um lugar para mim. Achei que era para ir já. Mas ela mandou ir só na semana que vem. E mora longe. Estou que não me aguento mais e meu queridinho também. Ainda bem que nossa senhoria tem pena de nós e, com a graça de Cristo, nos deixa ficar no quarto. Se não fosse isso, nem sei como ia sobreviver.

Avdeitch suspirou e disse:

– E não tem roupas quentes?

– Pois é, irmão, está na época de usar roupas quentes. Ontem penhorei meu último xale por uma moeda de vinte copeques.

A mulher chegou perto da cama e pegou o bebê. Avdeitch levantou-se, foi até o armário, remexeu, pegou um casaco velho.

– Tome aqui – disse –, é uma roupa meio ruim, mas pode servir para você se esquentar.

A mulher olhou para o casaco, olhou para o velho, pegou o casaco e começou a chorar. Avdeitch desviou o olhar; se agachou ao lado da cama, apanhou uma arca pequena, remexeu dentro dela por um tempo e sentou-se na frente da mulher.

E a mulher disse:

– Que Cristo abençoe você, vovô, parece que foi Ele que me fez passar na frente da sua janela. Meu filhinho estava morrendo de frio. Na hora em que saí estava quente, mas agora ficou gelado. E foi Ele mesmo, o Paizinho, que fez você olhar pela janela e ter pena de minha amargura.

Avdeitch sorriu e disse:

– Foi Ele mesmo que me guiou. Eu não estava olhando pela janela à toa, mulher sabida.

E Martin contou seu sonho à esposa do soldado, contou que ouviu uma voz que prometeu que o Senhor viria à sua casa naquele dia.

– Tudo pode acontecer – disse a mulher. Levantou-se, vestiu o casaco, envolveu nele o filhinho e então se curvou e agradeceu mais uma vez a Avdeitch.

– Tome aqui, em nome de Cristo – disse Avdeitch, e lhe deu uma moeda de vinte copeques. – Resgate o xale do penhor.

A mulher fez o sinal da cruz, Avdeitch fez o sinal da cruz e levou a mulher até a porta.

Ela saiu; Avdeitch tomou a sopa de repolho, arrumou a louça e sentou-se de novo para trabalhar. Ficou trabalhando, mas pensava na janela, e toda vez que a janela escurecia, ele logo espiava para ver quem estava passando. Passavam conhecidos, passavam desconhecidos e não havia ninguém especial.

E então Avdeitch viu uma velha mascate parada bem na frente de sua janela. Levava um cesto com maçãs. Restavam poucas, parecia ter vendido tudo, mas trazia pendurado no ombro um saco de lascas de madeira. Na certa tinha pegado em alguma obra e ia levar para casa. Mas o saco parecia pesar muito em seu ombro; quis passar o saco para o outro ombro, baixou o saco na calçada, colocou o cesto de maçãs sobre uma pequena coluna e começou a esvaziar um pouco o saco. Enquanto diminuía o peso do saco, do nada apareceu um menino de chapéu rasgado, apanhou uma maçã do cesto e quis fugir depressa, mas a velha percebeu, se virou e segurou o menino pela manga. O menino se debateu, quis soltar-se, mas a velha o segurava com as duas mãos, arrancou seu capuz e agarrou seu cabelo. O menino gritava, a velha xingava. Avdeitch não teve tempo para espetar a sovela. Largou-a no chão mesmo, se precipitou para a porta, até tropeçou na escada, e seus óculos caíram. Avdeitch correu às pressas para a rua: a velha segurava o menino pelo cabelo e xingava, dizia que ia levar o menino para a polícia; o menino se debatia e negava tudo:

– Não peguei nada – dizia. – Por que está me batendo? Me solte.

Avdeitch tratou de separá-los, segurou o menino pelo braço e disse:

– Solte o menino, vovó, perdoe, em nome de Cristo!

– Pois vou perdoar, sim, mas de um jeito que ele não vai esquecer, até as bétulas brotarem de novo. Vou levar esse bandido para a polícia.

Avdeitch implorou para a velha:

– Solte, vovó, ele não vai mais fazer isso. Solte, pelo amor de Cristo!

A velha soltou, o menino quis correr, mas Avdeitch o conteve.

– Peça desculpa para a vovó. E não faça mais isso, eu vi que você pegou.

O menino começou a chorar, pediu desculpa.

– Pronto, aí está. Agora tome esta maçã para você.

E Avdeitch pegou no cesto e deu para o menino.

– Vou pagar, vovó – disse para a velha.

– Assim você estraga esses malandros – disse a velha. – Tem de recompensar esse moleque de um jeito que ficasse uma semana sem poder sentar.

– Eh, vovó, vovó – disse Avdeitch. – Para nós é assim, mas para Deus, não é. Se é preciso bater no menino com o chicote, o que será preciso fazer conosco por nossos pecados?

A velha ficou calada.

E Avdeitch contou para a velha a parábola do patrão que perdoou todas as dívidas grandes de um servo camponês e o servo saiu dali e foi estrangular um devedor seu. A velha ouviu e o menino também ficou ouvindo.

– Deus mandou perdoar – disse Avdeitch. – Senão, nós também não seremos perdoados. Temos de perdoar todos, e mais ainda os que não têm noção do que fazem.

A velha balançou a cabeça e suspirou.

– É isso mesmo – disse ela. – Mas eles já estão muito estragados.

– Por isso nós, os velhos, temos de ensinar a eles – disse Avdeitch.

– É o que eu digo também – respondeu a velha. – Eu mesma tive sete, só sobrou uma filha.

E a velha começou a contar onde e como ela e a filha viviam e quantos netos tinha.

– Veja, minhas forças se foram – disse ela –, mas trabalho sempre. Tenho pena dos netos, das crianças, e que netinhos bons eu tenho; ninguém me recebe como eles. A Aksiutka não me larga, não quer saber de mais ninguém. Vozinha, querida vozinha, meu coração... – E a velha amoleceu toda de ternura. – É claro que foi coisa de criança. Deus o proteja – disse a velha para o garoto.

E quando ela quis levantar o saco do chão e pôr no ombro, o menino deu um pulo para a frente e disse:

– Deixe que eu carrego, vovó, é meu caminho.

A velha balançou a cabeça e entregou o saco ao menino.

E foram os dois lado a lado pela rua. A velha até se esqueceu de pedir a Avdeitch o dinheiro para pagar a maçã. Avdeitch ficou olhando para eles e ouviu como conversavam sem parar, enquanto caminhavam.

Avdeitch observou os dois e voltou para casa, encontrou seus óculos na escada e não tinham quebrado, pegou no chão a sovela e sentou-se de novo para trabalhar. Trabalhou um pouco e começou a não conseguir enfiar a linha no lugar certo. "Parece que está na hora de acender a lamparina", pensou, abasteceu a lamparina, pendurou e voltou a trabalhar. Terminou uma bota; virou, examinou: estava boa. Juntou as ferramentas, varreu os retalhos, guardou as linhas, o alicate e as sovelas, pegou a lamparina, colocou sobre a mesa e tirou o Evangelho da estante. Queria abrir o livro no lugar que marcara na véspera com uma tira de couro de cabra, mas abriu em outro lugar. E quando Avdeitch abriu o Evangelho, lembrou-se do sonho da véspera. E assim que lembrou, teve a impressão de que alguém se movia e dava um passo a seu lado. Virou-se e viu: num canto escuro, parecia haver pessoas paradas – pessoas, mas ele não conseguia distinguir quem era. E uma voz sussurrou em seu ouvido:

– Martin! Ah, Martin. Será que você não me reconheceu?

– Quem é? – perguntou Avdeitch.

– Sou Eu – respondeu a voz. – Veja, sou Eu.

E do canto escuro saiu Stepánitch, sorriu, se dissipou como uma nuvem e sumiu...

– E esse também sou Eu – disse a voz.

E do canto escuro saíram a mulher e o bebê, ela sorriu, o bebê também sorriu, e também se foram.

– E esse também sou Eu – disse a voz.

E vieram a velha e o menino com a maçã e os dois sorriram e também se foram.

E Avdeitch ficou alegre, fez o sinal da cruz, pôs os óculos e leu o Evangelho, no lugar onde havia aberto o livro. E no alto da página leu:

"Eu tive fome e tu me deste o que comer, eu tive sede, e tu me deste o que beber, eu era um forasteiro, e tu me deste abrigo..."

E embaixo da página, leu também:

"Cada vez que fizeste isso a um de meus irmãos mais pequeninos, o fizeste também a mim" (Mateus 25).

E Avdeitch entendeu que o sonho não o havia enganado, que tinha sido exatamente o Salvador que o visitara naquele dia e que ele o havia acolhido.

## FOGO ACESO NÃO SE APAGA

*Então Pedro, chegando-se a ele, perguntou: "Senhor, quantas vezes devo perdoar ao irmão que pecar contra mim? Até sete vezes?".*

*Jesus respondeu: "Não te digo até sete, mas até setenta e sete vezes".*

*Eis por que o Reino dos Céus é semelhante a um rei que resolveu acertar contas com seus servos.*

*Ao começar o acerto, trouxeram-lhe um servo que devia dez mil talentos.*

*Não tendo ele com que pagar, o senhor ordenou que o vendessem, juntamente com a mulher e com os filhos e todos os seus bens, para o pagamento da dívida.*

*O servo, porém, caiu aos seus pés e, prostrado, suplicava: "Dá-me um prazo e eu pagarei tudo".*

*O senhor, compadecendo-se do servo, soltou-o e perdoou-lhe a dívida.*

*Mas, quando saiu dali, esse servo encontrou um dos seus companheiros de servidão, que lhe devia cem denários e, agarrando-o pelo pescoço, pôs-se a sufocá-lo e a insistir: "Paga-me o que deves".*

*O companheiro, caído aos seus pés, suplicava e dizia: "Dá-me um prazo e eu te pagarei tudo".*

*Mas ele não quis, saiu e mandou levá-lo para a prisão, enquanto não pagasse o que devia.*

*Seus companheiros, vendo o que acontecera, ficaram muito penalizados e, procurando o senhor, contaram-lhe todo o acontecido.*

*Então o senhor mandou chamar aquele servo e lhe disse: "Servo mau, eu te perdoei toda a tua dívida, porque me rogaste".*

*"Não devias, também tu, ter compaixão do teu companheiro, como eu tive compaixão de ti?"*

*Assim, encolerizado, o senhor o entregou aos verdugos, até que pagasse toda a sua dívida.*

*Eis como meu Pai celeste agirá convosco, se cada um de vós não perdoar, de coração, ao seu irmão.*

Mateus 18,21-35

Numa aldeia, morava o camponês Ivan Cherbákov. Vivia bem; estava no pleno vigor de suas energias, era o melhor trabalhador do povoado, e tinha três filhos já grandes: um casado, um noivo e o terceiro, adolescente, já andava a cavalo e começava a lavrar a terra. A esposa de Ivan era uma mulher inteligente e econômica e a nora era sossegada e trabalhadora. Não havia por que Ivan não viver bem com a família. Só uma boca não trabalhava em sua casa e era seu velho pai doente (fazia sete anos que estava de cama, com asma). Tudo era farto na casa de Ivan – três cavalos e um potro, uma vaca e um bezerro, quinze ovelhas. As mulheres faziam os sapatos e as roupas dos mujiques e trabalhavam no campo; os mujiques cultivavam a terra. Tinham milho que dava até a colheita seguinte. Com a aveia, pagavam os impostos e cumpriam todas as suas obrigações. Ivan não tinha por que viver mal com os filhos. Mas eles tinham um vizinho chamado Gavrilo, o Manco, filho de Gordiei Ivánov. E surgiu uma inimizade entre ele e Ivan.

Enquanto o velho Gordiei estava vivo e o pai de Ivan cuidava da propriedade, os mujiques viviam como vizinhos. Se as mulheres precisassem de uma peneira ou de uma cuia, se os mujiques precisassem de um eixo ou precisassem trocar uma roda, bastava pedir na porta ao lado e eles se ajudavam mutuamente, como vizinhos e amigos. Se um bezerro fugia para o terreiro de secagem dos grãos, enxotavam e apenas diziam: Não deixe solto, a gente não tirou o monte de grãos. Mas esconder e trancar o bezerro na eira coberta ou no celeiro, ou xingar uns aos outros, isso não acontecia.

Assim viviam no tempo dos velhos. Mas, quando os jovens começaram a mandar, a coisa mudou.

Tudo começou por causa de uma bobagem.

Uma galinha da nora de Ivan botava ovo bem cedo. A moça tinha começado a separar os ovos para a Semana Santa. Todo dia ela ia ao celeiro apanhar ovos dentro da charrete. Parece que as crianças assustaram a galinha e ela voou para o outro lado da cerca, no terreno do vizinho, e lá botou um ovo. A moça ouviu a galinha cacarejar – pensou: “Agora não tenho tempo, tenho de arrumar a isbá para o dia santo; vou pegar depois”. À tarde, foi ao celeiro e olhou dentro da charrete – nada de ovo. A moça foi perguntar à sogra e ao cunhado se não tinham pegado.

– Não pegamos – disseram.

E Taraska, o cunhado mais jovem, disse:

– Sua gorduchinha pôs um ovo no terreno do vizinho, cacarejou e veio voando de lá.

A moça olhou para sua gorduchinha, ao lado do galo no poleiro, já de olhos fechados, pronta para dormir. E perguntou onde tinha botado o ovo, mas a galinha não respondeu, e a moça foi falar com os vizinhos. A velha a recebeu.

– O que deseja, mocinha?

– Acontece, vovó, que minha galinha voou hoje para o seu terreno. Será que ela não botou um ovo em algum canto?

– Ver eu não vi. A gente tem as nossas, graças a Deus, e elas botaram faz muito tempo. Nós temos as nossas e não precisamos das dos outros. Nós, menina, não andamos por aí pegando ovos dos vizinhos.

A moça ficou ofendida, falou uma palavra que não devia, a vizinha falou mais duas; e as mulheres começaram a discutir. A mulher de Ivan passou com a água e também se meteu na briga. A sra. Gavrílova se exaltou, começou a acusar a vizinha, lembrou-se disso e daquilo, inventou coisas. Começou o bate-boca. Todos em volta gritavam, falavam duas palavras ao mesmo tempo. E eram todas palavras feias. Você é isso, você é aquilo, você é uma ladra, uma safada, você deixa seu sogro morrer de fome, você é uma unha de fome.

– E você é uma mendiga, arrebentou minha peneira! E ainda está com a nossa canga de levar baldes, devolva a canga!

Puxaram a canga, derramaram a água, rasgaram os xales, começaram a brigar. Gavrilo veio do campo, tomou o partido da esposa. Acudiram Ivan e o filho, se meteram no bolo. O mujique Ivan era forte, espalhou todo mundo. Arrancou um punhado da barba de Gavrilo. O povo acudiu, separaram à força.

E com isso começou.

Gavrilo embrulhou o punhado de sua barba numa petição e mandou o documento para o tribunal.

– Vocês acham que deixei crescer a barba para que o sarnento do Vanka me arranque um punhado desse jeito? – disse ele.

E sua esposa se gabava com os vizinhos, dizendo que agora iam condenar Ivan na Justiça e ele ia para a Sibéria. E a inimizade não parou mais.

O velho que vivia de cama tentou acalmar os ânimos desde o primeiro dia, mas os jovens não lhe davam ouvidos. Dizia para eles:

– Vocês fizeram uma bobagem, rapazes, e de uma bobagem criaram uma confusão. Pensem bem, tudo isso por causa de um ovo. A criançada pegou um ovo, muito bem, Deus os ajude; um ovo não é grande coisa. Deus provê para todos. E aí uma mulher usou palavras feias. Então você corrige, ensina como falar direito. E aí brigaram, gente pecadora. Isso acontece. Pois bem, vão lá e façam as pazes, ponham um ponto-final nisso tudo. Se continuarem com raiva, vai ser pior para vocês.

Os jovens não deram ouvidos ao velho, pensavam que tudo o que o velho dizia não tinha sentido, só estava tagarelando à toa, como os velhos.

Ivan não fez as pazes com os vizinhos.

– Eu não arranquei a barba dele – disse. – Ele mesmo puxou, e o filho dele arrancou os botões da minha roupa e rasgou toda a minha camisa. Olhe só.

E Ivan foi ao tribunal. O caso foi julgado pelo juiz de paz e pelo juiz do distrito. Enquanto eles eram julgados, sumiu a cravija da charrete de Gavrilo. As mulheres da casa de Gavrilo acusaram o filho de Ivan de ter pegado a cravija.

– Nós vimos como ele entrou pela janela de noite, foi até a charrete, e a comadre contou que ele apareceu na barraca de um mercador e ofereceu a cravija para vender.

Entraram na Justiça outra vez. E na casa não passava um dia sem xingamentos e brigas. As crianças xingavam, aprendiam com os mais velhos, e as mulheres iam ao riacho menos para bater a roupa do que para soltar a língua, e tudo ficava cada vez pior.

No início, os mujiques caluniavam uns aos outros, depois começaram de verdade a pegar para si qualquer coisa que encontrassem largada fora do lugar. E assim as mulheres e as crianças aprenderam a fazer a mesma coisa. E a vida deles ficou cada vez pior. Julgaram Ivan Cherbákov e Gavrilo, o Manco, na assembleia popular, no juizado do distrito e no juiz de paz, e os juízes ficaram até cansados de tanto julgar; ora Gavrilo obrigava Ivan a pagar multa, ora o mandava para a cadeia, ora Ivan fazia o mesmo com Gavrilo. E quanto mais se perseguiam, mais raiva sentiam. Os cachorros se atracam: quanto mais brigam, mais furiosos ficam. Batem num cachorro pelas costas e ele pensa que foi o outro cachorro que o mordeu e fica ainda mais raivoso. Assim eram aqueles mujiques: iam ao tribunal, eram punidos, ora um, ora outro, com multa ou com prisão, e por tudo aquilo o coração deles se inflamava contra um e contra outro. "Espere só que ainda vou fazer você pagar por tudo isso." E desse jeito se passaram seis anos. Só o velho de cama dizia sempre a mesma coisa. Aconselhava:

– O que estão fazendo, crianças? Deixem de lado todas as diferenças, não deixem de lado o trabalho, não queiram mal às pessoas, assim vai ser melhor. Quanto mais quiserem mal às pessoas, será pior para vocês.

Não davam ouvidos ao velho.

Depois de sete anos a coisa chegou a tal ponto que a nora de Ivan, num casamento, diante de pessoas que se juntaram para ouvi-la, acusou Gavrilo de ter sido apanhado em flagrante com cavalos roubados. Gavrilo estava embriagado, não se controlou, bateu na mulher e a machucou tanto que ela ficou uma semana de cama, e a mulher estava grávida. Ivan se alegrou, foi com uma petição ao juiz de instrução. Dessa vez, pensou, vou acabar com o vizinho, não escapa da prisão ou da Sibéria. Porém mais uma vez Ivan não obteve sucesso. O juiz não aceitou a petição; levaram a mulher para testemunhar; ela já havia ficado boa e não tinha nenhum sinal da agressão. Ivan foi ao juiz de paz e este passou o caso para o juizado do distrito. Ivan fez de tudo no tribunal do distrito, embriagou um escrivão e um sargento com meio balde de aguardente doce e conseguiu que condenassem Gavrilo a levar chibatadas nas costas. No tribunal, leram a sentença para Gavrilo.

O escrivão leu:

– "O tribunal resolveu: castigar o camponês Gavrilo Gordiéiev com vinte chicotadas diante da autoridade do distrito."

Ivan também ouviu a sentença e olhou para Gavrilo: o que seria dele agora? Gavrilo escutou, ficou branco feito um lenço, deu meia-volta e saiu para o vestíbulo. Ivan foi logo depois, queria ir na direção dos cavalos, mas ouviu Gavrilo dizer:

– Está certo, ele vai me dar chicotadas nas costas, vai arder, vai queimar, mas ele que se cuide para que alguma coisa dele não queime com mais força ainda.

Ivan ouviu aquelas palavras e na mesma hora voltou para os juízes.

– Senhores juízes! Ele ameaçou pôr fogo na minha casa. Podem perguntar, ele falou diante de testemunhas.

Chamaram Gavrilo.

– É verdade, você disse mesmo?

– Não falei nada. Podem me chicotear, a autoridade é de vocês. Parece que tenho de sofrer sozinho pela verdade, enquanto ele pode fazer o que quiser.

Gavrilo ainda quis falar mais alguma coisa, mas os dentes e o queixo começaram a tremer. E ele se virou para a parede. Até os juízes se assustaram, olhando para Gavrilo. Pensaram: é bem possível que faça mesmo algo de ruim contra o vizinho ou até contra si mesmo.

E o juiz velho começou a falar:

– Escutem aqui, irmãos: é melhor fazerem as pazes. Você, irmão Gavrilo, acha que agiu bem quando bateu numa mulher grávida? Pois felizmente Deus teve piedade, do contrário já pensou que pecado teria cometido? Por acaso isso é bom? Confesse sua culpa e peça desculpas a ele. E ele vai perdoar. Vamos fazer uma alteração na sentença.

O escrivão ouviu aquilo e disse:

– Não é possível, porque não se fez a conciliação segundo o artigo 117 e a sentença do tribunal foi declarada, e ela deve ser cumprida.

Mas o juiz não deu atenção ao escrivão.

– Pare de falar asneiras – disse. – O primeiro artigo, irmão, é um só: temos de nos lembrar de Deus e Deus mandou viver em paz.

E o juiz tentou convencer os mujiques, mas não convenceu. Gavrilo não quis lhe dar ouvidos.

– Tenho quarenta e nove anos, tenho um filho casado e nunca na vida bateram em mim, mas agora o sarnento do Vanka mandou me darem chicotadas e ainda tenho de pedir desculpas para ele! Ora, ele vai ver só... Vai se lembrar de mim, Vanka!

A voz de Gavrilo tremeu de novo. Não conseguiu mais falar, virou-se e saiu.

Do tribunal até sua casa eram dez verstas e Ivan voltou tarde. As mulheres tinham ido buscar o gado. Ele desatrelou o cavalo, arrumou-se e entrou na isbá. Não havia ninguém. As crianças não tinham voltado do campo. Ivan entrou, sentou no banco e começou a pensar. Lembrou como leram a sentença de Gavrilo, como ele ficou pálido e virou-se para a parede. E Ivan teve um aperto no coração. Provou em si mesmo como se sentiria se fosse condenado a levar chicotadas. E teve pena de Gavrilo. Ouviu que o velho deitado acima da estufa tossiu, baixou as pernas e desceu. O velho se arrastou com dificuldade até o banco e sentou. Curvou-se no banco, tossiu, tossiu, expectorou, apoiou-se na mesa e disse:

– E então? Julgaram?

Ivan respondeu:

– Condenaram a vinte chicotadas.

O velho balançou a cabeça.

– Que maldade você fez, Ivan. Ah, que maldade! Não para ele, mas para você mesmo. Pois bem, vão dar chicotadas nas costas dele, e será que isso vai fazer você se sentir melhor?

– Ele não vai fazer isso outra vez – disse Ivan.

– Como não vai? O que ele fez de pior do que você?

– Então não sabe o que ele me fez? – exclamou Ivan. – Ele quase matou uma mulher de tanto bater e ainda agora ameaçou incendiar a casa. Acha que tenho de agradecer a ele por isso?

O velho suspirou e disse:

– Você, Ivan, tem andado e vivido livre pelo mundo, enquanto eu estou de cama há anos, você acha que enxerga tudo e que eu não enxergo nada. Não, meu pequeno, você não enxerga nada; a raiva embaçou seus olhos. Os pecados dos outros estão na sua frente, mas seus próprios pecados estão às suas costas. Você diz: ele fez maldade!

Se só ele fizesse maldade, não haveria mal. Por acaso o mal entre as pessoas vem só de um? O mal acontece entre dois. A maldade dele você vê, mas a sua, não. Se só ele fosse mau e você fosse bom, não haveria maldade nenhuma. Quem foi que arrancou a barba dele? Quem foi que espalhou as medas que já estavam separadas? Quem foi que o levou ao tribunal? E você o acusa de tudo. Você mesmo vive fazendo maldade, por isso também é ruim. Não foi assim que eu vivi, irmão, e não foi assim que ensinei a você. Por acaso eu e o velho pai dele vivíamos assim? Como é que a gente vivia? Na camaradagem. A farinha dele acabava, a mulher vinha: Tio Frol, a gente precisa de farinha! Venha, menina, pegue o quanto quiser no celeiro. Se ele não tinha ninguém para tomar conta dos cavalos, eu dizia: Vá lá, Ivan, cuidar dos cavalos dele. E se alguma coisa faltava em minha casa, eu ia pedir para ele. Tio Gordiei, preciso disso ou daquilo. Pode pegar, tio Frol! Era assim que a gente vivia. A vida era fácil. E agora? Outro dia um soldado falou sobre a batalha de Plevna. Pois o que vocês fazem agora é pior do que a tal guerra de Plevna. Acha que isso é vida? Que pecado! Você é um mujique, é o chefe da casa. Você é o responsável. O que está ensinando às mulheres e aos filhos? A viver feito cachorros. Outro dia vi o Taraska, aquele malandro, ficou falando mal da tia Arina para a mãe, e a mãe ainda achou graça dele. Será que isso é bom? Pois você é o responsável! Pense bem nisso, no fundo da alma. Por acaso isso é preciso? Você me diz uma palavra, eu digo duas, você me dá uma bofetada, eu dou duas em você. Não, meu pequeno, Cristo andou pela terra, não foi isso que ensinou a nós, tolos. Se alguém diz uma palavra para você e você fica calado, a consciência dele mesmo vai acusar. Foi assim que Ele, o Paizinho, nos ensinou. Dão um tapa em você, você oferece o outro lado: Vai, bate, se eu mereço. E a consciência dele vai ter remorso. Ele pede para fazer as pazes e você aceita. Foi assim que Ele nos ensinou, a não se encher de orgulho. Por que está calado? Não é como estou dizendo?

Ivan ficou calado, ouvindo.

O velho tossiu, expectorou com esforço, começou a falar de novo:

– Você acha que Cristo ia nos ensinar uma coisa ruim? Pois fez tudo por nós, pelo nosso bem. Pense na sua vida terrena: ficou melhor ou pior desde que essa Plevna de vocês começou? Faça as contas de quanto gastou nos julgamentos, nessas viagens para lá e para cá, quanto desperdiçou. Olhe seus filhos, são verdadeiras águias, você devia viver muito bem, subir na vida até as alturas, em vez disso está dilapidando o que tem. E por quê? Sempre pela mesma coisa. Por seu orgulho. Você e seus filhos deviam ir para o campo, lavrar a terra, mas a raiva faz você correr para os tribunais, para as mãos de qualquer escrivão sem-vergonha. Não semeia na hora certa, não passa o arado na hora certa, e ela, a mãezinha, a terra, não faz nascer. A aveia, por que não cresceu? Quando você semeou? Quando você chegou da cidade. E o que ganhou lá? Muita dor de cabeça. Eh, meu pequeno, cuide de seu trabalho: fique em casa e prepare a terra com seus filhos e, se alguém o ofender, faça como Deus, perdoe, e sua vida vai ficar mais sossegada, sua alma vai ficar sempre mais leve.

Ivan ficou calado.

– Pois é, Vánia! Escute o que diz este velho. Atrele o cavalo na charrete, vá agora lá no tribunal, mande desfazer tudo e, de manhã, vá falar com o Gavrilo, faça as pazes com ele, como Deus manda, e o convide para vir à sua casa amanhã, que é feriado (o caso se deu na época da festa da Natividade de Nossa Senhora), prepare o samovar, traga meia garrafa e se livre de todos os pecados e que daqui para a frente não aconteça mais isso e mande as mulheres e os filhos fazerem a mesma coisa.

Ivan suspirou e pensou: "O velho diz a verdade", e seu coração se aplacou de todo. Só não sabia como executar aquilo, como fazer as pazes agora.

E o velho começou outra vez, como se adivinhasse:

– Vá, Vánia, não recue. Apague o fogo na fonte, porque, quando acende, ninguém consegue controlar.

O velho quis dizer mais alguma coisa, mas não terminou: as mulheres entraram na isbá, começaram a grasnar como gralhas. As notícias já tinham chegado a elas: que Gavrilo tinha sido condenado a golpes de chibata e que ele havia ameaçado incendiar a casa. Já sabiam de tudo e inventavam mais um pouco e, no pasto, ainda tiveram tempo de bater boca de novo com as mulheres da casa de Gavrilo. Começaram a contar como a nora de Gavrilo ameaçou denunciá-las ao juiz de instrução. Gavrilo estava molhando a mão do juiz de instrução, disseram elas. Agora ele ia mudar todo o caso e um professor estava escrevendo outra petição para o próprio tsar sobre Ivan e na petição estavam descritos todos os casos: o da cravija, o da horta, e agora metade do jardim ia voltar para as mãos deles. Ivan ouviu o que contaram e seu coração se endureceu outra vez, e Ivan deixou de lado a ideia de fazer as pazes com Gavrilo.

Na terra de um camponês, há sempre muita coisa para fazer. Ivan não ficou conversando com as mulheres, levantou-se e saiu da isbá, foi para o celeiro e para a eira coberta. Quando arrumou tudo e saiu, o solzinho já tinha se posto; os filhos também vieram do campo: estavam lavrando a terra para o inverno. Ivan encontrou-os, perguntou sobre o trabalho, ajudou-os a arrumar as coisas, separou um arreio rasgado para consertar, quis ainda arrumar umas varas embaixo do celeiro, mas já estava totalmente escuro. Ivan deixou as varas para o dia seguinte e pôs comida para os animais, abriu o portão, deixou os cavalos com Taraska para irem ao pasto da noite, fechou o portão de novo e tapou o vão embaixo do portão. "Agora é jantar e dormir", pensou Ivan, pegou o arreio rasgado e foi para a isbá. E durante todo aquele tempo se esqueceu de Gavrilo e do que o pai tinha dito. Assim que subiu no alpendre, ouviu: por trás da cerca, o vizinho praguejava contra alguém com voz rouca.

– Que o diabo o carregue! – gritava Gavrilo. – Era bom que morresse!

Com aquelas palavras, toda a raiva de antes contra o vizinho veio à tona. Ivan parou, ficou ouvindo enquanto Gavrilo praguejava. Gavrilo calou-se e Ivan entrou na isbá. Lá dentro, já haviam acendido o fogo; a jovem nora estava sentada num canto, junto à roda de fiar, a velha preparava o jantar, o filho mais velho torcia tiras de palha para fazer alparcatas, o segundo filho estava na mesa, com um livrinho, e Taraska se preparava para ir ao pasto da noite.

Dentro da isbá, tudo estava bem, alegre, a não ser por causa daquela desgraça – um vizinho malvado.

Ivan chegou nervoso, derrubou o gato que estava em cima do banco e ralhou com a mulher porque o balde não estava no lugar. E Ivan ficou aborrecido; sentou-se, franziu o rosto, começou a consertar o arreio e não saíam de sua cabeça as palavras de Gavrilo, como tinha ameaçado e como pouco antes gritava com voz rouca sobre alguém: "Era bom que morresse!".

A velha serviu o jantar de Taraska; ele comeu, vestiu o casaco, a túnica, fechou o cinturão, pegou um pão e saiu para a rua, na direção dos cavalos. O filho mais velho quis acompanhá-lo, mas o próprio Ivan levantou e saiu para o alpendre. Lá fora, estava tudo escuro, nublado, o vento soprava. Ivan desceu do alpendre, ajudou o filho menor a montar, assustou um potro atrás dele e ficou parado, olhando, ouvindo, enquanto Taraska descia até a aldeia, onde se juntou a outros rapazes e todos seguiram adiante, até ficarem fora do alcance da audição de Ivan. Por muito tempo, Ivan ficou parado junto ao portão e não saíam de sua cabeça as palavras de Gavrilo: "Ele que se cuide para que alguma coisa dele não queime com mais força ainda".

"E ele não está falando de brincadeira", pensou Ivan. "O ar está seco, está ventando. Ele pode entrar pelos fundos, o bandido, tacar fogo e pronto; depois que o fogo pegar, quem vai apagar? Se eu pudesse apanhá-lo de surpresa, não ia escapar!" E essa ideia se enfiou tão fundo na cabeça de Ivan que ele nem voltou para o alpendre, foi direto para a rua, para o portão, para o canto do terreno. "Vou contornar o pátio. Quem sabe?" E Ivan andou sem fazer barulho ao longo do portão.

Assim que fez a curva no canto do terreno, olhou para a cerca e teve a impressão de que algo se mexia na outra ponta, pareceu que algo se esticou e se escondeu de novo atrás da cerca. Ivan ficou parado e quieto – ouvia e observava: tudo em silêncio, só o vento sacudia as folhinhas dos salgueiros e farfalhava na palha. Estava escuro, no entanto os olhos se habituaram à escuridão: Ivan enxergava todo aquele canto, um arado e o beiral. Ficou parado, observando: "Não tem ninguém".

"Deve ter sido só uma impressão", pensou. "Mesmo assim, vou dar uma volta." E foi andando sorrateiramente ao longo do celeiro. Ivan pisava de leve, com as alparcatas de palha, e nem ele mesmo ouvia seus passos. Chegou à ponta – olhou e lá no final alguma coisa brilhou no arado e de novo se escondeu. Ivan teve a impressão de que uma coisa acertara seu coração e ficou parado. Assim que parou, naquele mesmo lugar algo se destacou com mais clareza e ficou bem visível – um homem de cócoras, de chapéu e de costas para ele, ateava fogo a um punhado de palha que tinha na mão. O coração de Ivan começou a bater forte no peito, como um passarinho, ele ficou todo tenso e começou a avançar a largas passadas. Nem sentia os próprios pés no chão. "Pronto", pensou, "agora não vai fugir, peguei você em flagrante!"

Ivan não tinha ainda vencido a distância de dois mourões da cerca quando de repente viu um clarão mais forte, já não era naquele lugar, nem era mais um foguinho pequeno, mas sim uma labareda que saltou da palha por baixo do beiral e subiu para o telhado, e lá estava Gavrilo parado, perfeitamente visível.

Como um gavião se atira sobre uma cotovia, Ivan pulou sobre o Manco. "Vou amarrar", pensou, "agora não vai fugir!" Mas o Manco certamente ouviu seus passos, virou-se e, com uma rapidez que não se sabe de onde veio, correu como uma lebre ao longo do celeiro.

– Não vai escapar! – gritou Ivan e voou atrás dele.

Quis segurá-lo pelo colarinho, quando Gavrilo girou por baixo do braço de Ivan, que então o agarrou pela aba do casaco. A aba rasgou e Ivan caiu. Gritou:

– Socorro! Peguem! – E correu de novo.

Enquanto Ivan se levantava, Gavrilo já havia chegado a seu terreno, mas lá também Ivan o alcançou. E já ia agarrá-lo, quando algo de repente o tonteou na cabeça, como se uma pedra o tivesse atingido no escuro: Gavrilo tinha pegado uma estaca de carvalho e, quando Ivan veio correndo na sua direção, acertou-o na cabeça com toda a força.

Ivan ficou tonto, fagulhas riscaram seus olhos, depois tudo escureceu e ele tombou. Quando voltou a si, Gavrilo tinha sumido; estava claro como o dia e, do lado do seu terreno, vinha o barulho de uma espécie de motor, algo chiava e estalava. Ivan virou-se e viu que toda a parte de trás do seu celeiro estava queimando, o lado do celeiro começava a pegar fogo e as chamas, a fumaça e as brasas da palha eram levadas na direção da isbá.

– O que é isso, irmãos? – gritou Ivan, ergueu as mãos e depois deu um tapa nas coxas. – Se eu tivesse puxado a palha do beiral para o chão e apagado o fogo com os pés! O que é isso, irmãos! – repetiu.

Quis gritar mais – teve falta de ar, a voz não saía. Quis correr – as pernas não se mexiam, uma se enroscava na outra. Deu um passo – cambaleou, de novo teve falta de ar. Esperou um pouco, tomou fôlego, andou novamente. Enquanto contornava o celeiro e andava na direção do incêndio, viu que todo o lado do celeiro se incendiava, o fogo já chegava ao canto da isbá e ao portão, saía fogo de dentro da isbá e não havia mais passagem para atravessar o pátio. Muita gente acudiu, mas não havia nada a fazer. Os vizinhos tiraram as próprias coisas para fora de suas casas e enxotaram o gado. Depois da casa de Ivan, o fogo foi para a de Gavrilo, o vento aumentou, o fogo passou para o outro lado da rua. O incêndio tomou conta de metade da aldeia.

Na casa de Ivan, só salvaram o velho, e pularam para fora de casa com o que tinham no corpo, o resto ficou; exceto os cavalos no pasto da noite, todo o gado queimou, as galinhas no galinheiro, as charretes, os arados, os ancinhos, as arcas das mulheres, os grãos nos celeiros, tudo foi queimado.

O gado de Gavrilo foi enxotado e ainda retiraram algumas coisas da casa.

O fogo ardeu muito tempo, a noite inteira. Ivan ficou perto de seu terreno, olhava e só dizia:

– O que é isso, irmãos! Se eu tivesse puxado a palha e apagado com os pés!

Mas na hora em que o telhado da isbá afinal desmoronou, ele pulou para o lugar mais quente, apanhou um tronco queimado e tentou arrancá-lo do fogo. As mulheres viram e tentaram puxar Ivan para trás, mas ele arrastou o tronco para fora e foi buscar outro, porém tropeçou e caiu no fogo. Então um filho correu em sua direção e puxou o pai. O cabelo e a barba de Ivan queimaram, a roupa pegou fogo, o braço ficou machucado, mas ele não sentia nada.

– O desgosto tirou sua sensibilidade – diziam as pessoas.

O incêndio começou a amainar e Ivan continuava parado, apenas repetia:

– Meus irmãos, o que é isso! Se eu tivesse apagado!

De manhã, o estaroste mandou o filho falar com Ivan.

– Tio Ivan, seu pai está morrendo, mandou chamar você, quer se despedir.

Ivan tinha esquecido o pai e não entendeu o que lhe diziam.

– Que pai? – perguntou. – Quem está chamando?

– Mandou chamar você, quer se despedir, ele está morrendo lá na nossa isbá. Vamos, tio Ivan – disse o filho do estaroste e puxou-o pelo braço. Ivan foi atrás do filho do estaroste.

Quando tiraram o velho da casa, palhas em chamas caíram em cima dele e o velho ficou queimado. Levaram-no para a casa do estaroste, numa parte distante da aldeia. Aquele arrabalde não tinha pegado fogo.

Quando Ivan chegou, na isbá só havia a velha mulher do estaroste e os filhos, em cima da estufa. Todos os outros tinham ido para o incêndio. O velho jazia num banco com uma vela na mão e olhava fixo para a porta. Quando o filho entrou, ele começou a se remexer. A velha se aproximou e disse que o filho tinha chegado. Ele mandou que viesse mais para perto. Ivan se aproximou e então o velho começou:

– Pois é, Vaniatka – disse ele. – Eu bem que lhe disse. Quem foi que pôs fogo na aldeia?

– Foi ele, papai – respondeu Ivan. – Ele, eu o peguei em flagrante. Na minha frente, ele pôs fogo no telhado. Por muito pouco não consegui pegar o punhado de palha e apagar com os pés, se tivesse conseguido não teria acontecido nada.

– Ivan – disse o velho. – Minha morte chegou e você vai morrer. De quem é o pecado?

Ivan cravou os olhos no velho e ficou calado, não conseguia falar nada.

– Diante de Deus: de quem é o pecado? O que foi que eu lhe disse?

Só então Ivan acordou e entendeu tudo. Bufou pelo nariz e disse:

– É meu, paizinho! – E caiu de joelhos diante do pai, começou a chorar e disse: – Perdoe, paizinho, sou culpado diante de você e diante de Deus.

O velho mexeu as mãos, passou a vela para a mão esquerda e colocou a direita na testa, quis fazer o sinal da cruz, mas não conseguiu e ficou parado.

– Glória a Ti, Deus! Glória a Ti, Deus! – disse, e olhou de lado para o filho outra vez.

– Vanka! Ah, Vanka!

– O que foi, paizinho?

– O que é preciso fazer agora?

Ivan não parava de chorar.

– Não sei, paizinho – respondeu. – Como vou viver agora, paizinho?

O velho fechou os olhos, remexeu os lábios como se estivesse reunindo suas forças, abriu os olhos de novo e disse:

– Vivam. Com Deus, vocês vão viver... Vivam.

O velho calou-se um pouco, sorriu e disse:

– Escute, Vánia, não conte quem ateou o fogo. Esconda o pecado alheio. Deus vai perdoar duas vezes.

E o velho segurou a vela com as duas mãos, cruzou-as sobre o coração, suspirou, esticou-se e morreu.

Ivan não denunciou Gavrilo e ninguém descobriu como o incêndio começara.

E o coração de Ivan se abrandou com Gavrilo e Gavrilo se admirou com Ivan, por não ter denunciado a ninguém o que ele tinha feito. De início, Gavrilo teve medo dele, depois se acostumou. Os mujiques pararam de brigar, os familiares também. Enquanto reconstruíam tudo, as duas famílias moravam no mesmo terreno e, quando terminaram de reconstruir a aldeia, os terrenos ficaram mais amplos e Ivan e Gavrilo continuaram vizinhos, na mesma quadra.

Ivan e Gavrilo viviam como bons vizinhos, como os velhos tinham vivido. E Ivan Cherbákov lembrava o mandamento do velho e a lição de Deus, de que é preciso apagar o fogo no início.

E que se uma pessoa fizer mal à outra, ela não deve se vingar dessa pessoa, mas corrigir a situação; e se uma pessoa disser palavras feias para outra, ela não deve responder com mais palavras feias, mas ensinar que não se deve falar mal dos outros; e é o que a mulher e os filhos também vão aprender. E Ivan Cherbákov se recuperou e passou a viver melhor do que antes.

## O DIABO INSISTE, MAS DEUS RESISTE

Muito tempo atrás, vivia um bom patrão. Em sua casa, tudo era fartura e muitos escravos trabalhavam para ele. E os escravos se vangloriavam de seu senhor. Diziam:

– Não existe sob o céu um senhor melhor do que o nosso. Ele nos alimenta e nos veste bem e nos dá trabalho na medida de nossas forças, não ofende ninguém e não guarda rancor de ninguém; não é como outros senhores, que torturam seus escravos como se fossem animais e, culpados ou inocentes, os castigam e nunca dizem uma palavra boa. O nosso nos quer bem, faz coisas boas para nós e nos diz palavras boas. Não precisamos de uma vida melhor.

Assim os escravos se vangloriavam de seu senhor. E o Diabo ficou aborrecido de ver os escravos vivendo bem e no amor com seu senhor. E o Diabo possuiu Aleb, um dos escravos daquele senhor. De posse dele, mandou-o seduzir os outros escravos. E quando todos os escravos estavam descansando e elogiavam seu senhor, Aleb ergueu a voz e disse:

– Irmãos, não há por que ficar elogiando a bondade do nosso senhor. Basta fazer a vontade do Diabo que até ele vai ser bom. Servimos bem a nosso senhor, fazemos todas as suas vontades. É só ele pensar uma coisa que nós logo fazemos, até adivinhamos seu pensamento. Desse jeito, como é que ele não seria bom para nós? Agora, parem de fazer suas vontades, façam algo ruim para ele, que logo vai se comportar como todos os outros e vai pagar o mal com um mal ainda maior do que fazem os senhores mais cruéis.

E os outros escravos começaram a discutir com Aleb. Discutiram e fizeram uma aposta. Aleb ia se incumbir de irritar o bom senhor. Ficou apostado que, caso não conseguisse irritar o senhor, ele teria de dar sua roupa de festa, mas caso conseguisse, os outros prometeram que lhe dariam suas roupas de festa e, além disso, prometeram defendê-lo do senhor, se mandasse acorrentá-lo, e prometeram libertá-lo, se fosse levado para a prisão. Fizeram a aposta e Aleb prometeu irritar o senhor na manhã seguinte.

Aleb servia ao senhor no curral das ovelhas, cuidava dos carneiros caros, de raça. E então, de manhã, quando o bom senhor chegou ao curral das ovelhas com alguns visitantes e começou a lhes mostrar seus preciosos carneiros de raça, o trabalhador possuído pelo Diabo piscou para seus camaradas:

– Prestem atenção, agora vou deixar o patrão irritado.

Todos os escravos se reuniram, olhavam para o curral das ovelhas através da porteira, mas o Diabo subiu numa árvore e de lá observava o pátio para ver como o trabalhador dele iria servi-lo. O patrão avançava pelo pátio, mostrava as ovelhas e os cordeiros para os visitantes e quis lhes mostrar seu melhor carneiro.

– Os outros também são bons – disse. – Mas aquele com os chifres torcidos não tem preço, ele é mais valioso do que meus olhos.

As ovelhas e os carneiros se movimentavam pelo terreiro, assustados com as pessoas, e os visitantes não conseguiam ver direito o carneiro precioso. Assim que aquele carneiro parava, o trabalhador endiabrado, como se fosse sem querer, assustava uma ovelha e de novo todos os animais se misturavam. Os visitantes não conseguiam observar o carneiro de valor inestimável. Então o senhor se cansou daquilo. Disse:

– Aleb, meu caro amigo, tenha a bondade de pegar com cuidado o melhor carneiro, o de chifres torcidos, e o segure.

E assim que o patrão disse isso, Aleb pulou para o meio dos carneiros como um leão e agarrou pelo tosão o carneiro precioso. Apanhou-o pelo tosão e, imediatamente, segurando com a mão a perna traseira esquerda do carneiro, ergueu-o bem na frente dos olhos do patrão e deu um puxão tão forte para cima que a perna estalou como uma tira de palha. Aleb quebrou a perna do carneiro precioso abaixo do joelho. O carneiro começou a balir e caiu apoiado nas patas dianteiras. Aleb segurou a perna direita e a perna esquerda estava solta e mole como um chicote. Os visitantes e os escravos exclamaram surpresos e o Diabo se alegrou ao ver como Aleb havia cumprido sua missão com sagacidade. O senhor ficou mais negro do que a noite, franziu o rosto, baixou a cabeça e não disse nenhuma palavra. Os visitantes e os escravos também ficaram calados... Esperaram o que ia acontecer. O patrão ficou calado mais um tempo, depois se sacudiu, como que para tirar algo de si, ergueu a cabeça e olhou para o céu. Contemplou por um tempo, as rugas se alisaram no rosto e ele sorriu. Fitou Aleb e disse:

– Ah, Aleb, Aleb! Seu patrão mandou você me irritar. Mas meu patrão é mais forte do que o seu: e você não me irritou, eu me irrito é com o seu patrão.

Você tem medo de que eu o castigue e queria ser livre, Aleb, e então, diante de meus visitantes, eu o liberto. Vá para os quatro lados do mundo, e leve suas roupas de festa.

E o bom senhor foi para casa com seus visitantes. E o Diabo rangeu os dentes, caiu da árvore e afundou-se na terra.

## MENINAS SÃO MAIS INTELIGENTES DO QUE VELHOS

Era o início da Semana Santa. Fazia pouco tempo que tinham parado de usar o trenó. Os pátios estavam cheios de neve e, pela aldeia, corriam filetes de água. Uma grande poça tinha escorrido debaixo de um monte de esterco para uma ruazinha entre dois terrenos. Junto dessa poça, encontravam-se duas meninas, uma de cada lado – uma mais jovem, outra mais velha. As mães vestiram as duas com *sarafans*[5] novos. A menor, com um *sarafan* azul, a maior, com um amarelo, com desenhos. As duas tinham xales vermelhos. Depois do almoço, as meninas foram até a poça, mostraram suas roupas uma para a outra e começaram a brincar. E sentiram vontade de mexer na água. A menor foi entrar na poça de sapato, mas a mais velha disse:

– Não vá assim, Malacha, sua mãe vai brigar. Vou tirar o sapato e você também.

As duas ficaram descalças, levantaram a barra da saia e andaram na poça, uma na direção da outra. Malachka entrou até as canelas e disse:

– É fundo, Akuliuchka. Estou com medo.

– Que nada – respondeu a outra. – Não vai ficar mais fundo que isso. Vem reto na minha direção.

Começaram a se aproximar. Akulka disse:

– Malacha, cuidado para não fazer a água espirrar, vai devagarzinho.

Mal disse isso e o pé de Malachka bateu com força na água – que espirrou direto no *sarafan* de Akulka. O *sarafan* ficou respingado, e a água espirrou também no nariz e nos olhos. Akulka viu a mancha no *sarafan*, zangou-se com Malachka,

---

5 Traje tradicional das mulheres russas.

brigou com ela, correu atrás, quis bater. Malachka se assustou, viu o mal que tinha feito, pulou para fora da poça e correu para casa. A mãe de Akulka passou ali, viu o *sarafan* da menina respingado e a blusa manchada.

– Onde foi que você se emporcalhou desse jeito, sua bandida?

– Malachka espirrou água em mim de propósito.

A mãe de Akulka foi atrás de Malachka e lhe deu um cascudo. Malachka saiu pela rua berrando. Veio a mãe de Malachka.

– Por que bateu na minha filha? – quis tomar satisfação com a vizinha.

Uma disse isso, outra disse aquilo e as mulheres começaram a brigar. Os mujiques vieram ver e uma multidão se formou na rua. Todos gritavam, ninguém escutava o que os outros diziam. Xingavam, xingavam, um bateu no outro, já ia começar uma briga geral, quando chegou uma velha, a avó de Akulka. Foi para o meio dos mujiques, começou a falar:

– O que é isso, minha gente? Logo hoje? É dia de ficar alegre e vocês fazem um pecado desses?

Não escutaram a velha, quase a derrubaram. E ela nunca teria conseguido convencer os outros, se não fossem Akulka e Malachka. Enquanto as mulheres batiam boca, Akulka despiu o *sarafan* e entrou de novo na poça na ruazinha. Pegou uma pedra miúda e começou a escavar a terra junto à poça para a água escorrer para outra rua. Enquanto cavava, Malachka chegou perto, começou a ajudar, também alargou o canal com um pedaço de pedra. Os mujiques tinham começado a brigar, quando a água escorreu no canal aberto pelas meninas e seguiu pela rua e para o riacho. As meninas largaram um pedacinho de pau na água. O pauzinho foi levado para a rua, direto para o lugar onde a velha tentava separar os mujiques. As meninas correram, uma de um lado do riachinho e a outra do outro lado.

– Cuidado, Malacha, cuidado! – gritou Akulka.

Malacha também quis falar alguma coisa, mas não conseguiu, porque estava rindo.

As meninas corriam, rindo do pedacinho de pau e de como ele afundava no riachinho. E foram dar bem no meio dos mujiques. A velha viu as meninas e disse para os mujiques:

– Tenham medo de Deus! Vocês, mujiques, estão brigando por causa dessas meninas, mas elas já esqueceram tudo faz tempo, já estão juntas de novo, no amor, na amizade, estão brincando. São mais inteligentes do que vocês!

Os mujiques olharam para as meninas e sentiram vergonha. Depois começaram a rir de si mesmos e foram para casa.

"Quem não for como as crianças não entrará no reino de Deus."

# UM GRÃO DO TAMANHO DE UM OVO DE GALINHA

Um dia, as crianças acharam num barranco uma coisa do tamanho de um ovo de galinha, mas com um corte no meio e parecida com um grão de cereal. Um homem que passava viu aquela coisa com as crianças, comprou por cinco copeques, levou para a cidade e vendeu para o tsar como uma curiosidade.

O tsar chamou os sábios, mandou que descobrissem o que era aquilo – um ovo ou um grão? Os sábios pensaram, pensaram, e não conseguiram dar uma resposta. A coisa ficou numa janela, uma galinha veio voando, começou a bicar e abriu um furo; todos viram que era um grão. Vieram os sábios, disseram para o tsar:

– Isso é um grão de centeio.

O tsar ficou admirado. Mandou que os sábios descobrissem onde e quando aquele grão tinha nascido. Os sábios pensaram, pensaram, procuraram nos livros e não encontraram nada. Foram falar com o tsar e disseram:

– Não conseguimos dar uma resposta. Em nossos livros, não há nada escrito sobre isso; é preciso perguntar aos mujiques se ouviram os mais velhos falar quando e onde cresceram grãos como esse.

O tsar mandou que chamassem o mais velho dos velhos mujiques para falar com ele. Procuraram o mais velho dos velhos mujiques e o levaram para falar com o tsar. O velho chegou, verde, desdentado, andava a muito custo, apoiado em duas muletas.

O tsar lhe mostrou o grão, mas o velho já não enxergava direito; metade enxergava, metade apalpava com as mãos.

O tsar perguntou:

– Vovô, não sabe onde crescem grãos como esse? Na sua lavoura já semearam e colheram um cereal como esse ou alguma vez na vida já comprou um grão como esse, e onde foi?

O velho estava surdo, só escutava com muito esforço, e só com muito esforço entendia. Começou a dar uma resposta:

– Não – disse –, na minha lavoura não semearam um grão como esse, também não colhi, nem comprei. Quando comprava cereal, eram todos grãozinhos miúdos. Vou ter de perguntar ao meu paizinho: talvez ele tenha ouvido falar onde nasciam grãos feito esse.

O tsar mandou que encontrassem o pai do velho e o levassem à sua presença. Encontraram o pai do velho e levaram ao tsar. O velho mais velho chegou de muleta. O tsar lhe mostrou o grão. O velho ainda enxergava e observou bem. O tsar começou a perguntar:

– Não sabe, velho, onde crescem grãos como esse? Na sua lavoura não semearam e colheram um cereal como esse ou alguma vez na vida já comprou um grão como esse, e onde foi?

Embora tivesse a audição ruim, o velho ouvia melhor do que o filho.

– Não – respondeu. – Na minha lavoura não semeei um grão como esse, também não colhi. E também não comprei, porque no meu tempo ainda não existia dinheiro. Todo mundo se alimentava com seu próprio cereal e, quando havia necessidade, todo mundo dividia com os outros. Não sei onde crescem grãos como esse. Embora nosso grão fosse mais graúdo e mais forte do que os de hoje em dia, um grão assim eu nunca vi. Eu ouvia o papai falar que no tempo dele o cereal era melhor do que o nosso, mais graúdo e mais forte. Vai ter de perguntar para ele.

O tsar mandou chamar o pai do velho. Acharam o vovô, levaram para o tsar. O velho entrou sem muletas; andava ligeiro; tinha os olhos brilhantes, ouvia bem e falava claro. O tsar mostrou o grão ao vovô. O vovô deu uma olhada, rodou o grão para um lado e para outro.

– Fazia muito tempo que eu não via um cerealzinho antigo – disse.

Deu uma mordida, provou o grão.

– É ele mesmo – disse.

– Diga, vovô, onde e quando cresciam grãos como esse? Na sua lavoura, semeavam ou colhiam grãos como esse ou alguma vez na vida já comprou algum, e onde foi?

O velho respondeu:

– No meu tempo, o cereal era assim em toda parte. No meu tempo, com esse cereal eu me alimentava e alimentava os outros. Eu semeava esse grão, era o grão que eu colhia, era o grão que eu debulhava.

E o tsar perguntou:

– Diga, vovô: você comprava esse grão em algum lugar ou você mesmo semeava na sua lavoura?

O velho deu uma risada.

– No meu tempo, ninguém nem pensava num pecado desses, vender o cereal, comprar, e a gente nem sabia o que era o dinheiro: tinha cereal à vontade, para todo mundo.

E o rei perguntou:

– Então me diga, vovô: onde você semeava esse grão, onde ficava sua terra?

E o vovô disse:

– Minha terra era a terra de Deus: onde eu arava era a minha lavoura. A terra era livre. A gente não chamava a terra de minha. Só o trabalho a gente chamava de meu.

– Diga-me – continuou o tsar –, ainda quero saber duas coisas: uma é por que antigamente cresciam grãos como esse e hoje não crescem mais; a outra é por que seu neto anda com duas muletas, seu filho, com uma muleta e você anda sem esforço nenhum; seus olhos são brilhantes, os dentes são fortes e sua fala é clara e agradável. Diga-me, vovô: por que aconteceram essas duas coisas?

E o velho respondeu:

– As duas coisas aconteceram porque as pessoas pararam de viver do próprio trabalho, passaram a cobiçar o que é dos outros. No tempo antigo, não viviam desse jeito: no tempo antigo, viviam como Deus quer; tinham o que era seu e não queriam o que é dos outros.

# DE QUANTA TERRA PRECISA UM HOMEM

I

A irmã mais velha saiu da cidade e foi para o campo, visitar a irmã mais nova. A mais velha era casada com um comerciante na cidade e a mais nova, com um mujique, no campo. As irmãs estavam tomando chá, conversavam. A mais velha começou a se gabar, contar vantagem de sua vida na cidade: na cidade ela vivia e andava com mais limpeza e mais conforto, vestia bem os filhos, comia e bebia que era uma beleza e saía para passeios e festas e para ir ao teatro.

A irmã mais nova começou a sentir-se ofendida e passou a falar mal da vida da mulher do comerciante e a elogiar sua vida de camponesa.

– Eu não troco minha vida pela sua – disse ela. – Embora a vida da gente seja parada, a gente não sabe o que é o medo. Vocês vivem mais arrumados, ganham muito, mas podem ir à ruína de uma hora para outra. Como diz o provérbio: "O prejuízo é o irmão mais velho do lucro". E acontece de gente que num dia é rica ter de pedir esmola no outro dia. E nossa vida de mujique é mais justa: a vida do mujique é modesta, mas é longa, não vamos ficar ricos, mas sempre vamos ter o que comer.

A irmã mais velha disse:

– Comer? Junto com os porcos e os bezerros! Sem roupas boas nem boas maneiras! Por mais que seu marido se mate de trabalhar, vai passar a vida toda num monte de esterco e vai morrer assim, e com os filhos vai ser a mesma coisa.

– E o que é que tem? – respondeu a mais jovem. – Nosso trabalho é assim. Em compensação, vivemos com segurança, não nos curvamos diante de ninguém, não temos medo de ninguém. Já vocês, na cidade, vivem rodeados por tentações; hoje, está tudo bem, mas amanhã o Diabo aparece, olha e vai tentar seu marido com o baralho, com a bebida ou com alguma dona bonita. E tudo vai à ruína. Vai dizer que isso não acontece?

Deitado em cima da estufa, Pakhom, o dono da casa, ouvia o que as mulheres diziam.

– Isso é a pura verdade – disse ele. – Como a gente, desde criança, fica lavrando a terra, essas doidices não entram na nossa cabeça. Só uma coisa é ruim: a terra é pouca! Se tivesse terra à vontade, eu não tinha medo de ninguém, nem do Diabo!

As mulheres terminaram de beber o chá, ficaram falando ainda sobre roupas, tiraram as louças da mesa, foram dormir.

Mas o Diabo estava sentado no alto da estufa e ouviu tudo. Alegrou-se porque a mulher camponesa levou o marido a se gabar: disse que se tivesse bastante terra não teria medo nem do Diabo.

"Muito bem", pensou, "vamos medir nossas forças: vou lhe dar muita terra. E, pela terra, vou levar você comigo."

## II

Perto dos mujiques, morava uma pequena proprietária de terras. Tinha cento e vinte *dessiatinas* de terra. Antigamente, vivia em paz com os mujiques, não ofendia ninguém. Mas um soldado da reserva foi trabalhar para ela como administrador e passou a oprimir os mujiques com multas. Por mais que Pakhom tomasse cuidado, ou um cavalo fugia para a plantação de aveia, ou uma vaca entrava no jardim, ou um bezerro escapava para o pasto – e tudo tinha multa.

Pakhom pagava, mas brigava com as pessoas de sua casa e batia nelas. E por causa do administrador, Pakhom cometeu muitos pecados naquele verão. Ficou até contente quando chegou o tempo de manter o gado no curral: a comida era pouca, mas pelo menos ele não precisava ter medo.

No inverno, correu o boato de que a patroa ia vender a terra e que o dono de uma estalagem à beira da estrada principal pretendia comprar. Os mujiques ouviram o boato e suspiravam. "Puxa", pensavam, "se o estalajadeiro ficar com a terra, vai aplicar multas piores do que as da patroa. Não podemos viver sem esta terra, dependemos dela." Os mujiques foram falar com a patroa, em nome da comuna, pediram que não vendesse a terra para o estalajadeiro e desse para eles. Prometeram pagar caro. A patroa concordou. Os mujiques começaram a se organizar para comprar a terra toda em comum, para a comuna; se reuniram duas vezes e não conseguiram resolver a questão. O Diabo lançava a discórdia entre eles e assim não conseguiam entram num acordo. E os mujiques decidiram comprar em separado, cada um com o que tinha. A patroa também concordou. Pakhom soube que um vizinho tinha comprado vinte *dessiatinas* da patroa e que ela aceitara receber a metade do valor à vista e o resto em prestações por um ano. Pakhom sentiu inveja: "Estão comprando a terra toda", pensou, "não vai sobrar nada para mim". Foi pedir conselho à esposa.

– As pessoas estão comprando – disse. – A gente precisa comprar umas dez *dessiatinas* de terra. Senão a gente não vai ter como viver: o administrador não vai dar sossego com as multas.

Ficaram pensando num jeito de comprar. Tinham cem rublos guardados, venderam um potro e metade das abelhas, arranjaram um emprego para o filho, pediram um empréstimo ao cunhado e assim conseguiram reunir metade do dinheiro.

Pakhom juntou o dinheiro e escolheu a terra, quinze *dessiatinas* com uma parte de floresta, e foi negociar com a patroa. Fecharam o negócio das quinze *dessiatinas*, apertaram as mãos e ele pagou a entrada. Foram à cidade, assinaram os documentos da compra, Pakhom deu metade do valor e ficou de pagar o resto em dois anos.

E Pakhom ficou com a terra. Pegou sementes emprestadas, semeou a terra comprada; brotaram bem. Num ano, terminou de pagar a dívida com a patroa e com o cunhado. E Pakhom virou um senhor de terras: lavrava e semeava sua terra, ceifava o feno na sua terra, cortava lenha na sua terra e alimentava o gado na sua terra. Pakhom saía por sua terra para lavrar ou para ver a brotação e o pasto e sua alegria não tinha fim. Parecia que nela o capim crescia como em nenhum outro lugar e as flores desabrochavam como ele nunca tinha visto. Antigamente, passava por aquela terra e a terra era como a terra, mas agora a terra tinha ficado muito diferente.

## III

Assim vivia Pakhom e se alegrava. Tudo corria bem, só que os mujiques começaram a invadir o pasto e pegar os cereais de Pakhom. Ele pediu com educação, mas os mujiques não sossegavam: ora os pastores soltavam as vacas no pasto, ora os cavalos fugiam de noite para a plantação de cereais. E Pakhom enxotava, perdoava, não denunciava na Justiça, depois acabou se aborrecendo, passou a dar queixa no tribunal do distrito. E sabia que os mujiques faziam aquilo por necessidade e não de propósito, mas pensava: "Não se pode relaxar, senão vão destruir tudo. É preciso dar uma lição".

E assim lhes deu uma lição no tribunal, e deu outra, multaram um, depois outro. Os mujiques vizinhos de Pakhom começaram a ficar com raiva dele; passaram a soltar os animais em suas terras de propósito. Teve um que, à noite, entrou na sua mata e cortou dez tílias para tirar a casca. Pakhom passou pela mata, viu uma coisa branca. Chegou perto, viu os troncos pelados caídos e os cepos cortados. Se pelo menos tivesse cortado um arbusto aqui e outro mais longe, mas o bandido cortou toda uma fileira. Pakhom se enraiveceu: "Ah, se eu pegar quem fez isso, ele vai pagar caro". Ficou pensando e pensando em quem seria: "Mais que ninguém, deve ser o Semion". Foi procurar na casa do Semion, não achou nada, e houve uma discussão. Pakhom ficou ainda mais convencido de que tinha sido o Semion. Deu queixa na Justiça. O tribunal convocou. Julgaram daqui e dali e deram razão ao mujique: não havia prova. Pakhom ficou ainda mais enraivecido; discutiu com os juízes e com o policial.

– Vocês – disse ele – estendem a mão para os ladrões. Se vivessem conforme a Justiça, não dariam razão aos ladrões.

Pakhom brigou com os juízes e com os vizinhos. Começaram a se ouvir ameaças de que iam incendiar sua casa. Pakhom passou a viver com mais largueza na terra, mas com mais opressão na comunidade.

Então correu o boato de que o povo ia partir para uma terra nova. E Pakhom pensou: "Não tenho razão para sair de minha terra e também, se muitos dos nossos forem embora, vamos ter mais terra. Posso tomar a terra deles, pegar para mim; a vida vai ficar melhor. Do jeito que está, ainda sinto que tenho pouco espaço".

Certo dia, Pakhom estava em casa e chegou um mujique em viagem. Deixaram o mujique pernoitar, lhe deram comida, conversaram. De onde Deus o trazia? O mujique disse que vinha de longe, do outro lado do Volga, onde estava trabalhando. Conversa vai, conversa vem, o mujique contou que o povo estava indo morar lá. Disse:

– Foram morar lá, formaram uma comuna e ganharam dez *dessiatinas* de terra por pessoa. E a terra é ótima – disse –, o centeio cresce tão alto que lá dentro nem dá para ver um cavalo e é tão grosso que cinco talos formam um feixe. Tinha um mujique muito pobre, chegou de mãos vazias e agora tem seis cavalos e duas vacas.

O coração de Pakhom se inflamou. Pensou: "Para que viver aqui na miséria, sem espaço, se é possível viver bem? Vou vender a terra e a casa; com esse dinheiro, vou para lá e construo um negócio todo novo. Aqui, nesta falta de espaço, só tem aborrecimento. Só que antes eu preciso ir ver pessoalmente como são as coisas por lá".

No verão, preparou-se e viajou. Navegou rio abaixo pelo Volga até Samara num barco a vapor, depois percorreu quatrocentas verstas a pé. Chegou ao lugar. Tudo era exatamente como tinham dito. Os mujiques viviam com conforto, cada um tinha dez verstas de terra, e tinham ainda mais terras na comuna. E se alguém tivesse dinheiro, arrendava por três rublos uma terra de primeira, quanto quisesse, exceto a terra comum; podia arrendar quanto quisesse!

Pakhom recolheu todas as informações, voltou para casa no outono, começou a vender tudo. Vendeu a terra com lucro, vendeu sua casa, vendeu todo o gado, retirou-se da comuna, esperou a primavera e partiu com a família para as terras novas.

## IV

Pakhom chegou às terras novas com a família, inscreveu-se na comuna de uma aldeia grande. Pagou bebida para os chefes, conseguiu todos os documentos. Receberam Pakhom, separaram terras da comuna para as cinco pessoas de sua família, cinquenta *dessiatinas* em campos separados, além do pasto comum. Pakhom construiu, comprou gado. Só de terra da comuna, tinha três vezes mais do que antes. E a terra era excelente. Em comparação com a vida de antes, a de agora era dez vezes melhor. Para a lavoura e para a forragem, havia terra à vontade. E quanto gado quisesse.

De início, enquanto construía e se instalava, Pakhom achou tudo bom, mas depois se acostumou e naquela terra também achou que tinha pouco espaço. No primeiro ano, semeou trigo na terra comum, e cresceu bem. Queria semear mais trigo, porém a terra comum era pouca. E a que havia não servia. Lá, só semeiam trigo em terra virgem ou em terra que ficou em descanso. Semeiam um ou dois anos e depois deixam a terra descansar, até o mato crescer. Muita gente queria usar aquelas terras, mas não dava para todos. Por isso também havia discussões: os mais ricos queriam semear eles mesmos, os mais pobres queriam arrendar a terra para os comerciantes, para pagarem os impostos que deviam. Pakhom queria semear mais. No ano seguinte foi falar com o negociante, arrendou terra por um ano. Semeou mais, cresceu bem; mas ficava longe da aldeia: era preciso transportar por quinze verstas. Viu que, nos arredores, mujiques negociantes viviam em fazendas próprias, enriqueciam. "Seria outra coisa", pensou Pakhom, "se eu também comprasse uma terra minha em definitivo e construísse uma fazenda. Tudo ficaria bem perto." E Pakhom começou a pensar num jeito de comprar terra para si em definitivo.

Assim viveu Pakhom por três anos. Arrendava uma terra, semeava trigo. Os anos passaram bem, o trigo crescia bem e o dinheiro ia se amontoando. Viver ele vivia, mas Pakhom achava maçante todo ano ter de arrendar terras das pessoas, sair atrás de mais terra: onde houvesse uma terrazinha boa, os mujiques logo avançavam, tomavam tudo; se ele não corresse e arrendasse logo, não tinha onde semear. Assim, ele e o negociante arrendaram juntos, por três anos, uma pastagem de uns mujiques; e já tinha arado a terra quando os mujiques deram queixa na Justiça e o trabalho foi perdido. "Se a terra fosse minha", pensou, " eu não tinha de me curvar para ninguém e não havia aborrecimento."

E Pakhom começou a imaginar onde comprar terra para si em definitivo. Achou um mujique. Tinha comprado quinhentas *dessiatinas* de terra, mas se meteu em dificuldades e agora estava vendendo barato. Pakhom começou a negociar com ele. Conversou, conversou, fechou o negócio por mil e quinhentos rublos, metade à vista e metade em prestações. Tudo já estava quase acertado, mas um negociante em viagem apareceu na casa de Pakhom para alimentar seus cavalos. Tomaram chá, conversaram. O negociante contou que estava vindo das distantes terras dos baskires. Lá, contou ele, tinha comprado dos baskires cinco mil *dessiatinas* de terra. E tudo aquilo só por mil rublos. Pakhom começou a fazer perguntas. O negociante explicou:

– É só ficar amigo dos chefes. Distribuí umas mantas, uns tapetes, uns cem rublos, uma caixa de chá, e dei vinho para os que bebiam. E comprei a terra por vinte copeques a *dessiatina*. – Mostrou o documento. – A terra fica junto ao rio e o prado é todo de terra virgem.

Pakhom fez mais perguntas.

– As terras lá – respondeu o negociante – são tantas que a gente não percorre nem andando durante um ano: tudo é dos baskires. É um povo ingênuo, como carneirinhos. A gente pode comprar por quase nada.

E Pakhom pensou: "Bem, para que vou gastar meus mil rublos para comprar quinhentas *dessiatinas* de terra e ainda ficar com uma dívida, se lá, por mil rublos, posso me apoderar do que quiser?".

## V

Pakhom perguntou como chegar lá e, assim que o negociante foi embora, preparou-se para a viagem. Deixou a casa por conta da esposa e partiu com um empregado. Foram para a cidade, compraram chá, presentes, vinho – tudo o que o negociante tinha falado. Viajaram, viajaram, percorreram quinhentas verstas. Depois de sete dias, chegaram ao acampamento dos baskires. Tudo era como o negociante havia contado. Todos viviam na estepe, junto ao riacho, em barracas de feltro. Não semeavam a terra e não comiam trigo. O gado andava solto na estepe e também as manadas de cavalos. Os potros ficavam amarrados atrás das barracas, duas vezes por dia levavam as éguas para junto deles; tiravam o leite das éguas e com o leite faziam *kumis*. As mulheres sacudiam o *kumis* e faziam queijo e os mujiques só queriam saber de beber *kumis* e chá, comer carne de carneiro e tocar flauta. Todos eram alegres e tranquilos, passavam o verão inteiro em festa. O povo era todo moreno e não sabia falar russo, mas era amigável.

Assim que viram Pakhom, os baskires saíram das barracas e rodearam o visitante. Acharam um intérprete. Pakhom disse que tinha vindo em busca de terras. Os baskires se alegraram, pegaram Pakhom, levaram para uma barraca bonita, sentaram-no em tapetes, puseram embaixo dele almofadas macias, sentaram-se num círculo, começaram a servir chá e *kumis*. Mataram um carneiro e comeram carne de carneiro. Pakhom pegou os presentes na carroça e começou a distribuir para os baskires. Pakhom deu os presentes aos baskires, dividiu o chá. Os baskires ficaram contentes. Conversaram e conversaram entre si, depois mandaram o intérprete explicar.

– Mandam dizer para você – explicou o intérprete – que gostaram de você e que temos o costume de fazer todas as vontades de um visitante e recompensar os presentes. Você nos presenteou; agora diga o que gostaria de ganhar de presente de nós.

– Mais do que tudo, eu gostaria de ganhar terra – respondeu Pakhom. – Lá de onde eu venho, a terra é pouca e cansada e aqui vocês têm muita terra, e a terra é boa. Nunca vi outra igual.

O intérprete traduziu. Os baskires conversaram e conversaram. Pakhom não entendia o que diziam, mas viu que ficaram alegres, gritavam alguma coisa, riam. Depois ficaram calados, olharam para Pakhom e o intérprete disse:

– Mandaram dizer para você que, em troca de sua bondade, vão lhe dar quanta terra quiser. É só apontar com a mão e a terra será sua.

Falaram mais alguma coisa e começaram a discutir. E Pakhom perguntou o que estavam discutindo. O intérprete respondeu:

– Dizem que é preciso perguntar ao chefe a respeito da terra e que sem ele não se pode fazer nada. Outros dizem que podem fazer isso sem ele.

## VI

Os baskires discutiam, de repente apareceu um homem com chapéu de pelo de raposa. Todos ficaram calados e se puseram de pé. O intérprete disse:

– Esse é o próprio chefe.

Pakhom logo pegou a melhor manta que tinha trazido e mais umas libras de chá e deu para o chefe. O chefe aceitou e sentou no melhor lugar. Logo os baskires começaram a falar com ele. O velho escutou por muito tempo, inclinou a cabeça para que se calassem e começou a falar com Pakhom em russo.

– Está certo, é possível – disse ele. – Escolha onde quiser. Tem muita terra.

“Como vou pegar quanta terra eu quiser?”, pensou Pakhom. “É preciso ter um documento. Senão dizem uma coisa agora e depois tomam de volta.”

– Muito obrigado – disse – por suas boas palavras. Afinal, vocês têm muita terra; e eu não preciso de muita. Só que eu gostaria de saber qual terra será minha. É preciso medir de algum jeito e fazer um documento para mim. Deus manda na vida e na morte. Vocês, boas pessoas, me dão a terra, mas depois seus filhos podem tomar de volta.

– É verdade – disse o chefe –, podemos fazer um documento.

Pakhom disse:

– Eu soube que um negociante esteve aqui. Vocês também lhe deram terras e fizeram um documento; podiam fazer a mesma coisa para mim.

O chefe entendeu tudo.

– Tudo isso é possível – respondeu. – Temos um escrivão e aí vamos à cidade e deixamos tudo por escrito.

– E qual será o preço? – perguntou Pakhom.

– Nosso preço é um só: mil rublos por dia.

Pakhom não entendeu.

– Como assim, por dia, que medida é essa? Quantas *dessiatinas* vão ser?

– Não sabemos contar isso – respondeu. – Nós vendemos por dia; quanto puder contornar a pé num dia é seu, e o preço é mil rublos por dia.

Pakhom ficou admirado.

– Mas num dia é possível contornar muita terra – disse.

O chefe riu.

– Pois é toda sua! – disse. – Só tem uma condição; se num dia você não conseguir voltar ao lugar de onde partiu, você vai perder seu dinheiro.

– Mas como é que vou marcar o caminho?

– Vamos ficar no lugar que lhe agradar, vamos ficar parados enquanto você vai andar e dar toda a volta; vai levar uma pá, onde quiser, faça uma marca, nas curvas cave um buraco, faça um montinho com torrões de terra e depois nós vamos percorrer todos esses buracos com um arado. Pode dar a volta que quiser, só que até o pôr do sol tem de chegar ao lugar de onde partiu. O que contornar, é tudo seu.

Pakhom se alegrou. Resolveram sair cedo. Conversaram um pouco, beberam mais *kumis*, comeram carne de carneiro, serviram mais chá; chegou a noite. Puseram Pakhom para dormir num colchão de penas e os baskires se dispersaram à noite. Prometeram reunir-se no dia seguinte de madrugada e partir a cavalo para o local escolhido antes de o sol nascer.

## VII

Pakhom deitou-se no colchão de penas e não conseguiu dormir, não parava de pensar na terra. "Vou marcar uma grande extensão", pensou. "Vou contornar cinquenta verstas num dia. Agora o dia dura a vida toda; em cinquenta verstas, vai ter muita terra. A que for pior eu vendo ou dou para os mujiques, a que for melhor eu mesmo pego para plantar. Contrato dois bois para puxar o arado, emprego dois trabalhadores; vou lavrar umas cinquenta *dessiatinas* e o resto deixo para o gado pastar."

Pakhom passou a noite sem dormir. Só adormeceu pouco antes da alvorada. Assim que dormiu, teve um sonho. Viu que estava deitado naquela mesma barraca e ouviu alguém dando gargalhadas lá fora. Quis ver quem ria daquele jeito, levantou-se, saiu da barraca e viu: o mesmo chefe baskir estava sentado na frente de uma barraca, segurava a barriga com as mãos, se sacudia e gargalhava, rindo de alguma coisa. Pakhom se aproximou e perguntou:

– Do que está rindo? – E viu que não era o chefe dos baskires, mas sim o negociante que tinha aparecido em sua casa e falado sobre as terras dos baskires. E assim que Pakhom perguntou ao negociante: – Você está aqui há muito tempo? –, viu que já não era mais o negociante e sim o mesmo mujique que, muito tempo antes, tinha chegado de além do Volga. E Pakhom viu que não era mais o mujique, e sim o próprio Diabo, com chifres e cascos, que estava sentado ali e ria, e que diante dele estava deitado um homem descalço, só de camisa e calça. E Pakhom quis olhar com mais atenção para ver quem era aquele homem. E viu que era um homem morto e que era ele mesmo. Pakhom se horrorizou e teve um sobressalto. Acordou. "A gente sonha cada coisa", pensou. Olhou em volta; viu pela porta aberta que o céu já estava branco, começava a clarear. "Tenho de acordar o povo", pensou, "está na hora de partir." Pakhom levantou-se, acordou seu empregado na carroça, mandou atrelar os cavalos e foi acordar os baskires.

– Está na hora de ir para a estepe – disse – e tirar as medidas.

Os baskires acordaram e se juntaram todos, e veio também o chefe. Os baskires começaram de novo a beber *kumis*, quiseram oferecer chá para Pakhom, mas ele não queria perder tempo.

– Está na hora de ir – disse –, está na hora.

## VIII

Os baskires se reuniram e partiram, uns a cavalo, outros em carroças. E Pakhom e seu empregado foram em sua carroça, levando uma pá. Chegaram à estepe, a alvorada começava a brilhar. Foram para uma colina, *xikhan*, na língua dos baskires. Desceram das carroças, desmontaram dos cavalos, se reuniram num círculo. O chefe chegou perto de Pakhom e estendeu a mão.

– Olhe, é toda sua – disse –, tudo o que o olho alcança. Escolha o que quiser.

Os olhos de Pakhom se iluminaram: tudo era terra virgem, plana como a palma da mão, preta como semente de papoula, e nos vales mais fundos o capim chegava à altura do peito.

O chefe tirou o chapéu de pelo de raposa, colocou sobre a terra.

– Olhe – disse –, esta vai ser a marca. A partir daqui, vá até onde puder. O que contornar será tudo seu.

Pakhom pegou o dinheiro, colocou dentro do chapéu, tirou o caftã, ficou só de casaco, reapertou o cinto abaixo da barriga, pendurou no peito um saco com pão, prendeu na cintura um cantil com água, apertou o cano das botas, pegou a pá com seu empregado e se preparou para ir. Pensou, pensou, que direção ia tomar – para qualquer lado era bom. Pensou: "Tanto faz, vou na direção do nascer do sol". Voltou o rosto para o sol, espreguiçou-se, esperou que o sol aparecesse no horizonte. Pensou: "Não vou perder tempo. No frio, é mais fácil andar". Assim que o sol surgiu no horizonte, Pakhom pôs a pá sobre o ombro e foi para a estepe.

Pakhom não andava depressa nem devagar. Percorreu uma versta; parou, cavou um buraco e empilhou torrões de terra para servir de marco. Foi em frente. Começou a relaxar, começou a alargar as passadas. Distanciou-se mais, cavou mais um buraco.

Pakhom olhou para trás. Sob o sol, via-se bem o *xikhan*, as pessoas de pé, e os aros das rodas das carroças brilhavam. Pakhom calculou que tinha percorrido cinco verstas. Começou a esquentar, tirou o casaco, jogou no ombro, seguiu em frente. Avançou mais cinco verstas. Fazia calor. Olhou para o sol – já estava na hora de comer.

"Passou a primeira das quatro partes do dia", pensou Pakhom. "É cedo para voltar. Vou ficar descalço." Sentou-se, ficou descalço, amarrou as botas na cintura, seguiu em frente. Ficou mais fácil andar. Pensou: "Vou andar mais umas cinco verstas, aí vou virar à esquerda. Aquele lugar lá é muito bom, dá pena largar. Quanto mais longe, melhor é a terra". Continuou a andar para a frente. Olhou para trás: o *xikhan* estava quase fora de vista e as pessoas pareciam formigas, como pontinhos pretos, e algo brilhava muito de leve.

"Bem", pensou Pakhom, "para este lado já peguei bastante; tenho de dar a volta. Já estou todo suado, tenho sede." Parou, cavou mais um buraco, fez um montinho com torrões de terra, desamarrou o cantil, bebeu e fez a curva para a esquerda. Andou, andou, o capim ficou mais alto e o calor aumentou.

Pakhom começou a se cansar; olhou um pouco para o sol, viu: hora do almoço. "Bem", pensou, "tenho de descansar." Pakhom parou, sentou-se. Comeu pão com água, mas não se deitou; pensou: "Se deitar, pego no sono". Ficou um pouco sentado, continuou a andar. No início, andou ligeiro. A comida lhe deu força. Mas logo o calor aumentou muito e o sono pesava; no entanto não parava de andar e pensava: uma hora de sofrimento, cem anos de vida.

Ainda avançou muito naquela direção, quis fazer outra curva para a esquerda, mas olhou – um pequeno vale úmido; dava pena deixar aquilo para trás. Pensou: "Ali, o linho vai crescer bem". Seguiu reto de novo. Apossou-se do pequeno vale, cavou um buraco no fim do vale, fez outra curva. Pakhom olhou para trás, para o *xikhan*: o calor nublava a visão, algo ondulava no ar e, através da névoa, quase não se viam as pessoas sobre o *xikhan* – até lá, dava umas quinze verstas. "Puxa", pensou Pakhom, "peguei dois lados bem compridos, tenho de encurtar o próximo." Seguiu pelo terceiro lado, começou a aumentar as passadas. Olhou para o sol – já se aproximava a hora do lanche e ele tinha percorrido ao todo duas verstas do terceiro lado. E faltavam as mesmas quinze verstas até o ponto de chegada. "Não", pensou, "apesar de minha terra ficar enviesada, tenho de voltar depressa e em linha reta. Senão vou longe demais. E já estou com terra bastante." Pakhom cavou um buraco depressa e voltou direto para o *xikhan*.

## IX

Pakhom seguiu em linha reta para o *xikhan* e já tinha dificuldade para andar. Estava coberto de suor, os pés descalços estavam cortados e doloridos e as pernas começavam a fraquejar. Tinha vontade de descansar, mas não podia – precisava andar ligeiro para chegar antes do crepúsculo. O sol não esperava e baixava cada vez mais. "Ah", pensou, "será que me enganei, será que peguei terra demais? O que vai acontecer se eu não conseguir chegar a tempo?" Olhou de relance para a frente, na direção do *xikhan*, olhou para o sol: o local de chegada estava longe e o sol já estava perto do horizonte.

Assim, Pakhom andava com dificuldade e não parava de alargar as passadas. Andou, andou – continuava longe; começou a correr. Largou o casaco, as botas, o cantil, largou o chapéu, só ficou segurando a pá, na qual se apoiava. "Ah", pensou, "cobicei demais, perdi tudo, não vou chegar a tempo." E com o medo, sua respiração ficou ainda mais difícil. Pakhom corria, a camisa e a calça suadas se colavam ao corpo, a boca estava seca. O peito arquejava como um fole de ferreiro, o coração batia como um martelo e as pernas pareciam não ser suas – arqueavam. Pakhom ficou apavorado; pensou: "Vou acabar morrendo de tanto esforço".

Tinha medo de morrer, mas não podia parar. "Se parar agora depois de correr tanto", pensou, "vão me chamar de imbecil." Correu, correu, já estava mais perto e ouviu: os baskires assoviavam, berravam, e seus gritos inflamaram ainda mais o coração de Pakhom. Ele correu com suas últimas forças e o sol já se aproximava do horizonte, se escondia atrás de uma nuvem; ficou grande, vermelho, sangrento. Agora começava a se pôr. O sol estava próximo e o ponto de partida não estava distante. Pakhom viu que o povo sobre o *xikhan* acenava para ele com as mãos, o incentivava. Viu o chapéu de pelo de raposa sobre a terra e viu o dinheiro dentro dele; viu também o chefe, viu que estava sentado na terra, as mãos sobre a pança. E Pakhom lembrou-se do sonho. "Terra, tenho muita", pensou, "mas será que Deus vai permitir que eu viva nela? Ah, eu me matei, não vou chegar lá."

Pakhom olhou de relance para o sol e ele já havia tocado na terra, já tinha começado a sumir atrás do horizonte, que cortava o sol em forma de arco. Pakhom recorreu a suas últimas energias, inclinou o corpo para a frente, só a muito custo conseguia equilibrar-se nas pernas e não cair. Pakhom corria para o *xikhan*, de repente tudo ficou escuro. Olhou – o sol tinha se posto. Pakhom suspirou. "Meu esforço foi em vão", pensou. Quis parar, mas ouviu que todos os baskires gritavam e lembrou-se de que, de baixo, lhe parecia que o sol tinha se posto, mas visto de cima do *xikhan*, o sol ainda não baixara de todo. Pakhom respirou fundo, correu subindo o *xikhan*. No *xikhan*, ainda estava claro. Pakhom subiu correndo, viu o chapéu. O chefe estava sentado na frente do chapéu, gargalhava, as mãos seguravam a pança. Pakhom lembrou-se do sonho, suspirou, as pernas se dobraram e ele tombou para a frente, segurando o chapéu com as mãos.

– Ah, muito bem! – exclamou o chefe. – Pegou muita terra!

O empregado de Pakhom veio correndo, quis levantá-lo, mas estava saindo sangue de sua boca e ele jazia morto.

Os baskires estalaram a língua, para exprimir pena.

O empregado pegou a pá, cavou uma cova para Pakhom, exatamente o espaço que ocupava dos pés à cabeça – três *archin* – e o enterrou.

## O PECADOR ARREPENDIDO

*E acrescentou: "Jesus, lembra-te de mim, quando vieres com Teu reino". Ele respondeu: "Em verdade, eu te digo, hoje estarás comigo no Paraíso".*

Lucas 23,42-3

Vivia no mundo um homem de setenta anos que passara a vida toda em pecados. Esse homem adoeceu e não se arrependeu. E quando a morte chegou, na última hora, ele começou a chorar e disse:

– Senhor! Perdoe-me, como fez com o ladrão na cruz!

Mal teve tempo de dizer isso e sua alma deixou o corpo. E a alma do pecador amava Deus, acreditava em Sua misericórdia e chegou aos portões do Paraíso.

E o pecador começou a bater e a pedir para entrar no reino dos céus.

E ouviu uma voz por trás da porta:

– Quem é o homem que bate na porta do Paraíso? E que ações praticou esse homem em sua vida?

E a voz do acusador respondeu e enumerou todos os atos de pecado daquele homem e não mencionou nenhuma boa ação.

E a voz atrás da porta respondeu:

– Os pecadores não podem entrar no reino dos céus. Vá embora daqui.

E o homem disse:

– Senhor! Escuto sua voz, mas não vejo seu rosto e não sei seu nome.

E a voz respondeu:

– Eu sou Pedro, o apóstolo.

E o pecador disse:

– Tenha piedade de mim, Pedro, apóstolo, lembre a fraqueza humana e a misericórdia divina. Não foi você discípulo de Cristo, não ouviu Seus ensinamentos e não viu o exemplo de vida Dele? E lembre quando Ele ficou angustiado, com a alma aflita, e pediu três vezes a você que não dormisse, mas rezasse, e você dormiu, porque seus olhos estavam pesados, e três vezes ele surpreendeu você dormindo. Assim também sou eu.

"Lembre também que você mesmo prometeu não renegar Cristo até a morte, mas o renegou três vezes, quando O levaram para Caifás. Assim também sou eu.

"E lembre ainda como o galo cantou e você fugiu e chorou amargamente. Assim também sou eu. Você não pode me impedir de entrar."

E a voz calou-se atrás dos portões do Paraíso.

Depois de um tempo, o pecador começou a bater de novo na porta e a pedir para entrar no reino dos céus.

E ouviu-se outra voz por trás da porta, que disse:

– Quem é esse homem? E como viveu no mundo?

E a voz do acusador respondeu e de novo repetiu todas as más ações do pecador e não mencionou nenhuma boa ação.

E a voz atrás da porta respondeu:

– Vá embora daqui: pecadores assim não podem viver conosco no Paraíso.

E o pecador disse:

– Senhor, ouço sua voz, mas não vejo seu rosto e não sei seu nome.

E a voz lhe disse:

– Sou o rei e o profeta Davi.

E o pecador não se intimidou, não se afastou dos portões do Paraíso e começou a falar:

– Tenha piedade de mim, rei Davi, lembre a fraqueza humana e a misericórdia divina. Deus amou você e o exaltou perante os povos. Você tinha tudo, reino, glória, riqueza, esposas, filhos, mas do terraço você viu a esposa de um homem pobre e o pecado tomou conta de você, e você tomou para si a esposa de Urias e matou-o com a espada dos amonitas. Você, rico, tomou a última ovelhinha de um pobre e matou--o. O mesmo fiz eu.

"E lembre que depois você se arrependeu e disse: 'Reconheço minha culpa e me arrependo de meu pecado'. Assim também sou eu. Você não pode me impedir de entrar."

E a voz atrás dos portões calou-se.

Depois de um tempo, o pecador voltou a bater e a pedir para entrar no reino dos céus. E se ouviu por trás da porta uma terceira voz, que disse:

– Quem é esse homem? E como viveu no mundo?

E a voz do acusador respondeu e, pela terceira vez, enumerou as más ações do homem e não mencionou nenhuma boa ação.

E a voz atrás da porta respondeu:

– Vá embora daqui; pecadores não podem entrar no reino dos céus.

E o pecador respondeu:

– Ouço sua voz, mas não vejo seu rosto e não sei seu nome.

E a voz respondeu:

– Sou João Evangelista, o discípulo predileto de Cristo.

E o pecador se alegrou e disse:

– Agora é impossível que não me deixe entrar: Pedro e Davi vão me deixar entrar porque conhecem a fraqueza humana e a misericórdia divina. E você vai me deixar entrar porque tem muito amor. Pois não foi você, João Evangelista, que escreveu no seu livro que Deus é amor e que quem não ama não conhece Deus? Não foi você que, na velhice, dizia às pessoas sempre a mesma coisa: "Irmãos, amais uns aos outros"? Como agora você vai se deixar tomar pelo ódio e me mandar embora? Ou renegue aquilo que você mesmo disse, ou tenha misericórdia de mim e me deixe entrar no reino dos céus.

E os portões do Paraíso se abriram, João abraçou o pecador arrependido e deixou-o entrar no reino dos céus.

# DOIS VELHOS

*Disse-lhe a mulher: "Senhor, vejo que sois um profeta... Nossos pais adoraram sobre esta montanha, mas vós dizeis: é em Jerusalém que está o lugar onde é preciso adorar".*

*Jesus lhe disse: "Crede, mulher, vem a hora em que nem sobre esta montanha nem em Jerusalém adorareis o Pai.*

*"Vós adorais o que não conheceis; nós adoramos o que conhecemos, porque a salvação vem dos judeus.*

*"Mas vem a hora – e é agora – em que os verdadeiros adoradores adorarão o Pai em espírito e verdade, pois tais são os adoradores que o Pai procura".*

João 4,19-23

## I

Dois velhos tinham feito promessa de ir rezar na velha Jerusalém. Um deles era um mujique rico, chamado Efim Tarassitch Chevelev. O outro não era rico e se chamava Elissei Bodrov.

Efim era um mujique sério, não bebia vodca, não fumava nem cheirava tabaco, nunca xingava ninguém nem praguejava, era um homem austero e rigoroso. Havia sido eleito estaroste por duas vezes e deixou o cargo sem dívidas. Tinha uma família numerosa: dois filhos e um neto já casado, e todos moravam juntos. Era um mujique saudável, barbudo e correto e, aos sessenta e dois anos, sua barba só agora começava a ficar grisalha. Elissei era um velhinho nem rico nem pobre, antigamente trabalhava de carpinteiro, mas com a velhice passou a ficar em casa e cuidar das abelhas. Um filho trabalhava fora, o outro, em casa. Elissei era um homem bondoso e alegre. Bebia vodca, cheirava tabaco e gostava de cantar, mas era um homem cordato, vivia amistosamente com os de casa e com os vizinhos. Elissei era um mujique baixo, de pele bem morena, barba crespa e, como o profeta Eliseu, seu xará, tinha a cabeça toda careca.

Muito tempo antes, os velhos tinham feito um acordo e prometido partir juntos, mas Tarassitch nunca tinha tempo: seus negócios não deixavam. Assim que acabava um, outro começava: uma hora foi o neto que casou, depois teve de esperar o filho caçula que voltou do Exército, depois começou a construção de uma isbá.

Num feriado, os velhos se encontraram e sentaram-se sobre umas toras de madeira.

– E então – disse Elissei –, vamos partir e cumprir nossa promessa?

Efim franziu o rosto.

– Vou ter de esperar um pouco – respondeu. – Esse ano foi difícil para mim. Comecei a construir essa isbá, achei que ia gastar uns cem rublos, mais ou menos, mas já está me custando trezentos. E ainda falta muito para ficar pronta. Pelo visto, vamos ter de esperar até o verão. No verão, se Deus quiser, iremos sem falta.

– Na minha opinião – disse Elissei –, não há por que adiar, temos de ir agora. A melhor época é a primavera.

– É a melhor época, mas o trabalho já foi começado. Como vou largar no meio?

– Será que você não tem ninguém? Seu filho toca o trabalho.

– Pois sim! Não tenho confiança no mais velho, costuma se embriagar.

– Vamos morrer, compadre, e eles vão ter de viver sem nós. O filho também precisa aprender.

– Isso é verdade, mas a gente gosta de ver um trabalho terminado.

– Ah, bom homem! A gente nunca consegue terminar tudo. Olhe só, lá em casa as mulheres estavam lavando e arrumando tudo para o feriado. Ora tinha uma coisa, ora tinha outra, e não conseguiam terminar nada. A nora mais velha, mulher sensata, disse: "A gente tem de agradecer ao feriado por ele chegar sem esperar que a gente termine", disse ela, "senão, por mais que a gente fizesse, nunca ia ficar tudo pronto".

Tarassitch refletiu.

– Pus muito dinheiro nessa obra – disse. – Não dá para fazer uma viagem de mãos vazias. Não vamos gastar pouco: uns cem rublos.

Elissei riu.

– Não diga um pecado desses, compadre – respondeu Elissei. – Você tem uma renda dez vezes maior do que a minha e fica reclamando por causa de dinheiro? É só dizer quando vamos partir. Posso não ter agora, mas vou ter.

Tarassitch também deu uma risadinha.

– Olhe só como você está rico! – disse. – De onde vai tirar o dinheiro?

– Vou raspar tudo lá em casa, pegar o que puder; e se faltar algum, vendo umas dez colmeias para o vizinho. Faz tempo que ele está me pedindo.

– Se as colmeias derem novos enxames, você vai se arrepender.

– Arrepender? Não, compadre! Na vida não há nada para se arrepender, a não ser os pecados. Não existe nada mais precioso do que a alma.

– Pois é, mas ainda assim não está certo ser relaxado com as coisas de casa.

– Mas se a gente for relaxado com as coisas da alma, vai ser pior ainda. Nós fizemos uma promessa, agora vamos lá! Sério, vamos.

II

E Elissei convenceu seu camarada. Efim pensou, pensou, e de manhã foi à casa de Elissei.

– Pois é, então vamos – disse. – Você disse a verdade. A vida e a morte estão nas mãos de Deus. Temos de ir enquanto estamos vivos e com força.

Uma semana depois, os velhos estavam prontos.

Tarassitch tinha dinheiro em casa. Pegou cem rublos para a viagem, deixou duzentos rublos com sua velha.

Elissei também estava pronto; vendeu para o vizinho dez colmeias, com todos os enxames que pudessem se formar. Com isso, juntou setenta rublos. Os trinta rublos que faltavam, ele raspou de todo mundo em sua casa. Sua velha lhe deu as últimas economias, que guardava para o enterro; a nora também deu.

Efim Tarassitch deixou com o filho mais velho ordens minuciosas sobre tudo: onde e quanto tinha de ceifar, para onde levar o estrume, como terminar a isbá e pôr o telhado. Pensou em tudo e deixou ordens sobre tudo. Já Elissei só disse para sua velha separar as abelhas novas das colmeias vendidas e entregar todas para o vizinho, sem fazer tapeação, e quanto às coisas de casa, não falou nada:

– O trabalho vai ensinar a você o que e como se deve fazer. Você é a senhora da casa, faça como for melhor para você.

Os velhos estavam prontos. Assaram panquecas caseiras, costuraram sacos, cortaram perneiras novas, calçaram botas novas, pegaram alpercatas de palha de reserva e partiram. Os familiares acompanharam os velhos até a cerca no limite da aldeia, despediram-se e os dois seguiram caminho.

Elissei partiu com a alma alegre e, assim que se afastou da aldeia, esqueceu todos os seus afazeres de casa. Só pensava em como agradar a seu camarada de viagem, não falar nenhuma palavra rude para ninguém e como chegar a seu destino e voltar para casa em paz e em amor. Elissei seguia pela estrada e o tempo todo murmurava preces para si mesmo ou recordava as vidas dos santos que conhecia e tinha guardadas na memória. Quando encontrava alguém no caminho ou chegava a algum local para pernoitar, fazia de tudo para ser amável com todo mundo e dizer palavras devotas. Andava e se alegrava. Só uma coisa Elissei não conseguia fazer. Quis parar de cheirar tabaco e deixou em casa a tabaqueira, mas se sentia incomodado. Um homem no caminho lhe deu uma. Ele tentou resistir, se afastou do camarada para não atraí-lo para o pecado, e cheirou.

Efim Tarassitch também andava bem, firme, não fazia nada de mau e não falava coisas frívolas, mas não tinha a alma leve. As preocupações de casa não saíam de sua cabeça. Pensava em tudo o que acontecia em sua casa. Não esquecia o que tinha ordenado ao filho e não sabia se o filho ia fazer direito. Na estrada, via que plantavam batata ou amontoavam estrume e pensava: "Será que meu filho está fazendo como ordenei?". Parecia disposto a voltar e mostrar como se fazia ou até fazer tudo ele mesmo.

## III

Os velhos andaram cinco semanas, gastaram as alpercatas de palha caseiras, já haviam comprado novas e chegaram à terra dos *khokhláti*.[6] Desde que saíram de casa, pagaram para comer e para pernoitar, mas quando chegaram à terra dos *khokhláti*, aquela gente até discutiu para saber quem ia abrigá-los em sua casa. Deram abrigo e comida e não quiseram receber dinheiro, e ainda lhes deram sacos para a viagem com pão e panquecas que tinham assado. Assim, os velhos percorreram setecentas verstas sem gastar nada. Passaram por outra província e chegaram a um lugar com escassez de alimento. Os habitantes deixaram que os velhos pernoitassem e também não quiseram receber dinheiro, mas pararam de dar comida. Não deram nem um pedaço de pão, em lugar nenhum, e nem com dinheiro os velhos conseguiam. No ano anterior, contaram as pessoas, a terra não tinha dado nada. Os que eram ricos se

---

6 Ucrânia.

arruinaram, venderam tudo; os que eram remediados viviam na pobreza completa; e os pobres foram embora ou andavam pedindo esmola, ou então morriam de fome em casa. No inverno, comiam restos de cascas de cereais e ervas daninhas.

Os velhos, certa vez, pernoitaram num lugarejo, compraram quinze libras de pão, dormiram e saíram antes da alvorada a fim de viajar uma longa distância antes de aumentar o calor. Percorreram dez verstas e chegaram a um riacho, sentaram, pegaram água na caneca, molharam o pão, comeram e trocaram de calçado. Ficaram sentados, descansando. Elissei pegou a tabaqueira. Efim Tarassitch balançou a cabeça para ele.

– Como é que você não larga essa porcaria?

Elissei abanou a mão.

– Fiz esforço – respondeu –, é o meu pecado. O que posso fazer?

Levantaram, foram em frente. Percorreram mais dez verstas. Chegaram a uma aldeia grande, atravessaram a aldeia toda. Já fazia calor. Elissei estava muito cansado, queria descansar, beber alguma coisa, mas Tarassitch não parava. Tarassitch era mais forte na caminhada e Elissei tinha dificuldade para acompanhá-lo.

– Queria beber um pouquinho – disse.

– Que beber, nada. Eu não quero.

Elissei parou.

– Você não precisa esperar – disse. – Vou só dar um pulinho naquela choupana para beber. Alcanço você num instante.

– Está certo – respondeu Efim Tarassitch, e continuou sozinho pela estrada, enquanto Elissei foi para a choupana.

Elissei se aproximou da choupana. Era pequena, rebocada com barro; preta embaixo, branca em cima, o barro já estava descascando, pelo visto fazia muito tempo que o barro não era retocado e, de um lado, o telhado estava aberto. A porta da choupana dava para o pátio. Elissei entrou no pátio; viu que um homem sem barba e magro estava deitado num banco feito de terra, com a camisa enfiada na calça, à maneira dos *khokhláti*. Estava claro que o homem havia deitado na sombra, mas agora o sol batia direto nele. Estava deitado, mas não dormia. Elissei gritou para ele, pediu algo para beber – o homem não respondeu. "Ou está doente ou é malcriado", pensou Elissei, e se aproximou da porta. Ouviu crianças chorando dentro da choupana. Bateu na porta.

– Ó de casa!

Não se mexeram.

– Servos de Deus!

Não atenderam. Elissei quis ir embora, mas ouviu: por trás da porta, alguém parecia gemer. "Será que aconteceu alguma desgraça com essa gente? Tenho de ver!" E Elissei entrou na choupana.

IV

Elissei girou a maçaneta – não estava trancada. Empurrou a porta, atravessou o vestíbulo. A porta que dava para dentro da choupana estava aberta. À esquerda ficava a estufa; em frente, o cômodo principal; ali havia um oratório, uma mesa; atrás da mesa, um banco; no banco, só de camisa, uma velha sem xale na cabeça estava sentada, a cabeça apoiada na mesa, e a seu lado um menino magro, parecia todo de cera, barriga grande, segurava a velha pela manga e chorava, pedia alguma coisa. Elissei avançou mais para dentro da choupana. O ar cheirava mal. Olhou – junto à estufa, na cama, havia uma mulher deitada. De bruços, não olhava, só respirava ofegante, ora esticava, ora encolhia as pernas. E se sacudia para um lado e para o outro, era dela que vinha o cheiro ruim – estava claro que ela havia se sujado e que não tinha ninguém para limpar. A velha levantou a cabeça, viu o homem.

– O que você quer? – disse. – O que quer? A gente não tem nada.

Elissei entendeu o que ela dizia, aproximou-se.

– Eu, serva de Deus – respondeu –, vim matar a sede.

– Nada, estou dizendo, não tem nada. A gente não tem nada para pegar. Vá embora.

Elissei então se virou e perguntou:

– Será que não tem ninguém aqui que não esteja doente para limpar essa mulher?

– Não tem ninguém; meu marido está morrendo lá fora e a gente, aqui dentro.

O menino tinha se calado ao ver um estranho, mas quando a velha começou a falar, ele voltou a puxar a manga da sua blusa:

– Pão, vovó! Pão. – E chorou de novo.

Quando Elissei ia fazer uma pergunta à velha, o mujique entrou na choupana, andou se escorando na parede e quis sentar no banco, mas não conseguiu chegar e arriou o corpo na soleira da porta, no canto. Sem tentar levantar-se, falou. Arrancava uma palavra de cada vez – falava, respirava, falava outra.

– Deu uma doença – disse –, e a fome. Ele está morrendo de fome! – O mujique balançou a cabeça na direção do menino e começou a chorar.

Elissei tirou o saco do ombro, soltou as alças dos braços, baixou o saco no chão, depois colocou em cima do banco e começou a desamarrar. Desamarrou, pegou pão, faca, cortou um pedaço, deu ao mujique. O mujique não pegou, mas apontou para o menino e para a menina.

– Dê para eles.

Elissei deu para o menino. O menino sentiu o cheiro do pão, esticou-se, agarrou o pedaço com as duas mãos, enfiou o nariz no pedaço de pão. Uma menina saiu de trás da estufa, cravou os olhos no pão. Elissei deu um pedaço para ela. Cortou mais um pedaço e deu para a velha. A velha também pegou, começou a mascar.

– Quem dera tivesse água – disse –, as bocas estão rachadas de secas. Eu mesma quis trazer hoje, ou foi ontem, não lembro, mas caí, não aguentei, e o balde ficou lá, se ninguém pegou.

Elissei perguntou onde ficava o poço. A velha explicou. Elissei foi até lá, achou o balde, trouxe água, deu de beber àquela gente. As crianças comeram mais pão com água e a velha também comeu, mas o mujique não comeu.

– Não posso – disse.

A mulher não se levantou, continuava desacordada, apenas se revirava em cima da cama. Elissei foi ao armazém da aldeia, comprou painço, sal, farinha, manteiga. Achou um machadinho, cortou lenha, acendeu o fogo na estufa. A menina começou a ajudá-lo. Elissei cozinhou uma sopa e *kacha*, deu de comer àquela gente.

## V

O mujique comeu um pouquinho, a velha comeu, a menina e o menino rasparam a tigela e caíram abraçados para dormir.

O mujique e a velha começaram a contar o que tinha acontecido com eles.

– A gente é pobre, mas ia vivendo – disseram –, mas aí a plantação não deu nada, no outono a gente comeu o que ainda sobrava. A gente comeu tudo, começamos a pedir aos vizinhos e a pedir para pessoas bondosas. No início, davam, depois começaram a negar. Uns ficariam contentes de dar, mas também não tinham nada. E também a gente começou a ter vergonha de pedir: todo mundo estava em dificuldade, sem dinheiro, sem farinha, sem pão. Procurei trabalho para mim – disse o mujique –, mas não tem trabalho. O povo, em toda parte, se oferece para trabalhar só pela comida. Um dia de trabalho, dois dias andando para achar trabalho. A velha e as crianças começaram a pedir esmola, iam para longe. A esmola era ruim, ninguém tinha pão. Mesmo assim a gente comia uma coisa aqui, outra ali, a gente pensava: vamos aguentar assim até a próxima colheita. Mas na primavera pararam de dar e aí veio uma doença. A coisa ficou de mal a pior. A gente comia um dia e ficava dois sem comer. Começamos a comer capim. Por causa do capim ou por alguma outra coisa, a mulher ficou doente. Ficou de cama e eu não tenho mais forças – disse o mujique. – Não tenho como dar um jeito.

– Fiquei sozinha – disse a velha –, fiz o que pude, mas, sem ter o que comer, fiquei enfraquecida. A menina também ficou fraca e é acanhada. Mandamos que fosse para a casa do vizinho e ela não foi. Se enfiou num canto e ficou quieta. Anteontem veio a vizinha, mas viu que a gente estava doente e com fome, deu as costas e foi embora. Na casa dela, o marido foi embora e os filhos pequenos não têm o que comer. Assim, ficamos deitados, esperando morrer.

Elissei ouviu o que contaram e desistiu de alcançar seu camarada naquele mesmo dia, resolvendo que ia passar a noite ali. De manhã, Elissei levantou, começou a trabalhar na casa, como se ele mesmo fosse o dono. Ele e a velha fizeram a massa para o pão, acenderam a estufa. Elissei foi com a menina à casa da vizinha arranjar o que fosse necessário. Faltava tudo, não tinha mais nada, tudo tinha sido vendido: nem objetos domésticos nem roupa, não tinha nada. E Elissei começou a providenciar o que era necessário: algumas coisas ele mesmo fazia, outras, comprava. Assim Elissei passou um dia, outro dia, e o terceiro. O menino ficou bom, andava em cima do banco, fazia carinho em Elissei. A menina ficou muito alegre, ajudava em tudo. Os dois corriam atrás de Elissei:

– Tio! Titio!

A velha também se recuperou, foi para a casa da vizinha. O mujique começou a andar apoiado na parede. Só a mulher mais nova continuava de cama, mas até ela, no terceiro dia, acordou e pediu para comer. "Bem", pensou Elissei, "eu não contava ficar aqui tanto tempo, agora está na hora de partir."

## VI

O quarto dia era o da primeira refeição depois do jejum e Elissei pensou: "Vou fazer a refeição santa com eles, compro alguma coisa para a festa e de tarde vou embora". Elissei foi de novo à aldeia, comprou leite, farinha branca, sal. Cozinharam, assaram, ele e a velha, e de manhã Elissei foi à missa, chegou, quebrou o jejum com os outros. Nesse dia, a mulher mais nova também levantou, começou a andar. O mujique raspou a barba, vestiu uma camisa limpa – a velha tinha lavado –, foi à aldeia pedir um favor a um mujique rico. Um pasto e um campo lavrado do mujique estavam arrendados ao mujique rico e assim ele foi perguntar se não podia deixar que ele usasse o pasto e o campo antes do prazo. Voltou à tarde abatido e chorou. O mujique rico não atendeu, disse:

– Traga dinheiro.

Elissei se pôs a pensar outra vez. "Como eles vão viver agora? Os outros vão ceifar, eles não têm nada: o campo está arrendado. O centeio vai madurar, os outros vão colher (e como deu bem a mãezinha terra!), mas eles não têm nada o que esperar: sua *dessiatina* de terra está arrendada para o mujique rico. Se eu for embora, eles vão ficar de novo do jeito que estavam." E Elissei ficou num dilema e não foi embora à tarde

– adiou para a manhã seguinte. Foi dormir no lado de fora da casa. Rezou, deitou, mas não conseguiu dormir: precisava ir – já havia gastado muito dinheiro e muito tempo, mas aquela gente dava pena. "É claro que não dá para ajudar todo mundo. Eu quis dar um pouco de água e um pedaço de pão e olhe só onde fui parar. Agora já vou resgatar um pasto e um campo lavrado. Feito isso, vou ter de comprar uma vaca para as crianças e um cavalo para o mujique transportar os feixes. Pelo visto, você se enrolou todo, meu caro Elissei. Perdeu o rumo e agora não sabe para que lado vai!" Elissei levantou-se, pegou o caftã que estava usando como travesseiro, desdobrou, pegou a tabaqueira, cheirou, tentou clarear as ideias, mas não conseguiu: pensava, pensava e não chegava a lugar nenhum. Tinha de ir embora, mas sentia pena daquelas pessoas. Não sabia o que fazer. Enrolou o caftã embaixo da cabeça e deitou de novo. Ficou deitado muito tempo, os galos começaram a cantar e então ele pegou no sono. De repente teve a impressão de que alguém o acordou. Elissei viu que parecia estar todo vestido, com um saco e um bordão, e tinha de atravessar o portão, o portão estava aberto, mas só tinha espaço para passar um homem. E ele foi para o portão e ficou bloqueado de um lado pelo saco, quis soltar-se, acabou preso do outro lado pela perneira, e a perneira acabou desamarrando. Começou a soltar-se, mas foi seguro de novo, não pelo portão, mas pela menina, que o segurava e gritava:

– Tio, titio, pão!

Ele olhou para os pés, mas o menino o agarrava pela perneira, a velha e o mujique olhavam pela janela. Elissei acordou, começou a falar consigo mesmo: "Amanhã vou pagar o resgate do pasto e do campo lavrado, vou comprar um cavalo e farinha que dê até a colheita e também vou comprar uma vaca para as crianças. Senão, vou buscar Cristo do outro lado do mar e acabo perdendo Cristo dentro de mim mesmo. É preciso resolver a situação dessa gente!". E Elissei dormiu até de manhã. Acordou cedo. Foi falar com o mujique rico – resgatou o pasto e deu dinheiro também para o campo lavrado. Comprou uma gadanha – também tinham vendido a gadanha – e voltou para casa. Mandou o mujique ceifar e foi falar com os outros mujiques: procurou com o taberneiro um cavalo e uma carroça à venda. Acertou o preço, comprou, também comprou um saco de farinha, colocou na carroça e foi comprar uma vaca. No caminho, cruzou com duas mulheres. Elas andavam e conversavam uma com a outra. Elissei ouviu o que diziam, na sua língua, e entendeu que estavam falando dele.

– Pois é, no início ninguém sabia quem era: achavam que era um homem comum. Dizem que queria beber água e acabou vivendo lá. E comprou uma porção de coisas para eles. Eu mesma vi hoje que comprou um cavalo e uma carroça. A gente nem acredita que existe gente assim no mundo. Só vendo, mesmo.

Elissei ouviu aquilo, entendeu que o estavam elogiando e não foi comprar a vaca. Voltou à taberna, deu o dinheiro do cavalo. Atrelou e foi para a choupana com a farinha. Aproximou-se do portão, parou e desceu da carroça. Os donos da casa viram o cavalo, ficaram admirados. E pensaram que ele havia comprado o cavalo para eles, mas não tinham coragem de dizer. O mujique veio, abriu o portão.

– Onde arranjou esse cavalo, vovô?

– Comprei – respondeu. – Saiu barato. Corte um pouco de capim e coloque na gamela para ele comer de noite. E leve o saco para dentro.

O mujique desatrelou o cavalo, levou o saco para o celeiro, cortou capim e pôs na gamela. Foram dormir. Elissei deitou do lado de fora, tinha carregado seu saco a tarde toda. Todo mundo adormeceu. Elissei levantou-se, amarrou seu saco, calçou as perneiras, vestiu o caftã e seguiu caminho atrás de Efim.

VII

Elissei percorreu umas cinco verstas. Começou a clarear. Sentou embaixo de uma árvore, desamarrou o saco, começou a contar o dinheiro. Terminou de contar, sobravam dezessete rublos e vinte copeques. "Bem", pensou, "com isso não dá para chegar ao mar! E pedir esmola em nome de Cristo vai ser um pecado ainda maior. O compadre Efim vai chegar lá sozinho e vai acender uma vela por mim. Pelo visto, não vou cumprir minha promessa antes de morrer. Ainda bem que o Senhor é misericordioso, sabe perdoar."

Elissei levantou-se, pôs o saco sobre os ombros e voltou. Contornou a aldeia para que as pessoas não o vissem. E Elissei logo chegou a sua casa. Quando havia partido de lá, tinha achado difícil e cansativo acompanhar a marcha de Efim; mas quando voltou, Deus lhe deu forças e Elissei andou sem conhecer cansaço. Caminhava ligeiro, balançando o cajado, percorria setenta verstas por dia.

Elissei chegou em casa. Já tinham acabado a colheita. Ficaram contentes de ver seu velho de volta, fizeram perguntas: o que tinha acontecido, por que havia se separado de seu camarada, por que não foi até o fim e voltou para casa. Elissei não contou.

– Deus não quis – respondeu. – Perdi o dinheiro na estrada, fiquei muito para trás de meu camarada. Aí não fui mais. Que Cristo me perdoe!

E deu o resto do dinheiro para a velha. Elissei perguntou para as pessoas de casa como andava o trabalho: tudo estava bem, todas as tarefas tinham sido cumpridas, não houve relaxamento, todos viviam em paz e em concórdia.

No mesmo dia, os familiares de Efim souberam que Elissei tinha voltado e vieram perguntar sobre seu velho. E Elissei também disse para eles:

– O seu velho andou muito, nos separamos três dias antes do dia de Petrov – disse ele. – Eu queria alcançar o Efim, mas aconteceu uma porção de coisas: perdi o dinheiro e não tinha mais como viajar, por isso voltei.

O povo ficou admirado: como um homem tão inteligente tinha feito uma coisa tão tola – viajou e não chegou ao final, só conseguiu perder o dinheiro. Ficaram admirados e depois esqueceram. Elissei também esqueceu. Retomou o trabalho em casa: com o filho, começou a preparar a lenha para o inverno; com as mulheres, debulhou o cereal, refez o telhado do celeiro, cuidou das abelhas, entregou ao vizinho as dez colmeias que tinha vendido e mais suas crias. Sua velha quis esconder quantos enxames tinham nascido das colmeias, mas Elissei sabia de quais colmeias tinham nascido os enxames e entregou ao vizinho dezessete colmeias, em vez de dez. Elissei deixou tudo organizado para o inverno, mandou o filho arranjar trabalho e ele mesmo foi trançar palhas para fazer alpercatas e cortar cepos para as abelhas fazerem colmeias.

## VIII

Durante todo aquele dia em que Elissei ficou na choupana com as pessoas doentes, Efim esperou seu camarada. Não se afastou muito e sentou. Esperou, esperou, cochilou, acordou, continuou sentado – e nada de seu camarada. Olhava o tempo todo. O sol já baixara por trás das árvores – e nada do Elissei. "Talvez ele tenha passado por mim", pensou, "ou quem sabe alguém o levou numa carroça e ele passou enquanto eu dormia e nem me viu. Mas é impossível não me ver. Na estepe, a gente enxerga tudo de longe. Mas e se eu voltar e ele já estiver indo na frente? Vamos nos desencontrar e vai ser ainda pior. Vou em frente, vamos nos encontrar na pousada." Chegou a uma aldeia, pediu ao vigia que, se chegasse um velhinho assim e assado, levasse para a mesma choupana em que ele estava. Elissei não chegou à pousada. Efim foi em frente, perguntou para todo mundo: não tinham visto um velhinho careca? Ninguém tinha visto. Efim se admirou e foi em frente. "Vamos nos encontrar em Odessa e no navio", pensou, e depois parou de pensar.

No caminho, encontrou um peregrino. O peregrino de gorro de padre, sotaina e de cabelo comprido tinha ido ao monte Atos e ia pela segunda vez a Jerusalém. Encontraram-se numa pousada, conversaram e seguiram caminho juntos.

Chegaram bem a Odessa. Esperaram três dias pelo navio a vapor. Muitos romeiros esperavam. Vinham de vários lugares. Efim perguntou de novo a respeito de Elissei – ninguém tinha visto.

Efim conseguiu um passaporte de estrangeiro – custou cinco rublos. Pagou quarenta rublos por uma passagem de ida e volta para Jerusalém, comprou pão e arenque para a viagem. O navio foi carregado, os romeiros embarcaram e Tarassitch ficou instalado junto com o peregrino. Levantaram âncora, soltaram as amarras, o navio se lançou ao mar. A viagem correu bem durante o dia; ao anoitecer, bateu um vento, choveu, o navio começou a balançar e a inundar. O povo se alvoroçou, as mulheres começaram a gritar e os homens mais fracos começaram a correr pelo navio, em busca de um local para se abrigar. O medo também contagiou Efim, só que ele não demonstrava: ficou sentado no chão, junto com uns velhos de Tambov, no mesmo lugar, a noite inteira e o dia inteiro; eles seguravam seus sacos e não falavam nada. No terceiro dia, o tempo melhorou. No quinto dia, chegaram a Tsargrad. Alguns peregrinos desembarcaram e foram ver o templo de Santa Sofia, o templo da Sabedoria, agora sob o domínio dos turcos. Tarassitch não foi, ficou no navio. Apenas comprou pão ázimo. Ficaram ali um dia e uma noite e saíram ao mar outra vez. Pararam ainda na cidade de Esmirna, na cidade de Alexandria e viajaram com tranquilidade até a cidade de Jafa. Em Jafa, todos os peregrinos desembarcaram: eram setenta verstas de caminhada até Jerusalém. No desembarque, o povo também foi tomado pelo medo: o navio era alto e as pessoas eram jogadas em botes lá embaixo, os botes balançavam muito e as pessoas tinham medo de cair, não dentro do bote, mas fora; dois homens acabaram se molhando, mas todos foram levados a salvo para a margem. Desembarcaram e seguiram a pé; no terceiro dia, chegaram a Jerusalém na hora do almoço. Efim e o peregrino ficaram na periferia da cidade, num albergue russo, assinaram os passaportes, almoçaram e foram aos lugares santos. No Santo Sepulcro, ainda não estavam deixando entrar. Foram ao convento do patriarca, ali se reuniram todos os romeiros, separaram as mulheres e só deixaram entrar os homens. Mandaram que ficassem descalços e sentados em círculo. Veio um monge com uma toalha e começou a lavar os pés de todos; lavou, enxugou e beijou os pés de todos no círculo. Também enxugou e beijou os pés de Efim. Assistiram às missas das vésperas e das matinas, rezaram, acenderam velas, entregaram santinhos com os nomes dos pais para serem lembrados nas preces. Comida e vinho foram servidos ali. De manhã, foram à cela do mosteiro de Maria do Egito, onde ela foi salva. Acenderam velas, fizeram orações. De lá foram ao mosteiro de Abraão. Viram o jardim onde Abraão foi sacrificar a Deus o próprio filho. Depois foram ao lugar onde Cristo apareceu para Maria Madalena e à igreja de Jacó, irmão do Senhor. O peregrino mostrou todos os lugares para Efim e, em cada um deles, sempre dizia quanto dinheiro era preciso dar e onde pôr. Na hora do jantar, voltaram para a pousada, comeram. E quando começaram a se arrumar para dormir, o peregrino se assustou, começou a revirar suas roupas, vasculhar.

– Fui roubado – disse. – Eu tinha um porta-moedas com dinheiro, rublos: duas notas de dez e três moedas.

O peregrino reclamou, reclamou, não havia nada a fazer – deitaram e foram dormir.

## IX

Efim deitou para dormir e lhe veio uma tentação. "Não roubaram o dinheiro do peregrino", pensou. "Acho que ele nem tinha dinheiro. Não deu dinheiro em lugar nenhum. Dizia para eu dar, mas ele mesmo não dava, e até me pediu um rublo emprestado."

Efim pensou assim e começou a repreender a si mesmo: "Como posso julgar um homem? Isso é um pecado. Vou parar de pensar". Assim que adormeceu, começou de novo a lembrar que o peregrino olhava fixamente para o dinheiro e a maneira estranha como tinha dito que haviam roubado seu porta-moedas. "Ele não tinha dinheiro", pensou Efim. "É só para despistar."

De manhã, se levantaram e foram para a missa matinal no grande templo da Ressurreição – onde fica o Santo Sepulcro. O peregrino não se afastava de Efim, andava sempre junto com ele.

Chegaram ao templo. O povo – peregrinos e romeiros, russos e de todos os povos, gregos, armênios, turcos e sírios – era muito numeroso. Efim chegou aos Portões Sagrados com o povo. Um monge os guiava. Passou com eles pelas sentinelas turcas rumo ao local onde o Salvador foi retirado da cruz e ungido e onde havia nove castiçais grandes com velas acesas. O monge mostrava e explicava tudo. Efim acendeu uma vela ali. Em seguida o monge conduziu Efim para cima, por uma escada à direita, rumo ao Gólgota, o lugar onde a cruz foi colocada; ali Efim rezou. Depois lhe mostraram a fenda onde a terra descera até o inferno; depois mostraram o lugar onde pregaram à cruz as mãos e os pés de Cristo; depois mostraram o túmulo de Adão, onde o sangue de Cristo foi derramado sobre os ossos de Adão. Depois chegaram à pedra onde Cristo sentou quando lhe puseram a coroa de espinhos; depois, ao poste em que Cristo foi amarrado, quando O espancaram. Depois Efim viu a pedra com dois furos para os pés de Cristo. Quiseram ainda lhe mostrar mais alguma coisa, mas o povo se alvoroçou: todos se dirigiram depressa para a própria caverna do Santo Sepulcro. Tinha acabado a missa dos outros e começava a missa ortodoxa. Efim se dirigiu com o povo para a caverna.

Quis livrar-se do peregrino – continuava a pecar em pensamento contra ele –, mas o peregrino não saía de perto dele, ia com ele a toda parte e foi também à missa no Santo Sepulcro. Eles quiseram ficar mais na frente, mas não deu tempo. O povo estava tão espremido que era impossível se mover para a frente ou para trás. Efim ficou parado, de pé, olhava para a frente, rezava, e de vez em quando apalpava seu porta-moedas. Seu pensamento se dividia: primeiro pensava que estava enganado a respeito do peregrino; depois pensava que, se não estava enganado e se o peregrino tinha sido roubado de fato, o mesmo poderia acontecer com ele.

X

Assim, Efim ficou rezando, olhando para a frente, na capela onde ficava o Santo Sepulcro e, sobre o sepulcro, ardiam trinta e seis lampiões. Efim estava parado, olhava entre as cabeças e viu algo espantoso! Bem embaixo dos lampiões, onde ardia o fogo sagrado, na frente de todos, viu um velho numa túnica de burel e com a careca reluzente, na cabeça inteira, como a de Elicha Bodrov. "Parece o Elissei", pensou. "Mas não pode ser ele! É impossível que tenha chegado na minha frente. O navio que veio na frente do nosso partiu uma semana antes. É impossível que tenha embarcado. E não estava no nosso navio. Eu vi todos os peregrinos."

Assim que Efim pensou aquilo, o velhinho começou a rezar e curvou-se três vezes: uma vez à frente, para Deus, e depois para os dois lados, para o povo ortodoxo. E quando o velhinho virou a cabeça para a direita, Efim o reconheceu. Era mesmo ele, Bodrov – a barba preta, crespa, grisalha nas bochechas, as sobrancelhas, os olhos, o nariz, toda a sua fisionomia. Era ele mesmo, Elissei Bodrov.

Efim alegrou-se de achar seu camarada e admirou-se por Elissei ter conseguido chegar na sua frente.

"Ah, esse Bodrov", pensou, "como conseguiu chegar na frente? Na certa encontrou alguém que o levou junto. Vou encontrá-lo na saída, me livrar desse meu peregrino e vou ficar andando só com ele, e quem sabe ele me mostra como fazer para ficar lá na frente."

E Efim olhava o tempo todo como se não quisesse perder Elissei de vista. Mas a missa terminou, o povo começou a se movimentar para beijar o sepulcro, e o aperto aumentou, empurraram Efim para o lado. De novo lhe veio o medo: "Será que vão pegar meu porta-moedas?". Segurou firme o porta-moedas com a mão e começou a abrir caminho com dificuldade, só pensando em se livrar da aglomeração. Conseguiu sair, andou para um lado e para outro, procurou Elissei ali e no templo. Nas celas do templo, Efim viu muita gente: alguns comiam ali mesmo, tomavam vinho, dormiam, liam. Mas Elissei não estava em nenhum lugar. Efim voltou para a pousada sem encontrar seu camarada. Naquela noite, o peregrino não apareceu. Foi embora sem pagar o rublo que devia. Efim ficou sozinho.

No dia seguinte, Efim foi de novo ao Santo Sepulcro, com um velho de Tambov que tinha vindo no mesmo navio que ele. Tentou conseguir um lugar na frente, mas de novo foi empurrado para trás e Efim ficou junto a uma coluna e rezou. Olhou para a frente – de novo, sob os lampiões, bem junto do sepulcro do Senhor, na primeira fila, estava Elissei, de braços abertos como um padre no altar, e a careca reluzia na cabeça inteira. "Bem", pensou Efim, "desta vez não vou perdê-lo de vista." Abriu caminho à força para a frente. Chegou lá – Elissei não estava. Na certa tinha saído. E no terceiro dia foi ver de novo o Santo Sepulcro – no mesmo lugar sagrado, estava Elissei, com o mesmo aspecto, de braços abertos, olhando para o alto, como se visse algo acima de si mesmo. E sua careca reluzia na cabeça inteira. "Bem", pensou Efim, "desta vez não vou perdê-lo de vista, vou ficar na saída. Lá não podemos nos desencontrar." Efim saiu, esperou, esperou, o meio-dia passou: todo mundo passou – e nada do Elissei.

Efim ficou seis semanas em Jerusalém e foi a toda parte: a Belém, a Betânia, ao rio Jordão, mandou estampar uma camisa nova no Santo Sepulcro para usar no próprio enterro, pegou água do Jordão numa garrafa, guardou um punhado de terra santa e velas que foram acesas no fogo sagrado, e nos oito lugares sagrados escreveu nomes para serem lembrados nas orações, gastou todo o seu dinheiro, menos o necessário para voltar para casa. E Efim começou a viagem de volta para casa. Chegou a Jafa, embarcou no navio, navegou até Odessa e de lá foi a pé para casa.

## XI

Efim seguiu sozinho pelo mesmo caminho. Começou a se aproximar de casa, de novo lhe veio a preocupação: como estariam vivendo em casa sem ele. "Num ano, corre muita água", pensou. "É preciso um século para construir uma casa, mas para demolir basta pouco tempo. Como meu filho terá resolvido os problemas sem mim, como será que foi a primavera, como será que o gado passou o inverno, e será que terminaram de construir a isbá?" Efim chegou ao lugar onde um ano antes ele havia se separado de Elissei. Não conseguiu reconhecer as pessoas. Onde um ano antes pediam esmola, agora todos viviam com fartura. A colheita tinha sido boa. O povo tinha se recuperado e esquecido a desgraça de antes. Numa tarde, Efim se aproximou da aldeia onde Elissei tinha ficado um ano antes. Assim que entrou na aldeia, uma menina de blusa branca pulou para fora de uma choupana.

– Vô! Vovô! Venha à nossa casa.

Efim quis seguir adiante, mas a menina não o largava, segurava sua roupa, puxava-o para a choupana e ria.

Uma mulher saiu para a varanda com um menino, também acenava:

– Venha, por favor, vovô, jante com a gente, passe a noite aqui.

Efim foi. Pensou: "Acho que vou perguntar sobre o Elissei. Creio que foi exatamente nesta choupana que ele veio pedir algo para beber".

Efim entrou, a mulher pegou sua bolsa, lhe deu água para se lavar, sentou-o à mesa. Pegou leite, bolinhos, *kacha* e colocou sobre a mesa. Tarassitch agradeceu, elogiou as pessoas por receberem bem os peregrinos. A mulher balançou a cabeça.

– A gente – disse ela – não pode deixar de receber bem os peregrinos. Foi um peregrino que nos ensinou a viver. A gente vivia sem pensar em Deus e Deus nos castigou de tal modo que só esperávamos morrer. No verão chegamos ao ponto de ficarmos todos deitados, doentes, sem ter o que comer. E a gente ia morrer mesmo, se Deus não nos mandasse um velhinho, assim feito você. Veio aqui beber água, mas viu a gente, teve pena e acabou morando aqui um tempo. Ele nos deu o que beber, o que comer, colocou a gente de pé outra vez, comprou terra, comprou uma carroça e um cavalo, e deixou tudo com a gente.

Uma velha entrou na choupana, interrompeu a fala da mulher.

– E a gente nem sabe se era mesmo um homem ou um anjo de Deus – disse ela. – Amava todo mundo, tinha pena de todo mundo e foi embora sem dizer quem era e por quem a gente ia rezar para Deus... a gente não sabe. Vejo como se estivesse na minha frente: eu estava deitada, esperando a morte, de repente olhei, um velhinho entrou, não tinha nada de mais, careca, pediu água. Eu, pecadora, ainda pensei: "Para que ele veio aqui?". E agora olhe só o que ele fez! Assim que viu a gente, baixou a bolsa no chão, nesse lugar aí mesmo, e desamarrou.

A menina também interrompeu.

– Não, vovó, antes ele colocou a bolsa aqui, no meio da choupana, e depois colocou em cima do banco.

E as duas começaram a discutir e a lembrar todas as palavras e ações do homem: onde sentou, onde dormiu, o que fez, o que falou para quem.

De noite, o mujique dono da casa chegou, também começou a falar de Elissei, contou como tinha morado com eles.

– Se ele não viesse – disse –, todos nós teríamos morrido em pecado. A gente estava morrendo em desespero, praguejando contra Deus e contra as pessoas. Mas aí ele nos pôs de pé e graças a ele reconhecemos Deus e acreditamos nas pessoas boas. Que Cristo o proteja! Antes, nós vivíamos feito bichos, ele nos transformou em gente.

Deram de beber e de comer a Efim, lhe deram um lugar para dormir e eles mesmos foram deitar-se.

Efim ficou deitado e não dormiu. Elissei não saía de sua cabeça, e como ele tinha visto o amigo em Jerusalém três vezes, na primeira fila.

"Então foi assim que ele chegou antes de mim!", pensou. "Minhas ações podem ter sido aceitas ou não, mas as dele o Senhor aceitou."

De manhã, as pessoas se despediram de Efim, lhe deram alguns bolinhos para a viagem e foram trabalhar, enquanto Efim seguia viagem.

## XII

Efim passou um ano fora. Na primavera, voltou para casa.

Chegou à tarde. O filho não estava em casa: estava na taverna. O filho chegou embriagado, Efim começou a lhe fazer perguntas. Tudo indicava que o rapaz tinha se complicado em sua ausência. Gastou mal o dinheiro, bagunçou os negócios. O pai começou a repreendê-lo. O filho começou a dizer grosserias.

– Você mesmo devia ter ficado, mas foi embora para andar por aí, e ainda por cima levou todo o dinheiro, e agora vem reclamar comigo.

O velho se irritou, bateu no filho.

De manhã, Efim Tarassitch saiu para falar com o estaroste a respeito do filho e passou na porta da casa de Elisséiev. A velha Elisséieva estava na varandinha e cumprimentou Efim.

– Bom dia, compadre – disse. – Chegou bem de viagem, amigo?

Efim Tarassitch parou.

– Graças a Deus – disse. – Eu me perdi do seu velho, mas ouvi dizer que já voltou para casa.

E a velha começou a contar, contente de poder conversar.

– Voltou, sim, o arrimo da família – disse. – Voltou já faz tempo. Logo depois da Ascensão. A gente ficou feliz por Deus nos trazer o velho de volta! Sem ele a vida é sem graça. Já não trabalha tanto, seus anos passaram. Mas que cabeça ele tem, e a gente fica mais alegre. E como nosso filho ficou contente! Diz que sem ele é como não ter luz nos olhos. Sem ele, a vida não tem graça, o querido, nós o amamos, e como temos pena dele.

– Mas então ele está em casa agora?

– Está em casa, compadre, no apiário, cuidando das abelhas. Estão dando muitos enxames. Deus deu tanta força às abelhas como o velho nunca viu. Deus não está nos pagando conforme nossos pecados, diz ele. Entre, compadre, ele vai ficar muito contente.

Efim passou pelo corredor e atravessou o pátio rumo ao apiário, ao encontro de Elissei. Entrou no apiário, olhou – Elissei estava sem nenhuma rede protetora, sem luvas, de casaco cinzento, embaixo das bétulas, de braços abertos e olhando para cima, e a careca reluzia na cabeça inteira, do mesmo jeito como estava no Santo Sepulcro, em Jerusalém, e acima dele a luz do sol vazava através das bétulas, assim como em Jerusalém ardia a luz do fogo, e em torno da cabeça, como uma coroa, revoavam e zumbiam abelhas douradas sem picar Elissei. Efim ficou parado.

A velha Elisséieva gritou para o marido.

– O compadre chegou!

Elissei virou-se, alegrou-se, foi ao encontro do compadre, enquanto devagarzinho retirava abelhas da barba.

– Bom dia, compadre, bom dia, meu caro... Andou muito?

– Os pés andaram e eu trouxe para você um pouquinho da água do rio Jordão. Vá buscar lá em casa, mas se o Senhor aceitou minhas ações...

– Bem, graças a Deus, e que Cristo o abençoe.

Efim ficou em silêncio.

– Meus pés foram lá, mas se a minha alma ou a de qualquer outra pessoa...

– São coisas de Deus, compadre, coisas de Deus.

– Na volta, também estive naquela choupana onde você ficou...

Elissei se assustou, ficou afobado.

– São coisas de Deus, compadre, coisas de Deus. Mas vamos entrar comigo na isbá, eu separei mel.

E Elissei mudou de assunto, passou a falar de coisas de casa.

Efim suspirou, não lembrou Elissei das pessoas na choupana nem falou que tinha visto o próprio Elissei em Jerusalém. Entendeu que, no mundo, até a morte, Deus mandou que cada um cumprisse sua parte – com amor e com boas ações.

## OS TRÊS EREMITAS

*Nas vossas orações não useis de vãs repetições, como os gentios, porque imaginam que é pelo palavreado excessivo que serão ouvidos. Não sejais como eles, porque o vosso Pai sabe do que tendes necessidade antes de pedirdes.*

Mateus 6,7-8

Um bispo estava viajando de navio da cidade de Arcangel para o monastério de Solóvki. No mesmo navio, viajavam peregrinos para visitar os lugares santos. O vento soprava a favor, o tempo estava claro, o navio não balançava. Os peregrinos – uns deitados, outros comendo, outros sentados em rodinhas – conversavam entre si. O bispo também saiu para o convés e começou a andar para um lado e para outro pela ponte. O bispo se aproximou da proa, viu uma rodinha de gente. Um homenzinho apontava para alguma coisa no mar e falava, enquanto as pessoas escutavam. O bispo parou, observou, olhando na direção para a qual o homenzinho apontava: não viu nada, só o mar e o sol radiante. O bispo chegou mais perto, escutou com atenção. O homenzinho viu o bispo, tirou o chapéu e calou-se. As pessoas também viram o bispo, também tiraram o chapéu, fizeram uma reverência.

– Não fiquem constrangidos, irmãos – disse o bispo. – Também vim escutar o que você está contando, bom homem.

– Pois é, o pescadorzinho está falando dos eremitas – explicou um mercador mais corajoso.

– Mas que eremitas? – perguntou o bispo, aproximou-se da borda e sentou num caixote. – Conte para mim também, quero ouvir. O que estava apontando?

– Aquela ilhazinha lá longe – respondeu o homem e apontou para a frente e à direita. – Naquela ilhazinha lá os eremitas vivem e se salvaram.

– Onde está a ilha? – perguntou o bispo.

– Olhe só, aqui, bem na direção da minha mão. Aquela nuvenzinha lá. Embaixo dela, à esquerda, uma faixa, dá para ver.

O bispo olhou, olhou, a água se agitava sob o sol, mas ele não via nada de extraordinário.

– Não estou vendo – disse. – Mas afinal quem eram esses eremitas que vivem na ilha?

– Gente de Deus – respondeu o homem. – Já ouvia falar deles faz muito tempo, mas nunca tinha visto, e aí no verão passado eu vi.

E o pescador recomeçou a contar que estava pescando e o mar arrastou seu barco até aquela ilha, e ele não sabia onde estava. De manhã, foi andar e topou com um abrigo feito de terra, viu ao lado um eremita e depois mais dois eremitas saíram do abrigo; deram-lhe comida, secaram sua roupa e o ajudaram a consertar o barco.

– E como é que eles são? – perguntou o bispo.

– Um é miúdo, curvado, muito velho, veste uma batina velhinha, deve ter mais de cem anos, o grisalho da barba já começou a ficar verde, mas ele está sempre sorrindo, alegre, como um anjo do céu. O outro é um pouco mais alto, também velho, veste um caftã esfarrapado, tem barba larga, grisalha e amarelada, mas é um homem forte: virou meu barco como se fosse uma barrica, nem tive tempo de ajudar, e ele também é alegre. O terceiro é alto, barba comprida até o joelho e branca feito a lua, é carrancudo, as sobrancelhas enrugadas em cima dos olhos, e anda todo nu, só com uma esteirazinha na cintura.

– E o que eles falaram com você? – perguntou o bispo.

– Na maior parte do tempo, faziam as coisas calados, e pouco falavam uns com os outros. Um olhava e o outro logo entendia. Perguntei ao mais alto se fazia muito tempo que moravam ali. Ele fez uma carranca, falou alguma coisa, pareceu zangado, mas o miúdo e velho logo segurou a mão dele, sorriu, e o grande se calou. O velho só disse: "Tenha piedade de nós", e sorriu.

Enquanto o homem contava, o navio chegava mais perto da ilha.

– Olhe, agora dá para ver bem – disse o mercador. – Olhe lá, Vossa Reverendíssima – disse e apontou.

O bispo olhou. E avistou nitidamente uma faixa preta – uma ilhota. O bispo observou, observou, se afastou da proa, foi na direção da popa, aproximou-se do timoneiro.

– Que ilhota é aquela – perguntou –, a que se vê ali?

– Não tem nome. Há muitas ilhas como essa.

– É verdade que alguns eremitas procuraram a salvação lá?

– É o que dizem, Vossa Reverendíssima, mas não sei se é verdade. Os pescadores já viram. Mas também acontece de falarem à toa.

– Quero ir àquela ilha e ver os eremitas – disse o bispo. – Como se pode fazer isso?

– De navio, é impossível – respondeu o timoneiro. – De bote dá para ir, mas é preciso pedir ao comandante.

Chamaram o comandante.

– Eu gostaria de conhecer aqueles eremitas – disse o bispo. – Não é possível me levar lá?

O comandante quis dissuadi-lo.

– Possível é, mas vamos perder muito tempo e me atrevo a dizer a Vossa Reverendíssima que não vale a pena conhecer os eremitas. Ouvi dizer que são uns velhinhos muito bobos que moram lá, não se lembram de nada e não conseguem falar, como os peixes do mar.

– Quero ir – disse o bispo. – Vou pagar pelo trabalho, me leve até lá.

Não havia nada a fazer, o comandante deu as ordens, levantaram as velas. O timoneiro fez a curva com o navio, rumaram para a ilha. Puseram uma cadeira na proa para o bispo. Ele sentou ali e observou. E todo o povo se juntou na proa, todos olhavam para a ilhota. E quem tinha olhos mais aguçados já avistava as pedras na ilha e apontava para o abrigo de terra. Um deles chegou a enxergar os três eremitas. O comandante pegou o telescópio, olhou por ele e depois o entregou ao bispo.

– É verdade, olhe na beira da praia, à direita de uma pedra grande, três homens estão parados ali.

O bispo olhou pelo telescópio, apontou na direção certa; lá estavam os três: um alto, outro um pouco mais baixo e o terceiro bem miúdo; estavam na praia, de mãos dadas.

O comandante virou-se para o bispo.

– O navio precisa parar aqui, Vossa Reverendíssima. Se for do seu agrado, podemos levá-lo de bote até lá, enquanto ficamos ancorados.

Logo soltaram o cabo, jogaram a âncora, desamarraram as velas – a embarcação sacudiu, deu um tranco. Baixaram um bote, os remadores pularam e o bispo começou a descer pela escadinha. O bispo desceu, sentou num banquinho no bote, os remadores bateram os remos na água, rumaram para a ilha. Chegaram a uma altura de onde se podia alcançar a praia com uma pedrada; viram os três eremitas parados: o alto – nu, uma esteira na cintura –, o mais baixo – de caftã esfarrapado – e o mais velho e curvado – numa batina surrada; os três estavam de mãos dadas.

Os remadores atracaram na praia, prenderam o bote com um gancho. O bispo desceu.

Os eremitas o cumprimentaram com uma reverência, o bispo os abençoou e eles se curvaram ainda mais. O bispo começou a lhes falar:

– Ouvi dizer que aqui, eremitas de Deus, vocês estão salvando sua alma, rezam a Cristo pelas pessoas e eu, servo indigno de Cristo, pela graça de Deus, fui chamado para apascentar Seu rebanho; por isso quis também conhecer vocês, servos de Deus, e lhes dar o ensinamento que eu puder.

Os eremitas ficaram calados, sorriram, olharam uns para os outros.

– Digam-me como estão salvando sua alma e como servem a Deus – disse o bispo.

O eremita de estatura mediana suspirou e olhou para o mais velho, o ancião; o eremita mais alto franziu as sobrancelhas e olhou para o mais velho, o ancião. E o mais velho, o ancião, sorriu e disse:

– Nós, servos de Deus, não sabemos servir a Deus, só servimos a nós mesmos, nos alimentamos.

– Como rezam a Deus? – perguntou o bispo.

E o eremita ancião disse:

– Rezamos assim: Nós somos três, Vós sois três, tende piedade de nós!

E assim que o eremita ancião disse essas palavras, os três eremitas ergueram os olhos para o céu e os três disseram:

– Nós somos três, Vós sois três, tende piedade de nós!

O bispo riu e disse:

– Vocês ouviram falar da Santíssima Trindade, mas não rezam direito. Eu me afeiçoei a vocês, eremitas de Deus, e vejo que querem agradar a Deus, mas não sabem como servi-Lo. Não é assim que se deve rezar, mas me escutem que vou ensinar. Não vou ensinar uma reza que eu mesmo inventei, mas a que está nas Escrituras divinas, como Deus mandou que todos rezassem para Ele.

E o bispo começou a explicar aos eremitas como Deus se revelou às pessoas: contou sobre o Deus Pai, o Deus Filho e o Espírito Santo de Deus, e disse:

– O Deus Filho desceu à terra para salvar as pessoas e ensinou todos a rezar. Escutem e repitam depois de mim.

E o bispo começou a dizer:

– Pai Nosso.

E um eremita repetiu "Pai Nosso", e o outro repetiu "Pai Nosso", e o terceiro também repetiu "Pai Nosso".

– Que estais no céu.

Os eremitas repetiram:

– Que estais no céu.

O eremita de estatura mediana não conseguiu pronunciar direito; o eremita alto e nu também não falou tudo: seu bigode tinha crescido por cima da boca, ele não conseguia falar com clareza; o eremita ancião, desdentado, mastigou as palavras de um jeito confuso.

O bispo repetiu de novo, os eremitas repetiram de novo. O bispo sentou-se numa pedra e os eremitas ficaram em pé em volta dele, olhavam para sua boca, repetiam o que ele dizia. E o dia inteiro, até anoitecer, o bispo se esforçou para ensinar aos eremitas; repetiu dez, vinte, cem vezes as mesmas palavras, e os eremitas repetiam com ele. Erravam, o bispo corrigia e os obrigava a repetir do início.

E o bispo só largou os eremitas depois que aprenderam toda a oração do Senhor, quando conseguiram repetir depois dele e quando conseguiram falar sozinhos a prece inteira. O primeiro a aprender foi o eremita de estatura mediana, que a repetiu sozinho do início ao fim. O bispo mandou-o dizer a prece mais uma vez, e outra, e ainda de novo, e depois os outros também aprenderam a prece inteira.

Já estava escurecendo, a luz começava a subir do mar, quando o bispo se levantou para ir para o bote. Despediu-se dos eremitas, eles se curvaram numa reverência até o chão. O bispo os levantou, beijou o rosto de todos, mandou que rezassem como ele havia ensinado, sentou-se no bote e partiu na direção do navio.

O bispo seguiu para o navio e ouvia o tempo todo como os eremitas repetiam alto, a três vozes, a oração do Senhor. O bote começou a se afastar, já não se ouvia a voz dos eremitas, mas à luz do luar ainda se podia ver: estavam parados na praia, no mesmo lugar, os três eremitas – o menor de todos no meio, o mais alto à direita, o de estatura mediana à esquerda. O bispo chegou ao navio, subiu no convés, levantaram a âncora, ergueram as velas, o vento as inflou, o navio se pôs em movimento e eles foram embora. O bispo foi à proa, sentou-se e ficou o tempo todo olhando para a ilhota. No início, dava para ver os eremitas, depois sumiram, só se via a ilhota, depois a ilhota também desapareceu, só o mar ondulava sob a luz da lua.

Os peregrinos foram dormir e tudo ficou em silêncio no convés. Mas o bispo não teve vontade de dormir, continuou sentado sozinho na proa, olhava para o mar na direção onde a ilhota havia desaparecido e pensava nos bondosos eremitas. Pensava em como tinham ficado contentes por aprender a prece e agradeceu a Deus por tê-lo enviado para ajudar os eremitas de Deus e ensinar-lhes as palavras divinas.

O bispo ficou assim, pensando, olhando para o mar, na direção em que a ilhota havia desaparecido. E seus olhos se turvavam e, ora aqui, ora ali, a luz rebrilhava nas ondas. De repente ele viu algo brilhar, branco, na faixa da luz do luar: uma ave, uma gaivota, ou a vela branca de um barquinho. O bispo olhou com atenção. "É um bote a vela que vem atrás de nós", pensou. "Mas vem depressa demais, daqui a pouco vai nos ultrapassar. Estava lá longe e agora dá para ver bem perto. Mas não pode ser um bote, não parece uma vela. Mas algo vem correndo atrás de nós e vai nos alcançar." E o bispo não conseguia distinguir o que era: nem bote, nem ave, nem peixe. Parecia um homem, mas muito grande, e um homem não podia estar assim, no meio do mar. O bispo se levantou, aproximou-se do timoneiro.

– Olhe – disse. – O que é aquilo? O que é aquilo, irmão? O que é aquilo? – perguntou o bispo, e então ele mesmo viu: os eremitas corriam sobre o mar; brancas, suas barbas grisalhas reluziam e se aproximavam do navio, como se estivesse parado.

O timoneiro olhou, se assustou, largou o leme e começou a gritar:

– Meu Deus! Os eremitas estão vindo atrás de nós pelo mar, correm como se estivessem na terra!

O povo ouviu, levantou, correram todos para a proa. Todos viram: os eremitas vinham correndo, de mãos dadas, os dois das pontas acenavam com a mão, mandavam parar o navio. Os três sobre a água, como se estivessem na terra, corriam sem mexer as pernas.

Antes que tivessem tempo de parar a embarcação, os eremitas alcançaram o navio, aproximaram-se da borda, ergueram a cabeça e disseram a uma só voz:

– Esquecemos, servo de Deus, esquecemos sua lição! Enquanto repetíamos, lembramos, mas na hora em que paramos de repetir, uma palavra escapou, esquecemos e tudo se desmanchou. Não lembramos nada, ensine de novo.

O bispo se benzeu, curvou-se para os eremitas e disse:

– A prece de vocês já alcançou Deus, eremitas de Deus. Não tenho nada para lhes ensinar. Rezem por nós, pecadores!

E o bispo se curvou numa reverência até o chão diante dos eremitas. E os eremitas pararam, deram meia-volta e retornaram para o mar. E até de manhã, se viu um resplendor no lado para onde foram os eremitas.

## A VELINHA

*Ouvistes o que foi dito: Olho por olho e dente por dente. Eu, porém, vos digo: não resistais ao homem mau.*

Mateus 5,38

Foi uma questão entre os senhores. Eram todos senhores. Havia alguns que se lembravam da hora da morte e de Deus e tinham piedade das pessoas, e havia uns cachorros, que não se lembravam de nada. Mas os piores não eram os chefes, mas uns servos que tinham subido da lama para o principado! E entre eles havia um que era o pior de todos.

Um feitor tomou o poder e sentou no pescoço dos mujiques. Pessoalmente, era um homem de família – tinha esposa e duas filhas casadas – e havia juntado dinheiro: podia levar uma vida sem pecado, mas era invejoso e preso ao pecado. Começou acabando com os dias de folga dos mujiques e aumentando a corveia. Montou uma olaria, matava todo mundo de trabalhar – mulheres e homens – e vendia os tijolos. Os mujiques foram reclamar com o senhor de terras em Moscou, mas não deu em nada. Ele não concordou com nada que os mujiques pediram e não tirou o poder do feitor. O feitor soube que os mujiques tinham ido reclamar e começou a vingar-se. A vida dos mujiques ficou ainda pior. Havia gente desleal no meio dos mujiques: denunciavam os próprios irmãos ao feitor e traíam uns aos outros. Todo o povo vivia assustado e o feitor se enraivecia.

Assim foi cada vez mais, até que o feitor chegou a um ponto em que o povo tinha medo dele como se fosse de um animal feroz. Ele passava pela aldeia e todo mundo tinha medo, como se fosse um lobo que podia pular de repente, do nada, em cima de quem aparecesse diante de seus olhos. E o feitor percebia e ficava ainda mais raivoso, para que tivessem medo dele. E enchia o povo de pancada e de trabalho, e os mujiques sofriam muitos suplícios por causa dele.

Acontecia de darem cabo de malvados como ele; e os mujiques começaram a conversar sobre isso. Reuniam-se num canto qualquer e alguém mais corajoso dizia:

– Ainda vamos ter de aguentar muito tempo esse malvado? Vamos todos acabar morrendo... matar um desses não é pecado!

Um dia, antes da Semana Santa, os mujiques se reuniram na floresta: o feitor tinha mandado limpar a floresta senhorial. Reuniram-se para o almoço, começaram a conversar.

– Como é que vamos viver agora? – disseram. – Ele vai arrancar nosso couro. Vai matar a gente de trabalhar: não tem dia nem noite, nem nós nem as mulheres temos descanso. Se alguma coisa não anda como ele quer, logo pula em cima, manda chicotear. O Semion morreu por causa dele. O Aníssim foi torturado no tronco. O que ainda estamos esperando? Ele vai chegar de noite, vai começar de novo a atormentar... é só a gente derrubar o feitor do cavalo, bater com o machado e pronto, assunto encerrado. Enterrar em qualquer lugar, como um cachorro, e ponto-final. É só a gente fazer um acordo: todo mundo vai ficar junto, ninguém denuncia!

Assim falou Vassíli Mináiev. Ele tinha mais raiva que todos do feitor. O feitor o espancava toda semana e tinha tomado sua esposa e levado para sua casa para ser cozinheira.

Os mujiques falavam desse jeito e à tarde chegou o feitor. Veio a cavalo, foi logo reclamando que não estavam trabalhando direito. Achou uma tília no monte de mato cortado.

– Eu não mandei que não cortassem as tílias? Quem foi que derrubou a tília? Contem, senão vou espancar todo mundo!

Foram ver na fileira de quem estava o pé de tília. Apontaram para Sídor. O feitor bateu na cara de Sídor até ficar toda ensanguentada. Também chicoteou Vassíli porque sua pilha de mato cortado estava pequena. Foi embora para casa.

Os mujiques se reuniram de novo à noite e Vassíli começou a falar:

– Eh, gente! Não somos homens, mas pardais. "Vamos resistir, vamos resistir", e quando chegou a hora, todo mundo voou para debaixo do beiral. Que nem os pardais, na hora em que aparece o gavião: "Não vamos fugir, não vamos fugir, vamos resistir, vamos resistir!". E quando ele desceu voando, todos fugiram para as urtigas. E o gavião pegou o pardal que queria e arrastou. Os pardais voltaram: "Piu, piu!"... Estava faltando um. "Quem falta? É o Vanka. Ele exagerou, bem feito para ele." Assim são vocês. Não vamos denunciar, não vamos denunciar! Quando ele pegou o Sídor, vocês tinham de ter se juntado e acabado com ele. "Não vamos denunciar, não vamos denunciar, vamos resistir, vamos resistir!"... E logo fogem todos para o mato.

E os mujiques passaram a falar assim cada vez mais, sempre se preparando para dar cabo do feitor. Na Sexta-Feira da Paixão, o feitor mandou os mujiques se prepararem para o trabalho obrigatório na terra do senhor no dia santo da Páscoa e para o plantio de aveia. Isso pareceu um insulto aos mujiques e na Sexta-Feira da Paixão eles se reuniram na casa de Vassíli, nos fundos, e começaram a conversar outra vez.

– Se ele se esqueceu de Deus e quer mesmo fazer essas coisas, a gente tem o direito de matar o feitor. De todo jeito, a gente está perdido mesmo!

Piotr Mikheiev se juntou a eles. Era um mujique pacífico e não entrava nas discussões dos mujiques. Mikheiev chegou, escutou as palavras deles e disse:

– Irmãos, o que estão pensando é um grande pecado. Destruir uma alma é coisa séria. É fácil destruir a alma de outra pessoa, mas a nossa própria? Ele faz muito mal, o mal está dentro dele. É preciso suportar, irmãos.

Vassíli irritou-se com aquilo.

– Você repete sempre a mesma coisa: matar um homem é pecado. Claro, é pecado, mas que homem é ele? É pecado matar um homem bom, mas um cachorro desses, Deus até quer que a gente mate. A gente tem de matar um cachorro louco, tem de ter pena das pessoas. Não matar é um pecado maior ainda. Quanta desgraça ele não vai fazer às pessoas? Ainda que a gente sofra, é para o bem das pessoas. Vão agradecer à gente. Se a gente ficar só babando de boca aberta, ele vai acabar com todo mundo. O que você diz, Mikheiev, é bobagem. Por acaso é um pecado menor trabalhar todo mundo no feriado de Cristo? Você mesmo não vai!

E Mikheiev disse:

– Por que não vou? Mandam lavrar a terra e eu vou lavrar. Não é por mim. E Deus sabe de quem é o pecado, é só a gente não se esquecer Dele. Eu, irmãos, não falo por mim. Se fosse para a gente destruir o mal com o mal, Deus tinha feito uma lei para isso; o que a gente tem de fazer é outra coisa. A gente destrói o mal e ele passa para dentro da gente. Matar um homem não é complicado, mas o sangue gruda na alma. Se a gente mata uma pessoa, mancha de sangue a própria alma. A gente pensa: "Matei um homem mau". Pensa: "Destruí o mal", mas quando a gente percebe, trouxe um mal ainda maior para dentro da gente. Submeta-se à desgraça e a desgraça vai ser submetida.

Assim, os mujiques não conseguiram se entender: as ideias se dividiram. Uns achavam que Vassíli estava certo, outros concordavam com Petrov, achavam que não se devia atacar o mal, mas suportar.

Os mujiques festejaram o primeiro dia, o domingo. De noitinha, vieram o estaroste e os membros do conselho dos senhores de terras e disseram que Mikhail Semiónitch, o feitor, mandou preparar todos os mujiques para, no dia seguinte, lavrarem a terra para a aveia. O estaroste e os membros do conselho percorreram toda a aldeia e mandaram que todos fossem lavrar a terra no dia seguinte, uns do outro lado do rio, outros na beira da estrada. Os mujiques choraram, mas não se atreveram a desobedecer, saíram de manhã com os arados, começaram a lavrar a terra. Na igreja tocaram os sinos para a missa da manhã, em toda parte o povo celebrava o feriado – os mujiques lavravam a terra.

Mikhail Semiónitch, o feitor, acordou tarde, foi ver a propriedade; as pessoas de casa tinham se arrumado, se vestido – a esposa, a filha viúva (que veio para passar a Semana Santa); um empregado preparou a charrete para eles, foram à missa, voltaram; uma empregada preparou o samovar, serviu e Mikhail Semiónitch começou a tomar chá. Mikhail Semiónitch bebeu muito chá, fumou cachimbo, chamou o estaroste.

– E então, mandou os mujiques lavrarem a terra?

– Mandei, Mikhail Semiónitch.

– E todos foram?

– Todos foram, eu mesmo levei.

– Levar pode ter levado, mas será que estão lavrando a terra mesmo? Vá olhar e avise que irei lá depois do almoço e quero ver pronta uma *dessiatina* de terra para cada dois arados, e que a terra esteja bem arada! Se eu achar uma falha, não vou querer saber de feriado nenhum!

– Sim, senhor.

E o estaroste fez menção de sair, mas Mikhail Semiónitch o chamou de volta. Mikhail Semiónitch chamou o estaroste, mas hesitou, queria dizer uma coisa, mas não sabia como. Pensou, pensou e disse:

– É o seguinte, escute com atenção o que aqueles bandidos andam falando sobre mim. Quem está me xingando e o que dizem... conte tudo para mim. Eu conheço aqueles bandidos, não gostam de trabalhar, só sabem ficar deitados, vagabundear. Encher a pança e fazer farra, disso eles gostam, e nem pensam que se perderem a hora certa de semear, depois vai ser tarde demais. Então você trate de ouvir com atenção o que andam falando, quem diz o quê, e me conte tudo. Preciso saber. E preste atenção para me contar tudo, sem deixar nada de fora.

O estaroste deu meia-volta, saiu, montou no cavalo e foi ao encontro dos mujiques, no campo.

A esposa do feitor ouviu as palavras do marido para o estaroste, dirigiu-se a ele e começou a pedir. Era uma mulher pacífica, tinha bom coração. Do modo que podia, apaziguava o marido e tomava o lado dos mujiques.

Foi falar com o marido e começou a pedir.

– Meu amigo, Míchenka, no grande dia santo, no feriado do Senhor, não cometa um pecado, em nome de Cristo, libere os mujiques!

Mikhail Semiónitch não aceitou as palavras da esposa, apenas riu para ela.

– Será que já faz tanto tempo assim que o chicote passeou por você para ter ficado tão corajosa e se meter no que não é da sua conta?

– Míchenka, você é meu amigo, tive um sonho ruim com você, escute, me atenda, libere os mujiques!

– Ora, ora – respondeu. – Pois eu digo: parece que você comeu muita gordura e acha que o chicote não vai doer. Cuidado!

Semiónitch zangou-se, bateu com o cachimbo aceso nos dentes da esposa, mandou a mulher sair e servir o jantar.

Mikhail Semiónitch comeu geleia de mocotó, pastelão, sopa de repolho com carne de porco, leitão assado, talharim ao leite, e bebeu licor de cereja, comeu uma fatia de torta doce, chamou a cozinheira, mandou que cantasse e ele mesmo pegou o violão e acompanhou.

Mikhail Semiónitch estava alegre, arrotava, dedilhava as cordas do violão, ria com a cozinheira. Chegou o estaroste, fez uma reverência e passou a contar o que tinha visto no campo.

– E então, estão lavrando a terra? Vão terminar a tarefa?

– Já lavraram mais da metade.

– Não tem falhas na terra arada?

– Não vi nenhuma, lavraram bem, estão com medo.

– E deixaram a terra bem revirada e solta?

– A terra está soltinha e fofa, como sementes de papoula.

O feitor ficou calado.

– Bem, e o que andam falando de mim? Xingam?

O estaroste hesitou, mas Mikhail Semiónitch mandou que dissesse toda a verdade.

– Conte tudo, o que vai dizer não são palavras suas, mas deles. Conte a verdade, vou recompensar você, mas se acobertar os mujiques, paciência, aí vou mandar chicotear você. Ei, Katiúcha, traga um copo de água para ele tomar coragem.

A cozinheira foi e trouxe água para o estaroste. Ele agradeceu, bebeu tudo, ajeitou-se e começou a contar. "Tanto faz", pensou, "não é culpa minha se não elogiam o feitor; vou dizer a verdade, se é o que ele quer." E o estaroste tomou coragem e começou a falar:

– Reclamam, Mikhail Semiónitch, reclamam.

– Mas o que dizem? Conte.

– Falam sempre a mesma coisa: "Ele não acredita em Deus".

O feitor deu uma risada.

– Quem disse isso?

– Todo mundo. Eles dizem: "O Diabo tomou conta dele".

O feitor riu.

– Isso é bom – disse. – Mas me conte direito quem foi que falou o quê. O que falou o Vaska?

O estaroste não queria denunciar sua gente, mas tinha uma inimizade antiga com Vassíli.

– O Vassíli é quem mais xinga.

– Mas o que ele diz? Conte.

– Dá medo de falar. Diz: "Ele não vai morrer em paz".

– Ah, grande rapaz – disse o feitor. – Então ele vai ficar parado, não vai me matar? Pelo visto os braços não me alcançam, não é? Está certo, Vaska, depois vamos acertar nossas contas. E o Tichka, o cachorro, também diz a mesma coisa, não é?

– Sim, todos falam mal.

– Mas o que é que dizem?

– Dá vergonha repetir.

– Mas vergonha de quê? Não tenha medo de falar.

– Dizem: "Que a barriga dele estoure e as tripas venham para fora".

Mikhail Semiónov alegrou-se, até deu uma risada.

– Vamos ver quem vai estourar primeiro. Quem disse isso? O Tichka?

– Ninguém fala nada de bom, todo mundo xinga, todo mundo roga praga.

– Sei, mas e o Petruchka Mikheiev? O que ele diz? Também me xinga, o trapalhão, não é?

– Não, Mikhail Semiónitch, o Piotr não xinga.

– Mas o que ele diz?

– De todos os mujiques, é o único que não fala nada. É um mujique estranho! Fiquei admirado com ele, Mikhail Semiónitch!

– Por quê?

– Por causa do que ele fez! E todos os mujiques ficaram admirados.

– E o que ele fez?

– Uma coisa muito fora do comum. Cheguei perto dele. Estava arando com a gadanha a *dessiatina* de terra no alto de Turkin. Comecei a acompanhar, fiquei escutando... cantava alguma coisa, bem agudo, bonito demais, e alguma coisa brilhava feito fogo no arado de madeira.

– E aí?

– Brilhava que nem uma chama. Cheguei mais perto, olhei... uma velinha de cera de cinco copeques estava grudada na haste do arado, acesa, e o vento não a apagava. E ele andava para a frente, numa camisa nova, lavrava a terra e cantava os versos do domingo. E dava a volta e sacudia a poeira, e a velinha não apagava. Bem na minha frente, sacudia a cunha, ajeitava o arado, e a vela sempre acesa, não apagava!

– E o que ele dizia?

– Não dizia nada. Só olhou para mim, me beijou três vezes, como se faz na Páscoa, e começou a cantar de novo.

– E o que você disse para ele?

– Não disse nada, mas os mujiques vieram para perto e começaram a rir dele, disseram: "Nem se rezar cem anos o Mikhei vai se livrar do pecado de lavrar a terra no dia santo".

– E o que ele disse?

– Só disse isto: "Paz na terra aos homens de boa vontade!". Pegou de novo o arado, puxou o cavalo e cantou com voz fina, e a vela acesa não apagava.

O feitor parou de rir, pôs o violão de lado, baixou a cabeça e ficou pensando.

Ficou parado, parado, mandou embora a cozinheira e o estaroste, foi para trás da cortina, deitou na cama e começou a suspirar e a gemer, como se uma carroça cheia de lenha estivesse passando. A esposa chegou perto, começou a conversar; ele não respondeu. Só disse:

– Ele me venceu! Agora chegou minha vez!

A esposa tentou convencer o marido:

– Va até lá, libere os mujiques. Não há de ser nada! Quantas coisas você já fez, nunca teve medo, e agora está com medo de quê?

– Estou perdido – disse. – Ele me venceu.

A esposa gritou com ele:

– Você não fala outra coisa: "Venceu, venceu". Vá até lá, libere os mujiques que tudo vai ficar bem. Vá, vou mandar selar o cavalo.

Trouxeram o cavalo, e a esposa convenceu o feitor a ir ao campo e liberar os mujiques do trabalho.

Mikhail Semiónitch montou no cavalo e foi ao campo. Chegou à cerca, uma mulher abriu a porteira e ele seguiu para a aldeia. Assim que o povo avistou o feitor, todo mundo se escondeu, uns em casa, outros atrás dos muros, outros nas hortas.

O feitor percorreu toda a aldeia, chegou à porteira da saída. Estava fechada e, montado no cavalo, ele não conseguia abrir. O feitor gritou, gritou, para que viessem abrir para ele, mas ninguém atendeu aos seus gritos. O feitor desceu do cavalo, abriu a porteira e foi montar de novo. Meteu o pé no estribo, suspendeu o corpo, quis subir na sela, mas o cavalo se assustou com um porco, empinou junto à cerca, o homem era pesado, não caiu sobre a sela, foi jogado de barriga em cima das estacas da cerca. Só uma estaca era pontuda e mais alta que as outras. E ele caiu direto com a barriga naquela estaca. Sua barriga foi cortada e ele tombou na terra.

Os mujiques voltaram do campo lavrado; os cavalos resfolegaram, não quiseram passar pela porteira. Os mujiques olharam – Mikhail Semiónitch jazia estirado de costas, de braços abertos, os olhos parados e as entranhas espalhadas sobre a terra! E o sangue tinha formado uma poça – a terra não absorvia.

Os mujiques se assustaram, levaram os cavalos pelo outro lado, só Piotr Mikheitch desceu do cavalo, chegou perto do feitor, viu que estava morto, fechou seus olhos, atrelou uma carroça, com a ajuda do filho colocou o morto na parte de trás e seguiu para a casa senhorial.

O senhor da terra soube de tudo isso e, para se livrar do pecado, liberou os mujiques do tributo obrigatório pago ao proprietário.

E os mujiques entenderam que a força de Deus está no bem, e não no pecado.

# CONTO SOBRE IVAN BOBO E SEUS DOIS IRMÃOS: SEMION GUERREIRO E TARÁS BARRIGUDO, E SOBRE A IRMÃ MUDA MALÁNIA, O DIABO VELHO E OS TRÊS CAPETINHAS

## I

Era uma vez um reino, um país, onde vivia um mujique rico. E o mujique rico tinha três filhos: Semion Guerreiro, Tarás Barrigudo e Ivan Bobo, além da filha muda e solteira, Malánia. Semion Guerreiro foi para a guerra, servir ao rei. Tarás Barrigudo foi para o mercado, na cidade, trabalhar no comércio, e Ivan Bobo e a moça ficaram trabalhando em casa, pegando no pesado. Semion Guerreiro ganhou um alto cargo, uma grande propriedade e casou com a filha de um senhor de terras. O ordenado era grande e a propriedade também, mas ele não conseguia cobrir as despesas: tudo que o marido juntava de um lado, a esposa nobre gastava do outro; nunca tinham dinheiro. E Semion Guerreiro foi à propriedade para pegar a renda. O administrador lhe disse:

– Não tem de onde tirar; não temos gado, nem ferramentas, nem cavalos, nem vacas, nem arado, nem ancinho; é preciso comprar tudo... aí vai ter renda.

E Semion Guerreiro foi falar com o pai.

– Paizinho, você é rico e não me deu nada. Separe a terça parte e me dê, que vou transferir para a minha propriedade.

O velho disse:

– Você não trouxe nada para minha casa, por que vou lhe dar um terço? Ivan e a menina vão ficar ofendidos.

E Semion respondeu:

– Mas ele é um bobo e ela é muda e solteira; não precisam de nada disso.

O velho disse:

– Vamos ver o que diz o Ivan.

E Ivan disse:

– Tudo bem, pode levar.

Semion Guerreiro levou sua parte da casa, transferiu para sua propriedade, partiu de novo para servir ao rei.

Tarás Barrigudo ganhou muito dinheiro – casou com a filha de um comerciante, mas nunca tinha o bastante, procurou o pai e disse:

– Separe a minha parte e me dê.

O velho não quis dar para Tarás sua parte.

– Você nunca nos deu nada, o que tem aqui em casa foi o Ivan que pagou. Não se pode fazer uma desfeita dessas com ele e com a menina.

E Tarás respondeu:

– Ora, ele é um bobo. Não pode casar, ninguém vai querer, e a menina é muda, também ninguém quer. Ivan, me dê a metade dos cereais; não vou pegar as ferramentas e dos animais também só vou levar o garanhão ruço, você não usa esse animal para puxar o arado.

Ivan riu.

– Tudo bem, vou pôr o cabresto.

Deram para Tarás sua parte. Tarás transportou o cereal para a cidade, levou o garanhão cinzento e Ivan ficou com uma égua velha e trabalhou no campo como antes, para alimentar o pai e a mãe.

## II

O Diabo Velho ficou aborrecido porque os irmãos não brigaram por causa da partilha, mas entraram num acordo por amor. E então gritou para os três capetinhas:

– Vejam só – disse –, são três irmãos: Semion Guerreiro, Tarás Barrigudo e Ivan Bobo. Eles tinham de brigar uns com os outros, mas vivem em paz: se dão bem e amigavelmente. O Bobo estragou todos os meus planos. Agora vocês três vão até lá, dominem aqueles três e deixem todos tão perturbados que fiquem com vontade de arrancar os olhos uns dos outros. Podem fazer isso?

– Podemos – responderam.

– E como vão fazer?

– Assim: primeiro vamos deixar todos numa penúria tão grande que não vão ter nada para devorar, depois vamos juntar os três num bolo e eles vão ter de brigar.

– Certo, está bem – respondeu. – Vejo que conhecem seu ofício; vão em frente e não apareçam na minha frente antes de estragar a vida dos três, senão vou arrancar o couro de vocês três.

Os capetinhas foram para um pântano, começaram a estudar como resolver a questão; discutiram, discutiram, cada um queria ficar com a parte mais fácil do trabalho, e acabaram resolvendo sortear quem ia cuidar de quem. E se um deles terminasse antes, voltaria para ajudar os outros. Os capetinhas tiraram a sorte e combinaram um prazo para voltar ao pântano, saber quem havia obtido sucesso primeiro e quem ia receber ajuda.

Passou o prazo e os capetinhas se reuniram no pântano. Começaram a explicar como andava o trabalho de cada um. O primeiro capetinha falou de Semion Guerreiro.

– Meu trabalho está indo bem – disse ele. – Amanhã, meu Semion vai à casa do pai.

Seus camaradas logo perguntaram:

– Como foi que você fez?

– Ah – respondeu –, primeiro inspirei no Semion uma coragem tão grande que ele prometeu a seu rei conquistar o mundo inteiro e o rei fez de Semion o grande chefe, mandou-o guerrear contra o rei da Índia. Encontraram-se para o combate. Mas naquela mesma noite molhei toda a pólvora da tropa de Semion e, para o rei da Índia, transformei feixes de palha em soldados que não acabavam mais. Os soldados de Semion viram que eram atacados de todos os lados por soldados de palha e ficaram com medo. Semion mandou suas tropas dispararem: os canhões e os fuzis não atiraram. Os soldados de Semion se assustaram e fugiram como ovelhas. E o rei da Índia venceu. Semion Guerreiro se cobriu de vergonha, tomaram sua propriedade e querem executá-lo amanhã. Só me resta um dia para cumprir minha tarefa, tirá-lo da prisão e deixar que fuja para casa. Amanhã vou liquidar a questão, portanto me digam qual dos dois tenho de ajudar.

O outro capetinha, o de Tarás, passou a contar como andava sua missão:

– Eu não preciso de ajuda. Meu trabalho também andou bem, Tarás não vai viver mais de uma semana. Primeiro, fiz crescer nele uma barriga e inspirei nele a inveja. Ele tem uma inveja tão grande dos bens dos outros que tudo o que vê quer comprar para si. Saiu comprando tudo até não poder mais, gastou todo o seu dinheiro e ainda continuou comprando. Agora começou a comprar com dinheiro emprestado.

Já está enterrado até o pescoço e se enrolou de tal jeito que não tem mais como resolver a situação. No prazo de uma semana, virão cobrar e eu vou transformar todas as suas mercadorias em estrume, ele não vai pagar e irá para a casa do pai.

Perguntaram ao terceiro capetinha a respeito de Ivan.

– E o seu trabalho, como vai?

– Pois é – respondeu –, meu trabalho não anda bem, não. Primeiro cuspi no seu jarro de *kvás* para que ele tivesse dor de barriga e fui para sua lavoura, bati tanto na terra que ela ficou dura feito pedra, para ele não poder lavrar. Pensei que o Ivan não ia conseguir arar, mas ele, o bobo, chegou com o arado e começou a abrir sulcos. Gemia de dor de barriga, mas não parava de arar. Quebrei um arado dele, o bobo foi em casa, pegou outro, consertou, prendeu hastes novas e começou a arar outra vez. Eu me enfiei embaixo da terra, agarrei as relhas, mas não tinha jeito de barrar seu caminho, ele empurrava o arado e as relhas eram pontudas; machuquei minhas mãos todas. Ele arou quase tudo, só ficou faltando uma faixa. Venham me ajudar, irmãos – disse ele –, se nós juntos não vencermos o Ivan, todo o nosso trabalho estará perdido. Se o bobo resistir e continuar lavrando a terra, eles não vão passar necessidade e o bobo vai alimentar os dois irmãos.

O capetinha encarregado de cuidar de Semion Guerreiro prometeu ir ajudar no dia seguinte e os capetinhas se despediram.

## III

Ivan arou o campo inteiro, só ficou faltando uma faixa de terra. Foi terminar. A barriga doía e ele tinha de arar. Apertou as cordas, virou o arado e foi arar. Assim que deu a primeira volta e começou a retornar, pareceu que uma raiz ou alguma coisa tinha bloqueado o arado. Mas eram as pernas do capetinha agarradas em torno da lâmina, segurando. "Que coisa estranha!", pensou Ivan. "Aqui não tinha raiz nenhuma, mas agora apareceu." Ivan enfiou a mão no sulco, apalpou: uma coisa mole. Ele segurou, puxou. Preta que nem uma raiz, mas naquela raiz alguma coisa se mexia. Olhou: um capetinha vivo.

– Ora essa – exclamou –, que coisa nojenta!

Ivan sacudiu, quis esmagar a cabecinha dele, mas o capetinha começou a guinchar:

– Não bata em mim – disse –, faço tudo que você quiser.

– O que vai fazer para mim?

– É só dizer o que você quer.

Ivan coçou a cabeça.

– Minha barriga está doendo – disse. – Pode dar um jeito?

– Posso – respondeu.

– Então cure.

O capetinha se abaixou para dentro do sulco do arado, procurou, procurou com as unhas, puxou uma raiz que se dividia em três, deu para Ivan.

– Tome – disse –, quem engolir uma dessas raízes não vai mais sentir dor nenhuma.

Ivan pegou uma raiz, cortou, engoliu. A dor de barriga passou na mesma hora.

O capetinha começou a pedir de novo:

– Agora me solte, vou me enfiar na terra, não vou mais subir.

– Está bem – respondeu. – Vá com Deus.

E assim que Ivan falou de Deus, o capetinha sumiu embaixo da terra, como uma pedra atirada na água, e só ficou um buraco. Ivan meteu no chapéu as duas raízes que sobraram e foi terminar de arar a terra. Arou a faixa de terra até o fim, tirou o arado e foi para casa. Desatrelou o cavalo, entrou na isbá, e o irmão mais velho, Semion Guerreiro, estava sentado com a esposa, jantando. Tiraram dele sua propriedade, a muito custo tinha conseguido fugir da prisão para ir morar na casa do pai.

Semion viu Ivan.

– Vim morar com você; dê comida para mim e para minha esposa, até que apareça um novo lugar.

– Está bem – respondeu. – Morem aqui.

Ivan só queria sentar no banco, mas a fidalga não gostou do cheiro de Ivan. Disse para o marido:

– Não posso jantar com o cheiro fedorento de mujique do meu lado.

Semion Guerreiro disse:

– Minha fidalga disse que seu cheiro não é bom, você podia ir comer lá fora.

– Tudo bem – respondeu Ivan. – Tenho mesmo de levar a égua para o pasto da noite.

Ivan pegou um pão e o caftã e foi para o pasto da noite.

## IV

Naquela noite, o capetinha de Semion Guerreiro o deixou e foi procurar o capetinha de Ivan, para ajudá-lo a atormentar o bobo. Chegou ao campo lavrado; procurou. Procurou seu camarada – não estava em lugar nenhum, só achou um buraco. "Bem", pensou, "na certa aconteceu uma desgraça com meu camarada, tenho de ocupar seu lugar. A terra já foi arada, vou ter de pegar o bobo na ceifa."

O capetinha foi para o prado, fez correr uma enxurrada; a ceifa ficou toda coberta de lama. Ivan voltou de manhã cedo, vindo do pasto da noite, amolou a gadanha, foi ceifar o campo; brandiu a gadanha uma vez, outra vez – a gadanha ficou cega, não cortava, era preciso amolar. Ivan amolou, amolou.

– Não – disse Ivan. – É melhor ir para casa, vou trazer o esmeril e um pão redondo e grande. Mesmo que eu fique uma semana, não vou embora daqui sem ceifar.

O capetinha escutou e ficou pensando.

– Esse bobo é osso duro – disse –, não vou levar a melhor desse jeito. É preciso inventar outras tramoias.

Ivan chegou, amolou a gadanha, começou a ceifar. O capetinha se enfiou no capim, começou a segurar a gadanha com o calcanhar e a fincar a ponta na terra. Ivan teve dificuldade, mesmo assim terminou de ceifar – só restou um pedaço de terra num brejo. O capetinha se enfiou no brejo e pensou: “Mesmo que eu corte minhas patas, não vou deixar o bobo ceifar”.

Ivan chegou ao brejo; olhou – o capim não estava grosso, mas ele não conseguia cortar com a gadanha. Ivan se irritou, começou a ceifar com toda a força; o capetinha começou a ceder – não teve tempo de pular; quando viu, a situação estava ruim, escondeu-se num arbusto. Ivan ergueu a gadanha, acertou no arbusto, cortou ao meio o rabo do capetinha. Ivan terminou de ceifar, mandou a irmã passar o ancinho e ele mesmo foi ceifar o centeio.

Saiu com o facão, mas o capetinha de rabo cortado já estava lá, tinha feito tamanha confusão no centeio que o facão não cortava. Ivan voltou, pegou uma foice e tratou de ceifar – ceifou o centeio todo.

– Bem – disse –, agora tenho de cuidar da aveia.

O capetinha de rabo cortado ouviu e pensou: “No centeio, não consegui, então vou dar um jeito na aveia, é só esperar até de manhã”. De manhã, o capetinha foi correndo para o campo de aveia, mas a aveia já estava toda ceifada: Ivan tinha ceifado de noite para a aveia não se espalhar muito. O capetinha se irritou.

– O bobo me cortou e me atormentou – disse. – Nem na guerra tive tanto problema! O desgraçado não dorme, com ele não se pode perder tempo! Agora vou até o fim, vou estragar tudo para ele.

E o capetinha foi para uma meda de centeio, enfiou-se no meio dos feixes, começou a apodrecer: esquentou os feixes, ele mesmo ficou quente e cochilou.

Ivan atrelou a égua e foi com a irmã trabalhar no campo. Foi até a meda, começou a carregar a carroça. Jogou dois feixes na carroça, enfiou o forcado e acertou em cheio no traseiro do capetinha; levantou, olhou; nas pontas do forcado, um capetinha vivo, e com o rabo cortado, se debatia, se contorcia, queria pular fora.

– Puxa vida – exclamou Ivan. – Que nojo! De novo você por aqui?

– Eu sou outro, aquele era meu irmão – disse o capetinha. – Eu cuidei do seu irmão Semion.

– Pois eu nem quero saber quem é ou quem não é, eu vou é acabar logo com você!

Quis atirá-lo contra uma pedra, mas o capetinha começou a implorar.

– Me solte, não vou fazer mais nada, e ainda faço o que você quiser.

– E o que você pode fazer?

– Posso transformar qualquer coisa em soldados para você, quantos quiser.

– Mas para que servem eles?

– Ora, para o que você quiser; eles podem fazer tudo.

– Podem tocar música?

– Podem.

– Então faça isso.

E o capetinha disse:

– Pegue aquele feixe de centeio, bata com a parte de baixo na terra e diga assim: "Meu escravo ordena que não seja mais um feixe de centeio e que cada palha se transforme num soldado".

Ivan pegou o feixe, bateu na terra e falou o que o capetinha mandou. E o feixe se desmanchou, se transformou em soldados, e os da frente tocavam tambor e corneta. Ivan deu uma risada.

– Ora essa – exclamou. – Que beleza! Isso vai divertir minha irmã.

– Certo – disse o capetinha. – Agora me solte.

– Não, primeiro tenho de tirar os grãos do feixe, senão vou perder o centeio à toa. Ensine como transformar os soldados de novo num feixe de centeio. Vou debulhar.

O capetinha disse:

– É só dizer assim: "Cada soldado se transforme numa palha. Meu escravo ordena que seja de novo um feixe!".

Ivan falou e o feixe voltou a ser feixe.

E o capetinha recomeçou a implorar.

– Agora me solte.

– Está bem!

Ivan botou o capetinha no chão, segurou com a mão e tirou do forcado.

– Vá com Deus – disse. E assim que falou de Deus o capetinha se enfiou por baixo da terra, como uma pedra atirada na água, e só ficou um buraco.

Ivan chegou em casa e lá estava seu outro irmão, Tarás, sentado com a esposa, jantando. Tarás Barrigudo não tinha feito as contas direito, fugiu das dívidas e foi para a casa do pai. Ele viu Ivan.

– Pois é, Ivan. Enquanto eu não volto para o comércio, dê comida para mim e para minha esposa.

– Está bem – respondeu Ivan. – Morem aqui.

Ivan tirou o caftã, sentou-se à mesa.

Mas a filha do comerciante disse:

– Não posso comer do lado de um bobo: o suor dele cheira mal.

Tarás Barrigudo disse:

– Ivan, seu cheiro não é bom, vá comer lá fora.

– Está bem – respondeu Ivan.

Pegou um pão e foi para fora.

– Tenho mesmo de levar a égua para o pasto da noite.

V

Naquela noite, o capetinha de Tarás deu sua missão por terminada – foi ajudar seus camaradas a atormentar Ivan Bobo. Chegou ao campo arado, procurou, procurou os camaradas – não achou ninguém, só achou um buraco. Foi para o prado – achou um pedaço de rabo no brejo, encontrou o centeio ceifado e debulhado e mais um buraco na terra. "Puxa", pensou, "pelo visto aconteceu alguma desgraça com meus camaradas, tenho de ocupar o lugar deles e cuidar do bobo."

O capetinha foi procurar Ivan. Mas Ivan já havia terminado o trabalho nos campos e tinha ido cortar madeira na floresta.

Os irmãos moravam juntos e havia pouco espaço, mandaram o bobo cortar madeira para fazer outra isbá para ele morar.

O capetinha chegou à floresta, trepou nos galhos, começou a atrapalhar o bobo. Ivan cortava as árvores do jeito certo, para caírem num lugar vazio, e começou a derrubar uma árvore – ela tombou torta, caiu para o lado errado, ficou agarrada nos galhos. Ivan cortou o tronco no meio, começou a puxar, a muito custo derrubou a árvore. Ivan foi cortar outra árvore – de novo a mesma coisa. Bateu, bateu, só a muito custo conseguiu terminar. Partiu para a terceira – de novo a mesma coisa. Ivan pensou em cortar meia centena de árvores, mas quando anoiteceu tinha cortado só dez. E Ivan estava esgotado. Um vapor saía do seu corpo, como uma neblina na floresta, mas ele não ia desistir. Derrubou mais uma árvore e suas costas doeram tanto que ele não tinha mais forças; cravou o machado num tronco e sentou para descansar. O capetinha percebeu que Ivan estava cansado e ficou alegre. "Bem, está sem forças", pensou. "Agora eu também vou descansar." Sentou-se a cavalo num galho e ficou alegre. Mas Ivan levantou-se, pegou o machado, brandiu com toda a força de um lado para o outro, bateu em cheio na árvore e ela caiu de uma só vez, com estrondo. O capetinha não contava com aquilo, não teve tempo de encolher a perna, o galho quebrou e espremeu sua pata. Ivan começou a desbastar os galhos, olhou: um capetinha vivo. Ivan ficou surpreso.

– Ora essa – exclamou. – Que nojo! Você outra vez?

– Eu sou outro. Estava cuidando do seu irmão Tarás.

– Pois seja você qual for, também não vai ficar aqui!

Ivan levantou o machado, queria bater nele com o cabo. O capetinha implorou:

– Não bata, farei o que você quiser.

– E o que você pode fazer?

– Posso lhe dar quanto dinheiro quiser.

– Muito bem, então faça isso!

E o capetinha lhe ensinou como fazer.

– Pegue uma folha desse carvalho e triture nas mãos. Vai começar a cair ouro no chão.

Ivan pegou umas folhas, esfregou – caiu ouro.

– Isso é bom – disse ele – quando a gente passeia e brinca com as crianças.

– Me solte – disse o capetinha.

– Claro! – Ivan pegou o machado e soltou o capetinha – Vá com Deus! – E assim que falou de Deus, o capetinha se enfiou embaixo da terra, como uma pedra atirada na água, e só ficou um buraco.

VI

Os irmãos construíram casas e começaram a viver cada um por sua conta. Ivan terminou seus trabalhos nas plantações, fez cerveja e chamou os irmãos para festejar. Os irmãos não foram à casa de Ivan.

– Não vamos a festas de mujiques – disseram.

Ivan convidou os mujiques, as camponesas e ele mesmo bebeu bastante – ficou um pouco embriagado e foi para a rua, na dança de roda. Chegou perto dos que estavam dançando, mandou as mulheres fazerem elogios a ele.

– Vou dar para vocês uma coisa que nunca viram na vida.

As mulheres riram e começaram a fazer elogios a ele. Elogiaram até cansar e então disseram:

– Muito bem, agora dê.

– Vou buscar num instante – disse Ivan. Pegou um cesto e correu para a floresta. As mulheres riram: "Esse bobo!". E se esqueceram dele. Aí olharam: Ivan voltava correndo, trazia o cesto cheio de alguma coisa.

– Devo distribuir?

– Distribua.

Ivan apanhou um punhado de ouro, jogou para as mulheres. Nossa! As mulheres correram para pegar; os mujiques pularam, tomavam uns dos outros, arrancavam. Por pouco não mataram uma velha. Ivan ria.

– Ah, vocês são bobinhos mesmo, para que sufocaram a velha? Sejam mais delicados que vou lhes dar mais. – Começou a jogar mais ouro.

O povo veio correndo, Ivan esvaziou o cesto. Eles começaram a pedir mais. E Ivan respondeu:

– Acabou. De outra vez eu dou mais. Agora vamos dançar e tocar músicas.

As mulheres tocaram músicas.

– Suas canções não são bonitas – disse ele.

– Quais são melhores?

– Pois eu vou mostrar para vocês agora mesmo.

Ivan foi à eira coberta, pegou um feixe de centeio, sacudiu, colocou de pé e cravou na terra.

– Pronto – disse. – Escravo, faça que não seja mais um feixe e que cada palha vire um soldado.

O feixe se desmanchou, virou uma porção de soldados; os tambores e as cornetas começaram a tocar. Ivan mandou que os soldados tocassem canções, foi com eles para a rua. O povo ficou admirado. Os soldados tocaram canções e Ivan os levou de volta para a eira coberta, não deixou que ninguém fosse com ele e transformou de novo os soldados num feixe e jogou de novo no palheiro. Foi para casa e deitou para dormir no depósito.

## VII

O irmão mais velho, Semion Guerreiro, soube de tudo aquilo e foi à casa de Ivan.

– Conte de onde você trouxe os soldados e para onde levou.

– De que vão servir para você?

– De que vão servir? Com soldados, pode-se fazer tudo. Pode-se conquistar um reino.

Ivan ficou admirado.

– Ah, é? Por que não me disse antes? Posso fazer quantos soldados você quiser. Felizmente eu e a irmã juntamos muitos feixes.

Ivan levou o irmão para a eira coberta e disse:

– Olhe só, vou fazer os soldados e você vai levar embora, senão vão ter de comer e vão devastar a aldeia toda num dia.

Semion Guerreiro prometeu levar os soldados embora e Ivan começou a fazer soldados. Bateu um feixe no chão – uma companhia de soldados; bateu outro feixe, mais uma; fez tantos soldados que eles encheram o campo todo.

– Assim já dá?

Semion se alegrou e disse:

– Dá. Obrigado, Ivan.

– Muito bem. Se precisar de mais, venha cá que eu faço. Hoje tem muita palha.

Na mesma hora Semion Guerreiro deu ordens para as tropas, pôs todos em forma e partiu para a guerra.

Assim que Semion Guerreiro foi embora, Tarás Barrigudo chegou – também tinha sabido da novidade da véspera e pediu ao irmão:

– Conte para mim onde arranjou o ouro. Se eu tivesse esse mar de dinheiro para mim, ia ganhar todo o dinheiro do mundo.

Ivan ficou admirado.

– Puxa! Devia ter me dito isso há muito tempo. Vou lhe dar todo o ouro que quiser.

O irmão ficou alegre:

– Então me dê uns três cestos.

– Claro, vamos até a floresta, mas atrele um cavalo, senão não vai dar para trazer.

Foram para a floresta; Ivan começou a esfregar folhas de carvalho. Fez um monte grande.

– Será que já dá?

Tarás alegrou-se.

– Por enquanto dá – respondeu. – Obrigado, Ivan.

– Certo. Se precisar de mais, venha que eu esfrego mais folhas, ainda sobraram muitas.

Tarás Barrigudo levou uma carroça cheia de dinheiro e foi negociar.

Os dois irmãos foram fazer suas coisas. Semion Guerreiro foi guerrear e Tarás Barrigudo foi fazer negócios. Semion Guerreiro conquistou um reino para si, Tarás Barrigudo acumulou um monte de dinheiro.

Os irmãos se encontraram e revelaram um para o outro onde Semion tinha arranjado os soldados e onde Tarás tinha arranjado o dinheiro.

Semion Guerreiro disse ao irmão:

– Conquistei um reino para mim e vivo bem, só que não tenho dinheiro suficiente para alimentar os soldados.

Tarás Barrigudo disse:

– E eu ganhei uma montanha de dinheiro, só há um problema: não tenho quem tome conta do dinheiro.

Semion Guerreiro disse:

– Vamos falar com o irmão Ivan. Vou mandar que ele faça mais soldados e dou para você vigiar seu dinheiro, e você pede a ele que faça mais dinheiro e me dá para eu alimentar os soldados.

E foram falar com Ivan. Chegaram à casa do irmão. Semion disse:

– Meus soldados são poucos, irmão, faça mais alguns, talvez umas duas medas de palha.

Ivan balançou a cabeça.

– Não vou fazer mais soldados para você assim à toa.

– Mas como? Você prometeu.

– Prometi – disse. – Mas não vou mais fazer.

– Mas por que não vai mais fazer, seu bobo?

– Porque seus soldados mataram um homem. Outro dia eu estava lavrando o campo perto da estrada: aí vi uma mulher levando um caixão na carroça pela estrada, ela chorava alto. Perguntei: "Quem morreu?". Ela disse: "Os soldados de Semion mataram meu marido na guerra". Pensei que os soldados fossem tocar música, mas eles mataram um homem. Não vou mais fazer.

Ivan fincou pé e não fez mais soldados.

Então Tarás Barrigudo pediu a Ivan Bobo que fizesse mais ouro para ele.

Ivan balançou a cabeça.

– Não vou mais esfregar folhas à toa – respondeu.

– Mas como? Você prometeu.

– Prometi, mas não faço mais.

– E por que não vai mais fazer, seu bobo?

– Porque o seu ouro tirou a vaca de Mikháilovna.

– Tirou como?

– Tirou tirando. Mikháilovna tinha uma vaca, os filhos dela tomavam o leite da vaca, mas outro dia os filhos dela vieram me pedir leite. Perguntei: "Mas onde está sua vaca?". Responderam: "O administrador de Tarás Barrigudo veio, deu três moedas de ouro para mamãe, ela deu a vaca para ele e agora a gente não tem leite para beber". Pensei que você queria brincar com suas moedas de ouro, mas você tirou a vaca das crianças. Não vou mais fazer!

E o bobo fincou pé, não deu mais. Assim, os irmãos foram embora.

Os irmãos foram embora e começaram a discutir para encontrar um jeito de resolver seu problema. Semion disse:

– Vamos fazer o seguinte: você me dá dinheiro para alimentar os soldados e eu dou para você metade do reino e dos soldados para vigiar seu dinheiro.

Tarás concordou. Os irmãos dividiram tudo e os dois viraram reis e ficaram ricos.

VIII

Ivan vivia em sua casa, alimentava o pai e a mãe e trabalhava nos campos com a irmã muda.

Um dia o velho cão de guarda de Ivan ficou doente, sarnento, começou a morrer. Ivan teve pena, pegou um pouco de pão da irmã muda, pôs no chapéu, levou para o cachorro e jogou para ele. Mas o chapéu tinha rasgado e, junto com o pão, ele pegou uma raiz. O cachorro velho abocanhou a raiz junto com o pão. E assim que engoliu a raiz, o cachorro pulou, começou a brincar, a latir, a sacudir o rabo – ficou curado.

O pai e a mãe viram e se admiraram.

– O que foi que você jogou para o cachorro? – perguntaram.

Ivan respondeu:

– Eu tinha duas raízes que curam qualquer doença e o cachorro abocanhou uma.

E naquela época aconteceu que a filha do rei ficou doente e o rei proclamou em todas as aldeias e cidades que quem curasse sua filha ganharia uma recompensa e, se fosse solteiro, casaria com ela. Fizeram a proclamação também na aldeia de Ivan.

O pai e a mãe chamaram Ivan e disseram:

– Você soube o que o rei mandou avisar? Você contou que tem uma raiz, então leve para a filha do rei. Você vai ser feliz para sempre.

– É mesmo – respondeu Ivan.

E se preparou para partir. Vestiu-se, saiu para a varanda e viu uma mendiga de braço torto.

– Ouvi dizer que você pode curar. É verdade? Então cure meu braço, não consigo nem me calçar.

Ivan disse:

– Claro!

Pegou a raiz, deu para a mendiga, mandou engolir. A mendiga engoliu e ficou curada, na mesma hora começou a mexer o braço. O pai e a mãe saíram para acompanhar Ivan na visita ao rei, souberam que Ivan tinha dado a última raiz e que não havia mais como curar a filha do rei e começaram reclamar:

– Teve pena de uma mendiga, mas não teve pena da filha do rei! – disseram.

Ivan teve pena da filha do rei. Atrelou o cavalo, pôs umas palhas numa caixa e subiu na carroça para partir.

– Mas aonde você vai, seu bobo?

– Vou curar a filha do rei.

– Mas você não tem mais com que curar.

– Dá-se um jeito – respondeu Ivan e tocou o cavalo.

Chegou à corte do rei e, assim que pisou na entrada, a filha do rei se curou.

O rei se alegrou, mandou chamar Ivan, vestiu-o, enfeitou-o.

– Você será meu genro – disse.

– Está certo – respondeu.

E Ivan casou com a princesa. Em pouco tempo, o rei morreu. E Ivan virou rei. Assim, os três irmãos se tornaram reis.

## IX

Os três irmãos reinavam.

O mais velho, Semion Guerreiro, vivia bem. Com os soldados de palha, juntou soldados de verdade. Ordenou que, em todo o reino, cada dez casas fornecessem um soldado e que esse soldado fosse grande e forte, de corpo branco e cara limpa. Juntou muitos soldados assim e treinou todos. E se alguém não concordava com ele, logo mandava os soldados fazerem tudo como ele queria. E todo mundo passou a ter medo dele.

Sua vida ficou melhor. Qualquer coisa em que pensava ou em que seus olhos batiam por um momento logo era dele. Mandava os soldados, eles tomavam, traziam e entregavam tudo de que ele precisava.

Tarás Barrigudo também vivia bem. Não gastou o dinheiro que Ivan lhe dera e fez o dinheiro aumentar ainda mais. Mantinha seu reino em boa ordem. Guardava seu dinheiro consigo, em cofres, e cobrava impostos do povo. Cobrava pelos servos, pela água, pela cerveja, pelos casamentos, pelos enterros, pelas estradas, pelos caminhos, pelas alpercatas, pelas perneiras, pelos babados das roupas. E tudo que imaginava ele tinha. Por dinheiro, levavam tudo para ele e trabalhavam para ele, porque todo mundo precisa de dinheiro.

Ivan Bobo não vivia mal. Assim que enterrou o sogro, despiu todos os trajes reais, entregou à esposa para esconder num cofre, vestiu de novo a camisa de cânhamo, calçou as alparcatas de palha e as calças velhas e foi trabalhar.

– Essa vida me dá tédio – disse. – A barriga começou a crescer, não durmo nem como direito.

Trouxe o pai, a mãe e a irmã muda e começou de novo a trabalhar.

Diziam para ele:

– Mas você é o rei!

– Está bem, mas um rei também precisa comer.

O ministro foi falar com ele.

– Não temos dinheiro para pagar os salários – disse.

– Está bem, não tem dinheiro, então não pague.

– Mas aí eles não vão mais servir ao rei.

– Está bem, deixe, não vão servir, aí vão ficar livres para trabalhar; precisam retirar o estrume, deixaram juntar muito.

Pediram a Ivan que julgasse uma questão. Disseram:

– Ele roubou meu dinheiro.

Ivan disse:

– Está bem! Quer dizer que estava precisando.

Todos entenderam que Ivan era um bobo. Sua esposa também lhe disse:

– Dizem que você é um bobo.

– Está bem – respondeu.

A esposa de Ivan pensou, pensou, e ela também era boba.

– Como é que vou falar contra meu marido? Aonde vai a agulha, vai a linha.

Tirou as roupas reais, pôs dentro de um cofre, foi falar com a moça muda para aprender a trabalhar. Aprendeu e passou a ajudar o marido.

E os inteligentes foram embora do reino de Ivan, só ficaram os bobos. Ninguém tinha dinheiro. Viviam, trabalhavam para alimentar a si mesmos e as pessoas boas.

## X

O Diabo Velho esperou muito tempo notícias dos capetinhas sobre como haviam destruído os três irmãos – não chegou notícia nenhuma. Foi ele mesmo ver o que tinha acontecido; procurou, procurou, não achou os capetinhas em lugar nenhum, só encontrou três buracos. "Bem", pensou, "pelo visto, não conseguiram. Eu mesmo vou ter de cuidar do caso."

Foi procurar, mas os irmãos já não estavam nos lugares de antes. Encontrou-os em reinos diferentes. Os três reinavam. O Diabo Velho ficou indignado com aquilo.

– Bem – disse –, eu mesmo vou cuidar do caso.

Em primeiro lugar, foi atrás de Semion Guerreiro. Não foi com sua aparência normal, mas disfarçado de um grande chefe militar, e assim se apresentou ao rei Semion.

– Eu soube que o rei Semion é um grande guerreiro. Sou muito entendido desses assuntos e quero servir a você.

O rei Semion começou a lhe fazer perguntas e viu que era um homem inteligente – tomou-o a seu serviço.

O novo general começou a ensinar o rei Semion a formar um exército forte.

– Antes de tudo – disse – é preciso juntar mais soldados, porque no seu reino tem muita gente andando à toa. É preciso alistar todos os jovens, sem distinção, então você vai ter um exército cinco vezes maior do que era. Em segundo lugar, tem de trazer fuzis e canhões novos. Vou lhe trazer fuzis tão bons que atiram cem balas de uma só vez, como se cuspissem ervilhas. E vou trazer canhões que fazem tudo pegar fogo. Seja um homem, um cavalo ou um muro, tudo pega fogo.

O rei Semion obedeceu ao novo general, mandou todos os jovens se alistarem no Exército e fez fábricas novas; fabricou fuzis e canhões novos e logo declarou guerra contra o reino vizinho. Assim que as tropas inimigas vieram a seu encontro, o rei Semion mandou seus soldados dispararem balas dos fuzis e fogo dos canhões; na mesma hora metade do exército foi mutilada e incendiada. O rei vizinho se apavorou, rendeu-se e abandonou seu reino. O rei Semion ficou alegre.

– Agora vou vencer o rei da Índia.

E o rei da Índia ouviu falar do rei Semion, imitou todas as suas invenções e inventou mais algumas por sua própria conta. O rei da Índia convocou para o exército não só todos os rapazes, mas também todas as moças solteiras e formou um exército ainda maior do que o do rei Semion, imitou os fuzis e os canhões do rei Semion e ainda inventou um jeito de voar e jogar bombas do ar.

O rei Semion foi à guerra contra o rei da Índia, achou que ia guerrear e vencer como antes, mas a foice tanto corta que perde o fio. O rei da Índia nem deixou que as tropas de Semion atirassem, mandou suas mulheres pelo ar para jogar bombas sobre as tropas de Semion. As mulheres começaram a jogar bombas nas tropas de Semion, como veneno nas baratas; todas as tropas de Semion fugiram e o rei Semion ficou sozinho. O rei da Índia tomou o reino de Semion e o rei Semion fugiu para o mais longe que pôde.

Uma vez liquidado aquele irmão, o Diabo Velho foi cuidar do rei Tarás. Disfarçou-se de mercador e se estabeleceu no reino de Tarás, começou a fazer negócios, começou a pôr muito dinheiro em circulação. O comerciante começou a pagar caro por qualquer coisa e todo mundo corria para o mercador para obter dinheiro. E o povo juntou tanto dinheiro que pagou todos os impostos atrasados e começou a pagar todos os tributos em dia.

O rei Tarás ficou alegre. "Graças ao mercador, agora vou ter mais dinheiro ainda, minha vida vai ficar ainda melhor." E o rei Tarás começou a alimentar novas fantasias, começou a construir um palácio novo. Mandou o povo lhe enviar madeira, pedras e vir trabalhar, estabeleceu preços altos para tudo. O rei Tarás achou que, como antes, o povo viria correndo trabalhar para ele, em troca de seu dinheiro. Mas, vejam só, estavam mandando toda a madeira e todas as pedras para o mercador e todo mundo ia trabalhar para ele. O rei Tarás aumentou ainda mais o preço, mas o mercador cobriu sua oferta. O rei Tarás tinha muito dinheiro, mas o mercador tinha ainda mais e cobria todas as ofertas do rei. O palácio real parou; não foi construído. O rei Tarás quis construir um jardim. Chegou o outono. O rei Tarás determinou que o povo viesse plantar o jardim para ele – não veio ninguém, todo mundo foi cavar um lago para o mercador. Chegou o inverno. O rei Tarás inventou de comprar peles de zibelina para fazer um casaco novo. Mandou comprar, veio o emissário e disse:

– Não tem zibelina: todas as peles estão com o mercador, ele pagou mais caro e fez um tapete com as peles.

O rei Tarás teve necessidade de comprar garanhões. Mandou comprar, vieram os emissários: todos os bons garanhões estavam com o mercador, levando água para encher o lago. Todas as obras do rei pararam, ninguém fazia nada, todos trabalhavam para o mercador, apenas levavam para ele o dinheiro que vinha do mercador, para pagar os impostos.

E o rei juntou tanto dinheiro que não tinha mais onde guardar e a vida ficou ruim. O rei já havia parado de inventar obras novas; só queria levar sua vida sossegado, e não conseguia. Tudo era difícil. Os cozinheiros, os cocheiros, os criados começaram a deixar o rei e ir para o mercador. Ele começou até a não ter o que comer. Ia ao mercado comprar alguma coisa – não tinha nada: o mercador comprava tudo, e só lhe davam o dinheiro dos impostos.

O rei Tarás se irritou e mandou o mercador sair do país. Mas o mercador se estabeleceu exatamente na fronteira – tudo continuou igual: como antes, levavam tudo que era do rei para o mercador, em troca do seu dinheiro. O rei vivia cada vez pior, dias seguidos sem ter o que comer, e ainda por cima correu o boato de que o mercador estava se gabando de que queria comprar o próprio rei e a esposa do rei. O rei Tarás teve medo e não sabia o que fazer.

Semion Guerreiro foi falar com ele e disse:

– Me sustente, o rei da Índia me derrotou.

Mas o próprio rei Tarás estava num beco sem saída.

– Eu mesmo estou há dois dias sem ter o que comer.

## XI

O Diabo Velho liquidou os dois irmãos e foi cuidar de Ivan. O Diabo Velho se disfarçou de general, chegou à casa de Ivan e tentou convencê-lo de que devia formar um exército.

– Não convém que um rei não tenha um exército. É só você mandar que eu logo convoco soldados no seu povo e formo um exército.

Ivan obedeceu.

– Está bem – respondeu –, forme um exército, ensine os soldados a tocar músicas bem bonitas, eu gosto disso.

O Diabo Velho saiu pelo reino de Ivan para alistar soldados voluntários. Avisou que todos que raspassem a cabeça e entrassem no exército iam ganhar uma jarra de vodca e um gorro vermelho.

Os bobos acharam graça.

– Bebida a gente tem de sobra, a gente mesmo destila, e gorros as mulheres fazem quantos a gente quiser, até enfeitados e com franjinhas.

Assim, não apareceu ninguém. O Diabo Velho foi falar com Ivan:

– Os seus bobos não vão para o Exército voluntariamente, é preciso trazer essa gente à força.

– Está bem – respondeu Ivan –, traga à força.

E o Diabo Velho mandou que todos os bobos se alistassem no Exército e avisou que quem não fosse o rei Ivan ia matar.

Os bobos foram falar com o general:

– Você diz que o rei vai mandar matar quem não entrar no Exército, mas não disse o que a gente vai fazer no Exército. Dizem que no Exército também matam os soldados.

– Sim, não há como evitar.

Os bobos ouviram aquilo e fincaram pé.

– Não vamos. É melhor morrer em casa. E não há mesmo como evitar a morte.

– Seus bobos, como vocês são bobos! – exclamou o Diabo Velho. – Os soldados podem morrer ou não, mas se vocês não se alistarem, é certo que o rei Ivan vai matar vocês.

Os bobos pensaram no assunto, foram falar com o rei Ivan Bobo e perguntaram:

– Apareceu um general, mandou todo mundo se alistar no Exército. "Quem se alistar pode morrer ou não morrer no Exército, mas quem não se alistar, é certo que o rei Ivan vai matar." É verdade mesmo?

Ivan deu uma risada.

– Onde já se viu? Como é que eu sozinho posso matar todos vocês? Se eu não fosse um bobo, explicaria para vocês, só que eu mesmo não entendo.

– Então a gente não vai.

– Está certo, não vão.

Os bobos foram falar com o general e se recusaram a entrar no Exército.

O Diabo Velho viu que sua missão não estava indo bem; foi falar com o rei das baratas, ganhou sua confiança.

– Vamos à guerra contra o rei Ivan. Ele não tem dinheiro, mas são muitos os cereais, os animais e todo tipo de bens.

O rei das baratas foi à guerra. Formou um exército grande, arranjou fuzis, canhões, atravessou a fronteira, começou a invadir o reino de Ivan.

Foram falar com Ivan e disseram:

– O rei das baratas está em guerra contra a gente.

– Está bem – respondeu. – Deixe.

O rei das baratas cruzou a fronteira com seu exército, mandou sua vanguarda procurar as tropas de Ivan. Procuraram, procuraram, e nada de achar as tropas. Esperaram e esperaram até cansar, achando que iam acabar aparecendo. Mas não havia nem sinal das tropas, não havia contra quem lutar. O rei das baratas mandou seus soldados tomar as aldeias. Os soldados chegaram a uma aldeia – os bobos e as bobas correram para ver os soldados e se admiraram. Os soldados começaram a pegar o gado e os cereais dos bobos; os bobos entregaram e ninguém opôs resistência. Os soldados foram a outra aldeia – aconteceu a mesma coisa. Os soldados andaram um dia, andaram mais um dia – em toda parte era a mesma coisa: davam tudo, ninguém opunha resistência e chamavam os soldados para morar com eles.

– Se vocês, meus caros, estão vivendo mal em sua terra, venham de uma vez morar com a gente.

Os soldados andaram, andaram, olharam – não havia tropa nenhuma; todo o povo vivia, se alimentava e alimentava as pessoas; não opunham resistência e chamavam os soldados para morar com eles.

Os soldados começaram ficar entediados e foram falar com seu rei das baratas.

– A gente não consegue lutar, mande a gente para outro lugar; é bom fazer uma guerra, mas isto aqui é como cortar um pudim. A gente não pode mais combater neste lugar.

O rei das baratas ficou zangado, mandou os soldados percorrerem todo o reino, devastar as aldeias, as casas, queimar os cereais, massacrar o gado.

– Se não obedecerem à minha ordem – disse –, vou executar vocês.

Os soldados se apavoraram, começaram a cumprir a ordem do rei. Incendiaram as casas e os cereais, mataram o gado. Os bobos continuaram sem opor resistência, apenas choraram. Os velhos choravam, as velhas choravam, a criançada chorava.

– Por que vocês nos maltratam? – diziam. – Por que destroem as coisas? Se precisam, é melhor levar para vocês.

Os soldados começaram a sentir vergonha. Não continuaram com aquilo, e o exército inteiro se dispersou.

## XII

O Diabo Velho também foi embora – não conseguiu liquidar Ivan com os soldados.

O Diabo Velho se disfarçou de um puro nobre e foi viver no reino de Ivan: queria pegar Ivan com o dinheiro, como tinha feito com Tarás Barrigudo.

– Eu quero lhe fazer o bem – disse –, ensinar você a ter bom senso e inteligência. Vou construir uma casa na sua terra e vou fazer negócios.

– Está bem – respondeu Ivan. – More aqui.

O puro nobre pernoitou e de manhã foi à praça, pegou um grande saco de ouro, uma folha de papel e disse:

– Vocês todos vivem como porcos. Quero ensinar como se deve viver. Construam para mim uma casa conforme este projeto aqui. Vocês trabalham, eu mostro como se faz e vou lhes pagar com estas moedas de ouro.

E mostrou as moedas de ouro. Os bobos ficaram admirados: nunca na vida tiveram dinheiro, quando queriam alguma coisa, faziam trocas uns com os outros ou pagavam com trabalho. Ficaram admirados com o ouro.

– Que coisinhas bonitas – disseram.

E começaram a trocar coisas e trabalho por moedas com o puro nobre. O Diabo Velho começou a distribuir ouro, como tinha feito com Tarás Barrigudo, e os bobos trocavam com ele todas as coisas e qualquer trabalho por moedas de ouro. O Diabo Velho ficou alegre, pensou: "Minha missão não está indo mal! Agora vou acabar com o bobo, como fiz com Tarás, vou comprar o Ivan com tripas e tudo". Assim que os bobos levaram as moedas de ouro para casa, todas as mulheres fizeram colares, todas as mocinhas enfeitaram as tranças e as crianças começaram a brincar com as moedas na rua. Todo mundo já tinha muito ouro e os bobos não quiseram mais pegar moedas. A construção do palacete do puro nobre ainda estava na metade, os cereais e o gado ainda não davam para um ano, o puro nobre mandou que fossem trabalhar para ele, que lhe levassem cereais e gado; disse que daria muito ouro por tudo e pelo trabalho.

Ninguém foi trabalhar, ninguém levou nada. Um menino ou uma menina ia lá de vez em quando para trocar um ovo por uma moeda de ouro, e só, mais ninguém, e ele não tinha nada para comer. O puro nobre estava passando fome, foi à aldeia comprar o almoço. Meteu-se no pátio de uma casa, ofereceu uma moeda de ouro por uma galinha – a dona da casa não deu.

– Já tenho muito disso – respondeu.

Ele foi falar com uma camponesa que vivia sozinha, queria comprar um arenque com o ouro.

– Não preciso disso, meu caro – respondeu ela. – Não tenho filhos para brincar com as moedas e eu já peguei três moedas para matar a curiosidade.

Ele foi à casa de um mujique para comprar pão. O mujique também não queria dinheiro:

– Não preciso – respondeu. – Se quer um pedaço, em nome de Cristo, espere um pouquinho que mando a mulher cortar.

O Diabo deu umas cusparadas e foi embora da casa do mujique. Não ia pegar nada em nome de Cristo, e escutar aquelas palavras era ainda pior do que levar uma facada.

Assim, ele também não conseguiu pão nenhum. Foi à casa de todo mundo. Aonde quer que o Diabo Velho fosse, ninguém lhe dava nada por dinheiro e todos diziam:

– Traga alguma outra coisa ou venha trabalhar ou então pegue o que quiser em nome de Cristo.

Mas o Diabo não tinha nada em casa, a não ser dinheiro, e não tinha vontade de trabalhar; e não podia pegar nada em nome de Cristo. O Diabo Velho se irritou.

– Do que mais vocês precisam, se eu lhes dou dinheiro? – perguntou. – Com ouro, podem comprar tudo e podem contratar qualquer trabalho.

Os bobos não lhe deram ouvidos.

– Não, a gente não precisa – responderam. – Nós não temos de pagar salários nem impostos, para que precisamos do dinheiro?

O Diabo Velho foi deitar sem ter o que comer.

O caso chegou aos ouvidos de Ivan Bobo. Foram falar com ele e perguntaram:

– O que vamos fazer? Apareceu aqui um puro nobre: adora comer e beber coisas gostosas, adora vestir roupas boas, mas não quer trabalhar, não pede nada em nome de Cristo e só sabe dar moedas de ouro para todo mundo. Antes, enquanto as pessoas não tinham ouro, davam tudo para ele, mas agora não dão mais. O que vamos fazer com ele? Vai acabar morrendo de fome.

Ivan ouviu com atenção.

– Está bem, ele tem de se alimentar. Deixe que ele vá de casa em casa, como um pastor.

Não houve jeito, o Diabo Velho começou a andar de casa em casa.

Chegou a vez da casa de Ivan. O Diabo Velho chegou para almoçar, e a irmã muda de Ivan se preparava para comer. Muitas vezes os mais preguiçosos enganavam a moça. Sem terem trabalhado, chegavam mais cedo para o almoço e comiam a *kacha* toda. Então a moça muda usava de uma esperteza e identificava os vadios pelas mãos: quem tinha calos nas mãos recebia comida e quem não tinha ganhava as sobras. O Diabo Velho se esgueirou até a mesa, mas a moça muda pegou suas mãos, examinou – sem calos, limpas, lisas e de unhas compridas. A muda resmungou e empurrou o Diabo para fora da mesa.

E a esposa de Ivan lhe disse:

– Não leve a mal, puro nobre, minha cunhada não deixa ninguém sem calos na mão sentar à mesa. Olhe, dê um tempinho só, deixe as pessoas comerem, depois você come o que sobrar.

O Diabo Velho se indignou porque ali, na casa do rei, queriam lhe dar a comida dos porcos. Foi falar com Ivan:

– Que bobagem é essa de ter uma lei no seu reino que obriga todo mundo a trabalhar com as mãos? Você é que inventou essa besteira. Por acaso é só com as mãos que as pessoas trabalham? Com o que você acha que as pessoas inteligentes trabalham?

E Ivan respondeu:

– Como é que nós, bobos, vamos saber? Todos nós só sabemos trabalhar com as mãos e com as costas.

– Isso é porque vocês são bobos. Pois eu vou lhe ensinar como trabalhar com a cabeça; aí você vai reconhecer que trabalhar com a cabeça é mais rápido do que com as mãos.

Ivan se admirou.

– Bem – disse –, não é à toa que chamam a gente de bobos!

E o Diabo Velho começou a falar:

– Só que não é fácil trabalhar com a cabeça. Olhe só, você não quer me dar nada para comer porque não tenho calos nas mãos e porque não sabe que é cem vezes mais difícil trabalhar com a cabeça. Às vezes a cabeça chega a estalar.

Ivan ficou pensando.

– Então por que você – perguntou –, meu caro, se tortura desse jeito? Por acaso é fácil estalar a cabeça? Era mais fácil você trabalhar com as mãos e com as costas.

O Diabo respondeu:

– A razão por que eu me torturo é que tenho pena de vocês, bobos. Se não me torturasse assim, vocês continuariam bobos para sempre. Eu me matei de trabalhar com a cabeça para agora poder ensinar a vocês.

Ivan ficou admirado.

– Ensine – disse –, pois de vez em quando as mãos se cansam e a gente, quem sabe, pode usar a cabeça no lugar das mãos.

E o Diabo prometeu ensinar.

E Ivan proclamou em todo o reino que tinha aparecido um puro nobre que ia ensinar todo mundo a trabalhar com a cabeça e que com a cabeça era possível produzir mais do que com as mãos, portanto todo mundo tinha de vir aprender.

No reino de Ivan, haviam construído uma torre alta e nela havia uma escada íngreme que dava num mirante de observação. Ivan levou o nobre lá em cima para ele ficar à vista de todo mundo.

O nobre ficou de pé no alto da torre e de lá começou a ensinar. Os bobos se juntaram para ouvir. Os bobos achavam que o nobre tinha ido lá para lhes mostrar como trabalhar com a cabeça e sem as mãos. Mas o Diabo Velho ensinou só com palavras como se podia viver sem trabalhar.

Os bobos não entenderam nada. Olharam, olharam e foram embora cuidar da vida.

O Diabo Velho passou um dia na torre, passou outro dia, e não parava de falar. Ficou com fome. Mas os bobos não tiveram a ideia de mandar pão para o alto da torre. Acharam que, se ele podia trabalhar melhor com a cabeça do que com as mãos, ia dar um jeito de conseguir pão com a cabeça. O Diabo Velho passou mais um dia no alto da torre – e não parava de falar. Mas o povo chegava perto, olhava, olhava e ia embora. Ivan até perguntou:

– E aí, pessoal, o nobre começou a trabalhar com a cabeça?

– Ainda não – respondiam. – Continua só falando.

O Diabo Velho passou mais um dia no alto da torre e começou a ficar fraco; uma vez, cambaleou e bateu com a cabeça numa pilastra. Um bobo viu, falou para a esposa de Ivan, que correu para avisar o marido, no campo lavrado.

– Vamos lá olhar – disse. – Falaram que o nobre começou a trabalhar com a cabeça.

Ivan ficou admirado.

– É mesmo?

Virou o cavalo, foi para a torre. Chegou à torre e o Diabo Velho já estava muito enfraquecido de fome, começava a cambalear e batia com a cabeça na pilastra. Na hora em que Ivan se aproximou, o Diabo tropeçou e despencou de cabeça pela escada – foi contando todos os degraus, um por um.

– Bem – disse Ivan –, o puro nobre disse a verdade quando falou que às vezes a cabeça estala. É pior do que os calos na mão: um trabalho desses deixa a cabeça da gente cheia de galos.

O Diabo Velho rolou até o fim da escada e bateu com a cabeça na terra. Ivan quis chegar perto e ver se ele tinha trabalhado muito, mas de repente o chão se abriu e o Diabo Velho se enfiou por dentro da terra, só ficou um buraco. Ivan coçou a cabeça.

– Puxa vida – exclamou –, que nojo! É ele outra vez! Deve ser o pai daqueles outros... Como era parrudo!

De lá para cá, Ivan continua vivendo e o povo vem de toda parte para o seu reino, seus irmãos também foram morar com ele e Ivan os alimenta. Para quem chega e diz: "Dê comida para nós", Ivan responde:

– Está bem. More aqui, nós temos muito e de tudo.

No reino dele só existe um costume: quem tem calos nas mãos come na mesa, mas quem não tem come as sobras.

# COMO UM CAPETINHA RESGATOU UM PEDAÇO DE PÃO

Um mujique pobre foi arar a terra sem ter comido nada e levou um pedacinho de pão. O mujique atrelou o arado, tirou a proteção da lâmina, colocou embaixo de um arbusto; pôs também ali o pedacinho de pão e cobriu com seu caftã. O cavalo ficou cansado e o mujique sentiu fome. O mujique cravou o arado na terra, desatrelou o cavalo, deixou-o solto para pastar e foi para onde estava o caftã a fim de comer. Levantou o caftã – nada do pão; procurou, procurou, revirou o caftã, sacudiu – nada do pedaço de pão. O mujique ficou admirado. "Que coisa estranha", pensou. "Não vi ninguém, mas alguém pegou o pedaço de pão." E tinha sido um capetinha que, enquanto o mujique arava a terra, pegou o pedaço de pão e ficou sentado atrás do arbusto para ver como o mujique ia praguejar e falar o nome dele, Diabo.

O mujique se aborreceu por um momento.

– Ora, também não vou morrer de fome por causa disso! Na certa quem pegou estava precisando. Que coma e faça bom proveito!

O mujique foi ao poço, bebeu água, descansou, pegou o cavalo, atrelou e começou de novo a arar a terra.

O capetinha se irritou por não ter conseguido fazer o mujique pecar e foi falar com o Diabo Chefe. Chegou aonde estava o chefe e contou como tinha apanhado o pedaço de pão do mujique e que o mujique, em vez de rogar pragas, disse: "Que faça bom proveito!". O Diabo Chefe ficou irritado.

– Se o mujique nesse caso levou a melhor sobre você – disse –, a culpa é sua: você fracassou. Se os mujiques e as mulheres deles se acostumarem com isso, não vamos mais ter como viver. Não é possível deixar esse caso assim! Volte de novo à casa do mujique, faça por merecer aquele pedaço de pão. Se depois de três anos você não tiver levado a melhor contra esse mujique, vou dar um banho de água benta em você!

O capetinha ficou assustado, correu para a terra e começou a imaginar um jeito de se redimir de seu erro. Pensou, pensou e acabou tendo uma ideia. O capetinha tomou o disfarce de um homem bom e foi trabalhar para o mujique pobre. Ensinou o mujique a semear trigo no pântano no verão seco. O mujique obedeceu ao trabalhador, semeou no pântano. Nas terras dos outros mujiques, o trigo queimou ao sol, mas o do mujique pobre cresceu denso, alto, espigado. O mujique teve o que comer até a colheita seguinte e ainda sobrou muito trigo. No verão, o trabalhador ensinou o mujique a semear trigo nas montanhas. E o verão foi chuvoso. O campo dos outros inundou, o trigo apodreceu, os grãos não cresceram, mas nas montanhas o trigo do mujique brotou viçoso. O mujique ficou ainda com mais trigo sobrando. E não sabia o que fazer com ele.

O trabalhador ensinou o mujique a secar e destilar o trigo para fazer vodca. O mujique destilou vodca, começou a beber e a dar bebida para os outros. O capetinha foi falar com o Diabo Chefe e se vangloriou, dizendo que era digno do pedaço de pão. O Diabo Chefe foi verificar.

Chegou à casa do mujique, olhou – o mujique reunia os ricos, oferecia bebida para eles. Sua esposa servia vodca aos convidados. Ela foi se virar, esbarrou na mesa, derrubou um copo. O mujique se irritou, repreendeu a esposa:

– Puxa, sua diaba burra! Será que você, sua desajeitada, acha que isso daí é água suja para derramar no chão desse jeito?

O capetinha deu uma cotovelada de leve no Diabo Chefe:

– Olhe só como agora ele não abre mão do seu pedaço de pão.

O mujique terminou de ralhar com a esposa e tratou de servir, ele mesmo, os convidados. Um mujique pobre chegou do trabalho sem avisar; cumprimentou, sentou, viu que as pessoas bebiam vodca; também quis beber por causa do cansaço. Ficou esperando, esperando, bebendo a própria saliva, e o dono da casa não lhe trazia nada; apenas dizia para si mesmo: "Como se eu tivesse vodca para servir para todo mundo!".

O Diabo Chefe se alegrou com aquilo. E o capetinha se vangloriou:

– Espere só, ainda tem mais.

Os mujiques ricos beberam à vontade e o dono da casa também. Começaram a bajular uns aos outros, a se elogiar mutuamente e a falar palavras melosas e falsas.

O Diabo Chefe ouviu, ouviu e elogiou o capetinha também por aquilo.

– Se, por causa da bebida, vão enganar assim uns aos outros, todos vão acabar em nossas mãos.

– Espere – disse o capetinha. – Ainda tem mais; deixe que bebam mais um copinho. Agora parecem raposas que abanam o rabo na frente umas das outras e querem enganar umas às outras, mas daqui a pouco, você vai ver, vão virar lobos ferozes.

Os mujiques tomaram mais um copinho, entre eles começou uma discussão mais ríspida e em voz mais alta. Em lugar de palavras melosas, começaram a se xingar, ficaram furiosos uns com os outros, se engalfinharam, quebraram o nariz uns dos outros. O dono da casa se meteu na briga e bateram nele.

O Diabo Chefe observou e ficou muito contente.

– Isso é bom – disse.

E o capetinha disse:

– Espere, ainda tem mais! Deixe que bebam o terceiro copo. Agora eles se atracam como lobos encarniçados, mas espere que tomem o terceiro copo que logo vão virar porcos.

Os mujiques tomaram o terceiro copo. Estavam completamente embriagados. Grunhiam, berravam nem eles mesmos sabiam o quê, e não escutavam uns aos outros. Começaram a se dispersar – uns sozinhos, outros em dupla, outros em trios –, todos caíram pelas ruas. O dono da casa saiu para acompanhar os convidados, caiu de cara numa poça, se enlameou todo, ficou estirado como um porco castrado, grunhindo.

O Diabo Chefe gostou ainda mais daquilo.

– Puxa – disse –, que bebida boa você inventou, fez por merecer o pedaço de pão. Agora me diga como foi que fez essa bebida. Na certa, primeiro pôs sangue de raposa, por isso os mujiques ficaram espertos feito raposas. E depois, sangue de lobo, por isso se enraiveceram feito lobos. E para terminar parece que pôs sangue de porco, por isso ficaram que nem porcos.

– Não – respondeu o capetinha –, não fiz isso. Eu apenas deixei que ele colhesse trigo em excesso. Esse sangue de fera está sempre dentro deles, mas não corre quando o trigo só cresce o necessário. Aí ele não lamenta perder seu último pedaço de pão, mas quando há pão de sobra ele começa a imaginar o que fazer para se divertir. E ensinei um passatempo para ele: beber vodca. E quando começou a destilar em vodca o dom de Deus para se divertir, correu dentro dele o sangue de raposa, de lobo e de porco. Agora, sempre que beber vodca vai virar um bicho.

O Diabo Chefe deu os parabéns ao capetinha, desculpou-o pelo pedaço de pão e o promoveu um posto na sua hierarquia.

# O AFILHADO

*Ouvistes o que foi dito: Olho por olho e dente por dente. Eu, porém, vos digo: não resistais ao homem mau.*

Mateus 5,38

*A mim pertence a vingança, eu é que retribuirei.*

Romanos 12,19

I

Um mujique pobre teve um filho. O mujique ficou alegre, foi à casa de um vizinho, pediu que fosse o padrinho. O vizinho não quis: não tinha vontade de ser compadre de um mujique pobre. O mujique pobre foi falar com outro e ele também não quis.

Pediu a todos na aldeia, ninguém quis ser o padrinho. O mujique foi a outra aldeia. Um transeunte vinha em sua direção. O transeunte parou.

– Bom dia, mujiquezinho – disse ele. – Aonde Deus o leva?

– O Senhor me deu um filho para que eu cuide dele na juventude, para me consolar na velhice, para rezar pela minha alma após a morte; por causa de minha pobreza ninguém em nossa aldeia quer ser seu padrinho. Vim aqui procurar um padrinho.

E o transeunte disse:

– Pode deixar que vou ser o padrinho.

O mujique alegrou-se, agradeceu ao transeunte e disse:

– E quem será a madrinha?

– A madrinha será a filha do comerciante – respondeu o transeunte. – Vá à cidade, na praça tem uma casa de pedra com lojas, na entrada da casa peça ao comerciante que deixe sua filha ser a madrinha de batismo.

O mujique hesitou.

– Como é que posso pedir que um comerciante rico seja meu compadre? Ele vai me expulsar, não vai deixar a filha ser madrinha.

– Não se preocupe. Vá pedir. Amanhã de manhã, se prepare. Irei ao batizado.

O mujique pobre voltou para casa, foi à cidade falar com o comerciante. Deixou o cavalo no pátio. O próprio comerciante saiu para falar com ele.

– O que deseja? – perguntou.

– Bom dia, senhor comerciante. O Senhor me deu um filhinho: para que eu cuide dele na juventude, para me consolar na velhice, para rezar pela minha alma após a morte. Por favor, deixe que sua filha seja a madrinha.

– E quando vai ser o batizado?

– Amanhã de manhã.

– Muito bem, vá com Deus, amanhã ela irá, na hora da missa.

No dia seguinte chegou a madrinha e também o padrinho, batizaram a criança. Assim que a criança foi batizada, o padrinho foi embora e não souberam quem ele era; e depois disso não foi mais visto.

II

O menino começou a crescer, para a alegria dos pais: era forte, trabalhador, inteligente e pacífico. O menino fez dez anos. Os pais mandaram o menino para a escola aprender a ler. O que outros aprendem em cinco anos, o menino aprendeu em um. Não havia mais nada para ele aprender.

Chegou a Semana Santa. O menino foi à casa da madrinha, lhe deu os três beijos da Páscoa, voltou para casa e perguntou:

– Papai e mamãe, onde mora meu padrinho? Eu devia ir à casa dele para dar os três beijos da Páscoa.

Seu pai respondeu:

– Não sabemos onde mora seu padrinho, filho querido. Nós mesmos ficamos tristes com isso. Nunca mais o vimos depois do batizado. Não tivemos nenhuma notícia e não sabemos onde mora, não sabemos nem se está vivo.

O filho fez uma reverência diante do pai e da mãe.

– Papai e mamãe, me deixem procurar meu padrinho. Quero encontrar meu padrinho e lhe dar os três beijos da Páscoa.

O pai e a mãe deram sua permissão. E o menino foi procurar seu padrinho.

III

O menino saiu de casa e seguiu pela estrada. Quando o dia chegou à metade, um transeunte veio em sua direção.

O transeunte parou.

– Bom dia, menino – disse. – Aonde Deus o leva?

E o menino respondeu:

– Fui dar os três beijos da Páscoa na minha madrinha, cheguei em casa e perguntei aos pais: "Onde mora meu padrinho? Quero dar nele os três beijos da Páscoa". Meus pais responderam: "Filhinho, não sabemos onde mora seu padrinho. Depois de seu batizado, ele foi embora e nunca soubemos nada dele, nem mesmo sabemos se está vivo". E eu queria ver meu padrinho de batismo; por isso saí à procura dele.

E o transeunte disse:

– Eu sou seu padrinho.

O menino se alegrou, deu os três beijos da Páscoa no padrinho.

– Qual é o caminho que está seguindo agora, padrinho querido? – perguntou. – Se vai para nossa aldeia, passe em nossa casa, e se vai para sua casa, irei com você.

O padrinho respondeu:

– Não tenho tempo de ir à sua casa agora: tenho um assunto para tratar numas aldeias. Mas amanhã vou ficar em casa. Venha me visitar.

– E como vou encontrar você, padrinho?

– Pois bem, ande toda a vida para onde o sol se levanta, sempre em frente, vai chegar a uma floresta, no meio da floresta vai ver uma clareirazinha. Sente nessa clareirazinha, descanse e observe o que acontece ali. Saia da floresta. Vai ver um jardim e, no jardim, um palácio com telhado de ouro. Essa é minha casa. Vá até o portão. Estarei lá para receber você.

O padrinho falou assim e desapareceu diante dos olhos do afilhado.

## IV

O menino fez como o padrinho mandou. Andou, andou, chegou à floresta. Deu na clareira e viu um pinheiro no meio da clareira, uma corda amarrada num galho do pinheiro e, preso na corda, um tronco de carvalho de uns três *pud* de peso. E embaixo do tronco havia um pote de mel. Assim que o menino pensou por que motivo teriam colocado o mel ali e teriam amarrado o tronco, ouviu-se um barulho na mata e ele viu que eram ursos: uma ursa na frente e, atrás, um filhote de um ano e mais atrás três ursinhos pequenos. A ursa ergueu o nariz para farejar e avançou direto para o pote de mel, e os ursinhos foram atrás. A ursa afundou o focinho no mel, chamou os ursinhos, levantou os ursinhos, que se enfiaram no pote. O tronco se inclinou um pouco, voltou ao lugar, empurrou os ursinhos. A ursa viu aquilo e, com a pata, empurrou o tronco. O tronco se inclinou mais ainda, voltou de novo para trás e bateu no meio dos ursinhos – acertou um nas costas e outro na cabeça. Os ursinhos começaram a berrar, pularam para fora. A ursa soltou um urro, com duas patas segurou o tronco acima da cabeça e jogou-o longe. O tronco voou alto, o urso de um ano pulou na direção do pote, enfiou o focinho no mel, comeu fazendo barulho, e os outros foram na sua direção. Nem tiveram tempo de se aproximar, porque o tronco preso pela corda voltou voando, acertou na cabeça do urso de um ano e ele morreu. A ursa urrou mais forte ainda, segurou o tronco e o jogou para o alto com toda a força – o tronco voou mais alto do que o galho, até a corda afrouxou. A ursa chegou ao pote e os ursinhos foram atrás. O tronco voou e voou para o alto, parou e começou a descer. Quanto mais perto, mais rápido descia, a velocidade aumentava, ele desceu voando na direção da ursa, acertou em cheio na cabeça – a ursa girou, caiu e morreu. Os ursinhos fugiram.

V

O menino ficou surpreso e seguiu seu caminho. Chegou ao grande jardim e, no jardim, havia um palácio alto com telhado dourado. No portão estava o padrinho, sorrindo. Cumprimentou o afilhado, conduziu-o através do portão, para um jardim. Nem em sonhos o menino tinha visto tamanha beleza e alegria como a que havia naquele jardim.

O padrinho levou o menino para dentro do palácio. No palácio, era ainda melhor. O padrinho levou o menino por todos os cômodos: cada um melhor do que o outro, cada um mais alegre do que o outro, e levou o menino para uma porta fechada com selos.

– Está vendo essa porta? – perguntou. – Não tem tranca. Só está selada. É possível romper os selos e abrir, mas não quero que você faça isso. Viva e se divirta onde quiser e como quiser; desfrute todas as alegrias, só ordeno a você uma coisa: não entre por essa porta. Se entrar, lembre-se do que viu na floresta.

O padrinho disse isso e foi embora. O afilhado ficou sozinho e tratou de viver. E sentia-se tão feliz e alegre que achava que tinha vivido ali só três horas, quando tinha vivido trinta anos. E quando passaram trinta anos, o afilhado chegou perto da porta selada e pensou: "Por que o padrinho me proibiu de entrar nesse cômodo? E se eu entrasse para dar uma olhada no que tem lá dentro?".

Empurrou a porta, os selos saltaram, a porta abriu. O afilhado entrou e viu: um cômodo maior que todos e melhor que todos e, no meio do cômodo, um trono de ouro. O afilhado foi chegando perto, percorrendo o cômodo, e chegou ao trono, subiu os degraus e sentou-se. Sentou-se e viu: junto ao trono estava um cetro. O afilhado pegou o cetro. Assim que pegou o cetro, de repente desapareceram as quatro paredes do cômodo. O afilhado olhou em volta e viu o mundo todo e tudo o que as pessoas faziam no mundo. Olhou para a frente – viu o mar, navios em movimento. Olhou para a direita – viu povos estranhos, não cristãos, e a vida deles. Olhou para o lado esquerdo – cristãos, mas não russos, viviam. Olhou para o quarto lado – nossos russos viviam. "Vamos ver o que andam fazendo em nossa casa. Será que o trigo cresceu bem?", pensou. Olhou para sua plantação, viu que os feixes estavam separados. Começou a contar os feixes para ver se era muito trigo, viu uma carroça passando pela plantação e, nela, um mujique. O afilhado pensou que era seu pai que ia de noite recolher as braçadas de trigo. Olhou melhor: era Vassíli Kudriáchov, um ladrão, que ia na carroça. Aproximou-se das braçadas de feno, começou a colocá-las na carroça. O afilhado se irritou. Gritou:

– Papai, estão roubando os feixes na plantação!

O pai acordou de noite. "Sonhei que estão roubando os feixes de trigo na plantação: vou lá olhar." Montou no cavalo e foi.

Chegou à plantação, avistou Vassíli, gritou chamando os mujiques. Bateram em Vassíli. Amarraram, levaram para a prisão.

O afilhado olhou também para a cidade, onde morava sua madrinha. Viu que tinha casado com um comerciante. Estava deitada, dormindo, e o marido levantou, foi à casa da amante. O afilhado gritou para a comerciante:

– Acorde, seu marido está fazendo coisas ruins.

A madrinha se levantou de um pulo, vestiu-se, foi à procura do marido, xingou, bateu na amante e expulsou o marido de casa.

O afilhado olhou também para sua mãe e viu que ela estava deitada em sua isbá quando um bandido penetrou na isbá e começou a arrombar um cofre.

A mãe acordou, começou a gritar. O bandido viu, apanhou um machado, ergueu na direção da mãe, queria matá-la.

O afilhado não se conteve, jogou o cetro no bandido, acertou-o em cheio na testa e ele morreu na hora.

VI

Assim que o afilhado matou o bandido, as paredes de novo se ergueram, fecharam o cômodo outra vez, como era antes.

A porta abriu, o padrinho entrou. O padrinho se aproximou do afilhado, pegou sua mão, desceu-o do trono e disse:

– Você não obedeceu à minha ordem. Praticou uma ação ruim: abriu a porta selada; praticou outra ação ruim: sentou no trono e pegou meu cetro; praticou uma terceira ação ruim: acrescentou muito mal ao mundo. Se ficasse mais uma hora no trono, poria a perder metade das pessoas no mundo.

E o padrinho colocou o afilhado de novo no trono, segurou o cetro. E de novo as paredes baixaram e tudo ficou visível.

E o padrinho disse:

– Agora olhe o que você fez a seu pai: agora Vassíli passou um ano na prisão, aprendeu com todos os malfeitores e se tornou muito feroz. Olhe, ele soltou os dois cavalos de seu pai e, olhe, está pondo fogo na casa. Aí está o que você fez a seu pai.

Assim que o afilhado viu que a casa do pai estava em chamas, o padrinho afastou aquilo dos olhos do afilhado e mandou que olhasse para o outro lado.

– Olhe – disse ele –, já faz um ano que o marido de sua madrinha deixou a esposa, vive na farra com outras, e ela, por causa do desgosto, passou a beber, e a amante que ele tinha antes sumiu no mundo. Aí está o que você fez com sua madrinha.

Também afastou aquilo dos olhos do afilhado e mostrou a casa dele. O afilhado viu sua mãe: estava chorando por seus pecados, arrependida, dizendo: "Seria melhor que aquele bandido tivesse me matado... assim eu não teria cometido tantos pecados".

– Aí está o que você fez à sua mãe.

Afastou também aquilo dos olhos do afilhado e apontou para baixo. E o afilhado viu o bandido: dois guardas seguravam o bandido na frente de um calabouço. E o padrinho lhe disse:

– Esse homem tirou a alma de nove pessoas. Ele mesmo deveria ter expiado os próprios pecados, mas você o matou e todos os pecados dele recaíram sobre você. Agora você vai responder por todos os pecados dele. Aí está o que você fez a si mesmo. A ursa empurrou o tronco uma vez: machucou os ursinhos. Empurrou outra vez: matou o urso de um ano de idade. Empurrou pela terceira vez: matou a si mesma. Você fez a mesma coisa. Agora vou lhe dar trinta anos de prazo. Ande pelo mundo expiando os pecados do bandido. Se não expiar, você irá no lugar dele.

E o afilhado disse:

– E como vou expiar os pecados dele?

E o padrinho respondeu:

– Quando você tiver eliminado do mundo tanto mal quanto fez, então terá expiado seus pecados e os do bandido.

E o afilhado perguntou:

– Como eliminar o mal do mundo?

O padrinho respondeu:

– Ande reto na direção do nascer do sol, vai chegar a um campo, no campo há pessoas. Observe o que as pessoas fazem e ensine a elas o que aprendeu. Depois vá em frente, observe bem o que estiver vendo; no quarto dia vai chegar à floresta, na floresta tem uma cela, dentro da cela mora um ancião, conte para ele tudo o que aconteceu. Ele vai lhe ensinar. Quando tiver feito tudo o que o ancião mandar, terá expiado seus pecados e os do bandido.

Assim falou o padrinho e levou o afilhado para fora dos portões.

VII

O afilhado foi embora. Andava e pensava: "Como vou eliminar o mal do mundo? Eliminar do mundo o mal das pessoas más que foram desterradas para o degredo, que foram trancadas na prisão e condenadas à execução. Como vou fazer para eliminar o mal sem que os pecados dos outros recaiam sobre mim?". O afilhado pensou, pensou e não conseguiu achar a resposta.

Andou, andou, chegou a um campo. No campo, o trigo estava crescido – bonito, grosso, no ponto para ceifar. O afilhado viu que uma bezerra tinha entrado no campo de trigo, viu que pessoas a cavalo perseguiam a bezerra no meio do trigal, de um lado para outro. A bezerra queria pular para fora do trigal, mas aparecia alguém, assustava a bezerra de novo para o trigal; de novo corriam atrás dela pelo trigal. Na estrada, havia uma camponesa chorando:

– Eles vão matar minha bezerrinha de cansaço.

O afilhado disse para os mujiques:

– Para que estão fazendo isso? Saiam todos do trigal. Deixem que a dona chame sua bezerra.

As pessoas obedeceram. A camponesa foi para a beira do trigal, começou a chamar:

– Oi-oi-oi, marronzinha, oi-oi-oi!...

A bezerra levantou as orelhas, escutou, escutou, correu para a camponesa, direto para ela, até quase tocar o focinho – por pouco ela não caiu. E os mujiques ficaram contentes, a camponesa ficou contente e a bezerra ficou contente.

O afilhado seguiu caminho, pensando: "Agora vejo que o mal aumenta com o mal. Que quanto mais as pessoas perseguem o mal, mais males elas geram. Ou seja, é impossível eliminar o mal com o mal. Mas como eliminar o mal, isso eu não sei. Muito bem, a bezerra obedeceu ao chamado da dona, mas e se não tivesse obedecido, como afastá-la do trigo?".

O afilhado pensou, pensou, não encontrou nenhuma resposta e foi em frente.

## VIII

Andou, andou, chegou a uma aldeia. Pediu para passar a noite na isbá que ficava no final da aldeia. A dona deixou. Na isbá, não havia ninguém, só a dona, que estava lavando a casa.

O afilhado entrou, subiu na estufa e ficou olhando o que a dona da casa fazia; viu como lavou a isbá e começou a lavar a mesa. Terminou de lavar a mesa, começou a esfregar com um pano sujo. Começou a esfregar só com um lado, não conseguiu limpar a mesa. O pano sujo deixava riscos de sujeira na mesa. Começou a esfregar no sentido contrário – apagava uns riscos e fazia outros. Tentou limpar de novo no sentido do comprimento, foi a mesma coisa. O pano sujo só fazia sujar; apagava uma sujeira e fazia outra. O afilhado observou, observou, e disse:

– O que está fazendo, patroazinha?

– Será que não enxerga? – respondeu. – Estou fazendo a faxina para o feriado. Só que não há jeito de limpar essa mesa, fica sempre suja, já estou morta de cansaço.

– Se você enxaguasse o pano, aí conseguiria limpar.

A mulher fez assim e conseguiu limpar a mesa.

– Obrigada pelo que me ensinou.

De manhã, o afilhado se despediu da mulher e seguiu viagem. Andou, andou, chegou a uma floresta. Viu que mujiques curvavam arcos de ferro. O afilhado chegou perto, olhou: os mujiques puxavam, mas o arco não se curvava.

O afilhado observou melhor e viu: o banco dos mujiques se mexia, não tinha um ponto de apoio. O afilhado observou e disse:

– O que estão fazendo, irmãos?

– Ora, estamos curvando arcos. E esquentamos o arco duas vezes, estamos mortos de cansaço, e ele não se curva.

– Mas vocês, irmãos, devem fixar o banco, senão vocês se mexem junto com ele.

Os mujiques obedeceram, fixaram o banco e o trabalho deles deu certo.

O afilhado passou a noite com eles e depois seguiu viagem. Andou o dia todo e a noite inteira, antes da aurora se aproximou de uns pastores, deitou-se perto deles para descansar. E viu: os pastores tinham recolhido o gado e acendiam uma fogueira. Pegavam ramos secos, acendiam, não deixavam o fogo pegar direito e logo colocavam uma ramagem úmida em cima. A ramagem chiava, abafava o fogo. Os pastores pegavam mais ramos secos, acendiam, de novo colocavam uma ramagem úmida em cima, de novo ela abafava o fogo. Batalharam muito tempo e não conseguiram acender a fogueira.

E o afilhado disse:

– Não se apressem para colocar as ramagens em cima, antes deixem o fogo pegar com mais força. Quando já estiver bem aceso, aí coloquem a ramagem em cima.

Assim fizeram os boiadeiros: o fogo pegou forte, colocaram a ramagem em cima. A ramagem se inflamou, a fogueira acendeu. O afilhado ficou um tempo com eles e depois seguiu viagem. O afilhado pensou e pensou no que significavam as três coisas que tinha visto e não conseguiu entender.

## IX

O afilhado andou, andou, o dia passou. Chegou à floresta, na floresta havia uma cela. O afilhado foi até a cela, bateu na porta. Uma voz perguntou lá de dentro:

– Quem é?

– Um grande pecador, vou expiar os pecados dos outros.

O ancião saiu e perguntou:

– Que pecados são esses que recaíram sobre você?

O afilhado contou tudo: sobre o padrinho, a ursa e os filhotes, o trono na sala fechada por selos, o que o padrinho havia ordenado, o que ele tinha visto no campo de trigo, como os mujiques tinham pisoteado o trigo todo e como a bezerra tinha saído sozinha quando a dona chamou.

– Entendi que é impossível eliminar o mal com o mal – disse ele –, mas não consigo entender o que é preciso fazer para eliminar o mal. Me ensine.

E o ancião disse:

– Conte o que mais você viu pelo caminho.

O afilhado contou sobre a mulher que limpava a isbá, os mujiques tanoeiros que curvavam os arcos e os pastores que acendiam a fogueira.

O ancião escutou, foi para dentro da cela e voltou com um machadinho muito velho.

– Vamos – disse.

O ancião se afastou da cela, foi para um campo e apontou para uma árvore.

– Corte – disse.

O afilhado cortou, a árvore caiu.

– Agora corte em três partes.

O afilhado partiu a árvore em três. O ancião foi de novo à cela e trouxe um fogo.

– Queime as três achas – disse.

O afilhado ateou fogo, queimou as três achas, só sobraram três tições.

– Enterre até a metade. Assim.

O afilhado enterrou.

– Olhe, o rio corre ao pé do monte, traga água de lá dentro da boca para regar os tições. Regue este tição do jeito como você ensinou à mulher. Regue este outro como você ensinou os mujiques que curvavam arcos. E esse último do jeito como você ensinou aos pastores. Quando os três tições tiverem brotado e tiverem crescido três macieiras, então você vai saber como eliminar o mal nas pessoas e então vai expiar os pecados.

O ancião disse isso e voltou para dentro de sua cela. O afilhado pensou, pensou, sem conseguir entender o que o ancião tinha dito. Mas começou a fazer o que ele havia mandado.

## X

O afilhado foi até o rio, encheu a boca de água, regou um tição, foi e voltou de novo: fez isso cem vezes, até a terra em volta do tição ficar molhada. Depois continuou:

regou também os outros dois tições. O afilhado cansou, ficou com fome. Foi até a cela do ancião pedir comida. Abriu a porta, mas o ancião estava morto, deitado num banquinho. O afilhado olhou em volta, achou um pãozinho seco e comeu; achou também uma pá e foi cavar uma cova para o ancião. De noite trouxe água e regou e de dia cavou a cova. Quando terminou de cavar a cova e quis enterrar o ancião, chegaram pessoas da aldeia trazendo comida para o ancião.

As pessoas souberam que o ancião tinha morrido e abençoaram o afilhado, pedindo que ele ficasse em seu lugar. Enterraram o ancião, deixaram pão para o afilhado; prometeram trazer mais depois, e foram embora.

O afilhado ficou morando ali no lugar do ancião. O afilhado vivia, se alimentava com o que as pessoas traziam e fazia aquilo que o ancião mandou fazer – trazia água do rio na boca e regava os tições.

O afilhado viveu assim um ano e muita gente começou a ir até ele. Espalhou-se a notícia de que um homem santo morava na floresta para se salvar, trazia água do rio na boca e regava tocos queimados. Muita gente passou a ir vê-lo. Comerciantes ricos também começaram a visitar o afilhado, lhe traziam presentes. O afilhado não ficava com nada para si além do necessário, e aquilo que lhe davam ele distribuía a outros pobres.

E o afilhado vivia assim: metade do dia trazia água na boca para regar os tições e a outra metade descansava e atendia as pessoas.

E o afilhado começou a pensar que tinha recebido a ordem de viver assim para desse jeito eliminar o mal e expiar os pecados.

O afilhado viveu assim mais um ano, não deixou de regar nenhum dia, mas nenhum tição brotava.

Certa vez estava sentado na cela, ouviu um barulho – um homem a cavalo passou cantando uma canção. O afilhado saiu para ver quem era. Olhou – era um homem forte, jovem. Vestia roupas bonitas, o cavalo era caro e a sela também.

O afilhado deteve o homem e perguntou quem era e para onde ia.

O homem parou.

– Sou um bandido – respondeu. – Viajo pelas estradas e mato pessoas: quanto mais pessoas eu mato, mais alegres as canções que eu canto.

O afilhado se horrorizou e pensou: "Como eliminar o mal num homem assim? É fácil falar com as pessoas que vêm me ver, porque elas mesmas estão arrependidas. Mas ele se vangloria do mal que faz". O afilhado não disse nada, se afastou e pensou: "Como vai ser agora? Se esse bandido ficar por aqui, vai assustar o povo, vão parar de me visitar. Para eles, não vai haver nenhum benefício e, além disso, como vou viver?".

O afilhado parou. E foi falar com o bandido:

– As pessoas vêm aqui não para se vangloriar do mal, mas para se arrepender e se redimir dos pecados. Arrependa-se você também, se teme a Deus; mas se não quer se arrepender, vá embora daqui e não volte nunca mais, não me perturbe e não assuste as pessoas para longe de mim. Se não obedecer, Deus vai castigar você.

O bandido deu uma risada.

– Não tenho medo de Deus e não vou obedecer a você. Não é meu patrão. Você se alimenta de sua devoção e eu me alimento do roubo. Todo mundo precisa comer. Dê suas lições para as mulheres que vêm aqui, mas não me dê lição nenhuma. E porque você me falou de Deus, amanhã vou matar mais duas pessoas. Eu mataria você hoje mesmo, mas não quero sujar as mãos. E não apareça mais na minha frente.

O bandido fez a ameaça e foi embora. O bandido não passou mais por ali e o afilhado vivia sossegado, como antes. Assim viveu mais oito anos e começou a ficar entediado.

XI

Certa tarde, o afilhado terminou de regar seus tições, foi descansar na cela, sentou, olhou para a trilha para ver se já vinha alguém. E naquele dia não veio ninguém. O afilhado ficou sozinho até o fim da tarde, sentiu-se entediado e pensou em sua vida. Lembrou como o bandido o acusara de se alimentar de sua devoção. E o afilhado examinou sua vida. "Não estou vivendo como o ancião mandou", pensou. "O ancião me deu uma penitência, mas eu tiro disso meu alimento e até fiquei famoso. Fiquei tão seduzido por isso que me sinto entediado quando ninguém vem me ver. E quando vem gente, só me alegro porque sei que eles vão espalhar a fama de minha santidade. Não é assim que se deve viver. Eu me envolvi na glória terrena. Não expiei os pecados anteriores e ainda acumulei novos. Vou embora da floresta, vou para outro lugar onde o povo não me encontre. Vou viver sozinho para expiar os pecados antigos e não cometer novos."

O afilhado pensou assim, pegou um saco, uma pá e foi para longe da cela, para um barranco, a fim de cavar uma toca num lugar bem ermo e se esconder das pessoas.

O afilhado ia com o saco e a pá, topou com o bandido em seu caminho. O afilhado teve medo, quis fugir, mas o bandido o alcançou.

– Para onde vai? – perguntou.

O afilhado contou que queria fugir das pessoas e ficar num lugar aonde ninguém fosse vê-lo. O bandido se admirou.

– Mas como é que vai comer agora, se as pessoas não vão mais ver você?

O afilhado não tinha pensado nisso e, quando o bandido perguntou, lembrou-se da comida.

– Vou comer o que Deus me der – respondeu.

O bandido não falou nada e foi embora.

"Ora, não falei para ele nada sobre sua vida!", pensou. "Talvez agora se arrependa. Hoje parece estar mais manso e não ameaçou me matar." E o afilhado gritou na direção do bandido:

– Você ainda tem de se arrepender. Não vai fugir de Deus.

O bandido voltou a cavalo. Tirou uma faca da cintura, brandiu na direção do afilhado. O afilhado teve medo e fugiu para a mata.

O bandido não foi atrás dele, apenas disse:

– Duas vezes perdoei você, velho. Não apareça na minha frente pela terceira vez, que vou matar você!

Disse isso e foi embora. O afilhado, ao anoitecer, foi regar os tições, olhou – um broto havia nascido, uma macieira crescia.

XII

O afilhado se escondia das pessoas e passou a viver só. Seu pão seco acabou. "Bem, agora vou comer raízes." Assim que começou a procurar, viu um saco com pães secos pendurado num galho. O afilhado pegou e começou a se alimentar.

Assim que os pães secos terminaram, ele achou outro saco pendurado no mesmo galho. E assim vivia o afilhado. Só uma coisa lhe dava tristeza – tinha medo do bandido. Assim que ouvia o bandido, se escondia, pensando: "Vai me matar sem que eu tenha tempo de expiar os pecados".

Viveu assim mais dez anos. Uma macieira crescia, mas os outros dois tições continuaram a ser tições, como antes.

Um dia, de manhã cedo, o afilhado acordou, foi cumprir sua tarefa, molhou a terra junto aos tições, ficou cansado e sentou-se. Respirava ofegante e pensava: "Pequei tendo medo de morrer. Se for a vontade de Deus, pela morte também vou expiar os pecados". Assim que teve esse pensamento, ouviu algo de repente – o bandido passava, praguejando. O afilhado ouviu e pensou: "O bem e o mal não podem vir de mais ninguém senão de Deus", e foi ao encontro do bandido. Viu que o bandido não ia sozinho, trazia um homem na sela consigo. O homem estava amordaçado e com os braços amarrados. O homem nada dizia e o bandido o cobria de insultos. O afilhado chegou perto do bandido, parou na frente do cavalo.

– Para onde está levando esse homem?

– Estou levando para a floresta. É filho de um comerciante. Ele não quer contar onde está escondido o dinheiro do pai. Vou espancá-lo até que ele conte.

E o bandido quis ir em frente. Mas o afilhado não deixou, segurou o cavalo pelo cabresto.

– Solte esse homem – disse.

O bandido se irritou com o afilhado, ergueu a mão para ele.

– Será que você quer ter a mesma sorte que ele? Já prometi que vou matar você. Largue.

O afilhado não se assustou.

– Não largo. Não tenho medo de você, só tenho medo de Deus. Mas Deus me manda não largar. Solte o homem.

O bandido fez cara feia, apanhou uma faca, cortou as cordas e soltou o filho do comerciante.

– Vão embora daqui, os dois – disse. – Não apareçam de novo na minha frente.

O filho do comerciante desceu do cavalo e correu. O bandido quis passar, mas o afilhado o deteve; disse que ele devia abandonar sua vida de maldades. O bandido ficou parado, escutou tudo, não disse nada e foi embora.

De manhã, o afilhado foi regar os tições. Olhou e viu que outro tição tinha dado um broto – estava nascendo mais uma macieira.

## XIII

Passaram mais dez anos. Certo dia, o afilhado estava sentado, não queria nada, não tinha medo de nada e sentia alegria no coração. E o afilhado pensou: "Que felicidade Deus concede às pessoas! E elas se atormentam em vão. Poderiam viver na alegria". E lembrou todo o mal das pessoas, como elas se atormentam. E teve pena das pessoas. "É inútil viver como eu vivo", pensou. "Tenho de ir contar às pessoas o que eu sei."

Assim que teve esse pensamento, ouviu que o bandido estava passando. "Com esse não adianta falar, não vai entender."

Primeiro pensou assim, mas depois mudou de ideia e foi para a estrada. O bandido andava a cavalo com ar soturno, olhando para o chão. O afilhado olhou para ele, teve pena, correu em sua direção, segurou-o pelo joelho.

– Caro irmão – disse –, tenha piedade de sua alma! Pois em você há uma alma divina. Você se atormenta, atormenta os outros e vai ser ainda mais atormentado. Deus ama tanto você, quanta felicidade você está desperdiçando! Não se destrua, irmão. Mude de vida.

O bandido fechou a cara, deu as costas.

– Deixe-me – falou.

O afilhado agarrou o joelho do bandido com mais força ainda e começou a chorar.

O bandido baixou os olhos para o afilhado. Olhou, olhou, desceu do cavalo e se ajoelhou diante do afilhado.

– Você me venceu, velho – disse. – Vinte anos lutei contra você. Você foi mais forte. Agora eu não tenho poder sobre você. Faça comigo o que quiser. Quando você quis me convencer pela primeira vez, eu só fiquei com mais raiva. Só comecei a pensar nas suas palavras quando você fugiu das pessoas e entendeu que não precisava de nada delas.

E o afilhado lembrou que a mulher na isbá só conseguiu limpar a mesa quando enxaguou o pano: ele parou de se preocupar consigo mesmo, purificou o coração e passou a purificar o coração dos outros.

E o bandido disse:

– E meu coração tomou novo rumo quando você não teve medo da morte.

E o afilhado lembrou que os tanoeiros só conseguiram curvar o arco quando reforçaram o banco: ele parou de ter medo da morte, reforçou sua vida em Deus e um coração invencível foi vencido.

E o bandido disse:

– Mas meu coração só se abrandou de todo quando você teve pena de mim e começou a chorar na minha frente.

O afilhado se alegrou, levou o bandido consigo até o lugar onde estavam os três tições. Chegaram perto e viram que do último tição também havia brotado uma macieira. E o afilhado lembrou que as ramagens úmidas dos pastores se inflamavam quando colocadas em cima de um fogo mais forte. O coração dele se inflamou e a chama também ardeu em outro coração.

E o afilhado se alegrou porque agora tinha expiado os pecados.

Contou tudo isso ao bandido e morreu. O bandido enterrou o afilhado, passou a viver como o afilhado tinha mandado, ensinando aquilo às pessoas.

# O TRABALHADOR EMELIAN E O TAMBOR VAZIO

Emelian vivia nas terras do patrão, era um dos trabalhadores. Um dia, a caminho do trabalho, Emelian passou pelo pasto, olhou: uma rã pulou na sua frente; por pouco Emelian não pisou na rã. Ele desviou o passo. De repente ouviu alguém falando atrás dele. Emelian virou-se e viu: uma linda moça estava ali e falava com ele:

– Por que não se casa, Emelian?

– Como posso casar, querida mocinha? Tudo o que tenho está aqui, não possuo nada, ninguém vai casar comigo.

E a mocinha respondeu:

– Case comigo!

Emelian gostou muito da mocinha.

– Eu ficaria muito contente – disse. – Mas onde vamos morar?

– Para que pensar nisso? – respondeu ela. – É só trabalhar mais, dormir menos, que em qualquer lugar podemos ter roupa e comida.

– Puxa, então está bem. Vamos casar. Para onde vamos?

– Vamos para a cidade.

Emelian foi com a mocinha para a cidade. Ela o levou para um casebre no fim da cidade. Casaram e começaram a viver.

Um dia, o rei foi à cidade. Passou em frente à casa de Emelian, e a esposa de Emelian saiu para ver o rei. O rei a viu e ficou admirado: "De onde veio uma jovem tão bonita?". O rei parou sua carruagem, chamou a esposa de Emelian e lhe perguntou:

– Quem é você?

– Sou a esposa do mujique Emelian – respondeu.

– Por que você, tão linda, casou com um mujique? Poderia ser uma rainha.

– Obrigada pelas palavras gentis – disse ela. – Para mim, é bom ser esposa de um mujique.

O rei conversou com ela mais um pouco e seguiu seu caminho. Voltou para o palácio. A esposa de Emelian não saía de sua cabeça. O rei não dormiu a noite toda, só pensando num jeito de tirar a esposa de Emelian. Não conseguiu imaginar um modo de fazer aquilo. Chamou seus criados e mandou que imaginassem um jeito. E os criados disseram para o rei:

– Chame Emeliam para trabalhar no palácio. Nós vamos massacrá-lo de tanto trabalho, a esposa vai ficar viúva e aí você vai poder ficar com ela.

O rei assim fez, chamou Emelian para trabalhar e morar no palácio real, junto com a esposa.

Chegaram os mensageiros, avisaram Emelian. A esposa disse para o marido:

– Pode ir. Trabalhe de dia e de noite volte para mim.

Emelian foi. Chegou ao palácio; o mordomo do rei perguntou:

– Por que veio sozinho, sem a esposa?

– Para que trazer minha esposa? Ela tem sua casa.

No palácio real, incumbiram Emelian de uma quantidade tão grande de trabalho que só poderia ser feita por duas pessoas. Emelian começou a trabalhar, e achava que não ia conseguir fazer tudo. Quando viu, antes do entardecer, tudo estava pronto. O mordomo ficou admirado e, para o dia seguinte, lhe deu quatro vezes mais trabalho.

Emelian chegou em casa. E sua casa estava toda limpa, arrumada, a estufa estava acesa, toda a comida assada e cozida. A esposa estava sentada, dobrada para a frente, costurando, à espera do marido. A esposa recebeu o marido; serviu o jantar, deu de comer e de beber; perguntou ao marido sobre o trabalho.

– Puxa, foi ruim – disse ele. – Me deram um trabalho acima de minhas forças, vão me matar de tanto trabalho.

– Pois você não pense no trabalho – disse a esposa –, não olhe para trás nem olhe para a frente, para ver se fez muito e se ainda falta muito. Só trabalhe. Vai dar tempo de fazer tudo.

Emelian dormiu. De manhã, foi de novo. Pôs-se a trabalhar, sem olhar para trás nem uma vez. Quando viu, à tardinha, tudo estava pronto, e ele chegou em casa antes de escurecer.

Deram cada vez mais trabalho para Emelian e ele sempre conseguia terminar a tempo de passar a noite em casa. A semana chegou ao fim. Os criados do rei viram que não conseguiam esgotar o mujique com trabalhos braçais; passaram a lhe dar trabalhos que exigiam astúcia. E também não conseguiram cansar o mujique. Trabalhos de marceneiro, de pedreiro, de telhadeiro, tudo o que mandavam Emelian fazia, e dentro do prazo para voltar para casa e passar a noite com a esposa. Passou mais uma semana. O rei chamou seus criados e disse:

– Será que é à toa que dou a vocês o pão que comem? Passaram duas semanas e ainda não vi nenhum resultado. Queriam matar Emelian de tanto trabalhar, mas pela janela vejo que todo dia ele volta para casa cantando. Será que vocês agora estão querendo me fazer de bobo?

Os criados do rei começaram a se justificar.

– Tentamos com todas as forças esgotar o mujique, primeiro com o trabalho braçal, mas não há nada que o perturbe. Ele dá conta de qualquer tarefa como se desse uma vassourada, e não sabe o que é ficar cansado. Passamos a lhe dar trabalhos que exigem astúcia, pensando que ele tinha inteligência curta; mas também assim não conseguimos nada. Qualquer coisa que a gente invente, de tudo ele entende, faz qualquer coisa! Não há outra explicação, ou ele mesmo ou a esposa sabem um feitiço. Nós mesmos já estamos fartos dele. Agora só pensamos em lhe dar um trabalho que seja impossível executar. Decidimos mandar que ele construa uma catedral num só dia. Mande chamar o Emelian e mande que construa em um dia uma catedral em frente ao palácio. Se não construir, pode cortar a cabeça dele por desobediência.

O rei mandou chamar Emelian.

– Muito bem, aqui está minha ordem: construa para mim uma catedral nova na praça em frente ao palácio, e que ela esteja pronta amanhã ao fim da tarde. Se você construir, darei uma recompensa; se não construir, você será executado.

Emelian escutou as palavras do rei, virou-se, foi para casa. "Bem", pensou, "agora chegou meu fim." Entrou em casa e disse à esposa:

– Pois é, prepare-se, esposa: temos de fugir para qualquer lugar, senão estaremos perdidos.

– Por que ficou tão assustado, do que você quer fugir?

– Como não vou ficar assustado? – disse Emelian. – O rei mandou que eu construa uma catedral num dia. Se não conseguir, ameaça cortar minha cabeça. Só tem um jeito: fugir enquanto há tempo.

A esposa não concordou.

– O rei tem muitos soldados, vão nos perseguir em toda parte. Enquanto tiver força, você tem de obedecer.

– Mas como obedecer quando não se tem mais força?

– Ah... meu caro! Não se aflija, jante, depois vá dormir; de manhã acorde mais cedo, vai dar tempo de fazer tudo.

Emelian foi dormir. A esposa o despertou.

– Levante, vá depressa terminar a catedral; tome aqui os pregos e o martelo: ainda tem trabalho para um dia.

Emelian foi à cidade, chegou: uma catedral novinha estava erguida no meio da praça. Faltava pouco para terminar. Emelian começou a trabalhar onde era necessário; ao fim da tarde, estava tudo pronto.

O rei acordou. Do palácio, olhou para a praça e viu: a catedral estava de pé. Emelian se movimentava, pondo pregos aqui e ali. E o rei não ficou nada contente com a catedral, irritou-se porque não encontrava um jeito de condenar Emelian à morte e era impossível tomar sua esposa.

O rei convocou de novo seus criados:

– Emelian cumpriu também essa tarefa, não posso executá-lo. Essa tarefa foi pouco para ele. É preciso imaginar alguma coisa mais astuta. Inventem, do contrário vocês serão executados antes dele.

E os criados inventaram de mandar Emelian fazer um rio que corresse em volta do palácio e que no rio houvesse navios. O rei chamou Emelian e lhe deu a nova ordem.

– Se você pode construir uma catedral num dia, então vai poder também cumprir essa tarefa. E quero que minha ordem seja cumprida até amanhã. Se não ficar tudo pronto, vou cortar sua cabeça.

Emelian ficou ainda mais triste, chegou em casa com ar soturno e a esposa perguntou:

– Está triste de novo? O rei deu mais uma ordem para você?

Emelian lhe contou.

– Temos de fugir – disse ele.

A esposa disse:

– É impossível fugir dos soldados, vão nos perseguir em toda parte. É preciso obedecer.

– Mas como vou obedecer?

– Ah... – disse a esposa. – Querido, não há motivo para se afligir. Jante, vá dormir. Acorde mais cedo, vai dar tempo de fazer tudo.

Emelian foi dormir. De manhã, a esposa o despertou.

– Vá ao palácio, está quase tudo pronto. Há só uma beirada mais alta junto ao cais, em frente ao palácio; pegue a pá e nivele.

Emelian foi; chegou à cidade; em torno do palácio havia um rio, navios passavam. Emelian se aproximou do cais em frente ao palácio, viu um ponto desnivelado e começou a nivelar.

O rei acordou, viu um rio onde antes não havia nada; navios passavam no rio e Emelian nivelava a terra do cais com a pá. O rei se espantou; e não ficou nada contente com o rio nem com os navios e ficou irritado por não conseguir executar Emelian. Pensou: "Não existe nenhum trabalho que ele não faça. Como vai ser agora?".

Chamou seus criados, pôs-se a pensar junto com eles.

– Inventem para mim uma tarefa que esteja acima das forças de Emelian. Tudo o que imaginamos ele fez e eu não consegui tomar sua esposa.

Os criados do palácio pensaram, pensaram e tiveram uma ideia. Foram falar com o rei:

– É preciso chamar Emelian e dizer para ele: vá lá, não se sabe onde, e traga uma coisa, que não se sabe o que é. Assim ele não vai conseguir escapar. Aonde quer que ele vá, você dirá que ele não foi ao lugar certo; e o que quer que ele traga, você dirá que não trouxe o que devia. Então vai poder executar Emelian e tomar a esposa dele.

O rei se alegrou.

– Desta vez vocês usaram a cabeça.

O rei mandou chamar Emelian e lhe disse:

– Vá lá, não se sabe aonde, e traga uma coisa, que não se sabe o que é. Se não trouxer, vou cortar sua cabeça.

Emelian chegou em casa e contou para a esposa o que o rei havia falado. A esposa ficou pensando.

– Bem – disse ela –, ensinaram o rei a usar a cabeça. Agora temos de ser inteligentes.

A esposa ficou quieta, pensando, e depois falou com o marido:

– Você precisa ir para longe, para a casa de nossa avó mais velha, a avó do tempo antigo, a mãe dos mujiques, a mãe dos soldados, é preciso pedir sua misericórdia. Quando ela lhe ensinar um jeito, vá direto para o palácio, eu estarei lá. Agora não tenho como escapar das mãos deles. Vão me levar à força, mas não será por muito tempo. Se você fizer tudo o que a avó mandar, em breve virá me salvar.

A esposa preparou o marido, lhe deu uma bolsa e um fuso de fiar.

– Entregue isto para ela – disse a esposa. – Assim ela vai saber que você é meu marido.

A esposa mostrou o caminho para o marido. Emelian foi em frente, saiu da cidade, viu: havia soldados em treinamento. Emelian esperou, observou. Os soldados terminaram, sentaram para descansar. Emelian se aproximou deles e perguntou:

– Irmãos, vocês não sabem como chegar a um lugar não se sabe onde e trazer uma coisa que não se sabe o que é?

Os soldados ouviram aquilo e ficaram admirados.

– Quem mandou você fazer isso?

– O rei – respondeu Emelian.

– Pois nós mesmos, desde que viramos soldados, vamos para lá, não sabemos onde, mas não conseguimos chegar, e procuramos uma coisa, sem saber o que é, e não conseguimos encontrar. Não podemos ajudar você.

Emelian ficou mais um pouco ao lado dos soldados e depois foi em frente. Andou, andou, chegou à floresta. Na floresta, havia uma isbá pequena. Na isbá, estava uma velha bem velhinha, a mãe dos mujiques e dos soldados, desfiando uma fibra de linho; estava chorando e, em vez de levar os dedos à boca para molhar na saliva, levava os dedos aos olhos para molhar com lágrimas. A velha viu Emelian e gritou para ele:

– Para que veio aqui?

Emelian lhe entregou o fuso e disse que a esposa tinha mandado que fosse lá. Na mesma hora a velha ficou mansa, começou a fazer perguntas. E Emelian contou sua vida inteira, que tinha casado com a mocinha, que tinha ido morar na cidade, que tinha sido chamado para trabalhar no palácio real, que ele servia ao rei, que tinha construído uma catedral, que tinha feito um rio com navios e que agora o rei tinha mandado que ele fosse a um lugar, não sabia onde, e trouxesse uma coisa, não sabia o quê.

A velha ouviu com atenção e parou de chorar. Começou a resmungar, murmurando para si mesma:

– Chegou a hora, é claro. Bem, está certo, sente aqui, meu filho, e coma.

Emelian comeu e a velha lhe disse:

– Aqui está um novelo. Role essa bola de linha na sua frente e vá sempre atrás dela, para onde ela rolar. Você irá para bem longe, até o mar. Quando chegar ao mar, vai ver uma cidade grande. Entre na cidade, peça para passar a noite na última casa. Ali, procure aquilo de que precisa.

– Como vou saber o que é, vovó?

– Quando você vir aquilo a que as pessoas obedecem mais do que ao pai e à mãe, terá encontrado o que procura. Pegue e leve para o rei. Quando você entregar para o rei, ele vai dizer que não é aquilo, que não está certo, e você deve responder: "Se isso não é a coisa certa, tem de ser quebrado", e você tem de bater nessa coisa e depois vai levar para o rio, despedace a coisa e jogue na água. Então você vai ter a esposa de volta e minhas lágrimas vão secar.

Emelian despediu-se da velhinha, saiu, jogou o novelo no chão. Rolou, rolou – o novelo o levou até o mar. Na beira do mar, havia uma cidade grande. No fim da cidade, havia uma casa alta. Emelian pediu para passar a noite na casa. Deixaram. Ele foi dormir. Acordou de manhã cedo, ouviu: o pai levantou, foi acordar o filho e chamou o rapaz para cortar lenha. O filho não obedeceu.

– Ainda é cedo – disse. – Tem tempo.

Da estufa, a mãe ouviu e disse:

– Vá, meu filho, seu pai tem dor nos ossos. Ou quer que ele vá sozinho? Está na hora.

O filho apenas remexeu os lábios e dormiu outra vez. Assim que adormeceu, de repente um estrondo irrompeu na rua. O filho deu um pulo, vestiu-se e correu para a rua. Emelian também se levantou depressa, correu atrás dele para ver que barulho era aquele e o que era aquela coisa a que um filho obedecia mais do que ao pai e à mãe.

Emelian saiu correndo e viu: um homem passava pela rua, levava presa na barriga uma coisa redonda e batia nela com pedaços de pau. Era aquilo que fazia tanto estrondo; era aquilo a que o filho tinha obedecido. Emelian correu para perto, observou o objeto. Viu: redondo como um barril, preso dos dois lados por uma tira de couro. Começou a perguntar como se chamava aquilo.

– Tambor – responderam.

– Mas como pode? Ele é vazio?

– Vazio – responderam.

Emelian admirou-se e começou a pedir que lhe dessem aquela coisa. Não deram. Emelian parou de pedir, pôs-se a andar atrás do tamboreiro. Andou o dia inteiro e, quando o tamboreiro deitou para dormir, Emelian pegou o tambor e fugiu. Correu, correu, chegou em casa, à sua cidade. Queria encontrar a esposa, mas ela já não estava. Tinham levado a esposa para o rei, um dia depois de sua partida.

Emelian foi ao palácio, mandou avisar ao rei que ele havia chegado:

– Voltou aquele que foi a um lugar não se sabe aonde e trouxe uma coisa que não se sabe o que é.

Avisaram o rei. O rei mandou Emelian voltar no dia seguinte. Emelian pediu de novo que avisassem o rei:

– Eu vim hoje, trouxe o que ele mandou, ele tem de vir falar comigo, senão eu mesmo vou lá.

O rei foi falar com ele.

– Aonde você foi?

Emelian respondeu.

– Não é esse o lugar. E o que trouxe?

Emelian quis mostrar, mas o rei nem se deu ao trabalho de olhar.

– Não é isso.

– Se não é isso – respondeu Emelian –, então é preciso quebrar essa coisa, e que o diabo a carregue.

Emelian saiu do palácio e bateu no tambor. Quando bateu, todo o exército do rei se reuniu em torno de Emelian. Prestaram continência para Emelian e esperaram suas ordens. Da janela, o rei começou a gritar para suas tropas, para que não seguissem Emelian. As tropas não deram ouvidos ao rei, todos seguiram Emelian. O rei viu aquilo, mandou que levassem para Emelian sua esposa e pediu que ele lhe desse o tambor.

– Não posso – respondeu Emelian. – Mandaram que eu estraçalhasse o tambor e jogasse os pedaços no rio.

Emelian levou o tambor para o rio e todos os soldados foram atrás. Na beira do rio, Emelian destruiu o tambor, despedaçou e jogou os pedaços no rio – e todos os soldados se dispersaram. Emelian pegou sua esposa e levou para casa.

E desde então o rei parou de atormentar Emelian. E passou a viver e conviver, revivendo o bem e desvivendo o mal.

1ª EDIÇÃO [2018] 1 reimpressão

ESTA OBRA FOI COMPOSTA PELA MÁQUINA ESTÚDIO EM LYON E IMPRESSA EM OFSETE PELA GEOGRÁFICA SOBRE PAPEL PÓLEN SOFT DA SUZANO S.A.
PARA A EDITORA SCHWARCZ EM AGOSTO DE 2021

A marca FSC® é a garantia de que a madeira utilizada na fabricação do papel deste livro provém de florestas que foram gerenciadas de maneira ambientalmente correta, socialmente justa e economicamente viável, além de outras fontes de origem controlada.

теперь и я покой!

Красота не зло, а это

4 Февраля 881.

что я видел во сне:...

1. как

Алеша Карамазов.

что я видел во сне:...

1. как

мортирки. Ему ясно было видно, какъ французы бѣжали къ мѣсто по чистому полю и какъ толпы ихъ, съ блестящими на солнцѣ штыками, шевелились въ ближайшихъ траншеяхъ. Одинъ, маленькій, широкоплечій, въ зуавскомъ мундирѣ и шпагой, бѣжалъ впереди и перепрыгивалъ черезъ ямы. «Стрѣлять картечью!» крикнулъ Володя, сбѣгая съ банкета; но уже солдаты распорядились безъ него, и металлической звукъ выпущенной картечи просвисталъ надъ его головой, сначала изъ одной, потомъ изъ другой мортиры. «Первая! вторая!» командовалъ Володя, перебѣгая въ ~~машину~~ отъ одной мортиры, къ другой и совершенно забывъ объ опасности. Съ бокуслышались близкая трескотня ружей нашего прикрытія и суетливые крики. Вдругъ поразительный крикъ отчаянія, повторенный нѣсколькими голосами, послышался слѣва: «Обходятъ! обходятъ!» Володя оглянулся на крикъ. Человѣкъ двадцать французовъ показались сзади. Одинъ изъ нихъ, съ черной бородой, красивый мужчина, былъ впереди всѣхъ, но, добѣжавъ шаговъ на десять отъ батареи, остановился и выстрѣлилъ прямо въ Володю и потомъ снова побѣжалъ ~~къ нему~~. Съ секунду Володя стоялъ, какъ окаменѣлый, и не вѣрилъ глазамъ своихъ. Когда онъ опомнился и оглянулся, впереди его были на брустверѣ синіе мундиры; кругомъ него, кромѣ Мельникова, убитаго пулею подлѣ него, Вланга, схватившаго въ руки ~~аншпугъ~~ и съ яростнымъ выраженіемъ лица, опущенными зрачками, бросившагося впередъ, никого не было. «За мной, Владиміръ Семенычъ! за мной!» кричалъ отчаянный голосъ Вланга, ~~ашп~~угомъ махавшаго на французовъ, зашедшихъ сзади. Яростная, ~~ужасная~~ фигура юнкера озадачила ихъ. Одного, передняго, онъ ударилъ по головѣ, другіе невольно пріостановились, и Влангъ продолжалъ оглядываться и отчаянно кричать: «За мной, Владиміръ Семенычъ! что вы стоите? бѣгите!» Онъ подбѣжалъ къ траншеѣ, въ которой лежала наша пѣхота, стрѣляя по французамъ. Вскочивъ въ траншею, онъ снова высунулся изъ нея, чтобы посмотрѣть, что дѣлаетъ Володя. Что-то въ шинели ничкомъ лежало на томъ мѣстѣ, гдѣ стоялъ Володя, и все это мѣсто было ~~наполнено~~ французами, стрѣляв-